LA FIGLIA DELLA SPADA

romanzo

Traduzione dall'inglese
di Arianna Pelagalli

FANUCCI EDITORE

Prima edizione nella presente collana: dicembre 2017
Titolo originale: *Daughter of the Sword*

via Giovanni Antonelli, 44 – 00197 Roma
tel. 06.39366384 – email: info@fanucci.it
Indirizzo internet: www.fanucci.it

Stampato in Italia – Printed in Italy

Progetto grafico: Grafica Effe

STEVE BEIN

LA FIGLIA DELLA SPADA

Libro uno
Periodo Heisei, anno 22
(2010 d.C.)

1

La spada sul letto di Fuchida Shūzō era la più antica della sua specie e il canto che produceva era per lui fonte di impareggiabili piaceri.

Era una spada *tachi* in stile *shinogi-zukuri*, forgiata dal grande maestro Inazuma. In quel momento era stesa sulle lenzuola di seta nera, incorniciata da un rettangolo di luce, e l'arco del suo dorso era incantevole come quello di una donna. Piccole onde, grandi come petali di trifogli, serpeggiavano a meno di un centimetro dal filo della lama percorrendone tutta la lunghezza. Quando si sdraiava accanto a lei e la osservava da così vicino, Fuchida riusciva a vedere distintamente le striature della sua forgiatura, impercettibili linee argentee che assomigliavano alle venature del legno e percorrevano tutto lo *shinogi-ji*, la superficie piatta fra la lama e il dorso incurvato. Un treno della linea Marunouchi sferragliò in lontananza, sovrastando il lieve ronzio che scaturiva dai suoi polpastrelli quando accarezzavano la dorsale del tachi. Il fragore del traffico del tardo pomeriggio di Tokyo mormorò attraverso la finestra aperta della camera da letto, pregiudicando qualsiasi possibilità di sentire quel suono melodioso.

Facendo attenzione a non disturbarla, Fuchida si alzò e, completamente nudo, andò verso la finestra per chiuderla. Al di là del vetro si stendeva il folle labirinto di Shinjuku, un lupo mannaro creato dall'uomo che attendeva il calar del sole per scatenare tutta la propria follia. Le attività commerciali impilate le une sulle altre in blocchi di tre o quattro piani avevano tappezzato le loro facciate di vetro e acciaio con insegne al neon e LED animati: sale di *pachinko* e rivenditori di noodles, discoteche e strip club, scuole di lingua Nova e bancomat della Sumitomo, bar e negozi di smartphone. E fra tutto questo, da qualche parte, c'era una seconda Inazuma. Aveva dedicato quindici anni alla sua ricerca e ora, finalmente, ce l'aveva a portata di mano. Avrebbe potuto andarla a rivendicare in qualsiasi momento. Una voce dentro di lui la reclamava a gran forza. Aveva bisogno di averla, e ne aveva bisogno subito.

Zittì quella voce con uno scatto di forza di volontà: non era il momento di lasciarsi sopraffare dall'impazienza. Sapeva benissimo dove lo avrebbe condotto quella strada. Era meglio chiudere la finestra e mettere un freno alla sua bramosia per la seconda spada.

L'aria era fresca a quell'altezza, a ventidue piani dalla strada, e un odore pungente di umidità prometteva un temporale notturno. Fuchida chiuse la finestra osservando la propria immagine riflessa nel vetro. Con quella luce riusciva a scorgere solo le zone più scure del suo corpo: i lunghi capelli neri, gli occhi color caffè, le ombre sotto i pettorali. I blu, i neri e i viola dei suoi tatuaggi creavano una ragnatela confusa che scendeva fino al triangolo nero dei peli pubici. C'erano zone ancora più oscure dentro di lui, aspetti che la gente al di là della finestra non poteva vedere. Gole tagliate, donne massacrate, nemici sepolti nelle fondamenta di cemento di grattacieli e scuole pubbliche. Le pulsioni buie e le azioni fosche non si riflettono nel vetro.

Guardò in basso verso i suoi tatuaggi. Dragoni e serpenti gli strisciavano su per le braccia. Un fiero Buddha imperava sul suo petto brandendo una spada e un vajra. Sia Buddha che i dragoni piangevano, e ciascuna delle loro lacrime rappresentava un assassinio. Ormai ce n'erano talmente tante che Fuchida aveva perso il conto. Aveva preteso che ogni tatuaggio gli venisse fatto col metodo tradizionale, ed era riconoscente per la disciplina a cui gli aghi e i martelli lo avevano abituato. Con la seconda Inazuma così vicina aveva bisogno di ogni goccia di quella disciplina per riuscire a non precipitarsi a prenderla. Si diceva che le spade di Inazuma cambiassero il corso della storia, e nessuno poteva immaginare cosa avrebbe potuto fare Fuchida quando fosse entrato in possesso di due di esse.

Scivolò di nuovo sul letto accanto alla sua amata. La sua bellezza era oltre qualsiasi immaginazione. Se non fosse stato per la consapevolezza dell'esistenza della seconda spada, avrebbe potuto trascorrere ore intere tentando solamente di dare un nome ai suoi colori. Quel giorno il grigio brillante del suo shinogi-ji poteva essere paragonato al grigio scuro della canna dei fucili, tuttavia quando i mongoli avevano portato le prime armi sui lidi giapponesi lei aveva già centocinquant'anni. L'argento chiaro della sua tempra era indescrivibile; poteva essere paragonato solo al colore delle nuvole quando il sole le colpisce con la giusta angolazione. Sembrava brillare di luce propria. Nessun sonetto era mai riuscito a descrivere colori così puri, nessuna canzone d'amore aveva mai cantato di donne più belle. Il solo pensiero di coricarsi accanto a due bellezze del genere era sufficiente ad accelerare il suo battito cardiaco.

Aveva preso l'abitudine di dormire con lei anni prima, ma non ricordava esattamente quando avessero iniziato a dormire insieme nudi. Ricordava solo che la prima volta lo aveva fatto per testare sé stesso. Quella lama era così affilata che se ci fosse caduto sopra un lembo di stoffa, lo avrebbe tagliato a metà. Un movimento sbagliato durante il sonno l'avrebbe spinta in profondità dentro la sua carne. Anche se non lo avesse ucciso avrebbe sicuramente rovinato i suoi tatuaggi, e comunque Fuchida non aveva alcun dubbio: se gliene avesse dato l'opportunità, lo avrebbe anche ucciso. Aveva già ucciso molti uomini, a decine. Gli antichi samurai avevano ammazzato centinaia di persone con la sua lama, ma questo poteva dirsi di un gran numero di spade. Lo splendore sul letto di Fuchida aveva una volontà sua propria, un innato istinto omicida. Si diceva che avesse ucciso chiunque si fosse illuso di possederla. Si diceva che nessuno potesse padroneggiarla. Fuchida Shūzō era il primo che aveva sfatato quella leggenda, e presto avrebbe creato una leggenda sua propria. Due Inazuma. Nessuno ne aveva mai possedute due in passato. Nemmeno il maestro Inazuma era mai stato al cospetto di due delle sue spade; si tramandava che ne forgiasse una sola alla volta, consacrandosi a essa come un prete si consacra al suo dio. Tutto ciò che Fuchida doveva fare per passare alla storia era impossessarsi di quella seconda lama.

Ma ora la sua spada era così vicina che lui non poteva fare altro che restare sul letto ad ascoltare quella meravigliosa melodia. Ne accarezzò la lunghezza con due dita, e i polpastrelli produssero una flebile nota scorrendo lungo la sua durezza. Il desiderio che provava per lei non era meno intenso di quello che provava per la seconda spada. Era così vicina. La donna che la possedeva si trovava solo dall'altra parte della città. Era una poliziotta, una proprietaria improbabile per un tesoro del genere, e riuscire a risalire a lei era stato più difficile di quanto Fuchida avesse immaginato. Quindici anni, e adesso la spada era così vicina da poterla quasi toccare. A quel pensiero il suo respiro divenne affannoso.

Ma non avrebbe ascoltato la voce che gridava dentro di lui. Lo stava implorando: doveva alzarsi dal letto, vestirsi e andare a prendere la spada, *subito*. Fuchida la zittì. Avrebbe seguito una disciplina ferrea per quell'impresa. Avrebbe trascorso un'ultima notte da solo con la sua spada, un'ultima notte con quella sua deliziosa meraviglia prima di portare un'altra nella loro casa.

Poteva tranquillamente aspettare un altro giorno prima di uccidere la poliziotta.

2

Quello era l'esatto opposto di un'operazione sotto copertura ben fatta. La sergente detective Oshiro Mariko si maledisse per aver accettato, maledisse il tenente Hashimoto per essere andato in pensione e maledisse il nuovo tenente per aver mandato all'aria un piano perfetto.

Mariko avrebbe preferito sorvegliare l'appartamento del sospettato. In un condominio c'erano solo alcune uscite da controllare, solo due o tre posti dai quali un delinquente sarebbe potuto fuggire. Questo era ancora più vero per il tipo di palazzo nel quale poteva permettersi di abitare uno squattrinato spacciatore di Tokyo, e questo Bumps Ryota era particolarmente squattrinato. In quel momento Mariko riusciva a vederlo, riflesso nella vetrina del ristorante di *okonomiyaki* di fronte a lei. Anche da quella distanza notò il suo modo di camminare: pareva che i suoi piedi non sfiorassero nemmeno la terra. Teneva le braccia vicine al petto e un palmo contro la guancia, come se stesse tentando di controllare un tic nervoso o uno spasmo muscolare.

Pensò che avrebbe dovuto rifiutare. Diamine se ci aveva provato. Aveva sentito l'impulso di lasciar perdere tutto non appena il piano ben congeniato era finito nel cesso. Ma qualcosa l'aveva trattenuta, e non si trattava solamente di un vago spirito di lealtà nei confronti del tenente Hashimoto. Sua madre avrebbe detto che quando qualcuno si sente obbligato a fare qualcosa è perché quella cosa deve essere fatta, ma Mariko non credeva in quel genere di cavolate sulla predestinazione. Era una detective: credeva a quello che le dimostravano le prove. Quindi come mai, nonostante tutto facesse pensare a un colossale fiasco, non aveva rifiutato? Cos'era che rendeva così speciale questo caso?

Bumps camminava avanti e indietro attorno a un vaso di fiori che si trovava in uno degli incroci principali di quel centro commerciale all'aperto. Non aveva niente di speciale. E nemmeno quel posto aveva niente di speciale: una struttura di travi del colore del fondale di una piscina al posto delle pareti, sormontata da un tetto di plexiglas che formava varie cupole, versioni ingigantite delle uova che un tempo contenevano i collant[1]. Appese alle enormi mezze uova c'erano file e file di scintillanti tubi fluorescenti che illuminavano a giorno tutto ciò che avevano sotto, senza creare nemmeno un'ombra. Bumps non avrebbe potuto scegliere un posto migliore nemmeno se si fosse impegnato. Nessuno della sua squadra avrebbe mai pensato nemmeno per un secondo di aprire il fuoco su di lui all'interno di un affollatissimo centro commerciale. E la posizione di Bumps era ancora più perfetta, esattamente al centro di un incrocio di quattro strade piene di negozi tra i quali c'erano infinite viuzze più piccole. Neanche con un intero battaglione a disposizione Mariko sarebbe riuscita a piazzare un uomo in ogni via di fuga possibile, e con i soli due agenti che le avevano concesso per quell'operazione non riusciva a coprire nemmeno i quattro punti cardinali. Sembrava quasi che Bumps Ryota e questo nuovo tenente Ko stessero dalla stessa parte.

Il ristorante di okonomiyaki si trovava nella zona a sudest dell'incrocio. Mariko sentiva l'odore della salsa hoisin e dei gamberi fritti provenire da lì dentro, e vedeva l'ossuta sagoma di Bumps passeggiare avanti e indietro sovrapponendosi alla sua immagine riflessa. La sua figura era coronata da una serie di ciocche corte – aveva ancora i capelli bagnati per via della pioggia che

---

[1] L'Eggs (*egg* significa appunto uova) è un famoso marchio di collant lanciato sul mercato nel 1969 la cui peculiarità era quella di vendere le proprie calze all'interno di confezioni di plastica bianca della forma di grandi uova.

cadeva fuori – e i suoi occhi avevano un'aria tesa e stanca. D'altra parte non poteva essere altrimenti, si disse, visto e considerato che quello era il peggior pedinamento di tutti i tempi, ma decise di troncare quel pensiero sul nascere. Aveva già poco rispetto da parte degli uomini della sua squadra, non c'era motivo di fare anche autocritica mettendo in dubbio sé stessa e la propria autorità.

Aveva posizionato un agente di nome Mishima a circa dieci metri dall'inizio del corridoio ovest, dove se ne stava seduto su una panchina con un paio di sacchetti della spesa e con l'aria di essere uno stanco e corpulento marito in attesa della moglie. Poi aveva piazzato Toyoda nel corridoio a nord, in un negozio di occhiali da sole (scelta naturale, dato che non lo aveva mai visto senza un paio di occhiali da sole inforcati sui capelli rasati). Dopo venti metri da dove si trovava Toyoda il centro commerciale si affacciava su una strada buia, dove il traffico sibilava sull'asfalto bagnato. Mariko sperava che le abilità da terzino in una squadra di calcio di Toyoda lo aiutassero a difendere quel corridoio, perché se Bumps fosse arrivato alla strada, la sua cattura si sarebbe trasformata in un altro incubo. Ogni luce al neon di quel centro commerciale avrebbe baluginato come un riverbero di sole negli occhi dei suoi agenti, e una corsa alla cieca in mezzo al traffico non era esattamente quella che lei considerava una strategia vincente.

Maledisse un'altra volta Hashimoto per essere andato in pensione. Perché non era rimasto un'altra settimana? Maledisse anche sé stessa per non essersi attenuta al piano originario, anche se questo avrebbe voluto dire dover sopportare tutta la merda che il tenente Ko le avrebbe affidato in seguito. Era meglio lasciar perdere l'intera operazione piuttosto che cercare di portarla a termine in maniera stupida.

Perché non aveva semplicemente lasciato perdere? È vero che doveva dimostrare al suo comandante di che pasta era fatta, ma sapeva benissimo che quella era una cosa che avrebbe dovuto fare per il resto della sua carriera. È vero che le prime impressioni sono importanti, ma questa era solo una ragione di più per non accettare quell'incarico; era come se il tenente Ko la avesse messa in quella situazione apposta per vederla fallire. E, ciononostante, lei aveva acconsentito. Perché? Guardò il proprio riflesso per l'ennesima volta, alla ricerca di una risposta: perché si era sentita obbligata ad accettare quel caso?

«Sergente, parla numero due» disse la voce profonda di Toyoda nel bluetooth di Mariko. «Persona sospetta in avvicinamento al nostro uomo.»

Ed ecco un'altra carenza dell'operazione, pensò Mariko. Alle dieci meno dieci erano rimasti così pochi negozi aperti che era piuttosto facile indovinare chi fosse lì per altri scopi. E Bumps, dal canto suo, avrebbe potuto capire senza troppa fatica che le tre persone che non si erano mai spostate dalle proprie posizioni potevano essere, vediamo... be', dei poliziotti. E se non fosse arrivato presto un qualche cliente, di lì a dieci minuti le uniche persone presenti nel centro commerciale sarebbero state Bumps e la squadra di Mariko.

La detective riuscì a tenere a freno i lamenti, e disse: «Dài, numero due. Una descrizione sarebbe utile, non credi?»

«Vestitino aderente. Capelli arancioni. Scarpe da battona.»

«Ah, ce l'ho» disse Mishima. «Oh, sì, davvero carina.»

«Non c'è speranza che voi due riusciate a essere professionali, vero?»

Mariko trasalì appena le uscì quella frase. Quei due tizi avevano sbavato per tutta la sera, ma farli incazzare ora non avrebbe portato a niente di buono: dovevano mantenere la concentrazione.

«La donna ha raggiunto il sospettato» disse Toyoda.

Mariko estrasse uno specchietto (che utilizzava esclusivamente in situazioni come quella) dalla borsa che aveva a tracolla e, dopo averlo aperto con l'unghia del pollice, lo usò per guardare alle sue spalle. Eccolo lì, il delinquente che parlava con... oh, no. Saori.

E così eccola catapultata in un altro girone dell'inferno. Bumps avrebbe concluso la transazione in una trentina di secondi circa. Dare il via troppo presto avrebbe voluto dire non poterlo accusare di niente. Darlo troppo tardi avrebbe significato dover arrestare sia lui che Saori. All'interno di quella finestra temporale di trenta secondi, c'era un'altra finestra di un secondo o forse due in cui avrebbe potuto prendere Bumps Ryota permettendo a Saori di scappare.

C'era anche un'altra opzione. Avrebbe potuto decidere di non dare affatto il via e lasciarli andare. Avrebbe potuto dire a Ko che il suo piano aveva fatto cagare fin dal principio, e poi organizzare un altro appostamento per beccare Bumps con un altro compratore. Oppure lasciare che Saori se ne andasse e poi prendere Bumps, sperando che avesse addosso abbastanza roba da incastrarlo per spaccio.

«Fermi in posizione, ragazzi» disse nel bluetooth. «Do io il segnale.»

Saori e Bumps stavano ancora parlando. Saori aveva i capelli più lunghi di come Mariko li ricordava, e tinti di arancione. Anche Bumps aveva i capelli lunghi, gli arrivavano alle spalle, ed erano liscissimi e fulvi come la criniera di un leone. Erano entrambi scheletrici, i vestiti penzolavano sui loro corpi come bandiere dal palo in una giornata senza vento.

La loro immagine tremò nello specchietto nella mano di Mariko. Era difficile avere la certezza che si fossero scambiati qualcosa.

«Cosa stiamo aspettando, sergente?»

«Zitto, numero tre. Non abbiamo niente se non le vende qualcosa.»

Ecco. Le loro mani si erano toccate? Era difficile dirlo dallo specchietto tremolante. Mariko si voltò per guardare meglio. Bumps si stava infilando qualcosa nella tasca della giacca. E Saori? Mariko le vedeva solo la schiena. Saori teneva le mani davanti a sé all'altezza dell'ombelico, con i gomiti scheletrici che spuntavano dai lati.

«Al diavolo» mormorò Mariko. Poi, a voce alta: «Muoversi, muoversi, muoversi!»

Bumps Ryota la fissò negli occhi. Erano tesi, i suoi occhi, ma nonostante fosse elettrizzato restò immobile per un secondo buono prima di darsi alla fuga.

Un secondo fu più che sufficiente a Mariko per estrarre il pesante taser dalla fondina della cintura, ma non abbastanza per raggiungerlo. Bumps scappò veloce come un coniglio.

Toyoda si trovava sulla sua rotta. Mariko vide con la coda dell'occhio Mishima andare verso Saori. Bumps svicolò alla perfezione e mise una panchina fra sé e Toyoda, il quale, anziché saltarla, ci girò intorno. Quello era proprio ciò di cui Bumps aveva bisogno.

Mariko saltò la panchina sorpassando Toyoda e non risparmiò il fiato per dargli del coglione. Non sarebbe riuscita a prendere Bumps. Altri cinque passi e lui sarebbe stato fuori dalle fauci al neon del centro commerciale, nella caotica oscurità delle strade scivolose.

Mariko non seppe se fosse stato per un'intuizione o solo per la disperazione, ma decise di lanciare il taser. Esso iniziò a volteggiare, quasi al rallentatore, e Mariko fu quasi certa di non aver messo abbastanza forza nel lancio. Quell'aggeggio era pesante, non ce l'avrebbe fatta. E invece colpì Bumps alla base del collo, facendolo incespicare. Fu sufficiente.

Come molti altri agenti del Dipartimento della polizia metropolitana di Tokyo, Mariko aveva seguito un corso di aikido, ma nella frenesia del momento, non le venne in mente nemmeno una mossa. Così afferrò una ciocca fulva dei capelli stopposi di Bumps. Lui continuò a correre e lei si fermò.

Un secondo dopo Bumps era col culo a terra. «Stai giù» disse Mariko col fiato corto, armeggiando maldestramente con le manette nella tremolante, sudata mano sinistra.

Accanto a loro sibilò uno dei nuovi modelli della Toyota, uno di quelli che assomigliavano a un pattino incinto. Una pesante goccia di pioggia colpì la testa di Mariko, e lei la sentì scivolare attraverso la foresta dei suoi capelli crespi, tracciando una linea gelida fino alla nuca, verso il colletto della camicia. Sopra di loro uno strato di nuvole basse risplendeva di bianco, come succede solo in una città delle dimensioni di Tokyo. Gli edifici sembravano tutti della stessa altezza: nove o dieci piani, poi scomparivano nella nebbia. L'unica eccezione era il centro commerciale, col suo tetto composto da file e file di tette simili a quelle dei manichini che la fitta pioggia colpiva provocando un picchiettio assordante, forte come il rumore di un 747 che vola basso, e che Mariko non poteva evitare di ascoltare.

Bumps stava ancora ansimando, con gli occhi serrati e tutti i denti gialli bene in vista, quando Mishima e Toyoda si avvicinarono portandosi dietro Saori ammanettata. Gli occhiali da sole fra i capelli neri di Toyoda erano tutti storti e Mishima aveva il nodo della cravatta disfatto e la giacca a penzoloni sulla spalla. Una folla di curiosi aveva formato un ampio semicerchio attorno a Mariko, che si interrompeva sul limite fra il pavimento asciutto e quello bagnato della strada. «È vero?» disse Toyoda. «È sua sorella?»

Mariko guardò in alto verso il cielo brillante e le cupole di plexiglas. La pioggia martellava sul tetto del centro commerciale, ma non era rumorosa nemmeno la metà rispetto ai tuoni provocati dal suo cuore. «Ci penso io» disse Mariko.

«Aspetti!» disse Bumps mentre Mariko lo passava ad altre mani. «Posso esserle utile! Ho delle informazioni!»

«Certo che ne hai» disse Mariko, poi fece cenno a Mishima e Toyoda di andarsene. Tuttavia nessuno dei due si mosse di un passo, gli sguardi di entrambi passavano freneticamente da Mariko a Saori. «Il tizio che avete è un sospettato» disse Mariko. «Normalmente li portiamo al distretto e li schediamo.»

Il volto rubicondo di Mishima si abbassò e Toyoda lanciò a Mariko un'occhiataccia, ma perlomeno fecero ciò che gli era stato detto. Mariko scosse la testa. Non aveva idea di cosa dovesse fare per guadagnarsi il rispetto di quei ragazzi, ma a quanto pareva acciuffare da sola un fuggitivo non era sufficiente.

«Miko,» disse Saori «devi tirarmi fuori da questa storia.» I suoi denti erano come quelli del suo spacciatore, dove non erano gialli erano grigi. Aveva perso molto peso dall'ultima volta che Mariko l'aveva vista, le sue guance erano incavate, le labbra sottili come quelle di una vecchia. Il suo viso era rosso, ma non di vergogna; Mariko ci vedeva solo indignazione.

«Non so più come aiutarti, Saori.»

Il volto giallognolo si indurì. «Stai scherzando? Che fai, mi pedini adesso? Quei tizi sono sbucati dal nulla.»

«Be', almeno quello ha funzionato stasera.» La risata di Mariko parve fasulla persino a lei stessa. «Merda, Saori, se avessi la minima idea di quanto sia andata male questa faccenda, non faresti tanto la spiritosa.»

«Non sto facendo la spiritosa.»

«Ah-ah.»

Mariko afferrò Saori per le manette e le diede una lieve spinta nella direzione in cui gli altri due avevano condotto Bumps Ryota, verso le due volanti che li stavano aspettando nella zona di carico del centro commerciale. Detestava essere messa in quella posizione. Da quando Saori aveva iniziato a drogarsi, Mariko non aveva fatto altro che tentare di aiutarla. All'inizio era stata proprio Saori la ragione per cui aveva scelto la narcotici: per distruggere le teste di cazzo che spacciavano a sua sorella, sì, ma anche per cercare di capire la tossicodipendenza in generale. L'unica cosa che aveva capito fino a quel momento era che un drogato doveva proprio toccare il fondo prima di convincersi a disintossicarsi. Essere arrestati dalla propria sorella poteva essere considerato toccare il fondo? Mariko le stava dando una mano? Non ne era sicura.

Mentre scortava fuori Saori si accorse che il centro commerciale aveva iniziato a pullulare di gente, soprattutto di ragazze delle superiori ancora in uniforme; sembrava che fossero triplicate nell'ultimo minuto. Il passaparola al telefono le aveva convocate lì a frotte come l'incantesimo di un mago, attirandole da ogni angolo del centro commerciale e conducendole tutte in quel punto. Visi intontiti lanciavano sguardi critici da tutte le direzioni e almeno una dozzina di cellulari avevano puntato i loro occhietti neri da insetto verso le fantastiche sorelle Oshiro. Nel giro di un'ora ogni teenager di Tokyo avrebbe ricevuto la foto da un amico.

Saori si lamentò delle manette, rigirando i polsi scheletrici. «Sai una cosa, Miko? Questa è una stronzata. Mi vuoi pedinare? Bene. Ma non raccontare balle. Fai pure la stronza iperprotettiva come hai sempre fatto, ma almeno ammettilo.»

«Stavamo pedinando il tuo pusher. Non è colpa mia se sei venuta a comprare proprio stasera.»

«Chi se ne frega. Sono pulita.»

Mariko si fermò. «Veramente?»

«Be', sì.»

«Saori, gli agenti ti hanno trovato qualcosa addosso?»

«No.»

Mariko alzò gli occhi al cielo. Non sapeva perché stesse perdendo tempo a farle delle domande, quando si faceva Saori mentiva su qualunque cosa. La vera domanda era: avrebbe dovuto perquisire Saori davanti a tutti quei ragazzini e ai loro cellulari oppure avrebbe potuto trovare un posto più tranquillo?

Il posto più tranquillo si trovava al di là di una porta di servizio di acciaio scuro, in un lungo corridoio giallo dove i neon fluorescenti ronzavano, mormoravano e sfarfallavano. Mentre Mariko perquisiva Saori lungo le costole e poi sulla schiena e sulla pancia, la domanda che avrebbe voluto porle era: perché mi costringi a farlo? La conversazione che avrebbe dovuto fare il giorno successivo con la loro madre sarebbe stata un vero spasso. E la conversazione avrebbe riguardato la sorella maggiore Mariko che se l'era presa con la povera sorellina Saori, rovistando nei suoi vestiti alla ricerca di roba di contrabbando. Per quanto le cose potessero andare male, Saori riusciva sempre a farle andare peggio.

Tuttavia quella volta, fortunatamente, era pulita. Mariko dovette infilarle le dita anche nella biancheria per esserne certa, e sentì il forte impulso di schiaffeggiarla per averla costretta a palpeggiare la sua stessa sorella, ma aveva dato il via all'operazione al momento giusto. Avevano preso Bumps e, per un colpo di fortuna o per una decisione azzeccata, non avevano niente contro Saori.

«Hai idea di quanto sei fortunata?» disse Mariko aprendo una porta di servizio marrone e spingendoci dentro Saori. Una feroce scarica di invettive, perlopiù in giapponese ma con alcune parole ben scelte in inglese, echeggiò per il lungo e stretto corridoio. L'inglese era sempre stato la lingua preferita da Saori per le imprecazioni. Mariko non ascoltò nemmeno una parola. Stava ancora pensando al destino. Non aveva idea che sua sorella avrebbe potuto comprare da Bumps, e tuttavia si era sentita costretta ad accettare quel caso, e adesso, guarda un po', si trovava nella posizione perfetta per poter risparmiare alla propria famiglia un sacco di dolore e vergogna. La mamma avrebbe detto che era destino. Mariko non ci credeva ancora, eppure non poteva negare di essersi sentita obbligata a occuparsi di quel caso.

Camminò verso la fine del corridoio spingendo Saori davanti a sé. Quando raggiunse la porta in fondo, la aprì e condusse Saori nel deposito del centro commerciale. Era un luogo cupo, con delle lampadine che pendevano da un soffitto alto abbastanza da farci passare un camion. Due pattuglie erano parcheggiate nella zona di carico che si trovava oltre un enorme portellone spalancato. Bumps stava già nella macchina più vicina. Mishima e Toyoda erano appoggiati alla portiera dalla parte del guidatore e fumavano, le lampadine brillavano come stelle sugli occhiali da sole sulla testa di Toyoda.

«Chi dei due ha perquisito questo sospettato?» chiese Mariko.

Mishima e Toyoda si scambiarono uno sguardo.

«Dannazione, ragazzi, dovete avere un motivo per ammanettare qualcuno.» Cercò la chiave, e dopo alcuni armeggiamenti Saori iniziò a sfregarsi i polsi arrossati finalmente liberi.

«Mishima,» disse Mariko, indicando Bumps sul sedile posteriore «portalo in centrale e schedalo. Toyoda, vai con lui. Quando arrivo, voglio un rapporto in cui si spieghi come mai non vi trovavate nella posizione giusta per fermare il sospettato e perché non mi avete coperta nell'inseguimento.»

Toyoda si accigliò come se Mariko avesse appena dato della puttana a sua madre. «Andiamo, Oshiro, eravamo solo in tre. Era impossibile non lasciare qualcuno senza copertura.»

«Sono la detective Oshiro e sì, avresti potuto lasciare Mishima senza copertura. E invece hai deciso di aiutarlo ad ammanettare una donna che non stava tentando di scappare, una donna che alla fine non può nemmeno essere accusata di niente...»

«Una donna che è sua sorella.»

«Non è questo il punto. Avete mancato di giudizio stasera, tutta la sera per quanto ne so, e vi sto dando l'opportunità di scrivere la vostra versione dei fatti prima di parlare col tenente Ko della vostra sospensione. Quindi ringraziatemi e toglietevi dai piedi.»

Toyoda si accigliò ancora di più. «E lei?» chiese.

Mariko si voltò per guardare Saori negli occhi. Poi disse tristemente: «La porto a disintossicarsi, di nuovo. A meno che non preferisca affrontare un'accusa di favoreggiamento.»

L'accusa non avrebbe mai retto, ma Saori non poteva saperlo. Guardò Mariko, poi abbassò lo sguardo sul pavimento. «Va bene,» disse Saori «andiamo.»

La conversazione che ci sarebbe stata il giorno dopo con la madre appariva sempre più promettente.

3

Fuchida Shūzō prese il treno per la stazione di Hongodai, e viaggiò appoggiato alla parete bianca sul fondo della carrozza in modo che nessuno urtasse la sacca che gli pendeva dalla spalla. Una volta a Hongodai fu l'ultimo a scendere dal treno e, con calma, si accodò al flusso di passeggeri che si riversava sulle scale di cemento. Gomito a gomito con ragazzine in uniforme e uomini d'affari che erano usciti presto dall'ufficio, seguì il gregge lungo il corridoio di piastrelle biancastre, luci fluorescenti e manifesti che pubblicizzavano liquori, sigarette e nuovi cellulari della SoftBank. Il tunnel, più fresco della piattaforma al piano superiore, odorava di pioggia e fumo di sigarette.

Nonostante il completo nero e la camicia bianca, Fuchida sapeva di non poter essere scambiato per un normale *sarariman*. Tanto per cominciare gli mancava la cravatta, indizio inconfutabile. Poi i capelli di Fuchida erano più lunghi, più lucidi e più alla moda di come li avrebbe portati un qualsiasi impiegato aziendale, infine i baffi sottili e la barba corta sarebbero stati inaccettabili per quegli uomini. Inoltre, invece di una ventiquattrore, trasportava un oggetto lungo come un fucile avvolto da una stoffa blu scuro.

Per non parlare dei tatuaggi. Un osservatore attento avrebbe notato che le sue labbra erano più scure del normale, così come le linee attorno agli occhi. La moda del trucco maschile era molto diffusa, ma gli ornamenti di Fuchida erano molto più sottili di quelli dei metrosexual e anche molto più dolorosi. Uniti alla carnagione pallida, Fuchida era consapevole che gli conferivano un aspetto lievemente sinistro, come se il suo volto fosse contemporaneamente infuocato di rabbia e calmo come quello di una tigre che sta braccando una preda. Quelli che capivano che si trattava di tatuaggi solitamente reagivano rabbrividendo. Il solo pensiero di quel dolore li terrorizzava, e questo senza che nemmeno sapessero quanto fosse ampia l'estensione delle sue decorazioni.

Fuchida emerse dal tunnel di piastrelle di ceramica in un incrocio umido di pioggia di Yokohama, la luna formava un perfetto cerchio bianco al di là delle nuvole grigie, il semaforo per l'attraversamento pedonale emetteva bagliori blu e verdi e ronzava nella sua flebile melodia. In un posto come quello non avrebbe mai potuto sentirsi a casa. Era troppo calmo, troppo addomesticato. Gli edifici si ergevano nelle proprie file e righe esattamente come in qualsiasi altro posto, ma erano tutti troppo bassi e c'era troppo poco traffico, troppo poche luci al neon. A differenza dei luoghi frequentati abitualmente da Fuchida, questo quartiere dava l'impressione di essere spesso silenzioso e tranquillo. Attraversò la strada insieme agli altri passeggeri e, mentre lo faceva, un ragazzo gli passò accanto velocemente e urtò la sua sacca col gomito.

Fuchida gli fu accanto in due passi e, con un abilissimo movimento quasi impercettibile, calciò lateralmente il piede del giovane proprio mentre questo stava per appoggiarlo a terra. Era la mossa che fanno i bambini di tutto il mondo coi compagni di classe – e che si fa anche nel judo, dove Fuchida l'aveva praticata – e mandò il ragazzo lungo sul marciapiede come se fosse inciampato. «Lascia che ti aiuti» disse Fuchida e, nel chinarsi, spinse il ginocchio sul fascio di nervi alla base dell'interno coscia del giovane.

Era uno studente universitario, tirò a indovinare Fuchida, con quei suoi jeans strappati sulle cosce e la t-shirt talmente aderente che lui riusciva quasi a scorgere il suo cuore spaventato pulsarvi attraverso. Il ragazzino aprì la bocca per urlare o per imprecare, ma un'occhiata di Fuchida gli fece cambiare idea. «Dovresti mostrare un po' più di rispetto» disse piano Fuchida, in modo che solo il giovane potesse sentirlo. «È costosa la cosa che ho con me.»

Il ragazzo era palesemente sbalordito e non aveva la minima idea di come rispondere. Il tono del suo assalitore era di una calma imperturbabile, in totale contraddizione con il dolore pungente che sentiva alla coscia. Una smorfia gli sigillò le labbra e il suo fiato intriso di sigarette uscì rapido e flebile, carico di adrenalina e paura.

«Sai cosa ti sarebbe successo nell'antichità se avessi urtato la spada di un samurai? Ti avrebbe tagliato a metà proprio nel bel mezzo della strada.»

Fuchida diede al ragazzo il tempo di guardarsi intorno, per permettergli di rendersi conto che si trovava proprio in mezzo alla strada. Afferrò la mano del ragazzo e gli rivoltò il polso. «Prova a immaginartelo,» disse «io che ti ammazzo solo perché hai urtato la mia sacca.»

Tenendo il polso piegato troppo vicino al proprio petto perché qualcun altro potesse vederlo, lo tirò con forza rimettendosi in piedi insieme al ragazzo. «Adesso ti lascio andare. Se ti giri e mi guardi ti spezzo tutte le ossa di questo braccio. Hai capito?»

Il giovane annuì come un coniglietto impaurito messo all'angolo. Fuchida liberò la sua preda e proseguì per la sua strada, osservando gli altri pedoni che camminavano. Ognuno di loro era immerso nelle proprie faccende, beatamente ignaro di quello che era appena accaduto.

Fuchida lanciò un'occhiata furtiva al palazzo che stava cercando, un alto, scialbo edificio bianco che sembrava formato da una serie di balconi impilati l'uno sull'altro. Si affacciava su un campo da calcio, e Fuchida trovò piuttosto inquietante la vista di uno spazio vuoto così ampio. In centro un'area libera così vasta sarebbe stata venduta per un trilione di yen. Quando raggiunse il palazzo, notò che la porta d'ingresso era sorvegliata da un sistema di allarme elettronico. Ma la fortuna era dalla sua parte: da dietro il vetro della porta proveniva il suono cupo di tacchi che si avvicinavano scalpicciando giù per le scale di legno. Fuchida si allontanò dall'edificio di una decina di passi, si voltò e tornò lentamente verso la porta. La raggiunse nel momento esatto in cui arrivò la donna che aveva sceso le scale, e quando lei la aprì quel tanto che bastava a disattivare il sistema di chiusura, lui la spalancò del tutto con un gesto galante. Lei gli sorrise, lui le restituì il sorriso, e fu dentro.

Il palazzo era pulito ma disadorno, la moquette dell'ingresso era scadente, le pareti erano dipinte e non tappezzate con carta da parati. Era il tipo di condominio in cui si sarebbe aspettato di trovare una poliziotta, non il genere di posto in cui un collezionista di antichità avrebbe scelto di custodire una Inazuma. Era praticamente impossibile che il Dipartimento della polizia metropolitana di Tokyo avesse assunto più di una decina di donne, perciò questa morte sarebbe stata notata immediatamente, ciononostante Fuchida le avrebbe trapassato il cuore per aver permesso che la seconda Inazuma arrugginisse in un palazzo merdoso come quello.

L'appartamento che cercava si trovava al secondo piano. Quando lo raggiunse, picchiettò sulla porta con il batacchio di ottone. Sentì dei piedi scalzi camminare su un tappeto. Quando la porta si aprì di una fessura larga come un pollice, fu raggiunto dall'accogliente odore del riso fumante. Attraverso la fessura vide una stretta striscia del viso di una donna, tagliata a metà da una catena di sicurezza in ottone. Doveva avere più o meno la stessa età di Fuchida, fra i quaranta e i cinquant'anni, era più bassa di lui di tutta la testa, e aveva grandi occhiali e una corporatura rotondetta. Lui riconobbe la gonna blu navy e la camicia bianca dell'uniforme e pensò che probabilmente era rincasata da poco.

«Matsumori-san?» chiese.

«Kurihara,» disse lei «ma sì, Matsumori era il mio nome da ragazza. Posso fare qualcosa per lei?»

«Suo marito è in casa?»

«È ancora al lavoro. Di cosa aveva bisogno?»

«Se non sbaglio, lei è la nipote del generale Matsumori Keiichi, membro dell'intelligence militare durante la guerra mondiale. È così?»

«Sì.» Lo osservò con più attenzione. «Ci conosciamo?»

«Sto cercando la spada di suo nonno. In effetti, la cerco da molto tempo. Mi ci è voluto parecchio per rintracciarla. Ce l'ha qui, la spada?»

La sentì irrigidire la presa sulla maniglia. «L'abbiamo venduta moltissimo tempo fa. Non c'è nessuna spada qui, se ne vada.»

«Temo che non sia possibile. Come ho detto, ho cercato quella spada per tantissimo tempo. Ho bisogno che lei mi dica a chi l'ha venduta.»

«Adesso chiamo la polizia» disse lei, e il suo piede nudo fece un ansioso passo all'indietro.

Fuchida si tolse dalla spalla il sottile involucro blu e ne estrasse la propria splendida spada. Con un solo movimento sguainò la lama e la fece vibrare davanti a sé. Il suo canto riverberò nell'aria. La catenella dorata della porta si divise in due flosce metà. Fuchida entrò nell'appartamento, diede un calcio alla porta chiudendosela alle spalle e, camminando, si diresse verso Kurihara-san che aveva iniziato a scappare.

Il primo squarcio le rescisse il midollo spinale appena sopra alla zona pelvica.

Lei collassò su sé stessa, con le gambe prive di vita come corde. Una scura macchia di sangue si sparse sul tappeto. Era già diventata ampia quanto uno zerbino. Fuchida si chinò, le prese il telefono di mano, spinse *Fine* e se lo infilò nella tasca dei pantaloni. «Come vedi» disse «una spada ce l'ho già, ma puoi considerarmi un collezionista. Adesso mi dirai dove posso trovare l'arma di tuo nonno.»

Kurihara emise un gemito acuto. Un suono che racchiudeva orrore e disperazione, forse per la duplice consapevolezza che le era appena venuta alla mente: non avrebbe mai più camminato e la stessa spada che l'aveva menomata l'avrebbe uccisa nel punto esatto in cui giaceva in quel momento. Era strano che si preoccupasse di entrambe le cose, pensò Fuchida – uno che sta per morire non dovrebbe pensare alla disabilità – eppure i suoi occhi spalancati andavano freneticamente avanti e indietro dalle sue gambe prive di vita all'acciaio insanguinato.

Un altro urlo non sarebbe andato bene, così Fuchida le sferrò un calcio sullo sterno. «Ci sono altri modi per impedirti di urlare» disse, piegandosi verso di lei appoggiandosi sulle cosce. «Potrei fartela passare attraverso un polmone. Ma poi non potresti dirmi chi ha comprato la spada, e sarei costretto a fartelo scrivere, e non vorrei doverti fare scomodare tanto dopo tutto quello che hai passato stasera.»

Lei piagnucolò attraverso una serie di faticosi sospiri, sfregandosi la vita. Il suo viso era pallido, gli occhiali le penzolavano dal naso in maniera bizzarra dato che quando era caduta aveva rotto una delle stanghette.

Non fu necessario farle troppo male per ottenere il nome che gli serviva. La prima cosa che pensò quando sentì il nome fu: quel subdolo bastardo. Tenermi lontano dalla spada per tutto questo tempo, subdolo, infido, bastardo.

Abbassò lo sguardo su Kurihara. Aveva l'aria di essere tremendamente vecchia ora, nonostante appena un minuto prima avesse dimostrato all'incirca la sua età. Era pallida, il suo volto era raggrinzito per la paura e il dolore, il suo corpo sembrava restringersi su sé stesso.

Alla fine non fu sicuro del motivo per cui l'aveva uccisa, se per pietà o per impedirle di mettersi a urlare appena lui se ne fosse andato. Probabilmente non aveva importanza. Ormai era morta.

4

Il distretto occupava un sottile nucleo di due piani nel ventre di un complesso governativo alto dodici piani. Era un edificio del primo dopoguerra, cemento beige al posto di vetro e acciaio, un castello di sabbia dall'aspetto tarchiato se paragonato ai luccicanti grattacieli che lo circondavano. La stazione di polizia di Mariko prendeva circa un quindicesimo dell'intero edificio. Il resto del complesso ospitava un ufficio postale, il dipartimento finanziario della circoscrizione e altri uffici deputati a mansioni altrettanto mortalmente noiose: controlli e permessi edilizi, infrazioni stradali, lavori pubblici, manutenzione di parchi e aree pubbliche. Il distretto occupava una specie di tunnel che passava esattamente nel centro dei due piani inferiori, dalle siepi lungo la facciata del centro governativo fino al vicolo angusto che separava il complesso dal muro posteriore del palazzo di uffici adiacente, che incombeva sul resto con i suoi quaranta piani.

Non si poteva fare molto in quella stazione di polizia, viste le sue dimensioni ridotte, ma Mariko ne andava comunque orgogliosa. Avevano una sola sala interrogatori, una cella di custodia che era difficile definire tale – non era altro che un normalissimo ufficio con le pareti di mattoni e una porta blindata – e, quando il dipartimento era stato digitalizzato, avevano riconvertito in uffici tutto il secondo piano, precedentemente occupato dall'archivio. Il tappeto color cenere bagnata lasciava molto a desiderare, così come le luci accecanti, ma dopo la ristrutturazione del piano superiore Mariko e ciascuno degli altri sergenti avevano guadagnato un cubicolo personale. Sulle pareti di quello di Mariko c'erano alcune foto di famiglia appese con le puntine: una magrissima Saori il giorno del diploma, il cui aspetto mostrava già i primi segni dell'abuso di metanfetamina; la madre sorridente al di là di una torta per il quindicesimo compleanno di Mariko decorata come un tavolo da ping-pong; suo padre con le sue due bambine sulle ginocchia, mentre tutti e tre facevano il segno della pace. L'ultima era l'unica foto incorniciata, l'unica fra quelle che aveva in ufficio che era stata scattata durante il loro soggiorno negli Stati Uniti, l'unica che Mariko avesse di lui prima che si ammalasse.

Nel commissariato era rimasto un solo armadietto per le prove al piano terra, vicino all'arsenale e alle sue piccole rastrelliere per le pistole e alle confezioni singole di proiettili da nove millimetri. Mariko avrebbe riportato il suo taser nell'arsenale se la sua cosiddetta plastica indistruttibile non fosse esplosa contro il cemento dopo aver rimbalzato sulla nuca di Bumps Ryota. Non aveva idea di quanto costassero i taser, ma era certa che l'avrebbe scoperto quando avesse visto le trattenute sulla sua prossima busta paga.

Nel passare accanto alla porta chiusa dell'arsenale, Mariko sentì le proprie guance arrossire. Ai suoi occhi anche il più piccolo errore diventava enorme, e non conosceva ancora abbastanza bene la guardia preposta all'arsenale per sapere se avrebbe fatto molte storie per il taser rotto. Nonostante fosse orgogliosa di tutto ciò che il suo piccolo distretto riusciva a fare, e anche di tutti i risultati che aveva raggiunto al suo interno, quando era lì dentro aveva sempre l'impressione che i suoi piedi diventassero più pesanti. La pressione della perfezione pesava su di lei come uno zaino pieno di mattoni, e quella pressione era più intensa lì che in qualsiasi altro posto. A volte temeva di affondare nel tappeto di cenere bagnata.

C'erano giorni in cui le veniva da chiedersi come mai lavorasse lì. Non in quel distretto in particolare e neanche nel Dipartimento della polizia metropolitana di Tokyo, si domandava proprio perché avesse deciso di rimanere in Giappone. Il suo inglese era abbastanza buono, avrebbe potuto fare domanda in un dipartimento negli Stati Uniti o in Canada... Diamine, ovunque tranne lì. In qualsiasi altro posto si sarebbe dovuta preoccupare solamente di essere una brava poliziotta, dimenticandosi di tutte le stronzate misogine. I giorni in cui veniva accarezzata dalla voglia di andarsene, doveva costringersi a ricordare l'ultima promessa che aveva fatto a suo padre. Gli aveva detto che lo avrebbe reso fiero di lei. Trasferirsi quasi dall'altra parte del mondo, abbandonando sua madre e sua sorella dopo che avevano già perso così tanto, non sarebbe stato affatto il modo giusto per mantenere la promessa.

E poi doveva ammettere che c'erano anche giorni in cui lei era fiera di sé stessa. Anche quando la pressione le faceva venire voglia di lanciare il distintivo fuori dalla finestra, poteva guardare quella placca e leggere DIPARTIMENTO DELLA POLIZIA METROPOLITANA DI TOKYO. Era la migliore unità di polizia del Paese, e lei era stata nominata sergente detective proprio in quell'unità. Ovviamente era proprio quella la ragione di tutta la pressione che sentiva. Non doveva fare altro che accontentarsi di fare l'addetta al traffico, così tutto lo stress sarebbe completamente scomparso. C'erano giorni in cui si faceva anche quella, di domanda: perché non ci vai piano? Perché devi sempre scegliere la strada più difficile?

Mariko non era mai riuscita a rispondere a quella domanda. Già alle medie aveva scelto la corsa campestre al posto dei cinquanta metri. Alle superiori poi era stato ancora peggio e aveva addirittura scelto il triathlon. Aveva ancora l'abitudine di fare un triathlon ogni estate, nonostante non ne avesse alcun motivo. Nessuno aveva bisogno di correre un triathlon. Nessuno aveva più bisogno di correre da nessuna parte. Il mondo non lo richiedeva più. Diceva a sé stessa che lo faceva per mantenersi in forma: finché sapeva di avere un'altra corsa da fare non poteva permettere al proprio corpo di andare in rovina come invece sembravano ansiosi di fare molti altri poliziotti. Ma allora il triathlon aveva senso solo perché lei era una poliziotta. Cosa sarebbe successo se alle superiori avesse optato per il torneo di scacchi? E se invece si fosse iscritta al gruppo di informatica? Quanto sarebbe stata più semplice la sua vita? Sarebbe stata più ricca, più comoda, non avrebbe rischiato di ferirsi così spesso, sarebbe stata più 'normale'... e si sarebbe annoiata a morte. Era quello il vero motivo del triathlon, la vera ragione per cui aveva scelto di lavorare nella polizia: per quanto potesse essere pesante, una vita difficile era l'unica vaccinazione che conoscesse contro una noia potenzialmente letale.

Mariko girò a sinistra dopo le macchinette del caffè e le teiere elettriche e fece un cenno con la testa a Mishima, seduto a una scrivania con le scartoffie di fine giornata dispiegate davanti a sé come carte di un solitario. «È dentro?» chiese.

«Sì. È pronto.»

Mariko aprì la porta d'acciaio bianca e se la richiuse alle spalle. Bumps Ryota stava camminando, ammanettato, lungo la parete in fondo alla stanza e quando sentì la porta chiudersi ebbe un sobbalzo di stupore. Chinò la testa verso di lei, poi andò rapidamente alla più vicina delle due sedie di legno e praticamente ci cadde sopra. Mariko non se n'era accorta in precedenza, ma quell'uomo puzzava come il fondo di un cesto per la biancheria sporca.

Lei si sedette come d'abitudine dalla parte opposta dell'unico tavolo della stanza che, così come le sedie, aveva un aspetto che a Mariko faceva venire in mente il mobilio di legno della biblioteca della sua scuola elementare. Probabilmente un arredamento di quel tipo non sarebbe durato molto a lungo nelle sale interrogatori della polizia di New York o di Chicago, ma quella era Tokyo e lì ci si aspettava un minimo di civiltà anche dai criminali.

Ciononostante, Bumps era alterato. Le sue dita picchiettavano un ritmo sincopato contro la fibbia della cintura e aveva l'aria di essere pronto per un'altra corsa a ostacoli, a differenza di Mariko, che necessitava visibilmente di qualche ora di sonno. Lei infilò la mano destra nella fondina e impugnò la Cheetah.

«Cos'hai per me, Bumps?»

«Eh?»

«Hai detto che mi saresti stato utile» disse Mariko. «Per ora è vero: sei un altro arresto di cui posso vantarmi col mio tenente. A meno che tu non abbia qualcos'altro per me, adesso ti schedo e me ne vado a casa.»

«No. Ho delle informazioni, buone informazioni.»

«Allora?»

Bumps scosse la testa, i suoi capelli biondi si mossero mezzo secondo dopo. «Eh, no. Voglio un accordo prima. Non voglio finire in prigione.»

«Nemmeno io,» disse Mariko «ed è per questo che non giro con 22 grammi di crystal meth addosso. Sei accusato di spaccio, Bumps. E poi hai anche venduto quella merda a mia sorella, cosa che mi fa venire voglia di darti un calcio nelle palle e buttarti nella cella peggiore che abbiamo. Quindi sputa il rospo e dimmi quello che dici di sapere, prima che ceda alla tentazione e inizi a prenderti a calci.»

«Ah,» disse Bumps «okay. Be', in giro si dice che c'è un nuovo burattinaio. Non vende ancora; per ora sta studiando il mercato, se sa cosa intendo.»

«Non è abbastanza. C'è uno spacciatore su ogni tombino a Tokyo.»

«Non come questo tipo. Dicono che vuole vendere cocaina. Dicono che vuole schiacciare il Giappone come Godzilla e sta cercando degli spacciatori.»

Mariko non lo diede a vedere, ma per un attimo sentì della gratitudine nei confronti di Bumps Ryota. Fino a quel momento le aveva ispirato solo sentimenti di disgusto e desideri di vendetta, ma quella era grossa. «Hai un nome?»

«No. Ma quello che so è che ha degli agganci nel Kamaguchi-gumi.»

«Sei strafatto, Bumps. Alla yakuza non piace la coca.»

«Gliel'ho detto, non ha ancora cominciato a vendere. Ma sta tastando il terreno.»

La guardò con aria di attesa, le borse sotto i suoi occhi erano di una curiosa sfumatura viola sotto le luci dei due tubi al neon appesi al soffitto. Mariko pensò alla sua arma di servizio, al fatto che l'aveva tirata fuori una volta sola nei suoi quattro anni nella polizia, a quanto le sarebbe piaciuto sfoderarla ora per far dare a Bumps una lunga occhiata dentro la canna. Non era giusto avere quel tipo di sentimenti. Non perché lui non se lo meritasse – se lo meritava come tutti quelli che svolgevano la sua professione – ma lei avrebbe voluto ferirlo per quello che aveva fatto a sua sorella, e in fin dei conti sapeva benissimo che l'unica che aveva fatto del male a Saori era proprio Saori. Anche se gli avesse sparato, lei avrebbe trovato un altro spacciatore.

Spingergli la pistola in faccia. Infilare la Cheetah in quell'inutile bocca grigia e premere il grilletto. Quelli furono i desideri che dovette reprimere mentre sfilava la mano dalla tracolla, se la metteva nella tasca della giacca e passava a Bumps Ryota un sottile plico di carte piegate tenute insieme da una serie di graffette sparate da una pinzatrice. «Queste sono le pratiche per gli informatori confidenziali. Lo sai cos'è un informatore?»

«Sì, ma...»

«Ma cosa? Preferisci affrontare un processo per possesso di droga? Per spaccio? Per tentata fuga? Non credo. Credo che tu e io avremmo solo di che guadagnarci se firmi come informatore confidenziale. Non spaccerai più metanfetamina, è finita. Ora devi scegliere se preferisci fare dei pompini in prigione o dare informazioni a me.»

Le spalle di Bumps crollarono. Aprì il fascicolo di fogli ed esaminò la copertina.

«Bene» disse Mariko. «Ecco le regole. Primo, se vendi di nuovo metanfetamina, ti perseguiremo chiedendo il massimo della pena. Okay?»

Bumps sospirò. «Okay.»

«Secondo, ci fornisci tutte le indicazioni che ci servono per gli arresti. Vai a comprare la droga e noi organizziamo la retata per prendere quelli che te la vendono. Tu non sarai mai collegabile alle nostre azioni, così siamo sicuri che nessuno metta una taglia sulla tua testa. Okay?»

«Okay.»

«Terzo, se vedi un'altra volta mia sorella non ti concederò il lusso di una prigione. Farò in modo che tutti gli arresti che facciamo siano riconducibili a te, così tutti sapranno chi è la testa di cazzo che li ha fregati. A quel punto sarà solo questione di tempo prima che il più fortunato fra noi trovi il tuo corpo che galleggia nel porto o spiaccicato sotto un treno... Mi sono spiegata?»

«Mmh mmh.»

«Bene.» Mariko andò di fronte allo specchio della sala interrogatori e si sistemò la giacca e i capelli. «Per quella cosa della coca» disse uscendo dalla stanza «dammi un nome la prossima volta o ti facciamo il culo.»

«Ricevuto.»

Quando Mariko lo lasciò, aveva l'aria di un bambino che ha appena scoperto che il cucciolo che gli era stato promesso non arriverà mai. Ma dal canto suo lei non poté trattenere un sorriso. Cocaina. Quella era una cosa enorme. Terribile, ma enorme. Le prime parole che il nuovo tenente le avrebbe sentito dire avrebbero riguardato quella che con tutta probabilità sarebbe stata la più grossa operazione antidroga del decennio. Forse ora la avrebbe presa sul serio. Forse avrebbe deciso di dedicare a quell'operazione le risorse e gli uomini che meritava. Aveva due mesi per chiudere il caso, due mesi prima che il suo periodo di prova finisse e decidessero se accettare o no la sua domanda per la narcotici. Due mesi non erano un tempo molto lungo, ma con il comandante giusto e l'adeguato supporto, Mariko ce la poteva fare.

«Ehi, Mishima,» disse «c'è il tenente Ko stasera?»

«No. Credo che abbia fatto un doppio turno stamattina. Non lo chiamerei se fossi in lei, non ho mai visto un tenente che non fosse incazzato dopo un doppio turno.»

«Non c'è problema. Lo vedrò domani.»

Mariko uscì dal distretto quasi saltellando. Il giorno dopo sarebbe stato un ottimo giorno.

5

«Venga, Oshiro. Entri.»

Il tenente Ko aveva un'enorme bocca circondata da rughe profonde come branchie. Ciò che restava dei suoi capelli stava ingrigendo e se ne stava aggrappato ai lati della sua testa. Le palle nere dei suoi occhi erano a malapena visibili al di là degli ampi occhiali squadrati e Mariko non lo aveva mai visto senza una sigaretta accesa tra le labbra. Era seduto dietro la scrivania, nel suo ufficio fumoso, caldo in maniera insopportabile e rivestito di armadietti classificatori in acciaio beige. Su di essi c'erano pile e pile di fogli, e altre pile decoravano la scrivania, lasciando libero solo uno spazio al centro in cui Ko poteva lavorare e appoggiare il posacenere.

Mariko ci aveva messo tre giorni a ottenere un appuntamento con lui, e l'aveva ottenuto nell'orario peggiore della mattina, il cielo era ancora scuro quando Mariko aveva spento la sveglia. Ko era nuovo e aveva sicuramente parecchie questioni di cui occuparsi, ma a Mariko tre giorni sembravano comunque eccessivi. La sua nuova pista era troppo importante.

«Sia gentile,» disse Ko con la sigaretta tra i denti «mi porterebbe un caffè prima di cominciare?»

«No, signore» disse Mariko.

La sua enorme bocca da pesce si corrucciò, lasciando penzolare la sigaretta dalle enormi labbra. «Scusi?»

«Non fa parte delle mie mansioni, signore. Sono una detective, non un'inserviente.»

La bocca di Ko si corrucciò ancora di più, insieme alle profonde rughe che la circondavano. «Chiuda la porta, Oshiro.» Lei lo fece, poi si rimise sull'attenti, le mani strette dietro la schiena.

«Noi non ci conosciamo» disse Ko, facendo cadere la cenere dentro il posacenere di vetro. «Probabilmente ci sarà bisogno di un periodo di rodaggio. È normale. Voglio solo che sia chiaro a tutti da che parte tirerà il vento d'ora in poi.»

Mariko annuì. Ko fece un tiro dalla sigaretta, accendendone l'estremità di rosso. «Mi pare di capire» disse «che il mio predecessore sia stato piuttosto indulgente con lei. Questa cosa deve finire. La toglierei dalla squadra investigativa se potessi, ma come avrà senz'altro capito mi serve una giusta causa per poterlo fare. E finora non me l'ha data. Finora si è comportata come una brava bambina.»

Mariko si sentiva come una lucertola su una roccia. Gli occhi che pizzicavano, la pelle talmente calda che rischiava di iniziare a crepitare, e da qualche parte, sopra la sua testa, stava volteggiando un falco a cui piaceva cibarsi di lucertole.

«Vedo qui che mercoledì notte ha danneggiato un oggetto di proprietà del dipartimento,» disse Ko «una pistola paralizzante.»

«Danneggiata e ricomprata, sì, signore. Non è un motivo valido per un licenziamento.»

«Certo che no.» Ko aspirò dalla sigaretta ed espirò un sottile zampillo di fumo. «L'agente Toyoda sostiene che lei ha abusato del suo potere.»

«Toyoda è un piagnone a cui non piace essere comandato da una donna. Ha visto la mia richiesta di sospensione nei suoi confronti?»

«L'ho vista. Pretendo che mi si chiami 'signore' nel mio ufficio.»

Mariko strinse i pugni dietro la schiena. «Sì, signore.»

«Temo che sia parecchio fuori strada con questa ridicola storia della cocaina» disse. «I *bōryokudan* non vendono cocaina. E non permetterebbero a nessun altro di venderla. Punto.»

«Fino a ora, signore.»

«Mi scusi?»

«Ho ragione di credere che qualcuno all'interno della yakuza voglia cambiare strategia. Signore.»

Ko espirò dal naso. «E perché dovrebbe farlo? Tengono la roba pesante fuori dal Paese, e noi ci andiamo piano quando li becchiamo con quella leggera. Sono le regole della tregua. Non ci piace, ma ci dobbiamo convivere. Crede che vogliano cambiare tutto questo?»

«Sono una detective, signore. Vado dove mi conducono gli indizi.»

«Indizi?» Espirò dal naso un'altra volta, disegnando due coni di fumo con le narici. Zampillarono all'insù dopo aver colpito la scrivania e a Mariko fecero venire in mente un dragone degli *anime*. «Tutto quello che ha è la parola di un fricchettone strafatto.»

«Con tutto il dovuto rispetto, signore, gli spacciatori sanno molto più di noi su quello che succede per le strade.»

«Che non è per niente un complimento per il suo lavoro di poliziotta. Mi dica, ha coltivato molti contatti nella yakuza durante i suoi lunghi anni di servizio?»

«Certo, signore.»

«Più di me?»

Mariko detestava le domande retoriche. Detestava la gente che le faceva, e detestava ancora di più quando chi le faceva se ne stava seduto a fissarti in attesa di una risposta. Alla fine alzò gli occhi al cielo e disse: «No, signore.»

«E perché no?»

Altra domanda retorica. «Perché lei è in servizio da molto più tempo di me. Signore.»

Ko le fece un nauseante sorrisetto. Nonostante tutti gli anni che Mariko aveva trascorso negli Stati Uniti, non aveva mai capito bene cosa intendessero con l'espressione 'sorriso di merda', e si chiese se non fosse proprio quello. A ogni modo, era il tipo di sorrisetto paternalistico che le faceva venire voglia di ficcare la faccia di Ko in un cumulo di merda.

«Questi suoi contatti nei bōryokudan» disse con un tono persino più denigratorio del sorriso «le hanno mai detto niente circa un'imminente espansione nel mercato della cocaina?»

«Non ancora, signore.»

«Nemmeno i miei. E, come ha detto lei, i miei sono molto più numerosi dei suoi, no? Quindi mi perdonerà se prendo più seriamente il loro silenzio della parola di un drogato disperato che lei è riuscita a portare dentro.»

«Signore, se uno della yakuza stesse progettando di costruirsi un impero più grande da solo, il resto dei bōryokudan non ne sarebbero a conoscenza...»

Ko fece un gesto sprezzante con la mano. «Lasci perdere. Il fatto che le abbiano dato la possibilità di fare domanda per la narcotici è semplicemente assurdo. Dovrebbe sapere qual è il suo posto. Si faccia crescere i capelli, così sembra una lesbica.»

«I delinquenti li tirano i capelli lunghi, signore.»

Lui proseguì come se lei non avesse aperto bocca. «Non è sufficiente per lei essere stata nominata sergente? Non è sufficiente essere l'unica detective donna di Tokyo? Si svegli, lei è l'unica con questo ruolo che abbia conosciuto, e ho il distintivo da ventidue anni. Ed è una *gaijin* oltretutto, in questo Paese è fortunata se trova un lavoro come cameriera. È una straniera in casa sua, Oshiro. Dovrebbe ritenersi fortunata per quello che ha già.»

Sbuffò sulla scrivania altri due getti di fumo dal naso. «Sergente e detective dopo soli quattro anni di servizio! Come abbia fatto va oltre la mia comprensione.»

«Sono una brava poliziotta, signore. È per questo che ce l'ho fatta.»

«Ma non è adatta. In amministrazione sì, ce la potrei vedere, anche ai piani alti. Non sarebbe la prima volta per una come lei, e sono sicuro che sappia scrivere al computer bene come chiunque altro. Ma se le cose andassero come dico io, l'unico compito che avrebbe in questo commissariato sarebbe quello di servire tè e caffè a tutti noi. E mi creda, appena me ne darà motivo, la sbatterò a fare proprio quello.»

Il volto di Mariko era imperlato di sudore, e non per via del riscaldamento altissimo dell'ufficio, ma per la rabbia che l'aveva assalita.

«Forza,» disse Ko cogliendo il suo sguardo attraverso una coltre di fumo «dica qualcosa. Mi dia una ragione per degradarla. Può anche non farlo ora, so essere paziente. Lei mi guarda come se fossi un vecchio fesso, ma ho un udito fine. Se qualcuno dovesse anche solo bisbigliare qualcosa sul fatto che lei ha violato il protocollo, stia certa che lo sentirò. Tutto quello che mi serve è un'accusa, una sola. In questo dipartimento è più che sufficiente.»

Mariko aveva la mascella tesa e le labbra schiacciate in una linea sottile. «Non si aspetti di sentire niente,» gli disse «ho intenzione di continuare a fare la brava bambina. Signore.»

«Forse sì, forse no. A ogni modo, quel che è certo è che non entrerà nella narcotici sotto il mio comando. Terminerà il suo periodo di prova, dopodiché, ne stia certa, si vedrà rifiutare la domanda di trasferimento e lavorerà a crimini da quattro soldi per il resto della sua carriera. E dato che potrà tornarle utile un po' di esperienza in casi del genere...» tirò fuori un fascicolo azzurro da una pila di carte e lo lanciò sulla scrivania «si occuperà del caso Yamada. Un vecchio nei dintorni di Machida dice che qualcuno ha cercato di rubare la sua spada.»

«Che le piaccia o no, signore, mi mancano ancora otto settimane nella narcotici prima di iniziare a occuparmi dei casi inutili. Ho il diritto di lavorare nell'antidroga fino ad allora.»

Ecco di nuovo il sorriso di merda. «È una richiesta speciale del dipartimento di Machida, che mi dà il diritto di scegliere chi mi pare. È fortunata.»

Mariko non aggiunse altro. Afferrò il fascicolo e uscì.

6

Spade, pensò Mariko. I bōryokudan stanno diventando sempre più violenti, abbiamo una poliziotta morta e nessun indizio su chi l'abbia uccisa, il mercato della cocaina che minaccia di colpirci come un uragano, e io dovrei pensare a delle spade rubate.

No, pensò. Una spada. Una spada *quasi* rubata. Il cosiddetto tentativo di furto di una spada. Non solo questo non era un caso della narcotici, ma Ko era riuscito addirittura ad affidarle un caso in cui non c'era nemmeno un crimine. Era un aborto di crimine, l'eventualità di un crimine.

Salì sul treno che l'avrebbe condotta a casa di Yamada. Avrebbe potuto richiedere una volante, ma anche quella poteva essere vista come un'appropriazione indebita delle risorse del dipartimento e Mariko non voleva correre il rischio. Anche lei sapeva essere paziente. C'erano un sacco di poliziotti in quel distretto, col passare del tempo Ko sarebbe stato sempre più occupato e allora lei avrebbe scoperto se il suo udito era così fine come diceva.

Ci voleva quasi un'ora per arrivare a Machida. I palazzi che costeggiavano i binari diventavano via via più bassi, più piccoli. Dopo i primi quindici minuti la gente sul treno diminuì al punto da riuscire ad allontanare i gomiti dalle costole e poco più tardi Mariko riuscì a vedere tutta la carrozza da un'estremità all'altra. Mentre aspettava una coincidenza sul binario, trovò il tempo di fare una telefonata, nel corso della quale apprese che il dipartimento di Machida era molto piccolo, l'unico detective che c'era

era appena andato in pensione e non avevano ancora trovato nessuno che lo sostituisse. Sempre meglio, pensò Mariko. Sono diventata la ruota di scorta nell'indagine su uno pseudocrimine.

Per l'ennesima volta desiderò ardentemente che il tenente Hashimoto non fosse andato in pensione. Non che avesse avuto molta scelta. Proprio come Mariko, nemmeno lui era uno che prendeva le cose sottogamba. Ventisei anni a ottanta ore la settimana si erano fatti sentire, e un bel giorno aveva perso i sensi nel suo ufficio e si era risvegliato con un dottore che gli diceva che c'era mancato poco per trasformare quell'episodio in un caso di *karōshi*. Mentre il treno sferragliava, Mariko pensò a quanto fosse strana quella parola. Karōshi: morte per eccesso di lavoro. Cosa si poteva dedurre dal fatto che la cultura giapponese avesse coniato un termine specifico per una cosa del genere? Com'era possibile che potesse sopravvivere una società in cui c'era talmente tanta gente che lavorava fino ad ammazzarsi da aver dovuto inventare un nome per indicare episodi di quel tipo? Gli americani non avevano una parola analoga... Ma l'esistenza dell'espressione *drive-by shooting*[2] era altrettanto sintomatica della loro cultura. Solo in un posto di perpetua violenza la gente avrebbe potuto inventare una parola per indicare un particolare modo di uccidere.

Mariko aveva preferito la terra del karōshi a quella del *drive-by*. E questo cosa diceva di lei? C'era un che di tipicamente giapponese nel preferire il suicidio a un omicidio casuale. Nei tempi antichi i samurai si erano chiesti se fosse onorevole vincere una battaglia ricorrendo alle armi da fuoco. A differenza di una spada o di una freccia, la pallottola di un moschetto colpiva a caso, e per un vero seguace del *bushidō* era una questione di onore dover uccidere utilizzando esclusivamente le proprie forze. Meglio morire facendo *seppuku*, dicevano alcuni, che acclamare la vuota vittoria della pistola. Naturalmente, quelli che la pensavano così erano stati squarciati proprio dai proiettili di un moschetto.

Ogni tanto la gente parlava ancora dello spirito samurai. Mariko si domandava se lei potesse possederlo, e si chiedeva se fosse

---

[2] Omicidio, tipico delle bande giovanili, commesso sparando da un'auto.

qualcosa di più di un'ostinata cocciutaggine. No, era cocciutaggine unita al desiderio di durare più a lungo del proprio avversario. Mariko era brava in quello. Era l'unico modo per avere la meglio su tipi come Ko: lei sarebbe sopravvissuta più a lungo. Anche se l'avesse distrutta, lei sarebbe durata di più.

Scoprì di non riuscire ad apprezzare il sole, né il cielo limpido, né il fatto che Machida fosse molto più verde rispetto al centro di Tokyo. Il fascicolo azzurro nella sua mano sinistra puzzava ancora di fumo. Ci scartabellò dentro per cercare l'indirizzo di Yamada e trovò la casa facilmente.

Yamada Yasuo, ottantasette anni, pensionato, viveva da solo. Nessun precedente penale. Qualsiasi lavoro avesse svolto era stato abbastanza redditizio da permettergli di acquistare una casa, un lusso che Mariko non si sarebbe mai potuta permettere. Probabilmente era vedovo e a quanto pareva era un abile giardiniere, visto che quando Mariko raggiunse la casa lo trovò intento a tagliare un enorme crisantemo rosa dal cespuglio accanto alle scale d'ingresso.

«Yamada-san?»

L'anziano si voltò e sorrise. I suoi capelli erano cortissimi, tagliati col rasoio elettrico fin quasi alla pelle, e brillavano al sole come un milione di piccoli spilli d'argento. Era in ginocchio – il fiore che aveva reciso si trovava nella parte bassa del cespuglio – ma anche in quella posizione si vedeva che la sua schiena aveva una lieve gobba. Indossava dei pantaloni e una felpa del colore del tè al latte, e il suo viso era punteggiato di macchie cutanee. La pelle delle sue mani e del suo viso era la più rugosa che Mariko avesse mai visto.

«Perché? Salve» disse.

«Sono la sergente detective Oshiro, Dipartimento della polizia metropolitana di Tokyo. Dovrei farle alcune domande sul recente tentativo di furto che ha subìto. Ha qualche minuto?»

«Ma certo. Venga.»

La invitò a entrare con un cenno della testa e, tenendo le forbici e il fiore di crisantemo in una mano, le fece strada verso l'ingresso. Ora che era in piedi Mariko si accorse che era più basso di quanto si aspettasse, non la superava neanche di dieci centimetri. La gobba gli aveva rubato un po' di altezza. Appoggiava i piedi sui gradini con estrema attenzione, cosa che la stupì poiché quando si era alzato poco prima lo aveva fatto piuttosto rapidamente, inoltre sembrava in forma per la sua età. Quando raggiunse la porta, Mariko capì come mai si muoveva così lentamente. Cercò la chiave di casa nella tasca e, quando la ebbe trovata, si abbassò fino a che non ebbe la faccia a un dito di distanza dalla maniglia. Solo allora fu in grado di inserire la chiave nella toppa.

«È legalmente cieco?» chiese Mariko.

«Non è molto delicata, eh, detective?»

Mariko sentì le guance scaldarsi. «No, signore. Le chiedo scusa. Anche mia nonna è quasi cieca. Fa ancora il *sashiko*, ma deve seguire i disegni del filo toccandoli con le dita.»

«Ah. Il dottore dice che farei meglio ad aiutarmi con il tatto, ma preferisco usare gli occhi finché ancora posso. Prego, entri pure. Sediamoci.»

La casa di Yamada era un brandello di passato. L'ingresso, che ospitava ancora una scarpiera di legno, aveva il pavimento più basso rispetto al resto della casa. Il salotto ospitava solamente un ampio tavolo che non arrivava neanche all'altezza del ginocchio, circondato da quattro *zabuton* grigi. Il pavimento era in tatami, le pareti erano piene di libri e il lampadario a forma di scodella che pendeva dal soffitto era apparentemente l'unico apparecchio elettronico della stanza. E il lampadario era un'aggiunta relativamente recente a giudicare dall'intonaco: una linea retta, quasi perfettamente identica al resto del soffitto, andava dalla lampada alla parete, tracciando il percorso del nuovo filo. C'erano alcuni insetti morti all'interno dell'ampolla di vetro del lampadario, ma le librerie erano state spolverate e i cuscini grigi non avevano nessuna macchia. La stanza odorava di tatami e carta invecchiata.

Mariko disse che sarebbe rimasta in piedi, ma Yamada insisté, quindi lei si tolse le scarpe, entrò nel salotto e si accomodò su uno zabuton. Yamada le parlò dalla cucina, dove era andato per preparare il tè. «È venuto ieri sera per la spada» stava dicendo.

«È venuto in macchina, se può essere rilevante. Una macchina piccola a giudicare dal rumore che faceva.»

Mariko trascrisse tutto, più per scrupolo che per altro. «Cosa le fa pensare che questo individuo sia venuto per rubare la spada?»

«Non c'è nient'altro qui che valga la pena rubare» disse Yamada mentre entrava nella stanza reggendo un vassoio con entrambe le mani. Sul vassoio c'erano due tazze da tè – di quelle tradizionali, senza manico – una teiera fumante e il grandissimo crisantemo rosa. Il profumo del tè e quello del fiore si mischiavano piacevolmente.

Mariko non era abituata a contraddire i testimoni o le vittime quando li interrogava, ma non poté fare a meno di pensare che una spada era una cosa decisamente poco interessante da rubare. Cosa poteva mai farsene qualcuno di una spada nel XXI secolo?

Tenne per sé questi pensieri, e invece disse: «Posso vedere la spada, signore?»

«Prima il tè» disse Yamada. Le sue mani trovarono la tazza e la teiera agevolmente – riusciva a vederle o aveva memorizzato la loro disposizione? – e riempì le due piccole tazze di un pallido tè verde.

Mariko iniziò a sorseggiare, e mentre bevevano gli pose le domande di rito: a che ora ha sentito la macchina passare vicino alla casa? Cos'è successo dopo? Questa persona è entrata in casa oppure c'è stato solo un tentativo di effrazione? Mi sa descrivere questa persona? Era solo o sola?

Yamada rispose a tutto, ciononostante Mariko ebbe la sensazione che stesse omettendo qualcosa. Tentò di modificare le domande, riproponendole in diverse formulazioni, ma non riuscì a venire a capo della reticenza dell'uomo. Non capiva se stava nascondendo qualcosa deliberatamente oppure se quell'impressione era dovuta semplicemente ai modi di fare tipici di un uomo di quella generazione, così diversi da quelli di oggi.

Alla fine giunse alla conclusione che Yamada fosse un tradizionalista. Il tavolo da tè vecchio stile e i cuscini, la mancanza di qualsiasi tipo di impianto stereo o lettore cd, il tatami nell'ingresso, tutte queste cose erano reminiscenze di un tempo antico. Yamada rispose a tutte le domande che gli vennero poste, ma non disse tutto ciò che sapeva; Mariko pensò che questo atteggiamento dipendesse dal fatto di essere cresciuto nell'ultima generazione che credeva ancora nella sacralità del silenzio.

Mentre Yamada la conduceva alla sua camera da letto al piano superiore, dove custodiva la spada, Mariko notò che nella casa non c'erano televisori. Non era una cosa inusuale per un cieco avere una televisione – la nonna di Mariko ce l'aveva – ma lei sospettava che quest'uomo non avesse buttato via la propria quando la sua vista aveva iniziato a indebolirsi. Molto probabilmente, pensò, non ne aveva mai posseduta una. Tanto per cominciare non c'era nessun mobile in casa che facesse pensare di averne sorretta una, nessun mobile tv convertito ad altre funzioni, ma soprattutto sarebbe stato impossibile aver letto così tanti libri se avesse trascorso del tempo davanti allo schermo.

Yamada non aveva neppure un computer, cosa meno sorprendente – neanche la nonna di Mariko ne aveva uno – anche se ancor più incredibile per lei, visto che non riusciva a immaginare la propria vita senza. Un altro gap generazionale, pensò.

«Eccola qui» disse Yamada. Anche la camera da letto odorava di tatami. Il letto non era, come si era aspettata, un futon in vecchio stile, ma un materasso all'occidentale su un'alta struttura alla moda. Probabilmente era più facile salire e scendere da quello piuttosto che da un futon, pensò Mariko. Sopra il letto, su uno scaffale laccato di nero appeso alla parete, c'era la spada.

Lui si avvicinò, la prese e la allungò a Mariko. Era incredibilmente pesante e molto più grande di quello che si era aspettata. Comunque, non aveva mai impugnato una vera spada prima. Ne aveva viste nei musei e nelle visite ai castelli fatte da bambina, e aveva sempre avuto voglia di aprire le teche per prenderle tra le mani. Era strano toccarne una ora, una sorta di sogno fanciullesco divenuto realtà. Una piccola parte di lei si domandò cosa potesse significare questo suo strano desiderio. Saori quando era piccola desiderava avere un pony.

«La sfoderi» disse Yamada.

Lei lo ringraziò e appoggiò sul letto il lucente fodero legato da una corda. L'acciaio nudo della spada rifletteva tutto ciò che c'era nella stanza, distorcendo e allungando le figure. Mariko non riusciva a immaginare come potesse essere combattere con una cosa del genere, ma non appena questo pensiero ebbe fatto capolino nella sua testa, sentì immediatamente che doveva essere estremamente semplice tagliare ossa e muscoli con una lama di quella grandezza. E naturalmente i samurai che combattevano con armi del genere dovevano essere ben più imponenti rispetto ai cinquanta chili per un metro e sessantacinque di Mariko. A loro la spada non doveva sembrare altrettanto grande.

«Impressionante» disse sollevandola.

«Certo che lo è. Guida le forze del destino.»

Passò un attimo prima che Mariko capisse quelle parole. «Le forze del destino?»

«Esatto.»

«Signore, sta per caso insinuando che questa spada sia magica?»

«Quella è una delle parole che si possono usare.»

Mariko la ripose nella guaina. «Ed è per questo che il ladro è venuto con l'intento di rubarla?»

«Naturalmente.»

«Certo.» Mariko non si preoccupò di rimettere la spada sulla mensola sulla parete, la lasciò sul letto. «E ha detto di non aver visto il ladro entrare nella sua proprietà?»

«Non ci vedo più molto bene, ispettore.»

Mariko si voltò in direzione delle scale. «Credo che siamo a posto, qui, signore. Se dovessimo avere delle novità la terrò informata.»

«Ah, ispettore,» la chiamò lui «se può essere utile alla vostra indagine, la spada vale moltissimi soldi.»

«Perché controlla il destino?»

«No. Perché ha quasi novecento anni.»

«Mmh. Ci faremo sentire, signore.»

Uscì dalla casa dell'anziano stringendo e ristringendo i pugni, tentando di ricordarsi che c'era un solo modo per avere la meglio su Ko. Lei sarebbe durata di più. Avrebbe continuato a sommergerla di montagne di merda e lei avrebbe tenuto duro finché lui non avesse finito la merda da spalare.

Sperò ardentemente che la merda finisse in fretta.

Libro due
Periodo Kamakura, anno 124
(1308 d.C.)

7

Sulle colline scese il silenzio. Le foglie rosse e dorate dell'autunno si adagiavano pigramente sul terreno, più numerose a terra che sui rami. Una cadde sul volto del nobile Kanayama Osamu, il cui pallore era in netto contrasto con il rosso acceso del fogliame. La maggior parte del suo sangue aveva già dipinto le foglie per terra con uno scuro rivolo color cremisi. Il suo corpo era stato tagliato lungo la schiena, una ferita profonda che andava dalla spalla sinistra al fianco destro, e il suo viso aveva ancora il folle ghigno che aveva avuto durante il combattimento.

«Non ho mai visto niente del genere.» Saito Toshiro aveva lo sguardo fisso sul suo comandante caduto, i polmoni ancora si muovevano, il sangue pulsava un ritmo adrenalinico nei suoi timpani.

«Nemmeno io» disse Nakadai Minoru, rimettendo il tachi nel fodero sul suo fianco. «Né a Kamakura, né a Higashiyama, mai.» I due uomini erano uno l'opposto dell'altro sotto molti aspetti. Mentre Saito era slanciato e svettava nella sua armatura, Nakadai era più basso di lui di tutta la testa e largo tanto quanto il primo era alto. Saito aveva una pelle di cuoio, scurita dal sole e indurita da anni di combattimenti. Nakadai aveva delle guance che sembravano mele rosse e degli scintillanti tagli profondi e stretti al posto degli occhi, due biglie nere infilate in una palla di impasto. Entrambi indossavano l'armatura e avevano la pettinatura e le spade che li identificavano come samurai, ma uno accanto all'altro, Nakadai sembrava quasi un toro e Saito un albero segnato dalle intemperie.

«Ha combattuto come un folle» disse Saito. «No... come un cane rabbioso. Non capisco.»

«Sì. Dovremmo essere noi quelli stesi lì, non lui. È orribile, meritava una morte migliore di questa.»

Il nobile Kanayama era stato, tra le altre cose, uno dei più rinomati spadaccini del territorio di Owari. Era inoltre un samurai, signore del castello di Gifu, daimyō del feudo della zona oltre che alleato e confidente del nobile Ashikaga Owari-no-kami Jinzaemon, grande feudatario di Owari. Fino a qualche giorno prima, Kanayama era uno dei generali di Ashikaga e comandante di Saito e Nakadai. In tempo di guerra, le decisioni di Kanayama si erano sempre rivelate sagge, inoltre non c'era nessuno nell'arco di cento *ri* che potesse rivaleggiare con la sua destrezza con la spada. Tuttavia il mattino precedente gli era stato ordinato di compiere seppuku, punizione inflittagli dal signore Ashikaga per accusa di alto tradimento. E invece, all'alba di quella mattina, Kanayama aveva preso le sue spade e i suoi due cavalli più veloci ed era fuggito per le pianure di Owari.

Il primo dei due cavalli non aveva retto alla corsa. Il secondo, più forte del primo, aveva continuato fino a notte fonda finché non si era rotto una zampa nella folle cavalcata per attraversare il fiume Kiso. Da lì Kanayama aveva dovuto proseguire a piedi e Saito, Nakadai e un'altra dozzina di guerrieri avevano dovuto dargli la caccia su ordine di Ashikaga. E adesso, su questa collina isolata, aveva condannato sé stesso a morire di una morte atroce per mano dei suoi stessi servi.

«Non capisco» disse Saito iniziando a pulire la sua spada dal sangue. «Se avesse semplicemente fatto seppuku sarebbe morto con onore. E invece questo! Scappare come un ladro qualunque, affrontandoci come se non avesse mai impugnato una spada... In nome di tutti gli dèi, quando ti ha preso a calci, non credevo ai miei occhi!»

Un calcio aveva spedito il corpulento Nakadai in mezzo a un

rovo di spine, che gli aveva rotto due costole e trafitto centinaia di volte ogni centimetro di pelle scoperta. Nakadai era stato fortunato: chiunque entrasse nella traiettoria di Kanayama Osamu solitamente andava incontro a una morte rapidissima. Il calcio, oltre ad allontanare Nakadai, aveva fatto perdere l'equilibrio a Kanayama, consentendo a Saito di schivare la sciabolata impazzita che aveva tirato subito dopo. Saito era stato colpito sull'avambraccio solo superficialmente, e in compenso Kanayama aveva lasciato la propria schiena scoperta, permettendo a Saito di girarsi e sferrargli il colpo che lo aveva trafitto dalla spalla al fianco.

«Non ha nessun senso.» Nakadai annuì, guardando il corpo con aria incredula. «Dovrei essere un cadavere senza testa in questo momento, e tu dovresti essere a terra in procinto di morire dissanguato dal moncherino del braccio con cui tieni la spada, in attesa che il signore ti tagli a metà. Non c'era nessuna logica nei suoi colpi, solo follia. Forse quello che si dice di questa spada è vero...»

«Sciocchezze» disse Saito immediatamente. «Era esausto. Ha corso per giorni interi, forse si era anche ferito quando il suo cavallo è caduto nel fiume.»

«Può essere, ma a Inuyama l'ho visto ammazzare quattro uomini con una mano sola, e questo mentre aveva una freccia infilzata nella spalla.»

«Non me lo so spiegare» ammise Saito. «Forse era impazzito. Non c'è altra ragione per cui avrebbe potuto decidere di mettersi contro Ashikaga.»

«Nessuna ragione, a parte la spada.»

Saito sbuffò. «Toglitelo dalla testa. Cosa sei, la moglie di un contadino? Credi anche che i folletti verranno a rapire i tuoi figli durante la notte? È una lama Inazuma! Una spada senza eguali! È naturale che ci siano delle leggende su una spada così.»

«Non leggende come queste» disse Nakadai.

«Torna in te! Anche sul signore c'erano delle leggende. Credi veramente che abbia ucciso cento uomini a Kamakura? Nemmeno io, ma questo è quello che si racconta nei villaggi. Scegli, amico mio, vuoi essere un paesano o un samurai? Credi veramente che gli spiriti possano controllare una spada?»

Nakadai si lasciò cadere la testa in avanti per un istante. Quando la sollevò, le sue guance paffute erano increspate da un sorriso. «Hai ragione. Hai ragione, ovviamente. Probabilmente sono solo un po' confuso per via della morte del nostro signore.» Scosse la testa come per scacciare le ultime tracce di un brutto sogno. «Scusami. Veniamo a noi: dovremmo andare a prendere i nostri uomini e tornare dal nobile Ashikaga?»

Lo sguardo di Saito cadde un'altra volta sul corpo. «Tu vai. Bisogna preparare la testa e comporre l'elogio funebre.»

Nakadai annuì e Saito lo guardò avviarsi lentamente su per la collina, per andare a recuperare la dozzina di *bushi* che li avevano accompagnati nell'inseguimento. Saito e Nakadai erano i migliori cavallerizzi del gruppo ed erano riusciti a condurre i loro cavalli molto più addentro nel bosco rispetto agli altri. A un certo punto anche loro erano stati costretti a smontare, poiché i rami erano diventati troppo fitti perché un cavallo potesse passarci in mezzo. L'inseguimento era proseguito a piedi e i cavalli erano rimasti dove li avevano lasciati, obbedendo agli ordini. Saito suppose che Nakadai avrebbe trovato gli altri uomini nel luogo in cui avevano lasciato i cavalli.

Non aveva molto tempo. Appena la sagoma rotonda di Nakadai fu scomparsa dalla sua vista, lo sguardo di Saito ricadde sul corpo del suo comandante caduto. Giaceva lì, le gambe scomposte appoggiate l'una sull'altra, il busto contorto in una posa improbabile poiché la spina dorsale e la cassa toracica non erano più in grado di supportare una normale forma umana. La mano destra di Kanayama era ancora stretta all'impugnatura del suo tachi, che era talmente affilato che quando il signore era caduto, si era conficcato per metà nella terra.

Saito sperò che non avesse colpito una roccia. Estrasse la spada Inazuma e tirò un sospiro di sollievo quando si accorse che la perfezione della sua punta non era stata scalfita. Inazuma, il creatore della spada, era un forgiatore unico, non avrebbe avuto eguali per intere generazioni. Aveva istruito alcuni apprendisti, ma nessuno di loro era mai stato in grado di replicare il genio del maestro, e dopo la sua morte la scuola Inazuma aveva cessato di esistere. Questo era accaduto duecento anni prima, e la sua eredità veniva tramandata solo da spade come quella, un tesoro che Saito non avrebbe mai creduto di poter brandire, nemmeno vivendo cent'anni.

Anche Saito era un ottimo spadaccino, uno dei migliori fra i samurai. Niente di paragonabile al nobile Kanayama, ma era comunque più abile di molti altri. Oltre alla pratica dell'uso della spada a cui dedicavano la vita tutti i samurai, Saito aveva studiato per molti anni anche lo *iaidō*, l'arte dello sguainare la spada. Andava molto fiero della velocità con cui la estraeva, della scioltezza con cui fluivano i suoi tagli, le sue parate, i suoi affondi. Un maestro di iaidō riusciva a estrarre, infilzare e rinfoderare la spada prima che il cadavere del nemico toccasse la terra. Saito non era ancora giunto a tanta destrezza, ma ci stava lavorando.

Si dava il caso che quella particolare lama fosse stata forgiata dal maestro Inazuma proprio per lo iaidō. Era stata chiamata Bella Cantante per via del fischio che la punta del tachi produceva quando veniva estratta dal fodero. Una spada iaidō doveva essere più leggera dei normali tachi per poter essere sguainata più rapidamente; questo dava la sensazione che il suo peso venisse sorretto da muscoli propri, come se fosse una continuazione del braccio di chi la brandiva, senza peso.

Era un vero capolavoro. Spedirla all'altro mondo insieme a Kanayama sarebbe stato un atto criminale. Non era un disonore prendere quella spada. Non era assolutamente un disonore. Se l'unico modo per salvare un capolavoro del genere era di rubarlo a un uomo morto, si disse Saito, allora quel furto non poteva considerarsi né vigliacco né disdicevole.

E le voci che giravano sulla spada non potevano assolutamente essere vere. Saito rise a quel pensiero mentre esaminava la lama in un raggio di luce. Pulì la sua superficie brillante, ammirò il riflesso delle foglie che catturava. È una lama Inazuma, pensò. Era naturale che ci fossero delle leggende. Molti uomini avrebbero ucciso – e di fatto tanti lo avevano fatto – per impossessarsi di una spada come quella. Nei luoghi in cui ci sono tesori di quel tipo, l'immaginazione partorisce storie incredibili.

Diede un'ultima pulita alla spada e poi, estraendo il suo tachi, infilò l'ultima arma del condottiero nel proprio fodero. Ci stava abbastanza bene; non alla perfezione, ma non rischiava neanche di ballonzolare liberamente dentro di esso. Dopodiché, togliendosi dalla cintura quell'incredibile arma e la sua guaina, si accucciò, srotolò rapidamente le corde che avvolgevano le impugnature di entrambe le spade e le scambiò, fasciando la Inazuma con la fettuccia della propria. Nonostante sentisse fin dentro le ossa che quella era una violazione del bushidō, il suo cervello gli diceva che non lo era. Cercò di convincersene mentre scambiava le fettucce intrecciate che avvolgevano i foderi, e annodava la propria attorno a quello intagliato di Bella Cantante.

Le sue sopracciglia si incresparono per l'apprensione nell'osservare gli *tsuba*, i guardamano rotondi di entrambe le spade; scambiare anche quelli avrebbe richiesto molto più tempo di quello che aveva a disposizione e anche diversi attrezzi che non aveva sotto mano. Il travestimento non sarebbe stato impeccabile. A ogni modo, non c'era bisogno che lo fosse. Non c'era alcuna ragione per cui qualcuno avrebbe dovuto esaminare la spada di Saito tornando a casa. Se gli altri fossero stati leali, il lutto per la morte senza onore subìta dal loro capo avrebbe soverchiato qualsiasi altra preoccupazione.

Appena l'impugnatura e il fodero di Bella Cantante furono avvolti perbene, legò frettolosamente la propria spada con il laccio giallo e arancione del nobile Kanayama. Una volta camuffate le armi, ficcò il premio lasciatogli da Kanayama nella propria cintura e restituì la sua spada al comandante. Fu allora che udì delle voci che si avvicinavano scendendo lungo il crinale. Con un movimento impercettibile, Saito si rimise in piedi e sfoderò la spada Inazuma. Quella lama senza eguali brillò alla luce del sole nel recidere la testa di Kanayama dal resto del corpo. Il sanguinamento fu minimo, dato che la maggior parte del liquido era già fuoriuscita dal corpo trasformandosi in un cumulo di fango rosso, ma Saito decise comunque di pulire la sua nuova lama. Quando frustò l'aria per rinfoderare la spada, la lama cantò davvero, mormorando una nota acuta, quasi impercettibile, ma comunque indimenticabile. Anche se non avrebbe mai potuto spiegare come, Saito si rese immediatamente conto che quella canzone aveva delle parole, e allora seppe quale avrebbe dovuto essere l'elogio funebre per il suo capo appena caduto:

Il sole glorioso,
prossimo allo zenit,
è stato oscurato dalla mia mano.

«È perfetto» disse Nakadai quando poco dopo Saito glielo recitò. «Sì, neanche lui stesso avrebbe potuto comporre un elogio migliore. Ed è un peccato che rispecchi così bene la realtà.»

«Come?» Saito alzò gli occhi sul suo amico, solo vagamente conscio del fatto che Nakadai aveva parlato. Il sibilo della canzone della spada era ancora sospeso nell'aria, e copriva qualsiasi altra cosa.

«La vita del maestro» osservò Nakadai. «Come hai detto tu. Era il sole, oscurato proprio quando stava per raggiungere il massimo delle proprie capacità. O hai scritto un elogio senza neanche sapere cosa volesse dire?»

«No... si è praticamente scritto da solo.»

Nakadai si mise a ridere. «Be', allora forse hai avuto una specie di illuminazione. Forse ti dovresti togliere quella coda e andarti a ritirare in un monastero.» Sghignazzò di nuovo, mentre a Saito si accapponò la pelle al pensiero di riporre le armi e abbandonare la vita da samurai. Fece comunque una risata forzata.

Decisero di ergere una pira per il corpo di Kanayama appena fuori dal bosco, dato che era molto probabile che il nobile Ashikaga non avrebbe permesso di celebrare un funerale adeguato se avessero riportato il corpo a casa. A dispetto di qualsiasi demone si fosse impadronito di lui nei suoi ultimi giorni, per la maggior parte della sua vita Kanayama era stato un guerriero impavido e depositario di indiscussa lealtà.

Il sole era ormai calato quando ebbero finito di radunare tutta la legna di cui avevano bisogno, perché per trasformare in cenere le ossa del loro signore era necessario il calore che si trovava solo al centro di una fucina. Su suggerimento di Saito, le spade di Kanayama furono bruciate insieme al corpo. Il signore meritava che gli fosse concesso almeno quell'onore, sostenne. Nakadai si dichiarò subito d'accordo: se le leggende avevano un fondamento di verità, disse, avrebbero reso un favore al mondo regalando alle fiamme la lama Inazuma. Nella luce zampillante del fuoco notturno, nessuno parve accorgersi dello tsuba della spada del nobile Kanayama, e nessuno fece caso al guardamano del vecchio condottiero appeso al fianco di Saito.

Non è un disonore, si ripeteva Saito. Un samurai deve trasformarsi in una spada vivente. Proprio come un comandante non manda in battaglia un suo fedele samurai con leggerezza, un samurai non dovrebbe lasciare che una spada di ineguagliabile valore venga distrutta. No, pensò. Non è affatto un disonore.

8

Il nobile Ashikaga Owari-no-kami Jinzaemon oltre a essere incredibilmente potente era anche famoso per la sua ferocia. Il suo dominio sulla provincia di Owari era indiscusso; a quell'epoca quelli tra i suoi nemici che avevano un minimo di intelligenza avevano capito che era meglio attendere che l'anziano tiranno morisse, sperando che il suo erede non prendesse dal padre tutta la sua perfidia demoniaca. Il territorio di Owari si estendeva su una terra molto ambita, e tutti i padroni delle zone limitrofe desideravano ardentemente sottrarla al controllo di Ashikaga. La sua baia lunga e stretta era protetta su entrambi i lati da due penisole, che la rendevano un porto naturale al riparo dalle minacce rappresentate dai frequenti tifoni che si abbattevano sulla zona. Le montagne situate a nord e a ovest erano un'ulteriore protezione contro le minacce di natura militare. Le pianure di Owari erano ricche di floride risaie e, a rendere la sfida ancor più allettante, le truppe di Ashikaga erano molto meno numerose di quelle sotto il comando dei suoi nemici. Tuttavia, con le montagne e il mare a protezione dei suoi confini, Ashikaga poteva impegnare tutti i suoi uomini a difesa del fronte orientale, posizione facilmente controllabile da parte di un generale di quella caratura.

Molto tempo prima due eserciti nemici avevano attaccato Owari simultaneamente, uno via mare e uno via terra. Ashikaga li aveva respinti entrambi, impiegando metà delle sue truppe per ognuno. Per sconfiggere il primo aveva sistemato i propri uomini sulle due penisole, e quando le navi nemiche avevano varcato i confini del porto erano diventate un facile bersaglio per gli arcieri. Le frecce infuocate erano letali per le navi come l'acciaio per la carne, e l'attacco fu bloccato prima che un solo marinaio potesse raggiungere la spiaggia. Agli invasori che avevano deciso di attaccare via terra fu concesso di penetrare in profondità lungo le pianure prima che la seconda metà delle truppe di Ashikaga li sorprendesse alle spalle, distruggendo tutti i loro rifornimenti. Il nemico ripiegò verso sud e venne intercettato dagli arcieri di ritorno dalla battaglia navale. Cercando una via di fuga verso ovest, gli invasori avevano incontrato gli altri arcieri che provenivano dalla seconda penisola. Circondato su tre lati dalle truppe e dalle montagne sul quarto, il nemico fu lasciato a morire di fame per una settimana su un terreno che sfortunatamente non era ancora pronto per il raccolto. Entrambe le azioni erano state talmente sorprendenti e così rapide che i generali nemici furono indotti a pensare che Ashikaga avesse dispiegato l'intero esercito contemporaneamente sia sulle pianure che sulla costa, e un generale che era in grado di fare una cosa del genere doveva essere lasciato in pace nella sua provincia fino alla sua morte, con la speranza che il suo successore non ereditasse capacità sovrumane di quel genere.

L'astuzia e la potenza di Ashikaga erano incredibili tanto quanto la sua bruttezza. La sua faccia sembrava un teschio su cui era stata tirata la pelle, con gli zigomi spigolosi come quelli di un prigioniero dopo due settimane di digiuno. Sulla parte sinistra, una linea sottile come la lama di un rasoio percorreva il suo volto dalla bocca al lobo mancante, dando forma a una spessa cicatrice bianca su cui non cresceva la barba. Il codino da samurai e le sopracciglia erano dei cespugli grigi, in netto contrasto con la pelle rossastra abbronzata ormai in maniera permanente dagli anni trascorsi sotto il sole dei campi di battaglia. Anche il suo corpo portava i segni dei combattimenti, ma la peggiore in assoluto fra le sue cicatrici era un rivoltante nodo che si contorceva sulla sua gola. In gioventù un arciere gli aveva trafitto il gargarozzo con una freccia, e Ashikaga era sopravvissuto solo per la benevolenza di un qualche Buddha o demone che vegliava su di lui. Si narrava che quel giorno avesse ucciso altri due uomini prima di fermarsi per rimuovere il dardo. Alcuni raccontavano che fosse tornato indietro per dare la caccia all'uomo che lo aveva colpito. Alla fine la ferita era guarita, ma rimarginandosi gli aveva lasciato la pelle del collo attorcigliata a una cicatrice a forma di mulinello. E neanche le sue corde vocali erano rimaste indenni. Era passato un anno prima che fosse in grado di parlare di nuovo e girare la testa, e da allora la sua voce era diventata un ringhio, ghiaia schiacciata dalle ruote di un carro, il gorgoglio di un tuono in lontananza.

A Saito non importava se la freccia avesse davvero trafitto la gola del signore o se lo avesse solo sfiorato, né se era davvero tornato indietro per trovare l'arciere e ottenere la sua vendetta. Se un uomo ascende a una levatura tale da indurre la gente a inventarsi delle leggende sul suo conto e a raccontarle come se fossero vere, questo è più che sufficiente a comprovare le sue abilità. Saito si rivolgeva sempre al signore con Ashikaga-dono al posto del -san usato per i suoi pari o anche del -sama che usava per Kanayama. Avrebbe sempre reso omaggio ad Ashikaga in quanto guerriero e signore feudale, indipendentemente da quello che i superstiziosi soldati di fanteria bisbigliavano nei ranghi riguardo ai presunti fantasmi che sarebbero tornati in vita per sfogare la loro ira.

Saito era stato convocato nella sala delle udienze del generale per ragguagliarlo sulla morte del nobile Kanayama. Ashikaga si lasciò sfuggire una pungente mezza risata quando Saito gli riferì del calcio che aveva spedito il suo compagno in mezzo al rovo. «E ti aspetti che io creda che Kanayama Osamu abbia colpito un uomo quando aveva una spada fra le mani?» La voce da lupo era inasprita dall'incredulità. «Perché non lo ha semplicemente trafitto? Cosa stai cercando di nascondermi?»

«Niente, Ashikaga-dono. Niente di quanto ho raccontato finora potrebbe difendere il vecchio comandante dall'onta. Volevate la verità, ed è ciò che vi ho detto. Non posso spiegare le sue azioni; aveva perso ogni traccia di controllo. Gli sono stato fedele per molti anni, ma Lord Kanayama è morto senza onore ed è stato per risparmiargli ulteriori disonori che gli ho tagliato la testa. Se credete ancora che sia un bugiardo, permettetemi di compiere seppuku per dimostrare la mia innocenza.»

Gli occhi neri di Ashikaga si abbassarono sulla scatola smaltata ai piedi della sua predella. Nella scatola c'era una sacca di tessuto pesante, e nella sacca c'era la testa recisa. «No, Saito-san» mugugnò. «Continua il tuo racconto. Forse era davvero pazzo. Dimmi il resto.»

Saito concluse il racconto, andando dal colpo mortale fino alla pira funeraria, descrivendo ogni dettaglio, fatta eccezione per le spade. Non temeva che Ashikaga potesse accorgersi dello tsuba del suo tachi, poiché nessuno aveva il permesso di entrare nella sala delle udienze armato, per la sicurezza delle guardie del corpo e dello stesso nobile Ashikaga. Il castaldo al piano di sotto che aveva preso in custodia l'arma di Saito non poteva in alcun modo essere in grado di notare le differenze fra le spade, perciò per il momento il suo segreto era al sicuro. Tuttavia Saito aveva consegnato l'arma con estrema riluttanza. Anche ora, se ci pensava, riusciva a sentire l'eco del canto che aveva udito nella foresta sprigionarsi per la sala delle udienze, la punta della spada che gridava come un falco d'acciaio che vola in picchiata. Come faceva il castaldo a non rendersi conto che quella spada era diversa da tutte le altre? La sensazione che regalava era divina, anche attraverso il fodero. Saito riuscì a stemperare la tensione pensando che si sarebbe ricongiunto con la sua arma molto presto.

Il tono rombante di Ashikaga riportò l'attenzione di Saito alla sala delle udienze. «Sei stato onesto con me, Saito-san, anche a costo del tuo stesso onore e di quello del tuo comandante. Hai fatto la cosa giusta bruciando il corpo del traditore: se lo avessi riportato qui, non lo avrei permesso. Non pecchi di mancanza di giudizio, e sia tu che Nakadai-san avete dimostrato la vostra lealtà. Non diventerai un *rōnin*.»

Quelle parole scacciarono dal cuore di Saito anche l'ultimo sprazzo dell'inquietudine che lo aveva attanagliato fin da quando aveva messo piede in quella sala. La vita di un samurai si fondava sulla devozione al proprio signore, e senza un signore quella vita perdeva di significato. Era Ashikaga che aveva la facoltà di decidere se congedare tutti i samurai di Kanayama, lasciando che se ne andassero come rōnin, guerrieri senza comandante, per disonorare ulteriormente il nome di Kanayama. Senza dubbio sarebbe stato molto meglio morire che vivere in quelle condizioni. Ora Saito sapeva di non dover affrontare quel destino, poiché Ashikaga aveva deciso di appropriarsi dei samurai di Kanayama e della loro lealtà. Il cambiamento sarebbe stato estremamente semplice per Saito: venerava già l'anziano daimyō più di quanto potesse esprimere a parole. L'unica sua preoccupazione era stata l'eventualità che Ashikaga potesse rifiutare la sua lealtà, ma adesso quella preoccupazione era svanita.

«Grazie, Ashikaga-dono» disse Saito inchinandosi. «La mia vita e la mia spada sono vostre.»

«Domani manderò il mio terzo figlio al castello di Kanayama. Diventerà il nuovo signore. Sarai tu ad accompagnarlo e a mostrargli la sua nuova casa.»

«Sì, mio signore.»

«Quant'è grande il tuo feudo?»

«Cinquecento *koku*, mio signore.»

«Da ora è mille. Quando arriverai a Gifu, mio figlio sceglierà sei dei migliori cavalli di Kanayama perché tu possa prenderli.» Ashikaga notò l'espressione perplessa di Saito e aggiunse: «Se avessi consegnato il mio corpo al mio nemico, il mio spirito ti avrebbe perseguitato per il resto della vita e avrebbe tagliato la gola alla tua anima una volta morto. Hai fatto una scelta saggia, Saito-san.»

Saito si chiese cos'avrebbe detto Nakadai quando Ashikaga lo avesse convocato in quella stanza, si chiese se anche a lui sarebbero state concesse ricompense di quel tipo. Forse è perché è stata mia l'idea di costruire la pira, pensò Saito. Non importa. Il signore aumenterà o diminuirà le mie proprietà a seconda di come ritiene giusto, e un buon vassallo non deve prestare attenzione a cose del genere, né in un senso né nell'altro.

L'approvazione del suo nuovo signore placò definitivamente

qualsiasi senso di colpa gli fosse rimasto per aver preso la spada di Kanayama. Ashikaga avrebbe potuto appendere il corpo di Kanayama allo stipite della sua porta, o darlo in pasto ai cani, o ordinare che Bella Cantante venisse fusa e il suo metallo venisse utilizzato per forgiare un vaso da notte. Non si poteva mai sapere con lui. Era stato molto meglio aver cremato Kanayama e aver salvato Bella Cantante. Non aveva rubato la spada per trarne profitto. Un buon vassallo non presta attenzione a quel genere di guadagni.

Come se non bastasse, quando quattro giorni dopo Saito tornò a casa con sei cavalli e un ampio sorriso sulle labbra, sua moglie rimase molto soddisfatta. Hisami era una bella donna, statuaria, non piccola e fragile come quelle cortigiane che tante donne tentavano di imitare. Naturalmente anche Saito aveva un fisico imponente e Hisami gli arrivava solo alla spalla. Fra le altre donne, invece, spiccava alta e fiera come un falco da caccia, il collo slanciato e gli occhi ardenti, senza paura. Quel giorno indossava un kimono arancione chiaro e una sottoveste bianca come il latte. I suoi capelli erano perfetti come sempre, acconciati in una crocchia tenuta insieme da due lunghi fermagli. Saito sapeva quello che chiunque altro poteva solo immaginare, cioè che i fermagli in realtà erano dei coltelli. Hisami era una samurai proprio come suo marito, preparata come lui a imbracciare le armi e a versare il proprio sangue per un ordine del suo signore.

Fu contentissima dei cavalli – le stalle del vecchio signore erano eccellenti – e ancor più contenta del feudo più grande. Un koku era l'ammontare di riso che serviva a sfamare un maschio adulto per un anno intero, e cinquecento koku in più significavano che il feudo di Saito si sarebbe esteso fino ad annettere ai suoi possedimenti il villaggio vicino. In realtà non era ancora moltissimo: prima di morire Kanayama era arrivato a raccogliere il ricavo di circa dodicimila koku, e il territorio controllato da Ashikaga era almeno trenta volte più esteso, ma un vero samurai non misurava le sue ricchezze in questo modo. I luridi commercianti e i contadini dovevano preoccuparsi di faccende del genere; le questioni di denaro erano troppo infime perché Saito potesse prestarvi attenzione. Avrebbe senza dubbio sfruttato quella ricchezza per equipaggiare nuovi uomini con spade e armature, ma avrebbe lasciato che fosse la domestica a gestire le spese. Le finanze erano di pertinenza di donne e strozzini.

Comunque sia, Hisami era estasiata. «Il padrone deve essere molto contento del tuo operato» cinguettò entusiasta mentre lui consegnava i cavalli alle stalle e la accompagnava nella sala da tè. «Raddoppiare il tuo feudo e chiederti di scortare suo figlio... Senza dubbio per fargli da guardia del corpo, sono certa che il padrone abbia scelto proprio te per questo scopo.»

Una domestica con la faccia da topo entrò nella stanza senza fare rumore, appoggiò un vassoio su cui c'erano il tè e delle tazze, e poi svanì silenziosamente così come era arrivata. «No,» disse Saito «Il signore Ashikaga aveva bisogno di qualcuno che conoscesse il castello di Kanayama. È per questo che ha mandato me.»

«Può essere. Ma Nakadai-san non lo conosce altrettanto bene? Eppure ha scelto te. Nakadai non ha ucciso il nobile Kanayama. Be', non fare quella faccia stupita. Le voci sono arrivate fino a qui giorni fa. Il nobile Kanayama ha fatto un errore, ed è una vergogna che sia morto senza onore, ma era pur sempre Kanayama Osamu. Ashikaga-dono aveva mandato dodici uomini a ucciderlo, e invece tu ci sei riuscito da solo.»

«Ci sono riuscito insieme a Nakadai. E con molta sofferenza.» Sorseggiò il tè dalla sua tazza. «A ogni modo, c'è qualcosa di vero in ciò che dici.»

Hisami si inchinò, [illegible] meglio ringraziare il marito per essere stato tanto generoso con lei da riconoscerle di non avere torto piuttosto che fare la parte della moglie insistente. «Il nostro nuovo padrone è sicuramente molto contento di te. Avrebbe potuto lasciarci marcire da rōnin! E dopotutto... dov'è la tua spada?»

Lungo la spina dorsale di Saito passarono tanti aghetti di ghiaccio. «Come?»

«Il tuo tachi» disse lei. «Questo è diverso. Sull'impugnatura e sullo tsuba ci sono delle volpi.»

«Ah. Sì.» Gli si contrasse lo stomaco e un dolore sordo gli strinse i testicoli. Ma in qualche modo riuscì a evitare di mostrare qualsiasi segno di alterazione sia sul volto che nella voce. «Il mio tachi si è rotto in battaglia. Ho deciso di lasciarlo con il corpo del vecchio signore quando lo abbiamo messo sulla pira.» Nonostante la nausea, riuscì a mentire in maniera piuttosto sciolta. «Era una spada eccezionale. Anche morendo, Kanayama ha preteso la sua offerta.»

Hisami restò in silenzio per un lungo momento, e Saito si domandò se la sua voce le fosse parsa tranquilla come era sembrata a lui. Alla fine la moglie disse: «Sì, è un peccato. Era un'ottima arma, vero?»

«Credo che anche questa farà il suo dovere. Il nobile Ashikaga mi ha dato anche questa oltre a tutto il resto.»

«Mmm. Nessuno al villaggio mi ha detto della spada. Non c'è alcun disonore nell'aver perduto una spada contro Kanayama, era un grande combattente. Però è strano che questo fatto non sia stato raccontato, no? Mmm.»

Saito si costrinse a non deglutire. «Lo sai come sono i pettegolezzi. Quando una storia arriva in un altro villaggio, è ormai diventata irriconoscibile. Probabilmente alcuni dettagli sono andati perduti nel passare di bocca in bocca, no?»

«Sì, è probabile che sia così. Ma dove le ho già viste quelle volpi?»

Sentì raddoppiare il dolore allo stomaco. Questo era esattamente quello che aveva temuto fin da quando si era allontanato dalla pira funeraria. Molti anni prima Kanayama aveva fatto visita alla casa di Saito. Era accaduto una volta sola, poco dopo il suo matrimonio con Hisami. Saito e il signore si erano seduti a tavola e Hisami aveva servito il tè. Ma un samurai non può fare a meno di notare tutte le armi di coloro che gli – o le – stanno intorno. E inoltre una buona moglie doveva avere un occhio particolarmente attento per poter elogiare gli ospiti nel modo giusto e prendere le redini della conversazione nel caso in cui fosse emerso un argomento sconveniente o fosse calato uno scomodo silenzio. Hisami era sia una buona moglie che una brava samurai. Aveva senz'altro notato le volpi finemente lavorate che si intravedevano sul fianco di Kanayama, e adesso bisognava solo capire se la sua memoria aveva conservato intatto il ricordo di ciò che i suoi occhi avevano colto. Saito si trattenne dall'imprecare e rimase in attesa che accadesse il peggio.

E invece quel giorno gli dèi gli arridevano. «Giurerei di averle già viste,» disse lei infine «ma non ho idea di dove. Forse è stato in un'altra vita. Non importa. Credo di aver visto centinaia di spade diverse passare per il nostro villaggio, perché questa non dovrebbe sembrarmi familiare?»

Saito annuì sentendo il bisogno di espirare tutta la tensione fuori dal petto, ma non lo fece dato che lei era ancora lì di fronte a lui. «Dimenticati di queste volpi. Domani andrò a montare un nuovo tsuba. Credo che ci metterò lo stemma di casa Saito. Sì,» annuì, buttando un'altra occhiata alle volpi «credo che lo stemma di mio padre sarebbe perfetto.»

«Senz'altro. Mando subito qualcuno dal forgiatore a prendere accordi.»

9

Hisami non poteva osservare il nuovo tachi senza essere assalita dalla collera. Com'era possibile che quegli stupidi fossero anche così inutili? Suo marito aveva percorso quaranta *ri* per tornare a casa, e in tutto il tempo che aveva impiegato per arrivare, quegli ignoranti, rozzi, stolti figli di villani non erano riusciti a trovare un attimo per raccontarle della spada. Perché mai avrebbe dovuto ingaggiare delle spie se non per avere delle informazioni? Le avevano raccontato dei soldi, del feudo più grande, anche il numero dei cavalli si era rivelato corretto. E invece la spada, una spada senza la quale era arrivato al castello e che gli era stata donata prima di ricevere i cavalli... Come avevano fatto a non notarla?

Era sconvolta dalla calma mostrata dal marito, anche se per tutto il tempo in cui la conversazione si era soffermata sulla spada aveva avuto l'aria di uno che stava per esplodere. Aveva ragione di essere alterato, lei avrebbe dovuto fargli trovare la teca per la spada pronta, avrebbe dovuto prepararla prima ancora che lui facesse ritorno al villaggio. Adesso avrebbe dovuto far venire un sacerdote di nascosto per benedire la nicchia e la teca senza che lui se ne accorgesse. Anzi no, decise. Meglio ancora: l'avrebbe fatto dopo che il nuovo guardamano fosse stato montato e gli avrebbe detto che la benedizione andava fatta ora che la spada era realmente sua. Sì, lo stemma di famiglia sarebbe stato perfetto. In quel modo lui non avrebbe avuto alcun motivo di essere in collera.

Nel frattempo avrebbe messo da parte alcuni dei nuovi koku per assoldare altre spie, più competenti delle precedenti. Come avrebbe potuto essere una brava padrona di casa senza sapere chi sarebbero stati i suoi prossimi ospiti inattesi, se non avesse saputo chi avrebbe dovuto accogliere prima che questo arrivasse? Maleducati, bavosi, bastardi! Come avesse potuto tollerare così a lungo dei tali incompetenti nella sua servitù andava al di là della sua comprensione.

Era così arrabbiata con loro che quasi non aveva notato la tensione di suo marito. Solitamente le lunghe cavalcate lo acquietavano, era davvero bravo in sella. Tuttavia quel giorno sembrava decisamente sulle spine. Che fosse colpa sua, che si fosse adirato per la teca della spada? Eppure la sua agitazione non sembrava diretta a lei. A meno che... sì, invece lo era. Se n'era andato due settimane prima, e prima della sua partenza lei aveva il ciclo e quindi non avevano potuto... sì, ora le era tutto chiaro. Per lui un periodo del genere era troppo lungo.

Un problema di facile soluzione, pensò toccandosi i capelli. Avrebbe sistemato tutto quella sera stessa.

10

Saito fu svegliato dal canto delle cicale. Una lieve brezza filtrò attraverso la piccola fessura fra le porte scorrevoli di carta, congelando il sudore che gli imperlava il petto. Hisami giaceva accanto a lui, nuda, la sua pelle del colore della lavanda nella luce blu della luna. Dormiva profondamente, ma comunque non avrebbe potuto sentire quel suono ossessivo.

La melodia delle cicale echeggiava il fischio della lama Inazuma che fendeva l'aria. Era come se cantassero insieme, il suo ricordo della voce della spada faceva da soprano mentre il frinire delle cicale che proveniva da fuori era il contralto. Non poteva far finta di non sentire le loro armonie. Sembrava incredibile, ma da quello che ricordava il mormorio della spada si adattava alla perfezione con lo stridio delle cicale nel giardino. Dopo un paio di minuti si accorse che era impossibile non ascoltare la loro musica o respingere i propri ricordi, così uscì dal letto. Si diresse a passi felpati verso la porta. La fece scorrere da una parte, andò nell'altra stanza e se la richiuse alle spalle. Hisami si mosse lievemente quando la brezza soffiò nella camera dall'apertura, ma non appena la porta fu tornata al suo posto si rigirò placidamente sul suo cuscino.

Bella Cantante era riposta nella teca che si trovava nella nicchia. Un raggio di luna filtrò attraverso la carta delle finestre, stendendo sull'arma un rettangolo di seta luminescente. Il canto della lama echeggiò nella mente di Saito. Si avvicinò alla nicchia e sollevò la spada.

Il suo bilanciamento non avrebbe potuto essere più perfetto. Senza fare rumore, la estrasse dal fodero troppo largo e la roteò nell'aria. Era una vera bellezza. Inazuma era davvero stato un maestro superiore a tutti gli altri; nessun altro forgiatore di spade avrebbe mai potuto replicare il perfetto equilibrio fra leggerezza e robustezza che ora si trovava nelle mani di Saito. Poiché era ancora nudo, non poteva appendere il fodero da nessuna parte, così posò a terra l'astuccio di legno e, con riverenza, circondò con entrambe le mani l'impugnatura zigrinata avvolta nella seta. Bella Cantante fluttuò nella sua presa. Lui si mosse avanti e indietro tenendola alla giusta distanza; la Inazuma stava diventando un tutt'uno col suo corpo. Compiendo un felpato passo laterale mimò una schivata e una stoccata. Nel muoversi la spada cantò di nuovo, e le cicale parvero frinire in sintonia con lei. Era come se Inazuma avesse misurato la pulsazione del cuore della natura e avesse forgiato questa spada seguendone il ritmo. Il bagliore della luna lungo la lama, il modo in cui essa mormorava in perfetta simbiosi con le cicale, non lasciavano alcun dubbio. Saito non aveva mai visto una creatura così perfetta in tutta la sua vita.

Riporre la spada in un fodero così inadatto sarebbe stato come disonorare l'arma, ma non voleva neppure lasciare la spada nella teca senza protezione. Saito lanciò un'occhiata fuori e vide che la luna era ancora alta in cielo. Mancavano molte ore all'alba, troppe prima di poter ordinare un nuovo fodero. Saito osservò la custodia sul pavimento con aria indecisa. Udì uno dei cavalli muoversi nella stalla. I cavalli. Ma certo, pensò. La città di Seki non si trovava solo a una mezza giornata di galoppo? E Seki non era la patria degli artigiani più esperti della zona in fatto di spade? I fabbri, i lucidatori, gli uomini che intrecciavano le fettucce per le impugnature, abitavano tutti a Seki. Le migliori spade del mondo erano state realizzate a Seki, che si trovava a sole sei o sette ore da lì. Saito tirò su il fodero e ci infilò il tachi. «Mi dispiace,» sussurrò «ma per stanotte Bella Cantante deve indossare un kimono scadente.» Dopodiché si vestì in silenzio e si preparò per il viaggio.

11

Fu poco dopo mezzogiorno che Hisami apprese che suo marito era sulla via del ritorno. Un uomo a cavallo balzò dentro al recinto, avvolto in una nube di polvere, e le riferì che Saito stava tornando da ovest e che sarebbe arrivato di lì a un'ora. Maledisse il messaggero per il suo ritardo e la sua inettitudine – era d'obbligo, dato che ringraziare un informatore lo avrebbe soltanto reso più pigro in futuro – e spedì in città un altro servitore per chiamare il fabbro.

Non aveva la minima idea di dove fosse stato suo marito, né del perché se ne fosse andato nel cuore della notte. Quando si era svegliata, la spada non era più nella sua nicchia, ma questo non significava niente: un samurai non usciva mai senza. Per un attimo aveva temuto di trovare il corpo del marito riverso in giardino, ammazzato da un assassino o da un ladro durante la notte. Sapeva che era una cosa insensata – perché mai qualcuno avrebbe dovuto uccidere lui e lasciare viva lei? – ma quella mattina aveva comunque vagato per i loro possedimenti cercandolo, senza tuttavia trovarne alcuna traccia. Non aveva notato neppure dei segni che potessero far pensare a una colluttazione, né indizi che indicassero che era venuto un messaggero del signore Ashikaga a convocarlo. Nonostante la sua rete di servitori e messaggeri si estendesse per venti *ri* in ogni direzione, nessuno di loro era stato in grado di dirle nulla riguardo alla posizione di suo marito. Alcuni di loro avevano sentito un cavallo galoppare durante la notte, ma nessuno di quegli inutili, cretini mangiatori di letame aveva riconosciuto il cavaliere. Era lui sicuramente, pensò. Non erano nemmeno stati in grado di riconoscere il loro padrone! Con le nuove ricchezze che Ashikaga aveva conferito alla casa di Saito, Hisami avrebbe assoldato delle sentinelle notturne, così avrebbe smesso di essere costretta ad affidarsi a degli stupidi contadini e a degli artigiani ancor più imbecilli.

L'unica conclusione a cui era arrivata era che suo marito fosse andato in una casa di piacere. Poteva accettarlo, ma se era così, non riusciva comunque a spiegarsi come mai fosse stato via così a lungo. Forse la notte precedente non lo aveva soddisfatto. A lei era piaciuto abbastanza, ma lui sembrava in qualche modo distratto. Era naturale che un uomo si recasse in una casa di piacere se sua moglie non era in grado di soddisfarlo, ma perché andare in un posto così lontano da casa? Come avrebbe fatto a pagare il conto senza sapere in quale bordello era andato?

Non appena vide finalmente Saito galoppare verso casa, tentò di mascherare la propria frustrazione. Scorse il forgiatore di spade che si trascinava lungo la strada nei suoi lunghi abiti blu; sapeva che suo marito sarebbe stato contento di consegnargli la sua spada per fargliela sistemare. Tuttavia c'era un problema: Saito non aveva la spada.

«Per tutti gli dèi,» esclamò Hisami mentre lui smontava da cavallo «mi hai fatta spaventare. Dov'eri andato?»

«Non sono affari della moglie sapere dove è andato suo marito.» Aveva la voce roca e profondi solchi di sonno sotto gli occhi.

«Non volevo ficcare il naso. Ero solo preoccupata...»

«Smettila di interrogarmi, donna! Se ti vuoi preoccupare di qualcosa, vedi di preparare il tè e qualcosa da mettere sotto i denti. Sto morendo di fame.»

Con un enorme sforzo Hisami ricacciò indietro la propria esasperazione. Adesso avrebbe dovuto trovare una scusa per mandare via il forgiatore di spade. Riuscire poi a farlo tornare sarebbe stata un'altra impresa; come avrebbe fatto a spiegare che suo marito samurai era senza tachi? Come avrebbe fatto a dire a suo marito che per proteggere il suo onore aveva dovuto mandare via bruscamente un artigiano molto rispettato?

Prima di occuparsi di tutto questo, tuttavia, sapeva di doversi liberare della propria collera. Addolcì la voce e disse: «Ma certo. Sono stata poco previdente. Vieni, lascia che ti aiuti coi sandali. Haruko!» Quel nome le uscì di bocca come lo schiocco di una frusta. Comparve immediatamente una servitrice. «Tè per il padrone. Non vedi che è esausto per il viaggio? E riso, e pesce. Non vedi che ha fame?»

12

Hisami scomparve dalla porta principale velocemente, e la servitrice sparì dal retro altrettanto rapidamente, lasciando Saito da solo a chiedersi cosa fosse preso a sua moglie. Solitamente era obbediente come si conviene, mentre quel giorno era pungente. No, si corresse. Aveva sempre la lingua piuttosto affilata. Quella era una delle cose che più lo attraevano di lei: non era un docile coniglietto come molte altre donne. Ciononostante c'erano occasioni in cui una parlantina del genere non si addiceva a una donna, e quella era già stata una giornata molto lunga. Probabilmente c'era del vero in quel vecchio detto: l'unica moglie di un samurai dovrebbe essere la sua spada.

Essere senza Bella Cantante lo stava facendo impazzire. Saito si sentiva sempre nudo quando non aveva una lama sul fianco, e ora quella sensazione era particolarmente acuta. La cavalcata notturna verso Seki era stata dura e anche molto pericolosa a causa del buio profondo, ma con la nuova arma che pendeva dal suo fianco non aveva provato alcun timore. Naturalmente il viaggio di ritorno era avvenuto in pieno giorno eppure, nonostante fosse al sicuro dalle insidie che potevano celarsi nelle corse al chiarore delle stelle, si era sentito molto più vulnerabile. Al buio, spingere un cavallo al massimo aveva i suoi aspetti eccitanti: abbassarsi per schivare i rami bassi, domandarsi se e quando il proprio cavallo sarebbe inciampato, rompendosi una gamba o disarcionandolo. Cavalcare disarmato nell'accecante luce del giorno non dava questo genere di sensazioni, solo l'ignobile possibilità di cadere in un'imboscata dei banditi.

Saito scosse la testa e osservò la servitrice Haruko preparargli il tè su un vassoio smaltato. Le rughe gli arricciarono le guance quando contrasse le labbra in una smorfia di rimprovero verso sé stesso. Non era stata una banda di briganti a fargli sentire un brivido gelato quella mattina. Era stata la spada, o meglio la sua mancanza. Anche se non aveva il tachi, Saito non era completamente disarmato. Nella cintura teneva sempre un *wakizashi,* la spada più corta che ogni samurai che si rispetti ha sempre con sé. Tuttavia, nonostante quella fosse una buona spada, in battaglia un tachi l'avrebbe spezzata a metà. Era la semplice realtà dei fatti. Un wakizashi non doveva mai essere utilizzato in un combattimento, a meno che un guerriero non si trovasse privo della sua arma principale. Il vero scopo del wakizashi era quello di ricordare al samurai la propria mortalità. Per un vero seguace del bushidō c'erano solo due modi onorevoli di morire: in battaglia oppure per mano propria compiendo seppuku. Questi erano gli atti di sacrificio più alti che si potessero compiere al servizio di un signore. Il wakizashi era lo strumento per il seppuku, e poiché l'onore avrebbe potuto imporre a un samurai di morire in qualsiasi momento, nessun samurai poteva andare in giro senza la sua spada più corta. A ogni modo, nessun bandito avrebbe potuto sopravvivere contro Saito e il suo wakizashi. Lui lo sapeva. Anche se era un'arma più corta, era preparato a usarla contro qualsiasi nemico. Non era stata l'eventualità di imbattersi in una banda di ladri lungo la strada di ritorno da Seki a preoccuparlo, era stata la spada.

E se le fosse accaduto qualcosa? Gli artigiani di Seki erano i migliori di tutto il territorio, forse di tutto il mondo, ma comunque nessuno di loro era al livello dell'antico maestro Inazuma. Avrebbero portato il giusto rispetto a Bella Cantante? Saito mugugnò e sorseggiò il tè. Ma certo che lo avrebbero fatto. Quegli uomini, che avevano consacrato la propria vita alla spada proprio come aveva fatto Saito, anche se in maniera diversa, non avevano altra scelta che onorarla. Come sarebbe stato possibile non accorgersi della sua bellezza, della sua perfezione?

E se invece avessero fallito? Saito non sapeva come mai quella domanda fosse ripiombata nei suoi pensieri. Mentre rimetteva la tazza sul vassoio, un falco emise un verso acuto. Il grido roteò sulla casa mentre l'uccello continuava a compiere le sue piroette e Saito ci sentì una nota familiare, il canto di Bella Cantante. E se fosse stata danneggiata? Quella domanda era ineluttabile, e dopo un attimo di riflessione, Saito seppe la risposta: chiunque avesse rovinato quella spada sarebbe morto.

Non c'era altra scelta. Quella risposta era del tutto naturale, assicurò a sé stesso. Chiunque avesse visto qualcuno distruggere un capolavoro inestimabile avrebbe avuto reazioni simili. Si poteva permettere a qualcuno di ridurre in brandelli lo *Heike Monogatari*? Era possibile restare a guardare qualcuno che dava alle fiamme le sculture di Unkei senza muovere un dito? Mai. A Seki nessuno avrebbe danneggiato la sua Bella Cantante, ma se qualcuno l'avesse fatto sarebbe morto.

Confortato da quella decisione, Saito iniziò a mangiare il suo pasto. Sul tavolo davanti a lui erano stati sistemati una scodella di riso fumante e un piccolo piatto rettangolare con delle fette di polpo crudo. Saito si rese conto che la servitrice aveva preparato tutto senza che lui se ne accorgesse, e questo pensiero lo sconvolse. Solitamente era impossibile che qualcuno entrasse nella stanza dove si trovava senza che lui ne registrasse immediatamente la posizione, senza che si accorgesse se era armato e individuasse le difese di cui poteva disporre nel posto in cui era seduto. Che una semplice serva gli si fosse avvicinata a sua insaputa era quantomeno sconcertante. «Il viaggio» disse fra sé e sé, mangiando un boccone di riso dalle bacchette. Era sicuramente stata colpa della stanchezza per il viaggio.

Annuì con aria soddisfatta e intinse una fetta bianca e viola di polpo nel piatto di salsa di soia e wasabi che Haruko gli aveva lasciato. Sì, era stato il viaggio. Era stato in sella per dodici delle ultime quattordici ore, più di quanto avrebbe sopportato chiunque altro. Se fosse stato per lui, avrebbe trascorso l'intera giornata a Seki, in attesa di recuperare la spada, e sarebbe tornato a casa il pomeriggio successivo. Ma nessun samurai rispondeva solo a sé stesso. Saito era solo uno strumento nelle mani del nobile Ashikaga, e ad Ashikaga non piaceva che i suoi vassalli andassero in giro senza che lui ne fosse a conoscenza. Nemmeno un samurai di alto rango avrebbe potuto lasciare il proprio villaggio senza il consenso del signore. Permettere ai propri guerrieri di andare dove volevano era il metodo migliore per dare il via libera a insurrezioni e assassinii. Saito era fortunato a far parte dei ranghi medi delle legioni di Ashikaga, un grado sufficientemente elevato da consentirgli di portare le spade gemelle e il codino, ma abbastanza basso da riuscire a sfuggire al controllo costante. Comunque non sarebbe stato saggio da parte sua non farsi trovare a casa se i messaggeri del signore fossero andati a chiamarlo. E sarebbe stato molto imprudente avventurarsi in un altro viaggio a Seki senza autorizzazione; in futuro avrebbe dovuto richiedere il permesso.

La prossima volta, lo sapeva bene, sarebbe stata presto. Gli artigiani a cui si era rivolto a Seki gli avevano detto che se si fossero sbrigati, sarebbero riusciti a ultimare il nuovo tsuba per il giorno successivo. Saito sapeva che per riuscirci avrebbero dovuto tenere le fucine accese notte e giorno; meglio così, pensò. Le caste più basse non erano forse nate proprio per eseguire compiti come quello? Anche il fodero di legno sarebbe stato pronto per il giorno seguente, e i drappi per l'impugnatura e la guaina erano già pronti. Molto bene, si disse mettendosi in bocca l'ultimo cucchiaio di riso rimasto. Ci sarebbe andato il giorno dopo.

Chiamò di nuovo Haruko e le ordinò di dire al messaggero di casa di preparare un piccione viaggiatore. Poco dopo il messo raggiunse la veranda e Saito gli dettò la richiesta di permesso per un viaggio a Seki. Soddisfatto, Saito si infilò nella vasca da bagno che gli avevano preparato e scivolò nel sonno.

13

Il mattino seguente c'era un nuovo piccione nel pollaio del clan Saito. Alla sua zampa era legato un piccolo osso bucato a forma di cilindro, che poco dopo venne portato al tavolo della colazione dove si trovava Saito, il quale estrasse il rotolo di carta semitrasparente dal piccolo tubo e lesse in silenzio.

Hisami era palesemente curiosa. «Il nobile Ashikaga ha mandato un messaggio?»

«Sì» rispose Saito. «Dice che c'è un ritardo nella riscossione dei tributi a Iwatani. Devo recarmi lì immediatamente per verificare cos'è successo.» Fu solo una piccola omissione. La nota diceva realmente tutto questo, però diceva anche che il viaggio di Saito a Seki era stato approvato e che in futuro avrebbe dovuto essere meno vago nelle richieste che faceva al signore. Quest'ultima parte non era scritta esplicitamente, ma Saito ne aveva comunque colto il senso tra le righe. Non che Ashikaga avesse mai evitato di essere brusco, tutt'altro, quell'uomo non aveva alcun talento diplomatico. La delicatezza era qualcosa che andava oltre le sue capacità, o forse era al di sotto delle sue capacità. Ma un piccione poteva portare un peso molto limitato durante il volo e su quel pezzetto di carta lo spazio per scrivere era estremamente ridotto. Il testo della nota diceva: «Tributi di Iwatani in ritardo. Informati e riferisci. Seki approvato. Uccidi il tuo messo.»

Anche se non era esplicito, il messaggio era molto chiaro. Il comunicato di Saito era stato giudicato brusco, presuntuoso e assolutamente non appropriato per un vassallo del suo livello. Aveva fatto un rozzo sbaglio di valutazione nel presentare quell'evanescente richiesta di andare a Seki senza informare il signore dei suoi scopi, ma per questa volta il signore aveva deciso di interpretare la faccenda come un errore del messaggero. Saito avrebbe dovuto trovare un nuovo custode dei piccioni, un uomo di grande discrezione. Questo voleva dire che Ashikaga non gli avrebbe mai più concesso un beneficio del genere. Un avvertimento era più di quanto il signore fosse solito concedere e, anche se la missiva gli aveva imperlato la fronte di sudore, Saito sapeva di essere stato fortunato.

Non disse niente di tutto questo a Hisami. Abbaiò a uno dei servitori di preparargli il cavallo. Hisami si allungò e gli toccò la mano. Deglutì senza saliva prima di parlare. «Cosa c'è che ti preoccupa?»

Lui grugnì in modo vago. «Niente. È solo che Iwatani è molto lontana. Il nostro feudo si è ingrandito, ma non arriva fin là. Non dovrebbe essere affar mio.»

Anche questa era una bugia, ma solo in parte. Iwatani era affar suo solo per mera coincidenza. La città si trovava a soli trenta *ri* da Seki, alla periferia dei possedimenti di Ashikaga. La posizione poco strategica e la popolazione poco numerosa facevano sì che la città non necessitasse di un presidio permanente. Pertanto se Saito si recava a Seki, sarebbe diventato il samurai di Ashikaga più vicino a quella zona. Se Saito non avesse inviato la sua richiesta, non sarebbe stato spedito a Iwatani. Saito si domandò se quella commissione non fosse per caso una forma di punizione.

Decise comunque di non raccontare nulla di tutto ciò alla moglie. Era già abbastanza curiosa di sapere dove fosse stato la notte precedente e si era trattenuta a fatica dal domandargli della spada. Sapeva che si era accorta della sua scomparsa. Era una samurai, dopotutto. Il fatto che non avesse menzionato la sua assenza era un'altra prova del suo buonsenso. Se lei non gliel'avesse chiesto, lui non avrebbe dovuto rispondere e quindi non avrebbe dovuto mentirle, e in tal modo lei non lo avrebbe colto in fallo. Il suo silenzio proteggeva l'onore di entrambi. Ora l'unica cosa da fare era uscire di casa e mettersi in sella prima che lei decidesse di sollevare la questione.

«Non preoccuparti» fu l'unica cosa che sua moglie gli consigliò. «Il padrone ti ha dato un feudo più grande, no? Forse vuole estenderlo ancora di più. Forse ti affiderà tutte le terre da qui a Iwatani! Sarebbe magnifico!»

Saito riuscì a sorridere. «Sei una brava donna, Hisami. Vai a comprarti un kimono nuovo mentre sono via.»

Lei divenne raggiante. «Oh! Grazie! Sei troppo buono con me. Dimmi quando torni così lo indosserò per l'occasione. E me lo toglierò per te...»

Le fece un altro sorriso, ma questa volta era falso. Non sapeva perché, ma il pensiero di giacere con lei gli faceva rivoltare lo stomaco. Era ansioso di mettersi in strada per recuperare la sua Bella Cantante. «Sì. Al mio rientro.»

«E quando tornerai?»

Fece un paio di calcoli mentali e disse: «Domani.» Sulla mappa Iwatani era più lontana di Seki, ma la strada per Seki seguiva le curve di una vallata, allungando il tempo del viaggio. Per andare da Seki a Iwatani avrebbe dovuto risalire la vallata, e sapeva benissimo che non sarebbe riuscito a recuperare la spada e a portare a termine la sua missione in un solo giorno. «Potrebbero esserci parecchi affari da sistemare a Iwatani» disse, distorcendo un'altra volta la verità. «Non posso prometterti di riuscire a tornare per stasera.»

Lei annuì, sorrise e lo aiutò a prepararsi per il viaggio. Saito intercettò l'uomo addetto ai piccioni e gli disse di cercare qualcuno che lo sostituisse. Dopodiché tornò ai preparativi per il viaggio. Prese solo lo stretto indispensabile, lasciando a casa tutto quello che avrebbe potuto farlo tardare costringendolo ad accamparsi fra Seki e Iwatani. Un uomo si portava dietro un rotolo di lenzuola solo se aveva pianificato di utilizzarlo per dormirci, perciò, per quanto ne sapeva Hisami, Saito sarebbe tornato a casa per la notte oppure avrebbe dormito in una locanda a Iwatani. Anche quando decise di lasciare le lenzuola dove si trovavano, gli venne da chiedersi come mai quella mattina non aveva fatto altro che tentare di raggirare Hisami. Nel ripensare ai sette anni che erano trascorsi da quando si erano sposati, non gli veniva in mente nemmeno un'occasione in cui le avesse mentito prima del giorno precedente.

14

«È una lama eccezionale, mio signore» farfugliò il forgiatore di spade. Saito osservò l'uomo con aria interrogativa. Era giovane, non arrivava ai trent'anni, ma non era più un ragazzino che si potesse lasciare intimorire dalla presenza di un samurai al punto di balbettare. Indossava gli abiti bianchi dei sacerdoti di Shintō e un copricapo nero in testa. Tutti i fabbri di Seki erano sacerdoti e le loro spade venivano realizzate seguendo particolari riti religiosi. Erano la dedizione e la venerazione verso ciò che facevano a renderli i migliori al mondo. «Non ne ho mai vista una simile.»

«No, non potete averla mai vista.» Saito si era aspettato di provare sollievo nel rivedere Bella Cantante, e invece il cuore gli si era tuffato nell'intestino. Il tono nervoso del sacerdote era già stato sufficiente a fargli venire la nausea, e poi, oltre la spalla vestita di bianco, aveva visto la sua amata spada sfoderata sul tatami. L'impugnatura era stata rimossa dall'arma e la lama giaceva nuda su un telo di seta. «Cosa le avete fatto?» domandò.

Per un attimo le sopracciglia del fabbro sacerdote si sollevarono. «Ni... niente. Il tachi è a posto, ma non abbiamo ancora rimontato l'impugnatura.»

«Perché no?»

«Per, ehm,» farfugliò il fabbro «l'incisione. L'avete vista?»

«No, ma questa è comunque una domanda insolente.» Il fabbro poteva anche essere un sacerdote, ma apparteneva pur sempre a una casta inferiore rispetto a quella dei samurai. «Lo so cosa c'è scritto. È una Inazuma.»

«È più di una semplice Inazuma, signore. È Bella Cantante.»

Il sopracciglio di Saito si contrasse. «E quindi?»

Il fabbro sacerdote ebbe un altro sussulto. «Non oserei mai offendervi, ma è meglio che lo sappiate: questa lama è maledetta.»

«Si dice che sia maledetta» lo corresse Saito.

«Ma la leggenda...»

«Non è altro che una leggenda. Ho affrontato dozzine di uomini sul campo di battaglia, vi aspettate che abbia paura di una semplice storia?»

Il sacerdote deglutì rumorosamente. «Chiedo perdono al mio signore, ma 'semplice' non è una parola che utilizzerei per parlare di questa lama.»

«Avete colto nel segno, è tutto fuorché ordinaria. E suppongo che il lavoro che avete fatto per me sia altrettanto eccezionale, vero?»

Il sacerdote sapeva di aver già oltrepassato i limiti e si girò rapidamente per prendere il nuovo tsuba. «Spero sinceramente che vi piaccia.»

Saito prese in mano il disco di metallo. Era acciaio laccato di nero, con lo stemma dorato del clan Saito nel centro. Lo stemma era formato dal disegno di due diamanti appoggiati l'uno sull'altro. Al centro dei diamanti era stato ricavato un foro a forma di lacrima allungata per ospitare la lama del tachi. L'oro del doppio diamante brillò sul nero, e la mente di Saito andò inevitabilmente al suo defunto padre. Il clan Saito faceva parte dei samurai da moltissime generazioni, ma era stato suo padre Saito il primo a distinguersi in battaglia sotto lo stendardo di quei due diamanti, rendendoli degni dell'interesse di Ashikaga. Fino ad allora il loro casato non era mai stato molto importante, ma le vittorie di suo padre avevano spinto la stella di famiglia alta nel cielo, rendendo Saito orgoglioso di portare quel nome. Sperava di poter fare altrettanto un giorno.

Dopodiché il sacerdote gli mostrò il nuovo fodero, mentre altri due fabbri accoliti montavano con estrema attenzione la nuova impugnatura e il nuovo guardamano sulla lama Inazuma. Il fodero era in legno di quercia, smaltato di un impeccabile nero lucente con lo stemma dei Saito inciso su una foglia d'oro. La maestria della lavorazione era insuperabile, il prodotto un capolavoro, ma Saito non vi prestò attenzione. I suoi occhi scivolarono sul fodero ma il suo pensiero rimase ancorato alla spada. Quando finalmente i forgiatori si inchinarono e gliela porsero, dovette lottare con tutte le sue forze per ringraziarli invece di strappargliela violentemente di mano.

Quando la riebbe con sé, si sentì di nuovo intero. All'improvviso si rese conto della furia che aveva avuto poco prima e tentò di mascherarla. «Avete fatto un buon lavoro» disse, rinfoderando la spada. Fece un inchino ai tre fabbri, loro glielo restituirono, e partì alla volta di Iwatani.

15

La vista di un samurai in groppa a un cavallo era sufficiente a terrorizzare un contadino. Qualsiasi guerriero era temibile in sella – quasi cinquecento chili di muscoli galoppanti erano già piuttosto spaventosi – ma quando il guerriero aveva il codino da samurai, la sua cavalcata era fonte di infinito timore e insormontabile riverenza da parte di tutti i plebei. E fu così anche per Saito quando varcò le porte di Iwatani. Al suo passaggio le strade si liberavano e i capannelli tacevano. Nel momento in cui raggiunse la piazza, tutti gli occhi erano ormai puntati su di lui.

«Chi è il vostro capo?» gridò.

Un fuscello d'uomo si fece largo fra la folla radunatasi in cerchio e si buttò sulle ginocchia, la polvere gli si sollevò intorno. «Sono io, signore.» Il capo villaggio era vecchio, aveva più o meno sessant'anni, e Saito riusciva a scorgere quasi tutte le ossa e i tendini del suo corpo. Alcuni plebei erano sovrappeso, mentre quest'uomo pareva avere nel petto un folletto che tirava violentemente la sua pelle verso il centro del suo corpo. Era abbronzato per le lunghe ore trascorse nelle risaie e indossava solamente un perizoma e dei sandali di paglia.

Saito guardò in basso verso la cima della testa dell'uomo. «Il vostro nome?»

«Potete chiamarmi Ojiya se vi aggrada, signore.»

Saito fece arretrare il cavallo di qualche passo e smontò. «Tiratevi su, Ojiya. Guardatemi.»

Il piccolo, gracile uomo obbedì. Incrociò lo sguardo di Saito con un'espressione di timore reverenziale, come se stesse rimirando il volto di Buddha. Poi, con il medesimo rispetto, abbassò di nuovo gli occhi sul mento di Saito. «Mio signore?»

«I tributi» disse Saito con una voce che sembrava rispecchiare la sua grandezza rispetto all'uomo. Non era affatto stupefacente che gli abitanti del villaggio fossero impressionati da lui. Un samurai mangiava pesce e verdure quotidianamente; a questa gente andava bene se riusciva a mangiare più di una scodella di porridge di riso al giorno. Erano fortunati anche se respiravano ancora, pensò Saito. Senza la protezione di Ashikaga, bande di briganti o altri signori della guerra avrebbero sottratto loro anche quella piccola razione giornaliera. E quella protezione aveva un prezzo. «I tributi» intonò un'altra volta.

«Abbiamo pagato dieci koku, mio signore.»

«Ne dovete quaranta.»

Ojiya si inchinò di nuovo, tremando per l'agitazione. «Mio signore, abbiamo dato quel che potevamo. Potete vedere con i vostri occhi che non abbiamo altro.»

Gli occhi di Saito errarono per l'ambiente circostante. «Quel che vedo è un centinaio di voi che se ne sta qui. Come mai questa gente non è nei campi?»

«Mio signore, sono venti giorni che non vediamo una goccia di pioggia. Il nobile Ashikaga deve capire...»

«Il nobile Ashikaga capisce quello che desidera capire; non siete nella posizione di poter dire ciò che lui *deve* fare.» Il tono di Saito gli fece guadagnare un'altra serie di inchini, la piazza ora era piena di teste che andavano su e giù con rinnovato vigore. «Orsù,» disse quando Ojiya si fu risollevato «ditemi quando pagherete i trenta koku rimanenti.»

«Ma signore, non possiamo...»

«Avete sicuramente delle scorte. Altrimenti come fa a mangiare tutta questa gente? A quanto vedo, non sono soliti coltivare l'occorrente per la propria sussistenza.»

«Ma la pioggia...»

«La pioggia non mi riguarda» abbaiò Saito. «Il nobile Ashikaga vi protegge anche dai tifoni e dai terremoti! Se gli elementi non fermano lui, perché lasciate che fermino voi?»

Ojiya ebbe un tremito. La gente che li circondava era immobile. «Mio signore, se paghiamo anche solo una scodella di riso in più, alcuni di noi moriranno di fame.»

«Non sono venuto per una scodella. Sono venuto per trenta koku.»

«Non possiamo darveli» balbettò il capo villaggio. «Il nobile Ashikaga chiede l'impossibile.»

«L'impossibile?» ruggì Saito. «State dicendo che il signore è uno stupido?»

«No!» protestò Ojiya. «Assolutamente no!»

«Ma lo sanno tutti che l'impossibile non può essere fatto.»

«Sì, ma...»

«Quindi solo un completo idiota farebbe una richiesta che nessuno riuscirebbe mai a soddisfare, o no?»

«Mio signore, io volevo solo...»

«Scegliete il vostro crimine, capo villaggio! Avete dato del pazzo al lord, oppure lo avete calunniato dicendo di avervi dato un ordine che non ha mai dato?»

«Mio signore...»

Era troppo tardi. La lama Inazuma restò sospesa nel cielo solo quel tanto che le occorreva per afferrare il bagliore del sole, poi cadde come un falco in picchiata. La testa dell'anziano gli rimbalzò accanto ai piedi. Un secondo più tardi, il suo corpo cadde vicino a essa.

Saito roteò la spada in un veloce arco d'argento che fece schizzare dalla lama la maggior parte del sangue. Dopo averla fatta volteggiare di nuovo, pulì il resto del sangue con il pollice e l'indice e rinfoderò la lama senza avere neppure bisogno di guardare in basso per trovare il fodero.

«Ora,» disse alla folla con risolutezza «chi è il capo dopo Ojiya?»

Quella notte Saito si immerse in un calderone di acqua bollente, un bagno scaldato da un camino vulcanico. I minerali del sottosuolo avevano intriso il getto d'acqua dell'odore del rame e dell'aroma del gelsomino. L'acqua calda gli arrossò la pelle e il vapore profumato appannò il bordo lucente di Bella Cantante. Il vapore avrebbe intriso il legno del suo fodero deformandolo, così l'aveva portata lì nuda, proprio com'era lui. Com'è bella, pensò. Stava ancora risuonando per lui.

Per quanto il suo canto fosse incantevole anche in quel momento, non raggiungeva assolutamente la potenza di quello che aveva intonato quando aveva suonato attraverso il collo del capo villaggio. Era stato il taglio migliore che Saito avesse mai sferrato. Normalmente una spada iaidō non veniva usata per le decapitazioni; una spada così sottile rischiava di rovinarsi sull'osso duro. Era meglio affettare la parte davanti della gola, tagliando solo i tessuti molli. E quello era esattamente ciò che Saito aveva pensato di fare con Ojiya, ma all'ultimo momento un impulso lo aveva spinto ad affondare il colpo più in profondità. Era stato come se Bella Cantante avesse voluto dimostrargli di cosa fosse capace... o forse era stato lui che aveva voluto dimostrarle qualcosa. In entrambi i casi, erano una coppia perfetta. L'aveva sfoderata in maniera impeccabile, il suo colpo era stato preciso e la lama Inazuma aveva tranciato la colonna vertebrale senza subire il minimo danno.

Riusciva a sentire la sua melodia risuonargli in mano mentre la inclinava per intrappolare nella lama la luce tenue. Rilassò le spalle contro il bordo di pietra della vasca e scivolò dentro l'acqua. Quel rilassamento era più che meritato, aveva fatto un'ottima figura quel giorno. Dopo l'esecuzione di Ojiya, gli abitanti del villaggio gli avevano immediatamente portato un grande Buddha d'oro, che da solo valeva quasi un koku. Poi gli avevano promesso altri nove koku non appena avessero ultimato il raccolto, cosa che avrebbe raddoppiato la somma che avevano già pagato. Saito aveva detto che avrebbe accettato la statua e che l'avrebbe portata al cospetto del signore affinché lui potesse decidere della loro sorte. Dopodiché la folla si era dispersa, a parte il proprietario della locanda nella quale Saito si stava godendo il bagno in quel momento. L'oste era talmente impaurito dalla possibile ira del samurai che non gli aveva fatto pagare nulla per la stanza e aveva imbandito un pasto lauto come in quel villaggio non se ne vedevano da anni.

Un pasto pesante e un bagno caldo solitamente facevano sentire un uomo più stanco, invece Saito era pieno di energie ora che Bella Cantante era di nuovo al suo fianco. La sua mente era proiettata verso il futuro, verso i compiti che avrebbe portato a termine il giorno seguente, verso ciò che sarebbe venuto dopo. Il successo avuto lì avrebbe potuto garantirgli ulteriori ricompense da parte di Ashikaga. Decise di non tornare a casa e di non riferire l'accaduto tramite un messaggero o un piccione: sarebbe andato al castello di persona.

16

«Pazzo!» abbaiò Ashikaga. «Lo hai ucciso per questo?»

«Ma certo,» disse Saito sulla difensiva «vi aveva insultato.»

«Non aveva fatto niente del genere. Certo che chiedo l'impossibile! Pretendere da questi pigri contadini tre koku significa ottenerne al massimo uno. Ma se voglio un koku e chiedo solo quello, non ne vedrò nemmeno mezzo. Non fanno neanche quel poco di lavoro necessario se non gli chiedi l'impossibile. Costringerli a faticare fino allo stremo è l'unico modo per ottenere il minimo delle tue richieste.»

Il volto di Saito divenne tutto rosso sotto la raffica delle parole di Ashikaga. Chinò la testa, non per deferenza ma per nascondere la vergogna e la collera. «Mio signore,» balbettò cercando di raccogliere tutto il suo autocontrollo «io...»

«Silenzio. Non fai che peggiorare la tua situazione se parli.»

Saito non poté fare altro che rimanere immobile in piedi sul pavimento. Prima di allora non gli era mai capitato di desiderare di essere armato al cospetto del suo signore. Ora agognava di sentire risuonare per la sala quel canto ormai così familiare.

«Solleva lo sguardo» disse la voce cavernosa di Ashikaga. Saito mandò giù la propria ira e guardò l'anziano signore della guerra dritto negli occhi. «Sono troppo duro con te» brontolò Ashikaga. «Tu non sei un politico, non fa parte dei tuoi compiti la comprensione di problemi come i tributi.»

Saito era basito. Non si era mai sentito di qualcuno a cui Ashikaga avesse chiesto scusa. Comunque, pensò Saito, in questo caso se l'era senza dubbio meritato. «Hai fatto bene a portarmi questa statua» proseguì Ashikaga. «E per quanto riguarda i nove koku, dubito fortemente che riusciranno a produrne più di due. Se così fosse, spero che non sia necessario ucciderne troppi per ottenerne altri. Come ben capirai, un contadino morto non paga i tributi.»

«No, Ashikaga-dono,» biascicò Saito, stizzito per quell'insulto velato «non li paga.»

«Devo istruire meglio i miei samurai in materia di politica. Oppure devo inviare uomini più istruiti a controllare le mie terre.»

Anche questa frase fece digrignare i denti a Saito. Non rispose nulla.

«Vedo che desideri uscire da qui» tuonò il signore con la sua voce ghiaiosa. «Puoi andare.»

Saito fece un ampio inchino e uscì dalla sala. Solo quando la porta scorrevole si fu richiusa alle sue spalle si lasciò sfuggire un ringhio di frustrazione. Quant'era impudente quell'uomo! La vita di un samurai era veramente ingrata, pensò Saito. Anche quando si scusava, il signore riusciva sempre a mettere in ridicolo il proprio interlocutore. Corse giù per le scale e andò rapidamente verso la sala dell'inserviente addetto alle armi, dove Bella Cantante lo stava aspettando su uno scaffale appeso a una parete. Sopra di lei erano riposti altri sei tachi.

«Qual è la vostra, signore?» gli chiese l'addetto alle spade, un ragazzo di circa vent'anni.

«La più bella della stanza. Come hai osato metterla sotto le altre?»

L'inserviente trasalì al tono di Saito e si avviò rapidamente a recuperare la spada. «Le mie scuse, signore, e per favore vogliate perdonarmi per non aver capito subito qual era la vostra. È una lama diversa da quella che mi avevate lasciato l'ultima volta, vero?»

«Certo che no» sbottò Saito, con le mani bramose di riafferrarla. «Uno che non fa altro che impugnare spade tutto il giorno dovrebbe riconoscere una meraviglia del genere anche solo sfiorandola.»

Agguantò la spada come un cane randagio che si avventava su un pezzo di carne. «Vi porgo di nuovo le mie scuse» farfugliò l'inserviente. «Intendevo solo dire che il fodero e il guardamano sono nuovi, non è vero? E, se posso permettermi, sono piuttosto belli.»

Saito avvampò di collera. «Un nuovo fodero?» Perché questo ragazzo avrebbe dovuto notare una cosa del genere? Crede che abbia qualcosa da nascondere, pensò Saito. Una nuova custodia vuol dire una nuova spada, deve sapere di Bella Cantante. «Bastardo insolente! Cosa ti fa pensare che abbia qualcosa da nascondere?»

Gli occhi del ragazzo si spalancarono per lo stupore. «Niente, signore! Per tutti gli dèi e i Buddha, non ho pensato niente del genere!»

Saito fece un balzo, spostando il tavolo con un calcio e spedendo l'inserviente a terra. Il ragazzo inciampò all'indietro ruzzolando sul pavimento, la sua testa colpì la rastrelliera delle spade.

«Oseresti sfoderare una spada contro di me, ragazzo?»

«No!»

«Allora perché vai verso le spade?» Saito avanzò minacciosamente di un altro passo e l'inserviente si mosse rapidamente carponi. Si rimise in piedi e scappò verso il corridoio, incespicò e andò a sbattere contro la parete. Si voltò pieno di terrore e vide il suo aggressore arrivare dalla stanza. Saito afferrò l'impugnatura della Inazuma; sentiva già il suo canto permeare l'aria.

«Fermo!»

L'ordine rimbombò come un tuono. Gli occhi di Saito corsero su per la scala e videro Ashikaga che torreggiava in cima ai gradini, livido di rabbia. Le sue cicatrici e il suo sguardo erano più terrificanti della sua spada, che adesso pendeva dal suo fianco. «Chiarisci cosa sta succedendo, Saito!»

«Questo ragazzo mi ha insultato» disse rabbiosamente. «Ha insultato me e la mia spada. Volevo difendere il mio onore.»

«Le spade non sentono gli insulti,» il signore lo guardò in tralice «e poiché tu sei la mia spada, non dovresti sentirli nemmeno tu.»

«Mio signore, la sua impudenza...»

«E sia. È un uomo fidato e non ci sono molti uomini così affidabili come il guardiano delle armi alla mia porta. Takagi!»

Takagi, l'inserviente, era impietrito dallo sbigottimento, ma reagì al richiamo del suo padrone con un rapido inchino. «Chiedi scusa a quest'uomo» ringhiò Ashikaga «per qualsiasi offesa tu gli abbia arrecato.»

Ci volle un momento prima che la lingua di Takagi riuscisse a muoversi. «Le mie scu... scuse, signore. Un milione di scuse.»

«Ecco,» disse l'anziano signore della guerra «il tuo onore è soddisfatto ora?»

Non era una domanda. «Deve esserlo» replicò Saito con voce cupa. E con tono altrettanto cupo aggiunse: «Un milione di scuse anche a voi, Ashikaga-san, per il disturbo.»

17

Perlomeno queste spie stanno lavorando bene, si disse Hisami. I nuovi servitori che aveva assoldato si stavano rivelando più utili di quanto avesse sperato. Naturalmente sapeva che suo marito era nella fortezza del nobile Ashikaga, ma anche il più incompetente degli zotici avrebbe potuto riferirle quella notizia. Le vere novità erano arrivate da Seki. Uno degli informatori che aveva appena reclutato proveniva da quella regione ed era stato in grado di riferirle dov'era andato suo marito durante la cavalcata notturna della settimana precedente. Non aveva saputo dirle quali affari avesse portato a termine a Seki, ma Hisami aveva capito immediatamente qual era l'unica ragione che avrebbe potuto condurlo là. Era partito con la spada ed era tornato senza: era sicuramente andato dai forgiatori di spade.

Ma perché andarci a notte fonda? E perché andare e tornare così rapidamente? Hisami era confusa. Di sicuro il nobile Ashikaga non poteva essersi sentito offeso se Saito aveva fatto quel semplice viaggio senza chiedere il permesso. Tuttavia era molto strano, pensò. Cosa poteva esserci di così urgente da fare a Seki?

C'era un solo modo per scoprirlo. Chiamò uno degli stallieri e gli ordinò di sellare il suo cavallo preferito. Quando gli disse di predisporre l'occorrente per il pernottamento, il servitore le lanciò uno sguardo complice; era un comportamento deplorevole da parte di una donna abbandonare la propria casa senza il marito, ed era ancor più scandaloso che avesse intenzione di dormire fuori. Non ha importanza, pensò. Saito non lo deve sapere. Per arrivare a Seki era sufficiente un giorno di cavalcata a passo rilassato, mentre per arrivare al castello di Ashikaga ce ne volevano due a passo molto spedito. Anche se suo marito avesse galoppato il più in fretta possibile, sarebbe comunque riuscita a rincasare prima di lui.

Ciononostante galoppò più velocemente del solito per raggiungere Seki prima del tramonto. Le strade di montagna erano molto più pericolose per una donna sola di quanto non fossero per un uomo, e anche se sapeva di poter affrontare qualsiasi brigante abbastanza stolto da frapporsi al cammino di un samurai, non c'era motivo di andare in cerca di guai.

Il sole stava iniziando a calare tra le cime degli alberi quando il suo cavallo trottò attraverso l'entrata principale di Seki. Suppose che i sacerdoti dovessero ormai aver abbandonato le fucine a quell'ora, così pagò una stanza alla locanda e si rifocillò con una cena a base di tofu e molluschi. Il mattino seguente si incamminò di buon'ora per andare a cercare un forgiatore di spade.

«Mi chiamo Hisami Saito» disse al giovane vestito di nero che le rispose alla porta della fonderia. «Vorrei parlare con l'uomo che ha ricevuto mio marito.»

L'accolito scomparve rapidamente per riapparire poco dopo accompagnato da un anziano uomo calvo che indossava un abito bianco e un copricapo nero. «Saito-sama,» disse il sacerdote nervosamente «vi prego, entrate.»

«Non abbiate paura» disse lei seguendolo in un salotto. «Non sono venuta per esprimere disappunto per il vostro lavoro.»

«Capisco, gentile signora, ma temo che quello di cui è venuta a parlare sia molto peggio.»

«Come?» Loro due si sedettero e il ragazzo scomparve. L'aria era pregna dell'odore del ferro e del fumo, e decisamente più calda di quanto avrebbe dovuto essere. Il sacerdote era imperlato di sudore, ma Hisami non avrebbe saputo dire se fosse per via del suo nervosismo o per il caldo delle fucine.

«Voi siete la moglie di quel Saito che è venuto qui per sostituire il fodero e il guardamano?»

«Sì.»

«Allora dovete sapere che vostro marito ha una lama Inazuma.»

«Impossibile! Non potrebbe mai permettersi...»

Si interruppe a metà della frase. Le opere di Inazuma erano inestimabili, nemmeno se avesse venduto l'intero feudo avrebbe potuto acquistarne una. In realtà, l'unica che aveva visto apparteneva a Kanayama Osamu. I ricordi le riaffiorarono immediatamente alla memoria. Le volpi gemelle! Quello era il simbolo di Kanayama, ed era sull'arma di suo marito. Per quello era andato lì così di fretta: per rimuovere lo stemma del vecchio padrone prima che le venisse in mente dove l'aveva visto. L'onta di quell'azione era incommensurabile, suo marito era un ladro. Non potevano esserci altre spiegazioni. Kanayama poteva aver lasciato la spada in eredità a Saito prima di morire, ma quello sarebbe stato un onore e non qualcosa da tenere nascosto scappando nel cuore della notte.

«Vi ringrazio» disse al sacerdote con estremo imbarazzo. «Adesso credo di aver compreso la situazione.»

«Temo di no» la avvertì lui. «Che la spada appartenga o no a vostro marito, dovete sapere la verità su di essa. È maledetta.»

«Maledetta? Sciocchezze!»

«È la verità, mia signora. Il maestro Inazuma forgiò quella spada appositamente per Motoyori Hidetada, il famoso signore della guerra di Echizen. Motoyori era noto per le sue abilità di spadaccino e anche per i suoi vizi. Non si sposò mai, ma tutti sapevano che frequentava regolarmente le case di piacere del Nord. Una delle sue concubine era una *geisha* la cui bellezza non aveva eguali. Anche la sua voce non aveva eguali e si tramanda che fosse solita cantare per lui per farlo addormentare. Si narra che questa geisha si fosse innamorata di Motoyori e volesse sposarlo, ma naturalmente un samurai del rango di Motoyori non avrebbe mai potuto sposare una donna che facesse quella professione, perciò lei lo pregò almeno di lasciar perdere tutte le altre donne e di dedicarsi solamente a lei.»

«E lui acconsentì?»

«Nessun uomo può dire di no a una donna di quella bellezza. Le disse che sarebbe stato solo suo, ma come vi ho detto, era un uomo di grandi passioni ed enormi vizi. Non poté controllarsi dall'esserle infedele e quando lei lo scoprì tentò di ucciderlo. Nessuna geisha può avere la meglio su uno spadaccino di quel calibro, ovviamente, ma lei lo colse di sorpresa. Normalmente avrebbe tentato di fermarla, e invece reagì d'impulso al suo attacco inaspettato, e la uccise. Motoyori fu talmente sconvolto dalla sua morte che riportò la lama che l'aveva uccisa al maestro Inazuma. Per la morte della sua amante compose un elogio funebre come se si fosse trattato della morte di un samurai, e non di quella di una semplice prostituta. Inazuma incise quella poesia sul codolo della lama. L'ho vista coi miei occhi:

Il sole glorioso,
prossimo allo zenit,
è stato oscurato dalla mia mano.

Capite, lei era il sole che risplendeva della propria bellezza, e sarebbe diventata ancora più lucente se la mano di Motoyori non avesse spento la sua luce. Da allora la spada è conosciuta come Bella Cantante.»

Hisami si accigliò. «Senza dubbio è una storia molto triste, ma non è certo una maledizione.»

«Motoyori aveva solamente offuscato il sole, non lo aveva spento per sempre. Si narra che lo spirito della geisha abbia seguito la spada, e che quando l'elogio funebre vi fu inciso sopra il suo spirito sia penetrato nella lama. Dato che le passioni e i vizi di Motoyori l'avevano tradita, lei decise di usarli contro di lui, facendo sì che divenissero il motivo della sua caduta. Dopo la sua morte la spada divenne ancora più potente, grazie allo spirito di lei che la guidava. Si dice che sia più leggera e più veloce di qualsiasi altra spada, e credetemi signora, è la verità. L'ho tenuta fra le mani. Ma lei esercita il suo volere da dentro la spada. Fece impazzire Motoyori, rendendolo folle di rabbia e di gelosia finché non poté più controllarsi. Gli impulsi che sentiva ebbero la meglio su di lui, e Motoyori morì perdendo i sensi durante un duello. Nell'ubriachezza aveva accusato un altro uomo di aver giaciuto con una delle sue prostitute predilette e venne infilzato per strada, troppo accecato dalla gelosia per riuscire a usare la spada.»

Hisami fece un lungo sospiro. Era chiaro dal modo in cui parlava che il sacerdote credeva fermamente a ogni parola che aveva proferito. In effetti, era così serio che Hisami fu tentata di credergli.

Scosse la testa e il buonsenso ebbe la meglio. «E cos'avrebbe a che fare tutto questo con mio marito? Non ha mai conosciuto quella donna, è morta centinaia di anni fa.»

«La spada è ancora posseduta, signora. Tutti quelli a cui è appartenuta sono morti. Alcuni uomini cedono rapidamente al suo incantesimo, altri durano più a lungo, ma alla fine soccombono tutti. Se posso chiedervelo, signora, vostro marito è un uomo appassionato oppure ha un animo mite?»

«Tutti i samurai sanno controllare le proprie emozioni quando è necessario» rispose lei tranquillamente. «Tuttavia» meditò «quando si trova in compagnia ha la risata facile. Ed è anche facile alla collera.»

«Allora temo che Bella Cantante agirà molto rapidamente su di lui. Dovete sottrargli la spada e farla esorcizzare.»

«E come dovrei fare? Da quando l'ha riportata a casa non se ne allontana mai.»

«Una dimostrazione in più del fatto che sia ancora posseduta, mia signora.»

Il sacerdote non aveva tutti i torti, pensò lei. Per quale altra ragione un uomo avrebbe abbandonato il proprio letto, la propria moglie, nel cuore della notte solo per amore di una spada? «Perché non l'avete esorcizzata quando l'avete avuta qui?»

«Non abbiamo avuto tempo» disse con calore il fabbro sacerdote. «Non abbiamo potuto fare altro che completare il lavoro che ci aveva richiesto vostro marito nel breve tempo che ci aveva concesso. Abbiamo scoperto il nome della spada solo quando abbiamo rimosso l'impugnatura, e a quel punto lui stava già tornando qui per riprenderla.»

«E gli avete detto quello che avete detto a me?»

«Solo che è maledetta, signora. Si è rifiutato di ascoltare altro.»

Hisami si mise a riflettere sul racconto del sacerdote. Possessione? Credeva che solo i contadini si lasciassero spaventare da leggende come quella. Eppure quella storia riusciva a spiegare il comportamento di suo marito. Era sempre stato un uomo 'appassionato', per usare l'espressione del sacerdote, ma non era mai stato impulsivo. L'irruenza non era una buona qualità per un samurai. Tuttavia negli ultimi cinque giorni si era comportato in maniera diversa. Andarsene in quel modo, poi tornare di corsa e ripartire di nuovo il mattino successivo; non era normale.

La sua mente andò al vecchio nobile Kanayama. Lui era una roccia. Imperturbabile, impassibile anche nel pieno della battaglia. Hisami lo aveva incontrato solo poche volte, ma non lo aveva mai visto ridere, né accigliarsi o sorridere. Eppure prima di morire era diventato feroce come una tigre. Che fosse stata la spada a compiere quella trasformazione? E se era così, quanto meno tempo avrebbe impiegato per stregare suo marito?

Ringraziò il sacerdote e si alzò per andarsene. Adesso avrebbe dovuto sbrigarsi. Ormai i comportamenti di Saito non erano più prevedibili, e se non l'avesse trovata a casa al suo ritorno le conseguenze avrebbero potuto essere letali.

18

La cavalla di Saito varcò l'ingresso del villaggio al galoppo, la polvere si levò al suo incedere. Respirava faticosamente, i suoi polmoni pompavano come mantici, e anche Saito era affannato. L'aveva cavalcata vigorosamente, il vento della corsa era piacevole sulle ciglia imperlate di sudore. Era bello montare un cavallo come quello ogni tanto. L'animale era in ottime condizioni e la sua corsa rendeva chiaro a tutti chi fosse il padrone. Quella sera Saito sentiva il bisogno di affermare la propria supremazia. Scese dalla sella, allungò le redini allo stalliere e diede un colpetto sul fianco della cavalla. Rinvigorito dalla corsa, nell'uscire dalla stalla diede una pacca anche al cavallo preferito di sua moglie. Dopo che si fu pulito il palmo dai ruvidi peli marroni, il suo umore iniziò a incupirsi.

Hisami, vestita di nero e oro, fece un rispettoso inchino quando lui aprì la porta scorrevole.

«Bentornato» gli disse dolcemente. «Permettimi di prenderti i sandali e riporre le tue spade. Ho chiesto alla servitrice di preparare il tè.»

«No.»

«Niente tè?» gli chiese allungando le mani in attesa della spada.

«No» ripeté lui passandole accanto e andando a sedersi al suo solito posto.

Hisami guardò la spada iniziando a sentirsi nervosa. «C'è qualcosa che non va?»

«No. Non agitarti tanto.»

«Una moglie non si dovrebbe agitare quando vede suo marito entrare in casa armato?»

«Una moglie non dovrebbe essere invadente» grugnì lui con rabbia. «E non dovrebbe nemmeno uscire senza il permesso di suo marito.»

Lei inarcò un sopracciglio. «Uscire?»

«Il tuo cavallo sta bevendo moltissimo. È sudato.»

«È una giornata molto calda.» Lei deglutì.

«No» sbottò lui. «Ha galoppato. E anche parecchio. Dove sei stata?»

Hisami tentò di non arrossire. «In effetti sono uscita,» ammise con esitazione «ma solo perché dovevo sbrigare delle faccende. Per controllare che gli affari di famiglia fossero in ordine.» I suoi occhi caddero di nuovo sulla spada.

«Cioè?» domandò lui.

«Eri di umore piuttosto inquieto negli ultimi giorni. Volevo assicurarmi che fosse tutto a posto.»

«Non ho bisogno di un dottore» borbottò.

«No, certo che no.»

Le sopracciglia di Saito si arricciarono in uno sguardo sospettoso. «Allora cosa volevi dire?»

Lei sbatté rapidamente le palpebre, poi sprimacciò il suo cuscino, che si trovava di fronte a lui. «Sai,» disse sedendosi «stavo pensando che non abbiamo ancora chiamato il sacerdote per benedire la casa. Perché non ne mandiamo a chiamare uno? Così potremmo far consacrare anche lo stemma di tuo padre, per benedire i nuovi ornamenti della tua spada.»

«Ancora con questa spada! Perché non puoi semplicemente lasciarmi in pace?»

«Non sto parlando della spada,» protestò con un'espressione di finta innocenza «la benedizione della casa è normale...»

«Non voglio nessun sacerdote! Casa nostra è già stata benedetta a sufficienza.»

I suoi occhi trafissero quelli di lei con uno sguardo assassino. «Sono andata a Seki» esplose Hisami. «So tutto della tua Bella Cantante. E della sua maledizione.»

«Assurdità!»

«Non sono assurdità. È stata lei a uccidere il nobile Kanayama. Ed è sempre per colpa sua se hai mancato di rispetto al nobile Ashikaga.»

«Sciacquetta invadente! Tu e le tue dannate spie!»

Il volto di Saito era rosso di collera. «È dovere di una moglie essere al corrente delle faccende della casa» ribatté lei.

«È suo dovere anche non ficcare il naso in cose che non la riguardano!»

«Ti prego» lo implorò «permettimi di chiamare un sacerdote.»

Lui balzò in piedi. «Mai! Questa stupida superstizione mi sta facendo perdere la pazienza. Non voglio sentire più una parola a riguardo.»

«Allora non sentirai più una parola da me.»

Saito mugugnò, pensando che la faccenda si fosse risolta. Gli ci volle un attimo per afferrare il senso delle parole di sua moglie. «Cosa vuoi dire?»

Hisami si alzò in piedi. «Non posso stare sotto lo stesso tetto con lo spirito di quella donna. Ora mi rendo veramente conto che sei caduto vittima della maledizione. Permettimi di chiamare un sacerdote per fare un esorcismo, oppure permettimi di andarmene.»

«Come?» I muscoli delle sue braccia si irrigidirono come se fosse pronto a colpirla. «Tutto questo è ridicolo! Sei per caso diventata una rozza contadina? Quello di cui parli è una sciocca fantasia!»

«Allora perché mio marito sta urlando e mi sta minacciando, e per di più è armato nella sua stessa casa?»

«Urlo perché hai perso la testa!»

«In questa stanza c'è qualcuno che ha perso la testa» disse lei aspramente, perdendo la sua consueta calma imperturbabile. «Cerchiamo di capire chi! Scegli! Scegli una di noi, me o lo spirito della tua puttana, e lasciamo che la tua scelta dimostri la tua sanità mentale!»

La voce di Hisami era come quella di un'aquila, penetrante. Saito non la sentì; le sue orecchie erano pervase da un ronzio fin troppo familiare. La nota tagliente si levò dal suo fianco e disegnò un arco argentato nell'aria. Bella Cantante turbinò e tornò nel suo fodero. Un attimo dopo le prime gocce del sangue di Hisami colpirono il pavimento.

Pallida, si portò un dito alla gola. La trachea era aperta, una cascata color cremisi inondava il suo petto tingendo la veste di seta. Il taglio era perfetto, lungo come un dito e profondo la metà della sua lunghezza. Sollevò la mano, poi incespicò in avanti. Saito indietreggiò di un passo e la osservò estrarre un coltello nascosto fra i capelli. Lei guardò verso di lui, già morta, e compì un ultimo scatto. Dopodiché cadde sul pavimento.

Saito si toccò la guancia. Sorpreso, si strofinò il sangue fra le dita. Era solo un graffio, sottile come un capello. Un taglio rosso sotto l'occhio, perfetto come quello che avrebbe potuto dipingere un pittore. Una pozza dello stesso rosso allagava il pavimento. Saito abbassò lo sguardo sul corpo esanime di sua moglie, sugli schizzi che punteggiavano la sua bellissima guancia bianca. Infine sfoderò Bella Cantante per assicurarsi che non fosse sporca.

19

Saito cadde sulle ginocchia sotto lo sguardo gelido di Ashikaga. Gli era stato ordinato di presentarsi al suo cospetto non appena la notizia della morte di Hisami era giunta al castello. Saito non aveva mai visto quel volto raccapricciante così adirato. La collera gli arrossava il viso ma le cicatrici rimanevano bianche, decorando il cipiglio del signore con pennellate di colori di guerra. «Dammi una spiegazione!» ruggì.

«Mio signore, aveva oltrepassato il limite.»

«No! Sei tu quello che ha oltrepassato il limite!» La furia sul volto di Ashikaga crebbe, tingendogli di rosso anche le cicatrici. «Come hai osato uccidere uno dei miei senza il mio permesso?»

«Era solo una donna.»

«Era una samurai!»

«Ma signore, era mia moglie. È una mia prerogativa...»

«Era uno dei *miei* samurai. E tu osi parlarmi di una *tua* prerogativa?» Ashikaga si levò in piedi, nero come una nuvola carica di pioggia. «Uccidi uno dei miei samurai senza consultarmi? Senza considerare il mio onore? Lei ti aveva interrogato su una faccenda della quale avresti dovuto parlarle, e tu l'hai uccisa per averlo fatto. Lei era più leale di te.»

«Ma, signore!»

«Basta così! Compirai seppuku domani all'alba. Prepara tutto e scegli chi ti farà da secondo.»

Ashikaga scese come un fulmine dalla sua pedana e lasciò la stanza, l'eco delle sue parole vibrò cupo nell'aria. Tuttavia il silenzio che seguì fu ancora più pesante, e Saito restò da solo nella sala vuota a contemplare il suo destino.

20

Il primo raggio del mattino disegnò le cime degli alberi e colorò di rosa la carta delle pareti. L'adunata era già stata predisposta. Ashikaga era seduto su un ampio cuscino con venti samurai al suo cospetto. Davanti a loro era stato sistemato un palco e su di esso era stato allestito un tavolino sul quale troneggiava un pugnale avvolto in un telo di carta. Nakadai Minoru era in piedi accanto al lato sinistro del palco, vicino alla porta. Oltre la soglia, Saito era saldamente trattenuto per i polsi, un paio di samurai vegliavano su di lui. Era vestito di bianco dalla testa ai piedi, il colore della morte.

Bella Cantante pendeva dalla mano di una delle sue guardie. Non gli avrebbero permesso di toccarla per paura che potesse uccidersi con la sua lama prima del tempo. Lo avevano anche privato del suo wakizashi. Aveva trascorso la notte precedente in una cella, lontano da qualsiasi mezzo col quale avrebbe potuto uccidersi. Il signore voleva che morisse esclusivamente per ordine suo.

Ciononostante Saito non aveva nessun istinto suicida, e si rese conto che la sua mente era inspiegabilmente lucida. Hisami avrebbe sicuramente detto che era perché la sua spada maledetta aveva smesso di tormentarlo, ma Saito rise a quel pensiero. Era semplicemente la sua imminente dipartita a renderlo così bizzarramente sereno.

La notte trascorsa sul pavimento scuro della prigione gli aveva dato modo di ragionare sui suoi ultimi due desideri. Il primo era di vendetta. Qualcuno lo aveva tradito. Non gli era stato subito chiaro chi, ma dopo una lunga riflessione era giunto alla conclusione che potesse essere stato solo Nakadai. Solo Nakadai poteva aver detto a Hisami della spada Inazuma. Anche lui era ossessionato da quella maledizione. Nakadai poteva aver visto il tachi del vecchio padrone sul fianco di Saito e averlo comunicato segretamente a Hisami. Poteva essere stato lui a spingere Hisami ad andare a Seki per ficcare il naso. Saito lo aveva sottovalutato: non avrebbe mai pensato che quel grassone potesse essere così attento, così sleale, così ardito.

Nakadai era il candidato più logico a fargli da secondo. Nel seppuku il secondo aveva il compito di decapitare il condannato dopo il suo autosventramento. Perché un samurai morisse con onore, l'onore del suo secondo doveva essere indiscusso, perciò si trattava di un ruolo di estrema fiducia. Se fosse stata viva, avrebbe potuto essere Hisami il suo secondo. Senza di lei, la scelta era fra Nakadai e il boia ufficiale di Ashikaga. Il boia solitamente si occupava dei criminali comuni, non dei samurai, e Nakadai, finché non lo aveva tradito, era stato un suo ottimo amico. Inoltre, scegliendo Nakadai, Saito avrebbe avuto modo di comunicargli tutto il suo disprezzo, anche se non avrebbe potuto farci più nulla.

Poiché la vendetta era irrealizzabile, il secondo desiderio di Saito era di sentire il canto di Bella Cantante per un'ultima volta. Ma, sfortunatamente, anche quello sarebbe stato impossibile. La guardia che in quel momento stava insozzando il suo fodero con le proprie mani, aveva il severo ordine di non avvicinare la spada a Saito finché questi non si fosse inginocchiato davanti al pugnale sacrificale. Era tradizione che un samurai si togliesse la vita utilizzando le proprie armi, ma spesso i condannati tentavano di sottrarsi alla sentenza di morte con un ultimo gesto disperato, e a quanto pareva Ashikaga temeva che Saito potesse fare altrettanto. Il fatto che Saito dovesse patire anche il disonore di essere sospettato di tale vigliaccheria, compiaceva enormemente il signore. Saito si domandò come avesse fatto a diventare oggetto di un così grande disprezzo. Si domandò anche se, con Bella Cantante fra le mani, sarebbe riuscito a superare le guardie e ad arrivare vicino alla gola di Ashikaga. Forse era proprio quello il motivo per cui gli era stato proibito di toccare la spada. La possibilità che Ashikaga lo temesse lo fece sorridere.

Non aveva senso abbandonarsi a tali fantasticherie. Sarebbe stato disarmato finché non si fosse trovato davanti al pugnale, con Nakadai alle sue spalle pronto a decapitarlo non appena avesse compiuto l'ultimo atto di sacrificio. Sarebbe morto con Bella Cantante immobile dentro al fodero e non ne avrebbe mai più sentito il canto.

E in quel preciso istante, sulla soglia del luogo nel quale sarebbe morto, fu sopraffatto da un'improvvisa constatazione. Se desiderava così ardentemente sentire il suo canto, allora quella lama aveva davvero uno strano effetto su di lui. Era possibile che Hisami avesse avuto ragione fin dal principio? L'aveva uccisa per niente?

Quel pensiero era troppo da sopportare. Anche se le cose stavano così, non c'era alcun modo di tornare indietro. L'unica cosa che poteva fare era vendicarla. Era giusto, allora, che morisse ucciso dalle sue stesse mani, perché era lui quello da biasimare... ma solo in parte. Nakadai si era reso suo complice. Era stato Nakadai a metterle nell'orecchio le dicerie sulla maledizione. In che altro modo Hisami avrebbe potuto venirne a conoscenza? Sì, era stato Nakadai a dirglielo, spingendola a essere ossessionata. Anche se Saito si era finalmente reso conto che lui stesso ne era rimasto prigioniero, era stato Nakadai a portare le loro due ossessioni in rotta di collisione.

Il desiderio di udire la melodia di Bella Cantante non era comunque calato d'intensità. Ma ora il suo bisogno di vendicarsi su Nakadai bruciava ancor più ardentemente.

Saito sorrise, e sorrise con aria trionfante poiché all'improvviso aveva capito come realizzare entrambi i desideri in un colpo solo. Quando la porta si aprì, non sentì alcuna paura. Le guardie lo spinsero in avanti e avanzò con passo sicuro verso il centro del palco. Vide che Nakadai era già lì, i suoi occhi stretti erano pieni di tristezza. Saito gli fece un inchino orgoglioso e si inginocchiò davanti al coltello.

«Una richiesta» disse serenamente prendendo posto. Nakadai fece un passo in avanti, la voce del suo amico condannato era troppo bassa per capire cos'avesse detto. «Mi faresti l'onore» chiese Saito «di compiere il tuo dovere con la mia spada?»

Nakadai abbassò lo sguardo sul tachi e Saito notò che non lo aveva riconosciuto. Dopodiché l'omone si volse verso Ashikaga e ripeté l'ultimo desiderio di Saito. Il signore ascoltò la richiesta e acconsentì annuendo bruscamente. Saito prese la spada dalla guaina sorretta da una delle guardie e la posò lentamente alla sua destra, in una posizione da cui era difficile sfoderarla. Ciononostante Nakadai gli si avvicinò con estrema cautela. Gli altri samurai si misero in allerta, pronti a reagire all'eventuale imbroglio. Saito osservò Nakadai accovacciarsi alle sue spalle, prendere il fodero e sollevare l'arma. Un maestro iaidō sarebbe riuscito a sfoderare e a colpire con la propria spada anche se questa era nelle mani di un altro uomo, ma Saito restò immobile. Chiuse gli occhi e offrì una preghiera a Buddha.

Ashikaga annuì di nuovo, e a quel cenno Saito sollevò il pugnale e lo pulì con la carta come richiedeva il rito. Si tolse le vesti bianche dalle spalle, denudandosi fino alla vita. Dopodiché, con estrema risolutezza e con un incommensurabile autocontrollo, alzò la lama e se la conficcò nell'addome.

Le sensazioni svanirono in una cascata di dolore che lo lasciò in un gelido intontimento. La stanza divenne bianca. Il suo corpo era ormai insensibile al coltello che gli era entrato nelle carni. L'ultima cosa che sentì, appena un secondo prima che la testa si staccasse dal suo collo, fu un canto etereo che vibrava nell'aria. Il suo ultimo pensiero fu che le sue non erano state le uniche orecchie ad averlo sentito.

Libro tre
Periodo Heisei, anno 22
(2010 d.C.)

21

Nell'attraversare la sala d'attesa, Fuchida Shūzō si chiese cosa stessero pensando le persone che erano lì. Tutti quei visi erano inespressivi, sbattuti. Era l'ora di cena per quella gente. Fuchida si era svegliato da poco – come tutti i più feroci predatori in natura, anche lui era una creatura notturna – ma la maggior parte della gente che si trovava in quella sala d'aspetto a quell'ora di solito era a casa, oppure era ancora al lavoro, schiavizzata dai ritmi impossibili dei sarariman. Non era un orario di punta per l'ospedale per acuti, c'era solo una dozzina di persone sedute sui divani impolverati di finta pelle blu. Molti di loro stavano aspettando un loro caro, mentre altri attendevano di ricevere cure per sé stessi. Chi di loro stava pensando alla morte? Chi si stava rimproverando per la propria stupidità? Morsi di cane, cadute dalle scale, reazioni allergiche improvvise; la maggior parte delle ferite che si vedevano in quel luogo erano prevedibili, evitabili, non letali. Stupidità. E poi c'erano quelli che dovevano compilare le scartoffie per il rilascio delle spoglie dall'obitorio. Chi di loro era lì per questo?

Fuchida non avrebbe saputo dirlo, e se ne chiese la ragione. Era per via dell'atteggiamento imperturbabile per il quale i giapponesi erano famosi in tutto il mondo? Oppure era perché lui era capace di così poca compassione da non riuscire a capire chi potesse essere sconvolto dal dolore?

Fuchida non provava né irritazione né panico. Li aveva provati entrambi in passato, quando gli avevano comunicato la diagnosi, ma adesso venire lì non era tanto diverso dall'andare alle poste o dal riscuotere una tangente. Era semplicemente una delle cose che doveva fare.

L'unica sensazione che provava era una vaga percezione di privazione, come se gli mancasse qualcosa. Lo infastidiva come il motivetto che ti gira in testa e non riesci né a ricordare di quale canzone si tratti, né a liberartene. Si sentiva spesso così quando doveva separarsi dalla sua Bella Cantante, ma nemmeno un membro della yakuza poteva andarsene tranquillamente in giro per i corridoi di un ospedale con una spada in mano. Ora che ci pensava, provava anche una seccante irritazione, non perché era dovuto tornare in ospedale ma perché non era potuto andare in cerca della seconda Inazuma. Il tempo stava per scadere. Aveva sempre saputo che non si sarebbe potuto tenere la seconda Inazuma per molto tempo; la cosa con cui aveva deciso di barattarla aveva troppo valore perché potesse decidere di tenere la spada per sé. Ciononostante, se non l'avesse raggiunta al più presto, non avrebbe mai potuto considerarsi come l'unico uomo nella storia che avesse posseduto due Inazuma; sarebbe stato un semplice corriere, un fattorino, uno a cui per caso era capitato di dover consegnare una spada Inazuma mentre ne possedeva un'altra.

Fuchida camminò lungo il tappeto azzurro della sala d'attesa ingrigito dalle migliaia di pazienti che ci avevano camminato sopra, e affondò il pulsante dell'ascensore col pollice. Quando l'ascensore arrivò, spinse il pulsante del decimo piano, poi trascorse il tragitto esaminando il proprio riflesso distorto sulle pareti di acciaio lucido. Indossava ancora il suo completo nero e la camicia bianca, una cravatta di cuoio, e aveva i capelli raccolti all'indietro in una coda. Chi lo vedeva poteva pensare che fosse triste? Ansioso? Annoiato? Fuchida non lo sapeva. Sembrava solo sé stesso.

Sbucò al piano in cui si trovava il reparto di cure palliative e andò nella stanza in cui andava sempre. Suo padre stava guardando la televisione. Il volume era basso – per quanto potesse essere malato, l'anziano aveva ancora un udito affilato come quello di un lupo – e Fuchida non riconobbe il programma. Uno spettacolo sulle stelle del cinema. Suo padre era steso sotto una coperta blu scura e delle lenzuola azzurre. Anche il suo pigiama da ospedale era blu, e attorno alle spalle e al petto si era stretto un altro panno. Sotto il naso aveva un sottile tubo di plastica trasparente che gli assicurava l'ossigeno.

«Ciao papà.»

«Shūzō-kun, vieni, siediti.»

Suo padre abbassò completamente il volume della televisione, e i due si misero a parlare delle solite cose. «Dovresti venire a colazione ogni tanto» disse il vecchio Fuchida. «Di mattina c'è un'infermiera con un culo che sembra una pesca matura.»

«Dovrebbe lasciarsi dare un morso. Non ti danno da mangiare abbastanza, papà.»

«Mi danno un sacco da mangiare. È solo che non riesco a mandare giù niente. Come vanno gli affari?»

Fuchida arricciò le labbra annuendo. «Bene. Sempre meglio.»

«Hai dato un'occhiata a quei lettori dvd di cui ti ho parlato?»

«Non si fanno i soldi con l'elettronica, papà.»

Suo padre tossì, un colpo secco, umido di catarro e tristezza. «Girano un sacco di soldi in quel settore» disse portandosi il pugno alle labbra. C'era un altro tubo che percorreva il suo avambraccio, la cui fine era nascosta da un cerotto bianco attaccato al dorso della sua mano. «Un sacco. Credevo di averti cresciuto meglio, non pensavo di averti tirato su così avido.»

«Il mercato è diverso. Il modo in cui gestivi le cose tu non è più sufficiente.»

Un altro colpo di tosse. «Allora dovresti pensare bene a quello che intendi con 'sufficiente'.»

Fuchida chiuse gli occhi per un istante, per evitare di rotearli.

«Credi che sia fuori dal mondo» disse suo padre. «Obsoleto? Be', io penso che ti stai comportando come se una donna ti avesse preso per le palle. Spendi soldi che non hai, corri rischi inutili. C'è una ragione per cui la vecchia maniera è diventata la vecchia maniera. Tuo nonno si è fatto un nome in quel modo, e così ho fatto io.»

Questa volta Fuchida abbassò lo sguardo sul pavimento per evitare che suo padre vedesse la sua espressione. Avevano reso noto il nome Fuchida, d'accordo. Tutti i poliziotti e tutta la yakuza sapevano che i Fuchida erano al servizio del Kamaguchi-gumi. Picchiatori da strada. Ricettatori. Mercenari, non leader. I Fuchida avevano il territorio, anche un buon territorio, ma non avevano un impero.

«Papà, ho tutto sotto controllo. Davvero.»

«Ci scommetto. Se vuoi farti un nome nei *ninkyō dantai*, devi fare come dico io. Altrimenti avrai un nome solo per la polizia.»

«Vuoi davvero parlarne qui?»

Suo padre rise, tossì, poi rise di nuovo. «Vedi? I rischi che stai correndo, di qualsiasi cosa si tratti, ti obbligano a guardarti le spalle. Questa cosa dovrebbe dirti qualcosa, figliolo.» Un altro colpo di tosse. «Abbiamo fatto le cose a modo nostro per tanto, tantissimo tempo. I poliziotti lo sanno, gli uomini d'affari lo sanno, e noi continuiamo comunque a fare le nostre cose. Perché abbiamo un codice, e lo seguiamo.»

Un profondo colpo di tosse lo lasciò per un attimo senza fiato. Un puntino di saliva sul labbro dell'anziano sottolineò il fatto che la sua pelle stava diventando secca come un foglio di carta. Alla fine disse: «Voi giovani d'oggi guardate troppi film. Pensate che i veri affari siano nella droga. Ma il codice non è solo tuo, anche i poliziotti lo seguono. Noi non vendiamo roba pesante e loro chiudono un occhio quando ci beccano con dello speed. E perché non dovrebbero? Quei maledetti tossici si ammazzano con le loro stesse mani. Guarda gli americani, figliolo: si sparano giorno e notte per quella merda.»

«Papà, lo speed ormai copre più della metà degli affari.»

«Sì, eh? E guarda dove ci ha portato. Ai miei tempi le estorsioni bastavano. Se volevi qualche soldo in più, rubavi qualcosa e lo rivendevi. Ti ho mai raccontato di quando ho venduto ai vigili del fuoco i loro stessi camion?»

«Sì, papà.»

Fece una risata roca. «Mi hanno anche ringraziato per avergli fatto un buon prezzo. Quello era vero potere. Ma oggi...» Tirò su col naso «Voi giovani. Non ho mai conosciuto nessuno che vendesse speed senza anche usarlo. Inizi a farti, e dopo cinque minuti i boss vengono a farti una visitina. Inizieranno a chiedersi se possono fidarsi di te. Poi un bel giorno ti svegli e ti chiedi come mai non riesci a respirare con tutto quel cemento nei polmoni. Dammi retta, figliolo. Se non rispetti il codice, la gente inizierà a fare attenzione a quello che fai. Se invece lo segui, potrai fare tutti i soldi che vuoi.»

Non quanti ne voglio io, pensò Fuchida. Suo padre aveva ragione: stava contravvenendo alle regole, stava correndo dei rischi. Ma adesso c'era un nuovo ordine. La vecchia guardia aveva vissuto in un mondo racchiuso entro i confini giapponesi. Adesso i confini erano solo quelli dettati dalla copertura dei cellulari. Il mondo delle grandi aziende se n'era accorto per primo e ne aveva approfittato, e non c'era motivo per cui anche i ninkyō dantai non potessero fare la stessa cosa. Era nata una nuova virtù, una virtù che la vecchia guardia non aveva mai pensato di onorare: l'ambizione. I vecchi avevano vissuto pensando che ci fossero dei limiti a quello che una persona poteva guadagnare senza privare gli altri di qualcosa. Oggi l'unico limite era il cielo.

«Pensi che questa sia una nuova era, eh? Che oggi un uomo possa aspirare a cose più alte.»

Fuchida alzò lo sguardo su suo padre. L'abilità che aveva l'anziano di leggere dentro le persone era veramente misteriosa... Si avvicinava molto alla telepatia, e Fuchida si chiedeva spesso come ci riuscisse. Era stato per quello che aveva raggiunto il potere? La sua abilità di leggere le persone, di guidarle, di persuaderle, ottenendo da loro tutto ciò che voleva, era una capacità sbalorditiva.

E suo padre non aveva ancora smesso di sfruttarla. «Voglio dirti qualcosa riguardo alle ambizioni, Shūzō-kun. La gente normale può averne quante ne vuole, ma uno della yakuza viene ucciso per colpa delle ambizioni. Sai, chi comanda non vede gente ambiziosa, vede degli insubordinati. Non desiderare la luna, figliolo. Desidera un bell'appartamento ad Akihabara e un po' di figa tutti i giorni.»

Non dipende da me, avrebbe voluto rispondere Fuchida. Le mie mire sono più alte delle tue. Sono fatto così, e tu no, tutto qui. Invece disse: «Hai ragione.»

«Aaah, non me la bevo. Dici così solo per farmi chiudere il becco.»

Di nuovo con la lettura della mente. Fuchida avrebbe potuto mentire a chiunque, avrebbe potuto ingannare persino il poligrafo, ma non era mai stato capace di mentire a suo padre. «Va bene, papà. Cercherò di vedere le cose dal tuo punto di vista, ci proverò.»

«Sì? Bravo ragazzo.» Una mano grinzosa con delle unghie gialle afferrò il telecomando e rialzò il volume. «Questo qui è un bel programma. Devi vedere le ragazze che ci sono.»

Fuchida si fermò finché non fu servita la cena, e quando ebbe visto suo padre mangiare a sufficienza, si scusò e se ne andò.

Camminando lungo il corridoio sterile, con l'odore degli antisettici che gli pungeva le narici, si chiese: è possibile che un uomo riesca a soffocare le proprie ambizioni? Tenere sotto controllo il desiderio era una cosa. Tenere sotto controllo la paura era un'altra cosa. Fuchida era abilissimo in entrambi i casi. Ma l'ambizione non era uguale al desiderio. L'ambizione stabiliva confini più elevati del desiderio. Richiedeva pianificazione, non avidità. E per quanto ne sapeva lui, l'ambizione era innata. Alcune persone ambivano al comando, e molte altre no. Alcuni desideravano diventare una star della televisione, o esporre in una galleria d'arte, o diventare primo ministro. Tutti dicevano di volere cose di questo tipo, ma solo alcuni erano nati con l'ambizione di raggiungerle veramente. E come sarebbe mai possibile cambiare una propria caratteristica innata?

E comunque Fuchida non stava cercando di scombinare gli equilibri dei poteri. Usurpare la leadership dei Kamaguchi era quanto di più lontano dalla sua mente. Lui voleva creare una nuova forza, un impero tutto suo. Voleva lasciare un segno nella storia. Entrare in possesso della seconda Inazuma sarebbe stato il primo passo in quella direzione. Dopodiché l'avrebbe barattata con qualcosa di ancora più grande. Sarebbe diventato il fautore del proprio destino.

Tutti i pezzi del puzzle erano già sul tavolo. Ora doveva solo ammazzare il vecchio e prendere la spada. Avrebbe potuto farlo subito, senza la sua Bella Cantante; avrebbe potuto guidare fino a lì, irrompere in casa, prendere la spada. Ma anche da cieco, il vecchio poteva essere pericoloso con una spada, e da quando Fuchida aveva iniziato a dormire con Bella Cantante non provava più alcun gusto nell'andare in giro con una pistola o un coltello. Quella vecchia casa era piena di spade e l'anziano cieco avrebbe avuto il vantaggio dell'oscurità.

Inoltre c'era l'altra questione: un tempo erano stati amici, lui e il vecchio. A Fuchida era già capitato di dover uccidere un amico in passato, e non gli era piaciuto. Endo, così si chiamava il ragazzino. Fuchida stesso era solo un bambino all'epoca. L'ordine era arrivato da Kamaguchi Rysuke in persona che, anche se a quei tempi era solo un *wakashū*, era pur sempre un Kamaguchi e quindi Fuchida aveva dovuto obbedire. Endo aveva rubato alla famiglia, e Fuchida lo strangolò, stupendosi nello scoprire quanto tempo occorresse per uccidere qualcuno in quel modo. In quel frangente non aveva raggiunto la stessa estasi che provava quando ammazzava uno sconosciuto, e da quel giorno aveva sempre fatto molta attenzione a non diventare mai troppo intimo con nessuno.

No, era troppo rischioso andare a uccidere il vecchio da solo. Fuchida guardò l'orologio. Troppo tardi per organizzare un colpo per quella notte. Tutti gli uomini che avrebbe potuto chiamare sarebbero stati ubriachi a quell'ora, e invece a lui servivano lucidi. Fuchida sentì una punta di irritazione e si costrinse a scacciarla. Voleva la spada, ma sapeva essere paziente. Un giorno non era poi un'attesa così lunga. In segno di rispetto per una vecchia amicizia, pensò, e annuì fra sé e sé in segno di approvazione. Un giorno non era un'attesa troppo lunga per uccidere un vecchio amico.

22

Ferma sul marciapiede davanti al condominio dove abitava sua madre, Mariko si sentiva come se si stesse preparando a salire sul ring. Nessun altro avrebbe notato i segnali di un imminente alterco. L'edificio era talmente lindo che sembrava che il costruttore avesse tagliato il nastro quella stessa mattina. E lo stesso si poteva dire anche di tutti gli altri palazzi del quartiere. Anche le strade e i marciapiedi erano immacolati. Non c'era nulla di infausto nel vetro pulitissimo e nell'acciaio lucido della porta girevole del condominio. Tutto quello che Mariko aveva davanti agli occhi era lustro come un coltello ben lucidato.

Eppure sapeva bene che quei palazzi nascondevano oscure verità. Durante il suo primo anno di servizio aveva coperto il turno dalla mezzanotte alle otto, le ore in cui un poliziotto ha a che fare solamente con brutta gente che fa cose deplorevoli. Aveva bussato a centinaia di porte in edifici come quello, chiamata dai vicini di casa della vittima quando la violenza era diventata troppo rumorosa perché potessero continuare a far finta di niente. In Giappone ci voleva parecchio per superare quel limite.

Quando suo padre era stato promosso e si erano trasferiti nell'Illinois, erano andati ad abitare in una grande casa con un ampio terreno dove avevano un vicino che spesso picchiava la moglie fino a farle perdere i sensi. Nei giorni di paga tornava a casa ubriaco fradicio e i vicini facevano finta di non sentire le porte che sbattevano né le tazze scagliate contro le pareti. Non chiamavano la polizia finché non sentivano dei versi umani. Diventava così violento che persino gli Oshiro erano stati costretti a chiamare più volte la polizia, ma avevano dovuto prenderci la mano: interferire nella vita privata delle altre persone non faceva parte dello spirito giapponese. Fare subito causa a qualcuno o chiamare la polizia per il minimo rumore erano azioni tipicamente americane, e c'era voluto del tempo perché ci si abituassero.

Gli americani avevano un detto, 'il silenzio è d'oro', e Mariko si era chiesta spesso come mai in Giappone non ci fosse un modo di dire analogo. Era stato quando la sua famiglia era tornata a Tokyo che l'aveva capito. Non c'era bisogno di un detto del genere in Giappone. I giapponesi non gridavano nei loro cellulari, non urlavano per parlare con qualcuno seduto dalla parte opposta di una carrozza del treno, né ridevano così forte da farsi sentire da tutti i presenti. I gestori dei supermercati non utilizzavano gli altoparlanti per le comunicazioni interne: andavano loro stessi a cercare i loro impiegati quando ne avevano bisogno, ma anche quella era un'azione che facevano molto di rado dato che gli impiegati erano talmente ben addestrati che non avevano bisogno di sentirsi dire che bisognava pulire la corsia cinque o aprire un'altra cassa. Gli americani avrebbero pensato che fosse bizzarro perdere tutto quel tempo per istruire un commesso di un supermercato, eppure non esitavano nemmeno un secondo prima di lamentarsi rumorosamente perché la fila era troppo lunga o perché il cassiere aveva sbagliato il resto.

I clienti giapponesi non erano così. Le casalinghe giapponesi non erano così. Tendevano a nascondere le proprie sofferenze, e i loro vicini tendevano a compiere ancora più sforzi per fingere di non sentire cosa succedeva nella porta accanto. Perciò Mariko era stata in un centinaio di edifici come quello, mentre avrebbero dovuto essere migliaia. Ogni volta si era attenuta al protocollo, e aveva mantenuto il tono di voce basso e tranquillo anche quando aveva chiesto al coglione violento se c'erano dei problemi. I poliziotti dell'Illinois erano diversi, bussavano alle porte anche nel cuore della notte e non esitavano a picchiare il marito se la moglie assicurava di non sporgere denuncia nei loro confronti. Ogni ora di ogni giorno Mariko preferiva il silenzio giapponese alla chiassosità americana, ma tutte le volte che si era trovata davanti a un caso di violenza domestica avrebbe voluto sfondare la porta come un buon vecchio cowboy americano.

Era da quasi un anno che non doveva intervenire in una lite domestica, dato che dieci mesi prima aveva iniziato il suo periodo di prova alla narcotici. Le liti in famiglia erano i casi che le piacevano meno in assoluto, e di sicuro non ne sentiva per niente la mancanza, ma in quel momento si sentì in colpa per il suo ritorno sul ring. Per molti dei vicini di sua madre si trattava proprio di quello: i propri appartamenti erano un posto dove andavano per litigare. Non la vedeva così sua madre, che viveva da sola e aveva avuto un marito buono e premuroso, ma Mariko non poteva fare a meno di chiedersi cosa succedesse dietro le altre porte.

Il senso di colpa avrebbe dovuto attendere perché quel giorno aveva altro di cui preoccuparsi. Tanto per cominciare non sapeva cosa aspettarsi da Saori. Non si erano più rivolte la parola da quando Mariko l'aveva lasciata a disintossicarsi otto giorni prima, e anche se Mariko aveva sempre sperato che il centro di recupero potesse aiutare sua sorella a ristabilirsi, in cuor suo non sapeva se avrebbe cenato con una ventiduenne oppure con la teenager petulante che troppo spesso Saori si divertiva a impersonare.

In ogni caso, Saori doveva andare a una riunione alle cinque e Mariko aveva deliberatamente tardato fino alle cinque e cinque invece di andare direttamente a casa della madre dopo il turno, che era finito alle quattro. Non aveva ancora parlato di persona con sua madre dopo l'ultimo arresto per droga di Saori, e sperava che un piccolo faccia a faccia potesse convincerla a fare fronte comune. Troppo spesso la madre aveva trovato delle scuse per giustificare la tossicodipendenza di Saori, ma magari quel giorno Mariko sarebbe riuscita a convincerla di mantenere il pugno duro.

Anche quel discorso rischiava di sfociare in un'accesa discussione se non veniva condotto nella maniera giusta, e Mariko sapeva fin troppo bene di non essere brava a gestire quel tipo di cose. Aveva trascorso i suoi anni di formazione negli Stati Uniti e questo l'aveva privata dello spirito pacificatore connaturato in moltissime donne giapponesi. Era una straniera nel suo stesso Paese. Era per questo che non piaceva agli uomini come il tenente Ko: Mariko non riusciva a essere conciliante. Quello, più il fatto di essere ambiziosa nel proprio lavoro, erano caratteristiche che la rendevano qualcosa di peggio di una straniera; per gli standard della sua cultura era una malata di mente. Era così che la consideravano gli uomini come Ko, ed era così che la vedeva anche sua madre. Come faceva a spiegarle che per una tossica come Saori la diplomazia e il rifiuto di un confronto serio non facevano che darle il diritto di continuare su quella strada?

Mariko non aveva nessuna voglia di discutere con sua madre, soprattutto quel giorno. Ma quel giorno non poteva nemmeno evitare di vederla, quindi spinse la porta girevole ed entrò nell'ingresso, lasciando un'impronta sull'acciaio immacolato.

Trovò la madre esattamente dove si aspettava di trovarla, nella palestra del quindicesimo piano. Quello non era un condominio particolarmente elegante, ma era comunque dotato di alcuni comfort, e la palestra coi suoi tavoli da ping-pong era stata una delle ragioni che avevano convinto la madre a trasferirsi lì. Quando Mariko andava a farle visita, la trovava sempre o a spaccare il culo a uno dei vicini al tavolo da ping-pong o a fumare una sigaretta sulla terrazza vicina alla palestra con la persona a cui aveva appena fatto il culo.

Quel giorno era ai tavoli. Era vestita come se la partita fosse trasmessa in diretta televisiva: pantaloncini da tennis blu navy, calzettoni bianchi tirati su e una polo coordinata con il marchio Killerspin ricamato sulla taschina sinistra. Mariko aprì la porta nel momento in cui sua madre rispose a un servizio così veloce che lei riuscì a malapena a vederlo. La pallina andò a sinistra, rimbalzò sulla destra toccando il tavolo, e l'avversaria di sua madre fece cadere la racchetta con un gesto di sconfitta che indicava chiaramente il match point.

Sua madre piroettò sui talloni, facendo un sorriso vittorioso. «Miko-chan,» disse a metà del giro «sei qui.»

«Non volevo perdermela.»

Sua madre salutò la sua avversaria sconfitta e recuperò il suo borsone. «Mamma,» disse Mariko «cosa te ne fai di un intero borsone? Capisco una o due palline in più, ma cosa te ne fai delle racchette di riserva?»

«Chiunque faccia una domanda del genere ha molto da imparare sul ping-pong. Non credo di averti mai chiesto perché spendi così tanto per quei tuoi pantaloncini da ciclismo. O perché ne hai così tanti. O perché non vai in bici con il costume da bagno.»

«Perché...» Mariko si interruppe. C'erano dei motivi validissimi. I pantaloncini da triathlon erano più idrorepellenti rispetto a quelli da ciclismo, e se per caso da qualche parte esisteva un costume da bagno con un'imbottitura che resistesse a trenta o quaranta chilometri di bici, Mariko non era ancora riuscita a trovarlo. Ricacciò indietro la risposta e rise. «Okay, hai ragione. Vuoi farti una sigaretta o andiamo subito giù?»

«No, possiamo andare.» Abbassando la voce, sua madre aggiunse: «Se devo essere onesta, Maeda-san non è una grande avversaria. Non ho sudato nemmeno un po'.»

Mariko attese di essere sola con lei nell'ascensore prima di sollevare la questione. «Come sta Saori?»

«Ah, sta con me adesso» disse la madre. «La tengo lontana dai problemi. Ho paura che ce l'abbia ancora con te per averla arrestata.»

«È questo che ti ha detto? Non l'ho arrestata, mamma. Le ho evitato di essere arrestata. E comunque non è proprio colpa mia...»

«Lo so» disse dando un colpetto a Mariko sull'avambraccio. «Stravolge le cose. Lo so. Non è colpa sua, tesoro, è la tossicodipendenza che la fa parlare così.»

Mariko fece del suo meglio per non usare un tono esasperato. «La stai scusando. Come al solito.»

«Mi prendo cura di mia figlia come posso. È così sbagliato cercare di non farvi litigare?»

Non era esattamente un ring, pensò Mariko, ma non era nemmeno un terreno favorevole. Non era mai riuscita a capire perché sua madre prendesse sempre le difese di Saori. «Non ci ho litigato, mamma. Faccio solo il mio lavoro.»

«E chi l'ha detto che devi per forza lavorare? Cosa c'era di male a fare la reporter? Nessuno accoltella i reporter.»

Stava parlando dell'omicidio di Kurihara. Un'addetta ai parcheggi di Yokohama uccisa da un'arma bianca molto affilata, secondo i giornali. Era già stato catalogato come caso irrisolto. Era successo più di una settimana prima, e non c'erano né moventi né sospettati. Sia Mariko che sua madre si erano interessate a quella faccenda, ognuna per le proprie ragioni. La madre di Mariko guardava troppe repliche di *Law and Order* e la sua immaginazione la torturava continuamente con pensieri terrificanti su quello che poteva succedere a sua figlia; un vero attacco ai danni di una poliziotta era troppo spaventoso perché potesse riuscire a non pensarci. Mariko si era interessata a quel caso per semplice solidarietà – nessuno doveva rompere i coglioni a un poliziotto – ma anche perché la vittima era stata menomata prima di essere uccisa e sul luogo del delitto non era stato trovato alcun segno di scasso, furto né altri moventi che giustificassero un assassinio. Non le piacevano i casi che non capiva, e qualcosa le diceva che quella donna non era stata torturata e ammazzata a sangue freddo per aver fatto una multa alla persona sbagliata.

Ma quella sera Mariko non pensava al movente dell'assassino. Il commento sul lavoro da reporter aveva interrotto il flusso dei suoi pensieri. Ormai si era quasi scordata che un tempo avrebbe voluto fare quel lavoro. Aveva iniziato il college solo alcuni mesi dopo la morte di suo padre, e si era iscritta al corso di giornalismo perché voleva cercare di capire cosa gli fosse successo. Un cancro al fegato a quarantatré anni era strano, abbastanza strano da attirare l'attenzione della gente, non solo perché lui era il sesto ingegnere morto per quel motivo nella sua fabbrica, ma anche perché lui era quello che aveva vissuto più a lungo.

In perfetto stile americano, era stata la causa contro la fabbrica della TPC a Teutopolis a far venire a galla la storia. La Takemata Plastec aveva trasferito laggiù parecchi dei suoi ingegneri di Tokyo, tra i quali il padre di Mariko, e uno di loro si era americanizzato abbastanza da intentare una causa. Era stato quell'episodio che aveva portato alla luce le connessioni fra il terremoto dell'89, le microfratture, la fuoriuscita del cloruro di vinile e l'angiosarcoma al fegato che si era diffuso come un'epidemia tra i lavoratori della TPC negli anni seguenti.

L'ingegnere che aveva intentato la causa ne pagò lo scotto. Gli americani avevano un detto per episodi del genere: 'la ruota che cigola va oliata.' La Takemata Plastec Corporation si ispirò all'omologo giapponese di quel detto: 'il chiodo che sporge va martellato.' Quando la TPC dimostrò che la fuoriuscita di cloruro di vinile era avvenuta nella fabbrica di Tokyo e non in quella di Teutopolis, la causa intentata in Illinois finì con un nulla di fatto. Gli impiegati che non avevano testimoniato furono ripagati per la loro lealtà. Vissero comunque nel dolore e morirono miseramente, ma la TPC si preoccupò delle loro famiglie. La madre di Mariko non avrebbe mai più avuto bisogno di lavorare, purché non aprisse bocca.

Da giornalista in erba, Mariko non aveva scoperto niente. Era venuto tutto fuori con la causa americana, e Mariko si trovava ormai a quasi tre mesi dalla laurea quando il suo editor le aveva detto che non sarebbe mai diventata una scrittrice. All'epoca era stato un duro colpo, ma ora Mariko sapeva di avere sempre avuto una predilezione per la giustizia piuttosto che per la scoperta. Era portata per la ricerca e l'investigazione, ma le interessavano solo se lo scopo era quello di beccare il colpevole. Nemmeno il migliore reporter del mondo poteva scoprire uno scandalo aziendale alla settimana, e nemmeno uno all'anno. Gli investigatori della polizia invece dedicavano ogni giorno alla scoperta di scandali, truffe e malefatte e, cosa ancora più importante, avevano il potere di fare qualcosa per porvi rimedio.

«Mamma,» disse Mariko «adesso che ci penso, non l'avevi detto tu che ero destinata a diventare una detective?»

«Non l'ho mai detto.»

«Sì invece. Quando mi sono diplomata all'accademia. Hai detto: 'Cosa se ne fa un reporter di tutto l'allenamento che fai tu?

Non devono inseguire nessuno.' Hai detto che un detective è una specie di giornalista investigativo con un distintivo.»

«Ho detto così?»

«Sì. Io ti ho risposto che mi sentivo come se tutto quello che avevo fatto fino a quel momento fosse stato per arrivare lì, e tu hai detto che era il mio destino.»

«No, no. Ho detto che era il fato. O il karma, forse.»

«Okay, hai ragione tu» disse Mariko. Sua madre osservava con uguale fervore tutte le feste buddiste, cristiane e scintoiste ed evocava il fato, il destino, il volere di Dio o le ripercussioni del karma come se fossero interscambiabili. Mariko non credeva in niente di tutto ciò. Credeva nelle prove e nel cogliere le opportunità quando si presentavano. In questo senso assomigliava molto di più a suo padre.

Le porte dell'ascensore si aprirono su un corridoio dalle luci calde e soffuse, e Mariko sentì immediatamente il profumo delle patate gratinate che si spandeva dalla porta di sua madre. Sapeva che quell'odore arrivava dalla sua cucina perché per quell'occasione preparava sempre le patate gratinate. Era il piatto preferito di suo padre, e quel giorno segnava il nono anno da quando lui aveva perso la battaglia contro il cancro. Mariko avrebbe voluto esserci, per sapere con sicurezza se aveva sofferto fino alla fine come temeva oppure se si era spento in pace come le aveva raccontato sua madre. Non le piacevano le verità edulcorate, non sopportava chi fingeva che un fatto terribile fosse qualcosa di diverso da ciò che era. Anche in quello era più simile a suo padre che a sua madre.

«Ho provato una cosa nuova con le patate» disse sua madre aprendo la porta dell'appartamento. «Semi di finocchio.»

«Gnam.» Mariko non poté fare a meno di sorridere: sua madre annunciava le sue nuove ricette con lo stesso entusiasmo con cui le donne della sua età solitamente annunciavano l'arrivo di un nipote. «Sembra ottimo, mamma. Non vedo l'ora di... Oh! Saori.»

Sua sorella era china sul forno, con le ossa delle braccia secche quasi quanto la maniglia dello sportello. «Ehi» disse senza sollevare lo sguardo da quello che stava osservando.

«Credevo che fossi alla riunione» disse Mariko.

Saori fece spallucce, continuando a guardare in basso. «Sono andata a quella delle tre a Meguro. C'è un tipo carino lì.»

«Be', bene. Sono contenta che tu ci sia andata. Come stanno andando? Le riunioni intendo.»

Saori le chiamava semplicemente riunioni senza citare l'associazione. Andava bene così. Non c'era bisogno di gridarlo ai quattro venti. Mariko pensava solo che fosse interessante il fatto che Saori, e in realtà tutti quelli che partecipavano al programma che aveva conosciuto, le chiamassero semplicemente riunioni. E quando ne parlavano, tutti capivano immediatamente di quale tipo di riunione si trattasse. Mariko si chiese quale parola usassero per parlare delle riunioni di lavoro, o di una riunione del consiglio di amministrazione, o di azionisti.

Saori scrollò di nuovo le spalle. «Non sono fatti tuoi mi pare. *Anonimi* eccetera, eccetera.»

«Volevo solo sapere come stai, Saori.»

«Certo. Sempre la parte della sorella maggiore. Sempre a preoccuparti della povera bambinetta.»

«Ragazze» disse la madre, e quello fu tutto.

La cena fu pervasa da una piacevole leggerezza. Non c'era mai stata la possibilità che potesse trasformarsi in una cena allegra: vista la ricorrenza, e considerati i più recenti problemi con la droga di Saori, Mariko pensò che una piacevole leggerezza era il massimo che avrebbero potuto augurarsi. Il cibo fu come sempre delizioso, più buono di quello che suo padre avesse mai mangiato con loro, pensò Mariko mestamente; la madre guardava i programmi culinari con venerazione religiosa, e la moda della cucina non era ancora approdata in tv quando lui era ancora in vita.

A Mariko non interessavano le elucubrazioni sull'eccezionalità del cibo, ma quegli argomenti riuscirono a mantenere la conversazione lontana da tasti dolenti. La madre non perse l'occasione di fare commenti sulla mancanza di uomini alle cene di famiglia. Fra tutte le cose di cui ci si poteva preoccupare sulla vita di Saori, Mariko trovò stupefacente che la loro madre si focalizzasse sul fatto che non avesse un fidanzato. Mariko tentò di parlare dello svitato anziano di Machida, ma in qualche modo la conversazione tornò come un boomerang sugli uomini e su come Mariko avrebbe potuto conquistarne uno se solo si fosse lasciata crescere un po' i capelli, o perlomeno se avesse smesso di tagliarsi le unghie fino all'osso, e sarebbe stato così terribile alleggerire un po' tutti gli allenamenti in bici e tutte le corse campestri, smettendo di terrorizzare tutti gli uomini in palestra? Disse alle proprie figlie che gli uomini apprezzavano le forme in una donna, trasmettendo loro quest'informazione come se l'avesse ottenuta a caro prezzo dopo aver scalato la montagna della saggezza.

Per Saori quella fu la goccia che fece traboccare il vaso. Rispolverando l'inglese – da sempre la sua lingua preferita per le imprecazioni – disse: «Porca puttana, mamma, mi sto disintossicando. Credi che mi piaccia essere così magra?»

«Saori...»

«No, fanculo. Vado a farmi una sigaretta.»

Mariko si alzò velocemente dicendo alla madre che ci avrebbe pensato lei. «La porto in fondo alla strada, al Lawson» disse. «Magari ci prendiamo un gelato.»

Raggiunse Saori sul pianerottolo. Camminarono una accanto all'altra sotto la luce fioca del corridoio, le ragazze Oshiro di nuovo insieme. Mariko si chiese per quanto tempo la sua vita fosse stata così, con lei e Saori fianco a fianco. Dodici anni, pensò. Per dodici anni erano state praticamente inseparabili, dal giorno in cui Saori era nata fino a quando Mariko aveva compiuto diciassette anni. Poi la malattia del padre era giunta alla fine, e le due sorelle avevano reagito alla perdita in maniera diversa... in una maniera diversa, eppure molto simile. Mariko aveva tentato di sfuggire al dolore buttandosi nello studio per i test di ammissione. Saori rifugiandosi nell'alcol. Poi per Mariko c'erano stati il college e l'accademia di polizia e per Saori erano arrivate le superiori e le droghe pesanti. Mariko aveva pensato che per Saori quello fosse un metodo per elaborare il lutto. Sarebbe cresciuta, l'avrebbe superato, ma poi avevano iniziato ad allontanarsi, e da allora

Mariko non era più riuscita a ottenere da lei quella sincerità che un tempo era stata così naturale.

A volte Mariko si domandava come mai si fosse buttata così a capofitto nell'accademia. Sapeva che era stato per Saori, solo che non capiva bene il perché. Era stata una specie di avvertimento, un modo per dirle di rimettersi in riga prima che un poliziotto diventasse una presenza costante nella sua vita? O era stato per essere un buon esempio per la sua sorella più piccola? Oppure – e Mariko temeva che questa fosse l'opzione più probabile – la sua dedizione ossessiva era stata una via di fuga, una via di fuga dalla realtà più sana ma non così diversa da quella di Saori? Qualsiasi fosse stato il motivo, non aveva funzionato. Nel momento in cui Mariko aveva ottenuto il distintivo, era diventata la figlia brava, la figlia di successo, e non aveva più potuto fare niente per Saori senza essere vista in quel modo. La figlia scapestrata non aveva più voluto ascoltare nemmeno una parola di ciò che quella brava aveva da dire, e da allora non erano più riuscite a ricostruire il legame che un tempo le aveva unite così saldamente.

«Cristo,» disse Saori ancora in inglese «te ne rendi conto?» Si accese una Mild Seven prima ancora di essere entrata in ascensore.

«Non credo che si possa fumare qui.»

«Allora arrestami. Voglio dire, cristo santo, Miko, ma che problemi ha?»

«È tua mamma.»

«Che cazzo di ipocrita. Lei non è sposata e ha cinquantadue anni. Per quale cazzo di motivo rompe i coglioni a noi?»

«Forse oggi non è il giorno migliore per dirle di trovarsi un altro marito» disse Mariko.

Saori rise. «Te lo immagini? So benissimo di essere una stronza a volte, ma dirglielo sarebbe stato troppo persino per me.»

Perlomeno aveva ricominciato a parlare in giapponese. Voleva dire che si stava calmando. E anche che stava pensando a qualcosa. Sapendo di correre un rischio, Mariko disse: «Come sta andando? La disintossicazione, voglio dire.»

«Sono pulita da otto giorni. Ma stavolta è diverso, sai. Forse potrei aver finalmente trovato la strada giusta.»

Quelle erano le esatte parole che Mariko avrebbe voluto sentire, e proprio per questo ne fu insospettita. Odiava diffidare di sua sorella in quel modo, ma adesso Mariko sapeva più di quanto avrebbe voluto sui drogati e sulle loro manipolazioni. Saori le aveva fatto da maestra, e le aveva insegnato la lezione molto bene.

Superarono l'atrio; nell'arrivare sulla strada la porta girevole tagliò a metà una nuvola di fumo. Mariko fece un cenno con il capo verso l'insegna bianca e blu del Lawson. «Gelato?»

«Certo. Ma non è per quello che mi hai seguita fino a qui.»

Mariko deglutì. Saori la guardò negli occhi scrutandola con la stessa attenzione con cui lei avrebbe esaminato la scena di un crimine. «Dài, Miko, li hai contati anche tu i giorni. Che c'è?»

La strada fu spazzata da una folata di vento, divenuto freddo ora che il sole era calato quasi del tutto. C'erano i rumori in sottofondo: un treno in lontananza, il ronzio elettrico dei lampioni che si accendevano lungo le siepi che circondavano il condominio della madre, il vento che fischiava passando fra gli edifici. Tutt'intorno i palazzoni torreggiavano sulle sorelle Oshiro, gli edifici erano così vicini gli uni agli altri che sembravano abbracciarsi per cercare un po' di calore contro il vento pungente.

«Cosa sai della cocaina?» chiese Mariko.

Saori scrollò le spalle. «Tony Montana ne usa un sacco in *Scarface*.»

«Dài, sii seria.»

«Lo sono. Nessuno usa quella roba qui. Insomma, conosco un paio di persone che l'hanno provata, ma quelli della yakuza ammazzano di botte chiunque provi a venderla. Ne prendi un po' se vai in vacanza alle Hawaii, o cose così. Qui in Giappone è troppo difficile procurarsela.»

«La situazione sta per cambiare» disse Mariko. «O perlomeno c'è qualcuno che sta cercando di cambiarla, e il mio tenente non vuole affidarmi il caso. In realtà non lo darà a nessuno il caso, e io sono preoccupata per te.»

Saori indietreggiò di un passo, le spalle rigide, la testa inclinata. «Perché? Credi che voglia iniziare a sniffare coca?»

«No. È solo che... be', con gli stimolanti tu hai certi precedenti...»

«Sì» disse Saori, guardandola in tralice. «Precedenti. Vecchie storie. E comunque, non sono fatti tuoi.»

«Saori...»

«No. Per la prima volta in vita mia mi sembra di avere le cose sotto controllo, e adesso tu arrivi e vuoi farmi venire dei dubbi? No, Miko. Non sono più la sorellina piccola a cui badare.»

«Va bene» disse Mariko. Si sentì salire alla testa un fiotto di nervosismo. Saori aveva la mandibola tesa, il respiro le passava rumorosamente dal naso. Non ha senso parlare quando è così, pensò Mariko. E io che credevo che avrebbe smesso di essere così lunatica una volta pulita.

«Grazie mille per aver accompagnato la sorellina a fare una passeggiatina» disse Saori. Bene, pensò Mariko, ci mancava giusto il sarcasmo, è sicuramente d'aiuto. Nel momento in cui aveva pensato così si era macchiata dello stesso crimine, ma ormai era tardi per tentare di affrontare la cosa in modo diverso. Saori premette con forza la sigaretta contro la vetrina del Lawson, girò sui tacchi e si riavviò rapidamente verso il condominio della madre.

Gli occhi di Mariko non seguirono sua sorella, restarono sulla sigaretta. Aveva brillato di un rosso acceso nel volo, facendo scintille nell'impatto e disegnando un anello di fumo nel cadere sul marciapiede. Mariko la spense col piede.

Prese automaticamente il cellulare dalla borsetta e compose un numero. «Mamma? Niente dolce, è saltato, mi dispiace. Ci sentiamo domani.»

Chiuse il telefono stringendolo nel pugno, schiacciandolo, e continuò anche quando ormai era chiuso. Per l'ennesima volta pensò che le sarebbe piaciuto essere di nuovo all'accademia. Voleva un bersaglio da picchiare, e un manganello con cui farlo. Maledetta Saori, lei e il suo cinismo, il suo egoismo, e maledetta la sua capacità di riuscire sempre a farla preoccupare in quel modo. Pensare a lei in quel momento le faceva ribollire il sangue nelle vene. Questo non era il genere di frustrazione dal quale sarebbe riuscita a liberarsi facilmente. Aveva voglia di rompere qualcosa.

Dietro il Lawson, sulla strada che stava percorrendo per tornare in stazione, trovò due file di distributori automatici. La prima vendeva le solite cose: caffè, bibite analcoliche, merendine. Nella seconda fila invece c'era una macchinetta che vendeva *manga* porno e un'altra che vendeva mutandine usate di ragazze adolescenti.

Diede un calcio a quel distributore disgustoso. Mariko lo colpì così forte che quasi si slogò una caviglia, ma il vetro non si incrinò neppure. Voleva devastare quell'aggeggio, lo voleva buttare per terra e prenderlo a calci. Ma nemmeno quello sarebbe stato sufficiente. Pensò alla spada in casa di quell'anziano di Machida, ricordò il suo peso, immaginò di trafiggere quella stramaledetta macchinetta di mutandine dritto nel cuore. Tagliarla in tanti pezzettini. Ecco, *quello* sarebbe riuscito a calmarla.

Mentre tornava a casa in treno passò dal rimproverarsi per quella perdita di autocontrollo al chiedersi dove avrebbe potuto trovare una spada grande come quella, quanto le sarebbe costata e dove avrebbe potuto trovare un po' di tronchi di bambù da fare a pezzi fino a ridurli in polvere.

23

Quando, durante il briefing del mattino, vennero fuori i nuovi dettagli sull'omicidio Kurihara, la prima persona a cui pensò Mariko fu Yamada Yasuo.

Esattamente come chiunque altro nel suo distretto, Mariko non riusciva a togliersi quel caso dalla testa. Era stata uccisa una di loro. Non faceva parte del Dipartimento della polizia metropolitana di Tokyo, e in realtà un'addetta ai parchimetri non si poteva neanche considerare una vera poliziotta, ma Kurihara Yuko indossava l'uniforme e veniva pagata dal dipartimento proprio come tutti gli altri, e perciò era una di famiglia. Le indagini condotte fino a quel momento avevano definitivamente scagionato il marito, ma non c'erano altri sospettati su cui indagare. Gli investigatori che stavano lavorando sul caso non si erano avvicinati neanche lontanamente a un movente, ma l'ultimo rapporto del medico legale suggerì a Mariko di fare un altro viaggio per andare a trovare il dottor Yamada.

Tuttavia quel giorno Mariko ebbe parecchio lavoro da sbrigare – trascorse diverse ore ad archiviare un sacco di scartoffie che riguardavano vecchi casi di droga che le interessavano – perciò rimandò Yamada e le sue assurdità sulla spada magica fino al tardo pomeriggio. Il cielo era ormai diventato scuro quando giunse a Machida, la luna non era ancora sorta e le stelle erano più numerose di quelle che Mariko avesse mai visto dalla finestra del suo appartamento in centro. Le case lì erano davvero carine, sembravano piccoli cottage, tutte rannicchiate dietro le alte recinzioni dei loro giardini. Si rese conto che era la parte americana del suo cervello a fare quelle considerazioni: anche la più piccola tra quelle case era cinque volte più grande del suo minuscolo appartamento, ma la più grande di esse sarebbe stata troppo piccola perché qualcuno potesse decidere di acquistarla nell'Illinois.

Nel quartiere di Yamada le luci si stavano spegnendo piano piano. Mariko annusò il vento freddo pregno dell'odore dei crisantemi. Si udì una serie di passi da dentro la casa, poi la pesante porta di legno si spalancò.

«È tornata» disse Yamada. L'aria che usciva dalla casa sapeva di tè. «Suppongo che non abbia ancora trovato niente sul mio ipotetico rapinatore.»

Mariko si chiese come mai avesse detto così – il suo tono presupponeva una conoscenza del caso più approfondita di quella che un normale civile aveva il diritto di avere – ma in quel momento aveva cose più importanti per la testa. «Ho bisogno del suo aiuto» disse lei. «Voglio dire, gradirei molto il suo aiuto se è disponibile, signore. Il dipartimento di Yokohama sta investigando sull'omicidio di una donna che lavorava nel loro ufficio del traffico. Il nome della vittima è Kurihara Yuko.»

«Mio dio.»

Quella risposta fece esitare Mariko. C'era una sincera preoccupazione nella sua voce, come se avesse conosciuto la vittima. E a Mariko parve di nuovo che sapesse troppo. Oppure era semplicemente un dolce signore di una certa età che avrebbe reagito in quel modo per l'omicidio di chiunque? Mariko non ne era certa.

Quelle domande potevano attendere, aveva dei misteri più impellenti da risolvere. «Dottor Yamada, credo che il nostro medico legale si stia concentrando su un'arma del delitto sbagliata. E credo che lei potrebbe aiutarmi a dimostrarlo.»

«E come? Cosa dovrei saperne io dell'arma del delitto?»

«Quella che stiamo cercando ha tagliato la catena di sicurezza della porta, probabilmente senza che la lama subisse il minimo danno. La scientifica ha trovato solo alcuni minuscoli filamenti. Per ora abbiamo solo il primo risultato dei test, ma al momento sembra che l'arma abbia tra i cinquecento e i mille anni.»

«Ah. Proprio come la spada che le ho mostrato la scorsa settimana.»

«Non si preoccupi,» disse Mariko «non ho intenzione di incriminare un uomo di ottantasette anni incolpandolo di aver preso il treno e di essere andato ad ammazzare una poliziotta all'ora di cena. Ma credo che il rapporto del medico legale sia inesatto. L'arma del delitto non è un coltello. Mi pare possa trattarsi di una spada, no?»

«Sembra proprio così.»

«Se è così, questa è la seconda spada millenaria in cui mi imbatto nel giro di una sola settimana. Cosa sta succedendo?»

«Mi sembra sia opera del fato. Prego, ispettore, si accomodi.»

Lo seguì dentro casa, chiudendosi la pesante porta di quercia alle spalle. «Temo di avere appena finito il tè,» disse Yamada «ma posso preparargliene un altro se vuole.»

Mariko si tolse le scarpe. «No, grazie» rispose lei. «Non si preoccupi.»

Lui riempì comunque la teiera e la appoggiò sui fornelli. Il pavimento della cucina era in legno massello, non in tatami, e i suoi piedi coperti solo dai calzini produssero un suono ovattato passandoci sopra. «Quindi,» disse l'uomo «cosa la porta qui?»

«Ho fatto alcune ricerche sul suo conto» disse lei. Yamada la prese per un gomito come un vecchio zio e la condusse nel salotto. «Dottorato in storia medievale» disse Mariko. «Professore emerito alla Tōdai. Nono *dan* di *kendō*, nono *dan* di *kenjutsu*, ottavo *dan* di iaidō, e una serie di cinture nere in altre cose. Il suo biografo l'ha definita come 'il miglior conoscitore dell'arte della spada di tutto il Giappone'.»

Yamada sorrise, un sorriso caldo e ampio che scavò le rughe sul suo volto. «Ha letto Mizubayashi. Stava cercando di ottenere la cattedra quando l'ha scritto.»

«Non è l'unico ad avere grande considerazione di lei» disse Mariko. «Mi vergogno di me stessa per non aver fatto subito due più due. Quando sono venuta qui l'altra volta, avevo notato una cosa che accomuna tutti i libri sugli scaffali dietro di lei. Parlano tutti di spade.»

Yamada si sedette al tavolino da tè, mentre Mariko si avvicinò alla libreria. «*I fabbri del periodo Kamakura*,» lesse a voce alta «*I forgiatori di spade del periodo Muromachi, L'evoluzione del combattimento con la spada: tutta la storia*.» Gli occhi di Mariko corsero lungo tutti i dorsi. «Aspetti... Tutto questo scaffale... li ha scritti tutti lei? Tutti quanti?»

«Che posso dire? Sono vecchio.»

Mariko osservò il resto dei libri incredula. La libreria che aveva davanti ospitava solo opere di storia medievale. Quella alla sua sinistra la storia dell'uso delle spade nelle arti marziali. A destra c'era la storia del periodo Heian e di epoche più antiche. E su ogni libreria, la mensola centrale era occupata esclusivamente da volumi scritti da Yamada.

«Non ci posso credere,» disse Mariko «deve aver scritto più di trenta libri.»

«Quaranta» disse Yamada. «Be', quaranta e qualcosa. Il mio editore dice che l'opera completa arriverà a venticinque volumi.» Rise. «Si rende conto? L'opera completa! Di solito si aspetta che uno sia morto prima di definirla così. E se decidessi di scrivere un altro libro?»

Mariko guardò l'uomo con occhi diversi. Che avesse perso la vista per tutto quello scrivere? Riconsiderò le sue nocche nodose, la curva della sua schiena. Una penna in mano, chino sul foglio; era così che erano nati tutti quei libri? Qualcosa le diceva che Yamada aveva scritto a mano tutte quelle pagine, senza mai ricorrere all'uso di un computer.

E perché avrebbe dovuto? Quando i computer erano diventati abbastanza avanzati da potergli essere di supporto, molti di quei libri erano già stati stampati e ristampati. Prese un volume ingiallito da una delle mensole, lo aprì e guardò la data di pubblicazione. Shōwa 31. Fece un rapido calcolo: 1956. I genitori di Mariko non erano nemmeno nati all'epoca.

«Ne prenda uno» disse Yamada, mugugnando lievemente nel

sollevarsi dalle ginocchia. «Lo tenga. Questi vecchi occhi ormai fanno fatica a leggere. Di sicuro non ho intenzione di consumarli del tutto rileggendo i miei lavori.»

Mentre l'anziano si dirigeva in cucina, Mariko sentì il primo borbottio della teiera che si preparava a fischiare. L'uomo aveva un udito fine, più fine di quello di Mariko, e lei fu orgogliosa di sé per il proprio spirito di osservazione. Quel vecchio era un enigma. Un intelletto perspicace, una mente sveglia, e ciononostante parlava di spade magiche con convinzione. Qualcun altro poteva credere alle storie di fantasmi. Mariko era una persona che si basava sui fatti – e che era fiera di farlo – eppure si rese conto di provare del rispetto per quell'uomo, un uomo che aveva parlato di fato e destino come se fossero i suoi vicini di casa, come se potesse vederli e intavolarci una conversazione.

«E così è venuta per parlare di spade» disse da dietro l'angolo. «Cosa vuole sapere?»

«Be', mi sono detta, quante spade che hanno tra i cinquecento e i mille anni possono mai esserci a Tokyo? Così ho fatto un po' di ricerche e quello che ho scoperto mi dice che lei è l'uomo giusto a cui chiederlo. Quindi? Quante sono?»

«Forse una decina,» disse Yamada «ma non è questa la domanda che dovrebbe fare.»

«Eh?»

«Quello che dovrebbe chiedere è quante di quelle spade sono... be', com'è che direste voi poliziotti? 'Latitanti'? Insomma, quante di quelle spade potrebbero essere utilizzate per commettere un omicidio?»

Dieci era un numero molto più alto di quello che Mariko si era aspettata. Tuttavia, ora che aveva ascoltato la domanda di Yamada, mise insieme i pezzi del puzzle. «Sono nei musei» disse. «Quelle spade antiche, voglio dire. Sono custodite nelle teche dei castelli e delle esposizioni storiche. Allora quante sono in mano a privati?»

«Tre, che io sappia, ma solo due che contino. E di quelle, una è al piano di sopra. Perciò direi che è stata l'altra a uccidere la vostra vittima.»

Mariko aveva già sentito l'anziano parlare in quel modo. Parlava con più sicurezza di quella che avrebbe dovuto avere. La sua voce era pregna di una sorta di familiarità, come se sapesse tutto sulle circostanze del delitto. Solo gli investigatori che stavano lavorando a quel caso potevano avere quel tipo di informazioni. No, pensò Mariko. Anche l'assassino era a conoscenza di tutti i dettagli.

«Dottor Yamada, le dispiace se vado di sopra a dare un'altra occhiata alla sua spada?»

«Nessun problema» disse tornando nella stanza con una tazza fumante in ogni mano. «Vengo con lei.»

Sorrise annuendo e le allungò una tazza. Lei non bevve. «Ha un buon profumo» disse.

Aveva una ragione per voler stare alle spalle di Yamada. Quando aveva appreso dell'omicidio di Kurihara, Mariko lo aveva escluso subito dalla lista dei sospettati – più per i suoi modi che per la sua età – ma adesso aveva iniziato a domandarsi se non lo avesse giudicato male. Il commento riguardo all'ipotetico rapinatore era troppo consapevole, e adesso aveva parlato dell'omicidio nello stesso modo. Entrambi i crimini erano in qualche modo legati a lui, Mariko ne era certa. Solo che non riusciva a capire in che modo.

Per un istante si era persa nelle proprie riflessioni e quando tornò in sé si accorse che Yamada era molto più veloce di quanto pensasse. Saliva le scale senza il minimo segno dell'esitazione che si sarebbe aspettata da una persona quasi cieca, ma d'altra parte quella era casa sua. Viveva all'interno di un ricordo perfetto di quegli spazi. Era già arrivato alla porta della camera da letto, a pochi passi dalla spada.

Mariko si affrettò su per le scale, il tè bollente le si versò sulla mano. La tazza colpì la scala rivestita dal tappeto. Raggiunse l'ingresso della stanza nel preciso istante in cui Yamada si stava voltando verso di lei, con la mano destra reggeva il fodero e con la sinistra la punta. La mano di Mariko corse alla tracolla per raggiungere la Cheetah.

«Ah, eccola» disse Yamada andando lentamente verso di lei, la spada rivolta nella sua direzione nella mano destra dell'uomo. «Ispezioni pure, ispettore.»

«Abbassi l'arma» disse lei. «La metta sul letto.»

«Come vuole» disse Yamada facendo quello che gli era stato detto. Si allontanò di un passo. «L'ho spaventata?»

Con gli occhi fissi sulle mani dell'uomo, Mariko si abbassò, trovò la spada picchiettando sul letto con le dita e la sollevò.

«Voglia scusarmi. Non credevo che un uomo della mia età potesse ancora spaventare qualcuno.» Si sedette sul letto, le mani sulle cosce. «Deve sapere che una spada è pericolosa solo quando viene tenuta con la mano sinistra. La destra deve essere libera per estrarre e fare l'affondo.»

Mariko tirò fuori la lama dalla guaina e la mise alla luce. Fu di nuovo colpita dalla sua incredibile grandezza. «Non lo sapevo.»

«Eh, sì. Un buon kenjutsu usa sempre la mano destra.»

Il cuore di Mariko stava iniziando a battere più lentamente. Lo aveva giudicato male. Non c'era alcuna traccia di sangue su quella lama – perlomeno nessuna che avesse meno di cento anni – né segni che potessero far pensare che l'avesse pulita per rimuovere le prove. Quello non era un uomo che avrebbe nascosto un omicidio; non solo non era un tipo da omicidi seriali, ma probabilmente avrebbe preferito andare in prigione piuttosto che bagnare un capolavoro con la candeggina. E ora il dorso della sua mano destra stava iniziando a bruciare nel punto su cui le era caduto il tè.

Yamada le sorrise con occhi non a fuoco; da quella distanza era certa che non la distinguesse dalla parete. «Mi dispiace se l'ho spaventata» disse l'uomo. «Me lo sarei dovuto aspettare avvicinandomi a una poliziotta con un'arma in mano. Comunque dovrei insegnarle qualcosa di più sull'arte della spada. Ha molto da imparare.»

Mariko lo osservò incuriosita, poi abbassò lo sguardo sulla spada che aveva fra le mani. All'improvviso fu colta da uno strano imbarazzo per il modo in cui la stava impugnando. Yamada era molto più forte di quanto sembrasse; Mariko aveva bisogno di due mani per reggere la spada, mentre a Yamada ne bastava una sola. Era imbarazzante non essere in grado di rivaleggiare con la forza di una mano così rugosa. Ed era certa che anche la sua presa era sbagliata, ma non aveva idea di quale fosse il modo giusto per tenere una spada.

L'imbarazzo non era un sentimento che Mariko provasse spesso. La vergogna era una cosa che conosceva. Quando una persona faceva qualcosa di sbagliato, era normale che provasse vergogna. Ma l'imbarazzo – provare vergogna senza aver fatto nulla di male, solo perché ci si trovava in un certo posto – non era una cosa che rientrava nella sua vita normale. Non appena ci pensò, quella sensazione fu rapidamente sostituita dal fastidio.

«Cosa le fa pensare che potrei essere interessata ai combattimenti con le spade?» disse. «E anche se lo fossi, che le chiederei così all'improvviso di diventare una sua allieva?»

«Non c'è niente di improvviso. Lo aspettavo da molto tempo.»

Mariko rinfoderò la spada, rendendosi immediatamente conto che doveva esserci un modo giusto per farlo e che di sicuro lei non l'aveva fatto nella maniera corretta. Di nuovo quel maledetto imbarazzo. Sentì le guance avvampare e cercò di scacciare sia l'imbarazzo che il risentimento. Quell'uomo la faceva sentire come se fosse stata una scolara. Solo che non riusciva a capirne la ragione.

«Signore,» disse, sentendo salire una frustrazione che minacciava di esplodere da un momento all'altro «ci siamo incontrati solo una settimana fa. Non stava aspettando me. Non è possibile.»

«Giusto,» disse Yamada «dimenticavo. Non esiste una cosa come il destino. Cerchi di perdonare un povero vecchio. Vada avanti con la sua vita.»

Mariko appoggiò la spada sul letto. Di nuovo con la storia delle spade magiche. Ne aveva avuto abbastanza. Il caso Kurihara non era suo. Non rientrava nemmeno nella sua giurisdizione. Voleva solo dare una mano. Ma non a costo di stare a sentire tutte quelle assurdità su sortilegi e destino. Aveva sperato di poter dare al dipartimento di Yokohama una pista da seguire per rintracciare l'arma del delitto, ma non aveva nessuna intenzione di chiamarli per dire loro che dovevano cercare una spada magica. Non c'era niente da fare.

«Scusi il disturbo,» disse con le tempie che le pulsavano «adesso me ne...»

Yamada le mise un palmo calloso di fronte alla faccia, alzando un dito rugoso davanti alle proprie labbra. Mariko avrebbe voluto mettersi a urlare per essere stata zittita in quel modo, ma poi sentì il rumore.

La porta d'ingresso si stava aprendo.

Poi si aprì del tutto e ci furono i passi. Molti passi: tre persone, forse quattro. Chiunque fossero, nessuno di loro parlò.

Qualcuno andò in cucina. Mariko immaginò delle suole rovinare il tatami in salotto. La sua mano corse alla tracolla. Yamada sollevò la spada.

Stava per dirgli di restare lì, di chiamare la polizia, ma lui era già uscito dalla stanza. Con sicurezza, scese rapidamente le scale. Per un mezzo secondo Mariko desiderò che la sua pistola fosse nella fondina della sua cintura, e non nascosta in un armadietto sotto chiave. Seguì Yamada in silenzio, l'impugnatura della Cheetah era gelida nella sua mano. Non vedeva nessuno in fondo alle scale.

Poi ci fu un urlo. Yamada sfoderò la spada e colpì. In qualche modo, mentre scendeva le scale era riuscito a infilarsi il fodero nella cintura di pelle senza che Mariko se ne accorgesse. E ora aveva sguainato, aveva fatto un balzo e aveva affondato, tutto in un solo, armonioso gesto.

Qualcuno gridò dalla cucina. Mariko non riuscì a vedere chi fosse stato, notò solo del sangue schizzare sulla parete in fondo.

Un'ombra si mosse. C'era qualcuno che si stava avvicinando alle spalle di Yamada. Mariko non stette a pensarci, saltò la ringhiera e atterrò in salotto.

L'uomo che correva alle spalle del vecchio era alto, di stazza possente, sottili code di tatuaggi serpeggiavano sulla sua nuca sbucando dal colletto della camicia bianca. Udì Mariko e girò su sé stesso, troppo tardi.

Lei gli spinse la testa della Cheetah sullo sterno e premette il grilletto. Quasi un milione di volt crepitarono nel corpo dell'uomo. Digrignò i denti e ringhiò, i tendini del suo collo sporgevano come fili di alta tensione, la Cheetah ronzava ancora. L'uomo indietreggiò inarcandosi, il suo volto era un ringhio di sorpresa, dolore e furia.

La spada di Yamada lo prese, un colpo rapido alla gola.

Dopodiché Mariko fu a terra, centocinquanta chili le si erano abbattuti addosso. Era un altro intruso. Le fu addosso prima che se ne accorgesse, e ora tutto ciò di cui si rendeva conto erano una testa stempiata e un odore simile a quello di un ristorante di *gyoza*. La sua mano destra, e la Cheetah con essa, era bloccata a terra. Sentì il peso dell'uomo spostarsi; stava muovendo la mano destra, in cerca di un'arma.

Mariko tentò di premere il grilletto della Cheetah ma non ci riuscì. La mano, schiacciata dalla mole del suo aggressore, non riusciva a muovere un dito. Avvicinò il volto alla guancia grassa dell'uomo e gli morse l'orecchio.

Lui gridò, si mosse e la colpì alle costole. Tutta l'aria le uscì dai polmoni. Vide le stelle. Ma lui si era mosso a sufficienza.

La Cheetah spedì ottocentocinquantamila volt dritti nella pancia del gigante. Lui la colpì di nuovo. Le sue costole si trasformarono in mille piccoli coltelli. La Cheetah crepitò di nuovo. Lui balzò via.

Mariko ricominciò a respirare. Fra le stelle vide che il suo aggressore si stava rimettendo in piedi. Si allungò velocemente, tentando di arrivare all'inguine. Il grassone la afferrò per la vita con il braccio sinistro. Un lampo argenteo balenò nella sua destra, probabilmente un coltello. Lei scattò con la Cheetah e colpì il braccio che la immobilizzava.

Lui la lasciò, affondò un colpo, ma la mancò. Lei si avventò sulla mano armata. La plastica colpì duramente l'osso. Mariko continuò a lanciare scariche. La gola, la tempia, la base del collo; il grassone cadde esanime.

L'adrenalina le schiarì la vista e allora vide Yamada. Davanti a lui c'erano due uomini, guardinghi, uno aveva dei tatuaggi simili a braccialetti di filo spinato. Mariko si sollevò per andargli in aiuto, ma un migliaio di minuscoli denti la morsero sulla parte sinistra della cassa toracica. Il dolore la abbatté come un albero. Yamada era fermo, un piede sul primo gradino delle scale, l'altro sul pavimento.

Gli uomini davanti a lui impugnavano dei coltelli enormi, del tipo che userebbe uno dei personaggi di Stallone. Quello con i braccialetti indietreggiò e con un movimento rapidissimo scagliò il pugnale contro Yamada.

La spada di Yamada colpì l'arma a mezz'aria. Con lo stesso movimento, l'anziano si avvicinò al secondo aggressore. Il coltello dell'uomo balugìnò nel buio e poi cadde a terra, insieme a una mano e a un avambraccio. Quello coi braccialetti corse verso la porta. La spada lo colpì sulla parte posteriore della coscia provocando un grido, e l'intruso volò fuori dalla casa.

Era finita. Yamada era ancora immobile come una statua. Il suo sguardo cieco cadde sui corpi che aveva davanti. Solo il grassone di Mariko era ancora vivo. Uno aveva formato un fiume di sangue che scorreva attraverso la porta spalancata, un altro era steso bocconi in cucina, e un terzo stava morendo dissanguato accanto al suo avambraccio.

A quel punto la formazione di Mariko ebbe il sopravvento. La sua priorità era l'uomo che aveva atterrato: se si fosse rialzato, non era certa che sarebbe riuscita a metterlo al tappeto un'altra volta. Le manette che aveva in borsa non sarebbero assolutamente bastate – aveva dei polsi grossi come prosciutti – ma per fortuna aveva anche le manette di plastica monouso. Stringendogliele attorno ai pollici, Mariko si augurò che potessero bastare.

Poi c'era il tizio che si stava dissanguando. Gli chiuse una manetta attorno al troncone stringendola il più possibile. Ma quando chiamò il 110 sapeva benissimo che non se la sarebbe cavata. Il pensiero che quell'uomo stesse morendo la faceva stare male e si chiese se anche Yamada avesse la nausea. Sul lavoro aveva assistito a incidenti stradali o a suicidi dai grattacieli, ma non aveva mai visto una scena sanguinolenta come quella.

Yamada pareva un uomo diverso. Aveva le spalle incurvate per il peso della spada e il suo volto sembrava una maschera di legno. Non ha senso, pensò Mariko. Era stato uno spargimento di sangue del tutto insensato, eppure necessario. Inevitabile. L'odore ferroso del sangue riempiva la stanza di una puzza da mattatoio.

In quel momento le venne in mente che Yamada non vedeva niente di tutto ciò. Coglieva la puzza di sangue e i rapidi, flebili ansiti del moribondo il cui braccio destro mutilato si contorceva sul pavimento, ma nient'altro. «Non posso crederci» disse. «La sua spada è davvero magica.»

Lo sguardo vuoto di Yamada si spostò nella sua direzione. «Come ha detto?»

«La spada. È davvero magica. Le ridona la vista?»

Yamada grugnì. «No. Quello che ha visto non c'entra niente con la magia, sono solo anni di allenamento.»

Mariko sentì una guaina di ghiaccio avvolgerle lo stomaco. «Lei... lei si è allenato per uccidere la gente?»

«Certo.»

Mariko tremò. Yamada restò in silenzio per un po', con la testa allungata in modo strano verso la porta. Poi, come se avesse appena capito il vero significato della domanda, fece una risata lugubre. «Ha molto da imparare sull'arte della spada» disse. «L'allenamento si fa perlopiù con delle spade di legno, detective Oshiro. Ci vuole un esperto per insegnare a usare delle lame vere. Credo di poter essere considerato un esperto, ma non si preoccupi, non sono come l'uomo che ha condotto la Marcia della Morte di Bataan. Non ammazzo la gente solo per collaudare la lama della mia spada.»

Mariko arrossì e scosse la testa, poi si rese conto che Yamada non poteva vedere nessuna delle due cose. «No,» disse «non volevo dire che lei è un macellaio.»

«Sì invece. L'ha pensato, anche se solo per un momento. Ma va bene così. La cosa più importante è che ora crede al potere della spada. Magica, ha detto. Ora è una credente anche lei.»

«No,» disse Mariko «la magia non esiste.»

«Allora la chiami in un altro modo. Le lame del maestro Inazuma sono opere d'arte, e come tutte le grandi opere d'arte hanno il potere di influenzare l'animo umano. Non sono mai stati realizzati capolavori più incredibili con l'acciaio, e nessun oggetto di acciaio può rivaleggiare con il potere di una lama Inazuma. Io lo chiamo il flusso del destino. Lei può chiamarlo come preferisce.»

Com'era possibile che quest'uomo se ne stesse lì a parlare tranquillamente di arte? La puzza di sangue li avviluppava. Mariko strinse gli occhi e le immagini di Yamada che brandiva la spada le attraversarono la mente. Portamento, equilibrio e forza: non c'era niente di soprannaturale. Perché era subito balzata alla conclusione che fosse tutto merito della spada? Era una detective. Raccoglieva le prove e ne traeva le conclusioni. Come aveva potuto allontanarsi così tanto dalla realtà?

Ancora una volta si sentì in imbarazzo in presenza di Yamada. La faceva impazzire il fatto che lui riuscisse a suscitarle tutta quella vergogna così facilmente. «Chissà a cosa pensavo» disse. «Sarà stata l'adrenalina, la lotta. Mi ha confusa.»

Yamada scrollò le spalle. Era un gesto strano in un uomo che brandiva un'enorme spada insanguinata. «Il combattimento ci permette di vedere la verità delle cose» disse lui. «In punto di morte il cibo ci appare più buono. In realtà ha sempre lo stesso sapore, ma giorno dopo giorno perdiamo la capacità di assaporarlo, diventiamo come ciechi al gusto.»

Strana cosa da dire per un non vedente, pensò Mariko, ma Yamada non aveva ancora finito. «Non ha perso la testa, detective. L'ha solo aperta. Perché non la lascia aperta per un po'?»

Mariko chiuse di nuovo gli occhi. «No. Tutta questa storia del destino... sono tutte sciocchezze. Non è l'universo a decidere cosa farò domani.»

«Certo che no. O perlomeno non sempre. Ma consideri le prove, detective. Fra tutte le sere possibili, lei è venuta proprio oggi a parlarmi dell'omicidio di Kamakura. Quella donna è stata uccisa per una spada, per una spada che non aveva, ed è stata proprio una spada a porre fine alla sua vita. La lama che l'ha colpita ha più o meno la stessa età della mia e perciò lei decide di venire a parlare con me. E quando viene? Proprio la sera in cui degli uomini irrompono in casa mia per rubarmi la Inazuma.»

«Coincidenze.»

«Dice? Gliel'ho già spiegato: ci sono solo tre spade di questo tipo nelle mani di privati. Una è in un posto da cui nessuno può rubarla. La seconda ce l'ho io. E la terza ha ammazzato una donna a Kamakura, e l'uomo che l'ha usata per uccidere vuole entrare in possesso anche di questa.»

Mariko si accigliò. «Questa è la terza volta che la sento parlare così di questo caso. Sa troppe cose su quello che sta succedendo per essere un semplice osservatore. Mi dica come fa a sapere così tanto sull'omicidio Kurihara.»

«Non sta centrando la questione, detective Oshiro. Esistono solo tre spade come questa, e il suo lavoro ne ha portate ben due sul suo cammino. Quella che lei chiama 'coincidenza' è senza alcun dubbio opera del destino. E, cosa ancor più importante, ora lei crede nel potere della spada. Il destino l'ha condotta a me esattamente come aveva portato a me quest'arma. E ora lei e la spada siete sulla stessa strada.»

No, pensò Mariko. Era una combinazione, una casuale coincidenza. Ma anche pensandola così, non poteva negare che per un momento aveva realmente creduto che nella spada di Yamada ci fosse qualcosa di più delle semplici molecole. Anche se era stato solo per un istante, aveva davvero pensato che gli avesse dato il potere della seconda vista.

Quel pensiero era sconvolgente come un terremoto. Cos'aveva lei oltre a una mente razionale che si basava sulla logica e sui dati? Cosa sarebbe rimasto di lei se avesse perso questa caratteristica? Suo padre era morto perché la Takemata Plastec aveva tenuto nascosta la fuoriuscita di gas e aveva mentito sui suoi possibili effetti. La carriera da detective di Mariko era nata proprio dal desiderio di svelare i fatti e mettere in luce la verità. Non c'era posto per la magia nella sua visione del mondo. Cambiare questa certezza avrebbe voluto dire stravolgere sé stessa.

Più per cambiare discorso che per ottenere una risposta attendibile, disse: «Ho capito. Lei parla dell'uomo che vuole rubarle la spada come se non fosse qui. Non era uno di loro. C'è qualcun altro, non è così?»

«Chissà quando arriveranno i suoi colleghi» disse Yamada. «Pensa che sarebbe un inquinamento delle prove se pulissi la lama?»

«E adesso chi è che non sta centrando la questione? Lei sa chi è, vero?»

Yamada si trascinò verso le scale, con la spada in mano e i piedi che cercavano la strada attorno al cadavere il cui sangue aveva sporcato irrimediabilmente il pavimento in tatami. Quando trovò la balaustra, disse: «Il kit per la pulizia è al piano di sopra. Vuole scusarmi un momento?»

«Non lo faccia. È inquinamento delle prove, per rispondere alla sua domanda. Ora risponda a una delle mie. Mi dica chi è, dottore.»

I piedi di Yamada non si fermarono, trovando un gradino dopo l'altro.

«Questo discorso non è finito» disse Mariko. Anche se aveva la sensazione che lo fosse.

24

Appena vide Mariko, il tenente Ko chiese: «Cosa ci fa nel mio commissariato? Non dovrebbe avere la serata libera?»

«Sì, signore» disse lei, già stizzita dal suo tono. La maggior parte dei poliziotti si sarebbe guadagnata delle lodi per essersi fatta vedere in una serata libera, ma per Mariko c'erano solo insulti. Guardò le proprie dita irrigidirsi sul bracciolo della sedia di plastica, poi incanalò tutta la sua frustrazione in quella mano in modo da non farla trapelare dalla sua voce. «Sono qui per lasciare la mia deposizione, signore.»

Ko si illuminò. «Ha fatto qualche errore, per caso?»

«No, signore. Sono stata testimone di un'irruzione e di un tentato omicidio.»

«Ah sì? E lei è rimasta lì a guardare? Non ha cercato di impedirlo?»

Mariko fece un debole sorriso. «In realtà ho dovuto lottare per restare viva, signore. Forse mi sono scordata di dirlo: ero nella casa della vittima quando è avvenuta l'irruzione. E ho portato dentro quell'enorme figlio di puttana, se conta qualcosa.»

Fece un cenno verso il gigante che le era saltato addosso nel salotto di Yamada. Avrebbe voluto indicarlo, ma ogni volta che muoveva il braccio sinistro le sue costole si facevano sentire brutalmente. Avrebbe dovuto andarsi a fare una lastra, prima o poi.

Il delinquente era seduto, con i pollici ancora ammanettati dietro la schiena, sul bordo di una scrivania di acciaio. Nessuna delle sedie dell'ufficio era abbastanza grande per lui. Le fece venire in mente Konishiki, il celebre lottatore di sumo, ma con una calvizie incipiente tagliata col rasoio al posto del codino, e un poliziotto che gli fotografava i tatuaggi sulle braccia enormi. A dire il vero la stazza del delinquente era probabilmente la metà di quella di Konishiki, ma era comunque una bestia. Gamera aveva affrontato mostri più piccoli. Mariko si accorse subito che Ko non aveva alcuna intenzione di credere che fosse stata lei ad acciuffarlo.

«Vedremo» disse lui, accigliandosi. «Voglio il verbale dell'incidente sulla mia scrivania tra venti minuti.»

Mariko chiuse gli occhi e si costrinse a non dargli del viscido figlio di puttana. Per farlo bene, il verbale avrebbe richiesto un'ora buona di lavoro. E se non lo avesse fatto bene, lui avrebbe potuto accusarla di negligenza. Non c'era possibilità di vincere con lui.

Prese il verbale e si mise al lavoro. Ogni tanto lanciò delle occhiate a Ko che parlava tranquillamente con l'enorme *rikishi* tatuato. Stava senza dubbio raccogliendo la sua versione dell'accaduto, sperando di trovare delle scuse per farla fuori.

Diciannove minuti e mezzo più tardi, Ko stava ancora parlando col delinquente quando lei gli allungò il verbale migliore che fosse riuscita a fare. Avrebbe voluto sfidarlo a trovare un poliziotto in tutto il dipartimento che sarebbe riuscito a farlo meglio. Avrebbe anche voluto chiedergli cos'avesse da dire a quel picchiatore della yakuza, ma il suo sorriso di merda le chiuse la bocca. Aveva il sangue che le ribolliva nelle vene e temeva che se avesse aperto bocca si sarebbe fatta licenziare.

Ko accese un'altra sigaretta e fece un sorrisetto. «Un lavoro approssimativo, Oshiro.» Non aveva nemmeno iniziato a leggere quel maledetto coso.

«Bisogna riconoscere i meriti della sua poliziotta» disse una voce sottile alle sue spalle.

Mariko si voltò e vide il professor Yamada uscire dalla sala interrogatori. Lo accompagnava un poliziotto alto, uno dei pochi rimasti al commissariato a quell'ora. «Se non ci fosse stata lei» proseguì Yamada «sarei sicuramente morto.»

Il poliziotto alto annuì in segno di assenso. Dapprima Mariko non ne capì il motivo; sapeva di essersi guadagnata il rispetto di molti colleghi, ma nessuno di loro era mai disposto a dimostrarlo in pubblico. Poi si rese conto che il gigante con le braccia tatuate si trovava alle sue spalle, esattamente di fronte al poliziotto, che non era impressionato tanto dal fatto che Mariko avesse salvato la vita di Yamada, quanto che fosse riuscita a mettere KO un sospettato grosso il triplo di lei.

Era positivo, pensò, dato che non era stata lei a salvare Yamada. Tutt'al più era stato il contrario. Se i quattro aggressori avessero trovato in casa solo lei, non se la sarebbe cavata.

Ko, con la sigaretta che gli penzolava dalle larghissime labbra, annuì verso il poliziotto che scortava Yamada. «Vediamo le differenze tra un lavoro ben fatto e il modo di fare le cose di Oshiro.» Indicò un fascicolo di carta scura fra le mani del poliziotto alto. Un braccio smilzo glielo allungò e, mentre Ko lo sfogliava, il poliziotto ringraziò Yamada del tempo che gli aveva dedicato e se ne andò.

Il tenente Ko si accigliò sui fogli che si riflettevano nei suoi occhiali. Mariko considerò la possibilità di spiegargli quale fosse la differenza fra interrogare un testimone e redigere un rapporto dettagliato, ma pensò che fosse meglio non farlo.

Non appena Ko aprì bocca, si pentì della propria decisione. «Tre deceduti? Un arresto? Non è così che lavoriamo di solito, Oshiro. Forse si sentirebbe più a suo agio se la trasferissi a Chicago o a Detroit.»

Il commento sul sentirsi 'a suo agio' era una chiara frecciata nei suoi confronti; avrebbe potuto darle direttamente della gaijin. «Con tutto il dovuto rispetto,» iniziò lei, pensando tra sé e sé che quell'uomo non meritava alcun rispetto «io non c'entro niente con quelle morti. Il professor Yamada ne ha uccisi due per legittima difesa. Il terzo è morto perché si è comportato da stupido.»

«Ah sì?»

«Un uomo con una profonda ferita alla gamba non dovrebbe tentare di mettersi alla guida. Se non fosse fuggito, forse sarei riuscita a metterlo su un'ambulanza. Ma è salito in macchina, e riteniamo che sia deceduto mentre era al volante. Non l'ho mandata io la sua macchina contro la recinzione di cemento della casa di quella donna, signore. È stata solo colpa sua.»

Ko non alzò nemmeno gli occhi dal verbale. «E di chi è la colpa per la profonda ferita alla gamba dell'uomo?»

«Mia» disse Yamada. «Se qualcuno deve essere accusato per quello, sono io il responsabile. A ogni modo, sono io che l'ho ferito.»

«Con una spada, c'è scritto qui.» Perlomeno Ko riusciva a fare due più due. «Lei è quel Yamada che ha denunciato un tentativo di scasso la scorsa settimana? Ho affidato il suo caso a Oshiro. Oshiro, cosa ci faceva lì nella sua serata libera?»

Mariko non aveva una risposta. Di certo non poteva confessare di essersi interessata all'omicidio Kurihara. Non era di sua competenza, era il dipartimento di Yokohama a doversene occupare. E Ko era alla ricerca di qualsiasi violazione del protocollo da poter usare contro di lei, una cosa qualsiasi. Come le aveva così gentilmente fatto presente, sarebbe stata sufficiente anche una sola accusa. Non riusciva a trovare niente da dire.

«Mi aveva dato il suo biglietto da visita» disse Yamada. «Mi era stato detto che avrei dovuto chiamare se mi fosse venuto in mente qualcosa. Temo di non essere a conoscenza dell'orario di lavoro della detective Oshiro. Ma non è un problema se l'ho chiamata, no?»

Il tenente Ko la guardò, poi, con la mandibola serrata, disse lentamente al dottor Yamada: «No. Siamo sempre felici di poter servire i nostri cittadini.»

Il volto di Ko fu percorso da una smorfia; le ampie labbra, gli occhiali larghi e le rughe attorno alla bocca a Mariko fecero venire in mente una carpa. «Quindi ha tutto sotto controllo in questo caso, vero Oshiro?»

«Sì, signore.»

«Bene. Quindi non parleremo più di tutte quelle assurdità sul traffico di droga, vero?»

Le fece un sorriso trionfante, o perlomeno fece la cosa più simile a un sorriso trionfante che i suoi labbroni da pesce gli consentivano. Dopodiché spense la sigaretta in un posacenere, ne accese un'altra e si chiuse nel proprio ufficio.

«Be',» disse Mariko a Yamada «mi sa che adesso ci toccherà passare un po' di tempo insieme.»

Yamada ammiccò. «È destino.»

«Ah-ah. Che ne dice di raccontarmi tutto quello che sa sulla gente che ha tentato di rubarle la spada? Gli uomini di stanotte avevano l'aria di essere stati assoldati, e non lo dico solo io. Lei sa chi li ha mandati. Mi dica il nome.»

Yamada avvicinò l'orologio a meno di tre centimetri dai suoi occhi. «È tardi» disse. «Ne parliamo domani.»

«Potrei arrestarla per intralcio alla giustizia, sa?»

«Presumo sia vero.»

«Sto cercando di aiutarla, dottor Yamada, e non mi piace che lei interferisca col mio lavoro. Perché non mi dà il nome di questa persona?»

Il volto di Yamada s'incupì, come se fosse stato attraversato da un'ombra. «Fuchida,» disse infine «Fuchida Shūzō.»

Mariko sentì un brivido correrle lungo la schiena. Perlomeno aveva una pista. «Visto?» disse. «Era così difficile?»

Il viso di Yamada divenne ancora più scuro. «Più di quanto immagini.»

«Vive qui a Tokyo?»

«Non lo so.»

«Cosa fa? Ha un lavoro? Ha dei precedenti?»

«Non lo so.»

«Andiamo, deve dirmi qualcosa.»

Le rughe attorno agli occhi di Yamada divennero più profonde. «Le ho dato tutto quello che potevo darle per stasera. La prego, ispettore, mi lasci andare a casa.»

Mariko sentì il proprio volto avvampare. Il brivido della caccia l'aveva sopraffatta e solo ora si rendeva conto di quanto quella conversazione avesse scosso Yamada. «Mi dispiace,» gli disse «farò qualche ricerca su questo Fuchida. Ne parliamo nei prossimi giorni, va bene?»

Yamada annuì, la sua normale vitalità si era completamente prosciugata. «A presto, ispettore. Buonanotte.»

25

Il pulsare dei bassi fece tremare le ossa nel petto di Fuchida. Era musica rap americana, le parole erano troppo veloci perché riuscisse a capirle, ma aveva già sentito quella canzone. Parecchie ragazze l'avevano richiesta. Adoravano ballarla.

In quel momento si stavano dimenando a ritmo di musica, otto di loro, mentre le altre erano in pausa, a bere con qualche cliente oppure nella stanza dello champagne al piano di sopra. Le otto sul palco ballavano dentro coni colorati, le luci dei riflettori sembravano creare forme solide con tutto il fumo di sigaretta che permeava l'aria. Il club era scaldato dal calore della folla del venerdì sera, ma non abbastanza per le ragazze: Fuchida riusciva a scorgere i capezzoli induriti coronare le ombre dei loro seni ondeggianti nella luce semisolida.

Il barista annuì verso Fuchida quando lo vide entrare e afferrò immediatamente una bottiglia di Maker's Mark. Fuchida sfilò tra la folla e su per le scale, verso il piano superiore del locale dove i clienti non andavano quasi mai a meno che non fossero diretti alla stanza dello champagne. Il secondo piano si affacciava sul primo, ma era troppo lontano dal palco per i gusti dei clienti, e comunque il primo piano era grande a sufficienza per tutti.

Naoko, una delle ballerine, portò a Fuchida il suo drink. Indossava dei tacchi bassi, un tanga blu elettrico e una maglietta aderente con su scritto 'Nice Claup' in *romaji*. Si mise a sedere nel suo grembo mentre lui sorseggiava il whisky, ma solo per un attimo. «Non posso restare qui» disse avvicinandogli le labbra all'orecchio per non urlare. «Tra poco tocca a me.»

Lui diede un altro sorso al Maker's Mark e osservò gli uomini che la fissavano mentre passava loro accanto. Sapevano benissimo che non dovevano toccarla. Succedeva spesso nei club di Kabukichō, ma lì no, nemmeno gli ubriachi si azzardavano ad allungare le mani.

La finta pelle nera crepitò sotto di lui mentre si sistemava nel séparé per osservare la clientela. Riconobbe un gruppo di avventori. Clienti abituali del venerdì sera. Dovevano essere dei broker, pensò, o qualcosa del genere. Non era certo di quale fosse la differenza fra broker, trader e investitore, ma qualsiasi cosa facessero questi tizi, erano il genere di individui inutili che avevano bisogno di pagare per vedere un paio di tette nude. Sarebbero stati lì, finché i treni non avessero ricominciato a circolare verso le cinque o le sei del mattino, a ridere delle battute del loro capo, a bere fino a non reggersi più in piedi solo perché lui aveva detto che era giusto concedersi qualche eccesso.

Se c'era qualcosa di peggio per un uomo, Fuchida non aveva idea di cosa potesse essere.

Al piano di sotto un ragazzo entrò dalla strada. Era scheletrico come un tronco di bambù, fra i venti e i ventun anni. Aveva i capelli come la stragrande maggioranza dei ragazzi di quell'età: un'ora intera davanti a uno specchio per farli apparire come se fossero appena stati asciugati con l'accappatoio subito dopo la doccia. Il nonno del ragazzino era amico del padre di Fuchida, perciò la famiglia aveva fatto in modo che il giovane trovasse un lavoro. Per ora faceva il galoppino di Fuchida, ma era un ragazzo sveglio e Fuchida pensava che un giorno sarebbe riuscito a farsi una posizione.

Il ragazzo scrutò il locale, i suoi occhi si stavano probabilmente abituando all'oscurità, e quando avvistò Fuchida si diresse rapidamente verso il séparé del piano di sopra. «Capo,» disse il ragazzo «la polizia ha beccato Kaneda.»

Fuchida lo guardò negli occhi. «Ce l'hanno loro adesso?»

«Sì. A quanto ho capito è stata una poliziotta a portarlo dentro.»
«Stai scherzando.»
«No.»
Stupido grassone testa di cazzo. «E adesso vuole una mano, vero?»
«Vuole un avvocato, sì.»
«Va bene.» Fuchida tornò a guardare la pista. «Vai a casa, fatti una dormita. Quando ti svegli, vatti a comprare un bel completo. Pettinati per bene, conciati da avvocato. Poi vai da Kaneda e digli che avrà un vero legale quando riuscirà ad avere la meglio su un ottantasettenne storpio. Fino ad allora, digli che può tenere il suo culone sulla branda della cella finché non diventa abbastanza magro da passare fra le sbarre.»
«Okay.»
«Adesso levati di torno.»
Uno dei broker ubriachi stava avvicinando il naso alla passera di Naoko. Fuchida pensò di andare lì e di rompergli un paio di bicchieri sulla fronte. Non era questione di territorio, aveva solo voglia di rompere qualcosa. Quattro uomini. Quattro uomini contro un cieco abbastanza vecchio da ricordarsi di quando Fuji era solo un cumulo di terra. Come aveva potuto andare tutto storto?
Era la seconda volta che provava ad avvicinarsi alla spada. La prima volta ci era andato di persona, e sarebbe entrato se non fosse stato per il canto. Era stato per via della sua Bella Cantante che con la sua voce soave gli aveva suggerito di combattere, di uccidere, di dimostrarle di cos'era capace. Sapeva bene di non doversi concedere a lei. Arrendersi a lei ora significava rassegnarsi a una sicura follia domani... la follia e poi la morte. Così aveva mandato Kaneda e gli altri. E adesso questo.
Stava per ritagliarsi un posto nella storia, e ora l'universo sembrava cospirare contro di lui. Diventare il primo uomo che avesse mai posseduto due spade Inazuma era solo il primo passo. E persino quello sarebbe parso poco quando avesse barattato la spada del vecchio per crearsi un nuovo impero. Non sarebbe entrato in competizione con i boss del Kamaguchi-gumi, ma non si sarebbe neanche accontentato della vita che aveva condotto suo padre.

Fuchida non aveva alcuna intenzione di diventare l'equivalente malavitoso di quegli inutili broker ubriachi. Non voleva vivere da schiavo. Avrebbe preso le redini del proprio destino, e per farlo aveva bisogno di mettere le mani sulla spada di quell'astuto vecchio bastardo.

Il cellulare brontolò dalla sua tasca. Non aveva bisogno di guardare per sapere chi fosse: c'era una sola persona che potesse chiamare quel numero alle due e trenta del mattino. Andò rapidamente verso la porta dell'ufficio del direttore ed entrò. I bassi continuavano a pestare attraverso la porta alle sue spalle; il silenzio era un concetto molto relativo in uno strip club.

«Mister Travis» disse Fuchida in inglese, cercando di superare i suoi problemi con la V. Distinguere la V dalla B era sempre stato un problema per lui. «Come vanno le cose in California?»

«Come, scusi?»

La risposta era stata in giapponese, e la voce era quella di una donna. Fuchida guardò il telefono. Sullo schermo c'era scritto 'Ospedale Ovest' seguito da un numero che Fuchida non riconobbe. «Chi parla?» chiese.

«Mi chiamo Ichikawa Junko» disse la donna. «Sono l'infermiera del turno di notte del reparto cure palliative al St Luke International. Le chiedo scusa, ma mi hanno dato questo numero per le emergenze riguardo Fuchida Tatsuya-sama. Ho sbagliato numero per caso?»

Fuchida sbatté forte le palpebre. Desiderò di essersi portato dietro il drink. «No. È il numero giusto.»

«Mi dispiace molto, signore, ma le condizioni di Fuchida-sama sono peggiorate. Mi è stato detto che avrei dovuto chiamare se le sue condizioni fossero cambiate. Mi dispiace moltissimo di averla dovuta chiamare a quest'ora.»

«Arrivi al punto, per piacere.» Fuchida iniziò ad aprire uno dopo l'altro tutti i cassetti della scrivania di metallo scuro del direttore, in cerca di un bicchiere e di qualcosa da metterci dentro. «Cos'è successo a mio padre?»

«Mi dispiace, signore, ma i suoi segni vitali sono diventati irregolari. L'oncologo teme che non superi la notte.»

Un doppio *bip* sovrastò l'infermiera e le sue scuse ossequiose. Fuchida guardò di nuovo il piccolo schermo del cellulare. 'Numero sconosciuto'. Guardò il telefono, fece per dire qualcosa, poi lo guardò di nuovo. Dopodiché premette il pulsante verde e passò sull'altra linea.

«Mister Travis» disse.

«Fuchida-san» rispose l'americano. «Come andiamo? Hai la mia spada?»

Nella mente di Fuchida si avvicendarono diverse immagini. Kaneda, quell'inutile balena, seduto sulla branda di una cella. Mas, Tiger, Takeshi, erano probabilmente tutti morti. Ebbe una visione di come li avrebbe uccisi lui: Mas con una ferita al centro della sua enorme fronte; la pancia di Tiger che sgorgava da un buco nel suo ombelico; un colpo netto al collo magro di Takeshi, appena sopra la clavicola. «Sì» disse nell'inglese migliore che gli riuscì. «Ce l'ho. Possiamo fare affari ora, sì?»

«Ma certo. Tra poco non sarai più l'unico samurai spaccaculi dell'ambiente, eh?»

«Sarai samurai spaccaculi anche tu. Quando vieni?»

«La consegna è già in partenza. Sei sicuro che non ci dobbiamo preoccupare dei poliziotti?»

«Nessun problema» disse Fuchida continuando a perlustrare la scrivania del direttore. Sembrava che gli americani non riuscissero ad afferrare il ruolo della yakuza in Giappone. Tutti i film sulla mafia che vedevano avevano messo loro in testa strane idee sulla polizia e sulla sua capacità di ostacolare il crimine organizzato. I gaijin non riuscivano proprio a comprendere che gli uomini della yakuza *erano* poliziotti. I ninkyō dantai erano i dipartimenti per chi non poteva entrare nella polizia. Era come in *Il padrino* o in *Quei bravi ragazzi*, pensò Fuchida, quindi non riusciva proprio a spiegarsi come mai per gli americani fosse così difficile capire che i poliziotti erano l'ultima preoccupazione al mondo per un membro della yakuza. Ci sarebbe voluto un istinto suicida *e* la volontà di porre fine al proprio lavoro per spingere un poliziotto a ostacolare i clan che impedivano al suo stesso Paese di trasformarsi in un cumulo di merda.

L'americano continuò a ronzare nel suo orecchio. «Ti serviranno un bel po' di uomini per gestire cinque milioni di dollari di merce. Lo sai, vero?»

Finalmente un quinto di Wild Turkey, ottima roba d'importazione, in un cassetto che serviva ad appendere quei fascicoli con le copertine verdi. E un set di quattro bicchieri nascosti lì accanto, solo un po' impolverati. Ne tirò fuori uno e lo riempì. «Non ti preoccupare, Mister Travis.»

«Non sono io quello che si deve preoccupare. Io devo solo decidere cosa fare quando farò scalo alle Hawaii. Il resto dipende tutto da te. Ti chiamo più avanti per il dove e il quando.»

L'americano riattaccò e Fuchida chiuse di riflesso il telefono e se lo rimise in tasca. Vibrò immediatamente. Giusto. L'ospedale. Vuotò il bicchiere, tirò fuori il telefono e lo riaprì. «Sì?»

«Signore, suo padre» disse l'infermiera del turno di notte. «Ha sentito quello che ho detto? Le sue condizioni...»

«Sì,» disse Fuchida «le sue condizioni sono peggiorate, ho sentito.»

«Credo che dovrebbe venire subito, signore.» Nel suo tono c'erano in egual misura compassione e rimprovero.

«Credo che dovrebbe farsi i fatti suoi» disse Fuchida. «Non è compito suo dirmi cosa devo o non devo fare.»

«Le domando scusa, signore. È solo che...»

«Ho capito. Le condizioni sono peggiorate. Arrivo.»

26

Mariko aveva vissuto nel panico per due giorni interi.

Quello non era un sentimento che provasse spesso. Il suo appartamentino era ordinato, così come il suo cubicolo al distretto e la sua mente. Di solito. Il panico incasinava tutto, e la strategia di Mariko era sempre stata quella di gestire qualsiasi cosa con ordine, in modo che l'angoscia non trovasse mai un appiglio.

Proprio per questo, quando fu presa dalla morsa della paura, non aveva idea di cosa avrebbe dovuto fare per uscirne. Si sentiva come se un enorme orso le stesse stringendo il petto. Le facevano male le costole. Il respiro le usciva in piccoli rantoli affannosi. E la morsa l'aveva tenuta stretta per due giorni interi come un boa constrictor.

Aveva archiviato i verbali sulle persone scomparse. Aveva seguito tutti i casi di persone non identificate in ogni ospedale della grande Tokyo, e poi di Yokohama, facendo domande specifiche su pazienti non identificati con sintomi legati al consumo di droghe. Aveva completamente abbandonato la caccia di Fuchida Shūzō, dedicandosi alla lettura dei verbali di arresti per droga e dei sequestri di tutta la prefettura. Per farlo aveva dovuto violare un'infinità di regole dipartimentali. Quei verbali non la riguardavano, e sapeva benissimo che se quel figlio di puttana di Ko l'avesse scoperta le avrebbe fatto il culo. Ma lei lo aveva fatto comunque. Doveva capire cos'era successo a Saori.

La triatleta che era in lei voleva buttarsi nell'oceano e nuotare fino a non sentire più niente tranne lo sfinimento. Il poliziotto che era in lei le diceva che una cosa del genere l'avrebbe uccisa. Non era un'esperta di pronto soccorso, ma ne sapeva abbastanza per capire che le sue costole malconce l'avrebbero fatta annegare se avesse tentato di nuotare in un posto più ampio di una vasca da bagno. E poi restava la sorella che era in lei, che urlava a squarciagola come una pazza. Le era venuta anche una mezza idea di correre a casa di Yamada, prendere quella spada e iniziare a tagliare. Voleva roteare quella maledetta cosa finché non fosse rimasto più niente da fare a pezzi e le sue braccia non avessero esaurito tutta la forza che avevano.

La faceva diventare pazza non sapere dove fosse Saori. Nessuno l'aveva più vista da quando se n'era andata via in fretta e furia quella sera, e ora non rispondeva a nessuna chiamata... né di Mariko, né della madre. Mariko si sentiva come quella volta che non riusciva a trovare le chiavi di casa, quel tipo di ossessione che ti impedisce di concentrarti su qualsiasi altra cosa. Ma questo era mille volte peggio e la costringeva a vivere con una nausea perpetua.

E poi arrivò la telefonata di Bumps, e Mariko si maledisse per non aver pensato subito a lui. Rischiò di nuovo di attirare l'attenzione di Ko facendo una rapida ricerca per risalire a chi stesse usando Bumps come esca per arrivare ad altri spacciatori. Dopodiché si fece dare un passaggio dalla volante più vicina e andò in centro a raggiungere i poliziotti che stavano facendo l'appostamento.

Lungo la strada telefonò alla persona che si occupava del caso, usando il numero di cellulare che aveva preso di nascosto dal computer. Si accordarono per incontrarsi in un sushi bar in fondo alla strada in cui era parcheggiato il furgoncino che il poliziotto stava usando come base per il suo pedinamento. Non fu necessario fare delle descrizioni: tutti i poliziotti del distretto sapevano chi era l'unica detective donna di Tokyo.

E, in quanto tale, Mariko fu sorpresa di vedere un volto familiare nel sushi bar. «Be', guarda chi c'è? La donna che ha abbattuto il gigante» disse il poliziotto alto che aveva incrociato la notte dell'attacco in casa di Yamada. «Mi chiamo Ino. Bel lavoro l'altra sera a portare dentro quella balena spiaggiata.»

«Grazie.»

«No, davvero. Non avevo mai visto un tizio talmente grosso da non riuscire ad ammanettarlo. Io e i ragazzi ci siamo chiesti come abbia fatto a farlo entrare in macchina.»

«Grazie. Dov'è Bumps?»

Ino fece un cenno verso la vetrina che si affacciava su una sorta di caldera urbana. Era una piazzetta circondata da ripidi muri di vetro e acciaio, cemento e neon, come se la città avesse eruttato tutto intorno, risparmiando solo quel piccolo lembo di terra. La piazza era tagliata da una strada a senso unico, ma quello non poteva essere un luogo tranquillo nemmeno eliminando il traffico: i piani più bassi di tutti gli edifici erano occupati da Starbucks e McDonald's, Mos Burger e CoCo Ichibanya, bar col karaoke e negozi di Hello Kitty. Ma anche con quelle centinaia di clienti che vagavano come formiche, quel posto era quanto di più rasserenante Tokyo avesse da offrire. Al centro della piazza c'erano addirittura degli alberi – palme basse e larghe che spuntavano da vasi circondati da alcune panchine – che sembravano i puntuti capelli verdi di una creatura di Dr. Seuss.

Mariko vide Bumps Ryota marciare avanti e indietro attorno alle palme come un animale in gabbia. Camminava in quello strano modo teso da tossico, con l'aria di uno che avrebbe potuto essere spazzato via dal vento da un momento all'altro.

«È da solo» disse Ino. «Il compratore non dovrebbe arrivare prima di un'ora, ma comunque è meglio se fa in fretta.»

«Nessun problema. Non mi piace molto stare vicina a quel bastardo puzzolente.»

Mariko corse dall'altra parte della strada, il ritmo lento dei passi di Ino alle sue spalle. Bumps guardò con occhi vitrei nella sua direzione e quando la riconobbe cercò di raddrizzare le spalle.

«Agente,» disse «sono contento che sia venuta.»

Non lo era. Sembrava abbastanza teso da farsela addosso, e Mariko era abbastanza alterata da dargli un calcio sulla vescica solo per vedere se l'avrebbe fatto davvero.

Lo afferrò invece per una manica, lo trascinò al furgoncino e lo spinse dentro. Quando salì sul furgone le costole la morsero come un dobermann incazzato. Ino le chiuse la porta alle spalle, lasciandola da sola con Bumps.

Bumps Ryota sbatté le palpebre con forza, forse nel tentativo di abituare gli occhi al buio. Fece due passi e urtò contro un tavolino di alluminio che sporgeva dalla fiancata destra. Rimbalzò da quello a uno sgabello, che colpì con uno stinco inciampando. «Ehi,» disse coi palmi sul pavimento «non è come nei film.»

«Sei diventato una stella del cinema adesso?»

«No. Il furgone. Credevo che aveste video e telefoni, e tutta quella roba. Non è un furgone di sorveglianza? L'unica cosa che c'è qui dentro è un microonde.»

Gli appostamenti, avrebbe potuto rispondergli, consistevano perlopiù in mangiare, bere e controllare che non succedesse niente. Avrebbe potuto dirgli che in situazioni del genere, l'unica cosa più importante di un microonde era un bagno. E invece disse: «Nella vita di un poliziotto non c'è niente che assomigli a un film, Bumps. Quindi, dov'è?»

«Chi?»

«Saori. È scomparsa. Dov'è?»

Bumps scivolò dalla sua posizione carponi e si mise a sedere in un angolo. «E io come faccio a saperlo? Mi aveva detto di scoprire qualcosa su quello spacciatore di coca.»

«Tu eri il suo pusher, Bumps. È venuta da te? Ha ricominciato a farsi?»

Sbatté di nuovo le palpebre guardandola. «Come ci sono finito sul pavimento?»

«Si fa ancora, Bumps?»

«Crede che sono un idiota? Abbiamo fatto un patto, agente. Se vendo a sua sorella anche solo un Tylenol, lei mi dà in pasto ai tizi che mi danno la merda. Perché dovrei averci qualcosa a che fare?»

Mariko sbuffò dal naso. Aveva un mal di testa terribile e la puzza di biancheria sporca di Bumps Ryota non era affatto d'aiuto. «I drogati sono abitudinari» disse. «Se ha ricominciato, va dalla gente che conosce.»

«Be', non da me.»
Stava dicendo la verità. Nel suo lavoro Mariko aveva ascoltato un sacco di gente che mentiva, abbastanza da sapere che si sbagliava di rado sul loro conto. Si premette le dita sulle tempie per alleviare la pressione.
«Allora,» disse Bumps «vuole... sì insomma, sapere cos'ho scoperto su quello spacciatore di coca?»
«Sinceramente non me ne frega un cazzo» disse Mariko, senza l'intenzione di dirlo veramente a voce alta. Non aveva tempo di pensare alla pista della cocaina. Saori era la sua unica priorità.
No. Mariko desiderava che fosse così – in quel momento lo desiderava più di qualsiasi altra cosa – ma la realtà era più dura e più amara. Se avesse continuato a cercare Saori in quel modo avrebbe solo attirato l'attenzione di Ko, e anche se fosse riuscita a trovarla, non avrebbe comunque potuto aiutarla. Saori era stata al centro di disintossicazione solo otto giorni prima di andarsene. Anche se Mariko avesse avuto fortuna e l'avesse ritrovata, tutto quello che avrebbe potuto fare sarebbe stato di dirle di ricominciare a seguire un programma di disintossicazione che comunque non funzionava.
«Va bene, Bumps, spara. Dimmi dello spacciatore.»
Sentì sé stessa dire quelle parole e che Bumps iniziava a blaterare, ma non si disturbò nemmeno a tirare fuori il taccuino. Appena lui disse: «Non ho ancora un nome da darle» Mariko spense i ricettori. 'Uomo alto', 'codino' e 'tatuaggi' non le erano di grande aiuto senza un nome. Mariko si sentiva impotente. Le uniche due cose per le quali valeva la pena di spendere le sue energie erano sua sorella e la minaccia della cocaina, ma non aveva piste per nessuna delle due. Il caso della spada di Yamada era diventato interessante, ma non aveva indizi da seguire nemmeno lì. Era certa che il dottor Yamada sapesse più di quanto volesse rivelare sul presunto ladro, ma era incomprensibilmente reticente a fornirle dei dettagli.
«Detective Oshiro?»
«Eh?»
Bumps la stava fissando. «Mi sta ascoltando? Davvero, questo

è un pericoloso figlio di puttana. Dà l'impressione di essere sempre sul punto di scattare, sa cosa intendo?»

«Ah-ah. E questo lo dice uno che ci mette due minuti per rendersi conto di essere inciampato ed essere caduto per terra. Sono certa che la tua 'impressione' sia assolutamente corretta, Bumps.»

«Le dico che...»

«Cosa? Cosa mi stai dicendo? Che la vita di un informatore non è così sicura e comoda come quella che ti aspettavi? Bumps, sei uno spacciatore. Credevi che il più grosso rischio della tua professione fosse quello di non avere una pensione?»

«Non mi può tirare il pacco così. Lei deve proteggermi.»

«Allora aiutami a proteggerti. Hai un nome?»

«Ah. No. Ma...»

«Non chiamarmi più finché non ce l'hai. A meno che tu non sappia dirmi chi è questo spacciatore di coca o dove si trova mia sorella, per quanto mi riguarda voi pusher potete truffarvi e ammazzarvi a vicenda come vi pare.»

Fu allora che le venne in mente una cosa. La feccia frequenta la feccia. Gli spacciatori frequentano gli spacciatori. I poliziotti, i poliziotti. Tutti frequentano i propri simili.

Prese il cellulare dalla tasca, cercò fra le chiamate recenti e richiamò uno di quei numeri. Se non riusciva a fare passi avanti su Saori o sul caso della cocaina, forse almeno avrebbe potuto fare dei progressi su quell'altro fronte. «Dottor Yamada?» disse. «Dobbiamo parlare. Sarò da lei fra una mezz'ora.»

27

La porta d'ingresso di Yamada non era chiusa a chiave. Strano, pensò Mariko, visto l'attacco dell'altra sera. Era una reminiscenza di un'epoca più pacifica. Aprì la porta e fu accolta dal familiare profumo del tè verde. Yamada era in salotto, inginocchiato accanto al tavolino e rivolto nella sua direzione.

«Sono io, dottor Yamada. La detective Oshiro. Non dovrebbe lasciare la porta aperta. Ha appena subìto un'aggressione, sa com'è.»

«Educata come sempre» disse Yamada. La sua mano rugosa fece un gesto verso il tavolo, dove li attendevano due tazze fumanti. Il tatami aveva ancora una macchia marrone nel punto in cui gli assalitori avevano versato il proprio sangue, ma sembrava che l'anziano si fosse dato un gran da fare per pulirlo come meglio poteva. «Si accomodi pure.»

«Mi scusi,» disse Mariko «non dovrei dirle cosa fare in casa sua.»

Si tolse le scarpe, fece un rapido inchino verso il professore e si mise a sedere al tavolo di fronte a lui. La parte sinistra della sua cassa toracica protestò a ogni passo. «È scomparsa mia sorella, quindi sono stata maleducata con tutti. Mi stavo occupando di questo quando ho avuto un'illuminazione sul suo caso. Be', non tanto sul caso, quanto su di lei, signore. Questo Fuchida Shūzō, quello che sta cercando di rubarle la spada, l'ha incontrato di persona, vero?»

«Ma certo.»

Eccola di nuovo, quell'esasperante capacità di farla sentire come se avesse avuto dodici anni. Quella non era una domanda che richiedesse un 'ma certo' come risposta.

Si costrinse a fare un lungo respiro. E poi un altro. «Perché non me l'ha detto prima?»

Lui scrollò le spalle. «Non mi sembrava rilevante.»

«Com'è possibile che non le sembrasse rilevante?» Questa volta le ci vollero tre respiri profondi per trattenersi dal mettersi a urlare. «Dottor Yamada, avrebbe potuto dirmi il suo nome la prima volta che sono venuta qui. Perché ci ha messo così tanto?»

«Ogni cosa a tempo debito. Mi dica, ispettore, ha fatto delle ricerche su di lui, cos'ha scoperto?»

«Niente.» A Mariko non piaceva affatto che lui desse per scontato di sapere come lei avrebbe svolto il proprio lavoro, e le piaceva ancora meno il fatto che avesse dannatamente ragione. Aveva cercato in tutti i database della polizia che avesse trovato, e aveva richiesto una dozzina di mandati per indagare nella documentazione di agenzie di prestiti, concessionari di automobili o servizi governativi nella speranza di trovare qualcosa a nome di Fuchida Shūzō. I mandati non avevano ancora dato i loro frutti e nel momento in cui aveva iniziato a scavare negli archivi della polizia, Saori era scomparsa, e sembrava che si fosse portata dietro la capacità di concentrazione di Mariko.

«Andiamo,» disse Yamada «lei è più sveglia di così. Credo che abbia già capito molto di più, oltre al fatto che io e lui ci siamo conosciuti. Perché non mi dice cosa sa?»

Mariko sentì la bile bruciarle nello stomaco. Anche le costole le fecero male, ma niente era più doloroso dello sforzo che doveva compiere per trattenere la propria frustrazione. «D'accordo. È legato ai bōryokudan, vero?»

«Non lo so. Cosa glielo fa pensare?»

«I tatuaggi. Il grassone li aveva. E anche gli altri che hanno fatto irruzione in casa sua li avevano. Un sacco di uomini della yakuza li hanno. E se questo Fuchida ha mandato quei quattro l'altra sera, probabilmente anche lui fa parte della yakuza. Mmm. Non posso dire di aver approfondito molto i miei contatti con i bōryokudan, ma posso chiedere agli uomini della yakuza che conosco per vedere se lo hanno mai sentito nominare.»

Il volto di Yamada fu attraversato da un'espressione di sgomento. «Conosce personalmente dei membri della yakuza?»

«Certo.»

«E ci parla con quella gente?»

Mariko scoppiò a ridere. «Certo. Sono una poliziotta, dottor Yamada, è praticamente impossibile non entrare in contatto con un membro della yakuza. E comunque sono utili, sanno quello che succede per le strade molto prima di noi, e si divertono moltissimo a sbeffeggiare i poliziotti per questo. Chiederò ai miei contatti. Mi creda, se lo conoscono se ne vanteranno.»

Le sopracciglia di Yamada riaffondarono lentamente nella loro posizione consueta, la bocca si rilassò dalla forma a O che aveva assunto e l'espressione di sconcerto evaporò dal suo volto. «Mi scusi, ispettore. Non avevo mai pensato che i criminali e i poliziotti fossero così... così... be', amichevoli gli uni con gli altri.»

«Amichevoli non è la parola giusta. La chiamerei piuttosto cortesia professionale. Speriamo che ci diano qualcosa di più di quello che sono riuscita a trovare con i canali ufficiali, perché finora nei nostri database non ho trovato un cazzo.»

«Le ragazze della sua generazione sono tutte altrettanto ben educate?»

«Scusi.»

«Lasci perdere i database. Lei cos'ha scoperto di lui?»

E di nuovo si sentì immatura e avventata. In qualche modo nella sua testa lui riusciva a impersonare contemporaneamente i ruoli del nonno, del maestro e di un comandante. Ma ora che le aveva posto quella domanda così semplice, Mariko si ritrovò a delineare delle connessioni a cui non aveva ancora pensato consciamente.

«Anche lui è un esperto, vero? Di spade, voglio dire. Deve esserlo. Nessuno irrompe nelle abitazioni a caso sperando di trovarci delle armi medievali. Solo uno del settore potrebbe sapere quali rubare e dove trovarle.»

«Vada avanti» disse Yamada.

«Quanti esperti di spade medievali ci possono essere?» Ora le connessioni le stavano balenando alla mente come lampi, così rapide che Mariko faceva fatica a seguirle tutte. «Lei è un accademico. Frequenterà conferenze e tutto il resto, no? Ecco! Lo conosce perché è un accademico come lei. È un insegnante di storia anche lui?»

«No.»

«Allora è uno dei suoi studenti. Un laureato? No. Non ci sono molti criminali all'università. È uno dei suoi allievi di arti marziali, è così?»

Yamada fece un inchino profondo, i corti capelli argentati brillarono sotto la luce come milioni di stelle. «Molto bene, ispettore. In realtà l'ho conosciuto all'università, prima che iniziasse a partecipare ai miei corsi di dojo. Non si incontra un combattente come quello più di una o due volte nella vita.»

«Cosa sa dirmi di lui?»

Yamada scrollò le spalle. «L'ho conosciuto quando ha frequentato le mie lezioni sul periodo Heian. Un giovane molto brillante. Ambizioso. Parlava spesso dei combattimenti con le spade, e poi ha iniziato a venire ai miei allenamenti. Non conosco nessun altro che sia arrivato allo *shodan* così velocemente.»

«Perché non mi ha detto di chi si trattava la prima volta che sono venuta qui? Potrei essere già a buon punto a quest'ora.»

«Il destino opera con la sua particolare velocità.»

«Oh no. Non se la caverà così facilmente. Senta, quello che è successo qui l'altra sera, la notte dell'irruzione... be', è stato assurdo, glielo assicuro. Ma anche se pensa che il destino ci abbia fatti trovare insieme quella sera, non poteva sapere che sarei venuta la prima volta che sono stata qui.»

Yamada le rivolse un sorriso malizioso, i suoi occhi luccicavano. «Sa un sacco di cose sul destino per essere una che ha appena iniziato a crederci, ispettore.»

Mariko non sapeva se doveva restituirgli il sorriso o strangolarlo. Era un adorabile uomo di una certa età, ma tutte queste cretinate sul fato iniziavano proprio a scocciarla. «Andiamo,» gli disse «vuole dirmi che erano anni che aspettava che una poliziotta venisse a bussare alla sua porta?»

«Una spadaccina, in realtà.»

«Be', io non lo sono...» A Mariko sfuggì una risata esasperata. «Lei mi fa dare di volta il cervello, lo sa?»

«Educata come sempre, Oshiro-san.»

«Senta, mettiamo che abbia ragione. Mettiamo che io fossi veramente destinata a venire qui e che in qualche modo lei adesso mi insegni a combattere con la spada e... tutta quella roba. Se questo è davvero ciò che ci riserva il destino, che differenza avrebbe fatto se lei mi avesse detto subito il nome di Fuchida? Saremmo arrivati qui in ogni modo, no?»

«Eh no» disse Yamada. Alzò le mani rugose come se lei gli avesse puntato una pistola addosso. «Niente male, ispettore. Credo che mi abbia incastrato usando la mia stessa logica.»

«Ci può scommettere le mutande. Risponda alla domanda. Perché non mi ha dato il nome il primo giorno?»

Yamada si sfregò il volto con le mani, poi unì i palmi, tenendo gli indici premuti contro le labbra. Sembrava in procinto di mettersi a pregare. Alla fine, guardandola al disopra delle sue dita, disse: «Non ci è già arrivata, ispettore? Era una cosa imbarazzante. Fuchida-san era un mio studente. Cosa vuol dire per un professore se uno dei suoi allievi tenta di derubarlo?»

Mariko annuì, vergognandosi di averlo costretto ad ammetterlo. Qualsiasi giapponese normale l'avrebbe capito. Ma Mariko aveva trascorso la maggior parte della sua infanzia negli Stati Uniti e non vedeva le relazioni interpersonali nel modo in cui le vedeva la maggioranza dei giapponesi.

Il padre di Mariko aveva riportato la famiglia a Tokyo perché le sue figlie potessero frequentare una buona università nipponica, cosa che non avrebbero potuto fare se non avessero studiato in una scuola superiore giapponese. Quando Mariko gli aveva chiesto il perché, lui le aveva spiegato il *gakubatsu*. Lei aveva cercato di trasporre quella parola in inglese, all'epoca la sua lingua principale, ma 'casta scolastica' era una definizione che non gli si avvicinava nemmeno lontanamente. La cosa più simile che avessero gli americani era il tatuaggio di chi faceva parte del corpo dei marines: gakubatsu era un distintivo, una forza unificatrice, un segno di riconoscimento di un gruppo simile a una famiglia. Era per via del gakubatsu che gli ex alunni che provenivano dalla medesima scuola si assumevano a vicenda, si promuovevano a vicenda, gestivano insieme intere aziende, università o partiti politici. Ed era sempre per via del gakubatsu che se una persona infangava il buon nome di una scuola, chiunque facesse parte della famiglia di quella scuola provava un'incredibile sofferenza.

«Le chiedo scusa,» disse Mariko «avrei dovuto capirlo. In un certo senso, il lavoro nella polizia assomiglia al mondo universitario: se io esco dal seminato, metto in imbarazzo chiunque indossi un distintivo... e specialmente il mio comandante.» Fece una risatina triste. «Ovviamente questo vale solo se rispetti il tuo comandante. Io posso concedermi il lusso di sbattermene, dato che il mio comandante è una vera testa di cazzo.»

Yamada bevve un sorso di tè. «Eppure non sembra del tutto emancipata in quell'ambiente, ispettore.»

Mariko sospirò. «È per Saori. Lei crede che avere un ex studente che tenta di rapinarla sia imbarazzante? Provi a lavorare nella narcotici con una sorella drogata.»

«Vuole parlarmi di sua sorella?»

Non voleva. Non era una grande fan dei discorsi personali fra sconosciuti, soprattutto se l'interlocutore era un civile implicato in un caso sul quale stava lavorando. Ma qualcosa in Yamada la indusse ad aprirsi. Era quel suo maledetto atteggiamento da nonno, e anche se Mariko avrebbe desiderato riuscire a trattenersi, sentì sé stessa che iniziava a parlare. «Non posso fare niente per lei. Continuo a comportarmi come se ci fosse qualcosa da fare, ma a questo punto dovrei aver imparato la lezione.»

«Che è...?»

«Che niente di quello che faccio può impedire a Saori di drogarsi. Che uno di questi giorni finirà con l'ammazzarsi, e io non ci posso fare proprio un bel niente.»

Mariko tirò su col naso. Sottili strisce di vapore salivano a spirale dalla sua tazza arancione piena di un chiaro tè verde. Le osservò, poi espirò dolcemente e restò a guardare come giravano e roteavano reagendo al suo soffio. Se solo avesse avuto una qualche influenza su Saori.

«Vuole abbandonare il mio caso e concentrarsi sulla ricerca di sua sorella?»

«No. Be', sì, vorrei, ma non posso. Il mio comandante è una testa di cazzo e di solito i poliziotti non perdono tempo dietro a dei drogati scomparsi. E comunque Saori ormai ci è troppo dentro, questa cosa la sta facendo affondare, portandola in posti che non conosco nemmeno.»

Fece una risata amara, sospirando. «Conducevo una vita puritana, integerrima, senza sgarri» disse «finché non sono diventata una poliziotta. Sa che non avevo nemmeno mai visto una metanfetamina prima di entrare all'accademia? Una volta hanno anche acceso uno spinello, per insegnarci a riconoscerne l'odore, e per la stanza si sono sparsi un sacco di sorrisi. Ricordi di feste e nottate folli, sa com'è. E invece io quell'odore non l'avevo mai sentito. Non ho idea di come abbia potuto finire dentro quella merda quando io ne stavo così lontana.»

Mariko sollevò lo sguardo – aveva continuato a fissare il vapore per tutto il tempo – e vide un sorriso compassionevole sul volto di Yamada. «Perché sorride?»

«Perché l'unica alternativa è il pianto» disse. «Lasci che le racconti una storia. Un po' per distrarla e un po' perché è simile alla sua. Anche questa riguarda qualcosa che fa affondare la gente, una cosa che distrugge le famiglie. Ha voglia di ascoltarla?»

Mariko sospirò e bevve il suo tè.

«Inizia con un celebre samurai di Echizen,» disse Yamada «Motoyori Hidetada. Quest'uomo aveva una spada che si chiamava Bella Cantante. Questo successe all'incirca ottocento anni fa, e a quel tempo quella spada aveva già quasi cento anni. Tutta la sua vita e il suo casato andarono a rotoli quando invece avrebbero dovuto raggiungere il momento di massimo splendore. Bella Cantante passò in eredità al figlio più grande di sua sorella, un signore della guerra di nome Nagafusa. I Nagafusa, un clan molto potente, scomparvero di lì a un decennio. Le tracce della spada tramontarono per un po', per riapparire circa un secolo più tardi nelle mani di Kanayama Osamu. Il casato del nobile Kanayama cadde in disgrazia quando lui si comportò come un comune criminale piuttosto che compiere seppuku. Subito dopo la caduta di Kanayama, un'altra famiglia molto in vista, i Saito, patì un destino simile. Meno di vent'anni dopo, il casato di Nakadai divenne un cumulo di rifiuti. I Saito e i Nakadai erano alleati fedeli di Kanayama. I resoconti storici non confermano che abbiano posseduto la spada, ma non offrono nemmeno spiegazioni valide per giustificare la loro rovina. La spada riapparve di nuovo solo durante la Restaurazione dei Meiji, quando fu erroneamente denominata Sole Glorioso. E ancora una volta, chi l'aveva brandita cadde di una fine senza gloria. Compare di nuovo durante la Seconda guerra mondiale, nelle mani di un ufficiale di nome Iwasaki. Iwasaki fu al comando di quel massacro passato alla storia come la Marcia della Morte di Bataan. Prima ancora, Iwasaki aveva portato la spada a Nanchino, in Cina. E laggiù la carneficina fu ancora peggiore.»

«Una perfetta favola della buonanotte» disse Mariko.

Yamada ebbe un sussulto. «Anche Iwasaki restò ucciso, colpito da uno dei suoi uomini. Ci sono volute un sacco di ricerche per collegare Sole Glorioso a Bella Cantante, e studi ancor più approfonditi per rimettere insieme i pezzi della sua storia. Ho dedicato vent'anni della mia vita a scoprire la verità, ma non ho mai scritto un libro sull'argomento.»

«Come mai?»

«Perché Bella Cantante era stata forgiata dal maestro Inazuma. Cerchi di capire, ispettore: nel mondo accademico nessuno crede che Inazuma sia esistito veramente. Io penso che lui sia stato il primo grande forgiatore di spade, ma nessuno mi crede.»

«Perché no?»

«Inazuma utilizzò delle tecniche di tempra che nessuno adottò per oltre un secolo dopo di lui. Non deve sottovalutare il suo genio. I due forgiatori di spade più rinomati di tutti i tempi sono Masamune e Muramasa, ma Inazuma perfezionò le tecniche di forgiatura a caldo di Masamune più di un secolo prima. La più antica spada in stile shinogi-zukuri di cui abbiamo traccia è una Yukimasa del tardo periodo Heian. Io ritengo che Bella Cantante risalga a venticinque anni prima.»

Mariko sbatté le palpebre. «Non sono stupida, dottor Yamada, ma deve spiegarsi meglio.»

Yamada annuì, il suo sguardo cieco brillava. Mariko non poté fare a meno di sorridere: non lo aveva mai visto così eccitato. «D'accordo,» disse lui «immagini come potrebbero reagire gli storici se sostenessi che Henry Ford abbia realizzato il modello T basandosi sul design di una macchina costruita da Galileo nel 1600.»

«Andrebbero via di testa.»

«Esatto. Ora, immagini di non aver mai sentito parlare di Galileo perché tutti gli storici pensano che la sua esistenza sia una favola. Se pubblicassi un libro su Inazuma, screditerei tutto il mio lavoro.»

«Anche se il suo libro raccontasse la verità?»

«Il chiodo che sporge va martellato, detective Oshiro.»

«Ma lei non si basa su delle invenzioni. È uno storico, ha delle prove.»

«Ci sono le prove, e poi c'è quello che si può pubblicare. Anche se riuscissi a trovare un editore, non so quanto sarebbe saggio attirare l'attenzione su Bella Cantante. Quella spada dovrebbe essere distrutta e poi dimenticata.»

Riempì di nuovo la tazza di Mariko, poi colmò la propria. «È un argomento troppo lugubre per una serata come questa. Ha voglia di ascoltare un'altra storia?»

«È una bella storia?» chiese Mariko.

«Anche questa ha inizio con una spada, Tigre sulla Montagna. Si dice che finché un castello ospiterà questa spada, quel castello non cadrà mai.»

«Mi faccia indovinare: neanche di questa si parla nei libri di storia.»

«Infatti, no. Ma può capitare di leggere di interi villaggi rasi al suolo, dove si salvò una sola casa. Un terremoto fa cadere delle candele su una macchia di petrolio, tira giù i tetti delle case, fa crollare addirittura un castello, ma non quella casa. Resta in piedi solo la casa di un pescatore, mentre un castello va in macerie.»

«Il Giappone è così, professore. Terremoti e coincidenze inspiegabili vanno a braccetto come il riso e lo *shoyu*.»

«Certo. Quindi lei crede che sia una mera coincidenza il fatto che ogni tanto uno tsunami si abbatta su un luogo, cancellando tutto tranne una baracca. O un bombardamento durante la Grande guerra. Anche in quel caso, abbatte tutte le case di un quartiere tranne una. Ovunque si trovi un solo edificio superstite, lì si trovano anche dei collegamenti con Tigre sulla Montagna.» Sorrise e ammiccò. «Coincidenze, senza dubbio.»

Mariko gli restituì il sorriso. «Quale delle due spade è quella che si trova al piano di sopra?»

«Nessuna delle due. Vuole sentire anche questa storia?»

«Anche quella è una spada maledetta?»

Yamada fece una risata ironica. «È difficile dirlo. Ma c'è un'altra storia, la più stupefacente di tutte perché i racconti sulle tre spade sono tutti collegati. Tutte e tre sono state forgiate dallo stesso uomo, la cui memoria è andata perduta nel tempo. Io sono l'unico studioso ancora vivo che crede che lui sia esistito.»

«Il maestro Inazuma» disse Mariko.

«Esattamente.»

Mariko annuì. «E sono sicura che abbia una bella storia anche su di lui. Ma sono più colpita dal modo in cui le racconta, queste storie. Credo di essere abbastanza brava a capire quando qualcuno mente. Ma lei, lei crede fermamente in tutto quello che mi ha raccontato, non è così?»

«Posso dimostrarle tutto. Date, casate, testamenti che hanno tramandato questa e le altre spade da una generazione all'altra. Ho speso il lavoro di tutta una vita per mettere insieme tutti i pezzi.»

«E non ne ha mai parlato in uno dei suoi libri?»

«Neanche una parola. Cerchi di capire, quando ho scoperto le prove dell'esistenza del maestro Inazuma, nel mondo accademico erano già sorti dei seri dubbi sul fatto che fosse esistito davvero... e questo succedeva quasi settant'anni fa. Da allora abbiamo combattuto e perso una guerra. Ci siamo ridefiniti come nazione più e più volte. Nessuno perde più tempo a studiare l'antichità. La maggioranza della gente reagisce come ha fatto lei, con disprezzo. Non esiste la magia, no?»

Mariko si vergognò. 'Disprezzo' era una parola molto dura, eppure non le veniva in mente nessun termine con cui sostituirla. Ma aveva anche notato che lui si era riferito al suo atteggiamento parlandone al passato. Yamada aveva iniziato a considerarla come stava facendo lei stessa: una donna che credeva nella magia. O se non nella magia, in qualsiasi cosa indicasse i poteri del fato che si esprimevano tramite un lungo oggetto di acciaio.

«Fuchida Shūzō,» disse, la sua stessa voce le sembrava distante «a lui ha mai parlato delle spade?»

«Certo.»

«Perché?»

«Pensavo che potesse aiutarmi a distruggere Bella Cantante.» Le spalle di Yamada si afflosciarono lievemente e il suo sguardo cieco cadde sul tavolino. «È un uomo capace di straordinaria concentrazione. Uno dei più diligenti praticanti delle arti marziali che abbia conosciuto. Quando l'ho incontrato aveva già cominciato ad abituare il suo corpo al dolore. Vede, lui colleziona tatuaggi. Tutti fatti con il metodo tradizionale e in zone sensibili: punti di pressione, tessuti molli... Adesso mi domando come ho fatto a non accorgermi del lato oscuro di questi atteggiamenti, ma all'epoca ne rimasi affascinato. Solo un uomo dotato di concentrazione e robustezza può soggiogare il volere di Bella Cantante. O perlomeno questo era quello che credevo allora.»

«E adesso?»

Yamada risucchiò l'aria fra i denti. «Adesso?» disse, il suo tono era carico di rassegnazione. «Adesso non credo che sia mai esistito un uomo capace di dominare e sopravvivere a quella spada. Ciononostante, è tutta la vita che cerco un modo per distruggerla. E lei mi deve aiutare, detective Oshiro.»

I palmi di Mariko caddero rumorosamente sul tavolino, facendo vibrare le ultime gocce di tè nelle tazze. «Be', se non esiste nessuno al mondo in grado di sbarazzarsi di quella cosa, non vedo come potrei aiutarla io. Ma suppongo che un buon inizio sarebbe quello di scoprire dove si trova Bella Cantante.»

Yamada annuì, osservando le labbra arricciate, gli occhi lievemente socchiusi, il tipo di espressione che aveva ricevuto da suo padre il giorno in cui si era diplomata all'accademia. «Bene. Bene. Ora, se vuole trovare la spada, non le resta che trovare Fuchida Shūzō.»

«Quello non dovrebbe essere difficile. A quanto pare lui è intenzionato a venire da lei, o quantomeno a mandarle i suoi uomini. Troveremo qualcuno che parli. Ma come fa a essere sicuro che ce l'abbia lui?»

Yamada si strinse nelle spalle. «L'ha usata per uccidere quella donna a Kamakura, no?»

«Non sopporto quando fa così» disse Mariko colpendo di nuovo il tavolino. «Parla di cose che non dovrebbe sapere come se si fosse trovato lì quando sono successe. Come diavolo ha fatto a diventare un detective migliore di me?»

Yamada le rivolse un sorriso da vecchio nonno. «Le chiedo scusa. Forse mi dovrei spiegare meglio. Quella donna a Kamakura, come ha detto che si chiamava?»

«Kurihara Yuko.»

«Quando l'ho conosciuta, si chiamava Matsumori Yuko. La spada che ho di sopra è una Inazuma, un vecchio cimelio della sua famiglia. L'ho acquistata da lei alcuni anni fa per proteggerla. Fuchida l'ha uccisa sicuramente per arrivare alla spada, senza sapere che l'aveva venduta. A quanto pare vuole ampliare la sua collezione.»

«Questo non spiega un bel niente. Come fa a sapere che Fuchida ha Bella Cantante?»

«Oh, è semplice. L'ha rubata per me all'incirca vent'anni fa.»

Mariko lo fissò con sguardo attonito. Non ci poteva credere. «Ha fatto cosa?»

Yamada fece una delle sue alzate di spalle, una di quelle che facevano apparire i fatti più oscuri semplici e lisci come la superficie del tavolino che aveva davanti. «Gliel'ho detto,» disse «ho allenato Fuchida perché speravo che potesse aiutarmi a distruggere la spada. Ha svolto la prima parte in maniera mirabile: l'ha rubata da un collezionista... un uomo che è ancora in vita, voglio sottolineare, probabilmente perché non ha più Bella Cantante tra le mani. È stato nella seconda parte del compito che Fuchida ha fallito: non mi ha mai consegnato la spada. Anzi, da allora non l'ho più visto.»

«Ma aveva detto che era in imbarazzo perché Fuchida aveva cercato di rubarle la spada. E invece lei ha partecipato al furto di Bella Cantante!»

«Non ha capito, ispettore.»

«Io credo di aver capito benissimo. Gli americani hanno un modo di dire, sa: 'Non c'è onore tra i ladri.' Come fa a stupirsi se Fuchida cerca di rubarle una spada, quando è stato lei a insegnarglielo?»

Yamada chiuse gli occhi e sospirò. «Non è il furto che mi ferisce, ispettore. È il tradimento.» La guardò con occhi ciechi. «Deve sapere che avevo coinvolto solo Fuchida-san nel mio piano per la distruzione di Bella Cantante perché lo consideravo un amico. Quando è scomparso, è stata una pugnalata al cuore.»

Mariko conosceva bene quella sensazione. Anche la scomparsa di Saori le aveva trafitto il cuore. Ancora una volta si sentì molto goffa in confronto a quell'uomo... quell'uomo anziano e gentile, sul cui cuore ferito lei aveva appena infierito solo perché aveva il tatto di un babbuino ubriaco.

«Mi dispiace» disse Mariko. Sentì i grilli cantare in giardino e allora si rese conto che il tramonto era ormai passato da un pezzo. «Senta, io... sono un'imbranata un po' emotiva, okay? Ma credo di aver trovato qualcosa da cui partire con le indagini. Lei ha insegnato alla Tōdai, giusto? Avranno qualche documento che attesti che Fuchida ha studiato lì, e forse con quelli potrei riuscire a risalire alle sue finanze.»

La fronte di Yamada si increspò. «E cosa le importa delle sue finanze?»

«Lei è proprio un uomo all'antica, eh?»

«Educata come al solito, ispettore.»

«Scusi.» Per l'ennesima volta Mariko si trovò ad arrossire davanti a Yamada. La sua capacità di farla sentire in imbarazzo era incredibile, ma mai quanto la sua stessa abilità nel dirgli sempre la cosa sbagliata al momento sbagliato.

«Ricominciamo da capo» disse lei. «Al giorno d'oggi se lei compra qualcosa di costoso, quest'acquisto viene probabilmente registrato da qualche parte su un computer. Se si risale a quello, si possono trovare le tracce di altri acquisti: macchine, caparre per appartamenti e cose del genere. Non è difficile arrivare al sospettato in questo modo.»

«Ah. Il mondo moderno.»

«A quest'ora probabilmente anche i bōryokudan avranno scoperto qualcosa che può esserci utile. Mi farò sentire io. Fino ad allora, tenga porte e finestre chiuse, e chiami il 110 prima di andare a prendere la sua spada la prossima volta, okay?»

Yamada ridacchiò. «Lo farò.»

Nel rimettersi le scarpe, Mariko disse: «Grazie, dottor Yamada.»

«Per cosa?»

«Per avermi distratta. Con le sue storie sulle spade, voglio dire. Non mi fa bene concentrarmi solo su cose sulle quali non posso fare niente, ma ogni tanto non riesco a farne a meno.»

«Controllo degli istinti, mia cara. Studi l'arte della spada con me, vedrà che imparerà molto al riguardo.»

Libro quattro
Periodo Azuchi-Momoyama, anno 20
(1587 d.C.)

28

La tenuta degli Okuma offriva una vasta panoramica sulla costa orientale della penisola di Izu, perciò Okuma Daigoro avvistò i guerrieri dell'esercito nemico quando distavano ancora molti *ri*. Osservò i cavalli percorrere le curve sotto il Kattō-ji, il tempio sulla cima della montagna che si affacciava sulla strada. Gli oppositori cavalcavano sotto vessilli del colore del muschio asciutto, una dozzina di cavalieri in tutto, e man mano che la colonna si avvicinava, Daigoro riuscì a distinguere dei lunghi centipedi bianchi che strisciavano sui campi verdi delle insegne che sventolavano. Era il clan Yasuda. Daigoro non si aspettava che la minaccia potesse giungere da uno degli alleati più vicini alla sua famiglia.

Zoppicò fuori dal suo studio, che si affacciava sulla strada che percorreva la costa orientale, e si avviò goffamente verso l'ingresso principale. Nell'oltrepassare la veranda per raggiungere la sabbia del cortile, il suo ginocchio destro cedette facendolo cadere. Si toccò il ginocchio ossuto attraverso l'ampia *hakama* floscia per sincerarsi di non essersi ferito. Il suo ginocchio non era più grosso di un gomito, e fin dalla nascita le sue terminazioni nervose erano sempre state molto lente. Aveva imparato a capire con un semplice tocco se si era slogato o meno.

Dato che non ravvisò nessuna ferita preoccupante, Daigoro spostò il peso dallo scheletrico ginocchio destro a quello sinistro, e da lì si rimise in piedi. Sentiva gli zoccoli avvicinarsi, ormai erano divenuti più forti dell'onnipresente coro delle onde che si infrangevano sulle rocce nere lungo la costa. Non sarebbe stato appropriato farsi trovare tutto impolverato, perciò si pulì rapidamente, ma meticolosamente, e arrancò verso il cancello.

«Vengo a sfidare la spada di Okuma» disse il ragazzo in sella alla giumenta roana. «Vengo a sfidare Okuma Tetsurō!»

Era giovane, non doveva avere più di vent'anni, pensò Daigoro, e aveva una barbetta rada che faceva venire in mente i cani rognosi o le galline mezze spennate. I suoi avambracci, invece, sembravano grosse corde annodate, e le sue mani erano piene di calli, chiari segni di lunghi allenamenti con la spada. Cavalcava alla testa di una colonna di dieci samurai, accanto a un uomo più basso con i capelli bianchi come nuvole. L'uomo più vecchio fece schioccare la lingua e disse: «Le maniere, Eijun.»

Portando lo sguardo su Daigoro, l'anziano disse: «Sono Yasuda Jinbei di Shimoda. Buongiorno a voi, giovane signore Okuma.»

«Non vi ho dimenticato, Yasuda-san,» disse Daigoro «e non ho scordato nemmeno i *mochi* che mi regalavate per l'anno nuovo quando ero bambino. Cosa vi porta qui?»

Il signore Yasuda smontò da cavallo... con molta energia, notò Daigoro, nonostante i tanti anni che l'anziano aveva trascorso al servizio degli Okuma; Daigoro si domandò se lui si fosse mai mosso con la medesima grazia. Una volta a terra, Yasuda era alto quanto Daigoro, cioè insolitamente basso. Aveva una pancia tonda e la pelle scura e intagliata di rughe. Fece un inchino a Daigoro e Daigoro glielo restituì.

«Vi chiedo perdono,» sussurrò Yasuda «ma mio nipote Eijun ha insistito per venire qui ad annunciare la sua sfida. Io gli ho detto che sarebbe stata un'enorme insolenza, per non dire un'azione degna di un borioso. Gli ho anche detto che non ha alcuna possibilità di vincere, ma lui ha insistito.»

«Mi duole informarvi che mio padre non è qui» disse Daigoro con voce abbastanza alta da farsi sentire da tutta la compagnia. «Si è diretto verso sud più di una settimana fa, a negoziare un trattato con il grande nobile Toyotomi. Mi rammarico, ma non è qui nemmeno mio fratello Ichirō. Perciò se avete intenzione di sfidare la spada di Okuma, temo che l'unico che potete affrontare sia io.»

«Voi!» disse Eijun, ancora in sella. «Voi non potete avere più di quindici anni!»

«Ne compirò sedici il prossimo inverno. Come ho detto, io sono l'unico qui con cui possiate duellare.»

«Vi prego, Okuma-sama» bisbigliò Yasuda, e i suoi occhi corsero in basso verso la gamba destra di Daigoro. La hakama era abbastanza ampia e gonfia da nascondere completamente gambe e piedi, ma Yasuda sapeva della menomazione di Daigoro sin dalla sua nascita. «Non c'è alcun bisogno che lo affrontiate. Il ragazzo è lento, mio signore. È quasi annegato da bambino, gli è mancato il respiro troppo a lungo, e da allora non è più stato lo stesso. L'ho accompagnato qui solo per assecondarlo.»

Daigoro si limitò ad ammiccare all'anziano. «Quindici anni!» abbaiò Eijun. «Non ha ancora l'età e oltretutto è più piccolo del normale! No, aspetterò qui per provare il mio ferro contro Vittoria Gloriosa.»

«Potreste dover attendere per molto tempo» disse Daigoro. «Quella è la spada di mio padre, e non so dirvi fra quanto rientrerà.»

«Non c'è nessuno qui con cui possa combattere? Siete tutti dei codardi?»

«Eijun!» abbaiò il signore Yasuda, ma Daigoro scacciò l'insulto con un gesto della mano.

«Non è questione di codardia, ma semplicemente di tempi. Se volete attendere fino al mio compleanno, allora avrò l'età giusta e potremo combattere sulla neve.»

Eijun lo derise, invece Yasuda sorrise e fece un inchino a Daigoro. «Giudizioso proprio come vostro padre» sussurrò. Poi, più forte, disse: «Non è il caso di rimetterci in cammino, Eijun?»

«Abbiamo cavalcato tutta la mattina per niente!»

«Se non ricordo male, te l'avevo detto anche prima di partire.» Il signore Yasuda saltò di nuovo in sella, annuì profondamente a Daigoro e si accommiatò.

Solo quando l'ultimo dei samurai degli Yasuda ebbe voltato il proprio cavallo per rimettersi in marcia, Daigoro poté ricominciare a respirare. Gli sfidanti venivano con una certa regolarità, alcuni per provare le proprie abilità contro Vittoria Gloriosa e altri per competere con la destrezza degli spadaccini del clan Okuma. Gli Okuma erano famosi per entrambe le cose, e soprattutto nessuno era mai riuscito a sconfiggerli. Per più di trent'anni il padre di Daigoro aveva difeso l'onore del clan, e quel compito non sarebbe mai passato nelle mani di Daigoro. Suo fratello Ichirō sarebbe stato il successore, Ichirō, le cui membra erano intatte e il cui corpo era grande e forte come quello del loro padre. Daigoro si era allenato nell'arte samurai con lo stesso impegno di chiunque altro, ma la grandezza raggiunta dal padre gli era sempre parsa inarrivabile.

Perciò fu sollevato nel vedere la polvere alzarsi sulla strada. Con un po' di fortuna, pensò, non sarebbe stato lui ad aprire la porta quando fosse arrivato il prossimo avversario.

29

La mattina successiva faceva molto caldo. Il sole si rifletteva con ardore su un mare insolitamente calmo, e non si sentiva nemmeno un soffio di brezza. A Daigoro venne immediatamente da pensare che fosse strano, poi vide un cavaliere solitario galoppare lungo la strada costiera. Era una follia far correre un cavallo con un clima del genere. Quando vide lo stendardo verde muschio, fu certo che si trattasse di Yasuda Eijun. Ancora una volta camminò fino all'ingresso principale della tenuta, e questa volta allentò il fodero della sua *katana*.

Quando si fermò davanti al cancello, il cavallo del giovane Yasuda schiumava ansimando. «Vostro padre!» gridò Eijun, il fiato grosso quanto quello del cavallo.

«Non è ancora tornato, Yasuda-san.»

«No,» disse Eijun «è morto.»

Il corpo di Okuma Tetsurō fece ritorno a casa percorrendo la strada orientale, su un palanchino costruito apposta per trasportare il potentissimo daimyō. Davanti a esso marciavano oltre cento stendardi rossi di Okuma, e altri cento stendardi verdi di Yasuda avanzavano alle sue spalle. Dietro gli Yasuda c'erano i Nagatomo, gli Ushida, i Sora, gli Inoue. Nel complesso, c'erano circa seicento uomini e cento cavalieri a scortare la salma verso casa. Molti di loro avrebbero dovuto cavalcare tutta la notte per rincasare, poiché la tenuta degli Okuma non avrebbe mai potuto ospitarli tutti. C'era posto solo per i nobili e i loro servi più stretti.

Il corpo di suo padre. Giaceva davanti a Daigoro, avvolto in un kimono bianco, con dei sandali di legno ai piedi per permettere al suo spirito di camminare comodamente nell'aldilà. C'era un avvallamento innaturale all'altezza del suo sterno, dov'era stato colpito dalla pallottola del moschetto. Fra i suoi capelli neri non c'era nemmeno un soffio di grigio, i baffi e la barba erano ben curati, le labbra contratte. All'ombra del tetto del semplice sacrario eretto per l'occasione, il suo viso aveva perso il pallore che Daigoro aveva notato quando il corpo era stato rimosso dal palanchino. Con lui giacevano sei monete di rame e il suo miglior paio di bacchette. Non avrebbe abbandonato questo mondo con qualcosa che non potesse bruciare.

Incenso al legno di sandalo, il pianto delle prefiche, il peso della spada del padre sul suo fianco: queste erano le uniche cose che sentiva in quel momento. Non il dolore. Non le spalle di sua madre che tremavano nel suo abbraccio. Era suo fratello quello che stava cullando la loro madre disperata. E il dolore, Daigoro non riusciva a trovarlo. Aveva amato suo padre con tutto il cuore, avrebbe voluto piangere per lui, ma ogni volta che tentava di aggrapparsi a quella sensazione, gli sfuggiva come un coniglio fra gli alberi di una foresta.

Era proprio la foresta a sconvolgerlo, pensò. Lo circondava, così fitta da privarlo di qualsiasi capacità di discernimento. Suo padre aveva solo cinquantatré anni. Tutti i samurai si aspettavano una morte prematura, ma Okuma Tetsurō era forte e pieno di risorse. Tutti pensavano che se ci fosse stato un combattente che avrebbe potuto morire di vecchiaia, quello sarebbe stato Okuma Tetsurō.

Daigoro si inchinò a ogni signore venuto a porgere le proprie condoglianze. Li sentiva distanti, ancora immerso nella foresta, le loro voci erano così vaghe che non riusciva a distinguerne le parole. Ogni volta che faceva un inchino, Vittoria Gloriosa premeva sulla sua cintura. Era sorprendentemente pesante, così pesante che Daigoro non riusciva a immaginare di poterla brandire con una sola mano. Gli si affacciò alla mente una visione di suo padre, in groppa al suo cavallo al galoppo, l'enorme *ōdachi* che brillava nella sua mano destra. Era così forte.

Anche perso nella foresta com'era, Daigoro notò gli occhi di coloro che erano sopraggiunti a portare i propri ossequi: quelli che si accorgevano della spada si spalancavano per la sorpresa. Daigoro era il secondogenito. Ora che il padre era morto, c'era Ichirō al comando del clan. Secondo tutte le leggi, la spada avrebbe dovuto spettare a lui. Tutte le leggi eccetto una.

Riemergendo dalle proprie riflessioni, Daigoro si accorse che la zona che circondava il sacrario era pressoché vuota. Il sacrario era chiuso su tutti e quattro i lati da pareti di tessuto bianco che pendevano da fili sospesi su alti pali. Le lunghe tende sventolavano nella lieve brezza, e al loro interno restavano solo Daigoro, sua madre e suo fratello, la salma e i primi bastoncini di legno che sarebbero serviti alla cremazione. Un'enorme pila di tronchi si trovava appena al di là della barriera di tessuto, Daigoro l'aveva vista nell'entrare ed era rimasto sconvolto dalla quantità di legno necessaria alla cremazione di un cadavere.

«Vieni,» disse Ichirō dolcemente alla madre «dovremmo andare dentro.»

Daigoro zoppicò verso la tenda bianca, con l'enorme spada che lo sbilanciava a ogni passo, e scostò un lembo per permettere alla sua famiglia di uscire. Non poté non notare l'occhiata che suo fratello lanciò alla spada nell'accompagnare la madre verso casa. «Sarò da voi tra un attimo» gli disse Daigoro e fece un gesto al sacerdote zen e ai suoi officianti affinché entrassero e iniziassero la cremazione. Anche gli occhi del sacerdote indugiarono sulla spada; c'era qualcuno che non lo giudicasse malevolmente perché la portava?

Mentre guardava le prime fiamme lambire i ciocchi sotto il corpo, Daigoro desiderò di poter avere un'ultima occasione per interrogare suo padre riguardo alla sua decisione. *Perché l'hai lasciata in eredità a me? Perché non l'hai lasciata al tuo primogenito? Io non sono mai stato un abile spadaccino. Avresti dovuto lasciarla a lui, padre. O perlomeno avresti dovuto spiegarci perché hai scelto me.*

Quando il centro della pira si infiammò, una prima ondata di calore lo colpì al volto. All'inizio sentì odore di pino bruciato, e poi una puzza nauseante di unto, come di maiale arrosto. Oltre il crepitio del fuoco e i canti dei sacerdoti, riuscì a sentire lo sfrigolio del grasso della carne. Trattenendo un conato di vomito, zoppicò il più in fretta possibile verso la casa.

La gamba lo tradì: incespicò e cadde appena ebbe superato la tenda. Atterrò sul fianco destro, proteggendo istintivamente Vittoria Gloriosa da un possibile danneggiamento. Due samurai Okuma che passeggiavano per la tenuta accorsero immediatamente per aiutarlo a rialzarsi. Li allontanò con un gesto, e con un enorme sforzo riuscì a rimettersi in piedi. Lo aveva già fatto migliaia di volte, ma questa volta fu più difficile. Era per via di tutti gli occhi puntati su di lui o era per il peso della spada?

«Il mio signore gradisce forse un aiuto?» chiese una voce. Inizialmente Daigoro pensò che a parlare fosse stato uno dei samurai, ma quando alzò lo sguardo vide che si trattava del signore Yasuda. Sulle sue vesti bianche c'era un centipede verde arricciato e il suo codino brillò alla luce del sole.

«Ci riesco da solo,» disse Daigoro «è da tutta la vita che convivo con questa gamba.»

«Naturalmente» disse Yasuda. «Credevo fosse stato il vostro dolore per questo tragico giorno a farvi cadere, non la vostra gamba. Chiunque di noi dovrebbe essere grato di avere un supporto in giornate del genere.»

Qualcosa nascosto in fondo a Daigoro si rilassò. «Avete i miei ringraziamenti. Declino il sostegno, ma accetto con gioia la vostra compagnia, Yasuda-san.»

Daigoro si scrollò via la polvere, si assicurò che il fodero dell'ōdachi fosse pulito e zoppicò accanto a Yasuda verso casa.

«Come sta la nobile Yumiko?» chiese Yasuda.

«Bene, per quanto lo consentano le circostanze. Grazie.»

«Bene.» Dopo un momento, Yasuda aggiunse: «Sono felice di vedere che indossate l'arma di vostro padre.»

Daigoro gli rivolse un'occhiata tagliente. «Siete sempre così schietto? Credevo che dovessimo scambiarci due parole prima di tirare fuori l'inevitabile. Il tempo, le conquiste in guerra, magari vostro nipote...»

«Mio signore, sono un uomo anziano che è venuto ad assistere al funerale di un uomo più giovane. Non vorrei che il poco tempo che mi rimane andasse sprecato.»

«E sia» disse Daigoro desiderando sorridere, ma resistendo alla tentazione. Se non riusciva a provare dolore, il minimo che potesse fare era evitare di sorridere come un pazzo mentre il corpo di suo padre stava bruciando. «Se vogliamo parlare con franchezza, ditemi Yasuda-san, perché siete contento di vedere la famosa Vittoria Gloriosa lungo il fianco di uno storpio piuttosto che fra le abili mani di suo fratello, guerriero di una certa reputazione? Perché vi rende felice il fatto che, a dispetto delle tradizioni, sia il secondogenito a ereditare la spada piuttosto che colui che ora si trova al comando del clan?»

«Da quando va contro le tradizioni esaudire il desiderio di un padre morente? Era possibile, mio giovane signore, che vostro fratello reclamasse la spada a dispetto del volere dello scomparso nobile Okuma. È stata forgiata dal maestro Inazuma, dopotutto; sono scoppiate delle guerre per reclamare il possesso di una lama come questa. Pertanto mi rende felice vederla al vostro fianco perché l'ultima richiesta del signore è stata giudiziosa e anche molto precisa. Doveva avere dei validi motivi per compiere questa scelta, anche se questi motivi erano chiari solamente a lui.»

Daigoro sentì un fremito al cuore e una stretta alla gola. Dentro di lui c'era qualcosa che stava crescendo: forse era finalmente il dolore, ma ora era condito di rabbia. Era un sentimento impuro, così tentò di sopprimerlo. «Com'è possibile» disse con notevole sforzo «che voi sappiate così tanto sull'ultimo desiderio di mio padre, quando i suoi stessi figli e sua moglie lo hanno appreso solamente ieri, tramite una lettera?»

Yasuda chinò il capo. «È stata la mia mano a scriverla, Okuma-sama. Sono io che mi sono occupato di lui in punto di morte.»

Daigoro si fermò a metà di un passo. Fino a quel momento aveva creduto che suo padre avesse scritto il suo ultimo volere di suo pugno, e aveva tratto conforto dall'idea che avesse avuto una mano così ferma anche in punto di morte. Non era l'unico ad averlo pensato: era stata sua madre la prima a suggerire che quella grafia così aggraziata significava che suo padre non era morto in preda al dolore.

Si trascinò di mezzo passo verso Yasuda e sussurrò: «Quante persone sanno che avete scritto voi la sua ultima lettera?»

«Il mio giovane signore e io» disse l'anziano daimyō. «C'erano anche delle serve, due donne che hanno dato assistenza a vostro padre. Devo farle scomparire?»

«No. È già stato versato fin troppo sangue. Ma non diranno niente della sua morte. A nessuno.»

«Non avete bisogno di dirlo, mio signore.»

Daigoro annuì. Perlomeno a sua madre sarebbe stato risparmiato quel dolore. Si voltò, e Yasuda si volse insieme a lui, per osservare la colonna di fumo grigio che si levava da dentro il quadrato di tende bianche fluttuanti. «Allora ha sofferto molto prima di morire?»

«La pallottola gli ha perforato il petto squarciando la spina dorsale. Il sanguinamento era terribile, ma il peggio era che le sue braccia e le sue gambe erano come quelle di un uomo morto. Non poteva muoverle. Ma se il suo corpo era come quello di un morto, non credo che abbia sofferto.»

«Però non poteva muovere la mano per scrivere.»

«No, mio signore.»

Con un secco cenno del capo di Daigoro, proseguirono verso la casa padronale e salirono gli ampi, bassi gradini della scala che conduceva all'imponente porticato che circondava l'edificio. Ma invece che dirigersi a sinistra, verso l'ingresso principale, Daigoro si avviò lentamente lungo il lato destro della casa. «L'uomo che ha sparato,» disse «lo avete visto?»

«No, mio signore. Vostro padre è venuto da noi nel cuore della notte. Come abbia fatto a rimanere in groppa al suo cavallo per così tanto tempo, non mi è dato saperlo. Presumo che abbia percorso a cavallo tutta la strada da Edo, e metà del tragitto con una pallottola nel petto. Gli uomini che erano con lui erano così stanchi da non reggersi in piedi, ed erano incolumi.»

«Che cosa vi hanno detto del... dell'assassino?» Era la parola giusta. Assassino. Suo padre era morto. Un assassino aveva ucciso suo padre.

«Molto poco» disse il signore Yasuda, e Daigoro dovette sforzarsi per ricordare a quale domanda avesse risposto. «Le sue guardie del corpo hanno detto di aver visto del fumo blu dopo lo sparo, una nuvola in un ammasso di rocce vicino all'acqua. Hanno scagliato delle frecce in quella direzione e hanno visto la schiena di un uomo che correva verso la scogliera. Si trovavano a sud del castello di Odawara.» Yasuda chiuse gli occhi, fece un respiro, e li riaprì. Il suo sguardo era fisso sui piedi di Daigoro. «Mio signore, l'uomo che ha sparato è fuggito. La guardia del corpo di vostro padre mi ha detto di averlo colpito alla coscia con una freccia, ma l'assassino è comunque riuscito a tuffarsi in mare. Uno degli uomini si è fermato a perlustrare la spiaggia per ucciderlo o per trovarne il cadavere, mentre gli altri hanno portato vostro padre da me. Appena ho saputo cos'era accaduto, ho inviato i miei cavalieri più veloci per aiutare nelle ricerche, ma il corpo non è riemerso.»

«Non importa» disse Daigoro. «È morto.»

«È probabile,» disse Yasuda facendo un inchino «ma i miei uomini stanno ancora pattugliando la costa in caso fosse sopravvissuto.»

«Lasciateli lì se vi dà conforto, Yasuda-san, ma un assassino che usa quelle barbare pistole del Sud non è un uomo capace di magie. Uno *shinobi* avrebbe usato una freccia; nessuno può dire dove volerà la pallottola di un moschetto. No, è stato un colpo fortuito a uccidere mio padre. Nessun sicario degno di questo nome si affiderebbe a quelle armi rozze. Non mi stupirebbe se fosse stato un rivale caduto in disgrazia, ricorso al moschetto perché non aveva potuto vincere con la spada.»

Il signore Yasuda scosse la testa. «Mi vergogno per non averci pensato prima, mio signore. Forse il vostro servitore è diventato troppo vecchio per essere di qualche aiuto. Permettetemi di compiere seppuku per espiare la mia svista.»

«Non farete niente del genere.»

«Allora permettetemi di rasarmi il codino e di deporre le mie spade. Non sono più utile al vostro servizio.»

Daigoro lo guardò severamente, ma Yasuda non incontrò il suo sguardo. «Il clan Yasuda ha protetto il nostro fronte settentrionale per generazioni» disse Daigoro. «Una tigre vecchia è sempre una tigre. Vi lasceremo esattamente dove siete.»

Nel dire quelle parole, Daigoro si chiese fino a che punto quell'eventualità potesse riguardare lui stesso. Quante volte aveva preso in considerazione la possibilità di rasarsi la testa e ritirarsi nel monastero sulla collina? L'uso delle spade richiedeva un'immensa forza, in particolare nella gamba destra dato che il destro era il piede d'appoggio principale, e per combattere a cavallo era necessario controllare l'animale con le gambe. La gamba destra di Daigoro non era più grossa del suo braccio destro. Aveva imparato tutto ciò che poteva nel tiro con l'arco per compensare quella debolezza, ma suo fratello era il migliore tiratore del clan Okuma, forse il migliore dell'intera penisola di Izu; cosa poteva offrire Daigoro più di lui? No, era meglio risparmiare alla sua famiglia la disgrazia di un figlio storpio. Era meglio unirsi ai monaci prima di dover scendere in battaglia in difesa del clan.

Quante volte quei pensieri lo avevano afflitto nelle ore più quiete della notte? E ora suo padre era morto e Ichirō avrebbe dovuto fare appello a lui nell'apprendere come si doveva guidare un clan. Anche se il padre fosse stato ancora vivo, Daigoro non avrebbe potuto permettere che si dicesse che il più abile cavalleggero di tutta la regione aveva un figlio storpio troppo impaurito per imbracciare le armi. Se Yasuda era una vecchia tigre, Daigoro non era altro che il più piccolo della cucciolata di una tigre. Un gattino zoppo. O era sempre una tigre?

30

Il silenzio della sera fu una meritata ricompensa; c'era stato molto da fare durante il giorno. Le prefiche avevano dovuto essere pagate per aver consentito a Okuma Tetsurō di andarsene fra i lamenti degni di un uomo della sua levatura. Poi gli invitati avevano avuto bisogno di cibo, di *sake* e di un po' di tempo per parlare privatamente con la famiglia. Poi c'era stato il problema di rimuovere le ossa dalle ceneri, porre le ceneri nell'urna e posizionare l'osso del collo in cima prima che l'urna venisse chiusa. Il sacerdote e gli officianti avevano dovuto essere pagati, esattamente come il sacerdote scintoista che era venuto a controllare che nessuno spirito maligno assediasse la tenuta o lo spirito del padre di Daigoro.

Alla fine era sopraggiunta la quiete, e Daigoro e Ichirō si sedettero insieme alla madre nel salone principale della casa. Le braci scoppiettavano lievemente riempiendo la stanza di calore e di un buon odore. Daigoro sentiva in lontananza le onde infrangersi ritmicamente contro la costa rocciosa.

Decise di rompere il lungo silenzio, per raccontare alcune delle cose che gli aveva detto Yasuda. Non disse nulla sul modo in cui la pallottola del moschetto aveva colpito il padre, ma disse loro che a quell'ora l'assassino era sicuramente annegato o morto per le ferite che aveva riportato.

«Le guardie del corpo di nostro padre si sono comportate da

sciocchi» disse Ichirō. «Avrebbero dovuto esplorare la zona e prevedere l'imboscata.»

«Avrebbero perlustrato le colline, non la costa» disse Daigoro. «Lo sciocco è stato l'assassino, che non ha trovato vie di fuga. Senza dubbio non era un uomo coraggioso uno che ha scelto di usare un'arma da vigliacco come quella. I nostri uomini non avevano modo di prevedere un'imboscata così audace e così vile come questa.»

«Sei troppo indulgente con loro» disse Ichirō. «Domani mattina dovremmo inviare un messaggero per dire a Yasuda di farli uccidere.»

«Sono morti prima di nostro padre» disse Daigoro. «Credimi.»

«Ti ha detto questo?»

«Non ce n'era bisogno. Cos'altro avrebbero potuto fare? Non ho alcun dubbio sul fatto che quegli uomini si siano immolati non appena hanno portato nostro padre in un posto sicuro. E se non lo hanno fatto, sono certo che il nobile Yasuda abbia provveduto a infliggere loro una morte ancor più dolorosa. Prende ogni offesa rivolta contro nostro padre come un'offesa personale.»

Ichirō tirò su col naso. «Avrebbe dovuto informarci dell'accaduto, allora.»

Non ce n'era bisogno, avrebbe voluto dire Daigoro, non c'era nulla da guadagnare nel parlare di altri spargimenti di sangue durante un funerale. Ma non c'era nulla da guadagnare nemmeno dicendo questo. Daigoro restò in silenzio.

Ichirō invece proseguì. «Hai ordinato a Yasuda-san di compiere seppuku per il suo fallimento?»

«L'ha chiesto, ma ho rifiutato.»

«Perché?»

«Perché nostro padre non l'avrebbe voluto.»

Ichirō proruppe in una risata. «Il suo spirito ti sta già parlando? Come puoi sapere cos'avrebbe voluto?»

Daigoro si inchinò. Non aveva alcun desiderio di prolungare una discussione con suo fratello maggiore, specialmente non nel giorno del funerale. «Ricordo semplicemente i suoi insegnamenti sulle strategie. 'Coloro i quali risiedono all'estremità di una penisola, faranno meglio ad allearsi con i propri vicini.' Siamo vulnerabili.»

«Vulnerabili? Esistono guerrieri capaci di rivaleggiare con gli Okuma? Che vengano! Possiamo sconfiggerli.»

«Se venissero da noi, sarei completamente d'accordo» disse Daigoro. «Ma ci vuole del riso per foraggiare delle braccia abbastanza forti da impugnare una spada, e se perdiamo i nostri alleati verremo tagliati fuori. Nostro padre ha sempre preferito la pace alla guerra, specialmente con i nostri vicini. Il nobile Yasuda non si è macchiato di nessuna offesa. I suoi uomini non sono riusciti a trovare un assassino morto, tutto qui.»

«Tutto qui!» lo sbeffeggiò Ichirō. «Un vassallo ha fallito ed è 'tutto qui'? Nostro padre è morto, ed è 'tutto qui'? Dovrei esigere la sua spada da te in questo preciso istante!»

Daigoro fece un inchino, si alzò e si diresse alla porta. Non ebbe bisogno di voltarsi per accorgersi che suo fratello stava fumando di rabbia. Gli parve di sentire il calore provenire dal volto paonazzo di Ichirō... o era il suo stesso sangue a ribollirgli nel collo e nelle orecchie?

«Come osi voltarmi le spalle?» domandò Ichirō.

Daigoro uscì sul porticato, si voltò, si inginocchiò e fece un altro inchino. «Devo portare rispetto a mio fratello e devo portare rispetto a mio padre. Quando mio fratello mi chiede di mancare di rispetto a mio padre, non posso far altro che andarmene. Vi chiedo scusa e vi auguro una buonanotte.»

31

Daigoro giacque sul futon e osservò i rettangoli sul suo soffitto, ma dopo essere rimasto ostinatamente in quella posizione per più di un'ora, concluse che quella notte non si sarebbe addormentato. Con un mugugno si girò sulle ginocchia e aprì una delle pareti esterne per fare entrare la luce della luna. Sentì l'odore del tatami sotto i suoi stinchi, e una promessa di pioggia imminente nel vento. Indossò una sottile veste decorata con il disegno della zampa di un orso e si allacciò la cintura in vita. Dopodiché si avvicinò alla nicchia nella parete settentrionale della sua camera da letto e rimosse Vittoria Gloriosa dalla mensola.

Attraverso il legno e la carta della porta *shoji* alla sua sinistra, Daigoro sentì una delle guardie del corpo muoversi nei suoi sandali. Si infilò il fodero di Vittoria Gloriosa nella cintura e lo sistemò nella posizione corretta sul suo fianco sinistro. La spada era troppo lunga per poterla portare com'era solito fare con la sua katana: doveva farla scivolare sulla parte anteriore del proprio fianco, fin quasi al grembo, per paura che l'estremità di legno del fodero toccasse il tatami alle sue spalle. L'impugnatura, avvolta in una fettuccia rossastra scolorita dal sudore, era più lunga di quella della sua katana di più di una mano, la cosa migliore per manovrare una lama enorme come quella.

Daigoro conosceva bene la spada, la conosceva meglio di tutti i samurai che stavano vegliando sulla sua porta quella sera. Era nata nei forni del maestro Inazuma all'incirca cinquecento anni prima, l'ultima delle armi create dal grande forgiatore di spade. Vittoria Gloriosa era un'arma da cavaliere, abbastanza lunga da azzoppare un soldato a piedi rimanendo in sella, e anche da uccidere un nemico a cavallo se chi la impugnava veniva colto a piedi. L'acciaio era forte e puro, con un solco insanguinato che andava dalla base della lama fin quasi alla punta. Una volta il padre di Daigoro l'aveva affondata nel cuore di un cavallo da guerra, e la lama ne era emersa dritta e perfetta esattamente come quando era entrata.

Le corde e il fodero laccato erano color ruggine, per intonarsi all'armatura e all'elmo del vecchio proprietario. I nemici del casato Okuma avevano soprannominato il padre di Daigoro l'Orso Rosso di Izu, un nome che gli era piaciuto abbastanza da fare della zampa dell'orso il simbolo del suo stemma personale. «Sanno controllare l'ira, gli orsi» aveva detto una volta a Daigoro. «Li ho visti su al Nord. Se li lasci in pace, non ti danno fastidio. Se li disturbi, non c'è niente che possa fermarli. Un giovane samurai dovrebbe imparare molto dagli orsi.»

Era proprio questo il senso di quello che Daigoro aveva detto a suo fratello. Ora, osservando la spada nelle sue mani, si chiese se quella fosse veramente la strada del bushidō. Il vero guerriero evitava il combattimento? Desiderava essere lasciato in pace? Cosa significava questo per una spada del genere, una spada che aveva versato così tanto sangue? Cosa significava per le imprese che così tanti samurai avevano compiuto in battaglia, compreso il padre di Daigoro? Mostrami la strada del guerriero, pensò Daigoro. La seguirò se riuscirò a trovarla. Dimmi, padre, perché è così difficile trovare il cammino.

32

Il mattino successivo fu caldo fin dal momento in cui il sole sorse sulla tenuta. All'ora del dragone, i braccianti di Shimoda, assoldati per costruire un sacrario permanente sul luogo della cremazione, trascorrevano metà del tempo ad andare a prendere l'acqua e l'altra metà a scavare i buchi per i supporti del tetto. A mezzogiorno persino le sentinelle avevano preso posto all'ombra degli alberi o sotto i cornicioni degli edifici, e quelli erano samurai, uomini per i quali la sofferenza fisica era una bazzecola passeggera.

Fu all'ora del cavallo, a metà della giornata, che Ichirō si diresse nello studio di Daigoro insieme a una servitrice che portava il tè. «Posso disturbarti, fratello?»

«Naturalmente» disse Daigoro mettendo da parte il pennello. Liberò il basso scrittoio e Ichirō vi si inginocchiò accanto.

Mentre la ragazza serviva il tè, Ichirō disse: «Spero di non aver interrotto niente di importante.»

«Affatto. Stavo scrivendo delle lettere per alcuni dei nobili che sono venuti ieri, per ringraziarli dei loro ossequi.»

«Anche al nobile Yasuda, presumo.»

Daigoro si predispose ad affrontare una lite. «Sì.»

«Bene» disse Ichirō. «Esprimigli anche la mia gratitudine, se non ti spiace.» Dopo un attimo aggiunse: «Avevo torto ieri sera, perdonami, per favore.»

«Il lutto» disse Daigoro «ha strani effetti su tutti noi. Non è necessario alcun perdono.»

Sorseggiarono il tè, e Daigoro guardò fuori, osservando l'aria calda tremolare sulla sabbia del cortile. Il lutto restava sfuggente come le onde di calore: quando cercava di afferrarlo, scappava. Distolse lo sguardo dal giardino, spostandolo sulla vestaglia bianca di Ichirō. Era meglio, pensò, concentrarsi sul sollievo piuttosto che sul dolore. Era piacevole stare seduti all'ombra senza animosità.

«Ho un'idea» disse Ichirō. «Dovremmo fare una gara di tiro con l'arco, come facevamo da bambini. Che ne dici?»

«Non sono più un rivale alla tua altezza fin da quando io avevo dieci anni e tu dodici. E anche prima, non sono certo di essere mai stato alla tua altezza. Mi sono sempre chiesto se ti trattenessi per permettermi di restare in gara.»

«Eravamo solo bambini» disse Ichirō. «Due anni di differenza sono un vantaggio troppo grande per poter essere battuto da un ragazzino di dieci anni. Ora siamo cresciuti, non è più così. Vieni, andiamo nel frutteto. Farò portare qualche bersaglio.»

«Se lo desideri» disse Daigoro.

I bersagli erano larghi tanto quanto Daigoro era alto, ricoperti di pelle di cervo e appoggiati lungo le mura che cingevano la tenuta della famiglia. Daigoro e Ichirō stettero uno accanto all'altro mentre uno dei loro samurai misurava una distanza di trentatré archi dal bersaglio e segnava la linea di tiro fra alcuni alberi di canfora. Tirare al riparo dal sole avrebbe reso la gara molto più confortevole, ma anche più difficile: tirare le frecce attraverso un tendone sarebbe stato molto problematico.

Sia Ichirō che Daigoro indossavano abiti bianchi ed entrambi portavano le spade dalle quali non si separavano mai. I tre samurai che li assistevano indossavano le uniformi rosso ruggine del casato, con delle fasce bianche al posto di quelle usuali marroni. C'era solo una debole brezza che arrivava dall'oceano, il cui odore salmastro si mescolava in maniera piacevole a quello delle foglie di canfora schiacciate sotto i piedi. Daigoro sentì una goccia di sudore scorrergli lungo la schiena e arrivare a bagnargli la cintura.

«Tiri tu per primo?» disse Ichirō.

«Va bene.» Daigoro zoppicò fino alla linea, ricevette un inchino da uno dei samurai e posizionò una freccia sulla corda. Spostò tutto il peso sulla gamba sinistra, tirò la freccia verso il suo orecchio e poi si sistemò come poté sulla gamba destra. Dovette tenere la corda tesa per parecchio tempo prima di riuscire a trovare una posizione stabile. Era sempre stato difficile per lui, e quel giorno la spada Inazuma che pendeva sul suo fianco sinistro lo sbilanciava ancora di più. Il polso e le dita della sua mano destra si contrassero nel tentativo di stabilizzarsi.

Alla fine scoccò la freccia e la sentì squarciare le foglie degli alberi. Colpì il bersaglio a circa metà strada tra il centro e il bordo esterno.

La freccia di Ichirō atterrò al di là di quella di Daigoro, più vicina al centro rispetto alla sua di circa un dito. Il suo lancio fu raffinato, la postura elegante. Riuscì a scagliare la freccia senza disturbare nemmeno una delle foglie che pendevano dagli alberi.

«Sembra che l'abbia spuntata io questa volta» disse. «Facciamo un altro tiro.»

Tirarono altri tre dardi a testa. Ogni volta, nonostante il peso della spada, Daigoro riuscì a scagliare la freccia più vicina al centro di quella precedente. E ogni volta quella di Ichirō planò esattamente accanto a quella di Daigoro, più vicina al centro di meno della larghezza di un pollice. «Ora so che ti stai prendendo gioco di me» disse Daigoro. «Potresti colpire il centro in qualunque momento.»

«Può essere. Ma dov'è il divertimento se non ti permetto di partecipare alla gara?»

Daigoro si strinse nelle spalle. «Come preferisci. Mettine una al centro, allora. E vediamo quanto riesco ad avvicinarmi.»

Ichirō strinse le labbra, scagliò una quinta freccia e la conficcò esattamente al centro del bersaglio. «Ecco. Se la gara ti annoia così tanto, perché hai accettato la mia proposta?»

«Per vedere mio fratello eccellere.»

«Fai il tuo ultimo tiro e finiamola qui.»

Daigoro si accorse di avere la nuca imperlata di sudore, e sapeva che non era a causa della calura estiva. Tutti i tentativi che faceva per giungere a una pacificazione sembravano destinati a fallire. Zoppicò fino alla linea di tiro, posizionò una freccia e tese la corda.

La spada di suo padre lo tirò con forza dalla cintura, ma stavolta Daigoro non cercò di compensarne il peso. Che senso avrebbe avuto? Ichirō voleva la sua vittoria. Barcollando per colpa della spada, scoccò la freccia.

Il dardo si conficcò esattamente nel centro di quello di Ichirō.

Uno dei samurai che li assistevano ebbe un ansito. Un altro represse lo stupore chiudendo con forza la bocca. Il terzo dimostrò meno contegno degli altri, e ridendo disse: «Tiro eccellente, mio signore!»

«Eccellente davvero» disse Ichirō con sguardo torvo. Nonostante Daigoro tentasse di mantenere il viso sgombro dalle emozioni, era arrabbiato tanto quanto Ichirō, ma per ragioni differenti. La lode scappata di bocca al samurai aveva funto da annuncio informale della vittoria di Daigoro; nessun tiro di Ichirō si era guadagnato simili encomi. Assolutamente per caso, Daigoro era riuscito a farsi valere con suo fratello proprio nella pratica in cui Ichirō brillava di più.

«Non è stato niente» disse Daigoro, consapevole che ormai era troppo tardi. «Solo un tiro fortunato.»

«Allora devi avere la benevolenza di tutti e sette gli dèi della buona fortuna» disse Ichirō. «Non accade spesso che un uomo possa assistere all'opera degli dèi. Rifacciamolo.»

Prese un dardo dal samurai che era riuscito a tenere la bocca chiusa e lo scagliò verso il bersaglio. La freccia affondò poco più in alto dell'ultima tirata da Daigoro, così vicino da farne tremare le piume. «Vieni,» disse con la mandibola tesa «prova di nuovo la tua fortuna.»

Daigoro si avvicinò alla linea di tiro e sistemò un'altra freccia. Per un attimo considerò la possibilità di tendere l'arco con meno forza e di lasciare che la freccia mancasse il bersaglio. Ma non avrebbe funzionato: sarebbe stato troppo palese che si trattava di un errore deliberato. Cercò invece di tirare come faceva normalmente, bilanciando il suo peso come meglio poteva per fare centro e lasciando la corda quando si era stabilizzato. Mirò la metà superiore del bersaglio, lontano dall'ultimo tiro di Ichirō. Tuttavia trovò di nuovo difficile gestire il contrappeso della spada, e proprio quando ritenne di essere abbastanza stabile da poter scoccare il dardo, il suo peso scivolò verso sinistra. La freccia stava già fendendo l'aria, e Daigoro osservò con un misto di orrore e sbalordimento un altro dei suoi tiri frantumare il dardo di suo fratello.

Questa volta rimasero tutti in silenzio. Perlomeno gli attendenti avevano interpretato correttamente le emozioni di Ichirō, pensò Daigoro. Avrebbe mandato tutti e tre a sudare insieme ai braccianti del sacrario prima della fine della giornata. Ma il problema più impellente era suo fratello. A Daigoro non veniva in mente nulla da dire che potesse placarlo, ma non dire niente e sperare che si acquietasse da solo non era comunque una soluzione praticabile. Ichirō non era dell'umore giusto per cercare la pace: era profondamente turbato.

Anche suo padre è morto, Daigoro cercò di ricordare a sé stesso. Ha provato il dolore prima di te, forse questo è il suo modo di lasciare che esso compia il suo corso.

«Spade» disse Ichirō. «Possiamo organizzare un duello.»

Il cuore di Daigoro ebbe un sussulto. Non si trattava del dolore, pensò. Si trattava di vendetta. Di gelosia. In poche parole, si trattava della Inazuma.

«No, Ichirō. Non combatterò contro di te.»

«No? Hai intenzione di lasciare che i capricci del vento che hanno condotto le tue frecce convincano tutti che sia tu il migliore arciere?»

«Nessuno pensa che io sia migliore di te. A quanto ne so, potrei veleggiare per due giorni in qualsiasi direzione e non riuscire comunque a trovare un arciere alla tua altezza.»

La mano sinistra di Ichirō afferrò il fodero appena sotto lo tsuba. La sua mano destra affondò un dito nel petto di Daigoro. «Se quelli sono stati dei tiri fortunati, allora devi portare quella fortuna sul campo di battaglia. Con frecce fortunate come quelle che hai sulla schiena, chi potrebbe mai sconfiggerci la prossima volta che andiamo in guerra?»

«Non ho alcun interesse ad andare in guerra.»

«Ah!» Ichirō sputò per terra vicino al piede di Daigoro. «Ascoltate il figlio di Okuma Tetsurō, colui che impugna Vittoria Gloriosa! Un samurai che non vuole andare in guerra!»

Daigoro fece un respiro profondo e soffiò fuori l'aria, sperando che suo fratello facesse altrettanto. «Non ho detto che non farò la guerra. Ho detto che non andrò in guerra. Se la guerra viene a noi, ucciderò tanti uomini quanti il nemico saprà allinearne davanti a me. Continuerò a combattere finché la morte non mi coglierà o finché l'ultimo dei nostri nemici non giacerà decapitato ai miei piedi. Ma nostro padre diceva che la guerra è dura già abbastanza anche senza andarla a cercare. Non andrò a procurarmi nemici per il nostro clan e non avrò te come nemico.»

«Morirai di vecchiaia, allora. Starai seduto qui e lascerai che quella spada arrugginisca nel suo fodero.»

«Se sarò abbastanza fortunato, sì.»

Ichirō abbaiò una risata sprezzante. «Be', a quanto pare la fortuna non ti manca. Guarda verso la tua vecchiaia, fratellino. Per quanto mi riguarda, ho intenzione di versare il mio sangue per rendere Okuma un nome ancora più grande.»

Detto ciò si allontanò velocemente, da solo, lasciando Daigoro con la brezza marina che gli lambiva le spalle.

33

Tornato alla tenuta, Daigoro si pulì i piedi dalla polvere, andò nel suo studio e sfoderò Vittoria Gloriosa. La estrasse lentamente, era così lunga che dovette tirare il fodero con la mano sinistra per liberare la punta della lama, e ancora una volta pensò a quanta forza dovesse avere avuto suo padre per riuscire a reggere la spada con una mano sola.

Era possibile che quell'arma fosse stregata? Aveva sentito diverse leggende sulle spade stregate, anche riguardo a quelle Inazuma, ma non aveva mai sentito nessuno parlare male di Vittoria Gloriosa. Tutt'altro, aveva sentito innumerevoli racconti sulla spada di suo padre, e in ciascuno di essi non si faceva che lodarla. Ma Daigoro non sapeva quasi niente su come la spada fosse giunta tra le sue mani. Un tempo suo padre aveva due fratelli, ma entrambi erano morti in guerra quando Daigoro era ancora in fasce. Era possibile che Vittoria Gloriosa avesse causato delle inimicizie fra loro? Quando il nonno di Daigoro era morto, aveva lasciato la spada direttamente a suo figlio Tetsurō, oppure i tre fratelli avevano dovuto combattere per aggiudicarsela? Daigoro non ne sapeva nulla. Quell'arma aveva già sparso ostilità nel loro casato?

O era semplicemente l'indole di Ichirō a indurlo a bramarla? Se era così, perché non era stata lasciata in eredità a lui? Daigoro non la desiderava; voleva solo rispettare il volere del padre e seguire il cammino del bushidō. E per quanto ne sapeva, le due cose coincidevano. Perché Ichirō non riusciva a capirlo?

Daigoro sentì il cuore iniziare a battere più velocemente, sentì la calura strisciargli sottopelle anche nella fresca ombra dello studio. Era meglio pensare ad altro, decise. Afferrò la base del pomello con la mano sinistra, sistemò il piede destro e provò a fendere l'aria che aveva davanti.

Rischiò di conficcare la lama in una delle travi e per poco non forò il soffitto. Quella spada era troppo lunga per essere usata al chiuso, perlomeno per i movimenti alti. Col viso arrossato, Daigoro la rinfoderò e zoppicò fuori.

Trovò un luogo appartato accanto alle provviste di *sake* dove potersi allenare al riparo da sguardi indiscreti. A ogni affondo e a ogni parata, il suo debole ginocchio destro minacciava di cedere. I suoi polsi e i suoi avambracci non erano abbastanza forti da fermare la lama con precisione. Nel fendere l'aria calda pomeridiana essa sibilò, e il tono di quel sibilo gli disse che quella era la lama più tagliente nella quale si fosse mai imbattuto. Non era una sorpresa: si diceva che l'acciaio di Inazuma si mantenesse più affilato di qualunque altro. E questa spada avrebbe preteso da lui più di qualunque altra. Avrebbe avuto bisogno di forza per supportare il suo potere, di equilibrio per sfruttare al meglio la sua lunghezza. In mancanza di essi, Daigoro tentò di compiere movimenti più corti, mosse più strette. La spada cantava nell'aria; riusciva quasi a sentirla chiedergli di dare di più. Più velocità, più ferocia, affondi più lunghi, movimenti più ampi. Non riusciva ancora a gestirla, e ora non aveva più solo la sensazione di deludere suo padre, ma di deludere anche la sua spada.

Quando alla fine si permise di rilassarsi, si accorse che il suo corpo era ricoperto di sudore e notò che il sole si stava ormai avvicinando alle cime degli alberi al di là delle mura della tenuta. Alle sue spalle si mossero dei passi sulla sabbia, e quando Daigoro si girò si trovò davanti il sacerdote zen che aveva officiato il funerale di suo padre. Suppose che lo avesse guardato per tutto il tempo, ma lui non se n'era accorto poiché era stato troppo concentrato nell'allenamento. Il sacerdote si allontanò, i suoi movimenti erano così incredibilmente aggraziati che Daigoro li trovò mirabili ma nello stesso tempo misteriosi. Da dove veniva quella grazia? Si trattava forse dell'illuminazione spirituale resa tangibile in un corpo? Daigoro non lo credeva. Semmai il sacerdote gli ricordava suo padre. Nei passi dell'anziano c'erano equilibrio, forza e sicurezza, si muoveva come un esperto spadaccino che affrontava un nemico.

Restò lì solo per un istante, scomparendo dietro il magazzino del *sake* per proseguire le sue peregrinazioni. In quel momento Daigoro udì delle voci provenire dall'altra parte del deposito. Trascinando i piedi verso il vocio, vide i samurai del clan Okuma schierati in cortile per allenarsi con la spada, e dall'altra parte il sacerdote che usciva dalle mura della tenuta.

Stanco com'era, Daigoro zoppicò in avanti per unirsi all'ultima fila di guerrieri. Suo padre non gli avrebbe chiesto né più né meno. Solitamente Daigoro e Ichirō non prendevano parte alle esercitazioni delle truppe. La loro era la famiglia che guidava il clan Okuma, e il clan Okuma era a capo di molti altri clan. Non erano dei reali, ma nella loro regione erano qualcosa di molto simile, perciò si erano sempre allenati con un maestro privato. Tuttavia il padre aveva sempre detto loro che non dovevano considerarsi troppo bravi per allenarsi con i loro uomini. Diceva che ogni tanto era giusto esercitarsi accanto a loro, per essere sicuri che le loro abilità con la spada fossero buone come dovevano.

Quando alcuni samurai si accorsero di Daigoro, fecero dei profondi inchini e poi si rimisero sull'attenti come se lui fosse stato una semplice ombra passeggera. Daigoro assunse la stessa posizione e quando iniziarono gli esercizi fece del suo meglio per seguire il loro ritmo.

Non appena iniziarono, Daigoro si ricoprì di sudore. I muscoli gli bruciavano e lo imploravano di rilassarli. A quindici anni, Daigoro si era già allenato con la spada per ben dodici anni, ma i samurai che aveva intorno si erano allenati per più anni di quanti lui ne avesse vissuti. La maggior parte di loro si era temprata in battaglia, e nessuno di quei samurai aveva trascorso il pomeriggio a esercitarsi con una spada troppo grande per lui. Non passò molto tempo prima che Daigoro si accorgesse di aver completamente smesso di sudare. Poco dopo, dei minuscoli puntini bianchi iniziarono a formicolargli davanti agli occhi.

Ciononostante si impose di proseguire. La sua debole gamba destra traballava e minacciava di cedere. I suoi avambracci erano talmente stremati da riuscire a malapena a fare un affondo. Eppure continuò ad allenarsi.

«Fermi!»

Sul cortile cessò qualsiasi movimento. Poi, tutti insieme come fossero stati una persona sola, Daigoro e gli altri samurai Okuma rinfoderarono le spade e si inchinarono. Daigoro ringraziò gli dèi per la fine dell'allenamento, era sul punto di vomitare e quasi non vedeva gli uomini che aveva davanti per via dei puntini bianchi.

«I vostri esercizi proseguiranno» abbaiò il maestro di spada allo schieramento «con il signore Okuma Ichirō. Quest'oggi il nostro signore ci ha fatto l'onore di offrirsi di allenarci. Ascolterete attentamente quello che vi dirà, e lo ringrazierete per averci concesso l'onore della sua presenza.»

Con un'unica voce il battaglione gridò: «Grazie, Okuma-dono!»

Daigoro non riusciva a vedere suo fratello, ma immaginò che il maestro di spade stesse facendo un inchino a Ichirō e che Ichirō glielo stesse restituendo. Immaginò il fratello in piedi davanti alla folla; udì il calpestio dei sandali di legno sulla veranda, a trenta metri di distanza. «Oggi siete onorati anche della presenza di mio fratello» sentì dire a Ichirō. «Il signore Okuma Daigoro è nell'ultima fila. Anche lui merita la vostra gratitudine.»

I samurai gridarono di nuovo il loro ringraziamento e Daigoro, nonostante non riuscisse a vedere praticamente nessuno di loro, fece un lieve inchino. Seguì gli altri quando Ichirō ordinò loro di formare un cerchio e di stare a riposo. Senza dire una parola, i samurai obbedirono e si inginocchiarono uno accanto all'altro lasciando il centro vuoto. «Oggi ci alleneremo nel combattimento» disse Ichirō. «I vostri bersagli saranno il busto, le braccia e la testa.» Disse i nomi dei primi due che dovevano combattere.

Era stato convocato l'uomo seduto accanto a Daigoro, e un ragazzo corse da lui per porgergli un *bokken*, una spada di legno duro grande quanto una katana. Il samurai lo afferrò, si tirò su le maniche e andò al centro del cerchio assumendo una posa da combattimento. I puntini bianchi si erano affievoliti abbastanza da permettere a Daigoro di vedere un altro guerriero arrivare dalla parte opposta del cerchio. Ichirō marciò per qualche metro per andarsi a sedere alla destra di Daigoro.

«Sembri stare male, fratellino. Ti sei allenato troppo duramente con questo caldo?»

«Non più di quanto nostro padre si sarebbe aspettato da me» disse Daigoro.

«Naturalmente.»

Ichirō annuì, e al primo scambio i bokken schioccarono rumorosamente. Il combattimento terminò poco dopo essere cominciato: un affondo, una parata e un contrattacco, e un uomo andò a terra tenendosi le costole.

Il secondo duello durò più a lungo: i bokken si scontrarono per tre volte prima che lo sconfitto cadesse. Gli incontri successivi variarono in lunghezza, e in ciascuno di essi il vincitore dovette affrontare il nuovo uomo che entrava nel cerchio. C'erano stati cinque o sei incontri, quando Ichirō sussurrò: «Che dici, Daigoro? Ti sei riposato abbastanza? Sei pronto per combattere?»

Non era così. Il suo respiro aveva appena ripreso a stabilizzarsi. Non aveva ancora ricominciato a sudare, il suo corpo necessitava di acqua. «Il nemico non attende il recupero» disse. «Combatterò non appena sarà fatto il mio nome.»

«Okuma Daigoro!» gridò Ichirō quando il samurai che aveva perso l'ultimo incontro si fu risollevato da terra. L'uomo fece un inchino a Daigoro, gli offrì l'impugnatura del bokken e andò a prendere posto nel cerchio, medicandosi un avambraccio pesantemente contuso.

Il bokken era leggero in confronto a Vittoria Gloriosa, il suo peso si avvicinava molto a quello di una normale katana di acciaio. Daigoro pensò che avrebbe dovuto far realizzare un nuovo modello di bokken, uno lungo e pesante quanto l'ōdachi di suo padre. Strinse le mani doloranti sul legno levigato e annuì a Takeyama, il samurai che aveva vinto gli ultimi due incontri.

Takeyama si mosse intorno a lui, e Daigoro si spostò goffamente sul piede destro per trovare l'equilibrio. Ci fu uno scatto improvviso, una spada colpì lateralmente e l'arma di Daigoro precipitò sulla clavicola di Takeyama. Poi Daigoro balzò sul piede sinistro e desiderò che i puntini bianchi scomparissero.

L'avversario successivo gli girò intorno a lungo, e si accasciò quando Daigoro gli sferrò un colpo sullo sterno. «Non siate delicati quando combattete con i vostri signori» disse Ichirō a tutto il cerchio. «Noi affrontiamo gli stessi nemici che affrontate voi; se non ci attaccate con impegno, come potete pretendere che possiamo combattere bene?»

Daigoro sbatté con forza le palpebre e fece un profondo respiro. C'erano andati piano con lui quei due uomini? Si erano accorti che si reggeva a malapena in piedi e quindi lo avevano attaccato con meno forza? Se lo avevano fatto, Daigoro non se n'era reso conto. Ma sapeva che, stremato com'era, quel genere di dettagli avrebbe potuto sfuggirgli facilmente.

«Lasciate che vi mostri come affrontare un nobile del vostro clan» disse Ichirō tirandosi su le maniche. Afferrò il bokken, si alzò in piedi e andò verso Daigoro con una posa da combattimento.

Daigoro si mise in posizione di difesa e ricacciò indietro un'ondata di nausea. La spada di suo fratello si abbatté su di lui attraversando un campo di bianchi granelli danzanti. Posizionò rapidamente l'arma preparandosi a una parata, ma la spada di Ichirō si avventò in basso e lo colpì sul ginocchio destro. Daigoro si accasciò a terra.

«Scusami» disse immediatamente Ichirō allungando una mano a Daigoro. «Non avrei dovuto mirare alla gamba durante l'allenamento. Ho visto l'opportunità e l'ho colta. Volevo solo mostrare a questi uomini un vero attacco. Per favore, perdonami.»

Daigoro si rimise in piedi senza l'aiuto di suo fratello. Il semplice tirarsi su fu sufficiente a far riaffiorare la nausea. Sentiva la testa così leggera che temette di perdere i sensi. Concentrando tutta la sua attenzione sull'impugnatura della spada, ricacciò indietro l'ondata nauseabonda che gli aveva raggiunto la gola e affondò i piedi nella sabbia.

Ichirō tornò da lui. Daigoro mirò alla sua pancia, ma Ichirō colpì il bokken spostandolo lateralmente, abbassò l'avambraccio di Daigoro con un fendente e fece un affondo sul suo orecchio.

Daigoro cadde di nuovo a terra. Il suo respiro usciva in rantoli disperati. Il cortile era scomparso dietro una formicolante nube bianca. La voce di suo fratello gli giunse solo vagamente, anche se era certo che gli fosse abbastanza vicino da riuscire a toccarlo solo allungando un braccio. Ichirō stava dicendo qualcosa riguardo all'aggressione nel combattimento. Daigoro non riuscì a comprenderne bene il senso. Riusciva a pensare solo all'acqua, ad allontanarsi dal sole, e ancora all'acqua.

Era strano aver bisogno di compiere un tale sforzo per alzarsi, era così debole che il suo corpo gli pareva senza peso. Eppure la sua gamba destra traballò quando dovette portarlo sotto un lembo d'ombra, dal quale ordinò al soldato più vicino di andargli a prendere un paiolo d'acqua. Passò più di un'ora prima che riuscisse a prestare nuovamente attenzione all'allenamento. Quando ebbe riacquistato lucidità, le stesse domande di poco prima ricominciarono ad andare avanti e indietro nella sua mente, distraendolo come un nugolo di moscerini che non lo lasciava in pace: la spada di suo padre era stregata? Aveva una qualche influenza su Ichirō? E se era così, cosa occorreva fare per spezzare la maledizione?

34

«Si è ricoperto di vergogna, madre» stava dicendo Ichirō. «È caduto due volte davanti a tutta la guarnigione, e se n'è andato arrancando come un vecchio rinsecchito.»

«Tuo fratello è infermo» replicò la madre. Era sera, l'aria era immobile e umida, e la madre indossava degli abiti bianchi sotto una veste di un giallo chiaro. I suoi lucidi capelli neri erano raccolti all'indietro in una lunga coda e lei era in ginocchio dietro un piccolo tavolo laccato di rosso, una tazza di tè su di esso formava sottili nastri di vapore. Lei e i suoi due figli erano in ginocchio su alcuni ampi cuscini nello stesso salone in cui si erano radunati tutti gli ospiti il giorno del funerale. L'ultima luce del tramonto tingeva di arancione le pareti di carta di riso.

«Infermo dalla nascita,» disse dopo aver bevuto un sorso di tè «e ha due anni e mezzo meno di te. Stando a quanto mi è stato riferito, l'hai colpito senza pietà, e oltretutto davanti a una schiera dei nostri stessi samurai. Non puoi dire che sia stato *lui* a ricoprirsi di vergogna.»

Ichirō si abbassò in un inchino, una ciocca di capelli neri sfiorò il tatami. «Ti chiedo perdono, madre, volevo solo dimostrare la verità.»

«Di quale verità parli?»

«Che non è in grado di difendere la spada di nostro padre. Non dovrebbe essere lui a portarla.»

Gli occhi della madre si spostarono da Ichirō a Daigoro. «E tu?» disse. «Sei stato in silenzio finora. Cos'hai da dire in tua difesa?»

Ero stremato, pensò Daigoro. Più che stremato, mi reggevo a malapena in piedi. Aveva detto che i colpi alle gambe non erano ammessi, e poi mi ha colpito sulla gamba... sulla mia gamba più debole. Avrebbe potuto dire tutte queste cose, e invece si domandò come avrebbe risposto suo padre. Quale risposta richiedeva il codice del bushidō?

«L'infermità non è una scusa per un samurai» disse infine.

«Ecco,» disse Ichirō «vedi? Dovrei essere io a portare la spada.»

«Ti chiedo scusa, ma credo che tu abbia male interpretato le mie parole» disse Daigoro. «L'infermità non è una scusa, e nostro padre lo sapeva bene quando mi ha lasciato in eredità Vittoria Gloriosa. Ti prego, madre, non mi chiedere di cedere la spada. Se lo farai, non potrò obbedirti. Infermo o no, rispetterò il desiderio di mio padre come meglio potrò.»

La madre annuì con un'espressione meditabonda sul volto, ma Ichirō reagì immediatamente. «Ci sono io alla guida del tuo clan. Lei è tua madre. Stai insinuando che non rinunceresti alla spada nemmeno per obbedire a un nostro esplicito ordine?»

«La terrò finché non verrò colto dalla morte,» disse Daigoro «e anche allora, spero che colui che mi priverà della spada sarà costretto a tagliarmi le dita una per una per prenderla. Nostro padre vorrebbe questo.»

«Vedi, madre? È diventato impudente! Per favore, cerca di farlo tornare alla ragione.»

Per tutta risposta lei bevve un sorso di tè. Poi si toccò i capelli perfetti con un dito. «Non vi è alcun dubbio» disse infine «che fra voi due il più abile con la spada sia Ichirō.»

Ichirō annuì, i suoi occhi brillavano della luce del trionfo. «Non vi è nemmeno alcun dubbio» aggiunse lei «che la spada sia stata lasciata a Daigoro.»

Ichirō affondò sulle sue caviglie con l'aria di uno che era appena stato colpito alle costole e non voleva mostrare il proprio dolore. Daigoro fece del suo meglio per mantenere una certa serenità; un impulso prorompente nel profondo della sua mente gli diceva di chiedere a suo fratello perché non riuscisse a fare altrettanto.

«È mio volere» disse la madre «che la spada di mio marito resti con il samurai migliore. Va oltre le mie capacità poter decretare chi di voi due possa esserlo. Ritengo che entrambi i miei figli siano abili, e non si può chiedere a una madre di scegliere fra loro. Mi dispiace, ma temo che dovrete risolvere la questione tra voi.»

35

Alla fine la calura diminuì, ma per Daigoro l'atmosfera non divenne meno opprimente. Ichirō non gli disse una parola, ma il suo silenzio era talmente rumoroso da assordare. Daigoro indossò le spade, fissò al cavallo castano una sella realizzata appositamente per alloggiare la sua gamba destra rattrappita, e partì alla volta di Kattō-ji.

Il tempio si trovava sulla cima di una scoscesa piramide di rocce nere, il kudzu e altri arbusti spazzati dal vento drappeggiavano il nero coprendolo con un tappeto color smeraldo. Non per la prima volta, Daigoro si chiese se il nome Kattō-ji, Tempio delle Vigne Attorcigliate, derivasse dalla vegetazione rampicante che lo circondava oppure dal fatto che un tempo i monaci vi avevano coltivato delle vigne. Una volta lo aveva domandato a uno di loro, e la risposta era stata: «Le vigne sono vigne, i templi sono templi.»

Giunto più o meno a metà della strada che doveva percorrere per raggiungere il tempio, Daigoro scese cautamente di sella e legò la sua giumenta a un tasso segnato dalle intemperie. Si fermò in uno dei pochi spazi pianeggianti della piccola montagna, mentre il vento scompigliava le foglie e sferzava i suoi vestiti. Sfoderò Vittoria Gloriosa e si mise in guardia.

Tra il vento e il peso della spada, non avrebbe potuto chiedere nulla di meglio per verificare il proprio equilibrio e l'agilità dei suoi piedi. Accompagnato solamente dalla brezza dell'oceano, avanzò e indietreggiò, compì schivate, affondi e contrattacchi. Ogni tanto tentava di brandire la spada con una mano sola per imitare i colpi che suo padre era solito eseguire così facilmente, e dopo ciascuno di quei tentativi Daigoro dovette lottare per mantenere l'equilibrio e la presa sulla spada.

Riusciva a sentire il potere di Vittoria Gloriosa. Gli occorrevano tutti i muscoli per controllarla, perciò dietro a ogni movimento c'era la potenza del suo intero corpo. Si sentiva già più forte del giorno precedente. Era possibile che non fosse l'uomo a rendere potente la spada, ma che fosse la spada a forgiare l'uomo?

«È un'ottima lama.»

La voce giunse dalle sue spalle; il cuore di Daigoro balzò come un pesce all'amo. Si voltò e alzò la spada per affrontare...

Il sacerdote. L'anziano indossava una tonaca di un blu scurissimo, e la sua testa calva brillò alla luce che filtrava tra le foglie del tasso. «Credevo che foste un ladro di cavalli» disse Daigoro.

«Oh, no,» disse il sacerdote «solo un ladro di silenzio. Vi chiedo perdono, non avrei dovuto disturbarvi.»

«Dove state andando?»

Il vecchio sacerdote allungò un dito verso la cima della collina. «A casa.» I suoi occhi caddero di nuovo sulla spada. «È più che ottima» disse. «È un capolavoro. Sono gli occhi di un vecchio che stanno diventando ciechi o quella è una Inazuma?»

«Sì» disse Daigoro con un attimo di esitazione. «Sapete molto sulle spade per essere un uomo che non versa sangue neppure per nutrirsi. Com'è possibile?»

«So molte cose sulla risolutezza. Quella spada è stata forgiata con il massimo della concentrazione. Penso che possa rendersene conto chiunque la osservi. È un'opera d'arte. Ma è troppo grande per voi, credo.»

«Allora non vi intendete solo di spade ma anche di spadaccini. Com'è possibile?»

«So che lottate per mantenervi in equilibrio quando la manovrate» disse il sacerdote. La sua mano, stranamente liscia per un uomo della sua età, batté sul fianco bruno della giumenta di Daigoro. «Sto solo osservando una cosa visibile a tutti.»

«Vedete più di molti altri, oppure il mio equilibrio è peggiore di quanto pensassi.» Dopo un attimo, Daigoro aggiunse: «Suppongo che sarebbe troppo presuntuoso pensare che sia vera la prima opzione.»

«Ah, bene» disse il sacerdote dando al cavallo un ultimo colpo prima di voltarsi per rimettersi in marcia. «È il miglior dubbio che si possa avere.»

«Perché?» Daigoro zoppicò dietro all'anziano, ma si rese subito conto che non sarebbe riuscito a tenere il suo passo, soprattutto su per la collina. «Aspettate! Cosa volete dire?»

«Il vostro è un dubbio della miglior specie» disse il sacerdote da sopra una spalla «perché contiene la sua stessa soluzione. Addio.»

Daigoro trascorse il resto della mattina interrogandosi sul significato di quelle parole. Dapprima pensò che vi fosse un insegnamento buddista celato nel consiglio del sacerdote, ma più ci pensava, più si convinceva che si trattava di una lezione sull'uso delle spade. L'inspiegabile grazia dei movimenti del sacerdote, oltre al fatto che era rimasto a osservare Daigoro per un po' prima di annunciare la propria presenza: si trattava senza alcun dubbio di un uomo che si intendeva di spade. Non aveva alcun senso – i sacerdoti zen facevano voto di non violenza – eppure Daigoro ne era certo.

Tuttavia questa convinzione non era utile a sbrogliare la matassa. A Daigoro pareva solo che il suo problema ne contenesse altri. I suoi movimenti sbilanciati potevano esporre i suoi punti vitali al nemico, e una volta morto non avrebbe più avuto la preoccupazione di dover maneggiare una spada così pesante, ma quella non era certo una soluzione.

Ormai non aveva più il tempo di pensarci. Dalla montagna del Kattō-ji un crinale verde nascondeva alla vista la strada lungo la costa che portava alla tenuta degli Okuma, ma Daigoro riuscì a scorgere della polvere che si sollevava oltre il crinale. Qualcuno stava cavalcando verso casa sua, e stava cavalcando velocemente. Daigoro aveva il vago sospetto di sapere chi potesse essere.

36

Quando raggiunse l'ingresso principale vide un cavallo a lui noto, i cui finimenti erano di un familiare verde scuro simile al muschio asciutto. Daigoro giunse nel cortile appena in tempo per vedere suo fratello colpire la gola di Yasuda Eijun col suo bokken.

Eijun cadde a terra, disarmato, in una nuvola di polvere. Ichirō era fermo davanti a lui con un bokken in ciascuna mano; quello nella sua destra era imbrattato di sangue.

Daigoro condusse il cavallo fra i due combattenti. Maledicendo la sua gamba destra perché lo rallentava, smontò accanto a Eijun per verificare che fosse ancora in vita. Eijun respirava a malapena. Il suo volto era una maschera rossa di sabbia rappresa madida di sangue. Il naso era rotto, le labbra sanguinavano e almeno quattro denti dondolavano liberamente nei loro incavi.

Daigoro guardò suo fratello con sguardo truce. «Era un ingenuo! Non c'era alcun bisogno di combattere!»

«Ha chiesto un duello. Io gliel'ho concesso.»

«Per tutti gli dèi e i demoni, Ichirō, gli hai spezzato i polsi?»

«Dovevo disarmarlo in qualche modo.»

«Dovevi? E poi *hai dovuto* colpirlo alla gola? Quante volte lo *hai dovuto* colpire in faccia?»

Daigoro sondò delicatamente la gola di Eijun, sperando di trovare il canale dell'aria intatto. Si alzò con qualche sforzo. «Sopravvivrà. Perlomeno possiamo essere grati di questo. Per gli dèi, è uno Yasuda, Ichirō. Non potevi batterlo senza mettere in imbarazzo tutto il clan?»

Ichirō fece cadere il bokken che aveva nella mano sinistra. Cadde senza far rumore fra le gocce rosse che colavano dall'altra arma che brandiva. «Forse avresti dovuto essere qui» disse. «Ha detto che era venuto per sfidare la spada di Okuma.»

«Vorrei esserci stato! Avrei potuto convincerlo a desistere, come ho già fatto in passato. Non capisci nulla delle alleanze, Ichirō?»

«Capisco più di te» replicò Ichirō avanzando di un passo e puntando lo sguardo negli occhi di Daigoro. «Questi sono tempi di guerra, fratellino. Toyotomi sta sconfiggendo tutti quelli che tentano di affrontarlo, e noi dovremmo combattere al suo fianco!»

«Non c'è alcun bisogno di combattere. L'ultima azione di nostro padre è stata di trattare con Toyotomi.»

«Sì,» disse Ichirō «ma ora nostro padre è scomparso e bisogna concordare un nuovo trattato. Possiamo negoziare per cercare di arrivare ai livelli più alti del potere, ma non possiamo evitare ogni combattimento che incontriamo sul nostro cammino. Il tuo metodo è debole, Daigoro. Dovremmo accogliere tutti gli avventori e combattere fino al raggiungimento della supremazia!»

«Combatteresti anche contro Toyotomi? L'uomo che ha conquistato tutto lo Shikoku in poche settimane? L'uomo che mette in ginocchio tutti i signori della guerra? Il nostro è un clan piccolo. Se vogliamo sopravvivere alla guerra e mantenere le nostre terre, dobbiamo ricordare chi sono i nostri amici, e tentare di trovarne di più potenti appena possiamo.»

«Ah!» Ichirō indietreggiò e scagliò il suo bokken sul petto indebolito di Eijun. «Faccio scorrere più sangue io con una spada di legno che tu con una Inazuma! Torna al tuo monastero e rasati la testa. Ma ricordati di lasciare la spada qui prima di andartene.»

Daigoro riaccompagnò Eijun alla casa di Yasuda Jinbei viaggiando sullo stesso palanchino che aveva riportato a casa il corpo di suo padre. I più abili guaritori del clan Okuma avevano fatto tutto quello che avevano potuto per Eijun, gli avevano fasciato i polsi per permettere alle ossa di ripararsi e gli avevano rimosso i denti rotti nel modo più indolore possibile. Il ragazzo parlava in maniera strana e con voce roca per via degli effetti combinati del naso rotto, dei denti mancanti e di una gola talmente contusa che presentava delle zone nere. In quelle condizioni gli fu quasi impossibile pronunciare il nome del suo prozio quando ebbero raggiunto la loro destinazione, e sembrava che fosse diventato più ottuso che mai.

Yasuda compì uno sforzo mirabile nel tentare di mascherare quella che probabilmente era una rabbia furiosa. I samurai allineati al suo cospetto furono meno abili: Daigoro li sentiva alle proprie spalle come una lepre deve sentire l'invisibile presenza di una volpe in agguato nell'oscurità di un tronco. Non raccontò l'accaduto e lasciò che lo facesse Eijun, la cui ricostruzione dei fatti lo mise in una luce migliore di quella che si aspettava.

«E allora perché siete venuto, giovane signore Okuma?» La voce di Yasuda tradì un fremito di collera quasi impercettibile.

«Per due volte Eijun-san ha percorso una lunga strada per sfidare Vittoria Gloriosa. Credo che gli spetti l'onore di vederla.»

Daigoro sfoderò la spada dalla sua cintura, ben consapevole dei movimenti che stavano facendo i guerrieri alle sue spalle nelle loro armature. Fatta esclusione per i trasportatori del palanchino, era venuto senza scorta, sapendo benissimo che il suo ritorno non era in alcun modo assicurato. Si mosse con lentezza e precisione nel posare la lunga e pesante arma davanti al nobile Yasuda. «Ritengo che non debba essere un Okuma a mostrargli la lama,» disse Daigoro «ho timore che potrebbe scambiarlo per un altro attacco. Con tutto il mio rispetto, Yasuda-san, speravo che poteste essere voi a portargliela e a fargliela toccare.»

Daigoro sentì i respiri dei samurai alle sue spalle trasformarsi in brevi ansiti di stupore. Nei possedimenti dei Yasuda Vittoria Gloriosa era l'oggetto più rispettato in assoluto. Permettere a un rivale di impugnarla significava concedergli il più grande degli onori.

Yasuda inclinò il capo dai capelli d'argento, impugnò la spada Inazuma e non poté fare a meno di osservarla. Dopo un lungo momento, fece un inchino a Daigoro e poi a Eijun. Eijun prese la spada con la stessa deferenza che una persona avrebbe avuto nel sollevare il primogenito dell'imperatore. Quando la riebbe dalle mani del suo pronipote, il nobile Yasuda ordinò che gli fosse portato un rettangolo di carta bianca per pulire la lama, e poi la rimise nel fodero.

«Ci avete fatto un immenso onore» disse l'anziano samurai a Daigoro. «E soprattutto lo avete fatto mettendo a rischio il vostro stesso onore e anche la vostra vita. Qualsiasi ferita si fosse creata fra le nostre famiglie, tutti noi la consideriamo rimarginata.»

Daigoro fece un inchino, ma l'anziano non aveva ancora concluso. «Il mio pronipote non era pronto a sfidare il casato Okuma e ha pagato a caro prezzo la propria impazienza. Temo che il prezzo che dovrà pagare vostro fratello sarà ancora più alto, Okuma-sama. Ma non dovete pagarlo voi per lui. Manderò dei cavalieri per scortarvi fino a casa, come simbolo della nostra stima. Vi ringrazio per essere venuto.»

Daigoro fece un profondo inchino, si rimpossessò di Vittoria Gloriosa e se ne andò.

37

Yasuda Eijun non sarebbe sicuramente stato l'ultimo degli sfidanti. La fama dell'abilità di Okuma Tetsurō con la spada aveva raggiunto i porti di tutte le isole, e senza dubbio sarebbero arrivati altri uomini per affrontare una delle poche spade Inazuma rimaste.

Lo sfidante successivo arrivò a piedi da Kyoto. Era troppo povero per potersi permettere una traversata in barca, e poiché era partito molti mesi prima, restò costernato quando apprese che l'uomo che era venuto a sfidare era morto. Il suo nome era Katsushima Goemon, e quando sentì la notizia scosse la testa piegata nell'inchino. «Che vergogna» disse. «Un uomo come quello ucciso da un attacco così vigliacco. Che tutti i *barbari del Sud* possano cadere in mare insieme a tutti i loro moschetti.»

Daigoro pensò che Katsushima dovesse avere all'incirca quarant'anni. Aveva delle ampie basette lanose e il suo codino era tutto arruffato, forse per via del lungo viaggio. I suoi abiti marroni erano sbiaditi, i suoi sandali logori. Il primo istinto di Daigoro fu quello di apprezzarlo; la grazia insita in lui era tale che nemmeno la polvere della strada aveva potuto scalfirla. Arrivò con le maniche tirate su e i pantaloni legati sulle ginocchia; in poche parole, giunse pronto per il combattimento. Non si lasciò sopraffare dallo stupore e non sembrava curarsi né delle apparenze né delle comodità. Daigoro pensò che quell'uomo dovesse avere più di un'idea su quale fosse il corretto cammino del bushidō.

«Sì, è morto» disse Ichirō a Katsushima. «Se siete venuto per battervi con un Okuma, vi batterete con me.»

«Ero venuto a sfidare Okuma Tetsurō» disse Katsushima. «Ora mi pare di essere io quello che viene sfidato.»

«D'accordo» disse Ichirō. «Vi sfido qui e ora. Vi farei assaggiare la spada di mio padre, ma mio fratello la pensa diversamente.»

«Legno o ferro,» disse Katsushima «per me non fa alcuna differenza.»

«Fa differenza per me» disse Ichirō. «Preferirei la sfida più vera, quella del ferro contro il ferro, ma mio fratello rifiuta di far vedere la luce del sole alla nostra illustre spada. Con i bokken, dunque, e il primo a cadere perde.»

Katsushima scrollò le spalle, fece un inchino e mise via la sua katana. Ichirō fece altrettanto e Daigoro si preparò ad affrontare un altro motivo di imbarazzo.

L'incontro andò meglio di quello con Yasuda Eijun, ma non di molto. Katsushima era un combattente paziente e per due volte colpì Ichiro alle mani impedendogli di sferrare un attacco possente. Ichirō fece una finta e riuscì a percuotere i polsi di Katsushima con la stessa forza che aveva usato nell'incontro precedente, ma Katsushima non gridò né gettò la sua arma. Alla fine Ichirō si dimostrò il più veloce e riuscì ad avventarsi sul ginocchio di Katsushima. Quando lo sfidante cadde a terra, Ichirō infierì su di lui con un crudele colpo alla spina dorsale.

Katsushima ammise la sconfitta e se ne andò senza proferir parola. Daigoro lo chiamò per offrirgli un pasto e un letto per la notte dopo il lungo viaggio che aveva compiuto, ma Katsushima non si voltò nemmeno.

«Lascialo andare» disse Ichirō. «Mi pare ovvio che non voglia la nostra ospitalità.»

«Puoi biasimarlo?» chiese Daigoro. «Avevi detto che il primo a cadere avrebbe perso, e poi lo hai colpito quando era già a terra. Dove sta l'onore in un gesto del genere?»

«Dov'è l'onore nel combattere con dei giocattoli da bambini? Avresti dovuto permettermi di affrontarlo con Vittoria Gloriosa.»

«Ti lamenti di aver combattuto con un giocattolo da bambini e poi ti comporti come un ragazzino! Quell'uomo ha accettato di combattere con te perché sei il figlio di Okuma Tetsurō! Pensi che Katsushima creda che nostro padre ti abbia insegnato solo a usare la spada? No! Un uomo da suo padre apprende anche le buone maniere, e la virtù, e l'onore, e tu non hai dimostrato nessuno di essi!»

«Stai attento, fratellino...»

Daigoro quasi non lo sentì. «Hai mandato un uomo d'onore a parlare male di nostro padre per tutte le terre! Racconterà che il figlio di Okuma Tetsurō è un imbroglione maleducato che infrange le proprie regole e colpisce un uomo a terra.»

«Dovrei darti uno schiaffo, fratellino. Stai attento a quello che dici.»

Facendo un profondo respiro, Daigoro serrò le labbra e fece un passo tremolante all'indietro. Aveva perso il proprio contegno, e così facendo non si era dimostrato migliore di Ichirō. Ora erano entrambi colpevoli di aver macchiato la memoria del padre. «Starò attento a quel che dico,» disse fra i denti «ma Katsushima Goemon non lo farà. Tornerà a Kyoto a piedi, e in tutti i villaggi che incontrerà si spargeranno i pettegolezzi sulla condotta disonorevole a cui ha assistito qui. La strada di Tokaidō si riempirà di uomini pronti a sfidarti.»

Ichirō fece un sorrisetto. «Lascia che vengano.»

38

«Daigoro,» lo implorò sua madre «ti prego, ripensaci.»

Erano soli davanti alla camera da letto di Daigoro, con la luce della luna che tingeva le assi del pavimento di nero e di blu. Una fresca brezza sollevava i peli degli avambracci di Daigoro e trasportava odore di alghe, sale e foglie di canfora. Le loro rispettive guardie del corpo li osservavano dall'altra parte del cortile, ombre scure coi codini nella luce blu.

«Non posso, madre.»

«Cosa devo fare? Tuo fratello mi chiede di intercedere per lui e tu non mi chiedi niente. Come pensi di apparire a tutti gli altri, se non chiedi nemmeno il mio supporto? Perché non vuoi parlarmi della spada?»

Perché non trascinerò mia madre in una discussione durante il suo periodo di lutto. Perché non dovrebbe esserci nessuna discussione. Perché il volere di nostro padre era chiaro, anche se la ragione della sua decisione resta un mistero per tutti noi. Daigoro avrebbe voluto dirle tutto questo, e tentò di riassumerlo come meglio poté: «Perché lo richiede il bushidō.»

«Ne sei sicuro? Il cammino che hai davanti ti è così chiaro?»

Sì, avrebbe voluto dire Daigoro. Un vero samurai non avrebbe portato discordia nella sua casa per via di una mera proprietà, nemmeno per quella di una spada. Un samurai avrebbe rispettato il volere di suo padre, soprattutto se suo padre era stata l'incarnazione vivente del codice. Ma per la verità non era sicuro di tutto ciò, e probabilmente non lo sarebbe mai stato. Era meglio soddisfare i desideri di un padre morto o quelli di una madre in vita? Chi dei due era meglio scontentare? Non c'era un modo per assecondare entrambi?

E perché Ichirō non seguiva il codice come stava cercando di fare Daigoro? Il codice era forse come la luna, sempre mutevole eppure sempre uguale a sé stessa? Padre, pensò Daigoro, ho bisogno di te più che mai. La tua spada è troppo grande per me. Perché non mi hai lasciato la guida del clan invece della spada?

«Daigoro» disse sua madre, e per un istante lui temette che lei avesse scambiato un silenzio pensieroso per un momento di irascibilità. «Se non dici niente, non mi dai molta scelta. Non costringermi a prendere le parti di tuo fratello. Tutto il clan ti si rivolterà contro.»

«Cos'altro posso fare, madre? Ricordi cosa consigliava mio padre per risolvere un dilemma?»

Un sorriso le percorse il volto sfinito e annuì. «'Quando sei combattuto fra due scelte, scopri qual è la soluzione più semplice e scegli l'altra.'»

«Questo,» disse Daigoro toccandole la spalla «*questo* è quello che voglio: che tu sorrida quando parliamo di lui. Voglio porre fine ai litigi. Ma quante volte ci ha dato quel consiglio? Il bushidō è fatto di [illegible] regole che non devono mai essere infrante, e quando si è nel dubbio su come si dovrebbe agire, la strada più difficile è quasi sempre quella giusta. Non posso chiederti di scegliere tra me e Ichirō, e non posso nemmeno dare la spada a lui. Quelle sono le strade più semplici. Ti prego, non rendere il mio cammino ancora più difficile costringendomi a disobbedire anche a te.»

39

Prima che la luna diventasse di nuovo piena, un flusso continuo di sfidanti aveva iniziato a presentarsi all'ingresso della tenuta degli Okuma. Nonostante Daigoro lo avesse previsto, Ichirō si rifiutava di riconoscergli il merito di una tale perspicacia. E ancora una volta Daigoro si trovò a chiedersi se Vittoria Gloriosa fosse avvolta da una maledizione che induceva i fratelli a separarsi gli uni dagli altri.

Dalla sconfitta di Katsushima Goemon i duelli erano diventati sempre più pieni di livore. Se il combattente di un clan arrivava dicendo di volerlo sfidare con il ferro, Ichirō sosteneva a gran voce di non poterlo fare e poi si prendeva gioco di lui prima di annientarlo. Se lo sfidante veniva per combattere con i bokken, Ichirō lo derideva perché non aveva il coraggio di affrontarlo con una vera lama. Una volta che riusciva a trascinarlo in un combattimento con il ferro, Ichirō menomava il proprio avversario e poi si rifiutava di ucciderlo. Il suo bersaglio preferito era il braccio destro del rivale; più di una volta i servitori furono costretti a spargere della sabbia nuova sul cortile dopo aver rimosso delle dita o degli avambracci. Sembrava che Ichirō iniziasse a nutrire un vero e proprio gusto per il sangue, e nessun ragionamento sensato riusciva a dissuaderlo dal proseguire su quella strada.

Nel frattempo Daigoro non poteva far altro che continuare i suoi allenamenti con Vittoria Gloriosa. Non smetteva di lottare con il suo peso, con la sua incredibile lunghezza e con i colpi ampi. Aveva addirittura cominciato a studiare il modo di combattere degli uomini che sopraggiungevano per sfidare Ichirō, sperando di carpire qualche suggerimento su come riuscire a gestire l'imponenza di Vittoria Gloriosa. Daigoro non aveva ancora trovato il modo di mantenersi in equilibrio, ma la sua capacità di ritrovare rapidamente l'assetto stava migliorando e aveva l'impressione che anche la sua gamba destra stesse diventando più forte.

Un giorno, poco prima del tramonto, la guardia all'ingresso annunciò un visitatore. Ichirō andò in quello che era ormai diventato il suo posto abituale nel cortile, bokken in mano, e rivolse la sua solita occhiataccia a Daigoro e all'enorme spada che pendeva dal suo fianco. Daigoro zoppicò verso l'ingresso, guardò fuori, e restò sconvolto da ciò che vide.

Il palanchino di legno lucido era difficile da intravedere dietro le file di cavalli e di uomini armati. Daigoro non riuscì a scorgere lo stemma goffrato sulla portantina, ma non ne aveva bisogno poiché esso era ben in mostra sulle armature degli oltre quaranta samurai che la circondavano e sui vessilli rossi retti dagli uomini a piedi. Lo stemma del fiore *kiri* era famoso, dato che apparteneva al celeberrimo Toyotomi Hideyoshi, il signore della guerra che stava conquistando una dopo l'altra tutte le isole giapponesi.

Daigoro ordinò che tutte le entrate venissero aperte, e col respiro successivo convocò la guardia d'onore. Lui, Ichirō e la loro madre fecero un profondo inchino quando i portantini abbassarono il palanchino nel centro del cortile. Ne emerse un uomo minuto, con delle vesti dorate e i capelli grigi colorati da alcune ciocche nere. Il suo codino era perfetto e la cima della sua testa attentamente rasata. «Sono Shiramatsu Shōzaemon,» disse «emissario di Sua eminenza, il signore reggente, generale Toyotomi. Sediamoci in un posto fresco dove poter parlare.»

La madre di Daigoro ordinò che venisse immediatamente preparato il tè nella sala principale della tenuta. Shiramatsu si sedette sulla pedana in fondo alla sala, un posto che era stato occupato esclusivamente da Tetsurō. L'emissario era così minuto in confronto all'imponenza fisica del padre, che Daigoro ebbe l'impressione che la sala fosse diventata più grande, o che il proprio posto fosse più lontano del solito. Daigoro e la sua famiglia si misero in ginocchio in riga davanti alla pedana, con la guardia d'onore schierata alle loro spalle, e un selezionato numero di uomini di Toyotomi inginocchiati dietro l'emissario.

«Il grande signore generale manda il suo malcontento» iniziò Shiramatsu senza mostrare il tatto che Daigoro si sarebbe aspettato da un diplomatico. Gli venne subito da chiedersi se la diplomazia diventasse superflua quando qualcuno raggiungeva la levatura conquistata da Toyotomi. Ma poi l'emissario ricominciò a parlare e Daigoro si concentrò sulle sue parole. «Sua eminenza ha portato la pace in questa regione per non doversene più occupare e per poter dedicare la sua attenzione ad altri fronti. Per essere più precisi, aveva sottoscritto un trattato con il signore Okuma Izu-no-kami Tetsurō perché il nobile Okuma era colui che parlava a nome di tutti i clan di Izu. Era una menzogna?»

Daigoro sentì Ichirō esalare un respiro cupo, perlomeno anche lui era stizzito per l'insinuazione che il loro padre fosse ritenuto un bugiardo. Con suo immenso sollievo, fu la madre a parlare per prima. «Non era una menzogna, signore.»

«E gli Okuma parlano ancora a nome dell'Izu?»

«Sì, signore.»

«Allora c'è lealtà qui, dopotutto. Dunque perché, si domanda Sua eminenza, arrivano continuamente notizie riguardanti i migliori spadaccini della regione che a quanto pare vengono colpiti in combattimenti futili?»

«Signore, vengono a sfidare il mio casato» disse Ichirō. «Volete che non consideriamo il nostro onore?»

«Per quanto ne so, non sono gli sfidanti che hanno macchiato il vostro onore. Ma quello che so o che farei io è irrilevante.» L'emissario si lisciò i baffi e la barba. «Sua eminenza il grande signore generale non intende permettere che gli uomini migliori delle sue isole vengano mutilati. Non sapete che i vostri sfidanti giungono da molto lontano? Non sapete che molti di loro vengono da terre che Sua eminenza ha già annesso ai territori sotto il suo comando? Questi uomini sono i suoi samurai, che può chiamare al suo cospetto quando lui lo ritiene opportuno. E un giorno anche voi sarete suoi, quando il grande signore generale unirà l'Izu e il Kantō e tutte le terre del Nord sotto un'unica legge. Voi non dovete sprecare i suoi uomini inutilmente, e di sicuro non dovete creare dei disordini militari tra i clan che il signore considera come un'unica entità. Sua eminenza considera l'Izu come una regione unitaria. È chiaro?»

Tutti quelli che si trovavano dalla parte della sala in cui era Daigoro fecero un profondo inchino. «Ora,» disse l'ometto «ho sentito dire che questi sfidanti vengono per affrontare la spada del vecchio Okuma Tetsurō. Mi è stato detto che si tratta di una spada Inazuma. E mi è stato anche riferito che viene loro continuamente negato questo onore. È così?»

«Sì, signore» disse Ichirō facendo un inchino.

«Sono sicuro di non dovermi disturbare a chiedere il perché.»

Prima che Ichirō potesse rispondere, Daigoro disse: «Perché, signore, non era desiderio di mio padre che mio fratello impugnasse quella spada, ed è mio fratello che affronta gli sfidanti.»

«Ah.» Gli occhi sottili dell'emissario si puntarono su Daigoro. «Voi siete il secondogenito del fu Okuma Tetsurō, non è così? Uno storpio, mi è stato detto.»

«Sono esatte entrambe le cose, signore.»

«Vi manca la determinazione per affrontare quegli sfidanti?»

«No, signore, sono determinato.»

«Ma preferite che sia vostro fratello ad affrontarli?»

«No, signore.» Daigoro si interruppe per un istante. «Signore, non ho alcuna preferenza, se non quella di servire il casato di mio padre. Mio fratello è lo spadaccino migliore della famiglia, ed è per questo che è lui ad affrontare gli sfidanti e non io.»

Shiramatsu si accarezzò i baffi. «Capisco» disse annuendo. «D'ora in poi, se un uomo viene qui per sfidarvi a duello, il grande signore generale Toyotomi esige che si combatta con i bokken. Se lo sfidante insiste per combattere con il ferro, solo la spada Inazuma potrà affrontare la sfida, e il duello sarà combattuto fino alla morte. Il signore generale non vuole che i suoi samurai vengano menomati, né che muoiano per niente: dovete dare loro la cosa per la quale sono venuti. È chiaro?»

Anche questa volta, tutti coloro che si trovavano dalla parte della sala di Daigoro toccarono il pavimento con la fronte. Dopodiché, così improvvisamente com'era arrivato, l'emissario di Toyotomi scomparve.

Subito dopo la partenza dell'emissario, sulla tenuta calò un attonito silenzio. Ichirō andò a letto, lasciando Daigoro solo con la madre a osservare la luna sorgere dalle sagome degli alberi. Rimasero immobili per parecchio tempo prima che Daigoro rompesse il silenzio.

«Nostro padre andava d'accordo con i suoi fratelli?»

Lei contrasse le labbra. «Non particolarmente, presumo. Non li ho praticamente mai visti.»

«Perché no?»

«Tuo nonno era un uomo molto importante. I suoi figli hanno svolto compiti di rilievo per lui in ogni angolo dell'Izu. Poi, dopo la sua morte, il lavoro divenne molto più oneroso. Tuo padre e i suoi fratelli erano tutti diventati degli uomini importanti.»

«Ma quando li hai visti,» disse Daigoro «quando hai visto mio padre insieme ai suoi fratelli, hai notato della tensione fra loro?»

«Oh, non mi sembra» disse lei. «Ma sono venuti qui solo il giorno delle nostre nozze e per la nascita tua e di tuo fratello. In quelle occasioni sarebbe stato particolarmente disdicevole rovinare l'armonia di questa casa.»

«Quindi non sono mai venuti qui se non per delle occasioni speciali?»

Sua madre raccolse i pensieri per un attimo. «Mi pare di no, ora che ci penso. Daigoro, ma perché mi fai tutte queste domande?»

«È possibile» le chiese «che invidiassero mio padre perché aveva ereditato la spada del nonno?»

«Certo che lo invidiavano, ma non credo che dipendesse dalla spada. Tuo padre era stato nominato capo del clan e tuo nonno gli aveva lasciato tutto l'Izu. Chi non lo avrebbe invidiato?»

Un buon samurai non lo avrebbe fatto, pensò Daigoro. Tuttavia non era nella posizione per poter giudicare se i suoi zii fossero stati o meno dei buoni samurai, sapeva così poco di loro. Ma se dava per scontato che avessero intrapreso il cammino con la stessa sicurezza con cui lo aveva percorso suo padre, allora non era stata la guida del clan a infastidirli, e neppure la supremazia sull'Izu. Nonostante le parole di sua madre, Daigoro sospettava ancora della spada.

Libro cinque
Periodo Heisei, anno 22
(2010 d.C.)

40

Fuchida era seduto su una sedia di alluminio dorato e imbottiture beige, il modello più elegante fra le sedie impilabili. Se fosse stato un funerale *wa-shiki* tradizionale, non ci sarebbero state; la gente sarebbe rimasta in piedi oppure si sarebbe inginocchiata. Ci sarebbe stato del legno massello sotto i piedi, o forse addirittura della sporcizia, ma di certo non la moquette. Ma quella era una camera mortuaria in stile occidentale. In teoria la famiglia di Fuchida era buddista, ma dato che il loro tempio si era rifiutato di praticare i servizi di cremazione per un famigerato gangster, le sedie impilabili e la moquette bordeaux erano state una scelta obbligata. A circa due passi da Fuchida, appoggiata su un tappetino berbero color amaranto, c'era la scatola di plastica verde che conteneva le ceneri di suo padre.

La scatola lo aveva sorpreso, anche se non sapeva cosa si sarebbe dovuto aspettare. Un'urna? Non aveva molto senso: da quel giorno in poi nessuno avrebbe mai più visto l'urna dato che suo padre sarebbe stato sepolto nel mausoleo di famiglia. Fuchida non aveva idea di come venissero trasportate solitamente le ceneri umane. Di certo non in un sacchetto del supermercato, ma non si sarebbe mai immaginato neppure una scatola di plastica verde. Sembrava una di quelle cose che si possono usare per nascondere le prese elettriche in un giardino o in un parco pubblico; la scatola era del colore dei soldatini di plastica, il colore degli avvolgitori per i tubi da giardino o delle cassette per gli attrezzi da giardinaggio. Aveva un'aria commerciale. Era troppo piccola, molto più piccola di come se l'era immaginata. Prima di morire suo padre era diventato la metà di quanto fosse quando stava bene, ma un corpo umano era comunque piuttosto grande; Fuchida aveva creduto che il cumulo di cenere che ne derivava fosse molto più ingombrante della scatola che aveva davanti.

La maggior parte degli invitati se n'era già andata, così come quelli che erano venuti a portare i propri ossequi ma non potevano essere considerati ospiti, e se n'erano andati anche quasi tutti gli addetti delle pompe funebri, i ragazzi del catering e il sacerdote scintoista. Fuchida era rimasto seduto a fissare la scatola, con una parte della schiena premuta contro lo schienale della sedia e le mani appoggiate fiaccamente sulla fibbia della cintura. Sentiva delle voci alle sue spalle, attutite, e il sospiro dell'aria condizionata che soffiava da qualche parte sopra e dietro di lui. Sentiva il suo respiro gelido sul collo ma non aveva l'energia per andarsi a sedere da un'altra parte.

Sentì dei passi sulla moquette avvicinarsi e notò del movimento oltre la propria spalla destra. «Shūzō-kun, le mie più sentite condoglianze.»

Era Kamaguchi Ryusuke. La sua zeppola era inconfondibile. Si diceva che qualcuno gli avesse tagliato la lingua a metà durante un combattimento coi coltelli, pugnalandolo attraverso la guancia. Questo era accaduto quando era ancora giovane; ora Kamaguchi aveva una pancia che sembrava un cocomero e doveva tingersi i capelli di nero. Una delle sedie scricchiolò lievemente quando vi appoggiò sopra il proprio peso.

Fuchida non sollevò lo sguardo dalla scatola di plastica verde. «La mia famiglia ti ringrazia» disse.

«Non ti restano molti parenti» disse Kamaguchi. «I tuoi zii sono tutti morti. E tu ora erediti il comando dei Fuchida.»

Era un'affermazione ovvia, eppure divenne un dato di fatto solo quando Kamaguchi Ryusuke la ebbe pronunciata. I Fuchida erano legati al Kamaguchi-gumi e il loro diritto di successione si era sempre basato sulla parentela. «Ti ringrazio,» disse Fuchida «e ti garantisco che farò in modo che la famiglia prosperi anche più di prima.»

«E ora veniamo al dunque» disse il vecchio grassone. «Ci sono arrivate delle voci su delle nuove attività nel mercato della droga. Alcune persone hanno fatto il tuo nome. Ne sai qualcosa?»

Fuchida scrollò le spalle. «No, niente. C'è gente che vende speed nelle zone controllate dai miei uomini, ma io non ci ho niente a che fare.»

«Guardami in faccia» disse Kamaguchi «e dimmi che non c'entri niente.»

Per la prima volta da quando avevano iniziato a parlare, Fuchida distolse lo sguardo dalla piccola scatola verde. Girò la testa e guardò Kamaguchi dritto negli occhi. I capelli neri di Kamaguchi erano arricciati dalla permanente. Una cicatrice senza peli a forma di proiettile spiccava al centro della sua guancia sinistra. I suoi occhi sembravano troppo piccoli, la mascella troppo lunga, e i denti inferiori sbucavano appena sfiorando il labbro superiore. Indossava un completo blu e grigio con una cravatta blu, e un paio di enormi occhiali da sole con la montatura dorata gli pendeva dalla taschina sinistra. A Fuchida venne in mente un cinghiale in abiti eleganti.

«Non c'entro niente con la vendita di droga.» La bugia fu facile, il cuore di Fuchida non aumentò nemmeno le sue pulsazioni. Non le aumentava mai, nemmeno quando mentiva guardando dritto in faccia uno dei boss del Kamaguchi-gumi. L'unico uomo a cui non aveva mai potuto mentire adesso si trovava dentro una scatola di plastica verde ridotto in cenere. «Né nelle mie zone, né da altre parti.»

Kamaguchi annuì, e il grasso che aveva sul collo gli coprì il colletto della camicia. «Bene. Non è il momento di cambiare gli accordi che abbiamo con la polizia, Fuchida-kun. I poliziotti stanno sulle spine fin da quello che è successo un paio d'anni fa con il Kobayashi-kai. Non tollereranno un'altra sparatoria per strada. E la droga porta proiettili, credimi.»

Con un altro interlocutore, Fuchida avrebbe dissentito. Il caos con i Kobayashi era una vecchia storia, e comunque non si era trattato proprio di una sparatoria, più che altro era stata un'esecuzione. A sparare era stata una sola fazione, e tanto meglio se era successo all'ora di pranzo: che la gente di Tokyo ricordasse il motivo per cui doveva temere i ninkyō dantai. L'ultima volta che Fuchida era stato in un *onsen,* nessuno si era nemmeno scomodato a uscire dalla vasca. Lo avrebbero fatto se avesse avuto la spada con sé. Desiderò di averla con sé ora. Persino Kamaguchi Ryusuke ci avrebbe pensato due volte prima di dirgli cosa doveva fare se avesse avuto una lama a portata di mano. Invece la spada era a casa – sua madre ne sarebbe stata imbarazzata, perciò Fuchida non se l'era portata dietro – e così ecco che Kamaguchi si sentiva in diritto di dirgli cosa doveva fare. Lo stesso uomo che gli aveva ordinato di uccidere il suo amico d'infanzia, Endo, tanti anni prima; lo stesso uomo i cui ordini suo padre aveva eseguito per tutta la vita. E anche quella volta un Kamaguchi stava dicendo a un Fuchida cosa doveva fare. Fuchida chinò solo la testa senza preoccuparsi di alzarsi dalla sedia.

«Quindi siamo d'accordo» biascicò Kamaguchi. «Ti assicurerai che non mi arrivino più voci sui tuoi affari nell'acquisto di droga.»

«Senz'altro» disse Fuchida, e lo pensava sinceramente. Sarebbero cadute delle teste per questo.

41

Mariko osservò il rapporto del medico legale con orrore crescente. La prima vittima era un volto noto. Sagamihara Kintarō, conosciuto come 'Saga', era stato il primo arresto che Mariko aveva fatto alla narcotici. Durante il primo week-end in cui aveva lavorato con gli uomini dell'antidroga, lo aveva beccato per possesso di stupefacenti, un'imputazione che sarebbe riuscita a far mettere dentro chiunque avesse i suoi precedenti, e invece lui era riuscito a cavarsela grazie al suo visetto da bambino e all'incredibile incompetenza del procuratore. Ora Saga era morto a diciannove anni, con la gola tagliata in un cortile sotto la Tokyo Tower e le dita mancanti che facevano pensare che avesse sollevato il braccio per difendersi da un'arma molto affilata.

La seconda vittima, un uomo che si chiamava Hitoshi, era probabilmente il fornitore di Saga. Sembrava che fossero stati uccisi nel bel mezzo di una trattativa. Non erano insoliti gli omicidi che avvenivano durante gli scambi di droga, ma questo era particolarmente strano. Di solito succedeva che uno spacciatore ne aggredisse un altro, mentre questa volta le prove suggerivano che le due vittime fossero state avvicinate da un aggressore estraneo con un'arma affilata. I primi appunti della omicidi dicevano che Hitoshi, un ometto corpulento dall'aspetto da rospo, era morto dissanguato a causa di un paio di ferite da lama, una nell'ombelico e una che gli aveva perforato il polmone sinistro dalla schiena.

A Mariko non sembrava possibile, così aveva telefonato al medico legale e gli aveva chiesto di verificare se invece non potesse trattarsi di un unico colpo che lo aveva perforato da parte a parte. Il telefono sulla sua scrivania squillò mentre stava esaminando le fotografie della scena del crimine.

«Oshiro.»

«Detective Oshiro, sono Saigō, il medico legale. Ho parlato con lei poco fa, vero?»

«Sì.»

«Volevo ringraziarla per la birra.»

«Eh?»

«Okada, della omicidi, si trovava qui quando ha chiamato per chiedermi di verificare se si poteva trattare di un unico colpo. È a capo del caso Sagamihara-Hitoshi, no? Be', era stato lui a dire che questo ciccione era stato ucciso da ferite multiple, e ha scommesso una cassa di Kirin che non era assolutamente possibile che si trattasse di un unico colpo. Io gli avevo detto che probabilmente aveva ragione, ma ho accettato comunque la scommessa. Quindi adesso è uscito a comprare una cassa di Kirin.»

«Davvero?»

«Eh già. La ferita ha un unico canale e probabilmente l'arma è entrata dall'addome. Un'intuizione, pazzesca. Come le è venuta?»

«Non lo so» disse Mariko, non volendo accennare a Fuchida. Ko non avrebbe approvato nemmeno quella telefonata, figuriamoci un suo interesse per quegli omicidi. «Non è una prassi standard? Voglio dire, non è normale prendere in esame tutte le possibilità?»

«Sì, può darsi, ma Okada e il suo partner sono nella omicidi da tipo dieci anni, e nessuno dei due ci aveva pensato. Quindi, insomma, grazie per le birre.»

Mariko si mise a ridere. «Non c'è di che. Me ne tenga un paio da parte.»

«Ah. Mmm... Be', le metto nel frigorifero appena arrivano.»

«Eh?»

«Ehm, sì, il frigorifero, dove teniamo i cadaveri.»

«Certo. Terrò presente l'offerta. Grazie, dottor Saigō.»

Mariko riagganciò la cornetta senza capire come si sentiva esattamente. Surclassare gli uomini della omicidi era stato eccitante, ma se si fosse sparsa la voce, Ko le si sarebbe avventato contro. Ko avrebbe detto che quegli omicidi non avevano nulla a che vedere col tentativo di furto della spada che le era stato assegnato, e Mariko non avrebbe saputo come controbattere. Perché Fuchida avrebbe dovuto assalire due spacciatori? Se c'era una qualche connessione con la spada di Yamada, Mariko non riusciva ancora a vederla. La sua congettura più attendibile era che si potesse trattare di una guerra per il territorio. Se era così, allora perlomeno aveva scoperto che la Tokyo Tower era nel territorio di Fuchida. Quello sarebbe stato il primo indizio sui suoi giri, e Mariko aveva dedicato troppe ore alla ricerca di quest'uomo per restare a mani vuote.

La mancanza di progressi nel caso Fuchida la frustrava moltissimo. La sua violenza insensata le faceva venire voglia di raddoppiare i propri sforzi, ma aveva troppo poco su cui basarsi. Tutte le informazioni che l'unità investigativa preposta ai *bōryokudan* aveva su Fuchida erano datate e inutili; quell'uomo non si trovava faccia a faccia con un poliziotto da più di dieci anni. Non compariva in nessun rapporto della polizia di Yokohama, né in nessuno dei fascicoli dei distretti delle città limitrofe che era riuscita a esaminare.

Aveva trovato alcuni casi collegati al padre di Fuchida, nessuno dei quali aveva a che fare con la droga, e a quanto pareva la famiglia di Fuchida vendeva merce rubata per conto del Kamaguchi-gumi fin dal 1960 e si occupava delle esecuzioni quando i Kamaguchi non volevano usare i propri uomini. Fuchida senior sembrava avere la stessa abilità del figlio nell'eludere la legge: non metteva piede in un tribunale da più di trent'anni, e anche allora si era dimostrato più abile dei suoi accusatori. Aveva ottenuto quattro assoluzioni in quattro anni, e ogni volta un testimone chiave era scomparso poco prima di lasciare la propria deposizione ufficiale. Dopo quegli episodi il vecchio era completamente scomparso dal sistema giudiziario.

Quando aveva letto della morte di Fuchida senior Mariko aveva maledetto la propria sfortuna. Non avrebbe potuto sperare in un'occasione migliore del funerale del padre del suo principale indiziato per trovare quest'ultimo, ma aveva saputo della cerimonia solo dopo che c'era già stata. Non era stato pubblicato nessun necrologio; aveva appreso che l'uomo era deceduto solo perché qualcuno che si occupava delle assicurazioni sanitarie le aveva girato per sbaglio il suo certificato di morte. Il fatto di essersi persa il funerale la riempiva di sensi di colpa. Fuchida non aveva commemorato suo padre uscendo e sballandosi come avrebbero fatto gli altri gangster. Aveva invece ammazzato due spacciatori senza ragioni apparenti. Senza prove concrete, al funerale Mariko non avrebbe potuto fare nulla a parte scattare delle fotografie, ciononostante il senso di colpa la stava consumando, e più di una volta si ritrovò a scervellarsi per capire come avrebbe potuto evitare che il povero Saga con la sua faccia da bambino venisse sgozzato a soli diciannove anni.

Su Google non c'era traccia di Fuchida Shūzō. Non pagava tasse e non aveva mai beneficiato di un'assicurazione sanitaria. Aveva pagato in contanti l'iscrizione alla Tōdai. Non era mai stata acquistata una macchina a suo nome, e la stessa cosa poteva dirsi di viaggi aerei, case, appartamenti, condomini, negozi o terreni edificabili. A suo nome non risultavano nessun conto in banca, nessuna casella postale, nessuna linea telefonica o cellulare. A parte quei vecchi documenti della polizia, Mariko non aveva trovato neanche uno scontrino che fosse riconducibile a lui.

Mariko sapeva che non sarebbe mai tornata a occuparsi dei casi della narcotici finché non si fosse lasciata alle spalle quello della spada del dottor Yamada, e questa, naturalmente, era la ragione per cui il tenente Ko glielo aveva affidato. Ko non poteva sapere che Fuchida fosse un ninja dell'elettronica, maestro dell'arte dell'invisibilità burocratica, ma sapeva perfettamente che i reati contro la proprietà come quello avvenuto ai danni di Yamada erano quasi sempre impossibili da risolvere. Il tempo passava rapidamente, il suo periodo di prova alla narcotici si stava esaurendo, e se per la fine dell'anno non fosse riuscita ad arrestare abbastanza sospettati, Ko avrebbe avuto tutto il diritto di respingere la sua domanda di trasferimento.

Se al mondo ci fosse stata una qualche giustizia, se non fosse riuscita a rintracciare Fuchida, almeno sarebbe riuscita a trovare Saori. Ma non c'era nessuna giustizia, e nemmeno fortuna, e Saori era ancora un fantasma. La loro madre era un fascio di nervi, e poiché non aveva nessun altro da chiamare, si sfogava esclusivamente su Mariko. Occuparsi dello stress di sua madre la privava di qualsiasi energia con cui superare il proprio.

Per l'ennesima volta Mariko desiderò di essere di nuovo all'accademia: quello era stato l'unico periodo della sua vita in cui ogni giorno aveva avuto l'opportunità di bastonare qualcosa con un manganello. Lo ricordava con piacere, il fremito gratificante che scuoteva il bastone e si irradiava su per le ossa del suo braccio. Sapeva fin troppo bene che l'unica cosa da fare era presentarsi a casa del dottor Yamada per cominciare una nuova fase di allenamenti di combattimento. Ma questo avrebbe voluto dire imbarcarsi in un altro discorso sulla magia e il destino e tutte quelle altre stronzate, e Yamada le piaceva troppo per potersi permettere di dirgli di chiudere il becco.

Alla fine furono le minuzie a farle saltare definitivamente i nervi. Tre minuti dopo la telefonata con il dottor Saigō, il computer della sua postazione si bloccò. Era fastidioso, ma gestibile: lasciando le fotografie della faccia da bambino di Saga sulla scrivania, cercò di telefonare all'unità che si occupava dei bōryokudan dall'altra parte della città per chiedere loro se sapevano chi controllava il territorio attorno alla Tokyo Tower. Non appena risposero, la comunicazione si interruppe. Allora le venne in mente la riunione di quella mattina: un gruppo di esperti informatici avrebbe finalmente convertito la connessione ADSL in fibra ottica, perciò le linee avrebbero avuto dei problemi per tutta la giornata.

Anche questo era fastidioso ma gestibile. Pensò che una camminata avrebbe potuto aiutarla a smorzare lo stress, così andò a prendere la metropolitana per raggiungere l'unità preposta ai bōryokudan. Ci volevano due treni diversi per raggiungerla, ed entrambe le volte si ritrovò a correre verso il binario solo per osservare le porte che le si chiudevano davanti. Sentì la pressione sanguigna aumentare mentre telefonava al suo contatto nell'unità anti-bōryokudan per dirgli che sarebbe arrivata tardi... per pregarlo di fermarsi qualche minuto oltre la fine del turno. Ma un messaggio automatico la informò che il suo telefono non era più attivo.

«Perfetto» disse fra sé e sé. Era un casino informatico, abbastanza facile da risolvere se solo fosse riuscita a chiamare la compagnia telefonica Docomo. Ma quello era il suo unico cellulare e non poteva tornare al distretto solo per fare quella chiamata. Anche se gli informatici avessero già finito, Ko aveva proibito le telefonate personali sul lavoro. Anche i problemi di una maledetta compagnia telefonica non facevano che ricordarle quanto il suo comandante le desse sui nervi.

Non aveva voglia di arrivare fino al distretto dell'unità anti-bōryokudan solo per scoprire che il suo contatto se n'era già andato a casa, e non aveva nemmeno voglia di tornare indietro e cercare di lavorare con un computer suscettibile e una connessione che andava e veniva. «Fanculo» disse in inglese. Decise di salire sul primo treno, ovunque fosse diretto, e di sedersi per qualche minuto per cercare di calmare il suo battito cardiaco.

Il primo treno che passò era diretto a Machida. Il quartiere di Yamada. Destino.

Fu così che si ritrovò a respirare l'aria fresca del cortile di Yamada, cercando di godersela, di lasciare tutto il resto del mondo fuori dalla sua mente. Le sue dita erano saldamente strette attorno all'impugnatura della pesantissima spada Inazuma, e vi si sentivano stranamente a proprio agio. I suoi piedi erano affondati nell'erba fredda. Un'alta staccionata di legno la circondava su tre lati, e sul quarto aveva il muro posteriore della casa. La staccionata era del colore del tè al latte e in alcuni punti era ricoperta di clematidi e felci rampicanti. Alle sue spalle si ergeva un pergolato ad arco in legno, quasi invisibile sotto il lussureggiante glicine che restava sospeso a mezz'aria, simile a nubi bianche in un immacolato cielo estivo.

«Spalle in linea con i fianchi» disse Yamada. Era seduto su una panchina di pietra che si trovava tra alcune specie di crisantemi diverse da quella che cresceva lungo la facciata della casa. Quella era rosa, mentre queste erano bianche. «Fissa il peso.»

«Se lo dice lei» disse Mariko. Non vedeva come il suo peso potesse non essere fissato. Cos'altro avrebbe potuto fare, galleggiare?

«La risposta corretta è 'sì, *sensei*'. Se ti vuoi allenare, fallo seriamente.»

Ma io non mi voglio allenare, rispose una parte del cervello di Mariko. E invece eccoti qui, disse un'altra parte, fai come ti dice.

«Meglio» disse Yamada. Si alzò in piedi, sfoderò la spada che fino a quel momento aveva tenuto in grembo – in casa dell'anziano c'era una specie di arsenale – e si posizionò di fronte a lei. Lei imitò specularmente la sua postura, dopodiché scimmiottò i suoi movimenti mentre lui le mostrava il primo esercizio. Passo e colpo, passo e colpo, avanti e indietro, ancora e ancora. Dopo dieci minuti le cosce le urlavano di dolore tanto quanto le braccia, e le costole contuse sembravano essersi trasformate in carboni ardenti.

«Questa spada è troppo grande per me» disse guardando la lama più corta che Yamada impugnava così agevolmente.

«Quella spada è troppo grande per chiunque.»

«Allora mi lasci usare la sua.»

Yamada schioccò la lingua.

«*Sensei*» aggiunse lei rapidamente.

«Le spade non sono come le scarpe: non ci si deve stare dentro. Sei tu che ti devi abituare all'arma. Di nuovo.» E le fece ripetere l'esercizio.

«Imprecisa» disse Yamada osservandola.

Ho le braccia stanchissime, pensò Mariko, che cosa si aspetta? Ma non disse nulla.

«Sempre più imprecisa» disse lui. «La stai solo facendo dondolare adesso.»

Questa volta per poco non disse quello che aveva pensato. Si ritrovò a bocca aperta, ma si limitò a fare un respiro affannoso e a evitare il suo sguardo. Se lo avesse guardato, avrebbe rischiato di spedire il colpo successivo sulla sua testa ispida.

«Dov'è la tua concentrazione? Se sei qui solo per farmi perdere tempo, preferirei che andassi in giro a cercare tua sorella.»

Mariko fermò la spada a mezz'aria, stringendo i pugni con più forza per la rabbia. Voleva fare un buco nella staccionata. Voleva tirare giù il pergolato ad arco e infierire sui suoi resti.

«Perfetto!»

Mariko gli lanciò un'occhiata obliqua. «Perfetto!» disse di nuovo. «Questa è l'energia che ti serve. Però senza la collera. Potere, ma con concentrazione. Capito?»

Lei fece una risata ironica. «Non capisco nemmeno *perché* sto facendo questa cosa, figuriamoci se capisco *come* farla.» Le sue spalle si incurvarono, la spada era ridiventata pesante nelle sue mani doloranti.

Yamada le si avvicinò abbastanza da posarle i polpastrelli sulla spalla. «Hai idea di quello che hai appena fatto? Hai controllato il peso di Vittoria Gloriosa Indesiderata. Ti sei fermata a metà di un colpo, e anche in quella posizione eri comunque pronta ad attaccare. Hai pensato di attaccare me, non è così?»

Mariko era certa che le sue guance sarebbero avvampate se non fossero state già rosse e imperlate di sudore. «In realtà» disse «questa volta ho immaginato di uccidere il suo pergolato. A uccidere lei ci avevo pensato prima.»

Yamada scoppiò a ridere e Mariko fece altrettanto. «Bene,» disse l'uomo «stai sfogando tutta la tensione che hai dentro. Ne hai un sacco, sai.»

«Il lavoro. Saori. Le solite cose.»

«È piacevole lasciarla andare, no?»

Mariko lasciò che la sua mente vagabondasse per il suo corpo. Qualsiasi punto sfiorasse – gli stinchi, le cosce, i gomiti, il collo – vi trovava del dolore, ma non un tipo di dolore che faceva male. Era come la lingua che esplora il buco lasciato da un dente mancante, strano ma gratificante. L'idea di un tipo di dolore gratificante non aveva molto senso, ma era così. A ogni modo, Yamada aveva ragione: la tensione causata dalla scomparsa di Saori si era dissolta, anche se solo per un momento.

Si diresse verso la panchina sulla quale era appoggiato il fodero della spada e rinfoderò la lama. Yamada la raggiunse non appena si mise a sedere. «La spada ha un nome» disse lei. «Vittoria Gloriosa Indesiderata. Anche questa ha una storia?»

«Sì.»

«Mi piace come racconta le storie. E mi piacerebbe ascoltarne una per distrarmi da tutti i miei pensieri.»

Yamada strizzò gli occhi e si accigliò. «È troppo presto perché tu possa usare la spada come distrazione. Prima voglio che tu riesca a concentrarti. Ti prometto che ti racconterò anche questa storia, ma solo dopo che la spada sarà diventata parte di te.»

«Mi chiedevo... ah, non posso credere di chiederle una cosa del genere. Sensei, crede che questa spada sia stregata?»

«Mmm. Non è una domanda facile. Cosa te lo fa pensare?»

«Perché mi sembra che si comporti in maniera diversa a seconda di chi la impugna.»

Le sopracciglia bianche di Yamada si sollevarono. «Questa è un'osservazione interessante. Com'è possibile che tu te ne sia già resa conto?»

«Quando l'ho vista combattere con questa spada, la teneva con la stessa facilità con cui io tengo un telecomando. Ma quando la sollevo io, l'unica cosa che riesco a fare è tenerla puntata verso la sua gola come mi ha insegnato. Non sono una pappamolle, sensei. Mi tengo in forma. E a parte questo, ho sessant'anni in meno di lei.»

«La solita signorina educata, detective Oshiro.»

Mariko deglutì. «Scusi. Ma ha capito cosa voglio dire, no? Perché per me è così difficile mentre per lei è così facile?»

«Perché ho sessant'anni più di te. Il tuo corpo è più forte del mio, Oshiro-san, ma i miei muscoli non conoscono altro che l'arte della spada. Ce l'ho nel sangue. Ma rincuorati, hai molte potenzialità.»

«Be', almeno questo va per il verso giusto.»

Yamada fece schioccare la lingua. «Presumo che tu non abbia ancora trovato Fuchida-san.»

Mariko scrollò le spalle. Quel movimento le conficcò delle dita di dolore nei muscoli attorno al collo. «Nessun indirizzo, nessun telefono. Ha la fedina penale sporca ma niente di recente. Questo tipo si nasconde troppo bene anche per gli standard dei criminali.»

«Capisco. E i tuoi amici malviventi? Ci hai parlato?»

«Sì. Conoscono il nome Fuchida, ma non hanno mai sentito parlare di un Fuchida Shūzō. Il fatto è che, secondo me, questo è un motivo in più per pensare che faccia parte della yakuza.»

«Ah sì?»

«Assolutamente. Tanto per cominciare, per il tipo di lavoro di cui si occupa la sua famiglia. Ma soprattutto per il modo in cui questi tizi parlano di lui. Se potessero si vanterebbero di conoscere tutte le sue mosse, ma dato che non possono farlo, si vantano del fatto di essere troppo importanti per occuparsi di un pesce piccolo come lui. Il che mi fa pensare che sia uno di loro.»

«E questo a cosa ti porta?»

«A un comandante idiota. Sappiamo cosa vuole Fuchida, e sappiamo anche dove si trova la cosa che vuole. Il minimo che potremmo fare sarebbe mettere sotto sorveglianza casa sua e aspettare che sia lui a venire. Ma se il mio tenente avesse un minimo di cervello, farebbe partire un'imponente caccia all'uomo. Questa città ha più videocamere di sicurezza che lampioni. Ci servirebbero occhi dappertutto. E ci servirebbero dei poliziotti che perlustrassero la città, guardando in tutti gli angoli in cui non arrivano le telecamere.»

«E pensi che Fuchida-san cadrebbe in questa specie di rete?»

«Be', di sicuro avremmo più chance di prenderlo così... non credo che sarebbe molto furbo da parte nostra stare fermi sperando che si costituisca.» Mariko si diede un pugno sul palmo, provocando un dolore lancinante alle sue costole. Era l'ennesimo motivo di frustrazione. Senza riuscire a eliminare l'emozione dalla propria voce, disse: «Glielo giuro, sensei, l'ultima cosa che voglio è diventare una burocrate, ma ogni tanto mi piacerebbe fare il tenente, anche solo per un giorno, per mostrargli come si fa. Posso prenderlo, questo tipo, sa? Avrei solo bisogno che il mio capo si levasse dalle palle.»

Yamada strinse le labbra rugose, scavando ancora di più le

linee sul suo volto. «C'è un vecchio detto dei soldati: 'Si può sempre contare sul fatto che un comandante farà quello che c'è da fare, non appena tutte le alternative possibili saranno state scartate.'»

Mariko rise, e rise di gusto. Le costole la morsero a ogni risatina – doveva assolutamente andarsi a fare una lastra il prima possibile – e rise anche di quello. Niente di tutto ciò era così divertente da scatenare una risata così grossa, ma era esausta e sua sorella era scomparsa e il mondo era senza speranza, e non c'era nient'altro da fare che ridere.

Stava ancora sghignazzando, piegata in avanti con i capelli che le sfioravano le ginocchia, quando sentì che Yamada aveva ricominciato a parlare. «Diventerai una brava spadaccina, detective Oshiro. Vedremo cosa possiamo fare con questo tuo comandante.»

42

Quando le arrivò la chiamata Mariko stava inserendo gli aggiornamenti nel file del caso Yamada. «Oshiro,» disse la voce del tenente Ko attraverso il microfono sulla sua scrivania «venga qui.»

Spinse 'Salva' e abbandonò il proprio lavoro. Le stava già venendo un fastidioso mal di testa, e non aveva ancora messo piede nell'ufficio di Ko. Quello era il secondo giorno di fila che arrivava al distretto per scoprire che Fuchida aveva ucciso di nuovo. Era inquietante essere l'unica a sapere quali fossero le sue vere intenzioni. Si sentiva come se lui la stesse osservando, come se uccidesse solo per farle trovare delle nuove fotografie sulla scrivania ogni mattina.

«Cosa stava facendo?» le chiese Ko appena aprì la porta.

«Stavo leggendo di un altro caso di omicidio legato alla droga, signore. Ieri notte qualcuno ha sventrato uno spacciatore dietro la stazione di Shinjuku, e non con un coltello. Sembra si tratti di un altro omicidio perpetrato con una spada.»

«È nella scientifica adesso?»

«No, signore. Ma la ferita è una sola, e ha aperto la pancia della vittima come una pignatta. Il medico legale dice che la lama è penetrata ad alcuni millimetri dalla colonna vertebrale. È impossibile che un uomo adulto sia stato tagliato quasi a metà da un coltello da cucina, e in un solo colpo.»

Ko si accigliò, e poi si accese una sigaretta dal mozzicone di quella che stava per spegnere. «E questo si ricollega al caso Yamada? In che modo?»

«Quanti assassini armati di spada possono mai esserci, anche in una città grande come Tokyo? Ho delle prove che collegano il caso Yamada a un omicidio avvenuto due settimane fa a Yokohama, e...»

«Basta così.» Ko pugnalò a morte la sigaretta nel posacenere. «È troppo. Prima pretende che la trasferisca alla narcotici, poi cerca di legare il suo caso di furto a ogni omicidio avvenuto nell'arco di cento chilometri. E ora, ora mi fa arrivare sulla scrivania una richiesta per una caccia all'uomo su tutta la provincia? Vuole che le metta a disposizione metà degli uomini del dipartimento per un semplice caso di tentato furto?»

«Con tutto il dovuto rispetto,» disse Mariko «questo caso non è assolutamente semplice. A Tokyo c'è una media di mille omicidi all'anno, giusto? Tre o quattro al giorno? Nel giro degli ultimi due giorni sono stati uccisi tre spacciatori con un identico modus operandi – lo stesso dell'omicidio Kurihara, tra parentesi – per non citare i tre decessi che ci sono stati a seguito dell'irruzione in casa del dottor Yamada. Ci sono sei vittime, sei, e tutte riconducibili a un unico caso...»

«*Se*, Oshiro. Un unico caso *se* tutto questo non si potesse semplicemente ricondurre alle sue manie di grandezza. Quale sarebbe il presunto collegamento tra il caso Yamada e questi spacciatori?»

«Non l'ho ancora scoperto, signore. Ma se avesse letto i miei rapporti avrebbe visto il collegamento tra Yamada e il caso Kurihara. Mi aveva mandato a casa di Yamada per seguire il tentativo di furto della spada, no? Be', era stata proprio Kurihara-san a vendere la spada a Yamada. E ora viene uccisa nello stesso identico modo in cui vengono uccisi tutti questi spacciatori, e per giunta proprio da una spada. Andiamo, signore, non può non vedere il collegamento.»

«Al massimo vedo delle prove indiziarie» disse Ko attraverso una coltre di fumo. «Una teoria del complotto molto arzigogolata. E li ho letti, i suoi rapporti, tra parentesi. Cosa sono tutte queste sciocchezze su un presunto legame con la yakuza?»

«Signore, l'ho vista parlare con l'uomo di Fuchida la notte che l'ho portato dentro. Quel ragazzone grande e grosso, ricorda? Mi vuole far credere che quello non sia uno yakuza?»

Ko si sistemò gli enormi occhiali sul naso e fece un tiro dalla sigaretta. «Non so chi sia. Quel che so è che farsi dei tatuaggi non lo trasforma in un uomo della yakuza, e so anche che era in custodia cautelare quando sono avvenuti gli omicidi degli spacciatori che la preoccupano tanto. Perciò il ciccione non è un sospettato.»

«Non ho mai detto che lo fosse, signore. Si tratta di Fuchida...»

«Oshiro, le ordino di smetterla immediatamente con tutte queste stronzate cospirazioniste. Sono stato chiaro?»

A Mariko bruciarono gli occhi per il fumo della sigaretta. Sapeva già che la sua giacca e la sua camicia avrebbero puzzato di fumo per un pezzo, e detestava doversi portare addosso delle tracce di Ko per tutta la giornata.

Ko si accigliò ancora di più. «Allora, Oshiro? Sono stato chiaro?»

«Signore,» disse nella maniera più calma che le riuscì «non ho capito bene oppure mi sta dando il preciso ordine di non investigare su una probabile attività dei bōryokudan?»

Ko fece un ghigno. Era un'espressione mostruosa, ma Mariko non avrebbe saputo dire se fossero le labbra grasse e gli occhietti minuscoli a renderla così raccapricciante, oppure se bisognava conoscere il suo arido cuore nero per esserne raggelati così com'era lei in quel momento. «Bene, Oshiro,» disse con un tono macabro quanto il suo sorriso «alla fine siamo riusciti a capirci.»

«Non ne sono sicura, signore. Non è illegale ordinarmi di non indagare sul crimine organizzato?»

Ko schiacciò la sigaretta come un insetto. Sforzandosi di sorridere, disse: «Non metterebbe mai in discussione i miei ordini, vero? Potrebbe rappresentare una motivazione per far partire un'azione disciplinare.»

A denti stretti, Mariko disse: «No, signore.»

«Bene. Sarebbe un peccato spegnere le sue speranze di trasferimento alla narcotici prima ancora che abbia finito il suo periodo di prova. Questo genere di cose non è d'aiuto alla carriera di un poliziotto. Adesso ci capiamo, non è così?»

Mariko trattenne un ringhio. «Sì. Signore.»

«Benissimo. Quindi suppongo che si dimenticherà del progetto di organizzare una caccia all'uomo per tutta la città per trovare questo suo sospettato. E naturalmente mi aspetto di non sentire più nulla su tutte queste fantasie riguardo a un coinvolgimento della yakuza. La prossima volta che si presenta qui solo con delle prove indiziarie...»

Il telefono lo interruppe. Era il suo cellulare, non il telefono sulla scrivania – la suoneria, stranamente, era una canzone dei Thee Michelle Gun Elephant, il genere di canzone che Mariko si sarebbe aspettata di sentire al cellulare di Saori – e Ko aveva posto un divieto assoluto sulle chiamate personali durante gli incontri ufficiali. Aprì comunque il telefono. «Sì?» disse.

Mariko osservò le sue sopracciglia alzarsi fin quasi all'attaccatura dei capelli. Ko osservò il telefono: se fosse per verificare l'identità dell'interlocutore oppure per verificare l'esistenza del telefono stesso, Mariko non riuscì a capirlo. Il volto dell'uomo ebbe un cedimento. Fece per avvicinarsi la sigaretta alle labbra, ma poi si fermò a metà strada, come se la persona dall'altra parte della linea lo avesse rimproverato per il fumo.

«Sì, signore» disse. E poi: «Capisco, signore.» E infine: «Certo, signore, me ne occupo subito.» Dopodiché richiuse il cellulare e se lo infilò nella tasca dei pantaloni.

«Dovrebbe sapere» le disse il tenente Ko «che normalmente non è saggio fare una richiesta che scavalca un superiore. Politicamente, intendo. Cose di questo tipo tendono a precludere le possibili promozioni, sa cosa voglio dire.»

«Signore, non ho idea di cosa stia parlando» disse Mariko, sinceramente interdetta.

«Davvero?» Ko si accigliò, i suoi occhi si strinsero. «Be', allora diciamo che ho cambiato idea. Questo caso Yamada su cui sta lavorando, quanto ha detto che può valere la spada?»

«Non l'ho detto. Ma il dottor Yamada dice che a un'asta internazionale si potrebbe arrivare oltre i cinque milioni di dollari.»

Ko sbatté le palpebre.

«Signore» aggiunse lei.

«Ma certo. Il mio ripensamento mi dice che un tesoro nazionale di questo genere merita una maggiore attenzione da parte del dipartimento. Sono autorizzato a impiegare tutte le risorse di cui ha bisogno per prendere il suo ladro, Oshiro.»

Mariko lo guardò esterrefatta. Alla fine disse: «Vuole... vuole che conduca io la caccia all'uomo?»

«Non esageri. La caccia all'uomo è eccessiva. Le basterà un piantonamento. La casa di Yamada, i posti che frequenta il sospettato, quello che crede.»

Non era abbastanza, pensò Mariko, ma era dieci volte più di quello che si sarebbe aspettata da lui. «E avrò io il comando, signore?»

Ko era furioso. Il fumo della sigaretta sembrava provenire dal suo corpo, come se fosse stato un vulcano sul punto di eruttare. «Si aspetta che faccia io il lavoro al posto suo? Risolva il caso, Oshiro, e in fretta.»

Mariko non sarebbe stata più sorpresa nemmeno se al tenente Ko fossero spuntate le ali e fosse volato fuori dalla finestra. Non era riuscito a dirlo ad alta voce, ma a Mariko non importava: le aveva affidato il comando di un'operazione importante.

Pensò addirittura di ringraziarlo, ma poi si trattenne: non poteva essere dipeso da Ko. Qualcuno lo aveva indotto a farlo. Le sarebbe piaciuto prendergli il cellulare per vedere chi lo aveva chiamato.

Poi si rese conto che non aveva bisogno di guardare il telefono. Sapeva a chi poterlo chiedere. «Mi metto subito al lavoro, signore» disse, poi uscì dalla stanza fumosa con un'andatura piena di determinazione.

43

Mariko udì il rumore del martello molto prima di raggiungere la casa di Yamada. Aveva i piedi doloranti – non si sarebbe messa mai più quelle scarpe al lavoro – e il rumore dell'utensile era una distrazione assurdamente piacevole.

Quando svoltò l'angolo infilandosi nella strada di Yamada, vide la squadra di muratori e la parete di cemento sulla quale stavano lavorando. L'ultima volta che lo aveva visto, quel muro aveva una voragine della grandezza di una macchina... più precisamente, della grandezza della Mercedes che aveva creato il buco. Quello era il punto in cui era morto l'assalitore di Yamada, che probabilmente aveva iniziato a perdere i sensi ben prima dell'impatto, seduto in una calda chiazza del suo stesso sangue. Ora il buco nel muro era diventato ancora più largo, e si espandeva sempre di più mano a mano che gli uomini ci lavoravano sopra.

Mariko non avrebbe saputo dire quale fosse il poliziotto fra i muratori. Era positivo. Di certo non era l'uomo col martello, che era troppo impegnato nel proprio lavoro per tenere d'occhio la casa. In quel momento c'erano quattro uomini che lavoravano al muro, tre dei quali stavano oziando, e fra questi tre ce n'era uno che non doveva fare nulla se non tenere sotto controllo la casa di Yamada. Tutti e quattro avevano il preciso ordine di prolungare i lavori il più a lungo possibile. Mariko non avrebbe potuto trovare una scusa migliore per riuscire a posizionare un uomo esattamente di fronte alla casa. Aveva deciso di lasciarlo lì finché i muratori fossero riusciti a tirare il lavoro per le lunghe.

Un altro uomo si trovava nella Toyota Grand Saloon parcheggiata a venti metri dalla casa di Yamada, e a quanto pareva anche il poliziotto al suo interno stava facendo un buon lavoro, dato che il veicolo sembrava vuoto. Quelle strette strade residenziali non erano adatte a ospitare un furgoncino, che sarebbe stato troppo evidente; persino la Grand Saloon restringeva la carreggiata rallentando il traffico. I vicini avrebbero potuto lamentarsene; Mariko avrebbe dovuto trovare un altro posto in cui posizionare quel paio di occhi.

Era strano che in una strada moderna non ci fosse posto per un furgone, ma dopo i bombardamenti Tokyo era stata ricostruita esattamente com'era in precedenza. Mariko ricordava di aver pensato che fosse una stranezza anche quando aveva studiato quell'evento alle superiori. Anche Chicago era stata bruciata fino alle fondamenta, ma lì prima della ricostruzione avevano studiato un nuovo piano urbanistico. La nuova città era cresciuta basandosi su un tracciato a forma di griglia, mentre le strade dei quartieri di Tokyo sembravano nidi di serpenti aggrovigliati.

In effetti la gente di quel quartiere viveva in una sorta di rappresentazione tridimensionale dell'attaccamento al passato tipico dei giapponesi. C'erano giorni in cui Mariko adorava quell'impronta di tradizionalismo, e altri in cui non la sopportava. I retaggi culturali che consentivano al tenente Ko di essere un coglione sessista erano gli stessi che avevano permesso a un'arte marziale basata sull'uso della spada di arrivare fino al XXI secolo, nonostante fossero ormai passate centinaia di anni dall'ultima volta in cui una spada aveva avuto un qualche utilizzo.

Qualsiasi fosse il suo pensiero sul tradizionalismo, Mariko sapeva che avrebbe dovuto trovare una soluzione migliore rispetto a quel furgone. A ogni modo, disse del furgoncino al dottor Yamada non appena si furono salutati. E gli spiegò anche perché lo avrebbe rimpiazzato e perché la costruzione dall'altra parte della strada avrebbe richiesto un tempo infinito per essere portata a termine. «Capisco» disse Yamada. «E adesso sei venuta a comunicare la fine del turno ai tuoi commilitoni?»

«Non esattamente. L'agente che lavora al muro dei suoi vicini stacca tra cinque minuti. Quello in macchina è arrivato alle cinque. Resterà qui fino a mezzanotte, e poi staccherà anche lui. E dall'altra parte della strada c'è sempre qualcuno, ventiquattr'ore su ventiquattro.»

«Dall'altra parte della strada? A casa di Aihara-san?»

Mariko annuì. «La sua vicina si sta guadagnando ventimila yen alla settimana per fare alloggiare una squadra di sorveglianza nella camera degli ospiti. Abbiamo anche installato delle telecamere nascoste in ogni finestra e in ogni porta di casa sua.»

Yamada annuì pensieroso. «Sembra che abbiate tutto sotto controllo» disse. «Perciò, cosa ti porta qui?»

«L'allenamento» disse lei con un sorriso «e poi avrei una domanda da farle.»

«Prima l'allenamento» disse l'anziano. Dopodiché la condusse nel cortile posteriore.

I suoi piedi nudi furono riconoscenti all'erba fresca del piccolo prato di Yamada. Si chiese come facesse a tenerla così ben potata. Non c'era neanche un filo d'erba che sconfinasse al di là dei limiti del prato o delle aiuole. Per un uomo che non vedeva a più di dieci centimetri dal suo naso, occuparsi del cortile doveva essere una bella incombenza.

Quella sera le avrebbe insegnato il passeggio, ovvero il movimento dei piedi. La spada era pesante, e lei dovette tenerla nella stessa posizione per tutta la prima ora. Aveva le spalle e i tricipiti in fiamme. Le sembrava che lui avrebbe potuto colpirla in qualsiasi momento, anche se la spada che stava usando Yamada era due terzi della lunghezza della sua. Era un cimelio della Seconda guerra mondiale, un vero reperto storico agli occhi di Mariko, ma un nonnulla in confronto alla Inazuma.

«Ricordati la posizione di guardia» la rimproverò. «Questa è un'arte, non un gioco a premi; quello che hai imparato ieri è fondamentale per quello che farai oggi.»

«È difficile» disse Mariko. Le parve una stupidaggine appena le fu uscita di bocca.

«Il mio sensei si starà rivoltando nella tomba» disse Yamada. «È uno strappo alla tradizione, sai, insegnare queste cose a una donna. Quello con la naginata è un combattimento adatto alle donne. Ai vecchi tempi mi avrebbero tolto la cintura per un affronto del genere.»

Mariko avrebbe voluto rispondere che non era il fatto di essere una donna a farle trovare la cosa difficile: era difficile perché aveva tenuto una spada fra le mani solo tre o quattro ore in tutta la vita. «Gliel'ho già detto,» gli disse «questa spada è troppo pesante per me.»

«E io l'ho già detto a te: quella spada è troppo pesante per chiunque. Si porta dentro tutto il peso del bushidō.»

«E allora perché me la fa usare? Perché non mi dà un'altra arma?»

«Quale altra spada potrebbe andare bene? Sei come l'acciaio nella forgia, detective Oshiro. Questa spada è il tuo fabbro. Ti plasmerà trasformandoti in un'arma; nessun'altra lama potrebbe fare altrettanto.»

Mariko spalancò gli occhi. «E quella di Fuchida?» disse. «Bella Cantante. Anche quella trasforma le persone, no?»

«Sì, lo fa. Ma non rafforza. Prima della fine Fuchida-san diventerà come ferro malleabile.»

Mariko si alzò in piedi a fatica. Una brezza pungente le raffreddò il sudore sul collo. La sera si stava facendo più frizzante. «Dovremmo semplicemente metterci a sedere e aspettare che la spada lo distrugga» disse. «Ci risparmieremmo un sacco di fatica. Sarà più facile trovarlo quando sarà morto.»

Yamada fece schioccare la lingua. «E quante altre persone dovranno morire mentre noi aspettiamo?»

«Lo so.» Mariko si mise in posizione di guardia, strinse l'impugnatura di Vittoria Gloriosa Indesiderata e si esercitò nei passi che le aveva insegnato. Le sembrava stupido andare avanti e indietro continuamente. Voleva imparare a combattere, non a camminare. Si chiese quanto tempo trascorressero gli antichi samurai ad andare su e giù tenendo le loro spade ferme invece di esercitarsi negli attacchi e nei contrattacchi.

Come se le avesse letto nel pensiero, Yamada si mise in posizione di guardia e andò verso di lei. Mariko dovette saltare lateralmente per non essere colpita. Quella spada era più vecchia di lui, ma aveva comunque una lama affilata.

Si mosse ancora verso di lei, e lei saltò di nuovo. Questa volta atterrò male e cadde su un ginocchio. Si appoggiò a terra con la mano sinistra per non cadere, e lui le fece scivolare la spada di mano con uno schiaffo sprezzante.

«Perché ti sei ritirata?»

«Stava per colpirmi» disse lei, pentendosi subito del tono difensivo della sua voce. In quel momento si rese conto che non aveva corso alcun rischio. Nonostante la sua cecità, Yamada l'aveva disarmata facilmente. In qualche modo riusciva a capire esattamente dove si trovava la spada. Sembrava che riuscisse a controllarla meglio di lei; non avrebbe mai più messo in discussione la sua capacità di maneggiare quell'arma.

«Che tipo di attacco ho usato?»

«Non lo so.»

«Forza. Una stoccata? Un'imbroccata? Sei tu che l'hai scansato. Dimmelo.»

«Non mi ha attaccata. Mi è solo venuto contro.»

«Allora perché ti sei ritirata?»

«Perché...» Stava per colpirmi, stava per ripetere, ma quella era la risposta che gli aveva dato anche poco prima, e Yamada non era uno che facesse la stessa domanda due volte. Voleva portarla a dire qualcos'altro.

Ci mise un attimo per capire. «Mi è venuto contro perché non stavo impugnando la spada nel modo corretto.»

«Molto bene. Raccoglila.»

Lei fece quello che le era stato detto. Questa volta tenne l'arma esattamente come le aveva insegnato, con la punta rivolta verso l'incavo fra le clavicole di Yamada. Anche lui puntò la spada verso la gola di lei. Mariko avanzò, e questa volta lui non poté far altro che indietreggiare. Quella della ragazza era la lama più lunga.

«Molto meglio» disse l'anziano. «Cerca di tenere a mente questo, Oshiro-san: nei combattimenti con le spade, l'attacco è tutto. Da ferma, mi minacci alla gola. Se avanzi, mi aggredisci. Anche se impari solo a restare ferma e ad avanzare, sei già pericolosa.»

Mariko pensò alle foto del medico legale: la faccia da bambino di Saga inzaccherata di rosso, dita mozzate, intestini fuoriusciti, chiazze di sangue rosa ossigenato. Dato che lo spaccio di droga era una professione pericolosa, la maggior parte delle vittime di Fuchida era armata, cionondimeno nessuno di loro aveva avuto la benché minima possibilità di sopravvivere. Forse negli Stati Uniti, dove c'erano più pistole che persone, Fuchida non avrebbe rappresentato una minaccia così grande, ma in Giappone le pistole erano difficili da trovare, e anche avendone una la maggior parte della gente non sarebbe riuscita a colpire un bersaglio più lontano di sei o sette metri. Da quella distanza, a Fuchida sarebbe bastato avanzare di un passo o due per arrivare a colpire la vittima.

«È un incubo» disse Mariko. «Fuchida, voglio dire. Lei dice che sono pericolosa anche solo tenendo la spada nel modo giusto. Lui è un esperto. Se mi dovessi trovare in una stanza con lui, mi taglierebbe a metà.»

«Sì.»

«Be', è uno schifo.»

Mariko decise che non avrebbe mai dovuto rischiare di trovarsi davanti a Fuchida senza un taser e una pistola a portata di mano. Decise anche di dire a tutti quelli che si stavano occupando del caso e della sorveglianza di fare la stessa cosa. Dopodiché tornò a concentrarsi sui suoi piedi. A ogni passo in avanti immaginò di colpire un nemico dritto alla gola. Era un'immagine terrificante, ma fece miracoli per la sua concentrazione.

«Hai un'aria cupa, ispettore» disse Yamada. «Ha ucciso di nuovo?»

«Tre volte. Uno spacciatore ieri notte e altri due la notte precedente. Il medico legale dice che sono stati tutti uccisi da un'arma affilata lunga almeno mezzo metro.»

«Perché sospetti di Fuchida?»

«Chi altri? Però non capisco perché prenda di mira i pusher. Non hanno niente a che fare con le spade antiche.»

«Non ci vedo nessun collegamento nemmeno io. A Fuchida-san non interessa gente del genere. Quando l'ho conosciuto non beveva nemmeno alcol. Diceva che l'ubriachezza lo rendeva paranoico. Conosco molta gente che pratica le arti marziali che pensa la stessa cosa: quando sei abituato ad avere la piena padronanza del tuo corpo, la perdita di quella padronanza ti fa sentire in pericolo.»

Mariko respirava con affanno, ma la spada si stava muovendo agevolmente. Il controllo stava arrivando anche per lei, benché lentamente. Si concentrò sui movimenti dei suoi piedi mentre la lama fendeva l'aria del giardino. «Forse c'è un altro collegamento fra le vittime» disse. «Qualcosa che non riesco ancora a capire.»

«Spero che ci sia, detective, e spero che tu lo scopra al più presto. Adesso la spada lo ha in pugno. Anche il ferro malleabile può essere mortale.»

«Lo so.» Mariko strinse la pesantissima spada, si voltò per guardare Yamada e si mise in posizione. «Mi mostri cos'avrei dovuto fare invece di finire col culo per terra.»

Yamada fece un sorriso da guerriero, il tipo di sorriso che Mariko aveva visto sui volti degli uomini dello SWAT quando si allenavano a scardinare le porte prendendole a calci. L'anziano si mise in posizione d'attacco e disse: «Vieni.»

Gli puntò la spada alla gola e fece un passo in avanti. Lui fece lo stesso. Le loro spade si incrociarono e in qualche modo fu quella di lei a spostarsi di lato. Si fermò quando si trovò con la lama di Yamada a pochi centimetri dalla pelle.

«Lo faccia di nuovo» disse lei.

«*Per favore* lo faccia di nuovo, sensei» la riprese l'anziano, e ripeterono il passaggio. E la spada più lunga e più pesante di Mariko venne di nuovo spostata lateralmente.

«Non capisco» disse lei.

«Di nuovo» le disse Yamada.

Lo fecero un'altra volta, e Mariko tentò di studiarlo con le mani oltre che con gli occhi. Riuscì a sentire che lui spostava lateralmente la sua arma, ma il come ci riuscisse le sfuggiva completamente. Tre volte, e poi altre dieci, e Mariko perse ogni volta.

Alla fine i suoi avambracci non ce la facevano più, la spada era semplicemente troppo pesante. Quando lui avanzò di nuovo lei indietreggiò, tenendolo a una certa distanza. «Sì!» disse lui. «Hai capito.»

«Eh? Mi sono ritirata.»

«Sì, ma questa volta non hai perso l'equilibrio. È un progresso.»

«Ho sbagliato. Voglio imparare a fare quello che fa lei.»

Yamada rise. «Ho settant'anni di esperienza più di te. Cosa ti fa credere di poter fare quello che faccio io?»

Mariko mugugnò. Aveva capito quello che le voleva dire, ma non riuscì a ragionarci sopra perché era rimasta sbalordita dall'altra affermazione: *settant'anni?* Settant'anni volevano dire che Yamada aveva iniziato ad allenarsi con la spada circa vent'anni prima della nascita dei genitori di Mariko. Mariko non conosceva nessuno che avesse fatto una cosa per settant'anni di seguito, a parte forse respirare.

Sopra di loro le stelle avevano iniziato a fare capolino nel cielo, e Mariko si fermò un momento per ammirarle. Quella era la seconda volta che l'allenamento con la spada le faceva dimenticare le sue tensioni. Era una bella sensazione. Anche se il dolore le stava distruggendo le braccia e le spalle, era una bella sensazione. Si chiese cos'avrebbe detto sua mamma di quella cosa... o uno psichiatra. Si chiese cos'avrebbero detto del fatto che questo ottantasettenne si stesse rapidamente trasformando nella persona con la quale preferiva trascorrere il suo tempo.

Yamada la costrinse a tornare al presente. «Eri venuta per chiedermi una cosa, no? Cos'era?»

Mariko rinfoderò la spada mentre Yamada si sedeva su una panchina di pietra bianca sorretta da due statue di Kwannon. «Sa,» disse «oggi al lavoro è successa una cosa buffa. Stavo parlando col mio comandante e all'improvviso mi ha dato l'autorizzazione di mettere sotto sorveglianza casa sua. Mi ha messa a capo del caso, in realtà. Suppongo che lei non sappia niente di quest'improvviso cambiamento.»

Il volto di Yamada aveva un'espressione di totale innocenza, il tipo di espressione che Mariko aveva visto sul viso di suo nonno quand'era bambina e lui concedeva a Mariko e Saori di infrangere il divieto della nonna riguardo alle caramelle prima di cena. «Perché lo chiedi a me?» disse.

«Perché lei ha detto che avrebbe visto cosa poter fare col tenente Ko, e poi Ko ha ricevuto una telefonata. Una telefonata che lo ha scosso. Sembrava un pesce che non sa più nuotare.»

Ancora la maschera d'innocenza. «E ti è piaciuto parecchio, mi pare di capire.»

«Eccome. So che non è stato lei a fare la telefonata, quando è venuto al distretto era chiaro che Ko non l'avesse mai vista. Quindi, chiunque conosca all'interno del Dipartimento della polizia metropolitana di Tokyo ha un grado maggiore di Ko. Chi è?»

«Tu sei l'unico agente di polizia che conosca, Oshiro-san.»

«Andiamo. C'è il suo zampino, voglio solo sapere come ha fatto.»

«Che importanza ha?»

«Non mi fraintenda: qualsiasi cosa abbia fatto, gliene sono grata. Ma non mi piace dovere dei favori, e mi piace ancor meno non sapere a chi li devo. Quindi sputi il rospo: chi conosce al DPMT?»

«Non devi dei favori a nessuno, detective Oshiro.»

Mariko sbuffò l'aria dal naso. «Ma lei ha chiamato qualcuno al dipartimento.»

«No.»

«Ha capito cosa voglio sapere. È solo che non sto facendo le domande giuste.»

Yamada annuì. «Sei una buona detective, Oshiro-san.»

«E sarà meglio che si decida a dirmi quanto è alta la posizione di questa persona.» Mariko sentì le spalle irrigidirsi e la mandibola stringersi. «Si sta divertendo, vero, sensei?»

«Davvero una brava detective, Oshiro-san.»

«Andiamo. Non è giusto.»

«È meglio che tu non lo sappia. Mi guarderesti con occhi diversi.»

«No, glielo giuro, non lo farò.»
«Non sei il tipo che fa promesse che non può mantenere, Oshiro-san. Non iniziare a farlo adesso.»
Mariko sospirò. «Non ha intenzione di dirmelo, vero?»
Yamada rise. «Buonanotte, ispettore.»

44

Fuchida osservò una donna bassa ed esile scendere le scale esterne della casa di Yamada. La ragazza aveva i capelli corti, e sulla nuca delle ciocche nere bagnate di sudore. Il sudore rinfocolò i dubbi di Fuchida. Quando aveva visto la donna entrare aveva sospettato che potesse trattarsi di quella Oshiro che aveva arrestato Kaneda. Sembrava una cosa quasi impossibile dato che Kaneda era alto e largo almeno il triplo di lei... ma l'uomo più grosso e quello più minuto reagivano allo stesso modo allo spray al peperoncino o a una pistola elettrica. Adesso però il sudore lo stava disorientando. Che si fosse fatta una scopata col vecchio? No, non con la casa sotto sorveglianza. Ma se non era una puttana, allora chi era? Che tipo di donna poteva entrare in quella casa e uscirne due ore dopo tutta sudata? Una massaggiatrice si sarebbe portata dietro gli attrezzi del mestiere, e altrettanto avrebbe fatto un'infermiera. Yamada era sempre stato un uomo meticolosamente ordinato e pulito, non era possibile che quella donna fosse una domestica. Ma se era la poliziotta, perché era sudata?

Si mosse sul sedile avvolgente della Nissan Versa che aveva noleggiato, parcheggiata a un isolato e mezzo dalla casa dell'anziano. Sorvegliare un appostamento era noioso, faceva intorpidire le membra, per non parlare dei rischi che comportava. La Versa aveva il muso puntato nella direzione opposta a quella della casa, la posizione migliore per riuscire a partire velocemente, e il monitor del cruscotto era collegato a una videocamera Sony fissata a un Gorillapod puntato verso il lunotto posteriore, con lo zoom al massimo. Senza la telecamera Fuchida non sarebbe mai riuscito a vedere il sudore della donna e nemmeno a distinguere con chiarezza i lineamenti del suo volto. Ma così correva il rischio che qualcuno si accorgesse del display nel cruscotto e quindi era costretto a prestare la massima attenzione a ogni passante.

Ciononostante era contento di aver telefonato al suo uomo all'interno del Dipartimento della polizia metropolitana di Tokyo per parlargli dell'appostamento. Anche se sorvegliare un piantonamento era rischioso, era molto meglio che ritrovarsi sotto osservazione senza nemmeno saperlo. E Fuchida aveva rischiato di cascarci. Ogni volta che aveva la sua Bella Cantante tra le mani aveva voglia di sfoderarla e usarla. Lo stava chiamando anche ora; non aveva potuto far altro che chiuderla nel baule, altrimenti sarebbe impazzito a pensare a tutte le ragioni per le quali non doveva andare in fondo alla strada per dimostrare a tutti quei poliziotti perché i taser e i manganelli, e persino le loro minuscole pistole, non potevano competere con una spada.

Il suo cellulare gli ronzò in tasca come una cicala. Fuchida maledisse quella distrazione. Poi vide chi lo stava chiamando. «Salve, Mr Travis.»

«Il mio samurai preferito. Che si dice?»

Fuchida non capì la domanda, ma non fu un problema dato che l'americano non gli lasciò il tempo di rispondere. «Ascolta,» disse «voglio vedere la mia spada. Mandami una foto.»

Fuchida diede un'occhiata allo specchietto retrovisore, alla maledetta casa di quel maledetto uomo che aveva ancora quella maledetta spada. «Dispiace,» disse Fuchida «non ho fotografie.»

«Allora fanne una. Sei nella madrepatria delle fotocamere, no?»

«Dispiace, Mr Travis. Non ho fotocamera.»

«E comprane una.»

Fuchida tenne il pollice sul microfono per un momento, la cosa migliore che potesse fare per coprire un sospiro di frustrazione.

«Non è consigliato, Mr Travis. Il flash fa male a... *nan to iu ka na?* La pittura. Su legno.»

«Lo smalto» disse l'americano. «Sul fodero. E non me ne frega un cazzo. È la *mia* spada, e te lo dico *io* cosa va bene e cosa no. E adesso quello che va bene è far vedere una foto di quella spada alla mia ragazza. Vuole sapere cosa vado a prendere fino in Giappone.»

Fuchida prese il telefono con la mano sinistra e accese il motore. Non aveva idea di quanto seriamente la polizia stesse prendendo quel piantonamento, ma era possibile che tenessero sotto controllo il traffico telefonico.

«Pronto?» disse l'americano.

«Sono qua, Mr Travis.»

«Allora, quando me la mandi la foto?»

«Dispiace tantissimo, Mr Travis, ma non posso raggiungere spada adesso.»

«Cos'hai fatto? L'hai persa? No, non te lo voglio nemmeno chiedere. Ascolta: metti le mani sulla spada e fallo velocemente, altrimenti tutto il mondo che conosci si trasformerà in merda, merda fitta. È meglio che tu non ti metta fra me e quello che voglio.»

Fuchida sorrise. «Mi minacci?»

«Ci puoi scommettere il culo che ti minaccio.»

Fuchida desiderò avere più padronanza di quella lingua. 'Scommetterci il culo' era una di quelle frasi che non gli sarebbero mai uscite spontaneamente, gli era completamente impossibile pronunciarla. Un giorno, quando fosse stato abbastanza ricco da decidere del proprio destino, sarebbe andato a vivere negli Stati Uniti per un anno, e avrebbe imparato quanti più modi di dire volgari poteva.

Per ora si doveva accontentare dell'inglese che sapeva. «Tu è agente di borsa, Mr Travis. Non puoi farmi male.»

«Sono un commodity trader, stronzo ignorante. E non ho bisogno di farti del male. Ho solo bisogno del numero di telefono di Ryusuke Kamaguchi. Sorpresa, figlio di puttana. Non credevi che sapessi di lui, eh?»

Dopodiché seguì un mare di parole troppo veloci perché Fuchida potesse capirle. Poi, più lentamente: «So tutto delle vostre regole contro la vendita della coca. Faccio una telefonata al tuo *oyabun* e tu finisci in una di quelle zuppe di pinne di squalo che mangiate in quel vostro Paese di merda.»

«Zuppa di pinne di squalo è cinese, non giapponese, Mr Travis.»

«Buon per i cinesi.»

«Tua consegna, arriva presto, sì? Tardi per farla tornare indietro. Penso che non mi devi minacciare, Mr Travis. Penso che adesso non hai scelta e devi fare affari con me.»

«Può darsi. O magari potrei vendere tutta quella merda ai coreani e fare in modo che si infiltrino nel vostro mercato. A quel punto non vedresti un centesimo. In un modo o nell'altro, io verrò pagato. Te l'ho già detto: non me ne frega un cazzo di cosa devi fare, io voglio la spada. Quando la consegna arriverà, tu devi essere lì sul molo ad aspettarla con la spada in mano. Se i miei uomini non la vedono, mi fanno una telefonata... e allora anche Kamaguchi riceverà una chiamata. *Wakaru*?»

«Capito, Mr Travis.»

Fuchida richiuse il cellulare e lo lasciò cadere sul sedile del passeggero. Parcheggiò la Nissan nel primo posteggio che vide, prese il suo BlackBerry dalla tasca della giacca e attese che caricasse l'agenda. Non poteva fare a meno di pensare che, se solo avesse saputo bene l'inglese, sarebbe riuscito ad avere la meglio sull'americano. Non riusciva a capire come fossero riusciti a riempire ogni angolo del suo Paese con la loro lingua, lasciandogli comunque la possibilità di non saperla parlare. Il BlackBerry con la sua impossibile distinzione fra le L e le R, la Versa con la sua V impronunciabile; viveva in un mondo che sfuggiva alle parole.

Il *blekbelli* gli mostrò quello che aveva già memorizzato, quello che stava ricontrollando solo a causa della frustrazione. La nave con la consegna dell'americano sarebbe arrivata mercoledì. A sei giorni da oggi. Entrare in casa di Yamada, prendere la spada e uscire avrebbe richiesto due minuti. Aveva sei giorni per farlo. Si chiese come avrebbe potuto riuscirci in così poco tempo.

45

Mariko odiava doverlo ammettere, ma il tenente Ko era davvero bravo nel suo lavoro. Sì, era un sessista; sì, era un orrendo, disgustoso, piccolo mostriciattolo; ma, che fosse maledetto, aveva avuto perfettamente ragione quando le aveva detto che stava raccogliendo solo prove indiziarie. Fuchida non aveva lasciato nemmeno un'impronta in nessuna scena del crimine, e poiché aveva commesso tutti gli omicidi – a parte quello di Kurihara – in luoghi pubblici, la scientifica non era stata in grado di raccogliere nessuna prova. E anche se un qualche detective intraprendente della omicidi avesse voluto mettersi alla ricerca delle tracce che Fuchida poteva essersi lasciato scappare, Mariko non avrebbe saputo dirgli né cosa indossava il sospettato, né quanto erano lunghi i suoi capelli, né nessun altro dettaglio. E né lei né gli altri agenti della sua squadra erano riusciti ad avere neanche un contatto visivo con lui.

Mariko aveva nove poliziotti sotto il suo comando che si avvicendavano per coprire l'arco delle ventiquattr'ore, e fino a quel momento non avevano raccolto altro che ore e ore di filmati inutili. La sua squadra di sorveglianza aveva imparato a riconoscere il postino di Yamada. E questo era quanto.

Non c'era nessuna testimonianza che collegasse Fuchida agli omicidi degli spacciatori. Né lui sembrava essere collegato a nessuno degli spacciatori conosciuti a Tokyo. Una ricerca nella direzione opposta aveva messo in luce orde di spacciatori che avevano connessioni coi bōryokudan, ma nessuna di esse si era rivelata rilevante: vendevano tutti per strada, alcuni di loro avevano subìto dei processi, ma nessuno di loro era collegabile a Fuchida. Qui e là aveva trovato dei casi isolati di spaccio di coca ed eroina, ma la maggior parte di essi era stata soppressa dalla yakuza prima che il problema giungesse nel raggio d'azione di un dipartimento di polizia. I bōryokudan erano brutalmente efficienti nel mantenersi fedeli al tacito accordo; i poliziotti non dovevano fare altro che girarsi dall'altra parte quando si imbattevano nello spaccio delle droghe leggere che la yakuza vendeva impunemente.

Man mano che Mariko andava avanti con le indagini, sembrava sempre più plausibile che Fuchida non avesse nulla a che fare con il mercato della droga. E allora perché nell'obitorio c'erano i corpi gelidi di tre spacciatori con ferite da arma da taglio? Di sicuro a Tokyo non poteva esserci più di un killer che usava la spada per commettere i suoi crimini. Mariko era certa che Fuchida fosse il responsabile, ma un presentimento non era una prova sufficiente a incastrarlo.

E così l'unica sua conclusione era che non avrebbe mai trovato Fuchida a meno che lui non le avesse sbattuto contro camminando per strada. Questo pensiero non le dava molta speranza. Sembrava probabile quanto la ricomparsa improvvisa di Saori, ed erano ormai trascorsi otto giorni dall'ultima volta che qualcuno la aveva vista. In realtà, l'ultima persona ad averla vista era stata proprio Mariko, quando l'aveva osservata andarsene dal Lawson su tutte le furie, giù per la strada dove abitava sua madre. Saori era rimasta pulita per otto giorni, e con tutta probabilità da quella sera in poi era tornata ai fumi della droga.

La loro madre era preoccupata a morte, ovviamente. Mariko invece non provava la medesima terribile preoccupazione, e questa cosa la sconcertava. Una famiglia che vede scomparire la figlia più giovane per più di una settimana dovrebbe essere molto preoccupata, no? Eppure, a differenza della madre, Mariko era riuscita a dominare il panico da cui era stata colta inizialmente. Forse era stato per via dell'allenamento con la spada, o forse era semplicemente perché dopo alcuni giorni il suo cervello si era impostato sulla modalità di sopravvivenza. Forse aveva esaurito tutto il panico che poteva sopportare e aveva cacciato il resto in qualche angolo recondito della sua mente. Ogni volta che le veniva in mente Saori sentiva lo stomaco contorcersi, ma la fredda verità era che non era costretta a pensare a lei per tutto il tempo. La maggior parte delle volte riusciva a trovare il modo per affrontare le sue giornate: il lavoro, gli allenamenti con la spada, andare alla Docomo per far sistemare il suo cellulare.

Fu mentre attendeva che l'addetto della compagnia telefonica mettesse a posto il problema tecnico del cellulare che lo capì. Se fosse stata la sorella maggiore in una famiglia normale, il panico che aveva provato inizialmente sarebbe probabilmente cresciuto giorno dopo giorno. Ma Mariko era la sorella di una tossica. E sua madre era la madre di una tossica. E questo comportava alcune conseguenze, una delle quali era che finché Saori non si fosse disintossicata, sarebbe stato normale che ogni tanto scomparisse in qualche buco nero. Non appena lo ebbe capito, Mariko riuscì a comprendere meglio anche sua madre. Sua mamma era convinta che la loro fosse una famiglia normale. Aveva sempre pensato che lo fosse, nonostante suo marito fosse morto a quarantatré anni e le sue due figlie avessero reagito a quella perdita nei modi più incongruenti possibili. E dato che la madre aveva quella convinzione, la scomparsa di Saori era la cosa più importante e sconvolgente del mondo. Il sole era stato rimpiazzato: tutto girava intorno a quell'avvenimento, e sotto quella luce ogni cosa assumeva un colore diverso.

Era stato solo quando la madre aveva smesso di giocare a ping-pong che Mariko si era resa conto di quanto stesse male. Da quel giorno Mariko aveva iniziato a dormire a casa sua, e la somma tra il dormire sul divano e gli implacabili allenamenti di Yamada le aveva causato un torcicollo che sembrava non volersene più andare. Negli ultimi giorni aveva fatto colazione e cenato insieme alla madre, ma quando si riappropriò finalmente del suo telefono e controllò i messaggi nella speranza di trovare qualcosa da parte di Saori, ne trovò trentotto da parte di sua mamma.

Perciò invece di pensare a Fuchida o Saori, Mariko andò a cercare un posto silenzioso dove potersi sedere per richiamarla. La preoccupazione era una cosa, ma trentotto messaggi erano decisamente eccessivi per una persona con la quale avrebbe cenato quella sera.

Assolutamente per caso Mariko si ritrovò esattamente di fronte al centro commerciale in cui aveva arrestato Bumps. Vi entrò e si mise a sedere sulla panchina dove aveva collocato Mishima la notte dell'appostamento. Il centro commerciale era un mortorio, una scialba luce grigia filtrava attraverso il tetto di mezze uova di plastica trasparente.

Mariko compose il numero di casa per parlare con la madre e tentare di convincerla a darsi una calmata. La frase 'darsi una calmata' la fulminò mentre il telefono suonava. Saori era stata la prima a usare quell'espressione ai tempi in cui Mariko era ancora all'accademia. La loro madre aveva sempre avuto la tendenza a reagire in maniera isterica, era sempre stata iperprotettiva con le figlie e incline a riempirle di sensi di colpa. Fu a una festa per l'ultimo dell'anno, mentre si passavano un bicchiere di *shōchū,* che Saori le aveva chiesto se avesse imparato alcuni dei supertrucchi usati dalla polizia nelle trattative, almeno uno che potesse aiutare la madre a darsi una calmata quando fosse inevitabilmente andata su tutte le furie nello scoprire che Saori aveva bevuto senza avere l'età per farlo.

All'epoca Mariko non aveva ancora scoperto che Saori aveva un problema, una sorella minore che beveva al parco coi suoi amici non era un motivo di allarme. Anche Mariko si era divertita per la sua parte... o perlomeno abbastanza. Tutti lo avevano fatto. Dopo il suo ventesimo compleanno, Mariko aveva comprato l'alcol per Saori esattamente come aveva fatto per lei il fratello più grande di un suo amico. Come avrebbe potuto considerarsi una buona sorella maggiore se non avesse fatto una cosa del genere?

«Pronto?» disse la voce di sua mamma dal cellulare. «Mariko? Perché stai ridendo?»

«Niente, mamma. Scusa. Volevo solo dirti che il mio telefono ha ricominciato a funzionare.»

«Ah.»

«Stai bene?»

«Credevo...» Il suo tono era privo di vitalità come le tette di plexiglas grigio sopra la testa di Mariko. «Dato che stavi ridendo speravo che magari avessi sentito tua sorella.»

«No. Mi dispiace, mamma. Stavo solo pensando a una cosa divertente che ha detto.»

«Ah. Cosa?»

«Una cosa stupida» Mariko sospirò. «Perché da quando se n'è andata è più facile pensare a quando ha fatto delle cose stupide piuttosto che a quando ha fatto delle cose belle?»

Era strano fare quella conversazione lì, dove i ricordi di Saori in manette erano così vividi che a Mariko sembrava quasi di vederla. Pensò al fato, a quella notte, a come fosse stato possibile che, tra tutti i drogati della città, fosse stata proprio Saori a finire nel suo piantonamento. Se solo avesse avuto altrettanta fortuna con Fuchida...

«Miko,» disse sua madre «ti ricordi di quella volta che Saori è andata nel giardino roccioso di Ginkaku-ji?»

«Vagamente» disse Mariko, ma era una bugia. L'immagine del bel cappellino rosa di Saori che svolazzava nel vento, e dei suoi piedini che lasciavano tutte quelle piccole orme attorno agli anelli concentrici così attentamente rastrellati fra i sassolini... era uno dei ricordi più vividi che Mariko avesse della propria infanzia. Quell'episodio era vecchio e logoro, ma sapeva quanto a sua madre piacesse raccontarlo. Mariko rise nei momenti giusti e nel frattempo si chiese se Saori avesse mai avuto una qualche possibilità di non diventare una drogata. Cosa l'aveva spinta fino a quel punto? Che fosse stata colpa di Mariko, che aveva implicitamente dato il benestare ai suoi vizi quando le aveva comprato l'erba all'epoca in cui Saori indossava ancora la gonna dell'uniforme, e l'aveva tagliata corta fino ai limiti di sopportazione dei suoi insegnanti? E Mariko era forse da considerare ancora più colpevole visto che a quei tempi era già una recluta dell'accademia di polizia? Oppure la causa era da imputare a qualcosa di così profondo che nemmeno Saori sarebbe stata in grado di individuare? Un fattore genetico? Oppure il problema era solo la conseguenza della reazione di Saori alla morte del padre?

Mariko sbatté forte le palpebre. Quelle erano domande che

correvano come un treno ad alta velocità, e avrebbero percorso migliaia di chilometri prima di fermarsi se lei avesse dato loro il giusto slancio. Si concentrò di nuovo su sua madre, e rise di gusto alla parte del racconto in cui il grosso turista gaijin si era arrabbiato da morire perché quella bambinetta gli aveva impedito di fare una fotografia al perfetto giardino roccioso. «Ero così imbarazzata, Miko-chan, che non riesco neanche a spiegarti quanto.» Ma anche lei si era messa a ridere.

«È sempre stata una piantagrane» disse Mariko. «Senti, mamma, adesso devo tornare al lavoro, okay?»

«Credevo che fosse il tuo giorno libero.»

«Sì, ma sto gestendo questo piantonamento, lo sai. Non avrò un giorno libero finché non sarà finito.»

«Okay. Vieni a casa per cena?»

«Ma certo.»

Mariko richiuse il cellulare e lo usò come fermacarte, per impedire al vento che soffiava attraverso il centro commerciale di far volare via il fascicolo che aveva appoggiato sulla panchina. Prese la prima pagina della relazione e la scorse. Era l'ultimo resoconto del piantonamento. Su un angolo c'era un'impronta marrone – salsa barbecue, suppose Mariko – e nient'altro di interessante. Gli arrivi e le partenze dei vicini. Una lite fra due fidanzati abbastanza rumorosa da attirare l'attenzione degli agenti di sorveglianza, ma non tanto lunga né violenta da far pensare che fosse stata organizzata come diversivo. Fuchida restava un fantasma.

Mariko ebbe un sobbalzo quando un piccione sbucò all'improvviso da sotto la panchina, spaventato da qualcosa che solo un altro piccione avrebbe potuto capire. Il cuore iniziò a batterle forte e veloce nelle tempie, ma Mariko sapeva che non era per via del volatile. Non sarebbe riuscita a trovare pace lì, e nemmeno al lavoro, e neanche a casa di sua madre. C'era un solo posto in cui avrebbe potuto trovare un po' di serenità.

«Che succede, ispettore?» disse Yamada aprendo la porta. «Sei venuta ad aggiornarmi sui miei numerosi spettatori?»

«In realtà speravo che potessimo fare un po' di allenamento.»

Il sensei le sorrise. «Questo è lo spirito giusto. Non mi accorgo mai del vostro appostamento, comunque. È strano sapere che sono tutti lì a guardare. Non ho idea di quanto riescano a vedere.»

«Quasi tutto» disse Mariko, e gli spiegò il funzionamento delle immagini a infrarossi.

«Allora avevo ragione» disse Yamada sospirando. «È tutto il giorno che mi sento sotto osservazione. Anche quando mi lavo i denti mi viene da chiedermi se pensano che lo faccia nel modo giusto oppure no.»

«Se fossi in lei non me ne preoccuperei. Alcuni di quegli uomini non hanno ancora scoperto il dentifricio.»

Yamada rise. «Ah, scommetto che a quei ragazzi piace lavorare con te.»

«Anche a me piacerebbe lavorare con loro se solo mi trattassero come uno di loro.»

Attraversarono la casa per arrivare al cortile posteriore, con una breve fermata davanti alla teca della spada nello studio. Mariko adorava il fatto che Yamada avesse una teca per la spada nello studio, e il fatto che ne avesse una anche in camera da letto rendeva la sua casa il posto migliore al mondo. Era come un'isola nel mare del tempo: attorno a essa tutto progrediva normalmente, mentre lì sull'isola il tempo restava immobile. Si cucinava con una cucina a gas e non col microonde. Scrivere a un amico implicava l'uso di carta e penna, non di un'email e tantomeno di un sms.

Eppure, nonostante l'incredibile capacità di Yamada di rimanere distante dalle forze della modernità, c'era un aspetto nel quale in confronto a lui il resto del Paese sembrava rimasto al Medioevo. «Grazie» disse Mariko scendendo le scale posteriori. «La ringrazio perché mi tratta come uno studente e non come una studentessa. Mi piacerebbe che gli uomini al distretto imparassero un paio di cose da lei.»

«Be', cosa possono saperne loro? A quanto ne so, alcuni non hanno ancora scoperto il dentifricio.»

Si allenarono per due ore di fila. Dopo la posizione di guardia e il passeggio ci furono i fendenti e i colpi sgualembrati, finché le spalle di Mariko non furono talmente doloranti da impedirle di sollevare le braccia e tantomeno la spada.

Sudata e affannata, disse: «Sensei, magari potremmo fare una pausa.»

«Oh, no. Pensi di aver imparato abbastanza?»

«Non abbastanza, ma forse abbastanza per ora. Dopotutto, ha detto che questa spada si chiama Vittoria Gloriosa Indesiderata, no?»

«Ah, allora sei stata attenta.»

«Certo. Mi ricordo ogni sua parola, sensei.» Mariko scherzò. «E dato che ho Vittoria Gloriosa in mano, perché mi fa allenare così duramente? Con un nome così, come potrei mai perdere?»

Yamada strinse gli occhi ciechi. «Questa spada ti ucciderà appena abbassi la guardia per colpa di questo pensiero. Non hai prestato affatto attenzione, ragazzina.»

«Non mi chiami così.»

«Se hai intenzione di scherzare con quella spada tra le mani, ti chiamo come mi pare. Sono io il sensei, ragazzina.»

«La smetta» disse, e andò verso di lui in posizione di guardia. Lui fece per schivare la sua spada spostandola lateralmente, come aveva già fatto altre cento volte.

Mariko lo anticipò. Fece un passo laterale, evitando la katana. Ora lo aveva in pugno, Yamada aveva il fianco destro completamente esposto. Ragazzina, eh?, pensò Mariko, e sollevò la spada per fare un affondo.

Yamada non sollevò neppure la propria arma, si limitò a eseguire uno scanso laterale. Mariko non si accorse neppure che le stava calciando il piede togliendole l'appoggio. Cadde sull'erba, facendo attenzione a planare sul fianco sinistro e tenendo la spada in alto con la mano destra, lontana dalla terra. Ma per proteggere la spada, si dimenticò di proteggere sé stessa. Il suolo la colpì come un camion... un camion con un enorme cofano appuntito che le trafisse le costole.

Guardò la spada di Yamada pendere agevolmente dalla sua mano grinzosa, la sua punta affilata le era abbastanza vicina da solleticarle le ciglia. La punta di Vittoria Gloriosa spazzolò l'erba ben tagliata. Yamada non aveva bisogno di dire nulla per farle capire la lezione: se fosse stato un vero combattimento, avrebbe pagato il suo sbilanciamento con la vita.

Alla fine il peso della spada ebbe la meglio, e lei si appoggiò a terra di schiena posandosi la lama sul petto. Un dolore profondo pulsò dentro la sua spalla destra, come se si stesse ancora sforzando per tenere la spada sollevata da terra. In qualunque altro momento, il dorso della pesante lama fra i seni le avrebbe fatto male. Ora invece lasciò che la sottile riga di dolore rimanesse lì, era la posizione migliore per riuscire a far riposare le spalle.

«Hai capito come ho fatto ad atterrarti?»

«Il mio caratteraccio» disse Mariko con gli occhi chiusi. «Mi ha chiamata ragazzina e io ho perso la testa.»

«No. Tu mi volevi dimostrare che non sei una ragazzina. Volevi farmi vedere quello che hai imparato. E la spada ti ha tradita.»

Con gli occhi ancora chiusi, Mariko sentì l'odore dell'erba e del proprio sudore. «Cosa vuol dire che mi ha tradita?»

«Se la tua postura fosse stata in equilibrio, non sarei riuscito a spostarti il piede. Sai benissimo che non vedo neanche i miei, di piedi. Mi sono spostato nel punto in cui pensavo ti saresti messa tu; è stata la tua perdita di equilibrio a farti arrivare sul mio piede. Non sono stato io a farti sbilanciare, sei stata tu... o meglio, la tua spada.»

Era impossibile. L'acciaio non poteva tradire nessuno. Eppure quella spiegazione combaciava perfettamente coi fatti.

Mariko restò stupita di sé stessa per la velocità con la quale era arrivata ad accettare l'impossibile. Ma era pur sempre una detective: credeva a quello che le dimostravano le prove.

Si rimise in piedi con le costole e le spalle che protestavano con veemenza. «Sensei, mi mostrerebbe quello che ha fatto prima? La cosa col piede?»

«Quella 'cosa col piede' si chiama spazzata» disse Yamada, sistemandosi in posizione di guardia. Sembrava più grosso, diventava immediatamente minaccioso, faceva affiorare alla mente l'immagine di una pantera arrampicata su un ramo sopra una preda ignara. «Vieni» disse.

Lei scattò in avanti. Lui fece un passo laterale schivandola. Il piede di Mariko colpì quello dell'anziano; lei sentì il proprio peso barcollare in avanti ma riuscì a non cadere.

«Bene!» disse Yamada vicino al suo orecchio. La sua spada era a pochi centimetri da lei. L'enorme Inazuma era troppo lunga per distanze così ravvicinate; se lui avesse contrattaccato, lei sarebbe morta.

Mariko fece un vago mugugno. «Avrebbe potuto uccidermi.»

Yamada rise. «Ma non nel modo in cui l'avrei fatto prima. Non sei caduta un'altra volta per la stessa spazzata. Stai migliorando.»

«Eeeh, non abbastanza in fretta.»

«Pretendi troppo da te stessa, ispettore. Nemmeno Musashi ha imparato a usare la spada in un solo pomeriggio.»

Mariko sapeva benissimo di pretendere troppo da sé stessa. Era per quello che aveva bisogno di vincere i triathlon, e non semplicemente di portarli a termine. Era per quello che aveva voluto diventare sergente, e poi detective, era per quello che avrebbe preferito essere a capo di una caccia all'uomo piuttosto che di un piantonamento. Ed era sempre per quello che non aveva ancora gettato la spugna con sua sorella. Lasciare che Saori raccogliesse i frutti di quello che aveva seminato non era solo la scelta più facile, sarebbe stata anche la più ragionevole, senz'altro più che tentare di salvare una drogata da sé stessa. Ma Mariko non avrebbe potuto permetterlo, come non poteva permettere che Bella Cantante compisse il suo maleficio su Fuchida.

Ciononostante anche quella sembrava una scelta facile, invitante. La spada lo avrebbe ucciso. Mariko non riusciva a capire come dell'acciaio inerte potesse tradire un essere umano pensante, ma ora che aveva sperimentato quella sensazione in prima persona, non poteva negare che esistesse la possibilità che la spada di Fuchida avesse lo stesso potere. Se Yamada aveva ragione, il corpo di Fuchida sarebbe emerso di lì a poco, e l'effetto collaterale sarebbe stata la morte di qualche altro spacciatore. Mariko desiderò di potersi accontentare di quello. Gli appostamenti erano semplici. Ma Mariko non doveva semplicemente starsene seduta a fissare un monitor come facevano alcuni dei suoi uomini, lei doveva dirigere le operazioni. Avrebbe potuto requisire la casa di Aihara e sfruttare le ore di solitudine per esercitarsi con la spada. Il pensiero che Ko la pagasse per allenarsi nel kenjutsu la fece sorridere. Quel bastardo saccente se lo sarebbe meritato. Mariko aveva già dovuto mandare giù troppa merda per colpa sua. Si meritava un giorno libero.

Per giunta, almeno la metà dei poliziotti che stavano lavorando a quel caso avrebbe detto che chiunque ci fosse sulla lista nera di Fuchida meritava di morire. Pagare per i propri peccati e roba del genere. Ma si sbagliavano. Mariko lo sapeva. Persino gli spacciatori avevano dei diritti, e lei aveva fatto un giuramento per difendere anche quelli. Se quella per spaccio fosse stata una sentenza di morte, avrebbe dovuto essere un giudice a pronunciarla, non un macellaio della yakuza impazzito.

E quel macellaio era là fuori da qualche parte. Mariko rinfoderò Vittoria Gloriosa e la porse rispettosamente a Yamada. Facendo un inchino, disse: «Mi dispiace, sensei. Devo andare a casa a riguardare gli appunti. Deve esserci un indizio su come beccare Fuchida. Lo devo trovare.»

«Buona fortuna, ispettore.»

Mariko rispose con una risata sarcastica. «Questa volta non ce l'ha nemmeno lei la soluzione in anticipo, vero?»

Yamada fece una risatina. «Temo di no.»

«È che... Sa, ho come la sensazione di essere sul punto di capire qualcosa, ma ho paura che quando succederà sarà troppo tardi. Le è mai capitato di sentirsi così?»

«Una volta.»

«E cos'è successo?»

Yamada si accigliò. «Sono morte delle persone.»

Anche Mariko si accigliò. «È quel che temevo.»

Libro sei
Periodo Azuchi-Momoyama, anno 20
(1587 d.C.)

46

«Il mio nome è Ōda Yoshitomo» disse lo sfidante quando Daigoro e Ichirō lo accolsero all'ingresso. «Sono venuto a sfidare le abilità degli Okuma.»

Era accompagnato solamente da tre uomini a cavallo: due servitori e un samurai più attempato con delle spesse sopracciglia che lo rendevano simile a un gufo. L'uomo più anziano, scoprì ben presto Daigoro, era Ōda Tomonosuke, il capo del clan Ōda. Yoshitomo, il miglior guerriero degli Ōda, aveva degli occhi che si muovevano velocemente come pesci fuori dall'acqua. Era smilzo, un po' più basso di Ichirō, ma comunque più alto di Daigoro di tutta la testa. La hakama nera che indossava era parecchio sbiadita, e l'impugnatura della sua spada era estremamente consumata.

«Con cosa volete combattere,» chiese Ichirō «legno o ferro?»

La fronte di Ōda si increspò, e il guerriero disse: «Il nobile Toyotomi ha decretato che i duelli devono essere fatti con i bokken.»

«Ah, così ha detto» disse Ichirō. «Se il casato degli Ōda non ha un proprio volere, suppongo che dovremo seguire il volere di un casato più grande.»

Tutti gli Ōda divennero immediatamente tesi, e Yoshitomo scese di sella con la mano sulla spada prima che Daigoro riuscisse a dire una parola. «Nobile Ōda,» disse Daigoro mettendosi davanti a suo fratello «vi prego, prediamo un tè e discutiamo dei termini del duello.»

«No!» disse Yoshitomo. «Mi ha insultato! Pretendo di ottenere la mia vendetta.»

L'Ōda più anziano guardò il suo cavaliere, poi Ichirō e infine Daigoro. «Prima prenderemo il tè» disse infine.

Le trattative durarono fino al tramonto. Prima di tutto Daigoro presentò sua madre. Parlarono del tempo, delle condizioni delle strade e delle novità delle guerre che si stavano tenendo nel Nord e nell'Ovest. Daigoro si complimentò con il signore Ōda per i suoi cavalli e per la forma e l'entusiasmo dello sfidante. Ōda rivelò che Yoshitomo era suo figlio – il quarto di sei – e si complimentò con Daigoro e sua madre per la loro tenuta. Alla fine giunsero al dunque. Daigoro si espresse a favore di un combattimento coi bokken, e i suoi termini vennero accettati... alla condizione che fosse lui a combattere.

Daigoro e Ōda Tomonosuke uscirono dalla casa del tè, porsero i propri omaggi al sacrario del padre di Daigoro, e trovarono i loro due combattenti che si guardavano in tralice, inginocchiati uno di fronte all'altro a due metri di distanza. «Devi combattere con il bokken» annunciò Ōda. «E affronterai il giovane signore Daigoro.»

Il figlio di Ōda strinse i pugni, ficcò le nocche nella sabbia e fece un inchino teso a Ichirō. Dopodiché si alzò, con il corpo rigido come se Ichirō fosse stato un serpente velenoso e lui non fosse sicuro di essergli abbastanza lontano, e fece un inchino a Daigoro. Questi notò che l'inchino che aveva fatto a lui era più profondo di quello che aveva rivolto a suo fratello. Fu grato del fatto che Ichirō non se ne fosse accorto, ma non avrebbe potuto, dato che stava fissando Daigoro. «Codardo» mormorò.

Ōda Yoshitomo girò su sé stesso sfoderando la katana. Arrivò a meno di una mano di distanza dal recidere la testa dalle spalle di Ichirō quando suo padre gridò: «Fermo!»

«Mi ha dato del codardo!» disse Yoshitomo. «Lo avete sentito!»

Daigoro tentò di intervenire per spiegare a chi era rivolto l'insulto in realtà, ma la sua gamba era troppo lenta per condurlo fino al cortile, e la voce di Ichirō lo precedette. «A quanto pare il nostro rivale preferirebbe battersi con il ferro» disse Ichirō. «Dammi la spada, Daigoro.»

«Non lo farò» disse Daigoro. «Perché ti stai comportando così?»

«Gli sto solo dando ciò che vuole. Ora dammi Vittoria Gloriosa.»

Daigoro si trovava ormai fra suo fratello e l'armato Yoshitomo che si era messo in posizione di guardia e aveva puntato la propria spada alla gola di Ichirō. «Lo sai che non lo farò» disse Daigoro.

«Hai intenzione di rifiutarti di assecondare il volere del grande Toyotomi, l'uomo che probabilmente diventerà *Shōgun*?»

Non c'era bisogno di rispondere a quella domanda. «Allora spostati, fratellino.» Ichirō sfoderò la sua spada. «Il duello ha inizio.»

Daigoro restò fermo, e Yoshitomo girò alla sua sinistra. Ichirō lanciò a Daigoro un'ultima occhiata, poi si spostò per seguire il movimento di Yoshitomo. Daigoro zoppicò verso Ōda Tomonosuke, preparandosi a fargli le sue misere scuse.

Prima che potesse raggiungerlo, il duello si concluse. Ci fu lo stridio dell'acciaio, poi un confuso grido di Ichirō. Yoshitomo indietreggiò mentre Ichirō cadeva sulle ginocchia. La sua schiena era bagnata dal sangue che gli sgorgava a fiotti dalla base del collo. La testa penzolava in avanti, staccata da una parte. Cadde di faccia sulla sabbia.

Yoshitomo frustò la spada compiendo un arco sanguinolento, per pulirla dal sangue prima di rinfoderarla. Fece un inchino alla sagoma insanguinata di Ichirō, poi alla loro madre, pietrificata accanto al nobile Ōda. Mentre i servitori e i guaritori si radunavano attorno a Ichirō, gli Ōda si rimisero in cammino.

47

La ferita era più grave di tutte quelle di cui Daigoro avesse mai sentito parlare. Secondo il parere del capo guaritore della famiglia, che aveva appreso delle nuove tecniche da un dottore barbaro del Sud e aveva anche trascorso alcuni anni di studio in Cina, la spada di Ōda aveva reciso una delle ossa del collo di Ichirō. La colonna vertebrale era ancora attaccata, ma solo di poco. Se i guaritori non si fossero trovati a pochi passi dal luogo del combattimento, Ichirō sarebbe sicuramente morto dove era caduto.

Erano riusciti a ricucire il collo, ma ora la questione che si poneva era cosa fare per guarire i tessuti e le ossa. Yagyū, il capo guaritore, chiese che gli fossero portati del legno, un carpentiere e tutto il riso che si riusciva a trovare.

Mentre il carpentiere seguiva le istruzioni dell'anziano, tre servitori scavarono una buca nel cortile più profonda dell'altezza di Daigoro. Yagyū e il carpentiere strinsero una corda attorno alla testa di Ichirō e la legarono a una trave. Sotto la supervisione di Yagyū, i guaritori misero Ichirō nella fossa, in posizione eretta, con il sangue che ancora gli colava attraverso le seghettate linee nere dei punti. Dopodiché riempirono la buca di riso e attaccarono la trave legata alla testa di Ichirō ad alcuni tronchi di bambù piantati in verticale. Quando il lavoro fu concluso Ichirō venne seppellito fino al mento, con la testa fissata in modo che non potesse assolutamente muoverla. Appena prima che l'ultimo strato di riso venisse versato, Yagyū spalmò un unguento di olio e resina di pino sulle ferite ricucite. Ichirō era immobilizzato, ma sarebbe sopravvissuto.

Un mese dopo era ancora vivo e non c'erano più stati duelli. A volte i muscoli atrofizzati gli facevano così male da costringerlo a gridare attraverso le labbra, dato che la mascella era tenuta chiusa dalla corda. Altre volte veniva assalito da attacchi di follia per via del prurito insopportabile. I servitori stavano con lui costantemente, scacciando le mosche di giorno e le zanzare di notte. Bere era un'operazione difficoltosa e mangiare lo era ancora di più. Più di una volta Ichirō chiese ai servitori di ucciderlo. Non lo chiese mai a Daigoro poiché non gliene diede l'opportunità. Un umile servitore non poteva uccidere un uomo della levatura di Ichirō, e Daigoro sapeva che invece lui avrebbe dovuto onorare quella richiesta se gli fosse stata fatta, perciò si assicurò di non avvicinarsi mai abbastanza da poter sentire le richieste di Ichirō quando questi poteva accorgersi della sua presenza.

Si sedeva accanto a lui non appena si addormentava o quando perdeva i sensi per via del dolore o del caldo. A volte Daigoro gli si avvicinava silenziosamente dalle spalle, prendendo un ventaglio come i servitori e trascorrendo intere ore in silenzio a rinfrescare la nuca di suo fratello.

Non sapeva cos'altro fare. Ogni giorno si inginocchiava davanti al sacrario di suo padre, chiedendogli consigli. Tutto ciò che ho sempre fatto, pensava, è stato rispettare il tuo volere, padre. Ho sempre cercato di seguire il tuo cammino, e ora quel cammino mi ha condotto a qualcosa che non avresti mai desiderato. Il tuo primogenito sta patendo le pene peggiori della terra. Si sarebbe salvato se avesse combattuto con Vittoria Gloriosa? La sua lunghezza, la potenza del suo ferro, erano questi i vantaggi di cui aveva bisogno? Cos'avrei dovuto fare? Cosa farò adesso?

All'interno della tenuta della sua famiglia non c'erano le risposte a quelle domande, così Daigoro prese i propri pensieri, il suo wakizashi e l'ōdachi di suo padre e si diresse verso le montagne. Cavalcò per un'ora, senza meta, con la vaga speranza che uno spirito nel vento gli soffiasse nell'orecchio le risposte di cui aveva bisogno. Le montagne erano verdi e rigogliose, l'aria trasportava il presagio di una pioggia notturna e il mare sbatteva con il suo ritmo bisbigliante contro le rocce lungo la costa, ma nessuno di loro gli forniva una risposta.

Alzando lo sguardo, Daigoro si accorse di essere improvvisamente giunto al Kattō-ji, nonostante non avesse idea di come fosse arrivato proprio lì. Avrebbe voluto dirigersi dalla parte opposta, ma poi si era perso nelle sue elucubrazioni. Si chiese se il suo cavallo avesse deciso di condurlo al tempio. A Daigoro non importava. Una collina ricoperta di vigne era un posto buono come un altro per non riuscire a trovare le risposte a cui anelava.

«Giovane signore Okuma» disse una voce vicina alle mura grigio cenere che circondavano il tempio, e Daigoro sollevò lo sguardo per vedere il sacerdote lì in piedi. «Vi state ancora esercitando con la spada?»

«Ogni giorno.»

«Ma non quassù. Siete venuto a mostrarmi di nuovo il vostro capolavoro?»

«No. Stavo solo... girovagando.»

«Ah. Allora forse il vostro capolavoro è venuto a vedere i nostri. Venite dentro, volete?»

Non sapendo cos'altro fare, Daigoro scese dalla sua giumenta, la legò a una colonna accanto all'entrata e seguì il sacerdote all'interno del tempio. Il vecchio era arzillo, camminava velocemente come un uomo della metà dei suoi anni. «Sembra che vi teniate in allenamento» disse Daigoro.

«Ah sì?»

«Sì, e lo sapete. Camminate talmente veloce che non riesco a tenervi il passo. Potrei uccidervi su due piedi se la prendessi come un'offesa personale.»

«Sì, potreste» disse il sacerdote. «Ma se avessi rallentato l'andatura per stare al vostro passo, avreste comunque potuto uccidermi per essermi accorto della vostra debolezza e averla sottolineata. In verità, è vostra prerogativa potermi uccidere in qualsiasi momento. Perciò è meglio che io vada avanti come ho sempre fatto, e voi anche.»

Si fermarono sul lastricato di un camminamento che costeggiava un giardino roccioso di sassolini grigi, nel quale grandi massi spiccavano dalla ghiaia come isole punteggiate di licheni. Al centro del giardino si trovava una contraddizione vivente: un enorme bonsai di pino. I suoi rami nodosi erano contorti come pennacchi di fumo colpiti di sbieco dal vento, e le sue radici ricoperte di muschio scivolavano nel giardino roccioso come serpenti. Era alto per qualsiasi standard, ma per gli standard della sua specie era mastodontico. Daigoro si rese conto che doveva averlo scorto un'infinità di volte, dato che la sua corona era probabilmente visibile anche dalla fortezza degli Okuma. Fino a quel momento lo aveva scambiato per un pino qualsiasi.

«Il nostro capolavoro» disse il sacerdote mentre Daigoro osservava l'albero a bocca aperta. «Questo tempio fu costruito un secolo fa, per celebrare il trecentesimo compleanno di questo albero. Il giorno in cui questo pino ha piantato le sue radici, la vostra spada era già una signora anziana. Oggi finalmente i due nonni fanno la reciproca conoscenza.»

Daigoro annuì lentamente. Il sole colpì gli aghi più alti rovesciando una luce bianca sulla cima dell'albero. Quella vista gli tolse il fiato. Per la prima volta comprese perché un uomo potesse scegliere di abbandonare tutto ciò che aveva per trascorrere il resto della vita in un posto come quello. Se aveva intenzione di cercare l'illuminazione, quello era il luogo perfetto.

«Perché questo posto si chiama Tempio delle Vigne Attorcigliate?» chiese Daigoro. «Perché non Tempio del Vecchio Pino?»

«Le vigne si attorcigliano su tutto, giovane signore. Su questo tempio, su questo albero: per esistere le vigne si devono aggrovigliare su di essi. Le vigne che vi hanno imprigionato sono così pesanti che riesco a vederne i solchi sul vostro volto. Siete troppo giovane per avere quei solchi, Okuma-san. Cosa vi affligge?»

Prima di rendersene conto, Daigoro gli stava raccontando tutto. Il suo frustrante desiderio di obbedire al volere del padre, la sua incapacità di trovare il cammino, la sua preoccupazione per suo fratello, per sua madre, per l'onore della sua famiglia: mise a nudo tutto sé stesso. «Sono così tormentato,» disse «che non ho più nessuna idea di dove dovrei andare. Forse dovrei rimanere qui, e rispedire questa spada stregata a casa con un messo. Forse dovrei radermi il codino e trascorrere il resto della vita nel vostro tempio.»

Il sacerdote scrollò le spalle. «Perché non lo fate?»

«Non posso. Il mio senso del bushidō mi dice che non posso. E lo stesso mi dice lo spirito di mio padre.»

«Allora non fatelo» disse il sacerdote. «Camminate con me invece. Lasciamo che i vecchi nonni si incontrino.»

Daigoro seguì l'anziano sacerdote lungo il lastricato che conduceva al giardino di quell'albero grandioso. Salirono i gradini ombreggiati del salone della meditazione, un basso edificio di legno marrone scuro e stendardi rossi. Daigoro si tolse il soprabito di seta dorata, lo appoggiò sul pavimento del porticato che circondava il tempio, e infine rimosse Vittoria Gloriosa dalla sua cintura e la posò sulla seta. Sistemò il suo wakizashi accanto a essa. Era strano essere disarmato in pubblico. Sapeva che si sarebbe dovuto sentire vulnerabile, e invece si sentiva stranamente sollevato.

Daigoro e il sacerdote passeggiarono lentamente lungo il perimetro del giardino roccioso, una brezza orientale trasportava l'odore del rame e del vapore. Daigoro pensò che la sala da bagno del tempio dovesse trovarsi nelle vicinanze. «Come fate a sapere così tante cose su di me?» chiese.

«Una volta ero un giovane samurai anch'io.» Il sacerdote si voltò e gli sorrise. «Credete che quello che state vivendo sia così unico? Ognuno di noi ha i propri turbamenti. Siamo tutti imprigionati, abbiamo tutti qualcosa che si attorciglia su di noi.»

«Ma come fate a conoscere così bene la mia spada? L'ultima volta che vi ho visto, avete capito che era una Inazuma solo osservandola.»

«È una lama molto famosa» disse il sacerdote con una risatina. «Quelli che si dedicano interamente alle spade, come facevo io un tempo... Be', sapere questo genere di cose rientra nelle nostre competenze, non vi pare? La vostra è conosciuta come Vittoria Gloriosa, credo.»

Daigoro restò interdetto. «Come fate a saperlo?»

«Avete mai smontato quella spada, ragazzo?»

Daigoro non aveva bisogno di rispondere, il sacerdote sapeva che non l'aveva mai fatto. Continuarono a camminare lungo il lastricato, passando tra l'estremità meridionale della sala della meditazione e una piccola casa del tè parzialmente nascosta da una bassa staccionata di bambù. Poco dopo raggiunsero quello che Daigoro suppose dovesse essere il monastero, a giudicare dalle tante paia di sandali adagiate lungo una delle pareti dell'ingresso.

Il sacerdote si tolse i sandali, lasciò un attimo Daigoro da solo, e quando ricomparve aveva fra le mani un piccolo contenitore oblungo di legno di quercia bianco. Daigoro capì subito di cosa si trattava: un kit per pulire le spade. Tornarono alla sala della meditazione dove, come si aspettava, Daigoro ritrovò le sue armi esattamente dove le aveva lasciate. Alla fine riuscì a spiegarsi il sentimento di sollievo che aveva provato poco prima. Non era perché in quel luogo nessuno avrebbe osato rubare delle spade, anche se naturalmente nessuno lo avrebbe fatto. Era perché lì nessuno voleva una spada. Nemmeno una lama Inazuma rappresentava una tentazione.

Con una serie di movimenti precisi e metodici, il sacerdote iniziò a smontare l'impugnatura dell'ōdachi. Mentre lavorava, Daigoro disse: «Ditemi la verità: questa spada è stregata?»

«Lo è e non lo è. Dipende dalla prospettiva.»

Sollevando lo sguardo, il sacerdote vide l'espressione di irritazione che Daigoro sapeva di non essere riuscito a nascondere. «Pensate che sia evasivo» disse il sacerdote. «Pensate che tutti i sacerdoti zen parlino per enigmi. Be', forse lo facciamo, ma non in questo caso. Guardate qui.»

Aveva rimosso completamente l'impugnatura della spada, denudando il cuore di metallo. C'era il marchio di Inazuma, inciso nell'acciaio, sotto il nome della spada: Vittoria Gloriosa Indesiderata.

«Non capisco» disse Daigoro. «Mio padre non sapeva il nome della sua stessa spada?»

«Credo che lo conoscesse meglio di chiunque altro. Questa spada è stata chiamata Vittoria Gloriosa per moltissimo tempo, poiché è ciò che porta... ma solo se chi la impugna non la cerca. Non sono molti quelli che riescono a comprenderlo, ma credo che voi ci riuscirete. È un'arma a doppio taglio, quella di portare la vittoria solo quando questa non viene ricercata. Coloro i quali vogliono guadagnarsi la fama con questa lama non la raggiungeranno mai, mentre chi non ha desiderio di guadagnarsela, la otterrà.»

Daigoro si accigliò osservando la spada. «Non riesco ancora a capire. Si dice che Inazuma sia stato il più grande forgiatore di spade di tutti i tempi. Perché mai avrebbe dovuto crearne una così capricciosa?»

«Pensate che sia capricciosa? Per come mi è stata narrata la storia, anche la gloria del maestro stesso non era stata desiderata. Pensateci: essere ricordato per centinaia di anni per aver creato degli strumenti di morte. Per quanto ne so, il maestro Inazuma era disgustato dalla carneficina che le sue spade avevano provocato. Si diceva che alcune di esse fossero maledette, altre benedette, ma in ogni caso le sue lame erano lo strumento migliore per spargere del sangue. Non è il genere di reputazione che aiuti un vecchio a dormire sonni tranquilli. Vittoria Gloriosa Indesiderata fu l'ultima spada che forgiò, il suo capolavoro finale. Avrebbe premiato i migliori guerrieri e punito i peggiori fra loro. Ditemi voi se è un capriccio.»

Daigoro continuava a fissare la spada con la fronte corrugata. Il sacerdote gli appoggiò una mano rugosa sull'avambraccio. «Avete studiato la storia delle guerre, giovane padrone?»

«Certamente.»

«Allora conoscerete i versi di Sun Tzu: 'I guerrieri migliori sottomettono il nemico senza combattere.' Vostro padre aveva questa abilità. Combatteva solo quando era costretto a farlo, e quando lo faceva combatteva fino alla vittoria, a qualsiasi costo. I suoi uomini sapevano che le loro vite non sarebbero mai state messe a rischio avventatamente, perciò si gettavano a capofitto in qualsiasi battaglia lui ordinasse loro di affrontare. È terribile trovarsi di fronte un uomo del genere in guerra. Contro di lui non si può vincere.»

Daigoro sollevò lo sguardo, e un pensiero improvviso impregnò la sua mente come fa l'acqua con un tessuto. «Avete combattuto contro di lui, non è così?»

«Combattuto?» Il sacerdote fece una risatina. «No. Si aggiudicò la vittoria prima che qualcuno di noi potesse sfoderare la spada. Fummo vinti in furbizia e in numero. Dopo quell'episodio non potevo più tenere il codino da samurai. Vostro padre mi mostrò cos'è veramente un samurai, e io mi resi conto che non potevo contemporaneamente essere considerato tale e combattere contro di lui. Non potevo tradire il mio signore, così mi sono rasato la testa e ho riposto le mie spade. E ora me ne sto seduto qui, a dare consigli al figlio dell'uomo che ha combattuto contro il mio signore.»

Fece un'altra risatina e Daigoro sorrise insieme a lui. «Aveva una certa reputazione, vostro padre» disse il sacerdote. «Celeberrimo per le sue doti in battaglia, eppure un grande pacificatore.»

«Fu per questo motivo che mio nonno lo nominò capo clan» disse Daigoro, parlando più a sé stesso che ad altri. «E fu sempre per questo motivo che i suoi fratelli si allontanarono da lui. Non fu per la spada.»

«Suppongo sia così» disse il sacerdote. «Molti fra i più abili guerrieri fraintendevano questa sua inclinazione, e i successi che gli procurava. Fu perché evitava il combattimento ogni volta che poteva che le sue vittorie furono così gloriose.»

«A mio fratello non piacerebbe sentire cose del genere. Da quanto dite, sembra che nostro padre scappasse dalle guerre.»

«Scappasse? No. Direi che le evitava. Riusciva ad aggirarle con l'astuzia. Combatteva quando doveva, ma solo se era costretto a farlo. Questo è ciò che vostro fratello non comprende... anche se forse riuscirà a capirlo ora, viste le ferite che ha riportato.»

«Mmm,» fece Daigoro «ci avete osservato da vicino, non è così?»

«Certamente. Quando vostro padre sconfisse il mio vecchio signore, divenne il mio insegnante. L'ho studiato con molta attenzione. Come potrei non studiare i suoi figli?»

Daigoro non poté fare a meno di sorridere. «Qualcuno potrebbe accusarvi di spionaggio» disse. «Potrebbe dire che portate conflitti in quella che dovrebbe essere una casa piena di pace.»

Il sacerdote inclinò la testa. «La pace è come qualsiasi altra cosa: una condizione relativa. Io faccio semplicemente quello che sono abituato a fare. Come fate voi. Come fa vostro fratello.»

Il sorriso sul viso di Daigoro si spense. «È perché faccio quello che sono abituato a fare che mio fratello è sepolto fino al collo. Potrebbe morire, e tutto perché mi sono rifiutato di dargli la spada.»

«Potrebbe sopravvivere, e tutto perché vi siete rifiutato di dargli la spada.»

La mente di Daigoro vacillò, poi tornò salda. Non aveva mai considerato le cose da quella prospettiva. Era possibile che la spada negasse la vittoria a Ichirō dato che lui la stava cercando? E se era così, come aveva fatto il loro padre a sopravvivere a così tante battaglie? Come faceva a guerreggiare senza desiderare di vincere?

Non poteva. Era impossibile, perlomeno per uno che non aveva istinti suicidi. Combattere significava farlo per sopravvivere. Daigoro ne era certo. Ma ora, osservando il volto sereno del sacerdote, si rese conto di essersi posto la domanda sbagliata. Il punto non era come fosse possibile combattere senza desiderare di vincere, ma come vincere senza desiderare di combattere.

«Ditemi cosa devo fare» disse. «Aiutatemi a trovare il giusto cammino.»

«Nessuno vi ci può condurre» disse il sacerdote. «Il bushidō è un cammino che ogni guerriero deve trovare da solo. Ma posso dirvi cosa fare con questa spada. Ricordatevi cosa vi ho detto: il vostro è un dubbio della miglior specie, poiché contiene la propria soluzione. Tornate a Sun Tzu: 'Tutte le guerre si basano su un inganno.' Trovate questo passaggio, studiate cos'altro dice. Siete un giovanotto pieno di potenzialità, la risposta non vi sfuggirà.»

Daigoro osservò in silenzio le abili dita del sacerdote ricomporre Vittoria Gloriosa Indesiderata. Non riusciva né a parlare né a muoversi, era troppo impegnato a fissare nella memoria le parole dell'anziano. Quando recuperò l'uso della parola, l'ōdachi era tornato nel suo fodero, pronto alla battaglia.

«Credo che il casato di Okuma sarebbe onorato di avere fra le proprie fila un guerriero come voi» disse al sacerdote. «Ho una mezza idea di invitarvi a venire alla tenuta insieme a me.»

«Declinerei rispettosamente l'invito» disse il sacerdote facendo un inchino. «È troppo tardi per me; questa mia vecchia testa non fa più crescere abbastanza capelli per fare un codino.»

Daigoro sorrise. «Forse no. Ciononostante, in tempi di conflitti sareste un ottimo uomo da avere al proprio fianco.»

I due uomini camminarono accanto al grande bonsai di pino diretti verso l'ingresso del tempio, questa volta al passo di Daigoro. «Questo vecchio albero ha superato tanti terremoti e tante tempeste» disse il sacerdote. «Proprio come la vostra spada. Questo è tutto ciò che ciascuno di noi possa fare.»

«Suppongo di sì.»

Daigoro fece un inchino, lo ringraziò e si rimise in cammino per tornare a casa.

48

'Tutte le guerre si basano su un inganno', diceva il libro. La copia del *Sun-Tzu* di Daigoro aveva i bordi consumati. Come tutti i samurai della sua età, aveva letto quel libro più di cento volte, imparando interi capitoli a memoria, discutendo di questo e di altri classici tantissime volte con suo padre e con gli istruttori di arti marziali. Il libro era talmente consunto che i bordi delle copertine di legno erano ormai morbidi. Continuò a leggere.

Ancor prima di finire la pagina, comprese il consiglio del sacerdote. Finalmente aveva una strategia. Finalmente poteva fare buon uso di Vittoria Gloriosa Indesiderata.

Tre mesi dopo il duello con Ōda Yoshitomo, Yagyū e i suoi guaritori tirarono Ichirō fuori dalla buca. Il suo corpo era quasi completamente inerte, e puzzava più di un cadavere, più di una latrina. Il puzzo fu sufficiente a muovere la pietà di Daigoro: anche se Ichirō fosse sopravvissuto fino al suo centesimo compleanno, non sarebbe sopravvissuto alla vergogna di quell'odore. Nemmeno un *eta* puzzava così tanto. Daigoro dubitava che persino i barbari del Sud potessero emanare quel fetore, e le storie che gli avevano raccontato su di loro lo avevano fatto quasi vomitare.

Ci volle un'altra settimana prima che Ichirō fosse in grado di camminare da solo sotto le foglie rosse degli aceri della tenuta, e un altro mese prima che potesse ricominciare ad allenarsi con la spada. Le sue abilità con l'arco, dissero i guaritori, non sarebbero mai più state le stesse poiché non poteva piegare la testa abbastanza da mettere in posizione il braccio sinistro. Ma quando sollevò la spada, gli uomini restarono sbalorditi: fu come se non avesse mai subìto alcun danno. Si allenava con un'intensità che Daigoro associava ai tifoni, agli animali messi all'angolo. Ichirō aveva perduto parecchie energie, ma non la sua velocità né la sua precisione.

I samurai Okuma ne furono meravigliati, invece Daigoro lo aveva previsto. Ogni giorno che Ichirō aveva trascorso nel riso, aveva ripercorso mentalmente il suo ultimo duello. Daigoro non si sarebbe aspettato nient'altro da lui. Dopotutto, era un samurai, la dedizione gli scorreva nelle vene. Mentre guariva, il prurito lo aveva portato sull'orlo della follia, ma ogni volta che era tornato in sé aveva riflettuto sul combattimento.

«Ho saputo una cosa su Ōda Yoshitomo» disse Daigoro a suo fratello dopo una sessione di allenamenti. Ichirō lanciava ancora delle occhiate alla spada Inazuma, ma non diceva più niente a riguardo. «Ha vinto più di quaranta duelli,» proseguì Daigoro «quasi tutti combattuti con lame di acciaio.»

Ichirō stava ansimando, ma si fermò quando udì le parole di Daigoro. Si mise a sedere sotto il porticato accanto a lui, con i piedi che sfioravano la sabbia mentre quelli di Daigoro erano a penzoloni nell'aria. «Da chi l'hai saputo?»

«Sono andato a Shimoda la scorsa settimana» disse Daigoro. «C'era una riunione con gli altri clan; tu non cavalcavi ancora. Per caso ho sentito quello che dicevano due messi che si erano fermati a mangiare lungo la strada. Uno di loro ha detto che Ōda è famoso per quello che definisce stile 'Falco e Fenice'. Hanno detto che il suo marchio di fabbrica è un colpo sferrato spostandosi lateralmente... Lui lo chiama colpo del 'Falco in picchiata'. A quanto pare tu sei l'unico che sia sopravvissuto.»

«Che onore» brontolò Ichirō.

«Credo che lo sia davvero. Ōda dice di aver ucciso dei cavalli con quel colpo. Quei messi parlavano di una Fenice ascendente e di un Falco in picchiata, e dicevano che Ōda vince quasi tutti i duelli con il Falco in picchiata.»

«Anche con me ha vinto con quel colpo.»

«Sì,» disse Daigoro «ma non capisci? Sei sopravvissuto a una mossa che uccide i cavalli. Una mossa che ha ammazzato quasi tre dozzine di uomini. Cosa significa questo per te?»

Ichirō annuì e il ghigno sul suo volto si addolcì tanto da diventare quasi un sorriso. Alzandosi in piedi, disse: «Grazie, fratellino. Noi Okuma siamo forgiati da ferro di ottima qualità, proprio come le nostre spade.»

Daigoro gli sorrise guardandolo camminare lentamente per il cortile nella luce del tramonto. 'Noi Okuma', aveva detto. *Noi.*

49

Un mese più tardi la neve copriva il terreno e Daigoro e Ichirō stavano finendo di cenare in una locanda sul versante di una montagna vicino al posto di controllo di Ashigara. Ichirō ci era andato in quanto capo clan, per ascoltare le richieste di un altro degli emissari del generale Toyotomi. Aveva invitato Daigoro a unirsi a lui, e nonostante il vento e il freddo Daigoro era stato più che felice di accettare.

«Aprite questo posto» disse Ichirō alla servitrice. «Quella parete lì, apritela. Fateci vedere il giardino.»

La domestica gli obbedì immediatamente, nonostante la stranezza della richiesta. Non appena ebbe spostato lo shoji da una parte, uno spiffero gelido volò oltre il tavolino; il vapore del riso assunse una sfumatura più densa, invernale.

«Pensaci un attimo,» disse Ichirō «a meno di cinquanta passi da questo tavolo, la strada di Tokaidō è un pantano marrone di fango. E invece qui, appena fuori dalla stanza, la neve sulle rocce è di un bianco immacolato. Il *sake* mi scalda la pancia, mentre ad appena cinquanta passi da me la gente è distrutta e arranca per il freddo.»

Grandi fiocchi bianchi cadevano soffici come petali di ciliegio, ispessendo il manto che copriva il giardino roccioso. Il vapore si alzava dal laghetto caldo nel giardino, inumidendo il vento invernale. Quel laghetto non si sarebbe mai gelato, e non sarebbe nemmeno diventato freddo. Oltre il muro del giardino, oltre i rami coperti di neve degli abeti, Daigoro udì gli ultimi viaggiatori della sera percorrere la Tokaidō. «È una bella sera per restare al chiuso» disse.

«È una bella sera per essere un Okuma.»

Dalla porta in fondo al corridoio alle loro spalle provennero dei leggeri colpi, e subito dopo la porta si aprì. Il proprietario della locanda si inginocchiò accanto a essa, la sua testa si abbassò tanto che il suo mento toccò il kimono marrone che gli copriva il petto. Inizialmente Daigoro pensò che l'uomo fosse venuto a chieder loro di chiudere la parete per non fare entrare il vento gelido. Se lo avesse fatto, Daigoro sarebbe stato in parte colpito e in parte offeso dall'impudenza della richiesta. E invece il proprietario della locanda disse: «Un visitatore per voi, miei signori.»

«Chi?» chiese Ichiro.

«Il signore Ōda Yoshitomo. Vi chiedo infinitamente perdono, miei signori. Ha insistito molto.»

Senza dire una parola, Ōda entrò nella stanza e si inginocchiò accanto all'entrata. Chiuse la porta senza congedare il proprietario, e fece un debole inchino a Daigoro e a Ichirō. «Ho saputo che avete avuto la meglio su Katsushima Goemon» disse.

«Questo è certo» disse Ichirō.

«Ho combattuto contro Katsushima tre anni fa. Faccio fatica a credere che voi lo abbiate battuto.»

Daigoro vide Ichirō irrigidirsi, ma fu estremamente colpito dall'autocontrollo di suo fratello. L'aver sfiorato la morte lo aveva cambiato.

«Tre anni sono tanti» disse Ichirō. «Forse Katsushima è diventato più lento con l'età.»

«Non è un vecchio. Ne dubito.»

«Prendete un tè» disse Daigoro. «O un *sake*, se preferite.»

«Ho saputo anche» disse Ōda «che vi vantate di essere l'unico uomo a essere sopravvissuto al mio Falco in picchiata.»

Un'altra ondata di tensione irrigidì le spalle e il collo di Ichirō. Daigoro se ne accorse, e sapeva che l'aveva notato anche Ōda. Eppure la voce di Ichirō restò fredda come la neve. «È un dato di fatto che io sia sopravvissuto,» disse «e per quanto riguarda le vanterie, sono cose che adesso tento di evitare.»

«Ma ne avete parlato.»

«La gente ne ha parlato. Potrei essermi trovato fra chi ne parlava.»

I muscoli della mandibola di Ōda si contrassero. «Non ci credo. Soprattutto non da una persona che è stata così maleducata con me.»

«Proprio voi parlate di maleducazione» disse Daigoro. Lottò per riuscire ad alzarsi in piedi, per mettersi fra i due, ma la debolezza della sua gamba destra e il poco spazio dietro il tavolo cospiravano per impedirglielo. «Siete venuto qui senza essere stato invitato» proseguì. «E tutto quello che avete fatto è stato scagliare insulti e insinuazioni.» Toccò la spalla di Ichirō. «Non ascoltarlo. È il karma, fratello. Lascia che faccia il suo corso.»

«Sì, il karma» disse Ōda. «Il karma di essere insultato dopo aver insultato me. Il karma di essere fatto a pezzi come un cervo da un cacciatore dopo aver fatto a pezzi tanti uomini con cui avete duellato. Come sta il vostro collo, Okuma? Abbastanza forte da tenere attaccata la testa, ma per quanto tempo?»

Ichirō balzò in piedi, scrollandosi di dosso la mano di Daigoro che tentava di fermarlo. Prima che potesse dire qualcosa, Daigoro disse: «Aspetta, Ichirō! Non può sfidarti a duello... non può farlo se vuole mantenere il suo onore. Ti ha già battuto; sfidarti di nuovo lo disonorerebbe.»

«Qualcuno dovrebbe tagliargli quella lingua biforcuta» disse Ichirō con gli occhi fissi su Ōda.

«Sì,» disse Daigoro «qualcuno dovrebbe farlo, ma non tu. Stai percorrendo un nuovo cammino ora, è troppo presto per tornare a quello vecchio.»

Ōda grugnì. «È vero. Ascoltate il vostro fratellino... quel piccolo nano storpio che avete per fratello.»

«Basta così!» gridò Ichirō. «Vi sfido io adesso, figlio di buona donna! Combatteremo con i ferri in mezzo alla Tokaidō! Quando avrò finito con voi, spedirò le vostre braccia a oriente e le vostre gambe a occidente, cosicché tutti quelli che si trovano da Edo a

Osaka possano vedere cosa succede a uno che parla male degli Okuma! Daigoro, dammi la spada!»

«Fratello, non posso...»

«La spada!» Ichirō andò verso Daigoro, la cui gamba destra stava facendo tutti gli sforzi che le erano possibili per alzarsi in piedi. Livido di rabbia, Ichirō sollevò la spada del padre dal pavimento accanto a suo fratello e si diresse a grandi falcate verso il giardino innevato. Ōda lo seguì; entrambi indossavano solo le calze ai piedi, noncuranti del freddo e dell'umidità.

Daigoro si strattonò la gamba per raddrizzarla, si sollevò in piedi e corse fuori dalla porta. Si fermò per indossare i sandali di legno solo perché doveva: il suo debole piede destro avrebbe potuto tradirlo se si fosse appoggiato a una roccia nascosta sotto la neve, e il sandalo avrebbe ridotto quel rischio. Andò verso la strada il più in fretta che gli fu possibile, fin troppo consapevole del fatto che il peso di Vittoria Gloriosa Indesiderata non era al suo fianco a rallentarlo.

Quando raggiunse la Tokaidō, attorno a Ichirō e Ōda si era radunata una piccola folla. Ampi cappelli coperti di neve indicavano che alcuni di quegli uomini erano dei viaggiatori; altri, con abiti più leggeri, erano fermi sulle porte delle locande e delle taverne lì intorno. Daigoro si fece largo fra la folla, che aveva formato una specie di arena attorno ai duellanti.

Il primo scambio avrebbe potuto facilmente essere l'ultimo di Ichirō se questi non avesse conosciuto il Falco in picchiata di Ōda. Ōda era veloce e la luce della luna non era abbastanza forte da illuminarlo. Ichirō riuscì a schivare il colpo con destrezza, contrattaccando con un affondo che tagliò la manica di Ōda ma non il suo braccio. Daigoro si domandò come fosse possibile: con quell'affondo la lunga Inazuma avrebbe dovuto raggiungere la carne. Dopodiché vide che i piedi di Ichirō erano troppo larghi: la spada lo aveva sbilanciato, lasciandolo fuori tiro.

Lo scambio successivo fu molto simile al primo. Ichirō si difese da un velocissimo attacco e perse l'equilibrio proprio prima di riuscire a colpire l'avversario.

Poi arrivò un altro Falco in picchiata. Ōda fece l'affondo, si spostò lateralmente, e si allungò verso il collo di Ichirō. Ichirō anticipò la stoccata e si difese come aveva fatto poco prima. Ōda proseguì il movimento, mirando improvvisamente al ginocchio. La mossa sorprese Ichirō, ma solo per un attimo, poi avanzò per contrattaccare.

La spada di Ōda lo infilzò da sotto la cassa toracica. La lama penetrò prima il diaframma, poi i polmoni e il cuore e infine gli emerse dalle costole. L'acciaio insanguinato brillò nella flebile luce della luna. Con un debole ansito di dolore, Ichirō morì.

La spada Inazuma cadde nel fango con un tonfo sordo. «Quella» disse Ōda sopra al cadavere «era la Fenice ascendente.» Il suo tono era strano. Dapprima Daigoro pensò che sulla sera fosse calato un silenzio innaturale. Poi si rese conto che Ōda stava parlando abbastanza forte da farsi sentire da tutti gli avventori. «Se non riesco a uccidere con il Falco in picchiata,» disse «arriva la Fenice ascendente a reclamare la preda.»

Sta cercando di recuperare la sua reputazione, pensò Daigoro. È contento che Ichirō lo abbia sfidato pubblicamente.

Dopo un lungo momento, Ōda si sollevò dalla posizione accovacciata e appoggiò il corpo di Ichirō per terra. Dovette compiere un notevole sforzo nel tentativo di recuperare la sua katana, dato che le viscere del cadavere sembravano essersi aggrappate alla lama con una forza disumana. Daigoro zoppicò in avanti e si chinò per sollevare Vittoria Gloriosa Indesiderata.

«Vi sfido, Ōda Yoshitomo.» Daigoro strinse la mano sull'impugnatura della Inazuma, ancora calda delle mani di suo fratello.

Ōda sollevò lo sguardo, nei suoi occhi c'era stupore ma sulle sue labbra comparve un sorriso. «Voi? Non siete che un ragazzino. Volete affrontare *me*?»

«Se voglio affrontarvi? No. Ma ve ne state lì a compiacervi di voi stesso sul corpo di mio fratello. Lo avete insultato, e perciò avete insultato la mia famiglia. Non mi lasciate altra scelta.»

Ōda guardò la spada di Daigoro, poi osservò la propria, ancora affondata nel corpo di Ichirō. «Quella spada è quasi più alta di voi. Perché non ve ne tornate a casa, ragazzino? Venite a cercarmi quando sarete cresciuto.»

Daigoro rimase fermo. «Non vi combatterò mentre siete disarmato» disse.

«Allora siete un folle. Non finirà bene per voi se mi consentite di recuperare la spada. Fareste meglio a uccidermi ora.»

Daigoro fece due passi traballanti all'indietro. «Se morirete stanotte, perlomeno lo farete con una spada fra le mani. Prendetela.»

Ōda guardò Daigoro, poi afferrò l'impugnatura della sua arma. Alla fine riuscì a ritrovare il buco nel cadavere ed estrasse la spada; un fiotto disgustoso fuoriuscì dalla ferita e colò lungo la lama.

Daigoro andò in mezzo alla strada, la folla si allargò attorno a lui. Ōda gli si mise di fronte, a tre o quattro passi di distanza.

«Non avreste dovuto iniziare questa cosa, ragazzo.»

«Non l'ho fatto. È stato mio fratello a iniziarla. Voi l'avete peggiorata. Io non posso fare altro che seguire il cammino che è stato tracciato per me.»

Daigoro sentì le vene del suo collo pompare con forza. La sua pelle era gelida, più per la scossa di adrenalina che per l'aria invernale. Nell'avvicinarsi a Ōda passò accanto al cadavere di suo fratello. Il volto di Ichirō si era afflosciato, e ora assomigliava al viso sereno che aveva avuto anche suo padre da morto. Ah, Ichirō, pensò, hai percorso il tuo cammino troppo a lungo per non raggiungerne la fine.

Tutte le guerre si basano su un inganno. A Daigoro venne in mente quella frase mentre zoppicava verso destra, dovendo fare due passi quando a Ōda ne bastava uno. Era un combattente astuto, Ōda, anche lui doveva conoscere quel verso di Sun-Tzu. Non appena si era sentito sfidare da Daigoro, aveva cercato di raggirarlo. Nonostante le sue bravate, Ōda aveva paura, e Daigoro lo sapeva. Ōda aveva due colpi mortali, il Falco e la Fenice, e lui li aveva visti entrambi. Il Falco in picchiata non aveva funzionato una seconda volta su Ichirō: una volta era sufficiente a capire come evitarlo. Per la Fenice ascendente sarebbe accaduta la stessa cosa. Ōda faceva lo sbruffone e tentava di intimidirlo perché ormai le sue armi segrete erano state messe a nudo. Aveva fatto affidamento solo su di esse per troppo tempo, e senza non aveva nulla.

Perciò Daigoro si comportò come se ne fosse ancora spaventato. Iniziò a respirare più velocemente e più rumorosamente del necessario. Lasciò che le sue spalle si abbassassero, permise ai suoi polsi di avere un lieve tremito. La tattica migliore era quella di puntare la spada alla gola del nemico, per parare un eventuale affondo; Daigoro lasciò che la sua lunga lama puntasse alla coscia di Ōda.

Tutti quelli che lo guardavano vedevano un ragazzino zoppo e minuto, che impugnava una spada troppo pesante per lui. Quando Ōda scagliò il primo colpo, Daigoro contrattaccò mirando alle mani.

La lama Inazuma recise dal polso la mano destra di Ōda. Daigoro permise al peso della spada di portarlo in avanti. Ōda gli incespicò accanto, sanguinando terribilmente. Si voltò indietro tentando un colpo con la mano sinistra.

Daigoro lo schivò, i ferri cozzarono. La spada di Ōda passò davanti al naso di Daigoro. Quella di Daigoro passò attraverso la clavicola sinistra dell'avversario.

Ōda fece cadere la propria arma, il suo braccio sinistro pendeva come stoffa bagnata. «In ginocchio» disse Daigoro. «In fretta. Non potete più compiere seppuku. Lasciate che vi conceda l'onore di una vera decapitazione.»

«Come?» mormorò Ōda. Il suo viso era diventato pallido come la neve sui tetti, e il suo sanguinamento stava già rallentando. «Come ho potuto perdere contro di voi?»

«'Tutte le guerre si basano su un inganno'» disse Daigoro. Si mise alle spalle di Ōda. «'Se sei capace, fingi incapacità; se sei forte, debolezza. Se sei vicino, fai in modo di sembrare lontanissimo; se sei lontano, di sembrare vicino. Fingi inferiorità e incoraggia la sua arroganza.' Conoscete questo passaggio?»

Ōda cadde sulle ginocchia. «Lo conosco.»

La sua testa penzolò pesantemente; Daigoro si chiese se si fosse inginocchiato di sua volontà oppure se nel suo corpo non ci fosse più abbastanza sangue da far funzionare i muscoli delle sue gambe. «È stata la vostra arroganza a uccidervi» gli disse Daigoro, abbassando il tono in modo da farsi sentire solo da lui. «Mi addolora dover dire che a mio fratello è successa la stessa cosa. Se almeno uno di voi due avesse avuto più autocontrollo, stanotte non sarebbe stata versata nemmeno una goccia di sangue. Qui moriranno due sbruffoni, tutto per il volere del giusto cammino.»

Il taglio di Daigoro fu rapido e pulito. La testa di Ōda cadde nel suo grembo.

50

Daigoro affittò un palanchino per portare a casa il corpo di Ichirō. Rallentati dalla portantina e dalla neve, ci vollero tre giorni per tornare a Shimoda, ma fortunatamente il freddo impedì al cadavere di decomporsi.

Man mano che il palanchino si avvicinava alla tenuta degli Okuma, gruppi di guerrieri si accodarono alla processione come guardie d'onore. I Nagatomo e gli Ushida, i Sora e gli Inoue, tutti inviarono almeno una dozzina di samurai a unirsi al gruppo. Alla fine, mentre Daigoro varcava le soglie di Shimoda, gli Yasuda inviarono cinquanta uomini e venti cavalli sotto gli stendardi verdi. Fra loro c'era anche Yasuda Jinbei, oltre ai nobili di tutti gli altri casati che capeggiavano le proprie file. Yasuda aveva addirittura inviato un messo per convocare altre truppe degli Okuma, in modo che il clan della famiglia di Ichirō non venisse superato numericamente da nessun altro clan. Circa duecento samurai e cinquanta cavalieri accompagnarono Ichirō alla sua casa natale.

Il funerale era stato programmato per la mattina successiva all'arrivo di Daigoro e del corpo. Un piccione viaggiatore degli Yasuda aveva sparso la notizia in anticipo, affinché il feudo degli Okuma si preparasse a ricevere il proprio figlio caduto. Mentre oltrepassava l'ingresso principale della tenuta, Daigoro vide una pira funeraria, e in quel momento sentì che qualcosa dentro di lui aveva smesso di trattenere il suo dolore. La piramide di legno rappresentava una conclusione definitiva, e la sua vista rimosse l'ultimo attaccamento che Daigoro aveva nei confronti di suo fratello. Durante i tre giorni di viaggio era stato lasciato quasi sempre da solo, e per tutto quel tempo non era riuscito a piangere. E ora, al cospetto della sua famiglia e di tutti i suoi alleati, le lacrime iniziarono a sgorgare con forza, tanto che solo con un immenso sforzo fu in grado di zoppicare verso le sue stanze mantenendo una certa compostezza.

Non pianse solo per Ichirō, ma anche per suo padre. Il lutto aveva atteso tanto, troppo tempo, e poiché era stato trattenuto così a lungo sgorgò come l'acqua di una diga che sta crollando. Quando alla fine riuscì a ricomporsi, Daigoro si mise a riflettere sulla natura dei legami. Staccarsi da suo fratello non fu difficile: aveva iniziato ad allontanarsi da Ichirō già molti mesi prima che Ōda lo uccidesse. Liberarsi delle vigne con cui lo aveva avviluppato suo padre era un'altra questione. La ferita di Ichirō e tutti i duelli che l'avevano preceduta avevano impedito a Daigoro di compiere un qualsiasi sforzo consapevole per riuscire ad affrontare la perdita di suo padre. Ma con la morte di Ichirō, Daigoro si rese conto di aver imparato qualcosa sull'attaccamento e sul distacco. Aveva imparato ad amare la sua famiglia senza rimanerne intrappolato, e ora, affrontando il lutto per suo fratello, era finalmente in grado di affrontare quello per la scomparsa di suo padre.

Caso volle che la mattina del funerale coincidesse con il sedicesimo compleanno di Daigoro. In circostanze normali il raggiungimento della maggiore età avrebbe richiesto molti festeggiamenti, ma il funerale non lo consentiva. Ciononostante, la cerimonia fu una sorta di conferma della crescita di Daigoro, poiché ora era l'unico figlio rimasto alla guida della famiglia. Era diventato il capo indiscusso del clan Okuma, e così, a sedici anni, si trovava improvvisamente a essere il daimyō più potente di tutta la penisola di Izu.

Daigoro osservò il corpo di Ichirō che veniva consegnato alle fiamme. Osservò la neve ritirarsi per il terribile calore della pira, guardò la colonna grigia levarsi superando i tetti, diretta verso le nuvole bianche. Una brezza improvvisa tagliò la colonna di fumo in due parti, mostrando a Daigoro la sagoma di una persona che non si aspettava di vedere. Katsushima Goemon aveva ancora le ampie basette cespugliose, ma quel giorno non aveva le maniche e i pantaloni tirati su per prepararsi a combattere. Daigoro lo ricordava bene – non erano trascorsi neppure sei mesi da quando Ichirō lo aveva battuto – e lo vide fiancheggiare le fiamme roventi della pira funeraria per venirlo a salutare.

«Spero che la mia presenza non vi arrechi offesa» disse Katsushima. «Vostro fratello era un combattente feroce, Okuma-sama. Merita di essere ricordato per questo.»

«Lo sarà, anche se temo che la sua ferocia sia l'unica cosa per la quale si serberà memoria.»

«No. Sarà ricordato anche per suo fratello. Per le strade si dice che siate stato accanto al suo corpo e lo abbiate difeso come un orso. Il Cucciolo d'Orso dell'Izu, è così che vi chiamano ora.»

Il vento che spirava sulla pira era sufficiente a tingere di rosso le guance di entrambi. Daigoro temeva che il proprio volto sarebbe avvampato comunque. «Vi ringrazio per essere venuto, Katsushima-san. Spero che ci facciate l'onore di fermarvi come nostro ospite stasera.»

«E io spero che mi facciate l'onore di affrontarmi in un duello, Okuma-sama.»

Daigoro fu colto alla sprovvista. «Come potrei affrontarvi, Katsushima-san? Avete più del doppio dei miei anni, se non erro. La poca saggezza che sono riuscito ad accumulare riguardo all'uso della spada non potrebbe mai rivaleggiare con la vostra.»

Katsushima fece un inchino. I fiocchi di neve si accumulavano sui suoi capelli crespi, evidenziandone il bianco e rendendo grigio il nero. «Avete il vantaggio della gioventù. Gli anni mi hanno reso più lento.»

«Anche se siete più lento, temo che superereste comunque la mia massima velocità. Dovete aver camminato cento *ri* per giungere qui. Io devo compiere un immenso sforzo anche per zoppicare da questo cortile fino al mio stesso letto.»

«A dire il vero ho preso in prestito un cavallo.» Katsushima fece un piccolo sorriso imbarazzato. «Non avrei mai osato arrivare tardi.»

«Allora dovrei concedervi quello che chiedete,» disse Daigoro «ma solo alla condizione che vi fermiate per la notte e che accettiate un pasto o due. Voglio discutere dell'uso della spada con voi, e anche del bushidō.»

«Accetto senz'altro,» disse Katsushima «credo che avremo molto da imparare l'uno dall'altro.»

Era il complimento più sincero che un uomo più vecchio potesse fare a un ragazzo di sedici anni. In quel momento Daigoro capì che il loro duello sarebbe stato solamente una formalità, una conversazione condotta con le spade invece che con le parole. L'inchino che fece a Katsushima fu più profondo di quanto avrebbe dovuto essere... era l'unico modo per ripagarlo di un complimento così grande. Quando si separarono, Daigoro fu riconoscente del dono che Katsushima gli aveva fatto: non solo il riconoscimento, ma la breve tregua dal lutto e dal dolore.

Il corpo bruciò con incredibile velocità, volatilizzandosi. Daigoro lo osservò accanto alla madre, sotto la sua mano la spalla di lei tremava per il pianto. Lui non poteva piangere davanti agli uomini che reggevano gli stendardi e ai samurai, così strinse la spalla di sua madre e meditò sulla provvisorietà. Sembrava impossibile che una persona così vigorosamente viva come Ichirō potesse semplicemente cessare di esistere, eppure nel giro di un istante a bruciare non era rimasto altro che il legno.

Alla fine, le ceneri di Ichirō vennero portate nel sacrario che era stato costruito per onorare il loro padre solo pochi mesi prima. Allontanandosi dal sacrario, Daigoro vide che Yasuda Jinbei lo stava aspettando, con il codino dello stesso colore della luce del sole che si riverberava sulla neve del cortile.

«Nobile Yasuda,» disse facendo un inchino a quell'uomo di bassa statura «ho notato vostro nipote Eijun nella vostra guardia d'onore. Onora mio fratello con la sua presenza.»

«Onora voi, Okuma-dono.»

«Ci onora entrambi... come fate voi, Yasuda-san. La vostra famiglia compie un gesto nobile perdonando la rozzezza che mio fratello ha dimostrato nel duello con Eijun-san. Vi ringrazio per questo.»

Yasuda chinò la testa. «Non c'è più niente da perdonare, mio signore. Se posso dirlo, vostro fratello ha pagato un prezzo molto alto per la sua rozzezza. Normalmente non do ascolto ai pettegolezzi, ma ho sentito dire che il comportamento che ha avuto nel duello con Eijun non è stato un caso unico.»

«Discreto come sempre, Yasuda-san» disse Daigoro.

«Un anziano non può perdere tempo con i giri di parole.» Yasuda fece un inchino. «Ho sentito dire anche che voi avete combattuto con coraggio e astuzia per difendere l'onore della vostra famiglia. Dicono che le abilità di vostro padre continuino a vivere in voi.»

«Ne dubito. Lui ha combattuto in molte guerre, io ho un solo duello da annoverare.»

«Mi riferivo alle sue abilità diplomatiche, non solo a quelle con la spada. Se posso chiedervelo, cosa ne è stato di colui che avete ucciso, mio signore?»

«Ho dato ordine che fosse cremato e che le sue ceneri venissero seppellite accanto alla strada su cui è caduto. Anche alcune delle ceneri di Ichirō verranno interrate in quel luogo.»

Yasuda sorrise. «Un gesto degno di vostro padre» disse.

«È più di un gesto. Non ho avuto il tempo di comporre un elogio funebre per Ōda, perciò lui e mio fratello dovranno condividerne uno. Lo farò incidere sulla lapide che indica il luogo in cui giacciono.»

«Posso chiedervi il disturbo di farmi sentire l'elogio, mio signore?»

Daigoro sentì le guance scaldarsi. Aveva trascorso molto tempo sui libri – la sua gamba non gli aveva mai dato molta altra scelta – ma non si era mai reputato un poeta. A ogni modo, estrasse dal soprabito il rettangolo bianco piegato e lo allungò a Yasuda. Diceva:

Le pietre non possono arrampicarsi,
un cinghiale non si tira mai indietro.
Alcuni possono solo cadere.

«Temo di non essere un bravo scrittore» disse Daigoro.

Yasuda fece un profondo inchino. «Al contrario, mio signore. È una testimonianza del folle orgoglio che si era impadronito di entrambi... eppure, per come lo avete scritto, vengono riconosciuti loro anche dei meriti. I cinghiali sono temibili; le pietre sono dure. Avete reso onore a entrambi, Okuma-dono.»

Daigoro e Yasuda camminarono lentamente attraverso il cortile, la neve scricchiolava sotto i loro piedi. Camminarono in silenzio, lontani dalla sala principale in cui si erano raccolti tutti gli ospiti. Sotto il cornicione di un fondaco, i due uomini, entrambi signori dei rispettivi casati, osservarono la neve accumularsi sui tetti.

Libro sette
Periodo Heisei, anno 22
(2010 d.C.)

51

Uscendo dalla stazione Mariko superò un ragazzo con i capelli arancioni e degli stivali da coniglietto che distribuiva pacchetti di fazzoletti a tutti quelli che gli passavano accanto, una pubblicità della banca Sumitomo infilata in ogni confezione di plastica. Nel passare Mariko afferrò uno dei pacchetti, non perché le servisse ma perché stava camminando col pilota automatico, persa nei propri pensieri.

L'allenamento nel kenjutsu prometteva bene quella sera. Aveva bisogno di staccare la mente dalla sua vita, ogni aspetto della quale era macchiato dal fallimento. Sollevare la spada avrebbe sicuramente portato ad altri fallimenti, ma in qualche modo quelli sembravano piccoli e transitori rispetto a tutto il resto. Non c'erano ancora segni di Saori, e nemmeno di Fuchida, non c'era modo di calmare sua madre e non c'era speranza che Ko potesse essere altro che un insopportabile coglione.

Mariko scivolò fra la gente che brulicava davanti alle vetrine di tutti i negozietti allineati lungo il marciapiede: librerie, fruttivendoli, un negozio di riso, rivenditori di smartphone, un negozio di vestiti punk usati. Passando accanto alla piccola vasca piena di granchi vivi di un pescivendolo fu assalita dall'odore di pesce e di acqua salata. I dentici erano disposti come carte da gioco e la osservavano a bocca aperta dai loro letti di ghiaccio tritato, con gli occhi patinati privi di vita. I granchi si affrettavano verso le pareti di vetro lisce, sbattendovi contro con le armature scure nel tentativo di scavalcare i muri e liberarsi da quella prigionia. Anche nelle loro piccole menti da crostacei, si rendevano sicuramente conto di non avere alcuna speranza. Mariko provò simpatia per loro. L'essere senza speranza era una sensazione che le era diventata fin troppo familiare.

Si chiese dove potesse essere Saori e se fosse pulita, e poi perché continuasse a nutrire la speranza che Saori potesse essere pulita durante una delle sue sparizioni. Si chiese se Fuchida sentisse il bisogno di uccidere così come Saori sentiva quello di farsi. Per assurdo capiva di più il comportamento di Fuchida che quello di Saori. Arrabbiarsi tanto da uccidere qualcuno, o essere tanto bramosi di ricchezze da farlo, o gelosi, o rancorosi... non era difficile da immaginare. Sapere che una cosa era velenosa, più velenosa per te che per chiunque altro, e sentire comunque il bisogno di andare a cercare quella cosa per fumarla, sniffarla o iniettarsela... quello andava oltre la comprensione di Mariko.

Tutti questi pensieri si volatilizzarono immediatamente non appena ebbe preso l'enorme Inazuma fra le mani. E scomparvero anche tutti i dubbi su sé stessa e la sensazione di essere senza speranza. Non c'era posto per loro. Yamada si trovava di fronte a lei con un'affilatissima lama lunga un metro: non poteva permettersi nemmeno un secondo di disattenzione.

L'esercitazione di quella sera fu particolarmente pericolosa... certamente ben più degli allenamenti di aikido che aveva svolto al dipartimento, e in quelli c'era sempre qualcuno che si rompeva un polso o un gomito. Ma Yamada aveva detto che i metodi antichi erano quelli migliori, perciò Mariko non aveva avuto altra scelta che seguire le sue indicazioni. Avevano cominciato con l'allenarsi con una serie di colpi alti, delle imbroccate che si fermavano a circa un centimetro dallo scalpo dell'altro. Vittoria Gloriosa Indesiderata era troppo pesante per Mariko, quindi lei tentava di muoversi con un certo anticipo, ma più di una volta sentì la spada di Yamada passarle fra i capelli, fermandosi ad alcuni millimetri dalla sua pelle.

Questo fu solo il riscaldamento, una serie di attacchi per insegnarle a difendersi. Yamada doveva ancora mostrarle come parare e spostarsi lateralmente; per lui difendersi significava colpire le mani dell'avversario prima che questi potesse sferrare un colpo. Si allenarono solo su quello. Uno mirava alla testa e l'altro doveva anticipare il colpo e contrattaccare mirando ai polsi. Iniziarono lentamente, ma presto Yamada cominciò a pretendere la massima velocità.

Lei si domandò come fosse possibile che gli occhi dell'anziano riuscissero a localizzarla. Era buio e il cortile posteriore era bagnato solo da pochi raggi di luna. Se la precisione di Yamada non fosse stata assolutamente impeccabile, avrebbe rischiato di reciderle entrambe le mani dai polsi o di aprirle il cranio a metà. Come doveva essere, pensò Mariko, essersi allenati in qualcosa diecimila volte? Quello era il numero che Yamada tirava fuori ogni volta che Mariko si lamentava della difficoltà di un esercizio: «Fallo diecimila volte e smetterà di sembrarti difficile.» Gli americani avevano un modo di dire per le persone come Yamada, quelli le cui abilità avevano raggiunto quasi la perfezione: 'Sarebbe capace di farlo a occhi chiusi.' Nel caso di Yamada, quella frase era vera in senso letterale. Ma anche i giapponesi avevano un detto: 'Anche le scimmie cadono dai rami.'

Mariko si rese conto che gli esercizi impegnavano la sua concentrazione tanto quanto i suoi muscoli. Dopo due ore di allenamento, il suo corpo e la sua mente erano esausti in egual misura. Riuscì a trovare la forza sufficiente a rinfoderare la spada e a riporla con rispetto, dopodiché si accasciò sul prato. «Questo è stato un grande allenamento, sensei.»

«Sì. I tuoi *shomen* stanno cominciando a venire bene.»

Lui si mise a sedere sulla sua panchina e Mariko si sollevò sulle ginocchia. Aveva capito che stare in ginocchio le dava sollievo alle costole, dove il dolore si era trasformato in una continua fitta sorda. Il giorno prima si era finalmente andata a fare dei raggi X, che avevano mostrato due sottili fratture. I dottori le avevano dato una fascia per le costole, ma indossarla interferiva con i suoi allenamenti con la spada, perciò la fasciatura era rimasta a casa, arrotolata accanto alla sua confezione. Così, tentando di ignorare quel dolore petulante, Mariko tolse dei fili d'erba dalla propria arma così come Yamada le aveva detto di fare, e poi fece gli allungamenti coi polsi che le aveva insegnato. Una specie di dolore liberatorio le si sprigionò lungo i muscoli che andavano dal palmo al gomito.

«Le va di raccontarmi di Vittoria Gloriosa Indesiderata?»

«Mmm. Mi chiedevo quando mi avresti rifatto questa domanda.»

«Quindi?»

Yamada si sedette accanto alla propria spada, poi sollevò quella di Mariko. «Questa è l'ultima arma forgiata dal maestro Inazuma. Si dice che fosse il suo capolavoro. Si racconta che verso la fine avesse iniziato a desiderare di aver fatto il ceramista di tazze da tè piuttosto che il forgiatore di spade. Non riusciva a sopportare che le sue opere avessero annientato così tante vite. E lui viveva in un'epoca in cui tutto il mondo era inciso con la spada. Vedi, le battaglie erano necessarie. Non era come oggi, che gli uomini e le donne normali si aspettano di trascorrere le proprie vite senza mai vedere una guerra. Tu hai avuto a che fare con la violenza, detective Oshiro, ma non hai visto la guerra. Credimi, la vostra generazione è fortunata.»

La sua voce aveva un tono cupo, un tono che non gli aveva mai sentito prima. I suoi occhi sembravano vedere al di là di Mariko, sembravano guardare il passato, ed erano incupiti da ciò che vedevano.

Era ovviamente abbastanza anziano da aver partecipato alla Seconda guerra mondiale. Cosa gli era accaduto a quei tempi? Mariko non riusciva a credere di non averglielo mai domandato. Ora lo considerava un amico, un mentore, addirittura una specie di nonno. Gli allenamenti erano diventati talmente importanti che non si era mai concessa il tempo di fermarsi per parlare di argomenti personali, cosa di cui tra l'altro preferiva non discutere; tuttavia con Yamada Mariko si sentiva pronta ad abbassare la guardia. Decise che un giorno lo avrebbe invitato a cena, magari quando fosse riuscita a risolvere il caso, per potergli parlare come fa un nipote con un nonno.

Yamada restò in silenzio per un po' prima di continuare il racconto. «Il maestro Inazuma capiva l'inevitabilità della guerra, ma non gli piaceva. Questa lama fu forgiata in questa contraddizione. Porta gloria e vittoria, sì, ma solo al guerriero che non le cerca. Quanti siano stati gli sbruffoni e i guerrafondai che hanno tentato di passare alla storia con questa spada, non lo sapremo mai con esattezza. Furono tutti abbattuti, traditi dalla loro stessa arma.»

«Proprio come da Bella Cantante di Fuchida» meditò Mariko.

«Non esattamente. Bella Cantante è una spada gelosa. Non permette ai suoi possessori di amare altri al di fuori di lei, e rovina tutti coloro che pretendono di possederla. Vittoria Gloriosa è una minaccia solo per coloro che amano il combattimento più della pace.»

Mariko si accigliò. Non era certa di non essere una di loro. Perché avrebbe scelto di lavorare nella polizia se avesse voluto una vita pacifica? Perché avrebbe scelto la polizia giapponese, sapendo fin troppo bene quanto sarebbe stato più semplice per una donna lavorare in quella americana? E poi perché proprio nel Dipartimento della polizia metropolitana di Tokyo, quello più selettivo dello Stato, dove la competizione era incredibilmente feroce? Mariko si era sempre detta di averlo fatto per rendere orgoglioso suo padre, ma c'era una risposta più semplice a tutte quelle domande: aveva sempre desiderato di combattere, e aveva sempre desiderato di trovarsi nel posto giusto quando se ne fosse presentata l'occasione.

Da quel punto di vista non era poi tanto diversa da Saori. Il cattivo uso di sé stessi poteva avere tante forme. Unirsi al Dipartimento della polizia metropolitana di Tokyo non era come fumare crystal meth, ma entrambe le cose avevano i propri rischi, ed entrambe le ragazze Oshiro avevano scelto il proprio veleno.

Pensare al veleno e a Saori le fece venire in mente Fuchida. Saori si era intossicata sapendo benissimo di farsi del male. Non stava facendo la stessa cosa anche Fuchida?

«Sensei, ha mai raccontato a Fuchida le storie di queste spade?»

«Naturalmente. Era il mio protetto.»

«E lui crede alle spade maledette?»

Yamada sbuffò dal naso. «Cos'è tutto questo disprezzo, ispettore? Lo dici come se stessimo parlando di fantasmi, o dei *kappa* o di cose del genere. Credere alla maledizione di Bella Cantante non richiede più fede di quella che serve per credere alle stelle. Io non riesco più a vederle, ma sono state scritte talmente tante cose su di esse da avermi convinto a non dubitare della loro esistenza.»

«Non è che non le creda, sensei...» disse Mariko per rabbonirlo, ma non appena ebbe pronunciato quelle parole si rese conto di pensarle davvero: aveva iniziato a prestare fede a cose che non si sarebbe mai aspettata di pensare neanche lontanamente. Ma affrontare quella questione avrebbe dovuto attendere: le era venuto in mente qualcosa sul caso Fuchida. «Quello che voglio sapere è: se lui crede nella maledizione, perché mai dovrebbe volere due Inazuma?»

Un sorriso ironico allungò le labbra di Yamada. «Bene. Questa è una buona domanda. Per quanto ne so, credo che Fuchida-san pensi di poter domare il volere delle spade. E in effetti finora ha dimostrato una notevole abilità. Bella Cantante ha distrutto innumerevoli famiglie, eppure Fuchida-san ce l'ha da vent'anni, e non ne è ancora stato annientato.»

«Ma non è un'inutile sfida al destino, quella di cercare di impossessarsi di una seconda Inazuma?»

«Devi capire due cose, detective Oshiro. Prima di tutto, Vittoria Gloriosa non è maledetta. Nuoce solamente a chi rincorre la gloria. Secondo, Fuchida-san è un uomo di grandissimo autocontrollo. Chi altri si tatuerebbe le labbra solo per verificare la propria sopportazione del dolore? Se riesce addirittura a piegare al suo volere Bella Cantante, perché non dovrebbe credere che Vittoria Gloriosa possa portargli esattamente quello che suggerisce il suo nome?»

Mariko non ne era convinta. Il Fuchida che aveva imparato a conoscere era un uomo attento. I suoi ultimi delitti erano stati spietati, ma era comunque riuscito a non farsi prendere – addirittura a non farsi vedere da nessuno – e comunque tutti gli indizi su di lui facevano pensare che decidesse di correre solo dei rischi molto ben calcolati. E il rischio rappresentato da una seconda Inazuma non era una cosa che si potesse calcolare facilmente. Com'era possibile? Si trattava di magia, non di razionalità. Mariko non si sarebbe permessa di credere alla magia in generale, ma non ne aveva bisogno: il punto era che Fuchida ci credeva. E, dunque, perché avrebbe dovuto desiderare di entrare in possesso di una seconda Inazuma?

La risposta le balenò all'improvviso: non lo desiderava. O comunque non aveva intenzione di tenerle entrambe. Aveva intenzione di venderla, o di barattarla, o di sfruttarla per ottenere qualcosa. Finalmente Mariko aveva un barlume di speranza. Non aveva più bisogno che Fuchida cascasse nell'appostamento. Attento com'era, non c'era mai stata una vera possibilità che potesse farlo. Ma Mariko non aveva più bisogno di lui. Doveva solo trovare il suo socio in affari.

«Sensei, mi scusi un momento.» Entrò in casa per cercare la borsa e il cellulare che c'era dentro. Aveva il numero della sua squadra nella selezione rapida, dopo quelli di sua mamma e di sua sorella. «Sono Oshiro» disse nel cellulare umido di sudore. «Ho bisogno che facciate una ricerca sulle spade medievali. Sulle spade costose, niente che valga meno di cinquanta milioni di yen. Trovate chi le possiede, chi le compra e chi le vende, chi è interessato anche se non ha ancora fatto offerte concrete. Mi serve l'elenco di tutte le persone coinvolte in questo mercato.»

L'agente dall'altra parte del telefono si chiamava Ibe. Era una delle nuove reclute del dipartimento. Il tenente Ko le aveva concesso tutto il necessario per la caccia all'uomo, ma non gli uomini migliori.

«Cinquanta milioni di yen?» disse Ibe. «Non saprei nemmeno da dove cominciare.»

«Case d'aste. Commercianti di antichità di lusso. Vai su internet, cerca di capire dove si incontrano i collezionisti, prendi qualche nome. Cerca di capire quali siti frequentano. Non cercare solo in Giappone, il nostro compratore potrebbe essere straniero.»

Ibe mosse altre obiezioni, ma Mariko lo interruppe. «Adesso ti passo il dottor Yamada Yasuo» disse lei, correndo verso la porta posteriore e parlando velocemente. «Sì, è la casa che stiamo tenendo sotto controllo. Ti darà una lista di nomi dalla quale cominciare. Non accetterò un no come risposta, Ibe. Ecco il dottor Yamada.»

La memoria del professore era fotografica, come un'enciclopedia dettagliata. Mariko non ne fu sorpresa. Doveva avere un'ottima memoria per scrivere tutti quei libri. Ibe stava probabilmente scrivendo forsennatamente per annotarsi tutti quei nomi; non solo i nomi dei collezionisti di spade, ma anche i forgiatori prediletti di ciascuno di essi, i nomi delle singole armi e le case d'aste o le gallerie in cui erano esposte. Yamada non si ricordava i numeri di telefono, ma la sua memoria per gli indirizzi era stupefacente. Per l'ennesima volta, a Mariko venne in mente l'immagine di un'isola nello scorrere del tempo: il fiume degli anni fluiva accanto a Yamada senza muoverlo di un millimetro. Era come un cimelio, l'ultimo guerriero galantuomo dei tempi antichi.

Comunque lui non era l'unico ad avere una buona memoria. Mariko si era accorta che Yamada aveva evitato di parlare a Ibe di un'unica spada e, non appena la conversazione telefonica terminò, gli chiese spiegazioni. «E la terza Inazuma? Ha detto che ce ne sono tre: Bella Cantante, Vittoria Gloriosa e quella collegata alle case sopravvissute agli tsunami e ai terremoti. Come ha detto che si chiamava?»

Il volto di Yamada si incupì. «Tigre sulla Montagna.»

«Giusto. Se non dice a Ibe chi ce l'ha, sarà difficile scoprire chi possa volerla acquistare.»

«Nessuno può acquistare quella spada. Pochissime persone sanno della sua esistenza. Credimi, quella pista non porterebbe da nessuna parte.»

«Vorrei essere io a giudicare.»

«Lo so. Ma quella deve restare al riparo... da te e da tutti gli altri, per proteggere il suo possessore e la sua famiglia.»

Yamada si schiarì la voce e cambiò argomento senza neanche fingere di farlo inavvertitamente. «Ispettore, vuoi farmi l'onore di unirti a me domani sera? Che ne dici di Dvořák?»

Mariko si sfilò la maglietta a strisce bianche e nere. Le si era appiccicata alla canottiera sudata, e non si sentiva a proprio agio a parlare di musica classica in quelle condizioni. «Dvořák,» disse «direi che può andare.»

«Dvořák non è qualcosa che 'possa andare'. Devi proprio venire con me. Io e mia moglie siamo stati soci dell'orchestra sinfonica per molto tempo. Mi mandano ancora gli inviti per due persone, anche dopo tutti questi anni.»

Per un attimo Yamada parve addolcirsi, sembrava completamente innocuo nonostante la katana che pendeva dal suo grinzoso braccio destro. Era la prima volta che Mariko lo sentiva parlare di sua moglie. Si chiese come si chiamasse, come si fossero conosciuti, quanto tempo prima fosse morta. Avevano avuto dei figli? Yamada non ne aveva mai parlato. Di sicuro l'avrebbe fatto se ne avesse avuti. Mariko si rese conto di sapere davvero pochissimo su quell'uomo. Lui sapeva di Saori, di Ko, mentre tutto ciò che lei sapeva su Yamada era che si prendeva cura del proprio giardino con la stessa attenzione meticolosa con cui si prendeva cura delle proprie spade.

No, pensò, non era vero. Sapeva molto altro di lui. Era uno scrittore prolifico come pochi altri. Un lettore altrettanto vorace. Un'àncora che non permetteva mai al presente di staccarsi dal passato. Custodiva la propria casa come un'isola sul fiume del tempo, impermeabile agli ultimi sessant'anni di progresso. Gli piaceva il modo in cui il profumo dei crisantemi si mescolava a quello del tè verde. Era molto forte per la sua età, e arzillo, e nella sua vita non si era mai stancato facilmente di nulla. Mariko sapeva un bel po' di cose sul suo conto; quello che non conosceva era il suo passato, del quale aveva appena colto solo un barlume.

«Dvořák,» disse lei «domani sera?»

«Alle sette. Suntory Hall. Sai dov'è?»

«La troverò.»

Yamada sorrise. «Ti piacerà. Suonano Mahler molto bene, ma... be', uno non può ascoltare sempre Mahler, no?»

«Sono più una ragazza da White Stripes, io.»

«*Puah!* Dovresti ascoltare qualcosa di giapponese.»

Mariko rise. «E lei? A quanto ne so, Dvořák non è un nome giapponese.»

«Mmm. Ecco qual è la pecca di parlare con un detective. Non le sfugge niente, a questa.»

Mariko rise di nuovo e Yamada ridacchiò con lei. «Dovrebbe essere contento che non mi sfugga niente» disse Mariko. «Altrimenti non avrei a disposizione una macchina per portarla ovunque voglia.»

«Oh, andiamo. Non sono un invalido. Prenderò il treno.»

«Non è sicuro» disse Mariko facendo schioccare la lingua. Camminò accanto a lui verso la casa, dove trovò una penna e un pezzo di carta. «Chiami questo numero» disse mentre scriveva. Poi si fermò, voltò la pagina e riscrisse il numero più in grande, in modo che lui potesse leggerlo se lo avesse tenuto molto vicino al volto. «Parlerà con uno degli agenti appostati nella casa dall'altra parte della strada. Lui verrà in taxi e suonerà il clacson quattro volte. Due suoni rapidi, due volte.»

Yamada sollevò un sopracciglio bianco. «Astuto. Idea tua?»

«Lo è, a dire il vero. Non che il mio tenente apprezzi accortezze di questo tipo. A ogni modo, se ha bisogno di andare da qualche parte, ovunque, chiami questo numero, okay?»

«Mi sento sicuro come un neonato col pannolone.» Mormorò Yamada, il suo tono era un misto di fastidio e divertimento. «Ti prendi cura di me, eh, ispettore?»

«Certamente. Lei è l'unico in grado di riconoscere Fuchida.»

Yamada rise, le rughe attorno alla bocca erano profonde e numerosissime. «Peccato che non ci veda.»

Anche Mariko scoppiò a ridere e gli diede un colpetto sulla spalla. «Mi chiami se le serve qualcosa. Altrimenti ci vediamo domani alle sette.»

«A presto, ispettore.»

52

Questa volta, si ripromise Fuchida, sarebbe stato più attento. Le altre tre volte aveva provato troppo piacere. Erano stati omicidi approssimativi. Forse era stata la frustrazione. E ora, col fiato dell'americano sul collo, era di nuovo distratto. C'era un'altra persona di cui occuparsi, e un buon assassinio gli avrebbe schiarito la mente. Ma no, si disse. Questa volta sarebbe stato più discreto.

Ma perché?, si chiese una parte di lui. Gli omicidi efferati erano un messaggio. Con quell'avvertimento gli spacciatori sarebbero stati attenti a tenere la bocca chiusa.

Ultimamente Fuchida aveva iniziato a sentire spesso quella voce. Le aveva anche dato delle caratteristiche: era una voce alta, cantilenante, bella e ipnotica, ciononostante non bisognava fidarsi di essa. Eppure era estremamente convincente. Nel parcheggiare la macchina sotto il bagliore del lampione, si chiese come avrebbe potuto uscire da quel dilemma.

Scendendo dalla macchina, con la sua Bella Cantante fra le mani, esaminò il quartiere. In quella zona abitavano dei veri ricchi. Non il tipo di gente che avrebbe semplicemente potuto permettersi di acquistare una casa, ma anche un posto auto accanto all'ingresso. Nel quartiere in cui si stava nascondendo Fuchida in quei giorni, gli inquilini pagavano seimila yen al mese per un parcheggio, ed erano felici di metterci un'ora di treno a raggiungerlo. Per altri seimila yen potevano avere un appartamento grande tre volte il letto su cui dormiva quella gente, un appartamento della grandezza dei salotti delle case di questo quartiere.

Tutto – l'asfalto, le macchine parcheggiate, il cemento e il vetro – era illuminato dal bagliore al sodio dei lampioni, i colori erano stinti, le luci ronzavano come cicale. L'edificio più piccolo della zona era alto dodici piani. Dovevano esserci perlomeno un migliaio di finestre che si affacciavano su di lui mentre si nascondeva la spada nel cappotto.

Fuchida si decise. Si sarebbe occupato di Bumps in maniera più giudiziosa, ma non avrebbe provato rimorso né pentimento per aver ucciso gli altri. Kamaguchi Ryusuke aveva detto che non voleva più sentir parlare delle connessioni fra Fuchida e il narcotraffico. Da quei tre di sicuro non avrebbe sentito più niente.

E se Kamaguchi avesse scoperto le loro morti? Questa volta fu la parte più calma e razionale della mente di Fuchida a porre la domanda. Normalmente un boss del Kamaguchi-gumi non avrebbe prestato attenzione a quello che raccontava un reporter qualunque sulle indagini della polizia, ma riguardo ai crimini violenti c'era un divieto formale. Se a Kamaguchi Ryusuke fosse giunta la notizia degli spacciatori uccisi, avrebbe potuto interessarsi all'accaduto. Se fosse stato dell'umore sbagliato, avrebbe anche potuto decidere di investigare. Fuchida non voleva che il peso di tutto il Kamaguchi-gumi gli si abbattesse addosso proprio ora, non quando le cose con l'americano erano diventate così delicate e si stavano rapidamente avviando a una conclusione.

Al diavolo i Kamaguchi, disse l'altra parte del suo cervello. Nessuno è così potente da poter far finta di non sentire il messaggio che hai mandato. Quegli spacciatori sono morti come cani. No: sono morti come cani uccisi mille anni fa. Negli omicidi perpetrati con la spada c'era qualcosa che richiamava alla mente paure ataviche. Boss o no, anche Kamaguchi Ryusuke ci avrebbe pensato due volte prima di fare il duro se avesse visto l'acciaio Inazuma nelle sue mani.

Fuchida si diresse verso ovest lungo una stradina così stretta che poteva essere percorsa solo da una fila di macchine per volta. Anche il marciapiede era poco più largo di un busto. Fuchida pensò ai tempi antichi, quando i plebei avrebbero preferito balzare in mezzo alla strada piuttosto che intralciare il cammino di un samurai: se avessero urtato il fodero coi loro corpi sudici, lui avrebbe potuto farli a pezzi lì, su due piedi. Sapeva bene di non appartenere a quel lignaggio, ma si domandò come dovesse essere stato appartenere a una casta per la quale riscuotere i debiti spargendo sangue era una prerogativa di nascita.

Alla fine della stradina trovò un viale a sei corsie molto trafficato. I fari abbagliavano in entrambe le direzioni. Tutta la città era così: quartieri tranquilli che confinavano con enormi strade urlanti; autostrade in miniatura con l'illuminazione computerizzata che incrociavano viottoli i cui nomi erano già antichi quando Tokyo era ancora un insignificante villaggio di pescatori. Contraddizioni che si sommavano ad altre contraddizioni. Zone, corsie, suddivisioni, quartieri: erano tutti tentativi di controllo. Patetici, pensò Fuchida. Questa gente credeva che il mondo fosse sicuro solo perché era tutto sotto controllo. Ma l'illusione del controllo non faceva che aiutare i predatori ad avvicinarsi alle proprie prede.

Fuchida si voltò, camminò verso le strisce pedonali più vicine e attraversò la strada. Quello era il quartiere dello shopping. Tutte le casalinghe che abitavano sui lati di quelle sei strade trascorrevano il loro tempo lì, spendendo i soldi dei mariti, comprando ninnoli, arnesi da cucina e romanzi d'amore il cui protagonista maschile potesse trasportarle al di fuori delle loro vite, verso un'esistenza che poteva avere un qualche significato. Erano già le sette. Restava un altro paio d'ore per fare acquisti, altre tre o quattro ore prima che i loro mariti sarariman tornassero a casa, magari puzzando di whisky e sigarette, magari aspettandosi l'abituale sveltina settimanale. Fuchida non riusciva a immaginare di poter sopportare neppure pochi giorni di quella vita prima di ficcarsi la sua spada in pancia.

Entrò da Tokyu Hands e salì sulla lenta scala mobile. Passò accanto a cornici e quaderni, carta da lettere e attrezzi per il giardinaggio, penne colorate e plastilina, sette piani in cui si poteva raggiungere la salvezza tramite la distrazione. Nell'avvicinarsi all'ottavo piano iniziò a sentire l'odore del caffè e dei dolci raffermi. Il lento scivolare della scala mobile lo condusse davanti al bar zeppo di donne che chiacchieravano e di tavoli pieni di studentesse. Quella folla non migliorò la considerazione che Fuchida aveva delle donne. Non sarebbe valsa la pena di parlare per più di cinque minuti nemmeno con una donna su venti fra quelle che erano lì, e neanche la metà di loro sarebbe stata un bello spettacolo da nuda.

Gli unici uomini della sala indossavano dei cappelli di tessuto bianco e delle giacche a bottoni bianche, e lavoravano dietro i banchi alimentari... tutti tranne uno. I capelli ossigenati tutti arruffati e una giacca grigia spiegazzata rendevano Bumps Ryota inconfondibile anche da dietro, anche attraverso la folla della caffetteria.

Fuchida si incamminò verso Bumps, che era seduto insieme a una donna spaventosamente magra con dei bei capelli ma dei denti orrendi. «Dài, uno solo» gli stava dicendo lei. «Uno solo. Perché no?»

«La vedi quella griglia là in fondo?» Bumps indicò, la ragazza si voltò a guardare. «Tua sorella mi ci frigge le palle sopra se te lo vendo. E comunque, mi occupo di ecstasy adesso, non ce l'ho nemmeno quello che vuoi tu.»

«Ma sai chi ce l'ha» disse la ragazza. Non si era accorta di Fuchida fermo dietro la spalla destra di Bumps. Nemmeno Bumps se n'era accorto, ma il fatto che la ragazza non l'avesse notato indicava la mancanza di attenzione tipica dei drogati in astinenza.

E degli spadaccini, pensò Fuchida. Con Bella Cantante tra le mani era molto facile perdere sé stessi. In mezzo a una foresta non si sarebbe accorto delle foglie: c'erano solo la spada e il suo bersaglio.

«No» disse Bumps. «Se ti do un nome finisco nella merda. Non solo coi poliziotti. Tua sorella parlerà anche con la *mia* gente. Non posso aiutarti.»

«Lo hai sentito,» disse Fuchida «sparisci.»

Bumps ebbe un sobbalzo. La donna scheletrica lanciò a Fuchida il tipo di sguardo che si sarebbe aspettato di ricevere da un ratto messo all'angolo, pieno di rabbia e vulnerabilità. Anche lui le lanciò un'occhiata: lo sguardo dell'akita di ottanta chili che aveva messo all'angolo il ratto.

Strano, pensò nel guardarla alzarsi dalla sedia. La polizia non riusciva a beccarlo da un sacco di tempo, eppure la gente normale riusciva ancora a riconoscere un killer d'istinto. «Brava ragazza» disse e la fissò finché non fu giunta con passi incerti alla scala mobile che conduceva al piano inferiore.

«Bumps» disse Fuchida, sedendosi sulla sedia ricoperta di finta pelle di fronte a lui. La seduta era ancora calda. La ragazza doveva essere quasi febbricitante se Fuchida riusciva a sentirne il calore attraverso i vestiti.

Si appoggiò sul grembo la spada dentro il fodero. Bumps la osservò nervosamente. Anche altre persone la notarono, ma quello era uno dei pochi posti a Yokohama dove andare in giro con una spada poteva essere giustificabile. Negozi come quello vendevano ancora le corde, la carta *washi* e il legno laccato utili ai rivestimenti delle spade tradizionali. Ovviamente la polizia non avrebbe consentito di girare con un'arma del genere, ma in quei quartieri non aveva bisogno di pattugliare molto.

«Sa... salve» disse Bumps lentamente.

«Sorpreso di vedermi?»

Un sorriso nervoso percorse le labbra di Bumps. Fuchida trovò rivoltanti i denti grigi dell'uomo.

«Vendi ancora alle casalinghe eh, Bumps?»

«È un buon mercato. Hanno un sacco di soldi e se vengono scoperte nessuno vuole perdere la faccia. Non c'è rischio che i mariti sporgano denuncia.»

«Bene. Vendi molta ecstasy da queste parti?»

Bumps deglutì. Fuchida non avrebbe dovuto saperlo, e fino a quel momento Bumps non era sicuro di cos'avesse sentito della conversazione precedente. Ora lo sapeva. Fuchida vide il colorito scomparire dal suo volto.

«Un po'» balbettò Bumps. «Le, ehm, le figlie. Anche loro comprano.»

«Ah. Bene.» Fuchida sorrise. «E i poliziotti? Cosa ne pensano?»

Le dita sottili di Bumps si aggrapparono al tavolo. «Ehm. Non lo so, Fuchida-san.»

«Dovresti saperlo. Sembra che ci parli un bel po'.»

«Quella ragazza,» disse Bumps «quella che era qui prima, è una rompipalle. Le ho detto quelle cose per togliermela dai piedi.»

«Ah sì? A me pareva che le avessi detto tutte quelle cose perché sua sorella è una poliziotta. Questo, almeno, è quello che ho capito dalla vostra affascinante conversazione. Ma magari hai deciso di giocarti la carta della famiglia solo per sbarazzarti di lei, non è così?»

«Eh. Sì.»

«È possibile che la loro famiglia si chiami Oshiro?»

«Io...» disse Bumps «io, ehm, non lo so, Fuchida-san.» Le sue nocche sul tavolo erano diventate bianche.

«Il motivo per cui te lo chiedo» disse Fuchida piegandosi in avanti per appoggiarsi sui gomiti «è che c'è una poliziotta a Tokyo che si chiama Oshiro. E le poliziotte sono abbastanza rare, no?»

Bumps scrollò le spalle. Puzzava di biancheria sporca, si sentiva nonostante gli odori della cucina. «Non lo so, Fuchida-san.»

«Peccato. Speravo che potessi aiutarmi. Sai, questa poliziotta mi sta attaccata al culo. Oshiro. Si è attaccata al mio culo così tanto che mi viene da pensare a lei tutte le volte che devo cagare. E quando ci penso, sai a cosa penso, Bumps?»

«No... no.»

«Penso: come diavolo ha fatto questa poliziotta ad arrivare a me? Così ho chiamato il mio uomo al dipartimento e l'ho chiesto a lui. Sai cosa mi ha detto? Che questa Oshiro è la stessa che ti ha messo col culo a terra per spaccio un paio di settimane fa.»

«Ah, sì.» Bumps fece una risata nervosa e un sorriso grigio di metanfetamina. Sembrava non riuscire a decidere se fosse meglio guardare Fuchida negli occhi oppure fissare la spada sul suo grembo. «Eh, sì, me la ricordo. Puttana galattica, eh?»

Fuchida rise. Bumps l'aveva detto come se avesse paura di lei. Fuchida non riusciva a immaginare una vita del genere, avere paura della gente anche quando questa si trovava da tutt'altra parte.

Abbassò la risata fino a trasformarla in un sottile sorriso educato, ma anche quello fece trasalire Bumps di paura. Fuchida ne fu soddisfatto. La gente sapeva perfettamente come avrebbe dovuto comportarsi con un pazzo che brandiva una spada. Non c'era bisogno di lasciarsi sopraffare dal panico, bastava mettersi a correre urlando. Invece un gentiluomo con una spada era un enigma. Non era chiaro se bisognasse tentare di rabbonirlo oppure se si dovesse iniziare a scappare. Fuchida si divertì a osservare l'indecisione giocare sul viso giallognolo di Bumps.

Alla fine Fuchida ruppe il silenzio. «È una puttana? Non ho avuto l'occasione di conoscerla. Ma suppongo che lo sia dato che ti avrebbe messo le palle su quella griglia. Questa Oshiro, è proprio quella di cui parlavi un attimo fa, no? La sorella della sbandata?»

Bumps scosse la testa. Puzzava davvero di biancheria sporca. «Fuchida-san, ho un'idea...»

«Non c'è problema. Mi basta andare giù e chiederlo alla tua amica. Potrei agganciarla con la scusa del meth, dato che ha dei problemi a trovarlo. Probabilmente sarebbe felice di parlare con me. Ma il fatto è questo, Bumps. Avevo deciso di andarci piano con te. Ultimamente gli spacciatori di questa città cadono come mosche. C'è un fottuto pazzoide che li sta uccidendo con una spada. Forse ne hai sentito parlare.»

«Eh, sì, ho sentito.» Gli occhi di Bumps guizzarono di nuovo alla lama nascosta.

«Sembra che parlassero troppo, Bumps, e sono stati uditi dalle orecchie sbagliate. Proprio come te, eh? Ma tu potevi essere fortunato. Avevo deciso di non perdere la pazienza con te. Mi sarei mosso gentilmente e con discrezione. E adesso invece viene fuori che hai parlato coi poliziotti.»

Gli occhi di Bumps saltarono come palline di pachinko. Misurarono la profondità del tavolo, la distanza dalla scala mobile, probabilmente comparandole alla lunghezza della spada di Fuchida. «Fuchida-san...»

Bumps si alzò di scatto dalla sedia, facendola stridere sul pavimento di linoleum. Con un grido corse verso la scala mobile, urtando tutte le persone che incrociò lungo il tragitto. Scartò un bidone dell'immondizia, poi si lanciò verso la scala che andava in su e iniziò a correre all'impazzata nella direzione opposta.

Fuchida si diresse lentamente all'ascensore e premette il pulsante con la nocca dell'indice. Quando la gente lo osservò, lui scrollò le spalle, guardandosi intorno con aria innocente, come se non avesse una spada nella mano sinistra. Perse di vista Bumps quando questi ruzzolò sul corrimano di gomma, cadendo senza grazia sulle scale di metallo che si muovevano verso il basso.

L'ascensore si aprì con un suono metallico. Stupido, pensò Fuchida. Bumps sarebbe stato molto più al sicuro in pubblico. Ma il giudizio di Bumps non era come avrebbe dovuto essere. Soffriva di quel problema fin troppo comune fra gli spacciatori: faceva uso dei suoi stessi prodotti. Stupido.

Il pulsante del piano terra brillò sotto la nocca di Fuchida e le porte si chiusero. Estrasse la sua Bella Cantante di un paio di centimetri dal fodero, poi la rimise a posto, la sfoderò e la rimise dentro, godendosi il suono del metallo. Era una canzone che, più che udirla, percepiva, sentiva nel suo palmo le vibrazioni prodotte dall'acciaio che scorreva nel legno. La estrasse e la rinfoderò di nuovo, solo di alcuni centimetri, giusto quel tanto che bastava per sentire il suo canto nelle ossa delle dita.

L'ascensore si aprì su una folla di gente ignara. Bumps non era ancora arrivato giù. Forse aveva finalmente ricominciato a ragionare. Forse era fuggito da una scala antincendio. O forse si stava nascondendo nei corridoi di uno dei piani superiori, ancora in preda alle incontrollabili paure amplificate dalla metanfetamina, non capendo l'inutilità di nascondersi in un luogo che avrebbe chiuso di lì a poco. Non aveva molta importanza. Bumps aveva smesso di essere il bersaglio principale di Fuchida.

Fuchida la vide a circa mezzo isolato di distanza, le braccia conserte, una sigaretta che le brillava nella mano destra. Man mano che le si avvicinava riuscì a scorgerle le clavicole, gli angoli appuntiti delle anche. Aveva visto parecchie persone come lei. C'era la magrezza, e poi c'era la magrezza da metanfetamina. Parecchie delle sue ragazze passavano dalla prima alla seconda, anche se lui aveva ripetuto tantissime volte che non avrebbe tollerato delle ballerine con la magrezza da metanfetamina al club. Non era un principio morale. Era solo che preferiva le donne che avevano qualcosa da muovere, e inoltre il meth le faceva chiacchierare troppo con la clientela.

«Come ti chiami?» disse quando le si fu avvicinato abbastanza.

«Levati dai coglioni» disse lei senza sollevare lo sguardo dal marciapiede.

«Hai del pepe dentro, mi piace.»

Quella frase le fece sollevare lo sguardo e quando si accorse a chi aveva appena detto quella frase sbiancò. «Tu» disse.

«Io.» Fuchida si inchinò.

«Cosa vuoi?»

«Conosco delle ragazze a cui piace divertirsi. Hanno quello che stai cercando.»

«No.» Indietreggiò di mezzo passo, tenendo la sigaretta davanti a sé, l'arma di difesa peggiore del mondo. «Devo andare a casa.»

«Chi pensi di prendere in giro? Sei a pezzi, dolcezza. Da quant'è che hai quei vestiti addosso?»

«Chiudi il becco. Vattene.»

Fuchida sorrise, poi fece quello che gli aveva chiesto. Dopo aver fatto quattro passi, senza nemmeno voltarsi, disse: «Ti sei fatta un'idea sbagliata su di me. Queste ragazze che conosco hanno [illegible] bisogno, [illegible]»

Fece altri quattro passi prima che lei parlasse. «Perché mi dovrei fidare di te?»

«Non farlo» disse lui scrollando le spalle. «Non mi interessa.» Ma poi si fermò. Tirò fuori un contenitore d'argento dalla tasca e ne estrasse un biglietto da visita. «Il mio club» disse. «Se vuoi parlare con le ragazze che ti dicevo, facci un salto. Di qualsiasi cosa tu abbia bisogno, se ne occuperanno loro.»

Lei gli si avvicinò con un'aria di finta sicurezza, come se avesse avuto dieci anni e i suoi compagni di scuola l'avessero sfidata a toccare un animale morto. Gli prese il biglietto di mano con uno scatto brusco del polso. «Ma è ad Akihabara.»

«La mia macchina è lì» disse Fuchida indicando l'altro lato della strada. «Ci sto andando ora.»

Lei restò a pensarci per circa tre secondi. Dopodiché disse: «Va bene. Ma vedi di non fare cazzate. Mia sorella è una poliziotta. Mi ha insegnato a fare cose che non ti piacerebbero.»

«Manterrò le distanze» disse Fuchida con un sorriso. «Come ti chiami?»

«Saori.»

53

Il cellulare suonò nella borsa di Mariko quando lei era a casa di sua madre. Le sue dita rovistarono sfiorando la Cheetah, lo specchietto e il portachiavi prima di trovare il telefono.

«Oshiro?»

«Sì» disse Mariko, e poi con il pollice sul microfono: «Un attimo solo, mamma.»

«Mi dispiace disturbarla fuori orario» disse la voce dall'altra parte del telefono. Era una voce maschile profonda, vagamente familiare, anche se non riusciva a identificarla. «Abbiamo un cinquantadue che continua a ripetere il suo nome.»

Cinquantadue. 10-52 era il codice usato dal dipartimento per richiedere un'ambulanza.

Saori.

«Chi è?» disse Mariko. Il suo cuore batteva così forte che le parole le tremarono in gola. «È viva?»

«È un uomo» disse la voce del poliziotto. Doveva essere per forza un poliziotto, nessun altro avrebbe usato il termine 'cinquantadue'. «Magro, altezza media. Nessun documento d'identità ma dice di chiamarsi Kawamura Ryotarō. Lo conosce?»

«No» disse Mariko, poi, dopo un secondo: «Be', forse. In quale ospedale si trova?»

«Tokai. Farà meglio a correre, Oshiro. Sta perdendo molto sangue.»

Quando Mariko ebbe chiuso il cellulare sua madre si aggrappò al suo braccio, con le unghie che scavavano come gli artigli di un gatto. «Chi era?» chiese. «È lei? Sta bene?»

«Non lo so, mamma. Non era Saori. Forse è qualcuno che sa qualcosa. Mamma, devo andare.»

A Mariko ci vollero cinque minuti per riuscire a liberarsi da sua madre, e altri quindici per raggiungere l'ospedale. Arrivò di corsa all'accettazione, e per un attimo non riuscì a ricordare il nome che le aveva detto il poliziotto al telefono. Alla fine disse: «Kawamura. Kawamura Ryotarō.»

La donna alla scrivania guardò il distintivo di Mariko, poi la fece andare nella sala d'attesa del pronto soccorso. Proprio in quel momento le enormi porte bianche si spalancarono, spinte dapprima da una barella e poi dalle mani invisibili dei cardini automatici. Sulla barella giaceva Kawamura 'Bumps' Ryota.

Bumps aveva una guancia e un sopracciglio viola, e un ampio cuscino di pacchetti di ghiaccio legato sull'addome da quello che sembrava mezzo chilometro di garza. Una flebo pendeva da un alto palo cromato, la vena di plastica serpeggiava all'ingiù fino a entrare nell'avambraccio sinistro. Era steso su delle lenzuola bianche pulite ma il sangue aveva schizzato la tuta blu del paramedico che spingeva la barella. Dietro di lui c'era un poliziotto in uniforme, con un paio di occhiali da sole inforcati sulla testa che riflettevano le luci rettangolari del soffitto.

«Agente Toyoda» disse Mariko al poliziotto. Non lo aveva più visto da quando Toyoda si era fatto scappare Bumps durante l'appostamento al centro commerciale. Lui la guardò con sguardo tetro, la bocca priva di espressioni, lasciando Mariko nel dubbio se fosse ancora incazzato con lei per avergli dato una strigliata o se fosse imbarazzato perché il suo nuovo incarico era quello di interrogare i pazienti del pronto soccorso. Mariko non aveva l'energia per pensarci. Disse al paramedico: «Devo parlare col suo paziente.»

«Ha perso molto sangue» disse lui. «Lo devo portare in chirurgia.»

«Ho cercato di aiutarla» disse Bumps con voce debole. Poi emise un mormorio incoerente.

Mariko camminò accanto alla barella che il paramedico stava spingendo verso le porte di acciaio lucido di un ascensore che si trovava in fondo all'accettazione. «Hai visto giorni migliori, Bumps.»

Mariko vide Toyoda reagire a scoppio ritardato, strizzò gli occhi verso Bumps e mormorò. «È lo stesso Bumps che avevamo portato dentro?»

«No, è uno dei cento altri tizi che si chiamano Bumps. Supposizione arguta.»

Toyoda mormorò di nuovo e alzò gli occhi al cielo. Mariko cercò di non divertirsi troppo. In realtà poteva anche perdonarlo per non aver riconosciuto Bumps conciato in quelle condizioni. Ma faccia distrutta o no, Mariko non avrebbe potuto scordare il volto del tizio che l'aveva messa in buona luce davanti a un gruppo di altri poliziotti.

Desiderò avere più tempo a disposizione per godersi quel momento. «Cos'è successo, Bumps? Sembra che qualcuno ti abbia preso a calci in faccia.»

«Sono caduto. Dopo che mi ha colpito.» Bumps fece scivolare la pallida mano destra sulla pancia fasciata. Lei lanciò un'occhiata alla montagna di garza che lo avvolgeva. Poteva esserci una sola ragione per cui era stato fasciato in quel modo: la ferita doveva averlo perforato da parte a parte. Nemmeno il coltello più lungo di Tokyo poteva fare un buco del genere. O Bumps era stato attaccato sia da davanti che da dietro, oppure... «Sei stato trafitto da una spada, Bumps?»

Sia Toyoda che il paramedico si fermarono. Mariko pensava di sapere il perché. Entrambi sapevano che la ferita di Bumps passava da una parte all'altra del suo corpo, ma nessuno dei due capiva come Mariko avesse fatto a indovinarlo. Toyoda, incapace di trattenersi, esplose: «Non c'è da stupirsi che sia diventata una detective.»

Da parte sua, Bumps disse solo: «Ah-ah.»

«Sai come si chiama, vero, Bumps? È stato Fuchida?»

«Ah-ah. Ho cercato di aiutarla.»

«Porca puttana» disse Toyoda. La guardò a bocca aperta nello stesso modo in cui lei ricordava di aver guardato i veterani durante il suo primo mese nella polizia. C'era lo sbalordimento, e la vergogna, e forse anche il timore di non riuscire a raggiungere mai quel livello. Ma naturalmente Toyoda non poteva sapere a quale caso stava lavorando Mariko. E probabilmente non sapeva nemmeno dei recenti omicidi nei quali era implicata una spada. Sicuramente aveva letto i rapporti, ma Ko aveva messo a tacere qualsiasi discorso sulle spade: per quello che lo riguardava, quell'aspetto del caso era solo il frutto della fantasia di Mariko. E per quanto ne sapeva l'agente Toyoda, Mariko era entrata casualmente in contatto con la vittima, l'aveva osservata e in un solo colpo aveva identificato sia l'arma che l'assalitore.

Mariko non aveva il tempo di spiegargli come stavano realmente le cose. La sua mente stava correndo. Finalmente aveva un collegamento tra Fuchida e la serie di spacciatori assassinati. «È Fuchida quello di cui mi parlavi, vero? Quello che vuole aprire il mercato alla cocaina? Cos'è successo, Bumps? È venuto da te per arrivare a me?»

«Non lei. I Kamaguchi.»

«Avrei dovuto capirlo» disse Mariko. «Aveva reclutato degli uomini per farsi dare una mano, ma qualcuno ha parlato, non è così? I Kamaguchi hanno scoperto i suoi piani sulla coca e Fuchida ha dovuto chiudere la bocca di tutti quelli che avrebbero potuto tradirlo. Dannazione, avrei dovuto immaginarlo. Per quale altra ragione avrebbe dovuto prendere di mira gli spacciatori...?»

La sua mente iniziò a correre ancor più velocemente. «Tutti quei pusher avrebbero potuto muovere un bel po' di roba. Dev'essere in attesa di una spedizione enorme. E questo spiega perché voglia arrivare alla seconda spada...»

Estrasse rapidamente il cellulare dalla borsa e fece un cenno al paramedico perché portasse Bumps dove doveva andare. Con il telefono premuto su un orecchio e un dito premuto sull'altro, camminò velocemente verso la porta. I tacchi ticchettavano sul marmo e un'ambulanza ululò dalla strada, ma Mariko non pensava ad altro che al cellulare che suonava.

«Sono Oshiro» disse non appena le ebbero risposto. «Trovatemi i nomi di tutte le spade collegate ai casi di droga. Verificate con la ANP, con l'Interpol, con chiunque.»

«È sicura, sergente? Fuchida fa parte dei bōryokudan. È più probabile che voglia fare fuori gli spacciatori di coca piuttosto che iniziare a venderla in prima persona, no?»

«Fuchida vuole cambiare registro. Vuole barattare la spada con la coca, ne sono certa. Credo che abbia pensato che i boss se ne sarebbero accorti se avesse usato i contanti, così ha cercato un'altra strada. Ma non ha funzionato. Adesso i Kamaguchi gli stanno addosso, e presto inizieranno a dargli la caccia, sempre che non lo stiano già facendo. Dobbiamo prenderlo prima di loro, intesi? Questa volta non devono vincere.»

«Sì, signora.»

Finalmente, pensò Mariko. Finalmente aveva una visione chiara dei piani del suo nemico. Riuscì anche a capire come mai Fuchida fosse impossibile da trovare. Nascondersi dalla polizia era una cosa, ma nascondersi dalla yakuza era ben più complicato. Finalmente i tasselli del puzzle si stavano mettendo in ordine.

Per quanto detestasse doverlo ammettere, Yamada aveva avuto ragione fin dal principio. Le forze del destino stavano correndo, rombando nelle sue orecchie come una cascata. La dritta sulla cocaina, il caso Yamada, l'omicidio di Kurihara, alla fine si erano rivelati tutte facce della stessa medaglia. Era troppo per pensare che si trattasse di una coincidenza. Il sensei Yamada ne sarebbe stato davvero lieto.

Mariko guardò lo schermo del suo cellulare: le sette e due minuti. Era in ritardo per Dvořák, in ritardo per l'appuntamento con Yamada. Oh, be', pensò, lo avrebbe raggiunto nell'intervallo. E avrebbe avuto qualcosa di molto interessante di cui parlargli.

Tre piani più in alto, Bumps Ryota galleggiava in una nebbia di anestetici. Il suo ultimo viaggio con la metanfetamina si era ormai consumato, un viaggio perfetto rovinato da quel maniaco e dalla sua spada, ma l'ossicodone nella flebo stava lavorando bene. Una colonna di dolore era ancora ben piantata nella parte sinistra della sua pancia – nella sua mente era un pezzo di stoffa, attorcigliato, girato e rigirato tante di quelle volte che le sue fibre si stavano per strappare – mentre il resto del suo corpo era una spessa nuvola grigia, fredda e inconsistente.

Non riusciva proprio a capire cosa gli fosse preso quando aveva deciso di seguire Fuchida e la ragazza. Cercare di aiutarla era una cosa, ma Fuchida aveva una maledetta spada. Gli sembrava di avere ancora quella dannata cosa piantata dentro, che lo infilzava attraverso la nebbia.

Dopo essere stato colpito era caduto con la faccia per terra, e nel cadere si era morsicato malamente la lingua. Fra l'ossicodone, la guancia gonfia e la lingua tagliata aveva paura che nessuno riuscisse a capirlo. Era una paura vaga, che non riusciva a identificare bene nella nebbia, ma che diventava urgente ogni volta che riusciva a metterla a fuoco, e quando la vide parlò nella maniera più chiara che gli riuscì.

«Non le ho detto la cosa più importante» ripeté. «Ho cercato di aiutarla. Sua sorella. Ha sua sorella.»

54

Nello scendere la scalinata circondata dai cespugli che conduceva alla piazza della Suntory Hall, Mariko pensò che dovesse essere l'intervallo, anche se sembrava troppo presto – non erano neanche le otto – ma le porte d'ingresso, di acciaio nero e vetro, erano spalancate a dispetto del freddo della sera. Davanti si era assiepata una folla di persone vestite in maniera elegante. Ma c'era qualcosa di strano in quella folla. Ci mise un attimo per metterlo a fuoco, ma alla fine lo notò: nessuno di loro fumava. Non c'era nessuna nuvoletta grigia che aleggiasse sulle loro teste, né scie di fumo trasportate dal vento.

Il suo stomaco si trasformò in una pietra gelida. Si avviò verso la folla rapidamente, l'aria fredda le mordeva i polmoni, dando un sapore di sangue al suo respiro. C'era qualcosa che non andava.

Si avvicinò senza rallentare, facendosi largo fra le prime file del pubblico come un cavallo da guerra fra una schiera di fanti indifesi. Si aprì un varco con i gomiti appuntiti e con parole ancora più affilate, parole da uomini, parole che avrebbero fatto arrossire sua nonna se gliele avesse sentite pronunciare.

Riuscì a raggiungere l'ingresso. Alla fine, in un cerchio di aria gelida in mezzo alla folla, vide la sagoma insanguinata di Yamada Yasuo. Era steso su una barella, una mascherina di plastica azzurra sulla bocca e sul naso, strisce di sangue sgorgante che si accumulavano sulla sua pancia. I paramedici non stavano più nemmeno tentando di fare pressione. Il sensei Yamada era...

No. Non poteva essere vero. Cadde sulle ginocchia davanti al corpo di lui, e le dita le si inzupparono di sangue quando premette la garza che aveva sul petto. Non c'era nessuna ferita pulsante da comprimere, nessun sanguinamento da fermare. Guardò il suo volto, sperando di scorgervi una qualche reazione. Quegli occhi ciechi la fecero trasalire e balzare via.

In un angolo remoto della sua mente si domandò come mai i paramedici non le avessero impedito di avvicinarsi al corpo. Sarebbero dovuti intervenire per allontanarla dal paziente. Sollevò lo sguardo e vide due di loro, le uniformi blu macchiate di rosso, trattenuti da tre poliziotti in borghese della sua unità. Un quarto poliziotto, che fino a quando non era arrivata Mariko doveva essersi occupato del contenimento della folla come gli altri, le appoggiò le lunghissime dita sulla spalla. «Sergente» disse. E non aggiunse altro.

Più tardi, quando finalmente gli uomini dell'ambulanza si furono avvicinati, quando Mariko si fu allontanata dal paziente per permettere loro di svolgere il proprio lavoro, la folla si fu dispersa e gli uomini della sua unità ebbero ordinato che venissero portati dei tovaglioli dal bar e una bottiglia mezza vuota di Sani-Kleen dall'ambulanza in modo che lei si potesse pulire il sangue dalle mani, dalla faccia e dai vestiti, Mariko riguadagnò l'uso della parola. Seduta a gambe incrociate sul gelido lastricato della piazza, osservando il sangue sulle proprie scarpe, disse: «Cos'è successo?»

Ino – quello che le aveva appoggiato la mano sulla spalla, l'uomo alto che aveva raccolto la testimonianza di Yamada giorni prima – si schiarì la gola. «Non lo abbiamo visto arrivare. Io controllavo l'ingresso dalle scale. Mishima e Takeda tenevano d'occhio le porte d'ingresso. Pensavamo che lei sarebbe stata con lui. Ho guardato Yamada, poi mi sono girato per cercarla. E subito dopo la gente si è messa a urlare.»

Mishima, il poliziotto in carne che aveva lavorato insieme a lei nell'appostamento al centro commerciale, le riferì un'altra versione della storia. «Ho tenuto d'occhio Yamada dal momento in cui ha messo piede fuori dal taxi» disse, il suo fiato odorava di caffè del giorno prima. «Era da solo, cosa che mi ha stupito. Ma è un tipo semplice da individuare fra la folla: basta seguire i capelli grigi. Così lo guardavo, e all'improvviso quella piccola testa argentata è scomparsa. Quando l'ho raggiunto, per terra c'era abbastanza sangue da riempire una vasca da bagno. E nessun sospettato nei dintorni.»

«Io l'ho visto» disse Takeda, un poliziotto basso, l'unico altro detective nella squadra di Mariko. «Mi è passato di fianco. Un tipo strano: faccia pallida ma occhi scuri, bocca scura. Codino lungo e giacca nera lunga. Camminava velocemente e la folla gli faceva largo, ma pensavo che la gente si spostasse perché sembrava un morto che cammina. Non sapevo cosa fosse successo, nessuno aveva ancora notato il sangue. Nessuno stava urlando. Il killer deve averlo ucciso rapidissimamente, e in silenzio, perché era a dieci passi dal corpo quando mi è passato di fianco, e la gente non si era ancora messa a urlare.»

Tutti e tre gli uomini avevano altre cose da riferirle, ma Mariko riusciva ad ascoltarli solo superficialmente. Non concordavano neanche su quanto Fuchida fosse alto, anche se ora che Takeda aveva parlato del codino, tutti ricordarono di averlo visto. Lei avrebbe voluto mettersi a urlargli contro per la loro idiozia, per la loro incompetenza. La prossima volta che organizzi un piantonamento in una sala d'ingresso affollata, gridò una voce dentro di lei, non devi mettere il tizio alto sulle scale e quello basso in mezzo alla gente. E magari dovresti pensare di dire ai tuoi uomini di tenere d'occhio il tipo con l'aria da cadavere, quello che indossa un cappotto abbastanza lungo da nascondere una spada. Avrebbe voluto richiamare la folla solo per potersi mettere a inveire anche contro di loro, un gregge di pecore tutte così assorte nelle proprie belanti conversazioni che avrebbero potuto tranquillamente passare accanto a una bomba atomica nel tornare ai propri posti in platea senza rendersene conto.

Ma quella rabbia era male indirizzata. Tre poliziotti e trecento persone non si erano accorti di un uomo che andava verso Yamada e lo trafiggeva con una lama affilata lunga un metro, ma Mariko avrebbe dovuto accorgersene perché avrebbe dovuto essere lì. Avrebbe dovuto vedere Fuchida da vicino, fulminarlo con la Cheetah e mettergli le manette ai polsi. O puntargli la pistola addosso prima che potesse avvicinarsi così tanto. Perlomeno avrebbe dovuto mettersi fra Yamada e la lama. Lei era giovane, forse sarebbe riuscita a sopravvivere alla ferita. Ci sarebbe dovuta essere lei sull'ambulanza in quel momento, sanguinante ma ancora viva, chiedendo scusa a Yamada per avergli rovinato il concerto. Aveva avuto l'occasione di fare la parte dell'eroina, e invece non si era nemmeno fatta vedere.

Iniziò a girare per il luogo cercando di ricostruire l'assassinio. Yamada era entrato dalle porte sulla destra; Fuchida era uscito dalla sinistra. Secondo i paramedici la ferita andava dall'intestino tenue, alla milza, fino al polmone sinistro. Quindi Yamada si era voltato per stargli di fronte. Forse aveva sentito il rumore della spada che veniva sfoderata. Si era voltato, e si era ritrovato faccia a faccia con Fuchida quando la spada lo aveva penetrato. Da quella distanza forse Yamada era anche riuscito a distinguere il volto del suo assassino.

Le impronte, rosse di sangue sui tappeti, facevano pensare che Fuchida avesse raggiunto Yamada nei pressi della parete della biglietteria, e lì avesse sfoderato la spada. «Era una roccia, il vecchio» disse Ino. «È riuscito addirittura a fare qualche passo prima di cadere.»

Che importanza aveva?, avrebbe voluto dire Mariko. Non aveva avuto neanche una possibilità di salvarsi. Ottantasette anni e una milza perforata che spargeva le sue tossine attraverso la ferita, complicando qualsiasi tentativo di rianimazione. Yamada aveva allenato il suo protetto fin troppo bene.

Il suo cellulare suonò. Mariko lo afferrò di riflesso, poi ci pensò un secondo e fece per lasciarlo ricadere nella borsa. Non c'era praticamente nessuno con cui avesse voglia di parlare quella sera. Ma il nome dell'unica persona che avrebbe avuto voglia di sentire era comparso sul display del telefonino.

«Ciao Saori, stai bene?»

«Ho tua sorella» disse una voce maschile molto profonda «e te la restituirò solo in cambio della spada.»

«Col cavolo che lo farai» disse Mariko, e l'annebbiamento per il dolore e lo shock svanì in un istante. A una parte di lei sarebbe piaciuto poter dire che erano state la sua formazione e la sua professionalità a schiarirle la mente, ma non sarebbe stato vero: erano stati l'odio e la rabbia. Schioccò le dita verso Takeda e fece un gesto che indicava una penna. L'altra mano era già nella borsa, alla cieca ricerca del taccuino. «Stai uccidendo almeno una volta alla settimana, ultimamente. Come faccio a sapere che non l'hai già ammazzata?»

Seguì un tintinnio, forse del telefono che veniva sfregato contro una superficie metallica. Passi. Un colpo, un gemito, e di nuovo la voce dell'uomo: «Di' il suo nome.»

«Mariko!»

Un altro gemito, attutito, e un gelo terribile nello stomaco di Mariko che spense la sua rabbia incandescente. Per quanto potesse essere preoccupata per Saori, una vocina nella sua testa era felice di aver sentito quel lamento. La rabbia non l'avrebbe aiutata.

Mentre i passi si avvicinavano al telefono, Mariko scarabocchiò 'Fuchida'. «La spada» disse lui. «Me la porterai domani.»

'Chiama il comando' scrisse Mariko. 'Fai localizzare il telefono dal quale chiama.' «Non posso» disse Mariko trascrivendo il numero di telefono di Saori. «Grazie a te nessuno si può più avvicinare a quella Inazuma.»

«Non c'è più motivo di tenere sotto sorveglianza la casa di Yamada. Fai andare via i tuoi agenti e prendi la spada.»

«Hai appena mandato a puttane la possibilità di fare una cosa del genere. Era davvero questo il tuo piano? Uccidere Yamada in modo da farci andare via da casa sua?»

«Non c'è più nessuno da proteggere lì. In quella casa è tutto inutile, a parte la spada.»

«Non capisci quello che hai fatto? Finora eravamo a caccia di un ladro di antichità di valore. Adesso c'è di mezzo un omicidio. Il mio comandante non mi farà mai togliere il piantonamento davanti a quella casa. Ora no di sicuro.»

La frustrazione ribollì attraverso il telefono. «Trova il modo di riuscirci» disse Fuchida «altrimenti faccio fuori tua sorella.»

«Ti dico che non posso farlo. Non entro domani, comunque. Sono una sergente, Fuchida-san. Un pesce piccolo. Se vuoi che le cose vengano fatte alla svelta, vai a rapire la sorella del primo ministro, e lascia andare la mia.»

«No.» Adesso Fuchida si era messo a parlare attraverso i denti stretti. «La ammazzo. Spargerò i suoi pezzi per la città.»

«Okay, okay.» Il cuore di Mariko stava pulsando all'impazzata. Aveva tentato di stuzzicarlo nella speranza che in uno stato di agitazione potesse rivelare qualche indizio sul luogo in cui si trovava. Ma non le avevano mai insegnato come si doveva negoziare con un rapitore, e si era lasciata prendere la mano. Aveva fatto irritare un uomo la cui mente era già sull'orlo della rottura. Avrebbe voluto che ci fosse Yamada a guidarla. Avrebbe voluto non aver fatto così tante cazzate da aver permesso che il suo sensei venisse ammazzato.

Ma ora lui era morto e lei era da sola, e Saori contava su di lei. «Per favore,» disse «calmati, Fuchida-san. È solo che non ho tante opzioni. Cerca di guardare la cosa dal mio punto di vista. Il mio tenente vorrà avere la certezza che riusciremo a recuperare Saori viva. E il fatto è che tu hai già ucciso, e noi abbiamo paura che tu possa farlo un'altra volta.»

«Hai dannatamente ragione.»

Bene, pensò Mariko. Continuiamo a rabbonirlo. «Dammi il tempo di parlare col mio tenente, per favore. Lascia che lo convinca che con te non si deve scherzare. E, ti prego, Fuchida-san, non fare altre minacce sulla vita di Saori, altrimenti non riuscirò mai a convincerlo che questa storia possa finire bene.»

Fuchida mugugnò. Mariko riusciva a sentire il suo respiro uscirgli rapido e rumoroso dal naso. «Va bene» disse alla fine.

«Bene. Perfetto. Grazie, Fuchida-san.» La voce di Mariko si era addolcita. «Il mio tenente vorrà che ti parli di nuovo. Ti posso richiamare su questo numero?»

«Va bene.» E la linea si interruppe.

Mariko si lasciò sfuggire un sospiro e si appoggiò contro la fredda parete bianca della sala concerti. Aveva voglia di piangere. Voleva lanciare il cellulare dall'altra parte del cortile. La tensione le vibrò nel collo e nelle spalle; un mal di testa perforante iniziò a palpitarle alla base della testa. Chiuse gli occhi e mosse il capo avanti e indietro contro gli spigoli duri e freddi dei mattoni.

«Oshiro» sussurrò uno dei poliziotti. Mariko non aprì gli occhi per capire chi fosse stato. «Sta bene?»

Era la domanda più cretina che avesse mai sentito. Sua sorella era stata rapita e il suo sensei era stato assassinato. E oltretutto era circondata da poliziotti troppo stupidi per essere in grado di prendere una qualsivoglia iniziativa, a parte quella di porre delle domande idiote. Come diavolo avrebbe potuto stare bene?

Ma non poteva dire niente di tutto ciò, e anche se lo avesse fatto, non lo avrebbe pensato veramente. Non erano stupidi, stavano solo aspettando di ricevere degli ordini dalla loro sergente. Era lei la stupida. Era lei quella che si sarebbe dovuta trovare sul luogo del delitto, che avrebbe potuto salvare la vita al sensei Yamada. Avrebbe solo voluto nascondersi in un angolo buio e piangere per lui. Avrebbe voluto un po' di solitudine e di silenzio per riuscire a tornare in sé. In quel momento il suo dolore era così forte che l'avrebbe gettata a terra se avesse tentato di stare dritta in piedi.

«Fate triangolare quel telefono» disse, il suo battito cardiaco le pulsava nelle orecchie come un tamburo *taiko*. «Chiamate il nucleo antisequestri. Li voglio pronti appena riusciamo a localizzare il cellulare. Poi chiamate l'unità di sorveglianza, ditegli che voglio una squadra tattica dentro la casa di Yamada, corazzata e armata, nel caso Fuchida perdesse la pazienza e decidesse di tentare un attacco. Avete contattato i parenti di Yamada?»

«Non ancora.»

«Fatelo. Ditegli dove possono andare per recuperare il corpo. E che qualcuno mi porti una scatola di Tylenol. E una bottiglia di Jack Daniel's, già che ci siamo.»

Ino, Mishima e Takeda scoppiarono a ridere, e Mariko si sforzò di ridere insieme a loro. In realtà avrebbe voluto semplicemente poter dormire per una settimana di fila. Perdere Yamada e poi tentare di gestire alla meno peggio le trattative con il rapitore di sua sorella... era troppo per una sola sera. Troppo per un solo anno, in realtà, ma doveva restare lucida. Presto sarebbero riusciti a trovare Fuchida. Sarebbe stato il nucleo antisequestri a prendere in mano la situazione, ma comunque Mariko avrebbe dovuto essere presente. Si trattava di Saori.

I suoi tre uomini avevano delle telefonate da fare. Mariko calcolò che avrebbe avuto all'incirca due minuti di tregua. Due minuti prima che uno di loro tornasse da lei per farle una domanda. Due minuti prima di dover tornare a essere una roccia, in modo che nessuno dei suoi uomini si accorgesse di un suo momento di debolezza e lo interpretasse come fragilità femminile.

Libro otto
Periodo Shōwa, anno 17
(1942 d.C.)

55

Kiyama Keiji avrebbe fatto tardi.

Se avesse avuto quattro braccia sarebbe riuscito a infilarsi gli stivali, aprire la porta e appendere il tachi alla cintura della sua uniforme, tutto in una volta. E invece non riusciva nemmeno a tenere saldamente gli stivali e la spada, e quando fece cadere l'arma, l'impugnatura creò un buco nella carta della porta shoji.

«Kei-kun» lo chiamò suo padre dalla stanza sul retro. «Stai bene?»

Keiji lo sentì a malapena attraverso il clangore degli stivali che cadevano sul pavimento. Tentò invano di sollevare la spada, ma quella rimbalzò rumorosamente e bucò un altro pannello dello shoji prima di cadere sul pavimento.

«Sto bene» gridò mettendosi a sedere e infilando il piede sinistro nello stivale. Non c'era tempo per una delle solite discussioni interminabili, e suo padre era famoso per intavolarle.

Sua madre, ovviamente, dormiva profondamente nonostante tutto il baccano.

Si infilò il secondo stivale, li allacciò entrambi e si attaccò il fodero impolverato sul lato sinistro della cintura. «Metterò a posto la porta quando torno» gridò, e se la chiuse alle spalle prima che potessero essere sollevate delle obiezioni.

Sembrava che non fosse l'unico ad avere fretta quella mattina. Era una giornata grigia, il cinque di aprile, e la stradina straripava di gente e di carretti che tentavano di raggiungere le proprie destinazioni sotto la pioggia scrosciante. Keiji zigzagò fra loro, pulendo il fodero dalla sporcizia mentre correva.

C'erano due chilometri dalla casa dei Kiyama alla strada che segnava l'inizio del quartiere Tora-no-mon, e un altro chilometro circa per arrivare alla nuova base. Quando girò l'angolo di Tora-no-mon, Keiji aveva iniziato a sudare copiosamente. Era contento che avesse ricominciato a piovere: magari la pioggia avrebbe mascherato le chiazze di sudore che gli si stavano formando addosso. Chiedendosi quanto tempo avesse guadagnato con quella gran corsa, si mise la mano in tasca e si accorse di aver dimenticato l'orologio a casa.

La momentanea distrazione lo fece andare a sbattere contro un altro pedone, una donna con la testa coperta da un enorme *sugegasa* che non lo aveva visto arrivare. Caddero entrambi malamente, e nella caduta Keiji sbatté la spalla.

«Mi dispiace moltissimo» disse, appoggiandosi a fatica su un ginocchio in mezzo alla folla brulicante.

«Guardi dove va» disse la donna. Poi, notando la sua uniforme, aggiunse: «Non abbiamo già abbastanza nemici oltreoceano? Cosa crede di fare, a buttare per terra una povera donna anziana come me? Dovrebbe sfogare la sua aggressività sugli americani o sui cinesi.»

«Mi dispiace davvero moltissimo.» Le offrì la mano per aiutarla.

Era una rozza vecchia caprona... in realtà non era tanto più vecchia di sua madre, ora che la guardava meglio. Keiji aveva solamente ventun anni; quella donna non poteva averne molti più di cinquanta. La aiutò comunque a rialzarsi, sopportò le sue lamentele, e proseguì la corsa verso la base.

Un isolato dopo schivò il carretto di un fruttivendolo – sembrava che Keiji fosse l'unico a guardare dove metteva i piedi sotto quella pioggia – e nel passare accanto al negozio di un orologiaio vide che erano le otto meno dieci. Salvo altre collisioni, ce l'avrebbe fatta.

Quando vide il palazzone beige dell'intelligence frenò la corsa in una camminata veloce, sperando di riprendere fiato prima di entrare. Rischiò di inciampare su una monella di strada, una bambinetta con delle bende sporche sugli occhi. Lei sollevò la testa come per guardarlo e disse: «Vedo la tigre! Vedo la tigre sulla montagna!»

Keiji per poco non cadde per la brusca fermata.

«Cos'hai detto?»

«Vedo la tigre sulla montagna!» disse la ragazzina cieca. «Vicino alla montagna c'è una donna, e la tigre le sta cacciando.»

«Come?» chiese Keiji, talmente sconvolto da riuscire a malapena a parlare. Si accovacciò davanti alla ragazzina, che si rigirava fra le dita un piccolo *shakuhachi* di bambù. Era difficile dire quanti anni potesse avere dato che aveva mezzo volto nascosto dalle bende che le fasciavano la testa. Una zazzera di capelli arruffati le arrivava fino alle spalle scheletriche, sbucando dalle bende. Era alta come una bambina di otto o nove anni, ma Keiji suppose che potesse averne di più dato che i monelli di strada restavano molto piccoli per via della malnutrizione. Come facesse a sapere il nome del suo tachi andava al di là della sua comprensione.

«La tigre sta con te» disse. «È davvero bella.»

«Chi si occupa di te?»

«La mamma.»

«E dov'è la tua mamma?»

«Non lo so.» Un sorriso carico di speranza si allargò sotto le sudice bende marroni. «Tu lo sai dov'è?»

«No.»

Il suo sorriso si spense e le si afflosciarono le spalle. Riprovaci, si disse. «Voglio dire, se vuoi ti aiuto a cercarla.»

La ragazzina si trovava sotto il cornicione di una macelleria, e Keiji chiamò il macellaio con un gesto della mano. «Signore,» disse Keiji «sa dov'è la madre di questa bambina?»

«No» rispose l'anziano. Il modo in cui si accigliò e scosse la testa disse molto a Keiji. Probabilmente quella ragazzina stava spesso lì, ed era sempre da sola.

«Potrebbe tenerla d'occhio per oggi? Io sono di base lì» e indicò l'edificio militare «e tornerò a prenderla fra le cinque e le sei. Per favore, si assicuri che mangi qualcosa.»

«E cosa dovrei darle, della carne cruda? Questo non è un ristorante.»

Keiji si rovistò nelle tasche. «Le compri del...»

Si interruppe immediatamente. Il suo portafogli non c'era più, scomparso insieme ai suoi soldi. E anche ai suoi documenti di riconoscimento. Che li avesse dimenticati a casa insieme all'orologio da tasca? No. Aveva toccato il bordo di pelle del portafogli con i polpastrelli quando si era accorto di non avere l'orologio.

La vecchia.

«Figlia di puttana» mormorò Keiji. Che giornataccia per essere borseggiato. «Ascolti, signore, sono il tenente Kiyama, dell'intelligence militare. Lavoro in quel palazzo laggiù. Glielo prometto, stasera torno e la rimborso di qualsiasi cosa le compri da mangiare. Per favore...»

Nonostante la corsa forsennata, Keiji arrivò con tre minuti di ritardo.

56

L'intelligence militare giapponese aveva vissuto il suo periodo di massimo splendore dopo la sconfitta dei russi, diciassette anni prima della nascita di Keiji. Non era mai accaduto che un Paese così piccolo ne sconfiggesse uno così vasto. Nell'epoca moderna non era mai successo che una potenza asiatica ne battesse una europea. E che una vittoria venisse guardata con altrettanto disprezzo a livello internazionale. Era stata l'intelligence militare a sconfiggere i russi – o comunque questo era quello che era stato insegnato a Keiji durante l'addestramento – e, grazie a quella vittoria, aveva goduto di favori quasi infiniti da parte di chi controllava le finanze.

Il palazzo dell'intelligence di Showa-ku era il prodotto di uno di quei favori. Occidentale sotto ogni aspetto, era stato uno dei primi edifici di Tokyo la cui planimetria originaria comprendeva l'impianto delle linee telefoniche. Si ergeva come un'isola, un atollo in stile Bauhaus che emergeva da un mare di tetti di piastrelle di ceramica.

Al quarto piano, in una stanza dalle ampie finestre, il generale Matsumori stava camminando avanti e indietro. Un'eco sorda risuonava dai tacchi che calpestavano il pavimento di cemento. «Quindi è questo il giovane tenente Kiyama» disse Matsumori. «In ritardo, fradicio e puzzolente di sudore. È fango quello sui suoi stivali, ragazzo?»

Lo sguardo di Keiji non si spostò dalla parete che aveva di fronte. Non si sarebbe azzardato a muoversi di un millimetro dalla sua posizione sull'attenti, nemmeno roteando le palle degli occhi.

Fu sorpreso che Matsumori si preoccupasse delle condizioni della sua uniforme. Il generale non portava né la sua arma di ordinanza né la spada. La sua giacca, ricoperta dalle mostrine che indicavano i gradi e gli onori raggiunti in battaglia, era appesa allo schienale della sedia, e il suo cappello giaceva sulla scrivania. Camminava avanti e indietro in maniche di camicia, spruzzi bianchi fra i suoi baffi, zampe di gallina a indicare una carriera trascorsa a leggere mappe e a guardare dal cannocchiale.

«Il generale Itō è un mio vecchio amico» disse Matsumori. Keiji notò che i due erano alti uguali, ma il generale era più tozzo, più rotondo, più muscoloso. «Un mentore, in realtà. L'ha raccomandata con calore, Kiyama. E francamente non capisco il perché.»

«Le chiedo scusa, generale Matsumori. Non tarderò mai più.»

«No, non nella mia base. Se la vedrò arrivare di nuovo con meno di dieci minuti di anticipo, le farò imbracciare un fucile nelle Indie Orientali e si troverà a lottare contro la dissenteria. Mi sono spiegato?»

«Sì, signore.»

Keiji trascorse il suo primo giorno di servizio nell'intelligence militare a pulire i bagni.

57

«Sta bene» disse l'anziano macellaio sorridendo. «Ha fatto un sacco di domande su come si debba tagliare un maiale. A pranzo abbiamo mangiato insieme del nigiri, e adesso stavo per portarla a prendere un po' di pollo allo spiedo.»

«La ringrazio» disse Keiji. «La ringrazio moltissimo. Temo... temo di non avere soldi con me. Il mio portafogli è stato rubato questa... be', insomma, l'ho perso. Mi chiedevo se fosse possibile ripagarla domani per la sua gentilezza.»

L'anziano chiuse i denti per un momento. «Se non fosse per quell'uniforme, figliolo, direi che mi sta prendendo in giro.»

«È comprensibile, signore. Sono davvero desolato.»

Keiji si accovacciò e toccò il dorso della mano della ragazzina. «Cosa ne diresti di venire a casa con me?»

«Stavo ascoltando, sai, non sono sorda.»

«Ah, lo so. È solo che... dimmi, come ti chiami?»

«Shoji Hayano.»

«Be', Hayano, che cosa ne diresti di venire a cena da me stasera?»

La ragazzina incrociò le braccia sul petto e guardò per terra... o ci avrebbe guardato se i suoi occhi fossero stati sani. Era un gesto che avrebbe fatto un bambino vedente; Keiji suppose che dovesse aver perso la vista per qualche ragione e che non fosse così dalla nascita.

Alla fine disse: «Possiamo tornare qui domani?»
«Se vuoi.»
«Allora va bene. Non voglio che mia mamma non mi trovi quando viene.»
Camminarono uno accanto all'altra mano nella mano nell'aria umida che odorava di pioggia, lungo la strada quasi deserta.
«Hayano, puoi ripetermi quello che hai detto stamattina sulla tigre?»
«Ah-ah. La tigre è a caccia di una donna. La deve uccidere. Ma la sua casa verrà spazzata via se se ne va per cercarla.»
«Non è quello che hai detto stamattina.»
Hayano contrasse le labbra. «Sì invece.»
«No. Hai detto... Non importa. Dov'è la tigre, Hayano-chan?»
«Con te, sciocchino.»
«No. Stamattina parlavi di una montagna.»
«Sì. La tigre vive sulla montagna. Ma deve andarsene per arrivare alla donna, e se lo fa, la montagna sparirà.»
Keiji si fermò e si inginocchiò accanto alla ragazzina. «Cosa significa, Hayano?»
Lei fece una risatina. «Sciocchino! Significa quello che significa.»
Lui sentì lo stomaco di lei brontolare. «Dove si trova la tigre, Hayano? È con me o è fra le montagne?»
«No!» Rise di nuovo. «*Vive* sulla montagna ma *sta* con te.»
Lui le prese la mano e le appoggiò le piccole dita sporche sull'impugnatura del tachi. «Questa è la cosa più preziosa che ho, Hayano. Si chiama Tigre sulla Montagna. Sai cos'è?»
«È una spada, sciocchino. Lo sanno tutti.»
«Come facevi a sapere il nome della spada?»
Lei contrasse le labbra. «Questo gioco è noioso. Possiamo andare a casa tua adesso?»
«Per favore, Hayano. Per favore.»
«No-ia.»
E fu tutto.

«Kei-kun» disse suo padre non appena Keiji ebbe aperto lo shoji. «Sono contento che tu sia arrivato, ho appena finito di preparare la cena.»

«Te l'avevo detto che avrei avuto da fare fino alle sei» disse verso la sala da pranzo. «Ti avevo anche detto che avrei riparato la porta quando sarei tornato. Non dovevi farlo tu.»

Keiji sentì il suono della ceramica che veniva appoggiata sulla tavola insieme alla spiegazione di suo padre riguardo alla riparazione dei pannelli dello shoji e al fatto che sua madre di sicuro non avrebbe potuto occuparsene e che Keiji sarebbe rimasto al lavoro tutto il giorno. Lui lo ascoltò finché non si fu tolto gli stivali e i calzini, poi lo interruppe. «Papà, volevo dirti che ho invitato a cena una persona.»

«Ah! Fantastico, spero sia una ragazza.»

«Be', sì, una specie.»

Sentì le calze frusciare sul pavimento mentre suo padre si muoveva verso l'ingresso. «Eccellente! Non è appropriato che un uomo della tua età resti scapolo, soprattutto ora che sei stato promosso e... oh!»

«Papà, questa è Shoji Hayano. Ha perso sua mamma e, come vedi, è ferita. Ho pensato che potesse mangiare con noi. E magari anche fermarsi qui a dormire.»

«Ah. Ma certo, sì. Ciao, Hayano-chan. Io mi chiamo Kiyama Ryoichi. Prego, accomodati.»

Per cena c'erano tonno e riso accompagnati da zucca e tempura di melanzane. Hayano disse che era tutto delizioso. «Dov'è la tua mamma, Keiji-san? Non le piacciono le melanzane?»

Ryoichi si mise a ridere. «La mamma di Keiji è molto malata, tesoro. Non mangia a tavola, le porto il cibo quando abbiamo finito.»

«Ah.» Prese un altro boccone e lo masticò lentamente. «Perché è malata?»

«Ha una cosa che si chiama infezione» disse Ryoichi. «È stata operata e il taglio che le ha fatto il dottore si è infettato, e ora deve stare lontana da tutto quello che lo potrebbe contaminare. Non deve neanche respirare vicino a cose che potrebbero essere sporche. È per questo che deve stare in camera sua, il fumo della stufa potrebbe farla stare ancora peggio.»

«Ah. Anche io sono stata operata una volta. Agli occhi.» Mangiò un altro po' di pesce.

«Ah sì?» Il padre di Keiji annuì con aria pensierosa. «E hai avuto un'infezione anche tu?»

«No, no.»

«Molto bene.» L'uomo mangiò l'ultima sottile fetta di zucca e iniziò a preparare un piatto per sua moglie. «Kei-kun, quando ha finito, preparale un bagno, ti dispiace? Ha le guance sporchissime, poverina.»

58

La casa dei suoi genitori era piccola e non aveva una stanza in più per gli ospiti, quindi Keiji stese un futon per Hayano ai piedi del proprio. Fremette al pensiero di quello che avrebbero potuto pensare i vicini – lui e Hayano non erano parenti – ma per come la vedeva lui, la sconvenienza doveva cedere il passo alla necessità.

Il mattino successivo si svegliò con un'ora di anticipo per evitare il ripetersi di quello che era accaduto il giorno precedente. Uscì di casa a tempo di record, tirandosi dietro Hayano con gli occhi coperti da linde bende bianche. Camminarono per strada sotto un cielo luminoso, le nuvole rossastre verso est facevano presagire un temporale per la tarda mattinata.

Lungo la via Hayano si mise a chiacchierare, i suoi discorsi saltavano da un argomento all'altro con la stessa imprevedibilità di un cane che insegue uno scoiattolo. Keiji sperava di poter riportare la conversazione su Tigre sulla Montagna, ma quando la bambina focalizzava i propri pensieri su qualcosa, era impossibile farla parlare d'altro finché la sua mente non approdava all'argomento successivo.

Alla fine, davanti al negozio del macellaio nei pressi della base militare, Keiji disse: «Hayano, mi dici cosa vedi quando guardi la tigre sulla montagna?»

Lei sorrise. «Te l'ho già detto.»

«Per favore.»

All'improvviso il suo volto divenne serio. «Oh-oh» disse.

«Cosa c'è?»

«Un terremoto. Sta arrivando. È meglio se ci mettiamo al riparo.»

Keiji si guardò intorno. Per strada erano tutti tranquilli. Anche i polli nelle gabbie del macellaio erano pacifici. «Ne sei sicura?»

«Mmh mmh.» Lo tirò per la mano verso la macelleria. «Andiamo! Dobbiamo sbrigarci!»

«Hayano, quel negozio è troppo piccolo. I palazzi piccoli come quello crollano durante i terremoti. Andiamo nel palazzo dell'intelligence, è grande ed è fatto di...»

La mano della ragazzina scivolò via dalla sua e lei corse velocemente dentro la macelleria.

Keiji le corse dietro, sussultando quando la vide andare a sbattere contro il bancone. Ci rimbalzò contro come solo un bambino può fare, senza quasi rendersene conto. Appena Keiji ebbe messo piede nel negozio la terra emise un boato.

Per quanti terremoti avesse sentito, li trovava sempre sconvolgenti. Sembrava sempre che durassero un'eternità, ma nello stesso tempo erano più brevi di un soffio. La terra non era fatta per produrre rumori. E nemmeno per muoversi. Non c'era nulla che fosse come avrebbe dovuto essere.

Ora i polli si erano messi a strillare nelle gabbie, i coltelli tremavano sui ripiani e la gente per strada gridava e cercava un riparo. Un'enorme scossa suggerì a Keiji che il terremoto sarebbe stato devastante. «Hayano!» gridò per superare il frastuono. «Vieni qui! Vieni sulle mie spalle! Cerchiamo di arrivare al palazzo dell'intelligence! È grande ed è fatto di cemento. Non...»

«Qui siamo al sicuro. Non ci succederà niente.»

«È un minuscolo edificio di legno! Dobbiamo...»

«No. La tigre è qui. Non ci succederà niente.»

Ci fu un fortissimo schianto e un lampione cadde davanti all'entrata del palazzo dell'intelligence. Le tegole dei tetti piovvero sulla strada, frantumandosi. Poi, all'improvviso, finì.

Dall'altra parte della strada l'acqua nelle grandi taniche del pescivendolo sciabordava avanti e indietro. L'acquario era rimasto in piedi ma il negozio si era trasformato in un cumulo di macerie. Accanto a esso, il palazzo del fruttivendolo era crollato su sé stesso come un castello di carte. Di fianco a quest'ultimo un ristorante era avvolto dalle fiamme e la gente stava già correndo per tentare di sedare l'incendio.

A parte alcuni polli agitati, il negozio del macellaio era completamente indenne.

Keiji restò a bocca aperta. Il cuore gli rimbombava tra le costole, mentre il viso di Hayano era assolutamente sereno. «Come...?» Ci mise un attimo per riuscire a formulare una frase di senso compiuto. «Sapevi che ci saremmo salvati» disse alla fine. «Come hai fatto?»

«Te l'ho detto. La tigre è qui. Non può succedere nulla di male nel posto in cui c'è la tigre.»

«Hayano, guardati intorno. È crollato tutto il quartiere.»

La bambina si accigliò. Incrociò le braccia sul petto con un gesto drammatico, il suo naso fu increspato da una serie di piccole rughe e le sue labbra si trasformarono in una linea sottilissima. «Non posso guardarmi intorno, Keiji-san. Sei *cattivo*.»

Keiji guardò stupidamente la propria mano, che aveva puntato inutilmente un dito verso il ristorante in fiamme. Lasciò cadere la testa in avanti e si colpì la fronte con un palmo. «Scusami. Ho detto una cosa stupida. Non ci ho pensato. Il terremoto mi ha fatto agitare.»

«Be', allora dovresti ascoltarmi» disse lei, ancora con le braccia sul petto. «Te l'avevo detto che eravamo al sicuro.»

La testa di Keiji si afflosciò di nuovo. «Hai ragione. Me l'avevi detto. Mi puoi dire come facevi a sapere che questo edificio non sarebbe crollato? Questa volta ti ascolto.»

«No. Chiedimelo più tardi. In questo momento non mi piaci per niente.»

Merda, pensò Keiji. Non la conosceva molto, ma anche un perfetto sconosciuto avrebbe capito che non avrebbe cambiato idea in fretta. Cosa ne sai di come si fa a fare il genitore?, si chiese. Sarebbe stato più intelligente portarla alla polizia e lasciare che se ne occupassero loro. Più intelligente e senza dubbio più semplice, tuttavia questa ragazzina gli aveva appena salvato la vita. Non poteva scaricarla a uno sconosciuto che l'avrebbe mollata in qualche orfanotrofio. E oltretutto, se l'avesse lasciata andare, le mille domande che gli affollavano la mente sarebbero rimaste inappagate.

«Senti,» le disse «devo andare a lavorare, okay? Ma più tardi torno, e ti prometto che sarò gentile. Resta qui col macellaio e fatti dare qualcosa da mangiare. Digli che ti ho detto che potete prendervi un dolce dopo pranzo.»

«Adesso stai solo cercando di comprarmi» disse Hayano.

Certo che lo sto facendo, pensò Keiji. Non ho la più pallida idea di cos'altro fare. Come fanno i genitori ad affrontare queste cose tutti i giorni? «Ci vediamo più tardi» le disse piegandosi sulle gambe per poterle appoggiare le mani sulle spalle ossute. «Ceneremo insieme, e magari mi dirai quello che vuoi dirmi. Ti prometto che ti ascolterò.»

«Forse» disse Hayano.

Era il massimo che in quel momento potesse ottenere da lei. Uscì dal negozio chiedendosi se fosse riuscito a recuperare qualche punto oppure se avesse solo smesso di scavare la fossa in cui si era cacciato.

59

«Niente male» disse il generale Matsumori quando vide Keiji scavalcare il lampione caduto. «Nonostante il terremoto, è arrivato con quarantacinque minuti di anticipo.»

Il generale era di nuovo in maniche di camicia e stava controllando i danni con le mani intrecciate dietro la schiena. «Anche lei è in anticipo, signore» disse Keiji.

«Io non dormo mai. Venga. Andiamo nel mio ufficio.»

Salirono quattro piani di scale in silenzio, Matsumori zoppicava lievemente. Nell'aria fluttuava uno sbuffo di polvere, quella che probabilmente era caduta dalle travi durante la scossa. L'edificio era intatto, ma a Keiji venne comunque da domandarsi quante migliaia di pagine potessero essere cadute dagli scaffali sparpagliandosi sul pavimento. Il palazzo era vuoto ma il silenzio che lo permeava era comunque strano, sconvolto, da dopo terremoto.

«Sta bene, Kiyama? Non è il tipo che si fa sconvolgere da un terremoto, vero?»

«No, signore. È un'altra cosa. Una ragazzina cieca... be', mi ha detto che ci sarebbe stato il terremoto poco prima che succedesse. Mi ha spinto dentro l'unico negozio sopravvissuto alle scosse.»

«Ah. Che fortuna. Meno male che era cieca, probabilmente lo ha sentito arrivare. Ho sentito dire che hanno l'udito fine come quello dei cani.»

«Forse, signore. Però non credo che lo abbia sentito. Sembrava che sapesse cosa sarebbe successo.»

«Ah! Magari allora dovremmo reclutarla nell'intelligence.»

Raggiunsero l'ufficio del generale; il fumo degli incendi scoppiati nelle vicinanze si sollevava dai tetti su cui si affacciavano le sue finestre. Matsumori chiuse la porta. «Il generale Itō dice che lei ha delle abilità da stratega, Kiyama. Dice che è estremamente perspicace, è così?»

«Il generale è troppo generoso, signore. Io...»

«Me lo dimostri. Cosa ne pensa delle Indie Orientali? Se fosse al mio posto, come procederebbe?»

«Al suo posto, signore?»

«Sì. Se avesse l'incarico di occuparsi della logistica per la guerra nel Pacifico, come si comporterebbe con le Indie Orientali?»

Keiji deglutì. Sentì le guance avvampare. «Signore, non ho letto i suoi rapporti. Senza di essi sono certo di non riuscire...»

«*Puah!* Mostri un po' di carattere, tenente. Azzardi un'ipotesi.»

«Per quanto ne so, signore, sulla base di quello che leggo sui giornali... be', con tutto il dovuto rispetto, signore, abbandonerei le Indie Orientali.»

Matsumori si sedette alla scrivania con un sorriso sconcertato sul volto. Era una scrivania in stile occidentale, un ingombrante oggetto di legno d'acero che si intonava al resto della stanza. «Adesso? E posso chiederle perché?»

«Perché non sono gli olandesi il nostro problema. Dovremmo preoccuparci degli inglesi e degli americani.»

«Chiunque avesse una mappa in mano sarebbe in grado di fare questa osservazione. L'Olanda non è più grande di un chicco di riso. Quindi? Che si fa? Se non le Indie Orientali, dove?»

«Ceylon, signore. Il prima possibile.»

Il sorriso di Matsumori divenne più ampio. «Attaccare direttamente gli interessi inglesi? È una mossa saggia, tenente?»

«È necessario, signore. E quindi è saggio.»

«Molto bene, Kiyama. Sa che quanto diciamo qui dentro non deve uscire da questo edificio, vero?»

«Sì, signore. Certo, signore.»

«Bene. L'attacco a Ceylon è iniziato ieri mattina. Dove mi farebbe attaccare dopo?»

La lingua di Keiji era diventata come un pezzo di piombo fra i denti. Tre giorni prima aveva festeggiato il diploma all'accademia insieme ai suoi compagni. E ora un generale gli stava confidando le sue strategie di guerra. Che Matsumori fosse un incosciente? O, peggio ancora, che fosse disperato? I giornali e i cinegiornali dicevano che la guerra stava procedendo bene. Era vero? Era possibile che uomini della levatura di Matsumori avessero un bisogno così disperato di nuovi ufficiali da decidere di raccontare segreti di Stato a un giovane che era lì solo da due giorni? Oppure Matsumori era semplicemente privo di tatto?

«Andiamo, Kiyama, non ho tutto il giorno. Abbiamo il compito di pianificare la strategia e la logistica per tutto il teatro del Pacifico. È nostro dovere condurre l'Impero alla vittoria. Non resti lì muto come un pesce. Mi dica cosa farebbe per proteggere gli interessi dell'imperatore nel Pacifico.»

«Guadalcanal.»

«Vada avanti, figliolo. Non siamo alle elementari.»

«Guadalcanal» ripeté Keiji, tentando di avere un tono più deciso rispetto al precedente balbettio stridulo. «E Tulagi, Florida. Tutte le isole Salomone insomma. Se fossi in lei, signore, mi adopererei per conquistarle.»

Il generale Matsumori si mosse sulla sedia, appoggiando i gomiti sulle ginocchia. «Perché lì?»

«I rifornimenti, signore. Dopo le Hawaii, Guadalcanal è l'isola più grande fra la California e l'Australia. Agli americani serve un porto. Non possiamo permettere che lo conquistino, signore. Se prendiamo le isole Salomone...»

«Releghiamo anche gli inglesi in Australia» disse Matsumori. «Diavolo, se mettiamo una pista di atterraggio laggiù, possiamo attaccare tutte le navi del Pacifico.»

Si sollevò e si piegò all'indietro, con le mani in vita, allungando i fianchi e la schiena. Keiji si chiese se Matsumori avesse riportato una ferita nella zona pelvica. Dopodiché Matsumori soffiò rapidamente l'aria dal naso. «Non è male, tenente. Non è per niente male. Ci darebbe l'opportunità di dimostrare ai gaijin di che pasta siamo fatti.» Si batté le mani sulle cosce, si alzò e si stiracchiò la schiena. «Andiamo. Mettiamoci sotto.»

60

Keiji trascorse il resto della giornata a mettere a punto dei piani alternativi per assicurare i rifornimenti alle Filippine in caso di maltempo. Il generale Matsumori lo sapeva bene: se un tifone avesse distrutto le razioni, persino l'armata di Gengis Khan non avrebbe potuto far altro che osservare la propria vittoria trasformarsi in sconfitta.

Dopo nove ore di attenti studi sugli schieramenti, nella mente di Keiji iniziarono a formarsi degli schemi. Gli americani erano maledettamente ben organizzati sulle montagne della penisola di Bataan. Si stimava che il numero dei loro uomini si avvicinasse ai sessantamila, più altri dieci o dodicimila filippini che si erano uniti a loro. Considerato il terreno favorevole, le loro difese avrebbero resistito senza problemi a un attacco diretto.

Alla fine Keiji si rese conto che a farli capitolare sarebbero state la fame e le malattie. Erano tagliati fuori. Nessuna nave amica avrebbe potuto raggiungerli per rifornirli di cibo o di medicine. E contro le malattie le loro decine di migliaia di uomini erano solo un'ulteriore debolezza: qualsiasi contagio si sarebbe propagato come un incendio nel bosco.

I collegamenti nella mente di Keiji iniziarono a delinearsi sempre più velocemente. Se la difesa americana fosse collassata prima del previsto, i giapponesi non si sarebbero dovuti occupare solamente dell'invio dei rifornimenti, ma anche degli uomini in più che sarebbero serviti a gestire i prigionieri di guerra. Non ci sarebbe stata una lunga battaglia di logoramento: quelle decine di migliaia di uomini sarebbero capitolate tutte in una volta. Le truppe giapponesi erano pronte a sacrificare fino all'ultimo uomo, mentre gli americani non erano famosi per essere altrettanto disciplinati. La loro cultura non si basava su un codice dei guerrieri. Non appena si fossero accorti della situazione difficile – non appena avesse cominciato a diffondersi il beri-beri o qualcosa di peggio – avrebbero capitolato.

Keiji scrisse una nota in cui specificava la necessità di ufficiali e personale di rinforzo, e la fece portare al generale Matsumori. Trovava molto gratificante avere un comandante che prendeva i suoi suggerimenti così sul serio. L'accademia lo aveva portato a credere che situazioni del genere non accadessero spesso, ma Keiji era ormai arrivato a pensare che in quella base un generale avrebbe realmente considerato il consiglio di un suo subordinato.

Rientrando verso casa assaporò l'odore della pioggia caduta poco più di un'ora prima. Osservò i rigagnoli lattiginosi scorrere nei canali di scolo, nati dall'unione fra le gocce di pioggia e la polvere di intonaco caduta durante il terremoto. Gli uccellini cantavano allegramente e le loro voci erano insolitamente udibili dato che la scossa aveva zittito molte delle consuete attività serali degli uomini. Nel camminare, Keiji sentì l'odore dei maialini sgozzati appesi per le zampe nella macelleria.

Il pensiero del macellaio fece correre la sua mente alla ragazzina. Quel giorno era stato talmente impegnato che si era completamente dimenticato di Hayano. Ma eccola lì, seduta dentro l'unico edificio ancora in piedi nel raggio di cinquanta metri, a chiacchierare con tutti e con nessuno.

I due percorsero i tre chilometri che li separavano dalla casa di Keiji capendo, man mano che camminavano, che dovevano essersi trovati esattamente nell'epicentro del terremoto quando era scoppiato. Diversi ostacoli costrinsero Keiji a sollevare Hayano per farla passare, ma più si allontanavano dalla macelleria, più il numero delle macerie diminuiva.

Il padre di Keiji aveva fatto un lavoro certosino per rimettere la casa a posto dopo il terremoto. La struttura non era stata danneggiata, ma tutte le mensole e gli armadietti avevano rovesciato il proprio contenuto, e dei piccoli buchi coi bordi neri nel tatami della cucina indicavano le scintille di un incendio sedato a fatica.

«La mamma di Keiji-san non mangerà con noi neanche stasera?» chiese Hayano fra un boccone di riso e l'altro.

«No, è ancora malata» disse il padre di Keiji.

«Ah» disse Hayano. «E se le viene fame adesso?»

«Che ragazzina premurosa» disse il padre. «Magari dovremmo portarle subito la cena. Ti piacerebbe darmi una mano?»

Kiyama Ryoichi portò il vassoio con il cibo, Keiji portò la teiera e a Hayano fu affidato il trasporto di una tazzina e di un paio di bacchette. Camminarono lungo un corridoio stretto, le assi del pavimento scricchiolarono sotto i loro piedi, e Keiji aprì la porta della camera buia e asettica di Yasu, sua madre.

Lei sollevò lo sguardo da sotto la spessa trapunta e il primo pensiero di Keiji fu che le sue condizioni dovessero essere peggiorate se stava tremando in una stanza così calda. I capelli le penzolavano dalla testa in ciocche flosce e il suo volto era arrossato. «Ciao Keiji,» disse «chi è questa tua amica?»

«Questa è Shoji Hayano» disse Keiji. «Hayano, questa è mia mamma.»

«Ciao» disse Hayano con una vocina dolce come quella di un fringuello nella stanza buia. «La tua pancia è malata, eh?»

«Sì, esatto» disse Yasu annuendo e sorridendo a suo marito che stava camminando con cautela sul pavimento di tatami per andare ad appoggiare il vassoio col cibo accanto a lei. «Presumo che te lo abbia detto mio figlio.»

«No» disse Keiji. «È stato papà a parlare dell'operazione, ma non... Hayano, come facevi a sapere dello stomaco di mia mamma?»

«Lo vedo» disse Hayano. Indicò la trapunta. «Nella sua pancia c'è una cosa grossa che non dovrebbe esserci. Sembra che faccia male.»

Ryoichi guardò suo figlio. «Che sta succedendo?»

«Non lo so, papà. Te lo giuro, non ho detto una parola sul cancro. Mamma, mi dispiace.»

Prese Hayano dalle spalle e la sospinse per portarla fuori dalla stanza. Dietro di loro, una parola di sua madre si trasformò in una tosse secca e umida. Comunque Keiji era riuscito a sentire la parola. Era: «Aspetta.»

«Mamma? Stai bene?»

«No» disse fra i colpi di tosse. «Sono malata, figlio mio. E questa ragazzina lo vede. Sei una *goze*, tesoro?»

«No. Sono Hayano.»

«È così, eh? Sei una goze moderna. Chi l'avrebbe mai detto?»

Keiji si mise in ginocchio sul pavimento fra sua madre e Hayano. «Di cosa stai parlando, mamma?»

«Dovresti saperlo» disse Ryoichi inginocchiandosi accanto a lui. «Te le sei dimenticate le favole della buonanotte? Ah, ma tu hai sempre preferito le storie sui samurai, vero? Hayano-chan, tu hai mai sentito parlare delle goze?»

«No.»

«Le goze erano donne cieche» disse la madre di Keiji «di tanto, tantissimo tempo fa. Suonavano degli strumenti e percorrevano le strade antiche chiedendo l'elemosina.»

«Cos'è l'elemosina?»

«Soldi, tesoro. Come i monaci che stanno fuori dai templi con le ciotole.»

«Ah.»

«Le goze non erano belle donne, e naturalmente tutti le consideravano delle storpie, ma suonavano lo *shamisen* e lo shakuhachi meravigliosamente e vedevano quello che nessun altro riusciva a vedere.»

«Che cosa?» chiese Hayano sporgendosi in avanti.

«Il futuro, piccolina.»

Dal modo in cui i capelli di Hayano si mossero sulla sua testa, Keiji immaginò che le sue sopracciglia dovessero essersi alzate fino a metà della fronte. La sua bocca divenne a forma di uovo, un buco nero sul viso chiaro nella stanza buia.

«Hayano-chan,» disse Yasu «dovresti finire la cena e farti un bagno. Hai le guance sporche.»

***

Un gatto aveva iniziato a miagolare verso la luna ormai alta quando i Kiyama furono riusciti a pulire la piccola Hayano. Le sue bende erano linde e il padre di Keiji aveva anche tentato di spuntarle i capelli. Lo aveva fatto qualche settimana prima con Yasu, e l'esito su Hayano fu pressappoco lo stesso: un lavoro niente male, visto e considerato tutto, ma dato che Ryoichi conosceva solo lo stile di sua moglie, alla fine Hayano aveva un aspetto simile a quello di un nanetto elegante. Se solo avessero avuto dei vestiti da cinquantenne della taglia di una bambina di nove anni, avrebbe potuto essere scambiata per un'enorme bambola dall'aspetto realistico e anche un po' sinistro, viste le bende che le fasciavano gli occhi.

Le cicatrici che aveva lì erano terribili. Keiji sospettava che fossero state causate da un'esplosione, anche se non riusciva a immaginare dove potesse essere avvenuta. La guerra era nel Pacifico e sul suolo cinese, non vicino alla loro madrepatria. Ma poi si rimproverò mentalmente. Quelli erano ragionamenti da campo d'addestramento, le esplosioni avvengono anche nelle normali vite dei civili. Iniziò a immaginare una lista di tutte le cose che potevano esplodere, i motori e le caldaie, per esempio, e presto si ritrovò a pensare a quanto fosse cambiato rapidamente il suo sistema di riferimento. Ora era un soldato, non apparteneva più alla stessa categoria dei suoi genitori o di quella ragazzina. La vita dei civili era ormai così lontana da lui da sembrargli in un'altra nazione, una nazione che avrebbe potuto visitare solo una volta che la guerra fosse terminata.

«Hayano-chan, hai detto di aver visto qualcosa nella pancia di mia mamma, no?»

«Sì.» La sua voce era rotta dal sonno.

«Quanto era grande?»

La vide scrollare le spalle da sotto le coperte. «Più o meno come una patata.»

Keiji deglutì. Quanto era passato da quando sua madre era stata operata? Due settimane? Tre? E il dottore aveva detto di aver rimosso un tumore della grandezza di un uovo. «Vedi il futuro, non è così?»

«Adesso no.»

«Sì invece.» Non riuscì a dire altro. Il cancro era tornato. Ed era diventato un bozzo grande come una patata. Divorando gli organi che aveva intorno. Uccidendola. Forse l'avrebbe uccisa anche prima della fine della guerra. Magari mentre Keiji era alla base militare. Vicino a casa, ma non lì. Non insieme ai suoi genitori dove avrebbe dovuto essere un figlio. Non al suo fianco per dirle addio.

Pianse finché non ebbe più lacrime, dopodiché scivolò nel sonno.

61

Il piccolo martello di ottone colpì le campane della sveglia di Keiji trascinandolo fuori dal sonno. Suo padre era sempre riuscito a svegliarsi a qualunque ora, ma Keiji purtroppo non aveva ereditato quel dono, e tirarsi su dal letto in inverno e in primavera era sempre stato difficilissimo per lui. Spostarsi dai caldi confini del suo futon al pavimento gelido era la cosa più dura della giornata... o perlomeno così gli sembrava quando la sua mano cercò alla cieca quella maledetta sveglia per zittirla.

Quella mattina l'aveva puntata presto, come aveva fatto il giorno prima: Keiji sapeva benissimo di non potersi mai più permettere di arrivare in ritardo da Matsumori. Si vestì, vestì Hayano, le diede qualcosa da mangiare per colazione, e i due uscirono di casa prima che i genitori di lui fossero usciti dal letto. Mentre si dirigevano verso Tora-no-mon, Keiji le disse: «Che ne dici di spiegarmi la cosa di cui parlavamo ieri? Della tigre e di come facevi a sapere che la macelleria non sarebbe crollata?»

«Va bene.» Hayano voltò la testa come se stesse guardando direttamente la spada. «La tigre protegge la montagna. Vive lì. C'è una bellissima donna, e quando si avvicina alla tigre, la tigre deve ucciderla. Ma se la tigre si allontana dalla sua casa, quella casa potrebbe crollare. Lo spirito della foresta la distruggerà se la tigre va via.»

«Chi è lo spirito della foresta?»

«Lo spirito della foresta è quello che difende gli alberi. Ha tantissimo potere, può distruggere le cose. Distrugge i suoi nemici, ma a volte distrugge anche i suoi amici.»

Per Keiji quel discorso non aveva alcun senso, ma il fatto che lei conoscesse il nome della sua spada e che avesse visto il cancro di sua madre era più che sufficiente a convincerlo di dover cercare di capire. Proprio come in guerra, la frustrazione avrebbe dovuto cedere il passo alla necessità.

Ma quando raggiunsero il palazzo dell'intelligence non era ancora riuscito a capire chi fosse quella donna bellissima, né chi potesse essere questo difensore degli alberi. Keiji dovette lasciare Hayano sotto la supervisione del macellaio, al quale diede i dieci yen che aveva chiesto in prestito a suo padre prima di uscire di casa. «Per ieri e ieri l'altro» disse all'anziano «e per oggi e per il resto della settimana, se è disponibile. Passerò a prenderla dopo le sei.»

Keiji arrivò al palazzo dell'intelligence con trenta minuti di anticipo, fece bollire l'acqua per il tè prima che arrivassero le segretarie e iniziò a studiare i rapporti sulle isole Salomone. Da quello che leggeva, erano quasi completamente indifese. Una volta conquistate, sarebbe stato facile tenere lontani gli americani, e impadronirsi delle isole non sarebbe stato difficile. Si chiese quanti uomini si trovassero già a distanza di tiro da esse e quando avrebbe potuto iniziare a pianificare l'invasione.

«Kiyama,» disse il generale Matsumori «è in anticipo, bene. Ha capito l'antifona.»

«Sì, signore.»

«Ottimo lavoro ieri con quel rapporto sulle Filippine. Le voglio affidare l'incarico di capire come dirottare gli uomini per farli arrivare laggiù. E naturalmente dovrà pensare anche a dove dovremo tenere i prigionieri. Si metta al lavoro.»

«E Guadalcanal, signore?»

Matsumori fece un gesto con la mano. «Avrà la sua parte di gloria. Ce l'avremo tutti. Ma prima di occuparci del domani, occupiamoci dell'oggi. Tutto bene, lei?»

«Sì, signore. Certo, signore.»

«Mi fa piacere.»

Il generale Matsumori andò nel suo ufficio e Keiji sostituì le mappe delle isole Salomone con quelle delle Filippine. Piano piano arrivarono anche gli altri ufficiali dell'intelligence e si misero al lavoro. La stanza si riempì dell'odore del caffè, del tè e delle vecchie carte, del ronzio del ventilatore appeso al soffitto e dei saltuari colpi di tosse o sternuti.

Quello era il posto migliore per il lavoro di intelligence. Ogni uomo aveva il suo incarico, e poiché non c'era bisogno di fare conversazione, l'unica distrazione proveniva da chi ogni tanto aveva bisogno delle mappe di Keiji. Lui se ne separava ogni volta che doveva e le riprendeva appena gli era possibile, e per il resto dei dati di cui aveva bisogno si basava sui rapporti delle battaglie.

Per le sei di sera aveva redatto una valutazione preliminare. In otto pagine aveva calcolato quanti ufficiali dovevano essere inviati ogni cinquemila prigionieri, quali ufficiali adatti all'incarico erano a portata di mano, quanto personale di supporto sarebbe stato necessario, e che tipo di aerei e di navi sarebbero stati in grado di eseguire la dislocazione nella maniera più efficiente possibile. Tutte le proposte che aveva stilato potevano benissimo essere totalmente infondate – non aveva idea di quanti prigionieri ci sarebbero stati, né di quanti degli ufficiali che aveva selezionato fossero già caduti in battaglia, né di quanti dei mezzi che aveva scelto fossero affondati o danneggiati – ma credeva che come valutazione preliminare potesse essere sufficiente.

Cenò di nuovo con i suoi genitori e Hayano, e la mattina successiva riaccompagnò la ragazzina dal macellaio nell'andare al lavoro. Era una bambina davvero dolce. Non si meritava di essere abbandonata da sua madre. Ma erano tempi di guerra, e la gente era imprevedibile. Forse erano i razionamenti che li avevano fatti diventare così, rifletté Keiji, ma cosa ci si poteva fare? Zucchero, carta e benzina scarseggiavano, poiché erano tutti prodotti vitali per i rifornimenti militari. Dov'era finito lo spirito samurai? Dov'erano finiti l'altruismo, lo spirito di sacrificio per l'imperatore, l'affidabilità nei tempi tumultuosi? Se i cinegiornali avessero parlato di cittadini americani che abbandonavano le proprie figlie o che permettevano alle proprie donne di trasformarsi in borseggiatrici, avrebbe capito, ma com'era possibile che tutto ciò succedesse a Tokyo?

Quando arrivò, vide che la sua valutazione preliminare sulla dislocazione nelle Filippine era scomparsa dalla sua scrivania. Mentre scartabellava fra gli altri fogli per trovarla, udì i tacchi degli stivali del generale Matsumori ticchettare dentro la stanza. Keiji balzò sull'attenti.

«Riposo. Molto bene, Kiyama. Il generale Itō non si sbagliava su di lei.» Attraversò la stanza e fece cadere la valutazione – piena di annotazioni – sulla scrivania di Keiji. «L'*Oshima* è ormeggiata a Nagasaki per delle riparazioni, a proposito. Dovrà trovare un altro mercantile. E il colonnello Arai è un libertino. Lo ha mai incontrato?»

«No, signore.»

«Potrebbe fare il lottatore di sumo se non fosse così vecchio. Non è una buona idea mandarlo ai tropici, suderebbe fino alla morte.»

«Lo sostituirò, signore.»

Matsumori fece un gesto con la mano. «Già fatto. Ho l'uomo che le serve. Si chiama Iwasaki. Ha combattuto un bel po' a Nanchino e sa come spaventare il nemico. È l'uomo perfetto per soggiogare gli americani e i filippini.»

«Lo rintraccerò, signore.»

«Bene. Sa leggere l'inglese, Kiyama?»

«Solo quello che ci hanno insegnato all'accademia.»

«È già più di quello che so io. Ricevo un quotidiano californiano e voglio sapere cosa passa per la testa di quella gente giorno per giorno. D'ora in poi voglio che venga direttamente nel mio ufficio quando arriva la mattina, così può dare un'occhiata ai titoli. E se trova qualcosa che dovrei sapere, mi farà la traduzione dell'articolo. Senza starci sopra tutto il giorno, un'ora dovrebbe essere più che sufficiente.»

«Farò del mio meglio, signore.»

«Non ne dubito.» Il generale si voltò per andarsene, ma poi si fermò. «Dica, Kiyama, è una bella spada quella che ha lì, vero?»

«Signore?»
«La sua spada. Riconosco un buon lavoro quando ne vedo uno. Posso?»
Keiji sfoderò la spada e la allungò al generale con un inchino.
«Straordinaria» disse Matsumori. «È come se galleggiasse nell'aria, vero? Eppure è robusta come il tronco di una quercia. Mi sembra che questo acciaio sia molto antico. Ho ragione?»
«Sì, signore. Mi hanno detto che è una Inazuma.»
Le sopracciglia di Matsumori si arcuarono. «Davvero? Incredibile. Sa, oggi molta gente crede che Inazuma non sia mai esistito. Anche uomini come il generale Itō, uomini che hanno una passione per le spade, pensano che sia solo una leggenda. Eppure basta tenere in mano una spada come questa per capire che chi l'ha creata era un genio in quello che faceva.»
Matsumori inclinò la lama per riflettere la luce. «Che ci creda o no, Kiyama, questa è la seconda Inazuma che tengo fra le mani. Una vita fortunata, la mia, eh? Due Inazuma. Si dà il caso che l'altra sia mia. Un giorno o l'altro dovrò fargliela vedere.»
«Mi piacerebbe, signore.»
«Bene. E ora al lavoro.»

62

Quando Keiji tornò a casa sentì un accesso di tosse provenire dalla stanza sul retro. «Andrà tutto bene» continuava a ripetere la vocina di Hayano. «Andrà tutto bene.»

Qualsiasi altro giorno avrebbe chiesto a suo padre come stava sua madre. Questa volta, avendo sentito le parole di Hayano e sapendo chi era quella bambina, pensò che quelle non fossero semplici parole di consolazione. Se una persona che vedeva il futuro diceva: 'Andrà tutto bene', per Keiji non c'era motivo di preoccuparsi.

Trovò suo padre fermo sulla soglia della cucina a guardare la porta da cui provenivano i colpi di tosse. «Ciao papà» disse Keiji. «Lascia che ti dia una mano con la cena.»

Mangiarono tutti insieme nella stanza sul retro – l'oncologo aveva detto che era meglio che Yasu stesse lontana dal fumo, quindi lontana dalla cucina e dalla sala da pranzo – dopodiché Hayano suonò lo shakuhachi. Yasu applaudì cercando di non sforzarsi troppo; ogni volta che rideva veniva presa da spasmi di tosse.

Quella notte, mentre Keiji era steso sul suo futon e fissava il soffitto, sentì dei singhiozzi provenire da vicino ai suoi piedi. Si sollevò a sedere e vide che Hayano stava piangendo.

«Cosa c'è?»

«Sono una goze, Keiji-san?»

«Non lo so. Credo di sì.»

«Non riesco a vedere la mia mamma.»

«Lo so, tesoro.»

«No che non lo sai!» Hayano colpì il pavimento di tatami coi piccoli pugni. «Se *tu* non vedi tua mamma vuol dire solo che lei non è lì con te. Se *io* non riesco a vedere la mia mamma vuol dire che non tornerà. Perché io vedo il futuro, no?»

Crollò in un lamento. Pianse sul cuscino, sulle sue mani e poi sulla spalla di Keiji. Lui la tenne stretta al proprio petto, cullandola finché le sue lacrime non ebbero inzuppato la stoffa del suo *yukata* e lei non ebbe smesso di divincolarsi per allontanarsi dal suo abbraccio. Alla fine smise di piangere e usò la manica dello *yukata* di Keiji per soffiarsi il naso. A lui non importava. La tenne stretta finché non si fu addormentata, e dato che non sopportava il pensiero di svegliarla, si stese lì accanto continuando a tenerla fra le braccia. Dormì insieme a lei come se fosse stata sua figlia, ed entrambi caddero in un sonno profondo, pacifico e senza sogni.

63

Il quotidiano californiano era completamente diverso dal rapporto che aveva analizzato quando era in accademia. Le frasi erano più lunghe e molti dei verbi sconosciuti. Il giornalismo non lasciava molto spazio all'espressione artistica ma, rispetto ai rapporti militari, fare la traduzione di quegli articoli era come tentare di parafrasare una poesia.

Keiji analizzò un solo articolo che riguardava una cosa chiamata Ordine esecutivo 9066 e parlava diffusamente dei giapponesi nell'Ovest degli Stati Uniti. A quanto pareva nelle ultime sei settimane erano stati raccolti da qualche parte, in maniera non troppo dissimile da quello che accadeva agli ebrei sotto Hitler o Stalin. Keiji pensò che il generale Matsumori lo avrebbe trovato interessante.

C'era un altro articolo che Keiji tentò di comprendere senza però prendersi il disturbo di tradurre. Diceva che erano venute alla luce delle prove sulle atrocità commesse dalle truppe giapponesi nel Sud della Cina, in particolare a Nanchino, dove c'erano stati stupri, incendi, torture e massacri indiscriminati.

Keiji lo avrebbe considerato un articolo di propaganda se non fosse stato per i dettegli. C'erano le date, la conta dei corpi, i luoghi, le cause delle morti. Si citavano le baionette giapponesi e anche i coltelli e le spade. Keiji non poteva avere dubbi: in quella città era accaduto qualcosa di terribile. Era possibile che fossero stati gli stessi cinesi a perpetrare quel genere di violenza sui loro compatrioti? Non ne era sicuro... ma non era nemmeno certo che i suoi stessi connazionali non fossero implicati in quelle atrocità.

In un'ora tradusse più che poté dell'articolo sul 9066, in pratica solo i passaggi più importanti, e non appena ebbe finito portò il frutto del proprio lavoro nell'ufficio di Matsumori. Quando vi giunse, trovò il generale impegnato in una conversazione con un uomo magrissimo che indossava i gradi da colonnello.

«Kiyama,» disse Matsumori con un sorriso «voglio presentarle una persona. Colonnello Iwasaki, questo è il tenente Kiyama. È nuovo nella divisione, ma si sta già facendo valere, non è vero, Kiyama? È grazie a lui che ora ha questo nuovo incarico nelle Filippine, colonnello.»

«Davvero?» disse Iwasaki. Aveva i baffetti corti come quelli del generale e indossava le medaglie di un uomo che aveva trascorso molti anni in servizio. «La ringrazio molto.»

Com'era sua abitudine, il generale era in maniche di camicia nonostante le tante decorazioni di Iwasaki. «Iwasaki rinchiuderà i prigionieri di guerra a Mindanao» disse Matsumori.

«Ah, bene» disse Keiji. «Ho saputo che ha combattuto in Cina qualche anno fa, signore. A Nanchino?»

«Esatto» rispose Iwasaki. «Abbiamo dimostrato a quei bastardi chi è che comanda in Asia.»

Lo disse con un'incredibile calma, ma c'era qualcosa nel suo atteggiamento che a Keiji diede i brividi. In effetti fu proprio l'estrema serenità con cui aveva parlato. Quest'uomo aveva visto coi propri occhi gli orrori della battaglia e non ne era stato turbato nemmeno minimamente. Anche un bulletto di scuola doveva sentire un certo sconvolgimento emotivo per la propria violenza. Ma quest'uomo non era un bulletto. Era un uomo privo di passioni e senza morale, uno squalo.

Matsumori diede a entrambi una pacca sulla schiena. «Signori, che ne direste di farci un drink e poi di andare a pranzo? Vi unite a me per un *sake*, vero? O magari per un whisky?»

«In servizio, signore?» Keiji trasecolò.

«Servizio? Tenente, stiamo per conquistare le Filippine! E

dopo ci saranno le Salomone! Se la vittoria non è una buona ragione per bere, allora non vale la pena di combattere in questo esercito.»

Le scale del palazzo dell'intelligence erano abbastanza ampie da permettere a tre o quattro uomini di salire camminando uno accanto all'altro, ma il generale Matsumori rimase dietro agli altri due per via dell'andatura claudicante. Con una mano sulla propria considerevole pancia e l'altra sul corrimano, disse: «Sa, Iwasaki, è un'arma davvero bella la sua.»

«La pistola, signore? È quella di ordinanza...»

«No, no, la spada, figliolo. Posso vederla?»

L'arma di Iwasaki uscì dal fodero in un lampo. Keiji non aveva mai visto un'estrazione così rapida. Ci fu un altro lampo e prima di rendersene conto la lama arrivò a pochi centimetri dalla sua gola.

«Bella, vero? Quei bastardi cinesi non la vedevano nemmeno arrivare.»

Keiji restò immobile e abbassò lo sguardo sull'acciaio brillante. Le striature della forgiatura assomigliavano a quelle della sua spada, erano come ondine di un minuscolo mare.

«Un'ottima arma» disse Matsumori. «E anche molto antica, se non erro.»

«Non saprei, signore» disse Iwasaki. Fece volteggiare la spada nell'aria e poi la rinfoderò. «A mio padre avevano detto che poteva trattarsi di una Muramasa, ma poi un esperto di spade del Museo d'arte di Tokugawa gli ha detto che era sicuramente più antica.»

«Ha un nome?» domandò il generale.

«Probabilmente un tempo ce l'aveva. Non lo so. Io l'ho chiamata Sole Glorioso, per l'Impero, signore.»

«Eccellente!» Matsumori batté le mani. «La mia spada si chiama Vittoria Gloriosa. Brinderemo all'Impero, eh? Andiamo, Kiyama, non resti indietro.»

Keiji seguì i due uomini fuori dall'edificio e giù per la strada principale che tagliava in due il quartiere Tora-no-mon. Matsumori stava indicando i posti migliori della zona per bere e mangiare. Keiji si tenne a una certa distanza: non aveva nessuna voglia di stare dentro alla traiettoria della spada del colonnello Iwasaki.

«Eccola!» gridò una voce. «Ecco la donna! Prendila, tigre! Prendila!»

Era Hayano che, nonostante le bende sugli occhi, stava puntando il dito dritto verso Iwasaki.

«Chiudi il becco» le disse Iwasaki «o te lo chiudo io una volta per tutte.»

«Uccidila,» disse Hayano «uccidila, Keiji-san!»

Matsumori e Iwasaki si voltarono all'indietro. «Kiyama,» disse il generale «conosce questa bambina?»

«No, signore. Sono sicuro che si tratti solo di una coincidenza. Sicuramente se proseguiamo...»

«Col cavolo» disse Iwasaki. «Questa straccione mi ha dato della donna. Permettete che i civili trattino così i vostri ufficiali, generale?»

«Certo che no.» Matsumori si voltò verso Hayano. «Stai zitta, ragazzina, altrimenti dovrò farti frustare e far mettere in galera i tuoi genitori.»

«Non può» disse Hayano e fece per aggiungere qualcos'altro, ma Keiji le andò alle spalle e la sollevò. Le mise una mano sulla bocca e lei gli affondò i denti nelle dita.

«Andate avanti, signori. Sono sicuro che sia solo un po' picchiatella. Me ne occupo io, poi vi raggiungo. Ehi! Smettila di mordermi!»

«Keiji-san?» Hayano si era messa a piangere e disse il suo nome non appena lui le ebbe liberato la bocca.

«Mi dispiace» disse lui rimettendola a terra dietro il muretto mezzo ricostruito del negozio di fronte alla macelleria. «Stai bene?»

«No! Hai detto che sono picchiatella e hai fatto finta di non conoscermi. Ti odio.»

«Be', e tu mi hai morso e ti sei messa a urlare contro un uomo che non ci penserebbe due volte prima di tagliarti a metà in pieno giorno. Stavo tentando di salvarti la vita, Hayano-chan.»

«Sei comunque cattivo. Non mi piaci.»

Keiji mugugnò e si succhiò i segni dei denti sul dito dolorante. «Ascolta, non mi puoi urlare di uccidere qualcuno in mezzo alla strada. Chi indicavi è molto pericoloso.»

«Lo so. È per questo che la devi uccidere.»

«Hayano, la persona a cui ti riferivi non è una donna. È un uomo... e credo che abbia ucciso donne e bambini. Non qui, non di recente, ma non mi stupirebbe se decidesse di farlo di nuovo.»

«Non è lui» disse Hayano. «È lei. È lei che glielo fa fare. E glielo farà fare di nuovo se non li uccidi.»

«Chi?»

«La donna. Solo la tigre o lo spirito della foresta possono fermarla. E lo spirito della foresta non lo farà. So che non lo farà. Devi farlo tu, Keiji-san.»

«Hayano, non ho tempo per cercare di capire quello che stai dicendo.»

«Devi farlo. Devi ucciderla, e devi uccidere anche l'uomo che ce l'ha. Devi farlo e basta.»

Lo spirito della foresta. Una donna invisibile che perseguitava il colonnello Iwasaki e lo costringeva ad attaccare i bambini. La tigre era ovviamente la sua spada, ma il resto della storia non aveva alcun senso. «Hayano-chan, mi dispiace di aver ferito i tuoi sentimenti, ma devo raggiungere quegli uomini prima che Iwasaki crei altri problemi. Tu resta qui nascosta per un po', okay? Non tornare dal macellaio finché la situazione non si sarà calmata.»

«Va bene. Ma sono ancora arrabbiata con te.»

«Va bene se sei arrabbiata, è un tuo diritto. Però resta qui e non tornare in mezzo alla strada.»

Keiji si allontanò da lei di corsa, immerso nei propri pensieri e con gli occhi che scrutavano i ristoranti alla ricerca del generale e del colonnello. Come fosse possibile crescere dei bambini andava al di là della sua comprensione. Era molto più facile pianificare una guerra che imporre a una ragazzina di comportarsi bene.

64

«Si rilassi, tenente. Stiamo vincendo la guerra.»

«Sì, signore» disse Keiji al generale Matsumori. «È solo che non sono un gran bevitore.»

Aveva trovato i due ufficiali nel terzo ristorante di sushi in cui aveva guardato, dove avevano già bevuto un bel po' di bicchieri prima che Keiji li raggiungesse. Il generale beveva whisky, Iwasaki *sake* caldo e Keiji acqua.

«Un ragazzo della sua età ci dovrebbe nuotare, nell'alcol e nella figa. È sposato, Kiyama?»

«No, signore.»

«Perché no? Non c'è niente di meglio per un giovane ufficiale. Si farebbe una scopata alla settimana e avrebbe qualcuno che le stira l'uniforme.»

«Mia madre è malata. Nessuna ragazza vorrebbe unirsi a una famiglia in cui c'è una suocera malata.»

«Aspetti fino a che non avremo conquistato Guadalcanal.» Strizzò il braccio del colonnello Iwasaki. «Ragazzo promettente, questo Kiyama. Ha grandi piani per battere i gaijin. Pioveranno medaglie per tutti quando sarà finita. Con un paio di medaglie sul petto vedrà come correranno le ragazze.» Matsumori bevve un sorso di whisky. «Mi dispiace per sua madre, Kiyama.»

«Grazie, signore.»

Il pranzo proseguì così – brevi discorsi di Matsumori, qualche risposta di Keiji e neanche una parola da Iwasaki – finché non si furono mangiati una dozzina di piatti a testa. Il generale Matsumori si frugò nel taschino in cerca dell'orologio. «Dannazione. È quasi l'una. Ho ordinato un'autovettura per portarla alla base aerea, Iwasaki. Forza, l'ultimo bicchiere e poi ce ne andiamo.»

Lungo la strada per tornare al palazzo dell'intelligence il colonnello Iwasaki barcollava lievemente, mentre il passo zoppicante di Matsumori era stabile come sempre. Keiji, avendo bevuto solamente dell'acqua, camminava alle spalle dei due, ancora sulle spine per lo sguardo privo di sentimenti di Iwasaki.

Quando si avvicinarono al negozio del macellaio, a Keiji si gelò il sangue nelle vene. Hayano era lì e sembrava che fissasse Iwasaki. «Eccola lì» la sentì gridare. «Keiji, uccidila!»

Iwasaki allungò il passo. Il corpo di Keiji si mosse come se fosse stato nell'acqua, troppo lentamente, troppo tardi. Il generale Matsumori tentò di afferrare la manica del colonnello, ma non ci riuscì. La spada di Iwasaki uscì dal fodero e mirò alla gola di Hayano.

Keiji osservò la piccola ragazzina cieca abbassarsi schivando il colpo. Alcune ciocche di capelli neri fluttuarono nell'aria per un secondo, arrotolandosi nella scia mossa dalla spada. Iwasaki restò immobile, pietrificato, col braccio che brandiva la spada in allungo.

Solo allora Keiji fu in grado di rimpadronirsi del proprio corpo. Lui e Matsumori si lanciarono sulle braccia di Iwasaki, bloccandole per impedirgli un secondo attacco. Le donne urlavano dalle soglie di tutti i negozi. Hayano indietreggiò di un passo, gli occhi dietro le bende erano fissi sulla spada nella mano di Iwasaki.

«L'avete sentita?» chiese Iwasaki. I suoi occhi neri erano spalancati, puntati in quelli di Keiji, e il suo braccio destro era come un pezzo di ferro nella mano del ragazzo. «L'avete sentita cantare?»

«Mi dia la spada, colonnello.»

Per la prima volta gli occhi di Iwasaki furono percorsi da un'emozione. Collera. Vera collera ardente. Ma in un attimo scomparve. «Nessuno la può toccare tranne me» disse.

«Signore, rimetta la spada nel fodero» disse Keiji e insieme rinfoderarono l'arma, mentre il generale Matsumori continuava a tenere stretti il braccio sinistro di Iwasaki e il suo collo.

«La Medaglia Nera è arrivata,» disse il generale Matsumori «credo che sia ora di partire.»

Un polveroso T95 stava infatti venendo verso di loro, cigolando nel passare su una buca. Keiji si era sempre chiesto come mai un autoblindo T95 fosse stato soprannominato Medaglia Nera, ma in quel momento la faccenda lo lasciava stranamente indifferente, e anzi si chiese come avesse fatto a perdere tanto tempo in elucubrazioni del genere quando avrebbe dovuto dedicare tutta la propria attenzione a fermare il pazzo con la spada.

«Avete sentito il suo canto?» disse Iwasaki. Keiji sentì il suo respiro odorare di *sake*. Il T95 cigolò fermandosi esattamente davanti agli stivali di Matsumori, ma sembrava che gli occhi sfavillanti di Iwasaki non lo avessero neppure visto. Il conducente scese, girò intorno al mezzo per aprire la portiera del passeggero, fece un inchino e disse: «Signore.»

Sotto un centinaio di sguardi circospetti, Matsumori e Keiji sollevarono le dita di Iwasaki dall'impugnatura della spada e condussero il colonnello dall'altra parte del veicolo, alla portiera del passeggero. Ancora scosso, Keiji lo tenne stretto finché non ebbe chiuso rapidamente lo sportello. Quel centinaio di sguardi osservarono il T95 eruttare una nube di fumo nero e allontanarsi.

Nel seguire con lo sguardo la Medaglia Nera il generale Matsumori fece una risata di basso ventre. «Porca vacca, nessuno vorrebbe trovarsi davanti un uomo come quello in battaglia, non è vero? Quei gaijin delle Filippine se la vedranno brutta.»

Keiji fu percorso da un brivido. «Po... potrebbe scusarmi un momento, signore? Vorrei assicurarmi che la ragazzina cieca stia bene prima di, ehm, tornare alla base.»

«Faccia pure.»

Keiji corse indietro verso la macelleria e trovò Hayano ferma immobile. Sembrava che, proprio come il generale, stesse guardando la macchina di Iwasaki che si allontanava. «La tigre avrebbe dovuto ucciderla, Keiji-san.»

«Di chi stai parlando?»

«La donna. Quella che canta. Quando canta la gente muore, Keiji-san. Ora non so proprio come farà la tigre a sconfiggerla.»

Keiji dovette lottare con sé stesso per non collassare lungo la strada. L'adrenalina era svanita tutta in una volta, lasciandolo esausto. Avrebbe voluto solamente stendersi e mettersi a dormire. Maledette buone maniere, pensò, e si mise a sedere sul cordolo della strada. «Hayano, ma di cosa diavolo...»

D'un tratto ebbe un'improvvisa intuizione, quel tipo di intuizione che solitamente viene nei momenti di incredibile stanchezza. «Stai parlando della sua spada?»

«Sì» disse Hayano. «L'hai lasciata andare.»

«L'ho lasciata andare.» Come se disarmare un suo superiore fosse stata un'opzione praticabile. Come se una cosa del genere non lo avrebbe condotto a un duello con le spade in mezzo alla strada, in perfetto stile antico. Come se quel pazzo di Iwasaki avrebbe avuto qualche remora nell'infilzare Keiji da parte a parte. «L'ho lasciata andare,» disse «e adesso ucciderà della gente, vero?»

«Ah-ah.»

«E tu l'avevi visto, non è così?»

«Sì. Non mi hai ascoltata?»

Keiji si prese il viso stanco fra le mani. «Hayano, ti ha quasi uccisa. Sei sicura che non fosse quello ciò che hai visto?»

«Ucciderà moltissime persone, Keiji-san. Più di quelle che riesco a vedere. Tante, tantissime.»

Oh no, pensò Keiji. La guardò. «Dove, Hayano? Qui?»

«No, no.»

«Bataan? Nelle Filippine?»

«Non lo so. In un posto lontano da qui. Su delle isole.»

«Oh no. Oh, no no no. Stai qui, io devo andare.»

65

Due giorni dopo il generale Matsumori entrò raggiante nell'ufficio degli analisti dell'intelligence. Keiji e gli altri si posizionarono sull'attenti finché un cenno del capo del generale non permise loro di mettersi a riposo. «Signori, è un'ottima mattina. Le forze armate di Sua maestà hanno sconfitto tutta la resistenza delle Filippine.»

«*Banzai!*» gridarono tutti insieme. «*Banzai!*»

Keiji urlò forte come tutti gli altri, ma quando lo fece il suo stomaco si contrasse come un pugno. Non era la vittoria a farlo stare male – al contrario, quella notizia lo aveva reso orgoglioso di indossare quell'uniforme, orgoglioso di sé stesso e del suo Paese – ma la rapidità della vittoria. Secondo i suoi calcoli sarebbe stata necessaria perlomeno un'altra settimana prima che il piano desse i suoi frutti.

«Signori,» disse il generale «devo sottolineare in particolare gli sforzi del nostro nuovo camerata, il tenente Kiyama. Il giovane Kiyama aveva previsto che ci sarebbero voluti degli uomini in più nel caso di una rapida resa, e grazie a lui ho potuto schierare gli uomini migliori. Hanno iniziato ad arrivare ieri e oggi... non è mai troppo presto, no?»

Il resto degli uomini dell'intelligence si complimentò con Keiji, e lui fece loro un inchino imbarazzato. «Due giorni fa» proseguì il generale «è venuto a farci visita il colonnello Iwasaki, un veterano del fronte cinese. A lui era stato affidato l'incarico di supervisionare i prigionieri di guerra di Mindanao, nelle Filippine del Sud. Due giorni fa il tenente Kiyama mi ha chiesto di ricollocare Iwasaki a Luzon, nel Nord. E questa mattina, proprio mentre il volo del colonnello Iwasaki stava atterrando, le ultime linee della resistenza del Nord sono capitolate. Ha dimostrato un'incredibile lungimiranza, tenente. La proporrò per una medaglia.»

Ci furono altri complimenti e Keiji, rosso in volto, fece un altro inchino. «Settantacinquemila uomini» disse il generale Matsumori con un ampio sorriso sul volto «e nemmeno un vero guerriero! Sapete a cosa si sono dovuti arrendere? Alla dissenteria!» Scoppiò a ridere. «Questi barbari combattono così, signori. Non si puliscono e non nutrono adeguatamente i propri uomini. La vittoria dell'Impero in questa guerra è assicurata!»

«*Banzai!*»

Keiji festeggiò insieme a loro anche questa volta, col viso ancora arrossato. Aveva sperato che gli americani resistessero almeno per un'altra settimana. A Keiji sarebbero serviti solo un altro paio di giorni per assicurarsi che Iwasaki venisse rimosso dall'incarico. Attaccare una ragazzina menomata in pieno giorno era più che sufficiente per fare incarcerare persino un colonnello, se solo Keiji avesse avuto il tempo di preparare gli incartamenti. Naturalmente Matsumori avrebbe potuto firmarli tutti di persona, ma Keiji sapeva che il generale non li avrebbe mai approvati, perciò se n'era occupato da solo, rubando minuti preziosi al proprio lavoro per inviare le richieste formali e le denunce a un altro generale di Tokyo, e ora tutto il suo piano era andato all'aria. Adesso nessuno avrebbe più potuto sollevare Iwasaki dal suo incarico. Era stato mandato a occuparsi di venticinquemila prigionieri, e ora doveva gestirne tre volte tanti. Tenere sotto controllo Bataan avrebbe richiesto tutti gli uomini a disposizione, e forse anche di più. Keiji poteva solo sperare che la piccola Hayano si fosse sbagliata.

Ma non era così, lo sapeva già. Lo aveva salvato dal terremoto. Aveva visto il tumore di sua madre. Aveva persino schivato il colpo mortale di Iwasaki, e Keiji non avrebbe saputo neanche da che parte cominciare per spiegare come fosse possibile che una bambina cieca fosse riuscita a farlo.

No, ne era più che certo. Ci sarebbe stato un massacro nella penisola di Bataan, e quel sangue sarebbe stato anche sulle sue mani.

66

«Non è colpa tua,» gli disse Hayano sulla strada di casa «è colpa di quella donna. È lei che canta e che uccide.»

«Mi avevi detto di fermarla. E io non l'ho fatto.»

Le gocce di una leggera pioggerellina cadevano sul collo di Keiji come tanti piccoli aghi ghiacciati. Lui non vi badava. I suoi stivali si stavano riempiendo di fango, e pulirli avrebbe richiesto tempo e fatica. Ormai il danno era fatto. Mise un piede in un'altra pozzanghera. «Non l'ho fermata» disse.

Cosa poteva fare? Prendere un aereo e andare nelle Filippine? Come? Nessuno gli aveva ordinato di andare laggiù e non c'era modo di spostarsi senza un ordine esplicito. Sarebbe riuscito a far mettere in prigione Iwasaki? Su quali basi? La testimonianza di una bambina cieca di nove anni non sarebbe stata sufficiente davanti a una corte marziale.

La mente di Keiji si stava avvolgendo su sé stessa, le stesse idee continuavano a muoversi le une sulle altre, diventando sempre meno chiare. Era un ufficiale dell'intelligence. In teoria, la posizione in cui si trovava Iwasaki avrebbe potuto essere colpita da un bombardiere a causa di un errore di intelligence. Ma una cosa del genere sarebbe stata alto tradimento, e inoltre da Tokyo non aveva modo di sapere le coordinate esatte della posizione di Iwasaki. Sarebbe dovuto andare a Bataan di persona.

Ecco la soluzione. Ci doveva andare di persona. Avrebbe sollevato Iwasaki dall'incarico. E ci sarebbe riuscito grazie a un errore dell'intelligence.

«Hayano-chan,» disse mentre si avvicinavano alla casa dei suoi genitori «devo lasciarti qui per un po'. Domani farò in modo di essere mandato a Bataan. Penseranno tutti che si sia trattato di uno sbaglio e mi faranno tornare subito indietro, ma devo trovare la donna che vedi tu, quella che canta, e mi devo assicurare che non uccida tutta quella gente.»

«No, non lo puoi fare, Keiji-san.»

«Devo farlo. Quella gente non può morire per colpa mia.»

«Non morirà per colpa tua, Keiji-san. Morirà per colpa di persone cattive che fanno cose cattive. E se tu te ne vai, la tigre non rimarrà a casa e la sua casa verrà distrutta.»

Keiji aprì la porta scorrevole e lui e Hayano trovarono riparo dalla pioggia. «Di cosa stai parlando?»

Hayano si mise a sedere per togliersi le scarpe e disse: «È il potere della tigre. Ovunque si trovi, quel posto non può essere distrutto. Come la macelleria durante il terremoto, ti ricordi? Ma se porti la tigre da un'altra parte, il posto in cui si dovrebbe trovare verrà distrutto. Sarà davvero brutto se succede, Keiji-san. Brutto per tutti.»

Keiji sospirò scrollandosi gli stivali di dosso. «Hayano, ogni tanto mi piacerebbe davvero capire di cosa parli.»

«Eh?»

«Niente. Potresti ripetermelo, per favore? Stai dicendo che la macelleria non è crollata perché in quel momento la mia spada si trovava lì dentro?»

«Ah-ah.»

«E questo succede ovunque si trovi la spada?»

«Certo. La tigre protegge le cose. Non c'è niente che possa far scomparire la montagna quando la tigre ci sta sopra.»

«Va bene. Fammi capire anche quest'ultima cosa. Pensi che ci sia un posto in particolare che dovrei proteggere? Un posto in cui la tigre dovrebbe essere?»

«Ah-ah.»

Keiji fece un respiro profondo. Aveva i calzettoni bagnati.

Anche l'uniforme era fradicia e il giorno dopo avrebbe puzzato. «Hayano-chan, qual è il posto che dovrei proteggere?»

Hayano fece una risatina. «Il posto dove lavori, sciocchino.»

«Come, il palazzo dell'intelligence?»

«Sì. Non sai proprio niente?» Ridacchiò di nuovo.

«Sembra che qualcuno sia tornato per cena» disse una voce dalla cucina. A Keiji si gelò il sangue nelle vene. Era il dottore di sua madre.

«Allora vado» stava dicendo il dottore al padre di Keiji. «Si assicuri che stia molto a riposo, d'accordo?» Passando vicino a Keiji sulla soglia disse: «Sua madre sta reagendo piuttosto bene, figliolo. Buona serata.»

Keiji e Hayano andarono in cucina e trovarono Ryoichi e Yasu seduti a tavola uno accanto all'altra. «Bentornati» disse la madre con voce flebile. «Come state, voi due?»

«Non mi piacciono i dottori» disse Hayano. «I dottori dicono le bugie. Ti dicono delle cose per farti credere che starai meglio anche se non è vero.»

«L'ho sentito dire anch'io» disse Yasu.

«È una cosa stupida» disse Hayano. «Penso che dovrebbero dire la verità. Se lo facessero, avrei capito subito che i miei occhi non sarebbero mai migliorati.»

«Be',» disse Yasu «credo che lo facciano perché non vogliono che la gente si spaventi.»

Nel dire così strinse l'avambraccio di Ryoichi, e Keiji ebbe la certezza che le sue condizioni fossero peggiorate. Hayano aveva avuto ragione un'altra volta. Il dottore aveva mentito. «Figlio di puttana» mormorò Keiji.

«Quello non è il modo di parlare davanti alla nostra ospite» disse Ryoichi. «Dài, Kei-kun, dammi una mano con la cena.»

Mangiarono in silenzio. Keiji aveva la sensazione che tutti potessero sentire i suoi pensieri – i dottori mentivano sempre, bastardi, lo sapevano tutti; storie del genere erano fin troppo comuni – ma nessuno voleva parlarne. Cinque minuti dopo aver finito di cenare, Keiji si rese conto di non aver sentito il sapore di nessun boccone di cibo. Non riusciva neanche a ricordare cos'avesse mangiato. Riso con cosa? Sua madre stava morendo. Che importanza aveva la cena?

Andò a letto subito dopo essersi lavato. Fu inutile, non riusciva a dormire. Ascoltò suo padre e Hayano chiacchierare nel bagno, sentì il russare di sua madre nella stanza di fianco. Perlomeno lei stava dormendo.

Poco più tardi Hayano entrò in camera, camminando sulla punta dei suoi piedini e tenendo una mano sulla parete per non perdere l'equilibrio. Si infilò sotto le coperte nella maniera più silenziosa possibile, in un modo così carino che lui non poté fare a meno di sorridere. «Hayano.»

«Oh! Scusami, Keiji-san.»

«Non preoccuparti, non stavo dormendo. Per favore, vieni qui, Hayano.»

La bambina camminò a quattro zampe fino a lui. «Hayano-chan, voglio che tu mi dica cosa succede se porto via Tigre sulla Montagna dal palazzo dell'intelligence.»

«Il palazzo cadrà» disse lei. «Si distruggerà. E un giorno il Giappone perderà la guerra.»

Keiji si accigliò. Non si era mai reso conto che una bambina di quell'età potesse capire il significato di guerra, specialmente di una guerra combattuta a migliaia di chilometri di distanza, una guerra che non era mai stata combattuta in patria. E oltretutto Hayano non poteva leggere i giornali.

È una goze, ricordò a se stesso. «Sei sicura? Il Giappone perderà la guerra?»

«La guerra può finire in tanti modi. Ma se il tuo palazzo crolla, la guerra non potrà finire con una vittoria.»

Com'era possibile? C'erano tantissimi ufficiali nell'intelligence, più di quelli che Keiji fosse in grado di contare. Com'era possibile che il crollo di un solo edificio potesse causare una sconfitta in guerra? «Ne sei sicura?»

«Ah-ah.»

«Hayano, devo andare a cercare il colonnello Iwasaki. È quello che ha la spada che canta.»

«Lo so chi è.»

«Pensavo di portarmi dietro la mia spada» disse Keiji. «Ho l'impressione che Iwasaki accetterebbe di sfidarmi se gli proponessi un duello. Riesci a vederlo, Hayano? Riesci a vedere un futuro in cui combatto contro di lui?»

«Non credo che la gente combatta ancora con le spade, Keiji-san.»

«Lo so. Ma penso che lui sia abbastanza pazzo da farlo. Crede di essere un moderno samurai. Diamine, forse sono io che lo penso. Non so più chi sia il pazzo.» Si strofinò gli occhi. «So solo che forse tu puoi vedere come andranno le cose se mi porto dietro la spada e come andranno se non me la porto. Cosa devo fare, Hayano? Cosa vedi?»

Hayano corrugò il volto. «Solo la tigre può uccidere la donna che canta. Ma se la tigre se ne va, la sua casa crollerà e lo spirito della foresta farà crollare anche tutto il resto. La tigre deve combattere o contro lo spirito degli alberi o contro la donna; non può più combattere contro tutti e due.»

Keiji chiuse gli occhi. Non può più combattere contro tutti e due. Non dopo che Keiji ha scelto di non dare ascolto alla sua piccola goze. Non dopo che ha permesso a Iwasaki di andarsene.

I suoi pensieri correvano forsennatamente. Non avrebbe permesso al Giappone di perdere il proprio onore, e non avrebbe nemmeno permesso che perdesse la guerra. C'era sicuramente un modo per salvare i prigionieri di Bataan e usare la sua Inazuma per proteggere la base militare. Doveva esserci. Doveva solo trovarlo.

67

Sulla base aerea di Okinawa il clima non avrebbe potuto essere migliore. L'aprile di Tokyo era stato grigio, uggioso e terribilmente piovoso, mentre i cieli di Okinawa erano azzurri e tersi, il sole era caldo e la brezza dell'oceano frizzante. Le alte palme ondeggiavano e sussurravano nel vento, e la puzza oleosa dei motori roventi degli aeroplani veniva sospinta via e rimpiazzata dal profumo del sale e della schiuma marina.

Keiji passeggiava avanti e indietro lungo la parete dell'hangar, godendosi il sole. C'erano un sacco di posti in cui avrebbe potuto sedersi, ma di lì a poco sarebbe rimasto a sedere per un bel po' di tempo, quindi preferiva camminare. Dentro l'hangar i tecnici e i membri dell'equipaggio stavano ultimando tutti i controlli necessari prima del decollo. Fuori, i soldati in uniforme chiacchieravano in gruppetti di tre o quattro. Ce n'erano centinaia, tutti dell'età di Keiji e persino più giovani. Sulle spalle avevano fucili e zaini pesanti, sulle labbra sorrisi giocosi, e chiacchieravano, scherzavano e si allenavano con energia nervosa. Il volo per le Filippine sarebbe decollato dopo una mezz'ora e quei giovani sarebbero andati in guerra.

«Tenente» disse una voce alle sue spalle, e Keiji si voltò credendo che lo avesse chiamato uno dei soldati. Invece vide uno degli uomini della base aerea (l'uniforme era uguale a quella degli altri, ma non aveva lo zaino sulle spalle). L'uomo aveva il fiatone; sulla sua fronte brillava una costellazione di perle di sudore.

«Sì?»

«Signore,» disse l'uomo, senza fiato «meno male che l'ho trovata. C'è stato un errore. Gli ordini riguardo alla sua partenza... sono sbagliati.»

Keiji estrasse un foglio di carta piegato dalla tasca della giacca e lo mostrò all'uomo. «Qui dice che devo andare a Bataan. Ordini del colonnello Iwasaki.»

«È proprio questo, signore. C'è stato un errore di trascrizione. Il colonnello Iwasaki è stato inviato a Bataan, l'ordine è stato firmato dal tenente Kiyama dell'intelligence. Ovviamente non può averlo firmato lei, signore, altrimenti si sarebbe accorto dello sbaglio. Qui c'è scritto che lei, Kiyama, è stato dislocato da Iwasaki, e non il contrario.»

«Ah» disse Keiji.

«A ogni modo, signore, il generale Matsumori di Tokyo si è accorto dell'errore e ha appena inviato un messaggio. Deve tornare a Tokyo col primo volo disponibile.»

L'uomo rimase fermo con un sorriso di attesa sul volto, ancora ricoperto di sudore per quella che probabilmente era stata una corsa disperata contro il tempo. Keiji si chiese quante probabilità avesse avuto quell'uomo di trovarlo fra le centinaia di uniformi che si confondevano le une con le altre. In qualsiasi altro momento sarebbe rimasto molto colpito da un'efficienza del genere. Quel giorno non poté fare altro che trattenere un mugugno. Sarebbe bastata un'altra manciata di minuti e l'imbroglio non avrebbe potuto essere corretto. Gli uomini erano già in fila pronti all'imbarco.

«Buone notizie, eh, signore? Non deve andare al fronte.»

«Mmm,» fece Keiji guardando quel sorriso di attesa «non sarebbe meglio se salissi comunque sull'aereo? Non vorrei che anche questo fosse un errore di battitura.»

«No, signore. Il messaggio del generale è molto preciso. Lei è il tenente Kiyama Keiji dell'intelligence militare, vero?»

Mentire sarebbe stato come un invito alla corte marziale. «Sì» disse.

Il volo successivo per Tokyo partiva due giorni dopo, e lui lo prese.

68

Quando Keiji tornò a casa trovò ad attenderlo un'allarmante sorpresa. Hayano gli corse incontro sulla porta, coi piedini che scalpicciavano sul tatami. Fino a lì niente di strano: aveva chiesto a suo padre di prendersi cura di lei prima di fare in modo di essere dislocato a Bataan. La sorpresa arrivò quando entrò nella camera di sua madre.

Tigre sulla Montagna era appoggiata accanto a lei. Sua madre era stesa, il volto ricoperto di sudore ma sereno, e lui le si inginocchiò di fianco accarezzandole la fronte.

«Keiji» disse la donna con una voce più ferma di quanto si aspettasse. Gli sorrise. «Perché non mi hai mai detto di questa bellissima spada?»

«Non è mai capitata l'occasione.» Le prese la mano e le strinse le dita magre. «Me l'ha data il generale Itō quando mi sono diplomato. Credo che sia un collezionista. Mi hanno detto che ogni anno regala una spada a qualcuno.»

«Figlio mio.» Il suo sorriso divenne più ampio, gli occhi le scomparvero trasformandosi in due pieghe. «È un grandissimo onore. Avresti dovuto dirmelo.»

«Eri malata.»

«Be', sono ancora malata, ma sono comunque molto orgogliosa di te.» Gli diede un buffetto sulla guancia.

«Mamma, come ha fatto la spada ad arrivare qui? L'avevo lasciata alla base.»

«Ce l'ha consegnata un uomo del tuo reparto. Oh, Keiji, non scordarti mai più niente là dentro. Io e tuo padre siamo morti di paura quando abbiamo visto un uomo in uniforme alla nostra porta. Abbiamo pensato che fosse successo qualcosa di terribile.»

«Sto bene, mamma.»

«Be', ora lo so, non ti pare? Oh, Kei-kun, abbiamo temuto il peggio.»

«Mi dispiace, mamma.» Le strinse di nuovo la mano. «Posso riportare indietro la spada? Dovrei andare alla base per fare rapporto.»

«Certo, caro. È davvero bella, vero? Mi ricorda quella di mio nonno.»

Keiji le diede un bacio sulla fronte e prese l'arma.

Un attimo dopo un frastuono tremendo divorò il mondo.

Un'esplosione scosse la terra come un terremoto. Poi ve ne fu un'altra, e un'altra ancora. A Keiji tremarono le ossa del petto. Si piegò su sua madre, sicuro che il soffitto sarebbe crollato da un momento all'altro. Da fuori arrivava il crepitio del fuoco, e il rumore del legno che si frantumava, e il lontano ronzio delle eliche.

Un attacco aereo. Ma come? I pensieri di Keiji iniziarono a vorticare come un tifone. La flotta americana era troppo lontana per un raid. Suo padre e Hayano erano in casa da qualche parte. Non si sentivano le loro voci. Erano vivi? Che gli americani avessero un nuovo tipo di bombardiere che l'intelligence non era riuscita a scoprire? Doveva avere un raggio d'azione incredibilmente lungo per raggiungere Tokyo. Le grida per la strada si sommavano all'abbaiare dei cani e all'impetuoso, assordante rumore di una casa che crollava su sé stessa. Perché suo padre e Hayano non si sentivano? La Cina. Se una flotta aerea americana fosse atterrata in Cina dopo un raid, non avrebbe avuto bisogno di un raggio d'azione molto lungo. Perché non si sentivano?

Il ronzio delle eliche svanì. Non ci furono altre esplosioni. Keiji si alzò, accorgendosi in quel momento che sua madre era scoppiata a piangere, andò verso lo shoji e lo aprì.

La casa era illesa. Suo padre era seduto di fianco al tavolino da pranzo e Hayano lo stava abbracciando. Era chiaro, dal modo in cui ciascuno di loro muoveva le proprie mani sull'altro, che era Hayano quella che stava cercando di tranquillizzare il padre; lui le si era aggrappato addosso come un uomo che rischia di affogare si aggrapperebbe a un'asse che galleggia. Il viso della bambina era calmo, i suoi muscoli erano rilassati e i suoi occhi sembravano guardare la spada nel fodero che Keiji aveva in mano.

La spada. Aveva protetto la casa proprio come aveva fatto con la macelleria. E come avrebbe dovuto fare con il palazzo dell'intelligence, motivo per il quale l'aveva lasciata lì quando aveva tentato di seguire Iwasaki. Adesso non c'era più ragione di correre. Sapeva già cos'avrebbe trovato una volta arrivato.

Keiji fece il possibile per sedare gli incendi che erano scoppiati nella strada dove sorgeva la casa dei suoi genitori, e quando ebbe finito si incamminò verso il palazzo dell'intelligence. Lungo il tragitto dovette trasportare dell'acqua, liberare dei bambini da sotto le travi di legno cadute dai tetti, premere le mani su ferite sanguinanti mentre altri correvano alla ricerca di vestiti puliti. Quando raggiunse la base il sole era già tramontato. Solo gli incendi che divampavano tutto intorno illuminavano la carcassa del palazzo dell'intelligence.

In realtà l'edificio era in una condizione migliore di quanto Keiji si aspettasse. Per metà era ancora in piedi. La metà orientale – quella dove fino a poco prima si trovava il suo ufficio – era una voragine spalancata, gli spuntoni di cemento che un tempo erano stati pareti sembravano denti aguzzi. L'edificio non era più tra le fiamme, ma alcune striature nere verticali indicavano i punti da cui era fuoriuscito il fumo. Keiji pensò che assomigliassero a delle pitture di guerra.

L'analogia lo fece ridere. Era tutto così tremendo. Le stelle brillavano come avevano sempre fatto, e tutto era perfettamente uguale e nello stesso tempo completamente diverso rispetto al giorno prima. La sua città natale era diventata un bersaglio. Era stata bombardata. Non riusciva nemmeno ad afferrare quell'idea. Oggi a Tokyo sono morte dozzine di persone, pensò, e molte altre ne moriranno domani. Ma è diverso perché ieri sono morte di vecchiaia o di malattia o di incidenti stradali, mentre oggi sotto le bombe del nemico. La vecchiaia, la malattia e le strade avrebbero preteso il proprio tributo come sempre, ma sono arrivate anche le bombe.

E Hayano aveva detto che se il palazzo dell'intelligence fosse crollato, il Giappone avrebbe perso la guerra. E ora era mezzo distrutto. Cosa significava? L'Impero avrebbe perso a metà? Un edificio crollato a metà era da considerare mezzo distrutto o completamente distrutto? Come doveva interpretare questo suo ultimo fallimento?

Keiji non riusciva a trovare le risposte a nessuna di quelle domande, così andò a fare rapporto per senso del dovere. Non riuscì a trovare il generale Matsumori, ma un capitano appena giunto sul posto riprese Keiji per essere arrivato in ritardo e lo mandò ad aiutare i vigili del fuoco. Keiji pensò di dirgli che aveva tardato proprio perché si era fermato ad aiutare i vigili del fuoco, ma poi ci ripensò e tenne la bocca chiusa.

Vide una catena di persone che si passavano a vicenda dei secchi colmi d'acqua per farli arrivare a un edificio avvolto dal fumo, così si fece strada fra le rovine per raggiungerle. «Kiyama» disse una voce roca alle sue spalle. «È arrivato appena in tempo.»

Keiji si voltò e vide Matsumori in piedi sulla parte posteriore di un T95. «Allora, tenente, le è piaciuta Okinawa?»

Keiji fece per rispondere ma il generale lo interruppe. «Ho riunito i ragazzi dell'intelligence là.» Matsumori indicò una locanda dall'altra parte della strada piena di macerie. «Si sbrighi.»

Il veicolo di ricognizione rombò via. Keiji corse alla locanda più in fretta che poté.

Il generale Matsumori aveva già iniziato il suo discorso quando Keiji scivolò dentro la porta d'ingresso. «Ci sono già molti uomini» stava dicendo «che stanno impiegando tutte le proprie energie per circoscrivere i danni causati da questa incursione aerea. Il fatto è che questo è stato un attacco disperato. Ritengo che fosse più indirizzato al cuore della nostra gente che alle capacità militari dell'Impero. Ma gli americani sono stati favoriti dal fato. Non potevano sapere che il nostro edificio conteneva i piani di

Sua maestà per la difesa del Pacifico. Il loro bersaglio probabilmente era la zona industriale dall'altra parte del fiume. Ma hanno avuto fortuna, che siano maledetti. Oggi abbiamo perso due ottimi soldati, ma solo due. La vera perdita che abbiamo subìto è quella delle informazioni.»

Matsumori chiuse gli occhi, tirò il fiato, e lì riaprì. «Prendiamoci un momento per ricordare i nostri caduti. I tenenti Okada e Sayakawa mancheranno a noi e alle loro famiglie. Ma prima dobbiamo pensare alla nostra missione. Voi siete soldati: il vostro dovere ora è di scordarvi di loro, scordarvi delle perdite subite dalla nostra città e concentrarvi solo sul vostro lavoro. Il successo della nostra nazione in questa guerra dipende dal successo nel Pacifico, signori, e ora i piani di Sua maestà per salvaguardare il Sud del Pacifico illuminano la strada di mille piccoli fuocherelli. Andremo verso Tulagi. Andremo verso Guadalcanal. Spetta a voi ricordare quei piani e riempire le lacune il più in fretta possibile. È chiaro?»

«Signor sì, signore!» gridarono all'unisono gli uomini dell'intelligence.

«Ho requisito questa locanda perché potessimo utilizzarla noi. Qui accanto c'è una cartoleria che non è stata colpita troppo duramente dal raid. Ho requisito anche quella. Prendete tutta la carta asciutta che trovate. Prendete le penne, l'inchiostro e tutto ciò che vi occorre. Dopodiché scrivete tutto... tutto quello che vi ricordate del lavoro svolto nelle ultime settimane. La vittoria è ancora a portata di mano, signori. Lavoreremo anche di notte se è necessario.»

«Signor sì, signore!» dissero tutti insieme, e Keiji con loro.

A un cenno del capo del generale gli ufficiali dell'intelligence si dispersero. Matsumori fissò lo sguardo su Keiji e disse: «Non lei, tenente. Venga qui.»

Keiji obbedì. «Non ho intenzione di lavorare in un edificio civile quando buona parte del nostro è ancora in piedi» disse il generale. «Vada a cercarmi una stanza nel nostro palazzo e la pulisca. Voglio un ufficio funzionante entro domani mattina. E domani, come prima cosa, lei verrà da me a fare rapporto.»

69

«Niente male, Kiyama» disse il generale Matsumori il mattino successivo scrutando la stanza. Si trovava nell'angolo a sudovest dell'edificio, quello che dava sull'atrio, e le sue alte finestre erano andate distrutte, lasciando che una lieve brezza penetrasse nella stanza. Anche le lampadine erano andate distrutte, naturalmente, ma non aveva molta importanza dato che i collegamenti elettrici erano saltati per via del bombardamento. La notte precedente Keiji aveva spazzato via tutti i vetri rotti buttandoli nel corridoio, e per quanto ne sapeva erano ancora lì, in un cumulo grigio e polveroso, in attesa che qualcuno li gettasse in un bidone della spazzatura. Aveva lavorato fino alle quattro, e alle sei e mezza aveva scritto il rapporto con la vista annebbiata e con ben poca cognizione di quello che aveva attorno.

Due piccole lampade a olio facevano quello che potevano per illuminare la stanza. Si trovavano sull'ampio tavolo di acciaio che per il momento fungeva da scrivania per il generale Matsumori, che ci si era seduto sopra con le gambe a penzoloni e la pancia che si incurvava come quella di una donna incinta sopra la cintura. Il suo abbigliamento si avvicinava molto alla sua usuale informalità: si era già tolto la giacca e la spada, ma aveva ancora il cappello in testa e la pistola sul fianco. «Ci sarebbe servito la scorsa settimana, Kiyama. Lei è un uomo molto attento ai dettagli. Cos'è stata tutta questa storia assurda sull'essere dislocato nelle Filippine? Avrebbe dovuto parlarmene, figliolo.»

«Sì, signore.»

«Allora? Perché non mi ha detto niente? È stupido volare fino a Okinawa solo per tornare subito indietro. È stata una sua idea quella di invadere le Salomone, e poi è sparito per una settimana. Cosa le è saltato in mente?»

A Keiji bruciavano gli occhi, era certo che fossero rossi. Represse uno sbadiglio e si piantò le unghie nei palmi per cercare di svegliarsi. Dovrei dirgli la verità, si domandò, o è meglio se mi invento qualcosa? Sei troppo stanco per mentire, gli rispose il suo cervello. Ma gli suggerì anche un'altra cosa: la verità ti porterà davanti alla corte marziale. Inventati qualcosa, stupido.

«Ho detto, cosa le è saltato in mente, tenente?»

«Scusi, signore.» Keiji guardò gli infissi vuoti delle finestre, poi di nuovo il generale. «Ho il permesso di parlare con franchezza?»

«Il permesso? Al diavolo, lo consideri un ordine.»

«Signore, ricorda quella ragazzina cieca? Quella che il colonnello Iwasaki ha attaccato?» E si lanciò nel racconto.

Quando Keiji ebbe finito la sua storia, Matsumori si era seduto oltre il tavolo d'acciaio con le mani intrecciate dietro la testa. «Kiyama,» disse il generale «dov'era quando c'è stato il bombardamento?»

«A casa, signore. Cioè a casa dei miei genitori.»

«Com'è messa la casa dei suoi? È caduto il tetto? Niente del genere?»

«No, signore.»

«E questo grazie a questa sua spada, giusto?»

«Credo di sì, signore.»

Matsumori si accese una sigaretta. «Peccato. Speravo mi dicesse che le era caduta in testa una trave del soffitto. Per tutto questo tempo ho aspettato una spiegazione – una spiegazione qualsiasi – che mi consentisse di spedirla in ospedale invece che nel carcere militare. Mi sta dicendo che ha abbandonato la base – anzi, mi correggo: ha contraffatto dei documenti e poi ha abbandonato la base – per rintracciare e uccidere un ufficiale pluridecorato di questo esercito? Tutto per una favola che le ha raccontato una piccola straccione menomata?»

Keiji deglutì e si intrecciò le mani dietro la schiena.

«Be'? Mi risponda, tenente! Mi sta dicendo che ha lasciato la divisione, quand'è stato, dieci giorni fa, perché crede che questa dannata bambina cieca veda il futuro?»

«Io... be', questa può essere una possibile interpretazione delle cose, signore.»

«Ah sì? Magari allora potrebbe dirmi in quale altro modo interpretare le cose. Magari è possibile che riesca a mettere tutta questa faccenda in buona luce. Perché per come la vedo io, lei può essere accusato o di negligenza professionale o di pazzia. Credevo che avesse un futuro promettente davanti a sé, Kiyama. E a quanto pare anche il suo mentore la pensava così... ma non riesco a immaginare che il generale Itō sapesse che le stava dando una spada magica. Lo sapeva?»

«No, signore.»

«Silenzio. Sa qual è la parte della storia che mi è piaciuta di più? Che lei avrebbe tentato di uccidere Iwasaki perché lui sta svolgendo il suo lavoro. È al fronte, Kiyama, e lei voleva fare un viaggio del genere per sfidarlo a duello – *a duello!* – e impedirgli di uccidere dei nemici.»

«Dei prigionieri di guerra, signore. Anche in guerra ci sono delle regole da rispettare.»

«Lei viene a parlare di regole a me?» esplose Matsumori. Gettò la sigaretta contro Keiji; gli rimbalzò sul petto e fumò sul pavimento. «Ci sono delle regole contro la contraffazione, stupido figlio di puttana, e anche delle regole contro la diserzione. Si consideri fortunato se non la faccio impiccare a quello che resta di questo edificio. La lascerei penzolare da una trave in modo che tutti i suoi amici e i suoi parenti potessero vederla. Maledizione, farei portare qui anche la sua bambinetta cieca in modo che desse un'annusata al suo cadavere, se solo non avessi un bisogno assoluto di tutti gli uomini che ho.»

Matsumori era a pochi centimetri dal naso di Keiji; Keiji riusciva a sentire le gocce di saliva guizzare dalle sue labbra. «Sembra che voglia dire qualcosa, Kiyama. Che c'è?»

«Signore,» disse Keiji «protesto la mia innocenza. Ho fatto quello che ho fatto per il bene del Paese. Per dovere.»

«Dovere» ringhiò Matsumori. «Ah, lei è un vero samurai, non è così, Kiyama? Magari preferirebbe aprirsi la pancia in due, qui sul pavimento del mio ufficio. In passato la protestavano così la propria innocenza. Che ne dice?»

«La protestavano anche sfidando a duello i propri accusatori, signore.»

Matsumori tirò fuori la pistola dalla fondina e la puntò sotto il mento di Keiji. «Sono un generale, Kiyama. Non deve permettersi di minacciarmi.» Il suo volto era come quello di un cane che ringhiava, corrucciato e furioso. «Mi dia una buona ragione per la quale non dovrei spargere le sue cervella per tutta la stanza.»

«L'onore» disse Keiji.

Gli occhi di Matsumori si spalancarono lievemente. Rimise la pistola nella fondina. Il suo viso era ancora così vicino che Keiji sentiva il calore del suo respiro. «Crede veramente in queste stronzate da samurai, non è così? Vive in una favola. Prima salva una ragazzina cieca, poi salta sul suo cavallo da guerra e sfida a duello il grande e cattivo Matsumori. È questo il futuro che la sua piccola menomata ha visto per lei?»

No, stava per dire Keiji, ma poi un pezzo del puzzle si mise a posto. Matsumori. Il nome significava 'bosco di pini', ma 'bosco' non era l'unico significato di *mori*; con un *kanji* diverso, avrebbe significato 'proteggere' o 'difendere'. Matsumori allora avrebbe voluto dire 'protettore dei pini'.

«È lei lo spirito della foresta» sussurrò Keiji, senza l'intenzione di dirlo a voce alta. «L'ha vista fin dal principio. È lei quello che distrugge tutto.»

«Come?»

«Niente, signore.»

«No, vada avanti, Kiyama. Sono tutto orecchi.»

«Hayano mi ha parlato di lei. Ha detto che il protettore degli alberi può distruggere i propri amici così come i propri nemici. È lei il protettore degli alberi.»

Matsumori non lo degnò di una risposta, gli voltò le spalle e andò a sedersi alla scrivania. «Le ho dato l'occasione di salvare la sua carriera» disse. «Sa cosa farò adesso? Esaudirò il suo desiderio.»

Il generale si tolse il cappello e lo appoggiò sulla scrivania. «Vuole fare il samurai? Vuole andare su una qualche maledetta isola dall'altra parte del mondo, lontanissima dalla bambina cieca e dalla sua madre malata? Va bene. Si consideri degradato, Kiyama. La nomino sergente di plotone. Si occuperà della conquista di Guadalcanal. Dopodiché andrà su tutte le isole lì intorno e pianterà la mia bandiera su ciascuna di esse. Voglio insegnarle il vero significato della parola *dovere,* sergente. Le insegnerò il significato di *onore, gloria* e *vittoria,* anche se dovessero servire i proiettili americani per farglielo capire. Ora si levi dai piedi.»

70

18 maggio, Shōwa 17

Caro papà,
grazie per la tua ultima lettera. Mi dispiace tantissimo per la morte della mamma, e mi dispiace ancora di più di non essere potuto tornare a casa per te e per lei. Ultimamente mi sembra che ogni decisione che prendo mi porti sempre più alla deriva, e questo è il fallimento più doloroso di tutti.
Mi fa piacere che Hayano-chan sia un'àncora di salvezza per te in questo momento. Dovrei ringraziarti perché ti prendi cura di lei, ma dovrei ringraziare anche lei perché si prende cura di te. Sono grato che possiate supportarvi l'un l'altra, dato che io sono quaggiù e non posso fare il mio dovere filiale.
L'unico successo che ho avuto ti renderà felice: abbiamo preso Guadalcanal. Le isole vicine dovrebbero cadere nei prossimi giorni, ma al mio plotone è stato affidato l'incarico di costruire una pista d'atterraggio, quindi starò lontano dai campi di battaglia. Questa volta non ti parlerò dei combattimenti; la loro brutalità è ancora troppo fresca nella mia memoria, e a casa c'è già stato fin troppo dolore.
Secondo voci di corridoio il mio ex comandante, il generale Matsumori, sarà promosso grazie alla vittoria che abbiamo ottenuto qui. Mi hanno detto che risponderà direttamente al generale Tojo. Ovviamente si tratta di un grande onore per lui, ma temo che a causa di questo fatto le cose si metteranno male per il nostro Paese. Hayano-chan aveva predetto che Matsu-

mori avrebbe distrutto o i suoi nemici o i suoi amici, e ora ho paura che distruggerà questi ultimi, poiché lei aveva anche previsto che il Giappone non avrebbe vinto questa guerra. Mi fa star male il fatto di non essere riuscito a decifrare il suo messaggio più velocemente; avrei potuto cambiare il futuro se solo avessi capito più in fretta quello che mi stava dicendo.
Temo che le cose peggioreranno. Da quando sono stato degradato non ho più tutte le informazioni dell'intelligence che avevo prima, ma resterei molto sorpreso se gli americani non cercassero di cacciarci da queste isole. Non so come andrà a finire. Se avremo tempo a sufficienza potremo fortificare le nostre posizioni, ma il loro Paese è grandissimo, e la loro gente molto numerosa. Le loro fabbriche produrranno armi ogni giorno. Quando ero ancora sotto il comando del generale Matsumori, ho letto cose terribili riguardo a come trattano i giapponesi all'interno dei loro confini; mi spaventa molto l'idea di cadere sotto la loro prigionia.
Ma mi spaventa ancora di più l'idea che il nostro Paese possa cadere e che l'imperatore venga destituito. Ho lasciato la mia spada a casa in modo che tu, mamma e Hayano foste protetti. Pare che il raid aereo che ha abbattuto il nostro quartiere fosse un attacco disperato e non dovrebbe ripetersi a breve. (Quanto tempo è passato da quando abbiamo sentito quelle bombe? Solo un mese? È possibile? Sembra passato così tanto tempo – sono cambiate talmente tante cose da allora! – ma il calendario mi dice che è così.) Ora sono a un bivio, e dato che in questi giorni tutte le decisioni che prendo si rivelano sbagliate, vorrei che decidessi tu per me.
Vorrei che la mia spada rimanesse a casa, per proteggere te e Hayano-chan e chiunque altro cercasse riparo lì nell'eventualità di un altro attacco aereo. Sono abbastanza sicuro che la spada conservi qualsiasi edificio nel quale si trovi.
Ma vorrei anche che la spada venisse mandata al palazzo imperiale. Se Hayano-chan ha ragione e il Giappone perderà la guerra, non voglio che siano gli americani, i russi e gli inglesi a decidere quale debba essere il governo del nostro Paese. Hanno sempre fatto così in Asia, e non voglio che il Giappone faccia la fine di tutte le altre conquiste europee e americane. Il nostro spirito nazionale è lo spirito samurai. Se il nemico dovesse deporre l'imperatore, temo che l'essenza della nostra madrepatria

si potrebbe spezzare, e credo che il potere di Tigre sulla Montagna potrebbe proteggerci da questa spaventosa eventualità. Non so cosa fare. Il mio dovere di figlio mi dice di lasciarti tenere la spada per proteggerti. Il mio dovere di soldato mi dice di chiederti di trovare il modo di farla arrivare nella tenuta dell'imperatore. Mi sento fragile e sottile come un foglio di carta, mi sembra di essere tagliato a metà.
Posso solo suggerirti di spiegare la situazione a Hayano-chan e di fare affidamento su ciò che vede lei. Il mio più grande rammarico è di non avere avuto maggiore fiducia in lei.
Per favore dille che le voglio bene. Penso a lei ogni giorno e sento tantissimo la sua mancanza. Ovviamente mi manca anche la mamma, ogni volta che penso a lei mi sembra di cadere a testa in giù dentro un pozzo, e non posso far altro che distogliere la mente per non cadere troppo a fondo. Mi manchi anche tu, papà, e mi dispiace tantissimo di non esserti stato accanto in questi giorni di dolore. Non ho idea di come potrei riparare ai miei sbagli, ma spero di sopravvivere a questa guerra e di riuscire a tornare a casa per cercare di porre rimedio a tutti i miei errori.

Con affetto,
Keiji

Libro nove
Periodo Heisei, anno 22
(2010 d.C.)

71

Il telefono di Saori fu un buco nell'acqua. Yamada aveva avuto ragione riguardo al suo protetto: il potere della spada non lo aveva ancora soggiogato al punto da fargli perdere la ragione. Fuchida era stato molto attento e il nucleo antisequestri aveva trovato il cellulare sul sedile posteriore di un taxi. Mariko diede l'indicazione di prendere le impronte. Era in una volante che correva come un missile verso l'obitorio, ululando lungo un canyon di asfalto, ferro e luci: fanali e fanalini posteriori tracciavano delle linee evanescenti nella sua vista offuscata, i lampioni guizzavano sopra la sua testa, enormi schermi a LED lampeggiavano su tutti i lati, e le luci della volante tingevano tutto di un rosso stroboscopico. «Sappiamo che è Fuchida il nostro uomo, ma una prova in più non farà di certo male al procuratore. E interrogate il tassista, cercate di capire se si ricorda qualcosa» disse Mariko al telefono con il comandante del nucleo antisequestri.

«Già fatto, sergente. Dice che un tizio coi capelli lunghi lo ha fermato e gli ha chiesto quanto costava una corsa fino a Narita. Pensiamo che il sospettato abbia fatto cadere il telefono di nascosto mentre c'era la portiera aperta.»

«È probabile.»

«Ho già parlato con gli uomini della sicurezza di Narita e sto mandando qualcuno...»

«Non ce n'è bisogno. Non sta andando da nessuna parte. Ha

un ostaggio, i luoghi pubblici non sono fra le sue priorità. E a parte questo, ha una dannata fretta di ricevere il suo riscatto entro domani; non lascerebbe mai il Paese oggi.»

«Ha ragione.»

«Scoprite dove Fuchida ha fermato il taxi. Il bastardo probabilmente si nasconde da qualche parte in quella zona. Dev'essere un posto in cui una donna possa urlare senza essere sentita. Una stanza piuttosto grande, credo; l'ho sentito fare tre o quattro passi per arrivare all'ostaggio dopo che aveva appoggiato il telefono.»

«D'accordo.»

«Un'altra cosa. Se Fuchida ha fretta, forse è perché sta facendo aspettare il suo fornitore. O magari il fornitore sta venendo qui proprio ora, e Fuchida lo deve incontrare. Mi rimangio tutto: contattate Narita. E anche le autorità portuali, qui e a Yokohama. Ditegli di rafforzare i controlli su tutte le navi da carico. Devono cercare della cocaina. Sarà meglio concentrarsi sui carichi che arrivano dall'estero e sulle navi che provengono da porti stranieri. Ma tenete la squadra in zona, magari siamo fortunati e riusciamo a scoprire dove si nasconde Fuchida.»

«Sarà fatto, sergente.»

Il comandante del nucleo riattaccò proprio mentre la volante di Mariko si fermava nella rotonda davanti all'ospedale. Mariko ringraziò l'autista ed entrò per andare nell'obitorio.

Era già molto tardi, era probabile che la famiglia non arrivasse prima del mattino. Mariko sentiva che doveva esserci qualcuno lì per loro, qualcuno che potesse dir loro cos'era accaduto al dottor Yamada. E l'obitorio era un posto come un altro dove potersi mettere a sedere. Non aveva nessuna voglia di tornare a casa; per quanto avesse bisogno di dormire, non voleva rischiare di sognare il sangue di Yamada o i gemiti di Saori. Era meglio appisolarsi in un posto sconosciuto, dove era certa di poter dormire solo un sonno molto leggero. E senza sogni.

Al piano di sotto trovò un'anziana donna vestita di bianco con dei grandi occhiali da sole neri di Chanel. Sembrava più vecchia della nonna di Mariko, e se ne stava immobile di fronte a una vetrata che la detective conosceva bene. C'era sicuramente un corpo dall'altra parte di quel vetro, e Mariko si chiese di chi fosse. Quello di Yamada non poteva di certo essere l'unico: in una città di dodici milioni di persone, tutti gli ospedali dovevano occuparsi di un discreto numero di cadaveri.

L'anziana si voltò verso Mariko e disse: «Anche lei è qui per lui.»

«Come, scusi?»

«Presumo che lo conoscesse come Yamada Yasuo» disse la donna. «Come lo ha incontrato?»

«Era il mio sensei...» disse Mariko in uno stato di annebbiamento. «Aspetti: ma lei chi è? Chi l'ha portata qui? È morto solo da un'ora. Non possono aver già chiamato i familiari.»

Mariko stava parlando più a sé stessa che ad altri, e a voce troppo bassa perché una donna di quell'età potesse sentirla. E invece l'anziana disse: «L'ho visto. La sua morte, voglio dire. Mi rende molto triste. Ed è stato un suo stesso allievo a ucciderlo. È una vera tragedia.»

Mariko sospettò di essersi addormentata. «È tutto surreale» disse. «Non può sapere queste cose. Nessuno le sa qui, e io sono appena arrivata.»

L'anziana la guardò. «Ha un tono esausto, cara. Avrebbe bisogno di una bella dormita.»

Aveva ragione. Ma anche in quello stato di stanchezza assoluta, quella di Mariko restava pur sempre la mente di una detective. I dettagli richiamavano comunque la sua attenzione, come il fatto che questa donna avesse guardato nella sua direzione eppure avesse detto che aveva *un tono* esausto. E gli occhialoni da sole neri, ancora addosso nonostante si trovasse in un seminterrato in piena notte.

Quella donna era cieca. Mariko glielo stava per chiedere, ma poi le venne in mente che il sensei Yamada l'aveva ripresa quando gli aveva fatto un'osservazione del genere sotto il porticato di casa sua. Così disse: «Lei chi è?»

«Mi chiamo Shoji Hayano. Io e Keiji-san siamo stati amici per molti, moltissimi anni. Da prima che i suoi genitori nascessero, credo.»

«Perché lo chiama Keiji-san?»

«Perché... perché è il suo nome, naturalmente. Kiyama Keiji. Lo ha cambiato con Yamada dopo la guerra. A quei tempi l'università non ammetteva quelli che erano stati congedati con disonore. Non ha avuto scelta, ha dovuto cambiarlo. E come si è sentito in colpa per averlo fatto, mamma mia! Ma credo che essersi lasciato alle spalle quel nome gli abbia permesso di scrollarsi di dosso anche i sensi di colpa che si portava dietro.»

A Mariko sembrava di essere immersa in una palude irreale. Questa donna parlava come un personaggio degli anime. Avrebbe potuto essere una strega, o anche un dragone seduto su un fungo gigante. Parlava come se Mariko avesse sempre fatto parte di quell'anime e, conoscendone la trama, potesse seguire tutte le sfumature di quel dialogo assurdo.

Mariko si accasciò su una sedia che trovò lì vicino; il suo cervello stava lavorando troppo in fretta per consentirle di compiere anche lo sforzo di stare in piedi. E continuò a raccogliere i dettagli. La sedia era rivestita da una scricchiolante plastica verde, e il piede di metallo a cui mancava il puntale di gomma cigolò sul pavimento di linoleum quando il peso di lei si posò sulla sedia. Shoji Hayano aveva appoggiato due dita sul sottile bordo di metallo che incorniciava l'ampia vetrata della sala dei riconoscimenti. Mariko non si era ancora avvicinata abbastanza da vedere il corpo del suo sensei al di là di quella finestra. Per un attimo si fermò ad analizzare i motivi per i quali non lo aveva fatto... ma solo per un attimo.

«Colpe. Ha detto che il sensei Yamada aveva un sacco di sensi di colpa. Per cosa?»

«Per non aver distrutto la spada quando ne ha avuto l'occasione, ovviamente. C'erano anche altre cose. Quando è morta sua madre lui non era lì, ma gli ho sempre detto che non doveva sentirsi in colpa per quello. Non dobbiamo accusarci per le cose che non possiamo controllare, cara. Anche lei deve impararlo.»

«Signora, lei non sa proprio niente di me.»

Shoji fece un adorabile sorriso da vecchietta. «Bambina, vedo più di quello che pensi.»

«Sì, lo immaginavo» disse Mariko. Mariko era brava a notare

i dettagli, ma questa donna aveva qualcos'altro. Parlava con una familiarità snervante, la stessa con cui si esprimeva spesso anche Yamada, il tipo di familiarità con cui parlano i maghi quando sanno quale carta hai scelto e tu eri sicuro che non avrebbero mai potuto indovinarla.

«Se non le dispiace,» disse Mariko «anche se sembra una cosa inappropriata, vorrei offrirle un caffè. So che ci siamo appena conosciute, ma ho la sensazione che abbiamo parecchie cose di cui parlare. Ci sarà una caffetteria da qualche parte qui dentro. Mi fa compagnia?»

«Con piacere, cara.»

72

La caffetteria non era un granché. Caffè vecchio e muffin ancora più vecchi, e quell'odore di antisettico da ospedale. Dopo una tazza di amarissimo caffè riscaldato, Mariko optò per ordinare del tè verde, che era proprio quello che stava bevendo anche Shoji.

«L'allievo di Keiji-san ti chiamerà» disse Shoji mentre gli occhiali le si appannavano con il vapore del tè. «Gli devi offrire il doppio di quello che chiede.»

«Ma come fa a...» Mariko non sapeva nemmeno come concludere la domanda. Come fa a sapere che Fuchida chiamerà? Come fa a sapere che chiede un riscatto? Come faccio a offrirgli il doppio di quello che chiede, dato che non chiede soldi? L'unica cosa che vuole è la spada, come faccio a raddoppiarla? Non valeva la pena porre nessuna di quelle domande, poiché nessuna di quelle cose poteva avere una risposta. La vecchia non poteva *sapere* nessuna delle cose che aveva bisogno di sapere per rispondere a esse. Perciò Mariko le chiese: «Ho ragione a pensare che sia cieca?»

«Sì, cara.»

«È per questo che ha conosciuto il sensei Yamada? Avevate lo stesso dottore?»

Shoji si mise a ridere e le centinaia di crepe sul suo volto divennero più profonde. «Ma no. Io ho perso la vista da bambina.

Keiji-san ha perso la sua quando entrambi eravamo già diventati vecchi e grigi.»

Qualcosa nel modo in cui lo disse fece pensare a Mariko che fossero stati più che amici. E di sicuro nemmeno amanti: Shoji sembrava parlare di lui come di un padre. Ma non erano stati nemmeno così vicini, dato che Shoji non sapeva il nome di Fuchida. Parlava di lui solo come dell'allievo di Keiji-san, e Yamada e Fuchida un tempo erano stati molto vicini. Mariko ne era certa, Yamada aveva sempre parlato di Fuchida con molta apprensione.

«Come fa a dire che l'allievo di Yamada mi chiamerà?»

«Deve farlo» disse Shoji scrollando le spalle. «Tu puoi dargli quello di cui ha bisogno. E prima della fine lo prenderà.»

«È una follia. Ne parla come se tutto questo fosse già...»

Una vibrazione nella borsa la interruppe. Aprì il cellulare con la cortissima unghia del pollice.

«Detective Oshiro» disse la voce profonda «non ho bisogno di presentarmi, vero?»

«No.»

«Non è stato carino da parte tua cercare di raggirarmi facendomi usare il telefono di tua sorella. Ho fatto appena in tempo a sbarazzarmene prima che voi poliziotti arrivaste.»

«Mi dispiace.»

«Sei fortunata che tua sorella sia ancora tutta intera. Avrei dovuto ucciderla per questa tua trovata.»

Era arrabbiato, pericolosamente arrabbiato; il tremolio della sua voce indicava che anche il suo corpo era scosso da fremiti. Shoji allungò una mano rugosa sul tavolo e toccò le dita di Mariko. «Offrigli la spada» sussurrò.

«Ti darò la spada» disse Mariko, pensandolo veramente. «Però non farle del male.»

«Al contrario» disse Fuchida. «Adesso sta più che bene.»

Dapprima Mariko pensò che Fuchida si stesse riferendo a uno stupro. La fantasia della vittima che ringrazia il suo aggressore per gli incredibili orgasmi che le ha fatto provare riempiva le pagine di milioni di manga; Mariko vedeva quei libri sul treno ogni giorno, stretti fra le dita sudaticce di stupratori immaginari.

Ma poi si rese conto che non c'era niente di lascivo nel suo tono. Era minaccioso, sì, ma non sessualmente. All'improvviso capì. «L'hai drogata?»

«Palla in buca» disse Fuchida. «Nei momenti meno lucidi continua a dire che ti arrabbierai da morire. Suppongo che tu abbia fatto di tutto per impedirle di farsi.»

Chiudi il becco, avrebbe voluto dirgli Mariko, ma non poteva. Si sentiva come se il cuore le stesse cadendo giù per un profondo pozzo nero.

«E la tua povera madre... Cosa penserà?»

La gelida sensazione di caduta divenne ancora più potente. Nei suoi deliri Saori aveva parlato della sua famiglia. Ora anche la loro madre era diventata un bersaglio. Fuchida aveva già dimostrato di essere in grado di inviare dei sicari a casa di una vittima. La madre di Mariko poteva anche essere più giovane di Yamada, ma era molto meno capace di difendersi. Era possibile che Fuchida avesse già mandato degli uomini davanti a casa sua? Quel pensiero paralizzò Mariko.

Shoji le toccò di nuovo le dita. «La spada» sussurrò. «Placa il suo bisogno.»

«Ti darò la spada» disse Mariko a fatica. «Te lo giuro.»

«Farai di più» disse Fuchida. «Tanto per cominciare, richiama a raccolta i tuoi cani. Se vedo anche solo l'ombra di un poliziotto, le taglio la gola.»

«Okay.»

«Secondo, accusate qualcun altro dell'omicidio di Yamada. Non mi interessa chi, basta che non sia io.»

«Non posso. Ti hanno visto tre agenti sulla scena del delitto.»

«Fallo o tua madre è morta. Tua sorella dice che sei brava nel tuo lavoro, Miko-chan. Sono sicuro che troverai il modo.»

«Okay.»

«Terzo e ultimo, mi consegnerai la Inazuma entro mezzanotte, altrimenti riavrai tua sorella in tanti pezzettini.»

Shoji toccò un'altra volta la mano di Mariko. «Digli che hai due Inazuma da offrirgli.»

«No» disse Mariko in un sospiro.

«Fidati» bisbigliò Shoji.

Mariko fece un respiro profondo. «Ti faccio una proposta. Lascia che porti mia madre al sicuro. In cambio ti darò due spade Inazuma invece di una.»

Silenzio.

A Mariko si gelò il sangue nelle vene. Pensava che gli avesse mentito? Se avesse avuto la sensazione che Mariko stava cercando di ingannarlo, Saori avrebbe pagato un prezzo altissimo.

«Fuchida-san?»

Nessuna risposta.

«Fuchida-san?»

73

Due, rifletté Fuchida. Il vecchio aveva sempre parlato di un'altra spada, la terza, ma non aveva mai detto nulla sul luogo in cui si trovava. Come faceva Oshiro a sapere dov'era?

«Fuchida-san?» La sua voce era sottile e implorante nella cornetta.

«Stai mentendo» disse lui.

«No» disse Oshiro dopo un sospiro. «Si chiama Tigre sulla Montagna.»

Allora sapeva davvero della spada. Il vecchio doveva avergliene parlato prima di morire. Bastardo. Fuchida era stato suo allievo per anni, e per tutto quel tempo non gli aveva detto altro che il nome.

L'americano era già in viaggio. Fuchida stava facendo il conto alla rovescia delle ore che mancavano al loro incontro. Anche se fosse riuscito a tenere fra le mani Vittoria Gloriosa, a questo punto non avrebbe potuto dire di aver posseduto due Inazuma; sarebbe stato solamente un fattorino che avrebbe preso la spada da Yamada e l'avrebbe consegnata all'americano. Ma una terza spada... quella cambiava tutto. Fuchida poteva essere il primo uomo nella storia ad aver avuto tre Inazuma contemporaneamente, e anche dopo essersi privato di Vittoria Gloriosa sarebbe comunque stato il primo a possederne due.

Ciononostante lasciare andare la madre era un rischio. Senza di lei, il suo unico vantaggio sarebbe stata la sorella, e questa aveva valore solo finché fosse rimasta viva. Prima o poi avrebbe dovuto ucciderla. Non solo perché lo aveva visto in faccia, ma anche perché aveva visto il suo strip club, e da quando l'aveva rapita gli aveva sentito dire cose che non poteva permetterle di ripetere. I nomi delle ballerine e il loro spacciatore. Persone che la polizia avrebbe potuto rintracciare per arrivare a Fuchida. No, la sorella non sarebbe vissuta abbastanza da parlare. E senza la sorella, quale altra leva avrebbe potuto sfruttare?

Ma comunque, si domandò, di quale leva aveva bisogno? Prendere la spada di Yamada. Uccidere la sorella. Scomparire. Questo era ciò che doveva fare. Oppure poteva scomparire e basta, lasciando perdere le altre Inazuma.

No. Quelle erano le migliori spade mai forgiate. Nessuno poteva lasciarle semplicemente perdere. E comunque doveva consegnare Vittoria Gloriosa all'americano. Una Inazuma fra le mani e altre due così vicine! Nemmeno Yamada si era mai trovato in una situazione del genere.

Una voce alta e penetrante gli perforò il cervello. Una era più che sufficiente. Bella Cantante. Lei era la più bella di tutte. Doveva lasciar perdere le altre due. Bastava scomparire. Uccidere la ragazza e scomparire.

No. Era troppo rischioso. Bisognava occuparsi dell'americano, e questo voleva dire perlomeno entrare in possesso della spada di Yamada. E se doveva correre tutti quei rischi per una spada, perché non correrli per due? *Lascia stare la madre. Prendi Tigre sulla Montagna. Poi occupati dell'americano e guadagnati la tua fortuna.*

Sei già abbastanza fortunato, gli disse la voce penetrante. Hai me.

Sì. Hai lei. Ma quanto altro potresti avere? Tre Inazuma a portata di mano. C'era stato un solo uomo in tutta la storia che avrebbe potuto dire di averle tenute tutte e tre tra le mani, e quell'uomo era lo stesso maestro Inazuma. Devo farlo, pensò Fuchida. Lo devo a me stesso. Lo devo alle spade.

La voce penetrante si mise a gridare: no, a me non lo devi.

Lo devo a mio padre. Al nome della mia famiglia. A tutti i Fuchida che hanno passato la vita a seguire gli ordini di un Kamaguchi.

Che vada al diavolo la tua famiglia, disse la voce.

Volevo guadagnarmi un posto nella storia. Posso ancora farlo. Ho solo bisogno delle spade.

Dimenticati del tuo posto nella storia. Il tuo posto è con me, rispose lei.

Fuchida strinse i pugni, la plastica del telefono gli scricchiolò fra le dita. No, pensò. Sono io il fautore del mio destino. Devi permettermi di farlo.

Mi occuperò io di te, gridò la voce. Lascia che mi occupi io del tuo destino.

E in quel momento, proprio in quel preciso istante, la voce aveva oltrepassato il limite. «Tua madre resta viva» disse Fuchida nel telefono. «Voglio le spade entro mezzanotte.» Una pausa. «Mezzanotte di domani» disse Oshiro. «Ho bisogno di un po' di tempo per prenderle.»

«Vedi di procurartele entro domani a mezzogiorno. Ti chiamerò per dirti dove. Se vedo un poliziotto, tua sorella avrà una morte molto lenta.»

Fuchida riattaccò, e Mariko fece il sospiro che le sembrava di aver dovuto trattenere per un'ora. Le guance le formicolavano e aveva il fiato corto. Avrebbe avuto voglia di piangere, ma si trattenne: temeva che sarebbe potuta crollare completamente se si fosse concessa anche un solo momento di debolezza. Invece di piangere, si appoggiò gli occhi stanchi e brucianti sui palmi delle mani e mise i gomiti sul tavolo. «Non ce la faccio» disse.

«Certo che ce la fai» disse Shoji. «Qualsiasi cosa ci riservi il destino, dobbiamo sopportarla, ma tu sei forte. Stai andando bene, cara.»

«Bene?» Mariko non si sforzò di sollevare la testa. «Ho appena convinto un pazzo a promettermi che non ucciderà mia madre. La sua parola vale molto, ne sono sicura. E mia sorella? L'ho messa ancor più nella merda. L'unica cosa positiva è che non sia ancora morta... ma in cambio gli ho promesso due spade, quando invece ne ho solo una. Questo per lei è andare bene?»

Shoji disse qualcosa, probabilmente qualcosa di incoraggiante, ma Mariko non la ascoltò. Non aveva ancora riaperto gli occhi, e si era appoggiata allo schienale del divanetto per lasciare libere le proprie mani. Quando si portò il telefono all'orecchio, uno della sua squadra al distretto aveva già risposto. «Sergente?»

Mariko non si disturbò a chiedergli chi fosse. «Mandate immediatamente due volanti a casa di mia madre. Prendete lei e una valigia e portatele alla Tokyo Station. Non lasciatevi convincere a fargliene prendere più di una, altrimenti si porterà dietro tutto l'appartamento.»

«Sergente, potremmo condurla in un alloggio sicuro. Fuchida le ha fatto delle minacce?»

«Nessun alloggio sicuro. C'è qualcosa che non torna, solo che non capisco cosa...» La voce le si affievolì e si rimproverò perché era troppo stanca, non aveva la forza per ragionare come si deve. «Fuchida non avrebbe dovuto sapere dell'appostamento. Sa troppe cose sui nostri movimenti. Lasciatela alla Tokyo Station e non permettetele di dire a nessuno dov'è diretta.»

La chiamata successiva fu per sua madre. Fu altrettanto concisa: 'Fai una valigia, vai dalla zia Yumiko. Per favore non fare domande, mamma, fallo e basta.' Dopodiché richiuse il cellulare e appoggiò di nuovo gli occhi sui palmi. Le facevano male i muscoli sopra alle pupille. La gola le sembrava di carta vetrata e i denti le parevano sottilissimi. Voleva una doccia calda e una dose doppia di sonniferi. Seguite da una settimana alle Hawaii. Dopo forse – forse – sarebbe riuscita a portare a termine i propri compiti.

Tanto per cominciare, prendere Vittoria Gloriosa sarebbe stato dannatamente difficile, per non dire quasi impossibile. Al momento si trovava sotto la sorveglianza della sua stessa squadra, una sorveglianza che non poteva rimuovere, dal momento che Fuchida aveva aggiunto anche un nuovo omicidio al calderone. Vittoria Gloriosa Indesiderata era l'unica esca che il Dipartimento della polizia metropolitana di Tokyo avesse per attirare il colpevole di un raccapricciante omicidio commesso in pubblico; non c'era la benché minima speranza che Ko potesse decidere di lasciar perdere. Qualsiasi richiesta avesse presentato per porre fine alla sorveglianza sarebbe passata dalla scrivania di Ko, e in quel caso lui avrebbe iniziato a fare delle domande, e Mariko non si fidava. Questo andava oltre la sua normale misoginia; era troppo esausta per capire di cosa si trattasse, ma c'era qualcosa che non le tornava su di lui.

E anche se avesse potuto rimuovere il piantonamento, ci sarebbe comunque stata la questione della Tigre sulla Montagna. Yamada le aveva parlato di quella spada, ma sembrava che fosse successo cento anni prima, e comunque non le aveva mai dato nemmeno un indizio su dove si potesse trovare.

«Come diavolo faccio a recuperare quelle spade?»

Le parole le uscirono così flebilmente che Mariko non era certa di averle dette a voce alta. Era sicura che Shoji-san non le avesse sentite, ma poi si ricordò che aveva l'udito dei ciechi. «A me sembra» disse Shoji «che dovresti chiederle.»

«Ah, ma certo. Sono sicura che così...»

Mariko si zittì. Quella donna aveva avuto ragione su troppe cose per ignorare quello che aveva da dire. Quindi, invece di terminare la frase, disse: «Come faceva a sapere che si sarebbe calmato se gli avessi offerto le spade?»

Shoji scrollò le spalle. «È nella sua natura. Le forze del destino stanno ruggendo. Basta solo sintonizzare l'orecchio per sentirle.»

«Ah-ah.» Un sorso di tè tiepido fece ben poco per inumidire le pareti secche della gola di Mariko. «Volevo proprio parlarne col sensei Yamada. Non avrei voluto accettare il suo caso, sa. Avrei voluto seguire una pista sullo spaccio di cocaina. Avrei voluto lasciar perdere tutto e andare a cercare mia sorella. E poi scopro che il mio spacciatore di coca è un allievo di Yamada, ed è anche l'assassino con la spada, e ora è anche il rapitore di mia sorella. È troppo per parlare di coincidenze, no?»

«Sì, cara.»

«E lei, lei parla come se sapesse già come andrà a finire tutto quanto. Com'è possibile? No, sa una cosa? Non voglio nemmeno saperlo. Mi dica solo dove ci porterà tutto questo.»

«Vedo che ci sono delle forze, forze che non convergevano da molti anni, che si stanno muovendo le une verso le altre. Vedo la tigre che gira furtivamente sulla montagna, e la donna che canta le si sta avvicinando. Sulla cima c'è un castello, e all'orizzonte si sta formando un tifone. Il tifone è abbastanza forte da distruggere il castello e da uccidere la donna che canta. Se la tigre sia in grado di trovare riparo dal vento non posso dirlo. Molto dipende da dove arriverà il tifone.»

Mariko la guardò, felice che gli occhi ciechi di Shoji non potessero vedere la sua espressione. «Sono troppo stanca per cercare di intuire cosa significhi. Sono abbastanza intelligente da capire che c'entra qualcosa Tigre sulla Montagna, e anche Bella Cantante. Solo che non riesco a immaginare come farò a mettere le mani su quelle spade. Il tenente Ko mi farebbe il culo se confiscassi Vittoria Gloriosa da un luogo messo sotto sorveglianza. E il sensei Yamada mi ha ripetuto più volte che la Tigre era custodita in un posto sicuro. Ha detto che non può prenderla nessuno. Come faccio ad arrivarci?»

«Come ti ho detto,» cinguettò Shoji «dobbiamo andare a chiedere al suo proprietario se possiamo prenderla in prestito. Ma non possiamo farlo prima che sia mattina, e tu hai bisogno di dormire. Il mio appartamento è qui vicino. Non è molto, ma se vuoi possiamo srotolare un futon.»

Vicino. Un posto sconosciuto, dove avrebbe potuto dormire un sonno leggero. A Mariko sembrava perfetto.

74

Mariko si stava risciacquando i capelli corti dallo shampoo quando le venne in mente un piano per rubare Vittoria Gloriosa Indesiderata. La strana sensazione della notte precedente aveva preso corpo. Come aveva fatto Fuchida a scoprire che la casa di Yamada era sotto sorveglianza? E come aveva fatto a scoprire che Mariko era alla guida del caso Yamada? Mariko non era un poliziotto difficile da rintracciare, dopotutto era l'unica sergente donna nel Dipartimento della polizia metropolitana di Tokyo, ma Fuchida sapeva ben più di quello. Sapeva che non avrebbe potuto colpire Yamada a casa, e che lo avrebbe trovato alla sala concerti. Quindi le opzioni erano due: o qualcuno della squadra di Mariko stava passando informazioni a Fuchida, oppure lui teneva sotto controllo la casa di Yamada... e se era vera quest'ultima ipotesi, sapeva dove nascondersi per non farsi vedere dalla squadra di Mariko. E anche questo faceva pensare che qualcuno degli agenti stesse parlando.

Ma Mariko non aveva alcuna prova per dimostrare che si trattasse di Ko. Be', le aveva ordinato di non investigare sul possibile coinvolgimento dei bōryokudan nel caso, e se Fuchida aveva un uomo nel dipartimento, quello era esattamente un coinvolgimento dei bōryokudan. Questo significava che se Ko era davvero la fonte di Fuchida, avrebbe tentato di dare ordini che vietassero di investigare... ordini illegali, come Mariko era stata lieta di fargli notare quella volta. Era tutto molto sospetto, ma non c'erano prove concrete.

All'improvviso le venne in mente un'altra cosa che la fece ridere così forte da produrre un'eco nella doccia. Non era necessario scoprire chi fosse l'informatore di Fuchida. Mariko aveva tutti i motivi che le servivano per spostare Vittoria Gloriosa in un luogo segreto.

Per una volta fu contenta di telefonare al tenente Ko. Non attese nemmeno di essersi vestita; fece solo una rapida chiamata alla sua squadra e poi – ancora umida e avvolta nell'asciugamano – digitò il numero di Ko. «La chiamo solo per avvisarla che ho intenzione di spostare la spada, signore.»

«Col cavolo» disse Ko. «È legata a un importante caso di omicidio e a un rapimento.»

Perlomeno aveva iniziato a usare la parola 'importante'. Ovviamente non aveva nulla a che fare col fatto che ci fosse Mariko alla guida del caso, dipendeva più dal fatto che il filmato del sangue alla Suntory Hall era in tutti i telegiornali.

«Signore, ho ragione di credere che qualcuno del nostro distretto stia passando delle informazioni al sospettato. Non so chi sia, ma sono certa che converrà con me nel ritenere che spostare la spada in un luogo sconosciuto sia la cosa migliore da fare.»

Ko non disse niente.

«E sono sicura che concorderà anche sul fatto che se salta fuori qualcuno che tenta di interferire col trasferimento della spada o che cerca di scoprire dove l'abbiamo portata, dovremmo indagare su tutti i possibili collegamenti che questa persona potrebbe avere con l'assassino.»

«Sono sicuro che non sarà necessario, Oshiro.»

«Ah, non c'è problema, signore. Ho già dato ordine a un uomo della mia squadra di richiedere i mandati per verificare i tabulati telefonici e cose del genere.» Lo lasciò friggere su quella frase per un attimo. Poi aggiunse: «Ah, ma lei mi aveva ordinato di non investigare sui collegamenti che questo caso poteva avere coi bōryokudan, non è vero? Se viene fuori che il nostro uomo è uno della yakuza, violerò quell'ordine. Vuole che richiami il mio agente per dirgli di annullare i mandati?»

Lo aveva messo in trappola. Se avesse detto di sì, le avrebbe dato l'ordine di cancellare le richieste per tutti i mandati, non solo per quelli legati alla yakuza, e solo qualcuno con la coscienza sporca avrebbe fatto una cosa del genere. Se le avesse detto di no, Mariko avrebbe ottenuto quello che voleva e anche i mandati collegati alla yakuza.

Ma come tutti i vermi, Ko aveva un talento particolare nello strisciare fuori dai buchi stretti. «Oshiro, la voglio fuori dal caso. Il rapimento di sua sorella ha compromesso la sua obiettività. Lascerò che se ne occupi il nucleo antisequestri.»

«L'hanno preceduta, signore. Hanno preso in mano il rapimento già da ieri sera.»

Non si preoccupò di dirgli che aveva ricevuto l'ultima chiamata di Fuchida *dopo* che il tenente del nucleo l'aveva rimossa dal comando. Ora che ci pensava, non aveva nemmeno chiamato l'antisequestri per dire loro della telefonata di Fuchida e del riscatto. Era stata troppo esausta per pensarci, e ora l'istinto le diceva di continuare su quella strada. O era il destino? Mariko non era più sicura di sapere quale fosse la differenza fra le due cose.

Concluse la telefonata con Ko infastidita dal fatto che fosse riuscito a strisciare fuori dalla trappola, ma soddisfatta perché non aveva potuto vietarle il trasferimento della Inazuma, altrimenti avrebbe fatto capire di essere l'uomo di Fuchida all'interno del distretto. Alle dieci di mattina Shoji era seduta accanto a lei in una volante e Vittoria Gloriosa si trovava nel baule, avvolta in un lungo pezzo di stoffa blu dentro una custodia che serviva per i fucili. «Okay,» disse «la prima parte è fatta. Adesso come diavolo facciamo a prendere la spada numero due?»

«Te l'ho già detto» disse Shoji. Quel giorno era vestita di bianco, Coco Chanel, e aveva un nuovo paio di occhiali da sole neri. «Andiamo a casa del proprietario e gli chiediamo se ce la presta.»

«Ah-ah.»

«Glielo chiederemo con gentilezza, naturalmente.»

«Ah-ah.»

***

«Spero che stia scherzando.»

Mariko fermò la volante col lampeggiante acceso accanto al muro che cingeva il palazzo imperiale. Grosse catene andavano da una colonna di cemento all'altra, robusti e curvi collegamenti di acciaio che formavano una composizione ornamentale ma utile, decorativa ma anche in grado di fermare un'auto blindata che si fosse lanciata contro il palazzo a tutta velocità. Al di là della cinta si stendevano alcune centinaia di metri di ghiaia bianca, che arrivavano fino a una recinzione di metallo verde e a un fossato. Le fondamenta oblique del castello si levavano dall'acqua, arrivando con eleganza a un'altezza che superava il livello della strada in cui aveva parcheggiato Mariko. Alla sua sinistra c'era il traffico che ronzava, alla sua destra il XVI secolo.

«Qui?» Mariko non riuscì a trattenere l'acidità del suo tono. «È qui che voleva che venissi?»

«Non mi pare sia qui. C'è un'entrata più silenziosa, dove le macchine...»

«Le macchine cosa? Possono entrare? Poi cosa facciamo, chiediamo se l'imperatore è libero?»

«Be', sì.»

«Merda.» Mariko avrebbe dovuto aspettarselo. Quella donna si era comportata da pazza fin dal principio. E adesso, guarda un po', saltava fuori che era pazza davvero. «Sa,» disse Mariko «quando mi ha detto di andare al palazzo imperiale pensavo che mi stesse semplicemente indicando in quale quartiere dovevamo andare. Tipo: 'Vai al palazzo e poi gira a destra da qualche parte.' Odio doverlo ammettere, ma questo non me lo aspettavo proprio.»

«Dovresti imparare un paio di cose su come si parla alle persone più anziane» disse Shoji. «Soprattutto se andiamo qui dentro.»

«Dentro dove? Nel palazzo? Non possiamo entrare, nemmeno con una volante della polizia. Servono dieci tipi di autorizzazioni diverse. E anche se ci riuscissi, ci vorrebbe almeno un mese per ottenere un appuntamento.» Mariko colpì il volante coi pugni. «Perché diavolo ho creduto che parlasse sul serio? Merda!»

«C'è un'entrata più silenziosa. Se ricordo bene si trova sul lato nordovest, ma devi guidare qui intorno un altro po' per trovarla. E dovresti stare attenta a come parli.»

«Non possiamo entrare qui dentro.»

«Hai un'idea migliore?»

Non ce l'aveva. Quindi, dopo aver superato il traffico e una serie di stradine che sembravano dei labirinti, Mariko si diresse verso un'altissima cancellata che si trovava fra dei muri di legno ancora più alti, al di là della quale si intravedevano degli alberi perfettamente curati.

«Sono Shoji Hayano» disse l'anziana quando le guardie all'entrata si furono avvicinate alla macchina. «Potreste, per favore, far sapere a Sua maestà che vorrei parlargli?»

La guardia la osservò con l'esatta espressione che Mariko aveva previsto. Ma invece di mandarla via immediatamente, le disse: «Posso chiederle riguardo a cosa?»

«La morte di un amico di famiglia» disse Shoji. «E un vecchio regalo.»

«Aspettate qui.»

Mariko si chiese cosa potessero aspettarsi quelle guardie. Un'autobomba e mezza dozzina di uomini armati di fucile le pareva il minimo. La sua pazienza stava ormai raggiungendo il limite quando, come se niente fosse, un uomo che indossava un completo le fece cenno di avanzare.

Mariko varcò lentamente la soglia della tenuta della famiglia imperiale. Il ghiaino scricchiolò sotto le ruote della volante che gettavano le proprie ombre sul curatissimo prato popolato da maestosi alberi. Davanti a loro comparve una limousine nera e Mariko la seguì lentamente. La strada zigzagava sotto il tetto di foglie fino ad arrivare a un elegante edificio marrone con enormi tetti e numerose catene della pioggia appese alle grondaie. No, non era un *edificio*. Era il *Palazzo*. Quella era la casa dell'imperatore.

Mariko dovette sottoporsi a una perquisizione mentre a Shoji-san non fu richiesto. Poi, entrando nell'ingresso illuminato da luci calde, sentì sotto i piedi il tappeto più rigoglioso che avesse mai toccato.

«Non sono assolutamente vestita nel modo adeguato» disse.

Mariko prese Shoji a braccetto quando un uomo in un completo nero, con una protuberanza inconfondibile sotto il braccio sinistro, fece loro strada lungo un corridoio bianco. Le rifiniture erano in teak e i tappeti beige erano soffici come nient'altro al mondo. Raggiunsero un salotto di teak bianco e quel morbido, rigoglioso tappeto impallidì in confronto alle tre pareti di finestre panoramiche che si affacciavano su un tranquillo e lussureggiante giardino d'acqua. I rami di alcuni aceri bonsai formavano un arco sopra un laghetto, la cui superficie era disturbata solo dalle sporadiche foglie rosse dell'acero che navigavano sull'acqua. Mariko sentì la tensione che aveva dentro iniziare a sciogliersi, ma non si azzardò a sedersi per paura di disturbare quella quiete perfetta.

Ed eccoli lì. L'imperatore Akihito indossava un completo blu e grigio e i suoi capelli argentati erano perfetti. L'imperatrice Michiko aveva un abito color crema e un sorriso incoraggiante. Erano più bassi di quanto Mariko si aspettasse – non erano più alti di lei – eppure avevano un portamento che si poteva solo definire 'regale'. E come avrebbe potuto essere altrimenti, pensò Mariko, in fin dei conti i loro ospiti abituali erano sceicchi, re e presidenti, e sicuramente persino tutte quelle personalità importanti si ritenevano fortunate quando si trovavano in quel luogo.

Sia Mariko che Shoji fecero un profondo inchino, e fra le migliaia di inchini che Mariko aveva dovuto fare in vita sua, sentì che quello significava davvero qualcosa. Gli imperatori ricevettero le loro ospiti con estrema grazia, invitandole ad accomodarsi sui divani bianchi che guardavano il giardino d'acqua. Ad attenderle c'erano già delle tazze di tè fumanti, sistemate in un ordine perfetto su un tavolino di teak. «Le mie condoglianze, Shoji-san» disse l'imperatore. «La notizia della morte del sergente Kiyama ci è giunta questa mattina.»

«Un'enorme perdita» disse l'imperatrice. «Tu come stai, Hayano-chan?»

Come facevano a conoscere Yamada? Le loro parole erano sincere – erano profondamente dispiaciuti – ma Mariko non osò domandare il perché. E l'imperatrice si rivolgeva a Shoji come a un'amica, chiamandola per nome, usando l'intimo -chan. Come facevano a conoscersi?

«Cerco di andare avanti...» disse Shoji facendo un sospiro. «Posso presentarvi la sergente detective Oshiro Mariko? Era un'allieva di Keiji-san. E sta anche investigando sul suo omicidio.»

«Ah,» disse l'imperatore «gliene siamo grati. Se non erro abbiamo sentito parlare di lei.» Guardò la moglie come in cerca di un aiuto, esattamente come avrebbe potuto fare un marito qualsiasi in una qualunque altra coppia di Tokyo. Mariko trovò quell'intimità molto tenera.

«Sì» disse l'imperatrice. «Sui giornali c'erano degli articoli su di lei, giusto? Circa un anno fa. Lei è la prima donna a essere stata nominata detective, non è così?»

«Sì» balbettò Mariko. «Sì, signora.»

«Fantastico» disse l'imperatrice. «Le mie condoglianze anche a lei, per la perdita del suo insegnante. Il sergente Kiyama è stato un amico della nostra famiglia da... oh, chi se lo ricorda da quando? Di sicuro da prima che diventassi imperatrice.»

Il cervello di Mariko barcollava come se fosse ubriaco. Loro avevano sentito parlare di lei. Avevano letto di lei sui giornali. E oltretutto erano vecchi amici del sensei Yamada. Com'era possibile?

Mariko tentò di congiungere i puntini. L'imperatore e l'imperatrice dovevano avere all'incirca l'età dei suoi nonni, quindi erano un bel po' più giovani di Yamada. Kiyama Keiji, era così che lo conoscevano Shoji e le Loro maestà. Un sergente, proprio come Mariko. Che Yamada fosse stato un poliziotto? Magari in gioventù, prima di diventare professore. No. La guerra. Il sensei Yamada aveva combattuto nella Seconda guerra mondiale.

All'improvviso le venne in mente una cosa che Yamada aveva detto una volta: «C'è un vecchio detto dei soldati: si può sempre contare sul fatto che un comandante farà quello che c'è da fare, non appena tutte le alternative possibili saranno state scartate.» Le venne da ridere nel ripensare a quella frase, proprio come quando lui gliel'aveva detta. Riuscì a contenersi facendo solamente un sorriso. Poi si rese conto che l'imperatrice avrebbe potuto pensare che quello fosse il sorriso timido di una donnetta debole. Non del tipo di donna da nominare sergente e detective.

«Posso chiedervi, Maestà,» disse Mariko chiamando a raccolta tutte le sue buone maniere «come avete conosciuto il sensei Yamada?»

L'imperatore la guardò sorridendo lievemente. Quella grazia, così difficile da raggiungere per Mariko, per lui era come il viola per gli iris: naturale, bellissima, irremovibile. «Il suo sensei un tempo possedeva una spada» disse. «Durante la guerra servì il suo Paese a Guadalcanal, un sacrificio enorme per lui dal momento che all'epoca sua madre stava morendo di cancro allo stomaco. Prima di partire, lasciò la spada a suo padre. Come il sergente Kiyama gli aveva chiesto, suo padre la portò al mio. Insieme a Shoji-chan, che all'epoca era solo una bambina.»

Si piegò, prese una tazzina da tè con due dita e se la portò alle labbra. Mariko si chiese se Yamada avesse mai avuto l'occasione di bere il tè insieme a lui. Avrebbe voluto sapere prima che anche Yamada aveva perso un genitore per il cancro, proprio come era successo a lei. Le sarebbe piaciuto che lui le avesse raccontato dei suoi genitori, della guerra, di quello che era successo dopo e del perché avesse cambiato nome.

Ma ora non aveva tempo di pensarci; l'imperatore aveva appoggiato la tazza e le sue parole richiedevano tutta l'attenzione di Mariko. «Detective Oshiro, c'è chi dice che tutto questo sia rimasto in piedi grazie a quella spada. Non mi riferisco al palazzo. Quello andò distrutto, bruciò fino alle fondamenta. No, mi riferisco alla stessa famiglia imperiale. Il suo sensei le ha mai parlato di questa spada?»

«Sì, signore. Tigre sulla Montagna, giusto? Mi ha detto... la leggenda dice che se si trova in un castello, quel castello non può crollare.»

«Proprio così» disse l'imperatore. Puntò gli occhi chiari in quelli di Mariko e lei si ritrovò ad abbassare spontaneamente lo sguardo. «E cosa sa della storia più recente? Sapeva che mio padre aveva proposto i termini della resa prima della tragedia di Hiroshima? Gli americani volevano che fosse incondizionata, e i generali di mio padre la accettarono a una sola condizione: che la famiglia dell'imperatore rimanesse alla guida dello Stato. Poi ci fu Hiroshima, e poi Nagasaki. Dopodiché gli americani accettarono la resa del nostro Paese, che fu incondizionata fatta eccezione per quella clausola.»

«Vostra altezza,» disse Mariko «sta per caso dicendo che Tigre sulla Montagna ha salvato l'Impero? Che gli alleati avrebbero deposto suo padre se Yamada non gliel'avesse data?»

«Non lo sapremo mai. Il corso della storia non si può cambiare. Sappiamo solo che mio padre aveva la spada, e che ha conservato il trono. Se l'arma ha avuto una qualche influenza su tutto questo, allora il sergente Kiyama ci ha fatto il regalo più grande che sia mai stato fatto a un imperatore. Da allora è sempre stato un amico della nostra famiglia.»

Mariko abbassò lo sguardo sul pavimento, esterrefatta. Era mai possibile? Era possibile che Yamada avesse salvato il Giappone? I gaijin probabilmente non lo avrebbero mai capito, ma senza l'imperatore il suo Paese non sarebbe stato lo stesso. Gli sceicchi e i presidenti non erano imperatori. Il loro potere derivava dalla ricchezza o, peggio ancora, dal voto del popolo. Quest'uomo imponeva deferenza anche solo standosene seduto sul divano.

E il suo sensei lo conosceva... lo conosceva abbastanza bene che una sua amica poteva tranquillamente presentarsi a palazzo e chiedere di essere ricevuta. Lo conosceva abbastanza bene, realizzò Mariko all'improvviso, che con una telefonata Yamada avrebbe potuto convincere la famiglia imperiale a muoversi per impedire a un fastidioso tenente di polizia di mettere i bastoni fra le ruote a uno dei suoi detective. Quando Mariko aveva chiesto a Yamada chi avesse chiamato all'interno del Dipartimento della polizia metropolitana di Tokyo, aveva ragionato troppo in piccolo. Persino pensare al sindaco sarebbe stato riduttivo. L'idea che

Yamada avesse richiesto l'appoggio dell'imperatore a nome di Mariko le tolse il fiato.

«È proprio di Tigre sulla Montagna che volevamo parlarvi» disse Shoji-san, e le sue parole diedero un appiglio solido al cervello ubriaco e barcollante di Mariko. «Vostra altezza, Keiji-san è stato ucciso per la sua spada Inazuma. È stata un'altra Inazuma a togliergli la vita. I venti del destino si sono messi a soffiare come quelli di un tifone; credo che la spada di Vostra maestà faccia parte di questa tempesta.»

«Crede!» disse l'imperatrice sorridendo. «Hayano-chan, dici 'credo' quando chiunque altro direbbe 'sono sicuro'.»

«Non c'è niente di sicuro riguardo al futuro» disse Shoji.

«Aaah» proruppe Mariko, consapevole di quanto fosse maleducato interrompere il loro dialogo, ma comunque incapace di trattenersi. «Shoji-san, da quando ci siamo incontrate la sento parlare come se fosse in grado di vedere il futuro. Sua maestà le parla con la stessa confidenza con cui io parlerei a mia sorella, e sembra credere che lei sia davvero capace di vedere il futuro. Per favore, mi dica cosa sta succedendo.»

Vi fu un lungo momento di silenzio, e Mariko temette di averli offesi. Poi, distogliendo lo sguardo da Shoji, si accorse che l'imperatore e l'imperatrice stavano sorridendo proprio come avrebbero potuto fare con un nipotino, come se trovassero carina la sua mancanza di raffinatezza.

«Detective Oshiro,» disse l'imperatore «Shoji-san è stata l'indovina della mia famiglia fin dai tempi della guerra.»

«Indovina?»

«Goze è la parola giusta. E per quanto riguarda mia moglie che la chiama Hayano-chan... be', loro due sono diventate amiche appena si sono conosciute. Al nostro matrimonio, mi pare.»

I suoi occhi grigi si volsero all'imperatrice, che fece un lieve cenno d'assenso. Tutti i suoi movimenti erano aggraziati. Al confronto, Mariko pensò di dover assomigliare a un orango in abito da sera. Non aveva mai pensato al fatto che l'imperatrice potesse avere degli amici. Mariko si chiese come avesse fatto a non pensarci, ma in realtà, senza sapere il perché, aveva sempre creduto che i reali vivessero in solitudine. Non aveva mai sentito dire, per esempio, che uscissero per andare a giocare a golf com'era invece solito fare il primo ministro.

«Non vorrei sembrarvi scortese,» disse Shoji-san «ma potremmo riportare la conversazione sulla spada? Credo che abbia un ruolo importante in ciò che deve avvenire. Se è così, la sergente detective Oshiro la deve impugnare.»

Impugnare. Non portare. Non utilizzare come riscatto. Impugnare. Cos'aveva visto Shoji nel futuro di Mariko?

E come aveva fatto Mariko a cominciare a credere che Shoji fosse in grado di predire il futuro? Le goze erano personaggi delle favole. Ma anche le spade magiche appartenevano alle favole.

Erano accadute talmente tante cose assurde in un lasso di tempo così breve, che Mariko si accorse che i suoi pensieri avevano cominciato a fluire in modo sconnesso e vacillante.

Guardandosi indietro Mariko non sarebbe stata in grado di raccontare come avesse fatto a uscire dal palazzo, né come la lunga e pesante sacca vellutata fosse arrivata fra le sue mani. Si ricordava di lunghi addii e profusi ringraziamenti e poi di un lento tragitto con la macchina sotto una leggera pioggia attraverso i giardini lussureggianti. Dopodiché si era ritrovata di nuovo nel mondo reale, ferma davanti a un semaforo rosso con la spada dell'imperatore in grembo.

Pesava poco più della metà di Vittoria Gloriosa ed era più corta di circa un avambraccio. Non aveva bisogno di sfoderarla per esserne sicura... anzi, non aveva nemmeno bisogno di toglierla dalla sacca vellutata nera. Il sigillo imperiale, un bocciolo di crisantemo stilizzato, era ricamato in oro sulla sacca, e la sacca era tenuta chiusa da un meraviglioso *kumihimo* dorato.

Il rumore acuto di una suoneria la fece sobbalzare. Il cellulare. Era lì da qualche parte. Mentre si costringeva a muoversi per cercarlo, si accorse che stava perdendo molta della sua capacità di concentrazione. Solo mezza nottata di sonno, l'omicidio di Yamada, il rapimento di Saori; si stavano sommando troppe cose.

Alla fine recuperò il telefono e lo aprì. «Sì?»

«Non c'è bisogno che mi presenti.»

«No.»

«Hai le spade.»

«Sì.»

La macchina dietro quella di Mariko suonò il clacson, spaventandola. Lei mugugnò, e dopo aver alzato il dito medio disse alcune parole scelte accuratamente che sollevarono un rimbrotto da parte di Shoji.

«Chi c'è con te?»

«Nessuno.» Mariko doveva fare un sacco di cose contemporaneamente: mettere la prima, tenere il telefono all'orecchio, cercare di impedire alla spada di cadere dal suo grembo, ma riuscì a fare tutto. «Mi serviva una mano per arrivare alla seconda spada. È una vecchia. Non è una minaccia per te.»

«Mmh!» fece Shoji.

Fuchida borbottò. Alla fine disse: «St Luke. Vacci subito. Metti il vivavoce e tieni il telefono aperto. Se ti sento parlare con qualcuno, tua sorella è morta.»

Mariko sentì un grido di Saori e fece come le era stato detto. «Potrei arrivare prima se potessi accendere il lampeggiante e la sirena.»

«Non pensarci neanche. Dimmi il numero di identificazione della tua volante.»

«Cinque-cinque-tre.»

«Se stai mentendo, puoi dire addio a tua sorella. Se vedo una macchina della polizia con un numero diverso da cinque-cinque-tre, la uccido.»

«Sei in un ospedale, Fuchida-san. Si sa che ogni tanto da lì passano dei poliziotti.»

«Stai zitta. Fai come ti ho detto.»

Mariko sentiva la tensione crescere dentro di lui. Aveva un tono caparbio e Mariko continuò a sentire i suoi borbottii finché non si fu posata il cellulare sulle gambe. «Sto arrivando» disse.

75

Le torri gemelle del St Luke International Hospital, coi loro angoli acuti e i vetri blu, erano gli edifici più alti che si vedessero all'orizzonte. Il corridoio che collegava le due torri – a tre quarti dell'altezza della torre più bassa (cioè a metà di quella più alta) – brillava colpito dai raggi di sole che sbucavano dal sottile strato di nuvole in movimento. A Mariko l'ospedale sembrava una costruzione realizzata con i mattoncini Lego.

«Sono qui» disse al telefono.

«C'è un palazzo dall'altra parte della strada. L'unico che stanno costruendo. Parcheggia la macchina davanti alla porta.»

Mariko seguì le istruzioni e, quando ebbe trovato il polveroso palazzo marrone, parcheggiò la volante davanti a una specie di muro provvisorio: un'asse di compensato alta circa due metri appoggiata allo scheletro di un'impalcatura con degli enormi cavi elettrici che pendevano da una serie di fori. La porta non era altro che un rettangolo di compensato appeso a dei cardini provvisori e tenuto chiuso da una catena col lucchetto. Su di essa c'erano alcuni cartelli con su scritto VIETATO L'ACCESSO AI NON ADDETTI AI LAVORI e LAVORI IN CORSO. Spegnendo il motore, Mariko disse: «Vuoi che chiuda la ricetrasmittente? Così non ti sente nessuno?»

«Sì, chiudila. Scendi da sola.»

Mariko spinse il pulsante della trasmittente col pollice, poi si appoggiò il telefono sulla coscia. «Aspetti cinque minuti, poi chiami la polizia» disse piano e rapidamente, prendendo una Sig Sauer P230 dal cruscotto. «La radio è davanti a lei. Basta che spinga il bottone e che parli, okay? Gli dica dove sono, e che sono con Fuchida e l'ostaggio. Ha capito?»

Shoji annuì e fece una strana espressione quando Mariko estrasse il caricatore per controllare quanti colpi aveva, muovendo faticosamente la mano destra per mantenere il telefono premuto sulla gamba.

«È una pistola?» chiese Shoji.

«Certo» disse Mariko. «Non si aspetterà mica che vada là dentro e lo sfidi a duello, no?»

Un secondo dopo sollevò il cellulare per parlare con Fuchida. «Scusa. Mi era caduto il telefono, mi dispiace. Per favore, non agitarti.»

Aveva usato un tono abbastanza vulnerabile? Le sembrava di sì. Fuchida disse: «Cazzate del genere finiranno con l'uccidere tua sorella. Non ti azzardare a rifarlo.»

È arrabbiato, pensò Mariko, ma non è ancora fuori di sé.

Uscì dalla macchina scrutando l'edificio. Finestre molto grandi: ottime opportunità per i cecchini, se solo avesse potuto chiamarne uno. Fuchida aveva ascoltato ogni sua mossa, e Shoji, uno degli ultimi esemplari in via di estinzione di Tokyo, non aveva un cellulare, altrimenti Mariko avrebbe potuto usarlo per inviare un messaggio chiedendo rinforzi. Comunque non aveva molta importanza. I vetri delle finestre erano specchiati e il sole di mezzogiorno rendeva invisibile qualsiasi cosa vi si trovasse dietro. Si assicurò di tenere le mani bene in vista nel caso in cui Fuchida la stesse osservando da dentro, poi si piegò nella macchina per recuperare Tigre sulla Montagna. Nel farlo, la Sig le premette fastidiosamente contro le costole, ma sentire quel peso le diede conforto. Si sistemò la giacca per coprirla e si ripromise di tenere il gomito vicino al fianco per evitare che la pistola sporgesse.

Tirandosi su, sentì l'incoraggiamento della Cheetah contro la parte bassa della schiena. Anche quella era attaccata alla cintura nella sua piccola fondina. La volante ne impediva la vista... sempre che Fuchida fosse stato dentro l'edificio, ovviamente. Se si fosse trovato nell'ospedale dall'altra parte della strada, avrebbe potuto vedere molto facilmente il rigonfiamento sotto la sua giacca. Forse gli aveva rivelato la sua arma di scorta. *Dannazione. Ormai non ci si può fare più niente. Continua a camminare, resta concentrata.*

Mariko tirò la leva del bagagliaio, chiuse la portiera e andò verso la parte posteriore della volante per prendere Vittoria Gloriosa. Si rese conto che non c'era un buon metodo per trasportare entrambe le spade. Non con il cellulare all'orecchio. Avrebbero meritato più rispetto, e non di essere strette sotto la sua ascella. Ma quale altra scelta aveva? «Mi dispiace» disse loro nell'andare verso la porta di compensato.

«Il lucchetto è aperto. Sfilalo.»

Era più semplice da dire che da fare, perlomeno per una persona che doveva anche destreggiarsi con due spade, due armi nascoste, un cellulare e una cassa toracica che faceva un male cane. Ma in qualche modo riuscì ad aprire la porta e a infilarsi nel fresco buio dell'interno.

«Rimetti la catena sulla porta e chiudila.»

Mariko pensò alla disposizione dell'edificio. Dalle finestre che davano sulla strada non si vedeva dietro la porta. Chiunque si trovasse davanti all'entrata sarebbe stato visibile, ma ora che lei stava sotto le assi di legno dell'impalcatura era completamente nascosta. E nemmeno la gente dalla parte della strada dove c'era l'ospedale avrebbe potuto vederla. Bloccò il telefono fra la spalla e l'orecchio, fece tintinnare la catena e chiuse il lucchetto solo a un'estremità. Probabilmente i rinforzi non sarebbero arrivati in tempo, ma non voleva rendergli la vita ancor più difficile.

Si domandò se Shoji sarebbe stata in grado di capire come funzionasse la radio della volante aiutandosi solo con il tatto, e se Fuchida avesse pensato di portarsi dietro un radio scanner della polizia per ascoltare le eventuali richieste di rinforzi. Un'indovina poteva predire cose del genere? Darei qualunque cosa, pensò Mariko, per sapere cosa succederà da qui a tre minuti.

Fuchida aveva scelto molto bene il suo nascondiglio se voleva che i rinforzi ci mettessero tanto ad arrivare. Il tetto poteva essere abbastanza ampio per le squadre tattiche con gli elicotteri, ma i palazzoni tutt'intorno avrebbero causato delle correnti tremende e comunque il rumore delle eliche sarebbe stato fatalmente rivelatore. Doveva esserci un altro ingresso al piano terra – le norme antincendio lo imponevano anche agli edifici mezzi sventrati in via di ristrutturazione – ma Fuchida non le avrebbe detto dove si trovava e Mariko non aveva il tempo di cercarlo. Nell'ospedale c'era sicuramente qualche poliziotto che avrebbe potuto intervenire rapidamente, ma nessuno di loro poteva avere una preparazione da SWAT, e anche se per caso l'avesse avuta non sarebbe stato in possesso di informazioni sull'edificio per decidere come muoversi. E non avrebbe nemmeno avuto il vantaggio di essere al telefono con uno psicopatico che gli dava le indicazioni su dove andare.

«Quinto piano» disse Fuchida. «Le scale sono dritto davanti a te, sul retro.»

Aveva pensato a tutto. Sarebbe arrivata da lui col fiatone. Se c'era un ascensore probabilmente in quel momento era fermo al piano di Fuchida, e cinque piani erano troppi per pensare di poter essere più veloce sulle scale nel caso in cui ci fosse stata una corsa verso il piano terra. Aveva anche avuto l'accortezza di spargere dei detriti di calcestruzzo; anche se Mariko fosse in qualche modo riuscita a chiamare gli SWAT o il nucleo antisequestri, sarebbe stato praticamente impossibile che riuscissero a salire senza che Fuchida li sentisse.

Quando arrivò al quinto piano, Mariko vide due sagome contro le finestre panoramiche sulla parete che aveva di fronte. Una era ben piantata, muscolosa e nella mano destra aveva una spada curva puntata verso il pavimento. L'altra sagoma, magra come un chiodo, era seduta sull'unica sedia – anzi, sull'unico oggetto di arredo – di tutto il piano. Man mano che si avvicinava, Mariko riuscì a distinguere le lunghe, grosse manette monouso ai polsi e alle caviglie di Saori che la legavano alle gambe d'acciaio della sedia. Vederla in quelle condizioni le provocò un'ondata di nausea.

A parte le finestre, l'unica fonte di illuminazione era un alto rettangolo solitario sulla destra: l'ascensore, fermo con le porte spalancate. Numerose pile di scatole di piastrelle di linoleum facevano la guardia a vari punti della stanza, abbastanza alte e larghe da permettere a qualcuno di nascondercisi dietro. Pezzi di cartongesso erano appoggiati lungo le pareti come enormi libri su una mensola. La pila di scatole vicina all'ascensore nascondeva praticamente tutta la zona posteriore del piano. Quella stanza sarebbe stata da incubo anche con un partner. Mariko poteva solamente sperare che Fuchida fosse davvero da solo.

La spada sfoderata avrebbe dovuto catturare tutta l'attenzione di Mariko. E anche la sua sorella indifesa avrebbe dovuto distoglierla da qualunque altro pensiero. Ma Mariko era una detective, il suo cervello era impostato per raccogliere i dettagli, che lei lo volesse o no. Memorizzò tutta la stanza senza rallentare il passo, e andò verso la pila più vicina di scatole di piastrelle. Quegli affari erano grossi e pesanti, forse abbastanza grossi da fermare un proiettile, sebbene Mariko non credesse che Fuchida fosse un tiratore. Anche se avesse voluto spararle e darsela a gambe, la spada aveva ormai un'influenza ineluttabile su di lui; se Yamada aveva avuto ragione, Bella Cantante non gli avrebbe consentito di barattarla con altre armi.

La lama di Fuchida era lunga come il suo braccio, e lui era talmente vicino a Saori che Mariko non avrebbe avuto il coraggio di colpirlo. La Sig era una nove millimetri, troppo piccola per essere sicuri che uccidesse al primo colpo. E comunque Fuchida aveva scelto molto bene il suo terreno di gioco. L'unica cosa alle sue spalle era una sottile lastra di vetro, al di là della quale c'era il St Luke. Non poteva sparargli finché non fosse stata certa di non correre rischi.

«Eccoci qui» disse Mariko appoggiando le spade sulle scatole impilate. «Da soli.»

«Non siamo completamente soli» disse Fuchida. «C'è tua sorella che ci fa compagnia.»

Bene, pensò Mariko. Forse stava mentendo, ma lei credeva di no. E prendendo per buone le sue parole, la stanza le divenne più familiare.

«Puoi lasciarla andare, qui ci sono le tue spade.»

«Non sono un idiota. Fammele vedere.»

Mariko estrasse Vittoria Gloriosa Indesiderata dalla guaina di cotone, poi sfoderò la lama a metà e la rimise a posto. Dopodiché fece la stessa cosa con quella dell'imperatore.

Fuchida fece un passo verso le Inazuma, poi un altro. Saori era ancora dentro il suo raggio d'azione. E dietro di lui c'erano migliaia di pazienti che solo un colpo di fortuna avrebbe potuto proteggere da una serie di proiettili vaganti. Mariko tentò di capire i suoi pensieri, ma non riusciva ancora a vedere il suo volto in controluce.

Altri due passi verso le spade. Si muoveva come se stesse camminando contro un vento tempestoso, come se stesse trasportando uno zaino di cinquanta chili. Man mano che si avvicinava, Mariko iniziò a vederlo meglio, anche se ancora non riusciva a distinguerne il volto. Fino a quel momento aveva creduto che indossasse una camicia aderente, una specie di maglietta di elastan da corsa decorata. Ora si accorse che il disegno che si arrampicava sulla sua spalla destra era un tatuaggio, una tela di ragno molto elaborata, e sull'altra spalla c'era un serpente o un dragone attorcigliato. Aveva i capelli lunghi e lisci raccolti in un codino e indossava lo *hachimaki*, la bandana tradizionale dei samurai. Non era un buon segno. I piloti kamikaze si mettevano lo hachimaki prima di prendere il volo, pronti a non fare mai più ritorno.

Bella Cantante brillò nella luce del sole. Era la spada più sottile che Mariko avesse mai visto e richiamava alla mente l'elegante e crudele artiglio di una tigre, la curva affilata della pinna di uno squalo.

Un altro passo. Fuchida era quasi giunto ad avere Mariko dentro il raggio d'azione della sua spada. Ora la sua sagoma aveva nascosto quella di Saori, frustrando ulteriormente qualsiasi speranza di potergli sparare in sicurezza. Eppure lui sembrava essersi completamente dimenticato di Mariko. Sembrava che per lui esistessero solo le spade... le spade e quella forza invisibile contro cui lottava ostinatamente.

Mariko si allontanò lentamente dalle Inazuma, dando al proprio corpo un'angolazione tale per cui lui non potesse vedere la sua mano destra dietro il fianco.

Fuchida si avvicinò ulteriormente. Ancora un passo e sarebbe stato sulla giusta traiettoria. Anche il suo corpo aveva una strana angolazione, il fianco destro lo tirava indietro verso le finestre e l'ostaggio, come se Bella Cantante stesse cercando di allontanarlo dalle altre spade. Fece un altro passo, ora era abbastanza vicino da toccarle. Mariko si irrigidì. Bella Cantante lo tirò indietro, facendolo uscire dalla traiettoria di Mariko. Ma la volontà di Fuchida si dimostrò più forte di quella della spada. Allungò un braccio e appoggiò la mano sinistra sul fodero di Vittoria Gloriosa.

La Cheetah si avventò sull'avambraccio di Fuchida, liberando una scarica di volt. Lui mugugnò e si ritrasse. Mariko corse in avanti, colpendolo al petto con il dorso del taser. Lui la afferrò con la mano sinistra. Mariko premette il grilletto. Per lui il dolore non era niente; le strappò la Cheetah di mano facendola rimbalzare sul pavimento, e poi si voltò verso di lei. Mariko si nascose dietro le scatole di piastrelle di linoleum, il suo unico riparo. Riuscì finalmente a vedergli il volto: acceso di rabbia, terrificante. Aveva le labbra scure, così come il contorno di quei suoi occhi feroci. La sua pelle era un drappo di tatuaggi, e quando sollevò in aria Bella Cantante i disegni sul suo corpo si increspavano. Al centro del petto aveva un Buddha avvolto dalle fiamme che brandiva a sua volta una spada.

Mariko andò in cerca della Sig, la tirò fuori, la impugnò a due mani e mirò verso quel Buddha ardente.

La spada si abbatté verso il basso.

La pistola non sparò.

Il sangue nelle vene del braccio di Mariko si era improvvisamente trasformato in benzina. Anche con gli occhi puntati sulla lama sporca di rosso, il suo cervello trovò il tempo di prendere nota del dolore lancinante. Fuchida si era avventato su di lei con troppa foga, e ora era inciampato, oltrepassandola. Lei tentò di spararargli un'altra volta, e il suo braccio fu di nuovo inondato dal dolore.

Fuchida le aveva tagliato il dito del grilletto.

La vista della sua mano mutilata la inorridì. Nonostante fosse pieno di collera, era talmente abile da essere riuscito a colpire il dito, e solo il dito. Yamada aveva sempre avuto ragione: Fuchida era davvero un esperto.

Si voltò di nuovo verso di lei e Mariko indietreggiò. Qualcosa la colpì sul sedere: la pila di piastrelle. Si allungò alla cieca per prendere una spada, ne trovò una con la mano sinistra, e cercò di muoversi attorno alla pila. Fuchida era più veloce.

Solo una fortuna cieca permise a Mariko di schivare il colpo successivo. Sollevò d'istinto le braccia per respingere il terzo attacco, e un altro intervento della fortuna le consentì di parare il colpo con la Sig Sauer. L'urto scagliò la pistola dall'altra parte della stanza. Sarebbe morta un secondo dopo se Fuchida fosse stato nella posizione giusta. Ma i suoi fendenti erano troppo selvaggi, troppo rabbiosi. Perse l'equilibrio dando a Mariko il tempo di sfoderare la spada.

Per poco non la fece cadere, ricoperta di sangue com'era. Solo quando anche la sua mano sinistra ebbe raggiunto l'impugnatura riuscì a trovare una presa stabile. Fuchida le si avventò di nuovo contro, e gli insegnamenti di Yamada la ripagarono. Si spostò lateralmente e contrattaccò.

Ma lui era uno spadaccino più abile. Indietreggiò quel tanto che bastava per schivare il colpo, e poi si mise in guardia.

Il suo attacco avrebbe dovuto colpirlo. E poi la sua spada avrebbe dovuto pesare il doppio. Mariko abbassò lo sguardo e si accorse di avere fra le mani Tigre sulla Montagna.

Era perduta. Non si era mai allenata con una spada come quella. Era leggera, piccola, velocissima, ma tutto quello che aveva imparato riguardo allo sfruttare la lunghezza dell'arma ora sarebbe stato inutile. La maggiore estensione di Vittoria Gloriosa sarebbe stata il suo unico vantaggio. Tigre sembrava persino più corta di Bella Cantante, e le braccia di Mariko erano senza dubbio più corte di quelle di Fuchida. Inoltre lui aveva più forza e più esperienza, e come se non bastasse lei stava sanguinando ed era terrorizzata.

Fuchida avanzò. Mariko indietreggiò. Lui sferrò un colpo mirando alla sua gola. Mariko puntò alle mani. Lo mancò, ma anche lui l'aveva mancata.

«Yamada era ancora sveglio, eh?» la schernì Fuchida. «Credi di essere una spadaccina?»

Mariko non credeva di essere un bel niente. L'unica cosa a cui riusciva a pensare era la sua mano menomata. Il cuore le batteva contro le costole come i pugni di un pugile battono contro il sacco. «Prendi la spada e vattene» gli disse.

«Sei una ragazzina remissiva, non è così? Fai la dura solo al telefono. Ma devo ammetterlo: ci volevano delle belle palle per venire qui da sola. Adesso devi dimostrare quello che sei veramente. E alla fin fine, non sei altro che una lagnosa.»

Lui fece una finta e Mariko si mosse per parare il colpo. Dopodiché Fuchida affondò sul serio, cercando di trarre vantaggio dall'inutile movimento che aveva fatto Mariko, ma questa volta la lama di lei riuscì a spostare lateralmente quella di lui. La bocca di Fuchida si contorse in un ringhio. Era nero di collera. Che fosse perché Mariko stava resistendo troppo a lungo? O forse era perché avrebbe voluto ucciderla in fretta e lei – miracolosamente – gliel'aveva impedito?

Continuando a ringhiare, balzò verso di lei, la spada brillò. Lei lo schivò. Fuchida inciampò nei suoi piedi. Era la spazzata che le aveva mostrato Yamada. Lui rotolò a terra, e Mariko si accorse troppo tardi che avrebbe potuto avvicinarsi e finirlo. Quando se ne rese conto, Fuchida aveva già riguadagnato una posizione stabile: accovacciato, spada alla mano.

Mariko lanciò un'occhiata a Vittoria Gloriosa. Era proprio accanto a lui, chiusa nel fodero sopra la pila di scatole. «Prendi la spada e vattene» ripeté, cercando di eliminare la disperazione dalla propria voce.

«Ah, la prendo» disse Fuchida. Si alzò in piedi, prese Bella Cantante con la mano sinistra e strinse la destra attorno alla lunga impugnatura dell'altra. «Ti ucciderò proprio con questa. E poi ci ucciderò anche tua sorella.»

Le linee d'inchiostro ondeggiarono lungo i muscoli delle sue braccia. Poi, all'improvviso, balzò verso di lei, facendo un affondo con Bella Cantante. Quel movimento era stato troppo corto per poterla raggiungere, e per un istante Mariko pensò che si fosse trattato di una finta, utile a sferrare un secondo attacco. Ma poi capì: non era stato Fuchida ad attaccarla.

Era stata Bella Cantante.

Voleva allontanarlo dall'altra arma. Ma anche in quello stato di totale follia, Fuchida dimostrò ancora una volta di avere un'incredibile forza di volontà. Con passi pesanti tornò verso Vittoria Gloriosa e in un solo, rapidissimo movimento, sfoderò l'enorme lama.

C'era bisogno di una forza sovrumana per brandire quella spada con una sola mano, e Fuchida ce l'aveva. Con gli occhi spalancati e accesi di follia, iniziò a muovere la testa da una parte all'altra come se stesse cercando il punto migliore da cui attaccare. Alla fine le si avvicinò brandendo entrambe le lame, la bocca umida gli esplose in un grido forsennato. Mariko si spostò di lato e lo colpì con Tigre sulla Montagna.

Vittoria Gloriosa sferragliò sul pavimento insieme a mezzo braccio di Fuchida.

Lui non si era nemmeno accorto del colpo. Mariko lo vide scagliarsi contro di lei, e prima di riuscire a riguadagnare la posizione di guardia sentì Bella Cantante che le si infilava in pancia. Fuchida affondò la spada fino all'impugnatura. Il dolore fece scomparire tutto.

No. Non tutto. Mariko aveva ancora una spada e un bersaglio. Con l'ultimo respiro, lo infilzò lateralmente, affondandogli Tigre sulla Montagna nella cassa toracica. Dopo avergli perforato entrambi i polmoni, la lama insanguinata riemerse dall'altra parte del suo corpo.

Caddero contemporaneamente. Mariko non si accorse quando la sua testa colpì il pavimento di cemento. La sua perspicace mente da detective non si era neanche resa conto di aver vomitato, di essersi pisciata addosso, e nemmeno che il suo corpo era scosso da un violento attacco di convulsioni. Non sentiva nemmeno più il dolore al troncone del dito reciso. Il mondo scomparve in una fitta nebbia bianca e per lei rimase solo Saori.

Saori urlò e pianse e implorò Mariko di non morire. Ma Mariko morì lo stesso.

76

Due lampi sul petto.

Poi degli odori: sangue, ozono, urina, vomito, polvere, sudore. Infine i rumori. Saori stava ancora piangendo. Qualcuno disse: «Si è ripresa. Continua a premere.» Ogni tanto c'era un gorgoglio umido, debole, al di sotto di tutti gli altri rumori, abbastanza vicino perché Mariko riuscisse a sentirlo. Ci volle qualche istante prima che si rendesse conto che si trattava del suo stesso respiro.

Fortunatamente il suo senso del tatto era completamente morto, zittito dallo shock ipovolemico. E anche la vista non era molto presente: solo vaghe ombre che si muovevano nella nebbia bianca. Sentiva il sapore di sangue e di vomito. L'aria le veniva soffiata in gola a intervalli regolari, e ogni respiro aveva il sapore della parte interna di una bottiglietta di plastica.

Aveva completamente perso la cognizione del tempo. Sentì Saori gemere, poi la sua coscienza scivolò via, e quando riaffiorò tutti i suoni che aveva sentito poco prima erano scomparsi. C'erano un *bip bip* e il rumore dell'aria che veniva spinta meccanicamente dentro e fuori da una pompa. Poi era di nuovo svanito tutto e Mariko aveva ripreso conoscenza annegando in un mare di dolore. Poi di nuovo nebbia e luce. Poi più niente.

Alla fine, dopo centinaia di episodi del genere – o erano stati solo una dozzina? – Mariko aprì gli occhi. Una serie di ombre sfocate si rivelarono essere le piastrelle del soffitto, una guida di alluminio per la tenda, l'angolo superiore di una porta di legno. «Si è svegliata» sentì dire a Saori, e poi un'altra sfilza di ombre sfocate si composero nei volti sorridenti e rigati di lacrime di sua madre e sua sorella.

«Pensavo di averti persa» disse Saori mentre sua madre diceva: «Sapevo che ce l'avresti fatta.» Ma Saori proseguì, le parole le rotolavano fuori dalla bocca come fiocchi di neve in una bufera. «Ero legata, non potevo fare niente. Non riuscivo a muovermi. L'unica cosa che potevo fare era guardarti morire. Mi dispiace, mi dispiace tanto, Miko-chan.»

Mariko tentò di parlare, ma si accorse di avere qualcosa attaccato alla bocca. Non poteva muovere la mandibola, e anche se ci fosse riuscita, aveva comunque un affare infilato in gola che la soffocava. Mugugnò e allora sua madre e Saori scomparvero, spinte fuori da un improvviso afflusso di infermiere.

Ci vollero più o meno altre venti ore prima che Mariko riuscisse a mantenersi cosciente per più di qualche secondo, e durante quelle ore ogni momento di veglia sembrava scemare nel successivo. Un attimo prima parlava con sua sorella e un attimo dopo sbatteva le palpebre e si trovava col dottore, e al di là della finestra non c'era più la luce del sole ma quella dei lampioni.

«Mi dispiace da morire» le disse sua sorella.

«È una donna molto fortunata, Oshiro.» La voce del dottore.

«Non è colpa tua se ti ha rapita» disse Mariko a Saori.

«Non siamo riusciti a salvarle il dito» affermò il dottore. «Quando siamo riusciti a stabilizzarla, era ormai rimasto nel ghiaccio troppo a lungo.»

«Mi dispiace» disse Saori.

«Dov'è finita la spada dell'imperatore?» chiese lei.

«Al pronto soccorso» disse il dottore. Mariko non riusciva a ricordare quale domanda gli avesse fatto.

«Non lo farò mai più» disse Saori abbracciandola forte.

Mariko si addormentò tra le sue braccia, e quando si risvegliò era finalmente lucida.

77

La stanza era luminosa, probabilmente era mattina presto, e qualcuno era fermo ai piedi del suo letto. «Salve» disse Mariko.

Il dottore, un uomo con gli occhiali e una capigliatura alla Moe Howard, alzò lo sguardo dai fogli nella cartellina che reggeva fra le mani. «Ah!» disse sorridendo. «È sveglia. E sta molto meglio di ieri, mi pare.»

Mariko notò che aveva un primo accenno di pancetta e che doveva essere sui trent'anni, ma dalla posizione sdraiata nella quale si trovava non avrebbe saputo dire quanto fosse alto. «Dov'è finita la spada dell'imperatore?» chiese.

«Intende quella che aveva conficcata in corpo quando l'hanno portata al pronto soccorso? Parlano ancora di lei laggiù, sa?»

«No» disse Mariko.

«Ah, sì. Non si può dire che non si sia fatta notare, Oshiro. È una donna molto fortunata. Prima di tutto perché chi l'ha trapassata con quella spada non ha estratto l'arma dal suo corpo. Secondo, perché quando è caduta, è atterrata sul fianco e non sulla spada. E terzo, la sua amica ha chiamato i rinforzi appena in tempo.»

«Amica?»

«Sì, la signora cieca. Appena in tempo. Lo sa che quando è arrivata in ospedale l'avevano dichiarata morta? E anche in quel caso ha avuto una bella fortuna: è stata colpita a morte proprio di fronte a un ospedale. È stata clinicamente morta per quasi quattro minuti.»

«La spada, la spada dell'imperatore» disse Mariko inorridendo al pensiero di averla imbrattata di sangue. «E anche l'altra. Che fine hanno fatto?»

«Non so se sia quella dell'imperatore,» disse il dottore ridendo «ma i suoi colleghi hanno detto che la lama che aveva nell'intestino tenue doveva essere portata in centrale come prova.»

«Non quella. Ce n'erano altre due. Che fine hanno fatto?»

Mariko fece per mettersi a sedere, ma delle spine di dolore la trafissero nella pancia e nella schiena. Ricadde all'indietro sui cuscini, stringendo i denti.

«Calma» disse il dottore. «Non si stacchi tutti i punti. La polizia ha preso un'altra spada dal pronto soccorso. Quella che era conficcata nel tizio che hanno portato qui insieme a lei. Lui non è stato altrettanto fortunato. Probabilmente sarebbe comunque morto dissanguato per il braccio amputato, ma la spada gli è passata attraverso entrambi i polmoni e ha colpito l'aorta discendente. Non aveva nessuna possibilità di farcela.»

«È qui Shoji-san? La donna cieca? Devo parlarle.»

«Calma, Oshiro. Deve stare calma.»

«Scusi.» Mariko fece un respiro profondo. «Dottor... scusi, non ricordo il suo nome.»

«Sarà stata l'anestesia. Mi chiamo Hayakawa.»

«Dottor Hayakawa, c'era una spada...»

«Non preoccuparti» disse una voce familiare, e Mariko vide Shoji ferma sulla soglia, affiancata da Saori e sua madre, che si precipitarono di fianco a Mariko, abbandonando Shoji e spingendo via il dottor Hayakawa. «Sei sveglia!» disse Saori.

«Ciao» disse Mariko, e non riuscì ad aggiungere molto altro schiacciata com'era sotto l'abbraccio della sua famiglia. Tentò di restituirlo, ma fu trafitta un'altra volta dalle spine che aveva nella pancia.

«Direi che posso proseguire con le visite» disse Hayakawa, e pochi istanti dopo Shoji-san prese il suo posto nel campo visivo di Mariko.

«Non preoccuparti per Tigre,» disse «è tornata a casa sana e salva.»

Mariko non riuscì a chiederle se l'imperatore avrebbe mai potuto perdonarla per aver sporcato di sangue quel prezioso cimelio di famiglia. Quella domanda poteva attendere.

Sua madre, che sembrava stanca come se avesse appena partorito, si sedette su una delle sedie a disposizione nella stanza. Saori liberò Mariko dal suo abbraccio, prendendole una mano fra le sue. Mariko ebbe una sensazione strana, che non aveva mai provato, e poco dopo ne capì l'origine: le mancava il dito indice e sentiva Saori tenerle stretto il troncone insieme alle altre dita. Un vago istinto le disse che avrebbe dovuto vergognarsi di quella sua deformità, ma lei non lo ascoltò: era felice di essere viva, con nove o dieci dita, e l'idea di doversi sentire in imbarazzo le parve, per la prima volta in vita sua, un'inutile preoccupazione.

I polsi di Saori erano fasciati con delle ampie bende del colore della pelle dei bianchi. Le fasciature erano gonfie, e nella nebbia di una memoria alterata dall'anestesia Mariko ricordò che sua sorella aveva delle fasciature simili anche sulle caviglie. Nella lotta con le manette, Saori doveva aver tirato con estrema forza.

«Mi dispiace tantissimo, Miko.» Saori aveva le lacrime agli occhi.

«Non è stata colpa tua» disse Mariko. «Non sei tu che ti sei fatta rapire. È stato Fuchida, non tu.»

«Non per quello» disse Saori. «Sono stata una vera idiota. Mi ero convinta di non avere un problema di droga. E invece ce l'ho, e tu lo sapevi e io non ti ho ascoltata. Mi dispiace da morire.»

Mariko fece per dire qualcosa, ma Saori la zittì. «Non dire che non c'è problema, che è tutto a posto, perché non è vero. Ma non lo capivo, credevo che fossero solo fatti miei. Non sapevo come fosse per te o per la mamma guardarmi mentre mi ammazzavo, sapendo che non potevate fare niente per aiutarmi. E poi, quando ero legata a quella sedia, quando ho visto che ti uccideva e io non potevo fare niente... Mi dispiace, Miko. Mi dispiace così tanto. Non avevo capito.»

Mariko deglutì e contrasse le labbra cercando di non piangere.

Non ci riuscì. Anche Saori si era messa a piangere, e si presero l'una fra le braccia dell'altra, stringendosi il più forte che potevano considerando le ferite. «Non lo farò mai più» disse Saori. «Te lo giuro, non mi farò mai più.»

«Lo so» disse Mariko e, nonostante avesse già sentito quella promessa altre mille volte, era certa che questa volta fosse vero.

E così, all'improvviso, era tutto finito. Fra le lacrime e le risate di sollievo, erano tornate a essere le fantastiche sorelle Oshiro. «Questo dottor Hayakawa,» disse Saori «è carino, eh?»

«Mi sembra di sì. Non ci ho fatto molto caso.»

«Allora non ti scoccia se io...»

Mariko scoppiò in una risata così forte che per poco non le si strapparono i punti. «Saori, ma non pensi ad altro?»

«Be', dato che non mi farò più... Bisogna pur divertirsi nella vita.»

Una Shoji-san rossa in volto si schiarì la gola. «Ti abbiamo portato una cosa» disse sollevando una copia del *Yomiuri Shimbun* con la sua rugosa mano inanellata. «Naturalmente io non ho potuto leggerlo, ma mi hanno detto che sei in ben due titoli.»

«Ah, dia qua» disse Saori allungando la mano per prendere il giornale. Quel movimento la costrinse a sporgersi oltre Mariko, provocandole un dolorosissimo morso da parte della ferita che aveva nello stomaco. Mariko trattenne un grugnito di dolore.

«Sì, è questo» disse Saori. «È di un paio di giorni fa, mi dispiace. Ma senti: 'La resa dei conti della poliziotta samurai: una vittima e una miracolosa guarigione.' E anche questo: 'Colto in flagrante pericoloso spacciatore e rapitore.' Fico, eh?»

Mariko sentì che qualcosa in lei era cambiato. Era sempre stata più brava ad accettare le critiche piuttosto che i complimenti. Ma questo accadeva nella sua vita precedente: ora non credeva che si sarebbe sentita in imbarazzo nemmeno se l'avessero definita eroina.

Saori continuò a leggere. «'Gli agenti della polizia di Tokyo insieme a quelli della ANP hanno arrestato dodici uomini e requisito circa 55 chili di cocaina durante un blitz avvenuto a mezzanotte al porto di Tokyo. *La più importante retata nel mercato della cocaina che sia mai avvenuta in Giappone*, ha detto il tenente Ko Takeo, 49 anni, del Dipartimento della polizia metropolitana di Tokyo.'»

Mariko mugugnò. «Non mi nominare quell'uomo.»

«Sì, lo abbiamo visto alla tv. Ha proprio l'aria da stronzo, eh? Comunque, *bla bla bla*, 'il valore stimato della cocaina è di cinquecento milioni di yen', *bla bla bla*... ecco: 'Gli arresti sono avvenuti tra la mezzanotte e l'una e quarantacinque sul molo Harumi 5-chōme, a bordo del mercantile *South Sea Nova* partito da Los Angeles e che batteva bandiera delle Bahamas. Un'investigazione condotta dalla sergente detective Oshiro, 27 anni, aveva portato alla scoperta dell'arrivo del carico di cocaina, ma poiché al momento degli arresti la detective Oshiro era ricoverata in ospedale, l'azione è avvenuta sotto il comando del tenente Ko.' Mi dispiace, Miko. Ma torniamo al bello.»

«Non c'è problema, vai avanti.»

«Okay. 'Secondo le autorità, i dodici uomini arrestati facevano parte di una banda capeggiata da Fuchida Shūzō che, a quanto riportato, intendeva barattare la cocaina con degli oggetti d'antiquariato del periodo Heian ottenuti come riscatto in cambio della liberazione di ostaggi rapiti. Fuchida è deceduto durante una colluttazione con Oshiro, che al momento è ricoverata in prognosi riservata. Non sono stati segnalati altri feriti.' *Bla bla bla*, 'le autorità della ANP stanno lavorando di concerto con l'FBI per risalire al fornitore di origini americane di Fuchida.' Vuoi sentire anche l'altro articolo?»

«Quello in cui mi uccidono e poi torno indietro dall'oltretomba? No, grazie.»

«E dài! Ce l'ho qui.»

«Anche in questo Ko si prende tutto il merito?»

«Scopriamolo!»

Saori continuò a leggere, sorridendo, e Mariko restò sbalordita dalla sua capacità di recupero. Appena due giorni prima era stata vittima di un rapimento... e oltretutto aveva rischiato di essere assassinata. E adesso era tornata a essere semplicemente la sua sorellina.

A Mariko venne in mente la cosa che le aveva detto Yamada

una volta, riguardo al fatto che il cibo aveva un sapore migliore dopo aver rischiato la vita. Aveva letto storie simili sui tramonti che diventano più belli e cose del genere. Mariko non aveva ancora visto un tramonto – l'unica finestra della sua camera era rivolta a est – e sarebbe stata nutrita per endovena finché il pezzo di intestino che i chirurghi le avevano ricucito non fosse guarito completamente, ma aveva già iniziato a vedere una nuova bellezza nelle piccole cose. I tulipani gialli sul comodino accanto al suo letto, il loro profumo, il modo in cui i loro petali brillavano quando il sole li colpiva dalla giusta angolazione come in quel momento: quelle cose erano davvero speciali. E anche Saori aveva rischiato la vita. Forse anche lei adesso vedeva il mondo con occhi diversi.

Mariko ascoltò Saori concludere la lettura dell'articolo e notò che, benché il giornalista avesse parlato del duello con le spade e delle sue conseguenze, non aveva scritto nulla sulla sorte delle spade stesse. Costretta a un riposo forzato per almeno un'altra settimana, era consapevole di non poter fare nulla per scoprire qualcosa di più, ciononostante c'era una domanda che la tormentava: dov'era finita Bella Cantante?

78

Il funerale di Yamada era stato spostato al pomeriggio di martedì. Inizialmente era stato fissato per la domenica, due giorni dopo il risveglio di Mariko dalla nebbia labirintica dell'anestesia, ma il dottor Hayakawa aveva insistito perché Mariko non si alzasse dal letto almeno per altri tre giorni. Il rischio di sepsi era molto elevato, Mariko necessitava di supervisione continua.

Hayakawa era un uomo gentile e perbene, nonostante avesse l'abitudine di chiamare Mariko 'Oshiro'. (Mariko non pretendeva che cogliesse la sottile differenza che c'era tra 'sergente' e 'sergente detective', ma le basi dell'educazione avrebbero imposto perlomeno un Oshiro-san.) Al contrario di molti uomini della sua età, e a differenza della maggior parte di quelli che aveva conosciuto nel suo lavoro, Hayakawa non aveva mai cercato di palpeggiarla. Molti medici la ritenevano una specie di prerogativa, il bello del mestiere, mentre Hayakawa sembrava avere delle regole molto severe a riguardo. O forse, sapendo che lei era tornata dall'oltretomba dopo aver fatto fuori un pazzo con una spada, riteneva più saggio tenere le mani a posto.

Regole, saggezza e libido a parte, si interessava sinceramente alla sua paziente, ma Shoji-san si rivelò essere molto convincente. Costrinse Hayakawa a fare uscire Mariko con un giorno di anticipo, solo per la mattina e con la promessa che non avrebbe tentato di alzarsi dalla sedia a rotelle. Sempre Shoji aveva convinto anche il cerimoniere a rimandare di due giorni il funerale di Yamada in modo che Mariko potesse esserci.

Alcuni fiori erano arrivati la domenica e avevano già cominciato ad appassire, ma la funzione fu comunque bellissima. La corona più grande e più raffinata proveniva dall'imperatore in persona, accompagnata da un biglietto firmato di suo pugno e chiuso dal sigillo del crisantemo dorato. La musica fu l'ottava sinfonia di Dvořák, cosa che Mariko apprese solo quando Shoji glielo sussurrò nell'orecchio. Mariko si tamponò la prima lacrima con una nocca, chiedendosi se avrebbero sentito quella stessa composizione la notte che Yamada era stato ucciso.

Mariko era la più giovane fra i presenti. Canuti professori della Tōdai e malfermi veterani della Grande guerra erano tutti venuti a porgere i propri omaggi. Mariko sentì qualcuno bisbigliare che era possibile che più tardi arrivassero persino l'imperatore e l'imperatrice per presenziare a una funzione privata prima della cremazione di Yamada.

Quando tutti ebbero preso posto e l'elogio funebre fu iniziato, Mariko si sentì come se qualcuno l'avesse spinta giù da un cornicione. Le sembrava che la sua sedia a rotelle stesse affondando nel pavimento, cadendo in una fossa senza fondo. Il suo sensei sarebbe stato seppellito come Kiyama Keiji, un nome che lei non aveva mai sentito prima. Non era quello che la turbava; era il fatto di non averlo spinto a parlarle del suo passato. E che passato pieno di storia era stato il suo: tenente dell'intelligence militare sopravvissuto al primo attacco degli americani contro il Giappone nella Grande guerra; combattente e poi prigioniero di guerra nella battaglia di Guadalcanal. Degradato a tenente per ragioni ignote e comunque onorato con la stelletta del Supremo Ordine del Crisantemo, una cosa di cui Mariko non aveva mai sentito parlare prima dell'elogio. Mariko non poté fare a meno di pensare alla storia che l'elogista aveva tralasciato, quella che spiegava perché il suo sensei si fosse guadagnato la più alta onorificenza del Giappone, una medaglia che normalmente veniva conferita solo agli imperatori e ai re stranieri.

Si domandò come avesse fatto il suo sensei a raggiungere un

tale prestigio quando probabilmente i suoi stessi vicini di casa non avevano mai sentito parlare di lui. Per loro lui era semplicemente il signore anziano con quel bel giardino in fondo alla strada. I suoi lavori accademici erano talmente specialistici che probabilmente nessuno che non avesse seguito un corso di storia giapponese li aveva mai letti. Eppure era stato decorato dall'imperatore in persona e aveva tenuto in camera da letto una spada che valeva milioni.

Ma spesso accadono cose strane, pensò Mariko. Dopotutto, quella stessa spada adesso era sua, o lo sarebbe stata non appena il caso Fuchida fosse stato archiviato. Probabilmente sarebbe stata chiusa per un po' in un armadietto in quanto prova materiale, ma alla fine Vittoria Gloriosa sarebbe arrivata a lei. Il sensei Yamada aveva lasciato tutto in eredità a Shoji-san, che aveva accettato la casa ma non la spada e neanche le centinaia di libri di storia. Mariko aveva avidamente accettato l'offerta dei libri, anche se non aveva idea di dove avrebbe potuto tenerli. Tuttavia Vittoria Gloriosa era una faccenda diversa, e aveva tentato di rifiutarla. «*Sssh,*» le aveva detto Shoji «io non me ne faccio niente di una spada.»

«Ma vale una fortuna» aveva risposto Mariko.

Shoji aveva sorriso. «Non me ne faccio niente neanche dei soldi» aveva detto. «Quando si arriva alla mia età, certe cose non hanno più importanza.»

Mentre l'elogio si avviava alla conclusione, Mariko uscì dalle sue fantasticherie. Le cadde lo sguardo sulla foto in bianco e nero accanto all'urna sull'altare. Era Yamada, più o meno a sessant'anni, con gli occhi pieni di gentilezza. Aveva un lieve sorriso e i suoi capelli erano molto più folti. Come si poteva immaginare, indossava un kimono tradizionale. Mariko riuscì a trattenere a stento le lacrime e, guardando la foto, sussurrò: «Addio, sensei.» Con la consapevolezza dell'irrevocabilità di quel saluto non poté far altro che piangere copiosamente in silenzio, stringendosi nella sedia a rotelle e strizzando forte gli occhi.

Si accorse che invece Shoji non piangeva. «Ho già versato tutte le mie lacrime, cara» le disse più tardi. «È dura quando vedi che accadrà, ma poi diventa più facile in giornate come oggi.»

«Aveva visto la sua morte in anticipo?»

«Mmh mmh.»

«Allora avrebbe potuto impedirlo.»

«Cosa te lo fa pensare?»

Mariko voltò la sedia a rotelle per mettersi di fronte a Shoji, prendendo tempo in modo che gli altri uscissero dalla stanza. Qui e là si erano raccolti gruppetti di due o tre persone che parlavano fra loro, e Mariko mantenne un tono di voce molto basso. «E vede anche il mio, di futuro?»

«Direi che vedo alcuni dei tuoi futuri.»

«Prima che andassimo al palazzo imperiale, prima che affrontassi Fuchida, in quanti di quei futuri morivo?»

Shoji scrollò le spalle. «La morte è nel futuro di tutti noi.»

«Non ha risposto alla mia domanda. In quanti di quei futuri venivo uccisa dalla spada di Fuchida?»

«In tutti quanti.»

Mariko annuì. «E in quanti mi riprendevo?»

«In nessuno. Mi hai molto sorpresa.»

«Quindi mi ha permesso di andare ad affrontare quel combattimento anche se sapeva che mi avrebbe uccisa?»

«No, è stato il destino. Il destino ti ha messo in mano una spada nota per la sua capacità di proteggere chi la possiede. E sempre il destino ha messo nelle mani del tuo avversario una spada che lo ha indotto a combattere per dimostrarle il suo amore per lei, e anche una spada che punisce colui che la impugna per imporre sé stesso. Quello scontro poteva finire in un solo modo.»

Mariko non poté trattenere una dolorosa risata. «Non mi sembrava affatto così sicuro.»

«Certo che no, cara. Come farebbe una foglia nel vento a vedere cos'è che la spinge in avanti? Accade la stessa cosa a coloro che vengono trascinati dalle forze del destino. Tu, Keiji-san, siete stati semplicemente indirizzati.»

«Keiji-san. Vuole dire il sensei Yamada.»

Mariko guardò Shoji nello stesso modo in cui avrebbe osservato gli indizi su una scena del crimine: le prove erano tutte lì, bastava solo mettere insieme i pezzi del puzzle. Alla fine disse: «Lo conosceva già all'epoca, vero? Sa perché gli è stata conferita la stelletta dall'imperatore? Quella cosa del Crisantemo Supremo.»

Shoji si strinse nelle spalle, frugò nella sua grande borsa nera di Chanel e ne estrasse una busta azzurrina. Dentro c'era un foglio sottile come carta velina. Lo allungò delicatamente a Mariko che, non appena lo ebbe preso in mano, si rese conto che doveva trattarsi di qualcosa di molto antico e molto prezioso. Senza distendere quella delicatissima carta, vide uno scarabocchio:

> Hayano-chan aveva predetto che Matsumori avrebbe distrutto o i suoi nemici o i suoi amici, e ora ho paura che distruggerà questi ultimi, poiché aveva anche previsto che il Giappone non avrebbe vinto questa guerra. Mi fa star male il fatto di non essere riuscito a decifrare il suo messaggio più velocemente; avrei potuto cambiare il futuro se solo avessi capito più in fretta quello che mi stava dicendo.

«È una lettera scritta da Yamada» sussurrò Mariko. Esaminandola meglio aggiunse: «È indirizzata a suo padre. Shōwa 17. L'ha scritta durante la guerra.»

«1942» disse Shoji. «Io ero solo una bambina.»

«È vero che aveva previsto che il Giappone avrebbe perso?»

«Sì.»

Mariko tornò a concentrarsi sulla lettera, dispiegandola con attenzione. Tornò all'inizio, scrutando l'inchiostro sbiadito. «'Ma mi spaventa ancora di più l'idea che il nostro Paese possa cadere e che l'imperatore venga destituito'» lesse. «'Ma vorrei anche che la spada venisse mandata al palazzo imperiale. Se Hayano-chan ha ragione e il Giappone perderà la guerra, non voglio che siano gli americani, i russi e gli inglesi a decidere quale debba essere il governo del nostro Paese.' Non ci posso credere. E invece è vero, non è così? Yamada ha salvato il Giappone.»

«È possibile» disse Shoji scrollando le spalle. «È difficile dirlo. Ma per tutti questi anni ha anche temuto che avessimo perso la guerra per colpa sua. Poco tempo prima aveva avuto l'occasione di distruggere Bella Cantante. Non so se sarebbe cambiato qualcosa nel caso in cui lo avesse fatto, ma chi può dirlo? Le lame Inazuma hanno le forze del destino forgiate nel proprio acciaio. E le forze del destino decidono la sorte di clan e famiglie; perché non dovrebbero decidere quella di un'intera nazione?»

«Perché non dovrebbero?» le fece eco Mariko. «È incredibile. Un solo uomo ha perso la guerra per noi, e quello stesso uomo ci ha salvati dal diventare una colonia?»

«È più giusto dire che quell'uomo si trovava nel punto in cui i fili del destino si intrecciavano. Molte persone hanno seguito il percorso di quei fili e hanno contribuito a tesserli. Keiji-san è stato uno dei pochi ad aver seguito due strade.»

«E lei lo aveva previsto? Prima che succedesse?»

«In un certo modo, sì.»

«Proprio come aveva visto che sarei stata uccisa dalla spada di Fuchida?»

«Sì.»

Mariko deglutì. «E mi ha permesso lo stesso di andare ad affrontare un combattimento che mi avrebbe uccisa? Perché non me l'ha detto?»

«Supponiamo che lo avessi fatto. Supponiamo che ti avessi detto che Saori si sarebbe salvata e tu no. Sarebbe cambiato qualcosa?»

«No.»

«Certo che no. Il volere del destino si compie sempre, in un modo o nell'altro. E lo sento ancora rombare nelle mie orecchie, detective Oshiro. Non è ancora finita.»

79

La prefettura di Tokyo disponeva di una struttura per il deposito delle prove situata nella zona nord del porto. Era l'unico posto dove avrebbero potuto stare due spade Inazuma di quelle dimensioni. Se le stime di Yamada erano corrette, una vendita all'asta avrebbe comportato un guadagno tra i quattrocento e i seicento milioni di yen per ciascuna di esse. Custodire dei tesori del genere in una scatola di cartone nel distretto del tenente Ko sarebbe stato semplicemente assurdo.

Il deposito sul porto era anche il luogo migliore dove custodire cinquantacinque chili confiscati di cocaina. C'erano solo due strutture a disposizione del governo che avessero la capacità di eliminarne tali quantità. Una era l'inceneritore al quartier generale dell'Agenzia nazionale di polizia. L'altra era l'inceneritore che si trovava presso il deposito sul porto. Cinquantacinque chili di pasticche di ecstasy sarebbero stati suddivisi tra i distretti di Tokyo per essere utilizzati nelle dimostrazioni degli agenti o nelle operazioni sotto copertura, mentre la cocaina era completamente inutile per quel genere di cose. Grazie all'accordo di lunga data tra i bōryokudan e la polizia, nessuno spacciatore di buon senso avrebbe voluto toccare quella roba. Visti gli avvenimenti più recenti, gli uomini della yakuza avrebbero sicuramente cercato di mantenere le distanze dai poliziotti per i mesi a venire, ma senza dubbio presto o tardi le cose sarebbero tornate alla normalità.

Poiché le spade e la coca erano collegate alla stessa persona, era probabile che fossero custodite nello stesso armadietto. Mariko, vagando per il deposito sul porto alla sua ricerca, pensò che lei e Shoji formassero un'ottima squadra. Il dottor Hayakawa le aveva vietato di spingere la sedia a rotelle da sola – troppi movimenti della parte superiore del corpo avrebbero rischiato di far saltare via i punti – perciò Shoji usava Mariko un po' come una specie di bastone da passeggio e un po' come un cane guida.

Il distintivo della detective fu più che sufficiente per farle entrare. A giudicare dalle sopracciglia alzate dell'agente all'ingresso, Mariko suppose che la storia del suo incontro con Fuchida si fosse già sparsa per tutti i distretti della grande Tokyo. Anche fra i poliziotti, che avrebbero dovuto avere un'attenzione particolare verso i dettagli, i pettegolezzi si diffondevano come virus, subendo continue mutazioni. Con tutta probabilità, quello che gli agenti di quel deposito avevano saputo somigliava solo vagamente a ciò che era avvenuto realmente, ma a Mariko non dava fastidio la notorietà se serviva a consentirle di arrivare a un armadietto a cui, in circostanze normali, non si sarebbe mai potuta avvicinare.

Se non fosse stato per gli enormi armadi d'acciaio, la sala principale del deposito avrebbe potuto fungere da pista di atterraggio per gli elicotteri. L'immensa porta avvolgibile che si affacciava sull'acqua era larga come una strada statale. Quel polveroso stanzone simile a una caverna era pregno dell'odore di propano del gas di scarico dei montacarichi, e le lampadine che penzolavano da lunghi fili appesi al soffitto non illuminavano a sufficienza. Se Mariko avesse dovuto tirare a indovinare, avrebbe detto che lì dentro ci fossero all'incirca un migliaio di armadietti, poco più alti di un metro e impilati in colonne di due, con le facce a rete dipinte di un grigio molto istituzionale.

Le spade, aveva detto loro l'agente all'ingresso, erano nell'armadietto 409. Quando Shoji la spinse lungo la fila dei 400, Mariko ebbe un ansito. Il 409 era aperto. Ed era vuoto.

«Che c'è?» chiese Shoji-san.

«Dobbiamo tornare immediatamente all'ingresso.»

Si girarono e tornarono da dove erano venute. Il passo di Shoji non era molto veloce, e Mariko si dovette infilare una mano nella borsa e l'altra sotto una coscia per impedirsi di muovere le ruote da sola.

Mentre avanzavano, a Mariko parve di sentire un fruscio. «Shoji-san,» disse «si fermi un attimo.»

«Si fermi *per favore*» la corresse Shoji, ma si fermò comunque.

Eccolo di nuovo, un rumore simile a quello di un uccello che vola in picchiata. Proveniva dall'estremità più lontana della fila di armadietti. Se Mariko avesse potuto camminare, probabilmente non l'avrebbe sentito; era estremamente flebile e se si fosse mossa più rapidamente sarebbe stato molto più debole del suono dell'aria che le passava accanto alle orecchie.

Ciononostante, lo aveva riconosciuto. E la cosa che la stupì di più fu che pensò immediatamente di sapere chi era la persona che stava producendo quel rumore.

«Giri a destra» disse Mariko. «Un po' di più. Ora vada dritto, per favore, facendo il più piano possibile, e stia attenta alla fessura nel pavimento davanti alle ruote.»

Avanzarono silenziosamente verso la fine del corridoio e, quando vi furono giunte, Mariko guardò dietro l'angolo e vide il tenente Ko con Bella Cantante tra le mani. Era in piedi fra due lunghe colonne di armadietti, la sua giacca era appoggiata sul pavimento accanto ai suoi piedi e il fodero di Bella Cantante vi era adagiato sopra. Vittoria Gloriosa non era nelle vicinanze.

Dandole le spalle, Ko sollevò in alto la spada e sferrò un colpo diagonale verso il basso. La spada sibilò nell'aria fredda. Ora un colpo all'altezza del petto, parallelo al pavimento. Il movimento lo fece girare su sé stesso, volgendolo verso Mariko.

«Lei!» balbettò Ko, rosso in volto. «Cosa ci fa qui, Oshiro?»

«Buffo, stavo per chiederle la stessa cosa.»

«Stai attenta» le bisbigliò Shoji. «Vedo due futuri per quest'uomo. Si trova sul filo del rasoio tra i due.»

«Chiuda il becco» abbaiò Ko. «Esca da qui, Oshiro, altrimenti...»

All'improvviso il suo volto si aprì in uno dei suoi tronfi sorrisi di merda. «Ce l'ho fatta» disse. «Alla fine ce l'ho fatta. Sta infrangendo il protocollo, Oshiro, dovrebbe essere a casa in malattia. Grazie, finalmente mi ha dato una scusa per abbassarla di grado.»

«No, signore» disse Mariko. «*Lei* ha dato *a me* tutto quello che mi serve per buttare la sua carriera nel gabinetto. Sta inquinando le prove.»

«Non le crederà nessuno. È la mia parola contro la sua.»

«Non c'è bisogno che mi credano. Me l'ha detto lei un sacco di volte: una semplice accusa è più che sufficiente. E sosterrò ben di più. Si ricorda il primo caso che mi ha affidato? Bumps Ryota? Quell'appostamento era stato fatto talmente male che mi ero detta: 'È come se il tenente e questo Bumps stessero dalla stessa parte.' Non avrei mai pensato di essere andata così vicina alla verità. Non lavorava con Bumps, ma ci scommetto un mese di stipendio che invece lavorava con Fuchida.»

Ko fece una risatina. «Non sia ridicola. Non l'avevo neanche mai visto prima di andare sulla scena del crimine.»

«Forse no. O forse sì. Ma Fuchida sapeva un sacco di cose su di me... anzi, sapeva decisamente troppo. Sapeva che ero a capo del caso Yamada e che stavamo tenendo sotto sorveglianza la sua casa. Solo qualcuno all'interno del nostro dipartimento poteva dargli queste informazioni. Fuchida parlava con un poliziotto.»

«Certo. Naturale. Mi dica, Oshiro, che tipo di antidolorifici le stanno dando? Perché, quando gli affari interni verranno a sapere di questa sua insubordinazione, potrei decidere di essere clemente e dire che tutte queste stronzate sono solo colpa dei farmaci, e che non sono un'altra delle sue stupide teorie complottiste.»

Mariko scrollò le spalle. «Se può consolarla, all'inizio non pensavo che fosse un corrotto. Pensavo solo che fosse un coglione sessista che mi metteva a disposizione pochi uomini solo per vedermi fallire. Poi l'ho vista parlare con quell'enorme rikishi che ho arrestato a casa del dottor Yamada. Peccato che fosse il tipo più grasso che sia mai stato arrestato nel nostro distretto. Se fosse stato un delinquente di dimensioni normali non lo avrebbe notato nessuno, ma vista la sua stazza sono sicura che chiunque fosse lì quella notte si ricordi che voi due vi siete fatti una bella, lunghissima chiacchierata.»

«E allora? Ha visto una conversazione, ma non ha sentito una parola. Per quanto ne sa, potremmo aver parlato di baseball.»

«Non mi interessa se avete parlato di quante volte al giorno si ferma a guardarmi il culo. Il punto è che ha conversato con un sicario di Fuchida, e quando qualche giorno dopo sono venuta nel suo ufficio, mi ha ordinato di non investigare sui collegamenti che il mio caso poteva avere coi bōryokudan. Fuchida era un uomo della yakuza, e quindi lei mi ha dato l'ordine preciso – un ordine preciso *illegale* – di non investigare sul mio indiziato principale.»

Ko sobbalzò come se Mariko lo avesse preso a schiaffi. E allora lei ebbe la certezza che fosse colpevole di tutto ciò di cui lo aveva sospettato. «Basta così» disse, stringendo talmente forte l'impugnatura della spada che Mariko riuscì a sentire le fettucce muoversi sotto le sue dita. «Le teorie complottiste sono una cosa, ma che dio mi fulmini se me ne starò qui a sentirmi accusare di avere infranto la legge. Ha idea di quanto mi stia rendendo facile degradarla ad agente semplice? La spedirò a dirigere il traffico per il resto della sua carriera.»

«No, signore. Al distretto lo sanno tutti che ha sempre cercato di mettermi i bastoni fra le ruote, e adesso ho le prove che ha tentato di proteggere un serial killer. Chi lo sa? Magari se mi avesse permesso di condurre il caso nel modo giusto, adesso non sarei su questa sedia a rotelle. Magari Fuchida non avrebbe rapito mia sorella. Magari non avrebbe ammazzato un mio amico.»

«Sono solo supposizioni. Non ha niente che lo dimostri.»

«Non ho bisogno di dimostrarlo per rovinarle la carriera. Come ha detto lei, mi serve solo un'accusa.»

Mariko sentì Ko digrignare i denti. «Chiudi quella cazzo di bocca» le disse.

«L'unica cosa che non capisco è il motivo. Per caso Fuchida le aveva promesso qualcosa se l'affare della cocaina fosse andato in porto? O si sentiva davvero così minacciato da me da mettersi addirittura in combutta con un uomo della yakuza pur di vedermi fallire?»

«Ho detto di chiudere quella bocca.»

«Perché mettere a repentaglio la sua carriera solo per dimostrare che le donne non possono lavorare nella polizia?»

«Maledetta...»

«Ma non è per quello, vero? Non la preoccupa che io sia brava nel mio lavoro. La preoccupa il fatto che sia più brava di lei. Questo è il motivo per cui ha rischiato tanto.»

Ko venne verso di lei, con Bella Cantante che fremeva nella sua mano destra. «Questo va ben oltre l'insubordinazione! Avrò la sua testa per questo.»

«Sarà meglio che metta giù la spada, signore. Ha appena minacciato un agente con un'arma letale. Non peggiori la situazione.»

Ko fece un passo indietro, ma ora la sua mano si era irrigidita sulla spada. Delle macchie di sudore si stavano allargando sotto le ascelle della sua camicia bianca. «Non mi arrenderò senza combattere.»

«Non sono venuta qui per combattere. Sono venuta per salvarle la vita.»

Ko fece un'altra risatina. «Certo, come no.»

«Faccio fatica a crederci anch'io, ma è vero. Quella spada ha un'influenza su di lei. E ce l'aveva anche su Fuchida. È per questo che sono qui, per distruggerla.»

«E accusi me di inquinare le prove? Ah!» Le puntò contro un dito grassoccio. Nell'altra mano, la spada puntava dritta verso il petto di Mariko. «Dirigere il traffico è troppo per te. Ti farò ammanettare alla macchinetta del caffè entro la fine della settimana.»

Mariko sorrise. «Ha intenzione di maltrattare una donna sulla sedia a rotelle? L'eroina dei giornali? No, non farebbe mai una cosa del genere, sa fin troppo bene come funzionano le cose. Adesso metterà giù quella spada. E farà finta che io non sia mai stata qui, sperando che io le faccia lo stesso favore.»

«No.» Avanzò verso di lei, spada alla mano, e all'ultimo momento spostò la lama di fianco per non infilzarla. Si piegò su di lei, così vicino che le punte dei piedi di Mariko sfiorarono i suoi pantaloni. «La spada è mia» disse.

«Faccia come vuole» rispose Mariko. Estrasse la mano dalla

borsa afferrando la Cheetah. Gliela spinse sull'inguine e premette il grilletto.

Ko si allontanò e si accasciò, rannicchiandosi in posizione fetale. La scossa della Cheetah lo aveva lasciato abbastanza presente da continuare a mugugnare, così Mariko gli ripuntò contro l'arma, questa volta sul collo. Ko si contorse e poi rimase immobile.

«Cos'è stato?» chiese Shoji. «Lo hai colpito con qualcosa. C'è puzza di ozono.»

«Possiamo spostarci a sinistra di due passi? Allontaniamoci un po' così non lo investiamo.»

«Non mi avevi detto di essere armata.»

«Sono una poliziotta. Sono sempre armata.»

La ruota destra della sedia di Mariko toccò l'elsa di Bella Cantante. «La sente?» chiese.

«Sì» disse Shoji. «È la spada?»

«Sì. Me la passa?»

«*Per favore*» disse Shoji. Ma anche questa volta obbedì.

La spada era talmente leggera che sembrava galleggiare. Di tutte le creazioni del maestro Inazuma, quella era di sicuro la migliore, il suo capolavoro. Era comprensibile che molti uomini fossero morti per lei.

Mariko guidò Shoji fra i vari corridoi che dovevano percorrere per raggiungere l'inceneritore, ma per tutto il tempo la sua mente si concentrò sulla spada. Cosa significava distruggerla? Era un'opera d'arte: la lama più bella realizzata da un grandissimo maestro, il più grande del Paese che aveva dato i natali ai migliori forgiatori di spade del mondo. Valeva più soldi di quelli che Mariko avrebbe guadagnato in una vita intera. Ma soprattutto era un pezzo di storia.

Alla fine raggiunsero l'inceneritore. Mariko si era aspettata di trovare un enorme contenitore di ghisa, con delle gigantesche fauci spalancate su un brillante inferno di fiamme rosse e arancioni. Invece si trovò davanti un semplice sportello nel muro, non molto diverso da quello di un forno a microonde. Non era sorvegliato... ma in fin dei conti, perché avrebbe dovuto esserlo? Non aveva nessun valore, la sua unica funzione era quella di distruggere oggetti di valore. E comunque, l'edificio era presidiato.

«Sei passi avanti» disse Mariko, e poco dopo si fermò davanti allo sportello. Soppesò Bella Cantante sollevandola con entrambe le mani. Il filo della lama era così sottile che Mariko era certa che se ci fosse caduto sopra un capello, lo avrebbe tagliato a metà.

«Questa è la terza spada Inazuma che tengo in mano» disse. «A quante persone crede che sia capitata una cosa del genere nel corso della storia?»

«Al maestro Inazuma» disse Shoji. «E a pochi altri.»

Una vocina nella testa di Mariko protestò. Non poteva distruggerla. Era una prova. Distruggerla significava rovinare la propria carriera. E tra l'altro quella spada valeva più di quello che il dipartimento le avrebbe mai dato in tutta la vita. E non sarebbe stato male tenerla per sé. Avrebbe potuto dire che Ko l'aveva rubata. O che l'aveva gettata nell'inceneritore. Era a terra e disarmato. Non sarebbe stato difficile eliminarlo.

Per la prima volta Mariko comprese il potere di Bella Cantante. Era davvero un oggetto per cui valeva la pena di uccidere. Ma non più di una Mercedes-Benz. La gente commetteva omicidi per impadronirsi di oggetti di valore ogni giorno, in tutto il mondo. C'era anche chi uccideva per colpa dalla gelosia, ma Mariko non la provava. Per quanto fosse elegante, Bella Cantante non le ispirava sentimenti di gelosia. Per la prima volta Mariko capì il vero significato di quello che le aveva detto Yamada parecchie settimane prima: 'Non credo che sia mai esistito un uomo capace di dominare e sopravvivere a quella spada.' Nessun *uomo*. E Yamada aveva detto fin da subito che aveva aspettato un allievo come lei per molto tempo.

I pezzi del puzzle si stavano componendo così rapidamente che Mariko faticava a seguirli. Bella Cantante era posseduta dallo spirito di una geisha, l'amante gelosa di un samurai. Non molto tempo prima Mariko si sarebbe presa in giro per aver pensato una cosa del genere. Ma ora ne era certa: il *kami* che viveva in questa spada era femminile, e aveva il potere di influenzare le menti degli uomini. Non quella di Mariko. Una volta Yamada le aveva detto che la vecchia guardia gli avrebbe tolto tutte le cinture per aver insegnato l'arte della spada a una donna, ma adesso Mariko capì che non avrebbe potuto andare in nessun altro modo. Solo una donna poteva compiere quello a cui lei stava pensando: esorcizzare lo spirito che risiedeva in Bella Cantante.

E incenerire la spada con esso. La prova più rara, più incredibile e più costosa che ci fosse in tutto il deposito.

«Vorrei essere sicura che sto facendo la cosa giusta» disse Mariko. Dopodiché aprì lo sportello dell'inceneritore, ci spinse dentro Bella Cantante e lo richiuse.

«Adesso dobbiamo soltanto capire come diavolo funziona quest'affare.»

80

«Dài,» disse Saori «lo sai che devi ricevere un bentornato degno di un'eroina.»

Mariko scosse la testa. «Sono appena stata una settimana in ospedale. Sembro un mostro.»

«Sembri un eroe di guerra. E poi alcuni dei tipi con cui lavori sono carini. Devi adorarla, quell'uniforme.»

«Non quando ce l'ho addosso io, no.» Mariko sospirò. Aveva già perso la battaglia, e lo sapeva. Come ultimo tentativo, disse: «E poi credevo che ci stessi provando col dottor Hayakawa.»

«Nessuno dice che una ragazza non possa gestire due uomini contemporaneamente.» Saori fece l'occhiolino e sorrise. «Dài, Miko, fai un bel sorriso. Andiamo.»

Sei notti e sette giorni: questo era il tempo che Mariko aveva dovuto trascorrere a letto prima che Hayakawa decretasse che il pericolo di sepsi era stato scongiurato. E adesso non voleva uscire di casa. Sapeva che non aveva senso, e sapeva anche che prima o poi sarebbe dovuta andare al distretto se voleva che il quartier generale autorizzasse le sei settimane di convalescenza. Mariko non riusciva ancora a mettersi a sedere senza sentire due strisce brucianti di dolore, una nella pancia e l'altra nella schiena. La spada di Fuchida le aveva fatto molto più male quando le era passata attraverso, ma comunque i muscoli perforati le impedivano di muoversi. Se voleva essere pagata durante la riabilitazione, avrebbe dovuto affrontare le scartoffie.

Perciò, per quanto detestasse Saori per averla costretta a farlo, decise che era giunta l'ora di prepararsi per tornare al lavoro. «Non so cosa mettermi» disse alla sorella. «Cosa diavolo bisogna indossare su una sedia a rotelle?»

Era il pensiero di essere vista sulla sedia che la infastidiva. Aveva faticato molto per essere trattata da pari... o se non da pari, perlomeno come una donna forte e indipendente che non aveva bisogno né di essere coccolata né di essere salvata. Farsi vedere al dipartimento in quello stato voleva dire distruggere quell'immagine, e Mariko temeva che potessero volerci altri quattro anni per ricostruirla.

Fu la vista di Vittoria Gloriosa a tranquillizzarla. Non l'aveva trovata nell'armadietto delle prove perché non era una prova; nessuno avrebbe mosso delle accuse contro un morto, e senza un'accusa contro Fuchida, quella era semplicemente una proprietà privata di Yamada. Il professore aveva lasciato tutto in eredità a Shoji, e a Shoji non servivano vecchie armi da cavalieri. Quando Mariko era tornata nel suo appartamento, aveva scoperto che Saori le aveva preso una teca per la spada come regalo di bentornato, e poiché non c'era molto spazio nella sua minuscola abitazione, Vittoria Gloriosa Indesiderata era appesa sopra la tavola della cucina di Mariko.

Era di gran lunga il regalo più prezioso, più bello e più inquietante che avesse mai ricevuto. La spada sporgeva da entrambi i lati del piccolo tavolo, in tutta la sua magnificenza. Mariko pensò alla tradizione del bushidō; pensò al suo sensei scomparso, a quello che si sarebbero potuti dire sul fatto che doveva cercare di superare le proprie paure.

Così rovistò in giro alla ricerca del fard e del rossetto. Non si truccava spesso, ma non poteva andare al distretto con l'aspetto del pallido zombie in cui si era trasformata dopo essere stata stesa sul letto per una settimana, sopravvivendo solo grazie all'alimentazione endovenosa. Alla fine decise di mettersi l'uniforme della polizia. Anche quella non era una cosa che indossasse spesso, ma così perlomeno sarebbe stata una sergente sulla sedia a rotelle e non una povera *ragazza* sulla sedia a rotelle.

Mentre si avvicinavano al commissariato, Saori disse: «Non essere nervosa, andrà tutto bene.»

«Sono uomini, Saori. Mi compatiranno.»

Saori girò la sedia, aprì la porta a vetri col sedere, e tirò dentro Mariko. Anche la seconda porta era di vetro, incorniciata da stipiti di acciaio, e quando Mariko lanciò un'occhiata al di là della propria spalla vide Ino che le correva incontro per aprirgliela. Iniziamo anche prima di entrare, pensò Mariko, e le lunghe braccia del poliziotto aprirono la porta.

«Guarda un po' che bel bocconcino...» disse Saori. Mariko sapeva in che modo lo stava guardando anche senza bisogno di voltarsi.

Ma Ino la ignorò completamente. «Ehi, ragazzi!» disse. «È tornata Oshiro!»

L'ultima cosa che Mariko si sarebbe aspettata era un'acclamazione. E invece si alzarono tutti in piedi, battendo le mani e gridando. Ino fu il primo a darle un buffetto sulla spalla, come avrebbe fatto con un compagno di squadra che aveva appena realizzato l'ultimo punto nel torneo di baseball. Mentre Saori la spingeva dentro il commissariato, uno dopo l'altro tutti i poliziotti vennero a complimentarsi con lei, con sorrisi genuinamente allegri. Uno le diede un pugno sul bicipite. Le sarebbe venuto sicuramente un livido. Ne avrebbe fatto tesoro. Il sergente Takeda, non molto più alto di Mariko anche da seduta sulla sedia a rotelle, diede un'occhiata al suo dito mancante e fece una battuta sul fatto che avrebbe dovuto imparare a sparare con la sinistra. Era il tipo di battuta che avrebbe fatto con uno qualsiasi degli altri uomini. Lo amò per questo.

«Si è sbarazzata del vecchio!» disse un poliziotto che non riconobbe nemmeno.

«Sì, si è dichiarato colpevole proprio stamattina» disse qualcun altro alle sue spalle, qualcuno che non riuscì a vedere fra la folla.

Chiunque fosse, quel commento generò quasi altrettanti applausi di quelli che aveva sollevato l'arrivo di Mariko. «Un tizio del tribunale mi ha appena mandato l'email» disse il pettegolo.

Mariko non aveva ancora capito chi fosse, riusciva a vedere solo schiene e cinture. «Lo hanno accusato di intralcio alla giustizia e inquinamento delle prove. Il mio uomo dice che il procuratore ha deciso di non accusarlo di distruzione delle prove. Probabilmente hanno pensato che fosse meglio procedere solo con le accuse più dimostrabili.»

«Quanto gli daranno?»

«Chi se ne frega! L'importante è che lo tengano dentro finché non vado in pensione.»

«Oshiro, ma è vero che lo ha colpito con un taser nelle palle?»

«Sì, Oshiro, è vero che quando lo hanno trovato si era pisciato addosso?»

Mariko non riusciva a seguire tutti i discorsi. Si era soffermata sul fatto che Ko non era stato accusato di aver ridotto Bella Cantante in polvere di acciaio. Era Mariko la colpevole e non era giusto lasciare che un altro poliziotto venisse accusato di un crimine che non aveva commesso, nemmeno un poliziotto pessimo come il tenente Ko. L'ex tenente Ko, pensò, il quale aveva lasciato le proprie impronte su tutto il fodero di Bella Cantante, fodero che probabilmente la polizia aveva trovato sulla sua giacca quando era arrivata per esaminare la scena. Era l'unica azione da gentiluomo che avesse mai fatto nei suoi confronti: uscire dalla sua vita, una volta per tutte.

«Chi può essere stato a bruciare la spada se non è stato lui?» stava dicendo qualcuno.

«È stato lui. È solo che non lo hanno potuto accusare perché non hanno trovato le sue impronte sull'inceneritore.»

Mariko sorrise. Lei sapeva il perché: aveva attentamente ripulito tutto dalle proprie impronte. Anche dopo aver distrutto la spada che aveva stroncato innumerevoli vite, aveva dovuto pensare a salvarsi il culo. Il senso di colpa la fece arrossire, malgrado lei fosse l'unica che avrebbe potuto correggere i pettegolezzi dei ragazzi.

E poi, all'improvviso, le venne da sorridere. Fu un sorriso ampio, raggiante, che nasceva dalla meravigliosa constatazione che aveva appena fatto: stava spettegolando con loro. Anzi, i ragazzi stavano spettegolando con lei. Era dentro. Era una di loro. Un membro del club.

E per unirsi a loro le era bastato semplicemente morire e resuscitare.

Rabbrividì al pensiero di cosa avrebbe dovuto fare per diventare tenente.

Glossario

Anime: cartone animato

Banzai: esultanza militare tradizionale

Barbari del Sud: i bianchi (chiamati 'del Sud' perché i marinai europei avevano il permesso di ormeggiare solo a Nagasaki, che è appunto situata nel Sud del Giappone)

Bokken: spada da allenamento in legno (solitamente legno di quercia)

Bōryokudan: letteralmente 'gruppo criminale violento'. Il termine è utilizzato dalla polizia e dai media su indicazione della polizia per indicare il crimine organizzato giapponese

Bushi: guerriero, soldato

Bushidō: la via del guerriero

Dan: suffisso numerale per i gradi di cintura nera (per esempio 'quarto dan' significa 'quarto grado di cintura nera')

Eta: emarginato, reietto, intoccabile

Gaijin: straniero, estraneo

Gakubatsu: un legame forte e duraturo che implica scambi di favori e che trae origine dall'aver studiato presso lo stesso ateneo

Geisha: un'abile artista pagata per servire, intrattenere e, in alcuni casi, per offrire prestazioni sessuali alla clientela

Goze: donna nomade cieca, solitamente una musicista, che si credeva avesse il dono della seconda vista

Gyoza: involtini giapponesi, solitamente ripieni di macinato di maiale, cavolo tritato, cipolla e altre verdure

Hachimaki: la bandana tradizionalmente indossata dai guerrieri sotto l'elmo dell'armatura; usata anche dai piloti kamikaze per indicare la loro totale dedizione al bushidō e, di conseguenza, l'essere pronti a morire

Hakama: ampi pantaloni pieghettati legati molto stretti alla cintura che arrivano fino alle caviglie

Iaidō: l'arte di sfoderare e rinfoderare la spada e di attaccare immediatamente dopo l'estrazione

Kappa: un essere mitologico che dimora nelle acque, un umanoide con caratteristiche da rettile, con una testa priva della parte superiore e una ciotola piena d'acqua al posto del cervello

Karōshi: morte per il troppo lavoro

Katana: spada a lama curva portata con il filo di taglio rivolto verso l'alto

Kendō: arte della spada come sport

Kenjutsu: arte della spada come modo di uccidere

Koku: la quantità di riso necessaria a sfamare una persona per un anno; unità di misura per la grandezza di un feudo o di un terreno, corrispondente alla quantità di riso prodotta in quell'area

Kumihimo: corda intrecciata, a volte utilizzata per legare le spade

Manga: fumetti in stile giapponese

Ninkyō dantai: letteralmente 'gruppo cavalleresco'; è il termine usato dai malviventi per indicare la criminalità organizzata in Giappone

Ōdachi: enorme spada a lama curva

Okonomiyaki: letteralmente 'qualsiasi cosa alla griglia'; si tritano vari tipi di carne e verdure e si immergono in una pastella per creare una sorta di omelette, che spesso viene cotta dal cliente stesso (solitamente nei ristoranti di okonomiyaki c'è una piastra su ogni tavolo)

Oyabun: capo di un'organizzazione criminale

Pachinko: macchinetta per il gioco d'azzardo, simile a un flipper verticale, nella quale centinaia di palline scivolano attraverso una composizione di spilli e deviazioni arrivando in una serie di buchi; alcuni di questi buchi fanno guadagnare altre palline da tirare, che possono essere cambiate con premi o denaro

Ri: unità di misura pari a circa quattro chilometri

Rikishi: lottatore di sumo

Romaji: sistema di scrittura che utilizza le lettere dell'alfabeto latino per scrivere le parole giapponesi

Rōnin: letteralmente 'uomo alla deriva'; un samurai rimasto senza signore

Sarariman: uomo-salario; il tipico impiegato d'ufficio

Sashiko: tradizionale ricamo giapponese per creare tessuti trapuntati

Sensei: maestro, professore o dottore, a seconda del contesto in cui il termine viene usato (letteralmente 'nato prima')

Seppuku: rituale per il suicidio che comporta lo sventramento, noto anche con il nome di *harakiri*

Shakuhachi: tradizionale flauto giapponese

Shamisen: tradizionale liuto giapponese

Shinobi: ninja, letteralmente 'persona magica' o 'persona segreta'

Shinogi-ji: il lato piatto, la guancia di una katana o di un tachi

Shōchū: liquore di riso

Shodan: primo grado di cintura nera (letteralmente 'grado dei principianti')

Shōgun: comandante supremo; storicamente, il vero sovrano del Giappone (l'imperatore era semplicemente il più importante dei suoi sottoposti)

Shoji: pannello divisorio scorrevole, realizzato in carta di riso, utilizzabile sia come porta che come parete

Shomen: colpo centrale diretto alla testa

Shoyu: salsa di soia

Shinogi-zukuri: tipo di spada caratterizzata da una lama con una parte piatta. Questa particolarità rende la sua sezione trasversale simile alla forma di un proiettile

Sugegasa: cappello a falde larghe a forma di ombrello

Tachi: lunga spada curva portata con il filo di taglio rivolto verso il basso

Taiko: tamburo di grandi dimensioni, o anche l'arte di suonare tale tamburo di grandi dimensioni

Tsuba: paramani, generalmente tondo o quadrato, dove l'impugnatura incontra la lama; il corrispettivo giapponese del guardamano

Wakaru: capire

Wakashū: un uomo di basso rango della yakuza

Wakizashi: una spada corta a lama curva, generalmente accoppiata a una katana, portata con il filo di taglio rivolto verso l'alto

Washi: tradizionale carta giapponese fatta a mano

Zabuton: ampio cuscino utilizzato per sedersi per terra

Nota dell'autore

Nell'adattamento cinematografico di *La compagnia dell'anello* c'è una scena che ha attirato l'attenzione di alcuni critici che avevano molto tempo libero a disposizione. La scena in questione è la seguente: i quattro Hobbit sono seduti attorno al fuoco ad Amon Sûl e si preparano una cena a base di pomodori, salsicce, riso e pancetta. I critici hanno sollevato un'obiezione riguardo al fatto che i pomodori sono un cibo del Nuovo mondo, e quindi non è affatto realistico che gli Hobbit li mangino. Devo dire che questo genere di commenti solletica il mio umorismo. Ci sono quattro Hobbit che viaggiano capeggiati da un ottantasettenne ancora nel fiore degli anni, che sono alla ricerca di uno stregone su una montagna dal nome assurdo e vengono attaccati da spiriti immortali... e lo scarso realismo della scena è dovuto ai *pomodori*.

In questo libro alcuni lettori potrebbero trovare errori ben più significativi dei pomodori degli Hobbit. Io sono uno studioso di filosofia, non di storia, e ho senza dubbio accettato di correre molti rischi quando ho deciso di scrivere un romanzo storico. Non ho nemmeno mai lavorato nella polizia, perciò ho affrontato una scelta ardua anche prendendo Mariko come protagonista. Ma va bene così; per dirla con Socrate, una vita senza rischi non vale la pena di essere vissuta. Se i lettori troveranno delle inesattezze e degli anacronismi, spero di ricevere delle email. Per favore, scrivetemi. Sarei contento che degli esperti mi insegnassero qualcosa riguardo ai metodi usati dalla polizia o alla storia giapponese, e se nel frattempo racimolerò una collezione di pomodori degli Hobbit, tanto meglio. Cercherò di utilizzarli per farci qualcosa di divertente.

Il mio editor mi ha fatto presente che il resto dei miei lettori – quelli che non lavorano nella polizia, che non si occupano di storia giapponese e che non vanno in cerca di pomodori degli Hobbit – potrebbero chiedersi quali parti del libro siano fedeli alla storia e quali invece siano frutto della mia immaginazione. Il maestro Inazuma è un personaggio di finzione, ma i dettagli riguardo alla forgiatura delle spade sono quanto più verosimili sia riuscito a renderli: Muramasa e Masamune sono esistiti realmente; i forgiatori di spade di Seki erano (e sono) sacerdoti scintoisti, e Seki era (ed è) la capitale giapponese della forgiatura delle spade; spade praticamente identiche sono state classificate come tachi in un'epoca e come katana in un'altra, e venivano classificate in maniera diversa a seconda di come venivano portate.

Probabilmente più importante ai fini di questo libro è il fatto che non era inconsueto che alle spade venisse dato un nome, soprattutto se con quell'arma erano state compiute imprese memorabili, e non era nemmeno insolito dire che una lama avesse una particolare personalità. Alla base della cultura giapponese c'è un importantissimo sostrato scintoista, e nello scintoismo è centrale l'idea che i *kami* – termine a volte tradotto erroneamente come 'dèi' o come 'spiriti', e spesso non tradotto affatto – risiedano sia negli oggetti animati che in quelli inanimati. Le cascate hanno un *kami* esattamente come ce l'hanno le volpi e, se la si guarda da questa angolazione, non c'è alcuna ragione per cui anche una spada non dovrebbe avere il suo *kami*.

I nomi e le date di tutti i periodi storici di cui si parla in questo libro sono corretti, e sebbene i nomi dei personaggi e delle loro famiglie siano frutto dell'immaginazione, i dettagli dei contesti in cui le loro vite sono ambientate sono (ancora una volta) quanto più verosimili sia riuscito a renderli. I giovani samurai come Daigoro raggiungevano davvero la maggiore età a sedici anni (anche se alcuni casati sceglievano compleanni diversi per festeggiare il raggiungimento dell'età adulta). Donne come Hisami erano samurai, e avevano le loro scuole dove imparavano l'arte della spada e anche l'uso dei pugnali utilizzati come fermagli per capelli. Il trasferimento della lealtà di Saito dal signore Kanayama al signore Ashikaga era probabile, e le alternative – compiere seppuku o diventare un rōnin – erano molto fosche.

Ho anche cercato di rispettare il più possibile la geografia politica. Il territorio di Owari del Libro due è stato teatro di asperrimi scontri nel corso della storia giapponese. Nella penisola di Izu dei Libri quattro e sei ci sono stati cinque clan predominanti, a capo dei quali c'erano gli *Izu-no-kami* (signori protettori di Izu). Ho dato dei nomi inventati alle famiglie di Izu, ma un clan come quello Okuma ne avrebbe sicuramente avuti altri a esso leali come il casato Yasuda. Toyotomi Hideyoshi è esistito veramente e il suo potere era talmente vasto che nemmeno un clan importante come quello degli Okuma avrebbe potuto permettersi di ignorarne il volere.

Sia detto per inciso, anche la ferita al collo di Okuma Ichirō è vera, come lo è quella di Ashikaga Jinzaemon. Per quella di Ashikaga mi sono ispirato a un conoscente di mio nonno a cui spararono alla gola; la sua voce cavernosa è vivida nei miei ricordi, proprio come la sua cicatrice simile a una fotografia satellitare di un uragano. La ferita di Ichirō è presa in prestito da una descrizione che si trova nello *Hagakure*, così come la sua cura. Nonostante l'apparente irrealtà di poter sopravvivere a una ferita così grave, viste le così scarse conoscenze dell'epoca in fatto di medicina, la vittima dello *Hagakure* sopravvisse e riuscì a combattere un'altra volta. Il fatto che a quei tempi qualcuno fosse sopravvissuto a una semidecapitazione era troppo invitante per non sfruttarlo.

Quando ho capito che parte della storia delle spade Inazuma avrebbe preso luogo durante la Seconda guerra mondiale, ho iniziato a scartabellare fra le pagine dei libri di storia per trovare il momento ideale in cui ambientarla. Mi sono balzati agli occhi due eventi in particolare. Il primo è stato l'improvvisa resa americana vicino a Luzon, il 9 aprile 1942. Il secondo è avvenuto esattamente nove giorni dopo: l'unico bombardamento aereo americano condotto ai danni del Giappone nel 1942, oggi conosciuto come il raid di Doolittle (dal nome di colui che pianificò l'attacco, non perché l'attacco non abbia fatto molti danni[3]).

Il colonnello Iwasaki è fittizio, ma i crimini di cui l'ho accusato nello Stupro di Nanchino e nella Marcia della Morte di Bataan sono fin troppo reali. Kiyama e il generale Matsumori sono frutto della mia immaginazione, ma gli eventi della Seconda guerra mondiale in cui sono coinvolti sono accaduti veramente. Settantacinquemila uomini, tra americani e filippini, si sono davvero arresi molto prima di quanto ci si aspettasse a causa di malattie di varia natura, e il fatto che i giapponesi non si aspettassero una resa così rapida ha senz'altro avuto un peso non da poco nelle atrocità avvenute in seguito a Bataan. Le truppe giapponesi hanno veramente conquistato

---

[3] Doolittle suona come *do little*, in inglese 'fare poco'.

Tulagi, le Salomone e Guadalcanal, e dopo la successiva invasione americana, i combattimenti a Guadalcanal furono sanguinosi e feroci proprio come potete immaginare. Se l'assalto alle isole sia stato veramente organizzato e diretto da un solo palazzo di Tokyo, e se degli ufficiali dell'intelligence di quello stesso palazzo siano stati o meno degradati e spediti a combattere a Guadalcanal, sono domande alle quali mi riservo la libertà di non rispondere.

L'ordine esecutivo 9066 non è finzione: i giapponesi americani furono davvero radunati e spediti in alcuni campi di concentramento, e se paragonare questi campi a quelli di Hitler e Stalin vi sembra eccessivo, spero che siate disposti ad ammettere che probabilmente poteva non sembrare così eccessivo a un giovane ufficiale giapponese dell'epoca. Nel corso della storia di Tigre sulla Montagna ho fatto dei brevi cenni alla propaganda antiamericana; anche quella era vera, e avrebbe senza dubbio alimentato le paure di uno nella posizione di Kiyama Keiji.

Yamada Yasuo è in parte basato sul mio mentore e sensei, dottor Yuasa Yasuo. Il sensei Yuasa è stato per me un mentore filosofico, non uno di arti marziali ma, proprio come Yamada, ha combattuto nella Seconda guerra mondiale. (La carriera del sensei Yuasa in guerra fu meritevole come quella di Vonnegut e simile a quella di Heller: faceva parte del genio militare, e mi ha raccontato che verso la fine della guerra ogni notte dovette ricostruire lo stesso ponte, che poi veniva abbattuto dai bombardieri americani il giorno seguente.) Come Yamada, il sensei Yuasa era quasi cieco. Come Yamada, ha pubblicato moltissime opere. A tal proposito devo confessare di aver rubato una delle battute di Yamada proprio al sensei Yuasa, che una volta mi disse che il suo editore avrebbe perlomeno dovuto avere il buongusto di aspettare che fosse morto prima di chiamare 'completa' la sua opera. Come Yamada, dava prova di enorme generosità ed era sempre disposto a condividere con altri la propria saggezza. L'unico aspetto sul quale si differenziano completamente è il fatto che, per quanto ne so, il sensei Yuasa non è mai stato così tosto con la spada.

Alcuni aspetti della vita di Mariko potrebbero sembrare strani ai lettori non giapponesi poiché lavorare nella polizia in Giappone è completamente diverso dal farlo in qualsiasi altro posto del mondo. Il fatto più evidente è che i poliziotti giapponesi non usano quasi mai le pistole. E con questo non voglio dire che non sparano i loro proiettili, ma che la maggior parte di loro non sfodera nemmeno mai l'arma. Negli Stati Uniti non sono tantissimi i poliziotti che hanno effettivamente sparato a un essere umano ma, anche nelle aree rurali, molti agenti farebbero fatica a immaginare di trascorrere un'intera estate senza estrarre la pistola e puntarla contro un sospettato. (Un agente che ho intervistato per la lavorazione di questo libro mi ha detto che sfodera l'arma di servizio almeno una volta alla settimana e che deve puntarla contro un sospettato almeno una volta al mese.) In Giappone, al contrario, potete facilmente incontrare dei poliziotti che non solo non hanno mai sfoderato la propria arma in tanti anni di servizio, ma che non conoscono nemmeno qualcuno che lo abbia fatto in tutto il loro distretto. I poliziotti giapponesi si vantano di essere degli ottimi tiratori, ma l'idea di utilizzare una pistola è per loro semplicemente aberrante.

Questa non è l'unica discrepanza tra il sistema legale giapponese e quello americano. I medici legali giapponesi non effettuano quasi mai un'autopsia. (I tabù di Confucio proibiscono ancora oggi la corruzione dei cadaveri.) Gli imputati nelle corti criminali non vengono assolti quasi mai; quando un caso arriva in tribunale, la condanna è quasi certa. Il Dipartimento della polizia metropolitana di Tokyo riveste un ruolo molto peculiare, poiché in Giappone non esiste un corrispettivo dell'FBI americano. C'è un'Agenzia nazionale di polizia, che assomiglia all'FBI per le lungaggini burocratiche ma non per la quantità di uomini e di vantaggi di cui può disporre. Se necessario, la ANP può utilizzare degli agenti di polizia locale, spesso del DPMT, e il DPMT ha la facoltà di impiegare i propri agenti per crimini avvenuti al di fuori della sua giurisdizione. I dipartimenti di polizia più piccoli spesso richiedono del personale al DPMT, ed è proprio così che Mariko entra nella vita del dottor Yamada.

Le organizzazioni criminali hanno molti nomi in Giappone. 'Yakuza' non è uno di questi. I termini che qui ho adoperato maggiormente sono bōryokudan ('gruppo criminale violento'), che viene usato dalla polizia, e ninkyō dantai (letteralmente 'gruppo cavalleresco', ma non sarebbe molto appropriato tradurlo come 'Ordine dei cavalieri'), usato dagli uomini della yakuza. La differenza tra queste due espressioni dovrebbe dirvi qualcosa sulla differenza tra come la polizia considera la yakuza e come questi considerano sé stessi. La parola *yakuza* significa letteralmente 'otto-nove-tre', ma la traduzione migliore sarebbe 'mafioso' o, per quanto possa sembrare strano, 'tizio inutile', 'buono a nulla'. (Le carte otto, nove e tre formano una mano completamente inutile in un gioco di carte tradizionale che veniva gestito dalla yakuza.) Quegli uomini vengono reputati inadatti a qualsiasi altra occupazione. La vendetta dev'essere stata estremamente dolce quando i membri più inutili della società si sono ritagliati un posto di così incredibile influenza.

Il ruolo del crimine organizzato viene frainteso quasi da tutti, e in Giappone quel ruolo è particolarmente bizzarro. Diventa persino arduo utilizzare il termine 'crimine' perché in Giappone quelle attività sottobanco sono spesso condotte alla luce del sole e senza ripercussioni legali. È risaputo, per esempio, che la yakuza possiede praticamente tutti i distributori automatici del Paese, e dunque il prezzo della bottiglietta di una bibita viene deciso da queste organizzazioni. (I minimarket non osano abbassarlo per ovvie ragioni.) Gli uomini della yakuza vanno in giro tranquillamente con dei biglietti da visita e occupano numerosi uffici. Il nome dell'organizzazione criminale è esposto in bella mostra sull'entrata principale, come quello di qualsiasi altra attività commerciale. Quando la polizia deve perquisire quegli edifici, telefona in anticipo per prendere un appuntamento per la perquisizione. Vi giuro che non me lo sto inventando.

Non esiste nessun Kamaguchi-gumi, e né Fuchida Shūzō, né suo padre, né Kamaguchi Ryusuke sono basati su persone realmente esistenti. Lo ripeto: nessun uomo della yakuza in questo libro si basa su una persona reale. Può anche essere vero che una vita senza rischi non vale la pena di essere vissuta, ma comunque voglio assicurare a tutti i gangster là fuori che sono certo che siate tutti persone assolutamente perbene e che siate semplicemente stati fraintesi. Per favore non speditemi a dormire con i pesci.

[illegible],
da una località segreta,
agosto 2011

Dal catalogo Fanucci Editore

Narrativa tascabile

Maze Runner – Il Labirinto di James Dashner
VirtNet Runner – Il giocatore di James Dashner
Il canto del sangue di Anthony Ryan
Il libro senza nome di Anonymous
L'apprendista assassino di Robin Hobb
Solo con un cane di Beatrice Masini
La fine del cerchio di Beatrice Masini
Il giovane Jim di Tony Earley
Malice – La Guerra degli Dèi di John Gwynne
L'assassino di corte di Robin Hobb
Maze Runner – La fuga di James Dashner
Maze Runner – La rivelazione di James Dashner
Maze Runner – La mutazione di James Dashner
Il Signore della Torre di Anthony Ryan
Il viaggio dell'assassino di Robin Hobb
La leggenda della nave di carta di AA.VV.
La città e la città di China Miéville
Futureland di Walter Mosley
Cyberstorm di Matthew Mather
VirtNet Runner – Il programma di James Dashner
2001: Odissea nello spazio di Arthur C. Clarke
Ma gli androidi sognano pecore elettriche? di Philip K. Dick
Io sono leggenda di Richard Matheson
Dune – Ciclo di Dune vol. 1 di Frank Herbert
Un oscuro scrutare di Philip K. Dick
Le tre stimmate di Palmer Eldritch di Philip K. Dick
Nostri amici da Frolix 8 di Philip K. Dick
Mr Lars sognatore d'armi di Philip K. Dick
Illusione di potere di Philip K. Dick
Radio libera Albemuth di Philip K. Dick
Lotteria dello spazio di Philip K. Dick
L'androide Abramo Lincoln di Philip K. Dick
E Jones creò il mondo di Philip K. Dick
Svegliatevi, dormienti di Philip K. Dick
Deus Irae di Philip K. Dick e R. Zelazny
Follia per sette clan di Philip K. Dick
I giocatori di Titano di Philip K. Dick
I simulacri di Philip K. Dick
In senso inverso di Philip K. Dick
La svastica sul sole di Philip K. Dick
La penultima verità di Philip K. Dick
Occhio nel cielo di Philip K. Dick
Noi marziani di Philip K. Dick
Labirinto di morte di Philip K. Dick
La città sostituita di Philip K. Dick

Scorrete lacrime, disse il poliziotto di Philip K. Dick
Tempo fuor di sesto di Philip K. Dick
Cronache del dopobomba di Philip K. Dick
Ubik di Philip K. Dick
Zero History di William Gibson
Il treno degli dèi di China Miéville
Perdido Street Station di China Miéville
La città delle navi di China Miéville
La leggenda dei Drenai di David Gemmell
I nove principi in Ambra – Le Cronache di Ambra vol. 1 di Roger Zelazny
Il legame del drago di Thea Harrison
La prima regola del mago – Ciclo La Spada della Verità vol. 1 di Terry Goodkind
Il risveglio dell'assassino di Robin Hobb
La figlia della spada di Steve Bein
La Biblioteca Invisibile di Genevieve Cogman
Timebound – Nel vortice del tempo di RysaWalker
2055: False Hearts di Laura Lam
Violet di Jessica Brody

Finito di stampare nel dicembre 2017 presso
Puntoweb - via Variante di Cancelliera snc - Ariccia (RM)
Printed in Italy